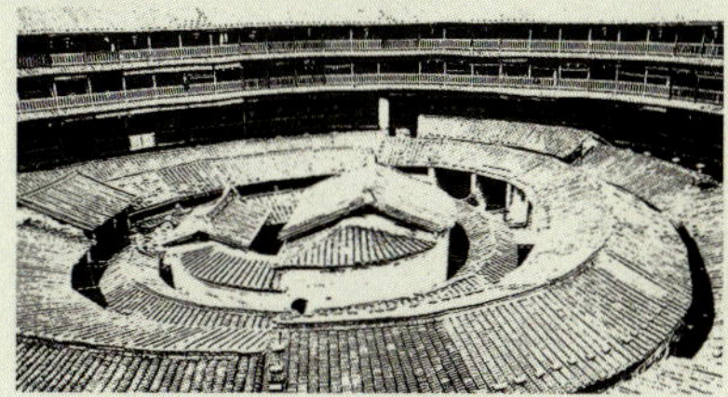

Fujian Kejia Yanjiu Congshu

2011年度教育部人文社会科学研究项目

福建客家

古代文学作品辑注

Fujian Kejia Gudai Wenxue Zuopin Jizhu

【修订版】

兰寿春◎编著

图书在版编目(CIP)数据

福建客家古代文学作品辑注 / 兰寿春编著. —厦门 ：厦门大学出版社，2012.2（2019.4 重印）
ISBN 978-7-5615-4116-6

Ⅰ. ①福… Ⅱ. ①兰… Ⅲ. ①客家－民族文学:古典文学－介绍－福建省
Ⅳ. ①I209.957

中国版本图书馆 CIP 数据核字(2011)第 243492 号

出 版 人 郑文礼
责任编辑 王鹭鹏

出版发行 厦门大学出版社
社　　址 厦门市软件园二期望海路 39 号
邮政编码 361008
总 编 办 0592-2182177　0592-2181406(传真)
营销中心 0592-2184458　0592-2181365
网　　址 http://www.xmupress.com
邮　　箱 xmup@xmupress.com
印　　刷 厦门集大印刷厂

开本 787 mm×1 092 mm　1/16
印张 30.5
插页 2
字数 684 千字
版次 2012 年 2 月第 1 版
印次 2019 年 4 月第 2 次印刷
定价 80.00 元

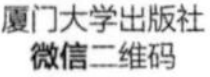
厦门大学出版社
微信二维码

厦门大学出版社
微博二维码

序一

兰寿春君研究客家文学有年，特别注重对客家文学作品的搜集整理。前两年，他从福建闽西的客家文学入手，收集了闽西客家古代诗文作品，编为一书。闽西是客家人的祖居地，当然是客家作品产生最集中的地方，但是，随着客家人的迁徙、客家民系的发展以及行政区划的改变，福建其他客家地区的作家作品亦复不少。因此，兰寿春君又把视野拓展到整个福建省，遂有这部福建客家古代文学作品集。

在寿春君的《闽西客家古代文学作品辑注》里，受其所嘱，我写了序言，其中谈到了三个问题。在这部《福建客家古代文学作品辑注》即将出版之际，我想还是不妨将三个问题再次谈谈，以期引起大家的思考。

一是何谓客家文学，客家文学作为一个文学系统是否可以成立。这涉及对客家文学的界定。自罗香林《客家学导论》出后，客家这一概念得到普遍认同，但客家文学这一概念该如何界定，这是不能不考虑的。比如，把凡是客家人所做的文学作品都定位为客家文学；或是把客家地区出现的文学作品定位为客家文学。就前者来说，作者是否为客家人，其身份要确认。那么，流寓在外的客家人的作品可否归入？就后者来说，客家人在客家地区创作的作品没问题，但非客家人仕宦或流寓客家地区的作品算不算？这是在录选作品时应该考虑的。

二是客家文学形成的起始时期和分期如何确定。客家文学的发展演变应该与客家民系的形成变迁有关系。客家民系的形成，有几种不同的看法，或是起始于东晋，或是开始于唐五代，或是形成于南宋。不管何时，应该先有客家民系，后有客家文学。而且，不管起始在上述哪个时期，客家文学作品都是中国古代文学成熟时期的产物。就此来说，客家文学的产生，其起点是比较高的，寿春君所辑的唐宋人作品之丰富成熟可以证明这一点。客家文学发展的分期是否一定要按照一般文学史的分期那样以朝代变迁为依据呢？以客家民系变迁的几个大的时期来分，或以客家文学发展的实际状况来划分，是否更符合客家文学发展的实际？

三是客家文学是中国文学的一个组成部分，它又具有明显的地域特点。研究客家文学，还要考虑到它与中国文学主流的关系，与地域文学的关系。中国文学史的时间流程与空间地域的特点，如何在客家文学的研究中体现出来。

以上三个问题，也是我自己在思考的问题。在阅读完这部作品集之后，或许可以得出更加完美的答案。

寿春君研究客家文学甚为专注，对福建客家文学作品的搜集用力甚勤。这部作品集，从唐代开始，一直到清代，包括诗、词、文、赋、小说多种体裁。每篇作品有作者简介、题记和注释，对读者阅读很有帮助。这些，对于客家文学的研究，都是有价值的。当然，对于客家文学的界定、分期及作品的搜集，还有许多工作要做。寿春君仍在不懈的努力之中。

祝兰寿春君在客家文学研究方面取得更大的成绩。

郭丹

2011年12月25日

于福建师大闽南科技学院

（序者系福建师范大学文学院教授、博士生导师。从事中国古代文学、古代文论和客家学研究。现为福建师大闽南科技学院院长。）

序二

客家文化是中华文化的组成部分，是中华文化绚丽多姿百花园中的奇葩，客家文学是客家文化百花园中的玫瑰，特艳奇秀。

客家文化与客家民系的孕育形成相辅相成。福建省客家研究联谊会会长林开钦在《形成客家民系的四个特征》一书中指出："客家民系的形成，四个特征缺一不可，即：(1) 有脉络清楚的客家先民；(2) 有特定的地域条件；(3) 在特殊的历史年代；(4) 有独特的客家文化。"主要在唐末宋初时期，中原汉人由于战乱或饥荒而南迁，在闽粤赣边与部分畲、瑶等少数民族或土著融合发展形成客家民系，客家文化也就在长期的融合过程中发展形成，"客家文化既保留了中原的汉族文化风格，又兼具浓郁的闽粤赣边乡土情调。这种客家文化既不是该地区原住民的本地文化，又不完全雷同于汉族移民前的固有文化。但是客家文化的总体，主导是中原汉族文化，所以客家文化根在中原。"同理，客家文学的根亦在中原，又凸显客家特色，这种特色与客家民系形成的特殊历史年代和特定地域条件等因素密不可分。

兰寿春副教授编著的《福建客家古代文学作品辑注》可说是福建客家古代文学作品之大全。该书收集、精选自唐宋以至明清及近代福建客家文学作者的诗歌、词、赋、散文、小说等，展现各历史时期作者对客家山川物景、风土人情的描写，从中可深刻理解客家文学的特性，编者在书中前言指出："客家文学的特色，其实就是客家人文的特色。"弘扬、传承客家文化，发扬、光大客家精神，成为客家文学最重要的内涵，也是有别于其他民系文学的人文特征之所在。在书中，山川秀丽、土地广博的闽西大地与在"移垦""耕读传家"艰苦环境中孕育形成，深受爱国爱乡、英勇刚毅、不屈不挠、崇文重教、敬祖睦宗、艰苦奋斗、开拓进取客家精神的熏陶或影响，在事与物、情与景、历史与现实、自然生态与内心世界的交融中创作出来的作品就足以证明。兰寿春副教授以严谨的治学态度，博览史志典藉，以史为据，爬梳剔抉、精挑细选福建客家古代文学作品，按作者历史年代为序，解题确切，注释清晰，使人一目了然。从其收集的福建客家古代文学作者及作品的数量之多就可看出编著的艰辛。我们能从客家文学作品这一侧面，进一步了解闽西在客家民系形成、发展历程中的重要性，再次证明闽西在闽粤赣边客家形成、发展过程中所处的重要地位和发挥的巨大作用。因此，该书的出版、发行，对弘扬客家文化无疑是件大好事，可喜可贺。

本人对客家文学并无深入研究，仍属“门外汉”，但编者的精神和真诚感动了我，要我为本书作序，上面谈及的一些粗浅看法，就权作本书之序。

刘有长

2011年12月26日

（序者系福建省客家研究联谊会执行会长、《客家》杂志社社长、高级经济师）

修订版前言

客家文学是客家文化的重要组成部分，也是中国文学长河中富有地方特色的一条支流。什么是“客家文学”，客家文学与汉民族主流文学有什么区别？也就是说，客家文学的特质是什么，客家文学仅是客家民间文学吗，写客家题材的文人作品算不算？早在一九九二年广西桂林客家文化历史国际研讨会上，客家文学的界定就摆上了会议桌，讨论很热烈，观点有分歧，结论难统一，但是，大家把客家文学作为一个文学系统的看法很一致。

实践总要走在理论前面，不管是“从严说”还是“从宽说”，做了再说。一九九六年，福建省连城县率先竖起客家文学大旗，国内第一个纯文学刊物《客家文学》诞生，这成为客家文学自觉的标志。二〇〇〇年十一月，广东外语外贸大学的罗可群出版《广东客家文学史》，填补了客家文学史研究的空白。二〇〇六年十二月，江西赣南师院钟俊坤的《客家文学史纲》问世，对赣南、福建、广东及台湾的客家文学作了全面的概述。二〇〇八年四月，罗可群又推出《现代广东客家文学史》，于是，广东客家文学史形成从古至今完整的系列。通过他们的努力，原先对客家文学认识存在诸多分歧的人，从这些作家作品和史论著作中找到答案，逐渐形成共识。暂停争论狐疑，先探索实践，后理论总结，这也见出客家人的一个性格。

笔者认为，研究客家文学，要从搜集整理作家作品入手，进而辨析客家文学的内涵与外延。福建客家主要在闽西，有客家人口将近四百万。原汀州八县，即今天龙岩市的长汀、连城、上杭、永定、武平，三明市的宁化、清流、明溪，这八个县是纯客家县。非纯客家县主要有三明市的沙县、泰宁、建宁、永安，南平市的延平、邵武、光泽、顺昌，漳州市的南靖、平和、诏安等县区。这些都是处于武夷山南段、赣闽粤边的山区，是客家民系的发祥地。从唐代至今的一千多年来，在闽西这片土地上，涌现出许多优秀的客家儿女，创造出独特的客家文化、红色文化，也创造出优秀的客家文学。

从闽西汀州的史志资料看，较早辑录客家文学作品的是南宋开庆元年（一二九五年）胡太初修，赵与沐纂的《临汀志》，其后则是明代黄仲昭修纂的《八闽通志》。清代乾隆年间曾曰瑛修，李绂纂的《汀州府志》保存了较多汀州八县的诗文与著述名录，其中“文苑”部分辑录了宋代和明清著述名录105家202部著作，文苑人物传37家；“艺文”部分又辑录历代诗歌198首（题）、赋9篇、各体散文192

篇。道光年间史学家杨澜编辑的《汀南廑存集》四卷保存了汀州各县五代以迄清代乾隆、嘉庆年间的诗歌，尤其难得的是，此书还有对作者、作品的精要注释与点评。收集一县一地作家作品较多的主要有清代版和民国版的各县县志，数量最多的要数丘复所编《杭川新风雅集》三十卷，他采集明清以至民国时期的上杭籍诗人就有459家，诗歌6135首。

以这些历史沉淀的闽西客家古代文学材料为例，我们可以从作者、题材和语言三个方面分别考察客家文学的内涵和外延。

（一）作者身份的宽泛性

从身份看，客家文学作者由客籍作者和客寓作者两类构成。所谓客籍作者，指属于客家人身份的作者；所谓客寓作者，指暂时寓居客家地区的非客籍作者，主要指前来客家地区仕宦的官员或流寓的诗人。前者是客家文学创作的主体，后者是客家文学创作的附翼。严格说，在客家文学发展进程中，主体与附翼的关系不是绝对的，它们是动态的关系。唐五代和宋元时期，由于闽西地处山区，文化相对落后，客家文学处于孕育与萌芽状态，文学创作的主体是客寓作者，而不是客籍作者。这些客寓作者的创作，催生和引领客家文学。这种文学现象与客家民系形成于唐宋这一史实密切相关，因为民系的形成，不单是地域的因素，更是文化的因素；只有文化发展达到一定程度，文学的大发展与繁荣才可能到来。这些客寓诗人，他们仕宦、生活在客家地区，同样是客家地区物质文明和精神文明的创造者和建设者，他们的诗文描写客家地区的山水民情，抒写在客家地区的生活情感，认同客家的文化习俗，他们的创作理应属于客家文学的范畴。例如，中唐时期，著名文人元自虚、韩晔、蒋防曾任汀州刺史；唐末，诗人韩偓曾流寓汀州；北宋元丰年间，临汀郡守陈轩与通判郭祥正、福建转运判官蒋之奇等人同游汀郡山水，他们都写下了许多精美的诗歌。如陈轩所作《临汀书事》二首[1]：

居人不记瓯闽事，遗迹空传福抚山。
地有铜盐家自给，岁无兵盗戎长闲。

一川远汇三溪水，千嶂深围四面城。
花继腊梅长不歇，鸟啼春谷半无名。

此诗咏汀州的开创、百姓的安宁与环境的优美，字里行间洋溢着政通人和、

1（明）解缙等编：《永乐大典》第7895卷。《全宋诗》卷七二六亦有载。

百姓安居乐业、恍如世外桃源的喜悦。北宋末年，著名诗人韦骧、曾肇、洪刍也在汀州留下诗歌。南宋著名理学家、诗人朱熹曾应长汀县主簿刘子翔之邀来汀州东山书院讲学；泰宁进士邹应龙也曾游历长汀，作诗《珠峰映翠》《登谢公楼》。尤其幸运的是，宋代两位著名爱国诗人、民族英雄——李纲、文天祥都来过汀州，留下许多光辉的诗篇，"他们在福建的活动和创作，对爱国思想的传播，对诗歌创作的推动，作用都是巨大的"[1]。

据《八闽通志》和《临汀志·进士题名》记载，宋代临汀郡考中进士的有59人，另有特奏题名100人。可见，客家民系形成的宋代，客家文化的起点是比较高的。当然，中进士者未必是诗人，诗人也无须一定要中进士。我们今天所能认定的客籍作家，只能是史志典籍中记载有诗文或诗文集传世的作者。两宋时期的闽西客籍诗人主要有郑文宝、邓春卿、王宗哲、邓肃、罗从彦、杨方。例如郑文宝，字仲贤，宁化县人，太平兴国八年（九八三年）进士，累官至工部侍郎，文章干略俱优，其诗深得当时晏珠、欧阳修等著名诗家赞赏[2]，有《郑文宝集》三十卷、《谈苑》二十卷等。清代史学家杨澜在《汀南廑存集·自序》中说："汀有诗人，自宋郑仲贤始。"[3]当代著名学者钱钟书在《宋诗选注》中也称郑文宝是"宋初一位负有盛名的诗人。"又如理学诗人杨方，字子直，号淡轩，长汀县人，隆兴元年（一一六三年）进士。杨方慕朱熹理学，中进士后即专程拜谒于崇安，成为朱熹的高徒。杨方的创作以议理散文为主，如《原心》篇；诗歌也有不少，其《送长汀张主簿纳印而归》二首，见于《临汀志·名宦》，也见于《汀南廑存集》。在这些客籍优秀诗人的带动和影响下，客家地区迎来文学的春天。

明代社会稳定，经济繁荣，客籍作者迅速增加，成为客家文学创作的主体。据福建客家地区的史志统计，知名的客籍作者由宋元时的27人增加到明代的70人，清代的127人以上。其中不乏郝凤昇、李世熊、黎士弘、丘嘉穗、刘坊、上官周、华嵒、丘复等大家名家。与此同时，周景辰、吴文度、王守仁、徐中行、周亮工、赵良生、王廷抡、丁淮、熊为霖等客寓作者也创作出许多优秀诗篇。

由此可见，客家文学的作者不单有客籍作者，也有客寓作者。客家文学的建设从来不只是客籍作者的孤军奋战，事实上，客寓作者一直积极参与（有时甚至是领导、推动）了客家文学的建设，客家地区的文学才出现百花齐放的繁荣局面。因此，在界定客家文学的作者群时，外延应当从宽一些。倘若以籍贯为唯一标准，把客家文学的作者限定在"客家人"，客家文学的丰富性与包容性必然大大萎缩。

---

[1]陈庆元：《福建文学发展史》，福建教育出版社 1996 年版，第 127 页。

[2]（宋）胡太初修，赵与沐纂：《临汀志·进士题名》，福建人民出版社 1990 年版，第 147～148 页。

[3]（清）杨澜：《汀南廑存集》，清同治十二年癸酉（1873 年）刻本。

罗可群先生的《广东客家文学史》中著录了唐宋客籍作者12人，客寓作者（入粤文学家）5人；明代客籍作者12人，客寓作者2人；清初至清中叶客籍作者15人；近代客籍作者66人；其中，“客家才女”7人。钟俊昆先生的《客家文学史纲》第二编在叙述赣南客家文学时也充分肯定了客籍作者与客寓作者对客家地区文学发展的作用，但此书谈及福建和广东客家文学时均遗漏客寓作者。

（二）题材内容的特殊性

从题材看，客家文学的主要内涵是描绘客家人的生活环境、反映客家人的社会生活及其思想情感。首先，客家文学大量描写山川景物，具有鲜明的地域特征，在数量上，山水诗也占很大比重。福建客家文学是在闽粤赣三省交界地区的汀江流域发展起来的，这里的生活空间不同于滨海（湖）地区，也不同于内陆平原、雪域高原，而全部是丘陵山地和小块盆地，这里竹树茂密、河水丰沛、石奇洞幽、山清水秀。在客籍作者眼里，这里是祖祖辈辈筚路蓝缕开垦出来的美丽家园；在客寓作家眼中，这里是蛮荒之地，有别于通都大邑的喧嚣与繁华，他们于此获得的是忘怀名利的宁静和未经雕饰的素朴之美。仕宦客家地区的官员和流寓的诗人大多被贬谪或怀才不遇、壮志难酬，他们遨游客家山水，不但鉴赏风物的奇特，还会产生客至如归、此乡是吾乡的感觉。南宋临汀郡守陈晔（福建长乐人）就曾赋诗说：“我爱汀州好，山川秀所钟。阁前横潊水，亭畔列奇峰。古驿森慈竹，莲城挺义松。”[1]客家人文地理的独特之美与诗人审美眼光的结合，是客家山水诗丰盛的原因。这些山水名胜因诗歌点缀而熠熠生辉，这些诗歌也因山水名胜而流芳千古，中国山水诗本身也因而有了过去没有表现的景物在这里得到成功的刻画，正如我们从《楚辞》中发现与《诗经》风格迥异的山川风物而为之惊奇不已。

客家文学首先是地域文学、族群文学（从民系角度而言），客家文学的地域性是客家人聚居地区自然要素与人文因素相互作用的综合，具有区域性、人文性和系统性三个特征。古远清在《客家文学界说》中指出，客家文学是“在中国客家族群生活的土地发生、发展起来的文学”[2]。客家民系的形成和客家文化的产生，与客家地域的特点有直接而重要的关系，反映客家族群社会生活的文学作品必然也有鲜明的地域特征。

其次，客家文学反映客家人的社会历史、劳动生活，展现客家人的民俗风情，抒写客家人心灵的喜怒哀乐，记载客家人不懈的理想追求；客寓作家也在作品中

---

[1]（宋）王象之：《舆地纪胜》卷132，中华书局1992年影印本，第3799页。原诗缺两句。

[2]古远清：《“客家文学”界说》，《客家研究辑刊》1994年第2期。

抒写他们在客家地区的见闻与感受，具有客家地区独特的人文内容。客家人由中原汉人与土著闽越族人和畲族人融合发展而来，产生出独特的文化，包括民间信俗、客家方言、饮食民居、婚育礼俗、节庆习俗、家训家规以及在此基础上形成的极富魅力的客家精神（包括迎难拓业、崇文重教、和睦亲邻、思根报祖等），都在客家文学中得到充分的表现——这是客家文学最重要的内涵，也是异于其他民系文学的人文特征所在。

客家文学既是地域文学，又是特色文学。有论者强调“客家的”“文学的”是客家文学必须同时具备的两个因素[1]。“客家的”应当包括客家地域、客家人、客家人文特征三方面的内涵，“地域”是稳定的条件，“客家人”是灵动的因素，“客家人文特征”则是本质的要素。显然，客家文学的特征，其实就是客家人文的特征。

无论是客籍作者还是客寓作者，他们在客家地区创作的描写客家事物、反映客家历史与现实生活、抒发思想情感的作品都属于客家文学，这是毋庸置疑的。目前学界争论最大的，是客家文学题材的外延问题，换句话说，就是客籍作家在非客家地区创作的文学作品是否客家文学？笔者认为不能一概否定，也不能一概肯定。以清代上杭籍著名画家华嵒的作品为例，他创作《丁酉九月客都门思亲兼怀昆弟作》《寄紫金山黄道士》《忆蒋妍内子作歌当哭》等诗歌时身在北京、杭州，但题材是怀念家乡的亲人朋友，思念去世的妻子，这是任何一个客家人无论身处何地都必然会有的情感，这些诗歌恰恰最能反映诗人的内心世界。再如清代长汀著名词人马廷萱的【满江红】（古柏虬盘），是作者拜谒河南朱仙镇岳王庙时所作的咏史诗，但词的内容并不是描写异地山水，而是怀念南宋抗金英雄岳飞，表达的是汉民族共有的爱国情感，它不分地域，也不分民系。因此，笔者认为，客家人虽然身处异地，只要题材上还是反映客家的人和事（如华嵒的诗），抒写客家人应有的普遍情感（如马廷萱的词），具有客家风味，这类诗文仍然还在客家文学的范畴。不能认为客家人走出客家地区，其作品就不是客家文学作品了。当然，如果只是单纯描写异地的山水人文，不写客家人，不言客家事，没有客家味，就只能称作“客家人的文学”，而不是“客家文学”。前面已经提到古远清先生曾指出的：“客籍作家写出的作品是否一定是客家文学呢？这也不一定。”笔者还是以华岩的创作为例，他长期生活在杭州、扬州，虽然他是客家人，但许多作品是描写杭州的山水人文以及和友人的应酬唱和，不反映客家生活，也无客家风味，这些作品就不能硬性归入“客家文学”之列。在这点上，我们赞同古远清先生“从严”的观点。

[1]黄恒秋：《客家文学的省思》，《客家台湾文学论》，台湾苗栗县立文化中心1993年版，第15页。

（三）语言形式的灵活性

从语言上看，客家文学的创作可以使用客家方言，也可以使用汉民族通行的共同语。有的客籍作家使用客家方言进行文学创作，如清顺治十一年（一六五四年）长汀县举人黎士弘写的《闽酒曲》[1]：

板桥官柳拂波流，也够春朝半日游。
数尽红衫分队队，赍钱齐上谢公楼。

长枪江米接邻香，冬至先教办压房。
灯子才光新月好，传笺珍重唤人尝。

……

谁为狡狯试丹砂，却令红娘字酒家。
怪得女郎新解事，随心乱插两三花。

这是用客家方言写成的组诗，由七首绝句组成，写的是长汀传统米酒的酿造、销售及其传说。组诗用的是客家语，写的是客家事，抒的是客家情，具有浓郁的地方特色。

再如康熙三十八年（一六九九年）武平县人林宝树的《一年使用杂字》（又名《年初一》），该诗为七言歌体白话韵文，长达五千四百多字，涵括的内容既有日常生活，又有农业生产劳动；既歌颂了善良百姓的真诚友爱，也批判富人的为富不仁。作者意在帮助百姓认识一年中的常用杂字，但他巧妙地把识字同百姓日用相结合，在生活中识字，而且在识字中传扬了可贵的传统美德与客家精神。这首长诗在长汀四堡书坊多有刻印，因此在客家地区流传甚广，深受百姓喜爱，也成为我们今天研究客家民俗风情的珍贵资料。

清代乾隆二年（一七三七年）永定进士廖鸿章的《勉学歌》[2]：

东方明，便莫眠，沉心静气好读文。盥洗毕，闭房门，高声朗诵不绝吟。食了饭，便抄文，一行一直要分明。听书后，莫樱情，书中之理去推寻。过了午，养精神，还要玩索书中情。沐浴毕，听讲文，文中之理须辩明。食了夜，聚成群，不是读书便说文。剔银灯，闭房门，开口一读到鸡鸣。后生家，只殷勤，何愁他日无功名。

这首杂言诗用客家方言写成，勉励年轻人勤奋学习，反映了客家人崇文重教的精神。我们也可从中一见清代客家学子的学习态度与方法。

---

[1]（清）曾日瑛修，李绂纂：《汀州府志》，方志出版社 2004 年版，第 15 页。
[2]永定县方志委编：《永定县志·附录》，科技出版社 1994 年版，第 25 页。

遗憾的是，史志典籍中记载的客籍诗人大多数用当时官方通行的书面语言进行创作，用客家方言创作的文人诗歌所存极少，上述三首可谓弥足珍贵。文人创作之外，全部运用方言创作的是客家民间文学，包括客家民歌（童谣、山歌）、民间故事和民间戏曲。客家民歌是民众在劳动生活中产生的集体口头创作，最初以口耳相传的形式传播。现存的客家民歌大多由文人用“官话”记录下来，但它本来在民间传唱，歌者纯使用客家方言。客家山歌绝大多数是情歌，作者主要是女性，形式则以七言四句为主，如《红米煮粥满锅红》[1]：

红米煮粥满锅红，老妹恋郎唔怕穷。
风吹雨打唔怕苦，两人见了笑融融。

这是女子表白心意的情歌，用红米煮粥起兴，比喻爱情的成熟，然后直抒胸臆，传达出客家女子追求爱情，不怕穷苦的精神。又如《树生藤死死也缠》[2]：

郎是山中千年树，妹是山中百年藤。
树死藤生缠到死，树生藤死死也缠。

这首情歌采用比喻拟人手法，表达真挚永恒的爱情，在客家许多地区传唱。闽西客家民歌中有两首长篇叙事诗，一首是《糖郎歌》，长七百多字，讲述三姐与糖郎从相识相爱到私奔，以至有情人终成眷属的爱情故事，表达了客家女子对自主爱情的追求。另一首是《看牛歌》，长近四百字，它采用月令的民歌样式，叙述放牛娃一年到头的苦难生活，控诉东家对放牛娃的虐待与压榨。这两首长诗语言质朴，形式优美，和《诗经》中的国风一样，是“饥者歌其食，劳者歌其事”之作，堪称闽西客家民歌的“双璧”。

不仅于此，客家地区还有许多民间传说和神话故事，它们同山歌一样，是客家文学的瑰宝。从目前各县搜集整理的客家民间故事、神话传说看，篇目有上千之数。这些民间故事都用客家方言讲述，往往生动形象，使听者错愕惊奇。许多客家人，尤其是八十年代之前出生的，更是在听着客家童谣和民间故事中长大。

上文提到胡希张先生认为客家文学的语言应当是“客家方言”，这有一定道理，强调了客家文学语言风格特殊性的一面。但客家文化传承中原汉族文化，客家文人所受的教育、参加的科举考试也都与中原地区相同，文学创作的要求与标准也不会两样，而且许多客家方言也确实难以用书面语言来表达，因此，客家文

[1]长汀县民间文学集成编委会：《中国歌谣集成·福建卷·长汀县分卷》，长汀教育印刷厂1991年印行，第129页。

[2]长汀县民间文学集成编委会：《中国歌谣集成·福建卷·长汀县分卷》，长汀教育印刷厂1991年印行，第134页。

人不得不说着方言，写着“官话”。如果仅凭使用客家方言进行写作来作为判断客家文学作品的唯一标准，那么许多客家文人的创作就会被排斥在外，这显然不符合文学实际。

综上，客家文学的本质特征由客家文学的内涵和外延决定，应包括以下五个方面：

其一，客家文学的作者，包括客籍作者和客寓作者，他们都可以进行客家文学的创作。

其二，客家文学的创作语言，既可以是客家方言，也可以是官方通行的书面语言(共同语)。

其三，客家文学的体裁，包括民间文学的客家民歌（童谣、山歌、说唱歌谣）、民间故事、神话传说，也包括文人创作的诗、词、赋、散文、小说、戏剧以及影视作品。

其四，客家文学的内容，可以是描绘客家人的生活环境、反映客家人的社会历史、文化习俗，表现客家人的劳动生活和思想感情，也可以是客寓作者抒写寓居客家地区的见闻和感受。

其五，客家文学蕴含丰富的客家文化内涵，如客家方言、民间信俗、农耕民俗、节庆民俗、生命礼俗、家训家规……尤其是客家精神。这些客家文化现象反映在文学作品中所体现出的客家人文特征是异于其他民系文学的特征所在。

所以，客家文学的本质特征，不是作者身份，也不是语言方式，而是文学题材与内涵的特殊性，即客家人文特征。

给客家文学下定义，从纯文学角度考虑很难凸显其特色，从人文角度考虑则比较合适。综合罗可群和钟俊昆等专家的观点可以得出比较合适的客家文学定义：客家文学是具有客家人文特征的文学，它描绘客家人的生活环境、反映客家人的社会历史、文化习俗，表现客家人的劳动生活和思想感情。

明确客家文学的界定，有利于我们端正客家文学研究的方向，有利于我们继承优秀的客家文学遗产，也有利于我们为客家文学的繁荣发展做出新的贡献。

本书依据上述客家文学内涵与外延的界定，按照福建客家民系形成和发展的时代顺序，辑录唐五代、宋元、明代和清代（含近代）福建客家文学作品875篇（首），其中客籍作者有221人，客寓作者89人。

本书作为基础资料搜集整理工作，为广大客家文学爱好者提供基本阅读篇目，为有志于研究客家文学的同行提供扩展阅读线索，也为将来撰写福建客家文学史做好准备。

凡 例

一，本书选辑唐、五代、宋、元、明、清、近代福建客家古代文学优秀作家作品，包括诗750首、词25首、赋10篇、散文56篇、小说5篇，另有福建客家民歌40首，共计886篇（首）。

二，本书作品按照福建客家文学孕育于唐五代，形成于宋元，发展于明清，演进于近代的历程，分为唐五代部分、宋元部分、明代部分、清初至清中叶部分和近代部分。福建客家民歌因为难以分清作品产生时代，故单独设为一个部分。

三，作品的地域范围涵括福建省的各个客家地区，主要包括现今龙岩市、三明市所属的长汀县、连城县、上杭县、武平县、永定县、宁化县、清流县、明溪县，这历史上的汀州八县都是纯客家县。非纯客家县主要有三明市的沙县、永安、泰宁、建宁等县市，南平市的延平、邵武、光泽、顺昌等县市区，漳州市的南靖、平和、诏安等县。

四，作品的出处，主要来自《临汀志》《八闽通志》《汀州府志》《汀南廑存集》《杭川新风雅集》《全宋诗》《全宋词》《全明词》《全清词钞》《近代诗钞》；福建客家各县县志，各县自编的诗选；作家个人诗文集（如李世熊的《寒支初集》《寒支二集》，华嵒的《离垢集》，刘坊的《天潮阁集》）。

五，作者有福建客籍作者，也有前来福建客家地区仕宦的官员和流寓的诗人。所选作者和作品力求能从史志典籍或正式出版的诗文集中查有实据，个别作品优秀而作者名不见经传的，则注明“生平事迹待考”。

六，作品按照作者所处时代先后顺序排列。生卒年不详的，则依其科举中试的先后排列。版式设计上，绝句、律诗和山歌采用两句一行的形式，古体诗、词和儿歌则采用通行的连排形式。诗、词的注释不标序号，用下划线表示有注释。赋、散文和小说的注释标明序号。

七，每篇诗文包括作者简介、题目、正文、出处、解题、注释。语言浅显，没有理解困难的诗歌，则不加注释。

八，诗词的小序、版本、题目中地名、人名、写作背景等均在“解题”中加以说明，“解题”中亦有对该诗文内容的简要点评。个别诗歌题目较长，则酌为节略，在“解题”中说明原题。

九，注释以人物、典故、地名、年号为主，客方言适当增注普通话含义。

十，正文文字残缺者，以“□”标示所缺字数。

目　录

第一编　唐、五代部分

一、诗　歌

二、小　说

第二编　宋、元部分

一、诗　歌

二、词

三、散文

四、小说

第三编 明代部分

一、诗歌

二、词

三、赋

四、散文

第四编 清初至清中叶部分

一、诗歌

二、词

三、赋

四、散文

五、小说

第五编 近代部分

一、诗歌

二、散　文

第六编　福建客家民歌

一、童　谣

二、山歌·说唱

唐五代部分

张九龄

张九龄（673—740 年），一名博物，字子寿，唐代开元贤相、著名诗人。祖籍河北范阳，曾祖父君政任韶州（今广东韶关市）别驾，遂移家南来，定居韶州曲江。张九龄于武后长安二年（702 年）举进士，中宗景龙元年（707 年）中材堪经邦科，历任秘书省校书郎、左拾遗、左补阙、中书舍人、洪州都督、集贤院学士、中书令等职。有《曲江集》二十卷。

题谢公楼

谢公楼上好醇酒，三百青蚨买一斗。

红泥乍擘绿蚁浮，玉碗才倾黄蜜剖。

（《全唐诗补编》卷一）

【解题】

谢公楼，汀州一酒楼，相传为纪念南朝大诗人谢朓而建，始建时间、地点已不可考。

此诗最早见于南宋王象之《舆地纪胜》福建路汀州条，《永乐大典》卷七八九一“楼”字韵和《八闽通志·宫室》亦载此诗。《汀州府志》（乾隆版）云：“谢公楼，在府南。”《长汀县志·流寓》（民国版）载张九龄：“未达时曾寻其弟九皋寓汀。有题谢公楼诗。”

汀州客家人善于用糯米酿造黄酒，隔一冬开坛，则为上等醇酒。这首诗赞赏谢公楼的美酒，抒写畅饮佳酿的豪情。第二联对仗工整，从视觉和味觉写米酒的特色。

【注释】

青蚨：原指南方的一种虫。传说用母青蚨的血涂在铜钱上，用子青蚨的血涂在另外的铜钱上，买东西先用母钱，或先用子钱，用掉的钱都会飞回来，循环往复，钱就永远用不完了。诗中以青蚨指代钱。　红泥：封酒坛的泥。　乍擘：音 zhà bò，刚刚掰开。绿蚁：新酿的酒还未滤清时，酒面浮起酒渣，色微绿，细如蚁，称为“绿蚁”。　黄蜜：原指黄色蜂蜜，此处形容米酒像刚割下来的蜂蜜一样甜美。

释灵澈

灵澈，俗姓汤，字源澄，会稽（今浙江绍兴）人，云门寺律僧。少从严维（越州人，至德二年进士，官至右补阙）学诗，后至吴兴，与僧皎然（俗姓谢，浙江吴兴人，诗僧）游。贞元（785—805 年）中，皎然荐之包佶（江苏丹阳人，官至御史中丞，诗人），又荐之李纾（字仲舒，官至礼部侍郎），名振京城。缁流嫉之，造飞语激中贵人。元和间（806—820 年）贬徙汀州，后遇赦归乡。有诗一卷，今《全唐诗》存 16 首。

初到汀州

初放到沧州，前心讵解愁。

旧交容不拜，临老学梳头。

禅室白云去，故山明月秋。

几年犹在此，北户水南流。

（《全唐诗》卷八一〇）

【解题】

相传作者贬徙汀州后遇见旧交蒋防而作此诗。蒋防，字子征（一作子微），宜兴（今江苏宜兴）人，著名传奇小说《霍小玉传》的作者。宪宗元和（805—820年）间，蒋防曾任翰林学士、中书舍人，长庆四年（824年），贬汀州刺史。传说蒋防登上州治后面的北山寺（即卧龙山寺），不期遇见旧交灵澈，大喜，为其捐薪建寺。诗中直述“旧交容不拜”，足见两人的情谊。《汀州府志·艺文》亦载此诗。

【注释】

放：放逐。　沧州：唐代沧州属河北道，因濒临渤海而得名。古诗中常用于指代隐士的居处或滨水的地方，诗中指汀州。　讵：音jù，岂、怎。　水南流：汀江是闽西最大的河流，发源于武夷山南段东南侧的宁化县治平乡境内木马山北坡，流经长汀、上杭、永定三县，在永定县峰市乡入广东大埔县，至三河坝与梅江汇合后称韩江，再流经潮州、汕头汇入南海。《读史方舆纪要》：“天下之水皆东，惟汀水独向南。南，丁位也。”

韩 偓

韩偓(840—923年)，字致尧，一字致光，京兆万年(今西安市)人。龙纪元年(889年)进士，官至兵部侍郎，得罪藩镇朱全忠，被贬为濮州司马、荣懿尉、邓州司马。天祐二年（905年)受王审知邀请，自赣入闽，寓居汀州沙县，后隐居泉州西郊招贤院，直至去世。有《香奁集》《韩内翰别集》等传世。《四库全书总目》提要（集部别集类四）评其：“晚节亦管宁之流亚，实为唐末完人。其诗虽局于风气，浑厚不及前人；而忠愤之气，时时溢于语外。性情既挚，风骨自遒。慷慨激昂，迥异当时靡靡之响。其在晚唐，亦可谓文笔之鸣凤矣。”

过汀州

荒山无寸木，古道少人行。

地势西连广，方音北异闽。

闾阎参卒伍，城垒半荆榛。

万里瞻天远，常嗟梗化民。

（《永乐大典》卷七八九五）

【解题】

作者于晚唐天祐三年（906年)入闽，次年秋离开福州前往汀州时作此诗，诗中描写唐末社会动乱汀州的荒凉景象，表达对百姓苦难的同情，诗人“忠愤之气”溢于言外。

【注释】

西连广：指西连广东。　方音北异闽：指汀州方言与北边闽地方言不同。　闾阎：泛指平民百姓。闾，泛指人家，中国古代以二十五家为闾。阎，指里巷的门。　卒伍：泛指军队。　天远：指距离朝廷遥远。　梗：阻碍。　化民：化育百姓。

沙县郊外泊船

访戴船回郊外泊，故乡何处望天涯。
半明半暗山村日，自落自开江庙花。
数盏绿醅桑落酒，一瓯香沫火煎茶。

（《全唐诗》卷六八一）

【解题】

原诗题为“己巳年正月十二日，自沙县抵邵武军，将谋抚、信之行，到才一夕，为闽相急脚相召，却请，赴沙县郊外泊船，偶成一篇”。今题为编者节略。《全唐诗》注：缺二句。

后梁开平三年己巳（909 年）正月十二日，韩偓从沙县乘船抵达邵武，打算去江西的抚州、信州，投奔仍以唐臣自称的朋友。才住下一夜，王审知的使者就追来了，请他返回福州。但他拒绝邀请，仍回沙县。题中“郊外泊船”四字颇有甘于在野、不入庙堂的意味。江边有庙、米酒醇香、烧火煮茶，反映了客家地区的风俗民情。正月有花，是闽西气候温暖使然。

【注释】

访戴：典出《世说新语·任诞》，王子猷居山阴，访问戴安道，后世作为访问朋友的代称。　　绿醅：没过滤的米酒。　　桑落酒：北魏时产于河东（今山西永济县）的一种酒，因用桑落泉之水酿制而得名，后世也作为好酒的代称。诗中意谓沙县米酒就像桑落名酒。

伍昌时

伍昌时，一名大观，五代时为王审知偏将军。王审知据汀州，昌时随之定居宁化县麻仓里（今清流），成为宁化早期的客家先民。

写　怀

当年四海昏，提剑出藩垣。
苦节安社稷，无心为子孙。
坏袍腥战血，病马卧苔痕。
同日封侯客，今来有几存。

（《汀南廑存集》卷一）

【解题】

此诗抒写安定社稷、不计个人生死、利害的怀抱。三四联甚有苍凉之感。

【注释】

四海昏：指晚唐军阀割据、动荡分裂的局面。　　藩垣：比喻藩镇。

伍德普

伍德普，昌时之子，五代时宁化客家先民。自少积学隐居，以教授和渔钓为乐。

答 友

蓑笠无尘鬓有露，半生生计在沧浪。
船中风月情虽淡，世上繁华事任忙。
闲饮渚边红蓼岸，醉眠月下白蘋乡。
相呼相唤收纶去，短笛长歌送夕阳。

（《汀南廑存集》卷一）

【解题】

此诗抒发乐于隐居的思想，反映动乱时代文人的普遍心态。

【注释】

沧浪：湖南汉寿县境内沅江下游由沧水和浪水汇合而成的支流，名叫沧浪水。相传屈原被放逐后曾来到这里，遇见渔父，作《沧浪歌》。后世诗中多用于指隐士隐居之所。　收纶：收回钓鱼的工具。纶，指渔线。

梁 藻

梁藻，字仲华，五代南唐人，长汀客家先民。先世由章贡（今江西赣州）入闽。祖父捷，仕闽为仆射，充本州总管使。伯父泰，仕南唐为筠州刺史。父晖，为南唐总殿前步军。梁藻"博学多记，性乐萧散，父任不就，三举礼部未成名，杜门自适"（《临汀志·进士题名》），有诗《梁处士集》。《八闽通志·文苑》有传。

题南山池

翡翠戏翻荷叶雨，鹭鸶飞破竹林烟。
时沽村酒临轩酌，旋碾新茶靠石煎。

（《临汀志·进士题名》）

【解题】

南山池，在长汀南屏山玉狮谷。一说在汀南濯田莲湖，今名鸭嫲塘。此诗描写清雅的隐居环境及悠然自得的文人情趣。首联"戏翻"、"飞破"用语生动形象，足见作诗功力。《全宋诗》卷十七亦载此诗。

【注释】

翡翠：形容碧绿的湖水。　靠石煎：堆石为灶以烹新茶。《汀南廑存集》作"拟摘新茶靠石煎"。

牛　肃

牛肃，生卒年不详，约生于武后时，卒于代宗朝。原籍京兆泾阳(今属陕西)，后徙怀州河内县(今河南沁阳县)，官至岳州刺史。所撰《纪闻》十卷是唐代第一部小说集，书中所载皆开元、乾元间徵应及怪异事。

汀州山都

州初治长汀，大树千余株，皆豫章[1]迫隘。以新造州治，故斩伐诸树。其树皆枫、松，大径[2]二三丈，高者三百尺，山都[3]所居。

其高者曰人都，其中者曰猪都，其下者曰鸟都。人都即如人形而卑小，男子妇人自为配偶。猪都皆身如猪，鸟都皆人首，尽能人言，闻其声而不见其形，亦鬼之流也。三都皆在树窟宅，人都所居最华，人都有时见形[4]。

当伐木时，有术者周元太能伏诸都，禹步[5]为厉术，则以左右赤索围而伐之。树既已扑，剖其中，三都皆不化[6]，则执而投之镬中煮焉。

（《太平寰宇记》卷一〇二）

【解题】

本文出自宋代乐史所著《太平寰宇记》汀州条，引牛肃《纪闻》。从这篇小说可以侧面了解唐代汀州原住民山都（古越族一支）在大树中巢居、能通人言、自为婚配等生活特点，窥见汀州开发初期客家先民与原住民的激烈冲突。

原文为一大段，现段落为编者拟分。

包　湑

包湑，唐代人，生卒年不详。所著小说《会昌解颐录》成书于唐武宗会昌（841—846年）间。

汀州山魈

开元[7]中，元自虚为汀州刺史。至郡部，众官皆见，有一人，年垂八十，自称

---

[1]豫章：大木。

[2]大径：指树围。

[3]山都：古越族的一支，也称山越。晋代郭璞注《山海经·海内南经》时称：“海内经谓之赣巨人，今交州南康郡深山中皆有此物也，长丈许，脚跟反向，健走，披发好笑，雌者能作汁，洒中即病，土俗呼为山都。”

[4]见形：即现形。

[5]禹步：禹步是道士在祷神仪礼中常用的步法，传为夏禹所创，故称禹步。因其步法依北斗七星排列的位置而行步转折，宛如踏在罡星斗宿之上，又称“步罡踏斗”。

[6]不化：不死。

[7]开元：唐玄宗年号，713-741年。元自虚是张籍的文友，去汀州做刺史时，张籍曾写诗送他。张于贞元十四年（798年）中进士，主要活动于元和（806-820年）前后，故“开元中”应为“元和中”。

萧老[1]：“一家数口，在使君宅中累世，幸不占厅堂。”言讫而没。

自后凡有吉凶，萧老为预报，无不应者。自虚刚正，常不信之。而家人每夜见怪异，或见有人坐于檐上，脚垂于地；或见人两两三三，空中而行；或抱婴儿，问人乞食；或有美人，浓妆美服，在月下言笑，多掷砖瓦。家人乃白自虚曰：“常闻厨后空舍是神堂，前人皆以香火事之。今不然，故妖怪如此。”自虚怒，殊不信。

忽一日，萧老谒自虚云：“今当远访亲旧，以数口为托。”言讫而去。自虚以问老吏，吏云：“常闻使宅堂后枯树中，有山魈[2]。”自虚令积柴与树齐，纵火焚之，闻树中冤枉之声，不可听。

月余，萧老归，缟素哀哭曰：“无何远出[3]，委妻子于贼手。今四海之内孑然一身，当令公知之耳。”乃于衣带，解一小合[4]，大如弹丸，掷之于地，云：“速去速去。”自虚俯拾开之，见有一小虎，大才如绳[5]，自虚欲捉之，遂跳于地，已长数寸，跳掷不已。俄成大虎，走入中门，其家大小百余人，尽为所毙，虎亦不见。自虚者，亦一身而已。

（《太平广记·集部》卷三六一）

【解题】

本文见于宋代李昉所著《太平广记》集部，自注“出《会昌解颐录》”。《太平广记》是一部小说总集，全书共五百卷，采录汉代至宋初的小说、笔记、稗史，保存大量古小说资料。本文反映了唐代汀州客家先民与山魈（山都）杂居的情形。元自虚火烧山魈，受到残酷报复，反映出社会矛盾的尖锐。

原文为一大段，现段落为编者拟分。

---

[1]萧老：并非实姓萧，当为小说作者所拟。萧，谐音山魈之“魈”。 萧老即魈老。

[2]山魈：指唐代汀州的原始住民，在深山树中作巢居住、隐身，亦称“山都”。

[3]无何远出：出远门不几天。

[4]小合：即小盒。

[5]绳：通假“蝇”。

宋元部分

郑文宝

郑文宝（953—1013 年），字仲贤，一字伯玉，宁化县客家人。宋太平兴国八年（983 年）进士，历任颍州（今安徽阜阳）通判、陕西转运副使等职，累官至工部员外郎。郑文宝少时受业于南唐吏部尚书徐铉，工篆书，诗文俱优，深得晏殊、欧阳修等当时著名诗家赞赏，是宋初负有盛名的诗人，也是福建客家第一个步入全国诗坛的文人。有《郑文宝集》三十卷、《谈苑》二十卷、《南唐近事》二卷、《江表志》三卷。《宋史》卷二七七有传。杨澜《汀南廑存集》自序称："汀有诗人，自宋郑仲贤始。"

温 泉

潺湲如燎岭云阴，玉石鱼龙换古今。

只见开元无事久，不知贞观用功深。

笼无解语衣无雪，堆有黄沙粟有金。

惆怅狐雏负恩泽，始尤夷甫未经心。

（《汀南廑存集》卷一）

【解题】

温泉，即华清池，曾是唐玄宗与杨贵妃的游乐之地。华清宫于五代后晋天福中更名为灵泉观。这是一首咏史诗，诗人认为开元盛世是贞观之治的成果，统治者应当记取安史之乱的教训，警惕朝中佞臣的危害。颔联议论警拔，历来"为知音所赏"（《诗话总龟》）。《全宋诗》卷五八亦载此诗。

【注释】

玉石鱼龙：比喻真假好坏混杂。　开元、贞观：开元(713—741 年)，唐玄宗李隆基的年号。贞观（627—649 年)，唐太宗李世民的年号。　夷甫：王衍（256—311 年)，字夷甫，西晋大臣，名士。《晋书•王衍传》载其"不以经国为念，而思自全之计"。诗中暗指北宋初年的朝中佞臣。　狐雏：比喻朝中佞臣。　尤：怨恨。

送曹纬、刘鼎二秀才

旦夕春风老，离心共黯然。

小舟闻笛夜，微雨养花天。

手笔人皆有，曹刘世所贤。

郴侯重才子，从此看莺迁。

（《汀南廑存集》卷一）

【解题】

这首送别诗称颂曹、刘两位秀才的贤能，鼓励与鞭策青年才俊。秀才，宋代各府向朝廷贡举人才应礼部会试，沿用唐代后期之法，先进行选拔考试。凡应举选拔考试以争取举荐的，都称为秀才，与明清科举的秀才概念不同。颈联最佳，贵在自然。宋祁《寒食》诗亦有"草色引开盘马地，箫声欢暖卖饧天"句，与此相似。《全宋诗》卷五八亦载此诗。

【注释】

养花天：指暮春牡丹花开时节。因此时天气多轻云微雨，适宜养花，故称。　郴侯：楚怀王孙畅。汉昭帝时，封楚怀王孙畅为郴侯。诗中借指礼部考试官员。　莺迁：指登第或升擢。

读江总传

行人慵过景阳宫，宫畔离离禾黍风。
庭玉有花空怨白，井莲无步莫愁红。
吟诗功业才虽大，亡国君臣道最同。
争忍暮年归故里，纶竿回避钓鱼翁。

（《汀南廛存集》卷一）

【解题】

南朝《陈书》有《江总传》。江总（519—594 年），字总持，济阳考城（今河南兰考县）人，梁朝时为临安令、太子中舍人，陈朝时官至尚书令。江总擅长浮艳之诗，为陈后主所爱幸。江总身当权宰，不持政务，与后主游宴后庭，因此国政日颓，以至于亡国。

这首咏史诗慨叹君臣沉溺玩好，不务朝政，导致亡国，表达了诗人对历史的清醒认识。《全宋诗》卷五八亦载此诗。

【注释】

景阳宫：南朝陈有景阳殿，也称景阳宫。　离离禾黍风：典出《诗经·黍离》。此处形容陈朝灭亡后的凄凉景象。

绝句三首

亭亭画舸系江潭，直待行人酒半酣。
不管烟波与风雨，载将离恨过江南。

一夜西风旅雁秋，背身调镞索征裘。
关山落尽黄榆叶，驻马谁家唱石州。

江云薄薄日斜晖，江馆萧条独掩扉。
梁燕不知人事改，雨中犹作一双飞。

（《汀南廛存集》卷一）

【解题】

《苕溪渔隐丛话前集》卷二四引蔡宽夫《诗话》云：“大抵仲贤情致深婉，比当时辈流，能不专使事，而尤长于绝句。如‘一夜西风旅雁秋，背身调镞索征裘，关山落尽黄榆叶，驻马谁家唱《石州》。’又‘江云薄薄日斜晖，江馆萧条独掩扉，梁燕不知人事改，雨中犹作一双飞。’若此等类，须在王摩诘伯仲之间，刘禹锡、杜牧之不足多也。”

组诗三首都写离情愁怨。第一首抒写与友人别离之愁，末句将无形的别离之愁化为有形的可载之物，尤其生动形象，对后人影响很大。第二首抒写身处边塞对亲人的思念，甚有苍凉悲慨之气。第三首用燕子双飞反衬诗人的孤独相思，情致深婉，言尽意长。

【注释】

直待：杨慎《艺林伐山》作“只待”。《全宋诗》卷五八作“直到”。　石州：即《石州曲》，乐府商调曲名，内容大多为离别相思情感。

题缑氏山

秋阴漠漠秋云轻，缑氏山头月正明。

帝子西飞仙驭远，不知何处夜吹笙。

（《临汀志·进士题名》）

【解题】

缑（gōu）氏山，周时又称“抚父堆”，位于古缑氏镇东南约六公里，与嵩山距离不远。《河南府志》载：“缑山，在县南（指偃师老城）四十里，孤峰突出，周灵王太子晋升仙于此。”

这是一首怀古诗，抒发了对王子晋升仙传说的神往之情。《临汀志·进士题名》载：晏元献公（晏殊）守洛，过而见之，取乐天语书其后曰：“此书在在处处有神物护持。”

【注释】

帝子：指王子晋，姓姬名晋，字子乔，是周灵王的太子，故称。　夜吹笙：《列仙传》载王子乔爱好吹笙，喜欢仿凤凰鸣叫的声音。

李　巽

李巽，字仲权，邵武光泽县客家人。宋太宗太平兴国八年（983年）进士，除江南西路提刑，迁两浙转运使。与诗人王禹偁（954—1001年）相友善，有《蜃楼》《土鼓》《周处斩蛟》三赋驰名于世。

登第遗乡人

当年踪迹困泥尘，不意乘时亦化鳞。

为报乡闾亲戚道，如今席帽已离身。

（《全宋诗》卷五八）

【解题】

此诗是作者考中进士之后赠乡人所作，抒写理想实现后的喜悦之情，其中亦含些许调侃。此诗反映了宋初客家读书人传承中原风习的特点。

【注释】

乘时亦化鳞：指中进士，有鲤鱼跳龙门之意。　席帽已离身：唐宋时，不第士子出则席帽随身，及第乃去之，福建的客家人亦传承如是。后以“席帽离身”指读书人科举及第。

陈世卿

陈世卿（953—1016 年），字光远，南剑州沙县客家人，祖籍河南颍川郡(今河南许昌市)。宋雍熙二年（985 年）进士，历任衡州推官、福建转运使、两浙路转运使、判三司三勾院、荆湖北路转运使等职，官至秘书少监，知广州，赐金紫。《宋史》卷三百七有传。

思古堂

思古堂前酒一樽，共谈时事出孤村。

临期上马无他嘱，务买诗书教子孙。

（《全宋诗》卷五八）

【解题】

思古堂，在今永安市贡川西郊（五代、宋时属沙县）。这首饯别诗突出临别嘱咐，体现客家人重视教育、诗书传家的思想。《三明市志·诗文选辑》题为“思古堂饯别”。

翠竹峰

翠竹峰前是我家，归来重整旧生涯。

烟霞尚有留人意，可奈门前驷马车。

（《永安县志·地理志》万历版）

【解题】

诗人因母亲病逝回乡守孝，三年后回京时作此诗，抒发对家乡山水烟霞的热爱及仕宦缠身的无奈。《三明市志·诗文选辑》题为“京行”。

【注释】

翠竹峰：在今永安市贡川西郊。　旧生涯：指农家的耕读生活。　驷马车：用四匹马拉的车子，是官府使用的快车。此处指朝廷的征召。

淘金山

未覆一篑土，便做千仞观。

一自登巉岩，培塿视群山。

（《沙县志·山川》民国版）

【解题】

淘金山，在沙县城郊西北、狮豸山西侧，昔时有人于其下淘金，故名。此诗描写淘金山的高俊雄伟，暗喻自己洁身自立，不与奸佞小人为伍。《全宋诗》卷五八亦载此诗。

【注释】

未覆一篑土：淘金山多石少土，山巅有巨石，可坐百余人，于此可眺望全城景象。　培塿：小土丘。

游黄杨岩

朔风夜号空，千隅几枝木。深山自春色，芳草不凋绿。朋来得进游，招提藏翠麓。新酒赤如丹，竹萌肥胜肉。一醉出门去，缺月挂修竹。归路沙溪浅，危桥溅寒玉。夜过渭滨居，门庭应不俗。对座寂无言，泉声如击筑。宗明更可人，相邀勤秉烛。开缄得捷音，豺狼俱面北。回棹今可矣，赏心嗟未足。西去有奇岩，祥云覆华屋。箕踞列千人，未充空洞腹。更约林宗俱，来伴白云宿。

（《全宋诗》卷五八）

【解题】

黄杨岩，在今三明市岩前镇（原属永安，介于永安和归化县之间），岩上多产黄杨木，故称。又名万寿岩、麟峰。此诗描写冬天与友人畅游黄杨岩，呈现幽美的山间景象及热情好客的山间民情。《延平府志》（嘉靖本）亦收录此诗。

【注释】

招提：寺院的别称。　赤如丹：客家红娘酒或炖过的米酒，颜色呈红色，或如茶色。　竹萌：冬笋。客家人有以冬笋做菜的习俗。　渭滨居：借指隐士所居之所。　击筑：筑，古代弦乐器，像琴，有十三根弦，用竹尺敲打。　宗明：与后文的林宗，都是作者的朋友。　回棹：本指划船返回，此单指返回。

吴简言

吴简言，字若讷，长汀客家人。宋端拱二年（989 年）进士，调绵州户曹，崇宁中擢博学鸿词科，授著作郎。曾奉诏招抚西南少数民族，以功迁祠部郎中。《汀州府志・文苑》载其“有俊才”。《八闽通志・人物》有传。

题巫山神女庙

惆怅巫娥事不平，当时一梦是虚成。

只因宋玉闲唇吻，流尽巴江洗不清。

（《临汀志・进士题名》）

【解题】

这首怀古咏史诗最早见于《舆地纪胜》卷一三二福建路・汀州，《汀南廑存集》及《全宋诗》卷七四亦载此诗。作者一反传统说法，指责宋玉虚构出“巫山云雨”故事，玷污了神女的清白，造成难以洗清的“闲话”。此诗就事说理，体现宋诗好议论的特点。

梁　顾

梁顾，字习之，长汀客家人，处士梁藻之子。宋真宗咸平三年（1000 年）进士，历知庐州，漕广东，以和戎功迁开封府判官、兵部员外郎，出为河南府少尹。《汀州府志・文苑》

载其“博学能文”。卒祀乡贤。

题灵洞天福院

门外路将三市隔，此中人是几生修。

千寻古木含云翠，一派寒泉绕槛流。

（《临汀志·寺观》）

【解题】

灵洞天福院，在武平县西五里灵洞山麓，唐咸通间（860—874 年）创建。此诗极写灵洞山天福院清幽的环境，表达了对自由宁静生活的向往 。《八闽通志·寺观》《全宋诗》卷一一三均载此诗。《汀南廑存集》题为“灵洞山”。

【注释】

三市：泛指闹市、尘世。　千寻：古以八尺为一寻，“千寻”形容极高或极长。　寒泉绕槛流：灵洞天福院门外有泉水萦绕，派出葛翁炼丹井，清澈可鉴。

伍 祐

伍祐，字右之，唐代宁化进士伍正己曾孙，宁化客家人。宋真宗大中祥符元年（1008年）进士，历任于都、宜城、海昌知县，楚州团练推官，秘书著作佐郎，终太常博士。《汀州府志·人物》载其“以廉能称”。有《伍太常集》。

幽亭夜坐

寂寂幽亭夜坐多，悠悠万事拟如何。

鸿毛未答王褒颂，牛甬空悬宁戚歌。

孤竹瘦松声自振，淡烟残月冷相知。

当年拾芥明经者，懒问诸生安在么。

（《宁化县志·艺文》）

【解题】

此诗以王褒、宁戚作比，抒发怀才不遇，唯有淡烟残月相知的苦闷，但从“孤竹瘦松声自振”这一诗句中仍可听到诗人积极用世的心声。李世熊纂《宁化县志》（卷四人物）认为“旧志载幽亭夜坐诗，幽亭二字已不雅，诗又讹谬可哂，今删之”。本书仍录此诗以存史。

【注释】

王褒：字子渊，西汉文学家，生卒年不详。蜀资中（今四川资阳）人。曾作《圣主得贤臣颂》。　宁戚：姬姓，宁氏，名戚，春秋时卫国人。早年放牛为生，后遇齐桓公，拜为大夫，任齐国大司田。曾作歌“南山灿、白石烂，中有鲤鱼长尺半。生不逢尧与舜禅……”表达了怀才不遇者的用世心态。

蔡 襄

蔡襄（1012－1067 年），字君谟，福建莆田蔡垞村人。宋天圣八年（1030 年）进士，历任翰林学士、三司使、端明殿学士、福建路转运使，知泉州、福州、开封和杭州府事等职。卒赠礼部侍郎，谥号忠惠。有《茶录》《荔枝谱》《蔡忠惠集》等传世。《福州府志•名宦》、《宋史》卷三百二十有传。

宋安济庙潜灵王谒

远远青山叠叠峰，峰前真宰读书翁。

半岩冷落高宗雨，一洞凄凉吉甫风。

溪隐豹眠寒雾露，井凋凤宿旧梧桐。

九龙山下英雄气，尽属君王宇宙中。

（《临汀志・祀庙》）

【解题】

安济庙，又名九龙阳数潜灵王庙，在清流县南梦溪洞口，始建于唐，五代闽永隆二年（681年）九月封其为阳数潜灵王。《临汀志・祀庙》载：“嘉佑中，枢密直学士蔡公襄知泉州，有布衣上谒，自称宁化九龙进士。公与坐，莫测其为神，及送之庭除，忽不见，始异之。取刺而视，于中得诗五十六字，寻加访问。”九龙山神作诗固不可信，蔡襄声名既高，此诗又为拜谒庙宇所作，故后人将其着上神秘色彩，亦在情理。此诗描写安济庙的地理形势，写其年久失修的冷落荒凉，尾联突兀振起，赞颂九龙山人的英雄豪气。《清流县志》亦载此诗。

【注释】

真宰：宇宙的主宰者，典出《庄子•齐物论》：“若有真宰，而特不得其朕。”诗中指九龙山神。　读书翁：传说中的潜灵王是九龙进士，故云。　高宗：唐高宗李治（628－683年），字为善，唐太宗李世民第九子。　吉甫：李吉甫(758—814 年)，字弘宪。赵郡(今河北赞皇县)人。唐宪宗时宰相，地理学家。

陈 偁

陈偁（1015—1086 年），字君举，沙县客家人，陈世卿之子。宋天圣八年（1030 年）特奏进士，曾任罗源县令，知惠州、开封、泉州、尉州等职，以朝议大夫致仕。

题栟榈山

名蓝依净境，风物倍精神。

翠巘藏仙迹，寒潭绝世尘。

岭猿吟岁月，山鸟语留人。

拟学栖真客，林泉老此身。

（《永安县志·艺文志》）

【解题】

栟榈山，在永安县治北二十里，与桃源洞隔沙溪相对，以多产栟榈木，故名。此诗描述栟榈山的景致与传说，抒发终老此山的隐逸之情。

【注释】

名蓝：蓝，伽蓝，佛教的寺院。名蓝，即名寺。栟榈山有栟榈寺，后晋天福五年（940年）建，是永安古代名刹。　栖真客：道教中修仙学道之人。

栟榈山

昔年曾入武夷山，今日栟榈仿佛间。
仙子不知何处去，漫留踪迹在尘寰。

（《永安县志·山川》）

【解题】

栟榈山，见前注。作者将栟榈山比美于武夷山，突出栟榈山的神仙传说，为名胜之地增添神奇色彩，令读者无限神往。

【注释】

仙子：旧传，栟榈山有神仙往来其间。山上有降仙台、步云台、接仙桥、天池等，是仙人降临和走马、戏水之处。　尘寰：指人间。

叶祖洽

叶祖洽（1046—1117年），字敦礼，邵武军泰宁县客家人。宋神宗熙宁三年（1070年）进士，钦点状元，任国子监丞，支持王安石变法。哲宗元祐元年（1086年）除集贤殿校理；三年，提点淮南路刑狱；七年，知海州。绍圣中，入为左司郎中、起居郎、中书舍人、给事中。元符二年（1099年）知济州。崇宁元年（1102年）为吏部侍郎，黜提举建州武夷山冲佑观，起知洪州，改亳州。政和末卒。《宋史》卷三五四有传。

邵 武

江南烟雨蔽征轮，行近樵阳景渐真。
鸟语乍闻如梦寐，林光初见长精神。

（《全宋诗》卷八七八）

【解题】

作者从北方返回家乡泰宁途中作此诗，抒写接近邵武时见到的明朗景物及乍闻鸟语时的惊喜心情，间接歌颂家乡的美丽。

【注释】

樵阳：邵武历史上有“昭武、樵川、樵阳”之称。宋太平兴国四年（979年）以邵武县置邵武军，管辖建宁、泰宁、邵武、光泽四县。

钓台

先生遗世者，长谢帝京尘。
一钓桐江水，高名万古春。
客星曾犯座，天子不能臣。
台下千帆过，风波愁杀人。

（《全宋诗》卷八七八）

【解题】

这是一首怀古咏史诗。钓台，指严子陵钓台，在浙江省桐庐县。此诗通过缅怀严光不愿为天子之臣的传说，侧面表达了为功名牵累的疲惫与淡淡的忧愁。

【注释】

先生：指东汉隐士严光，字子陵，浙江余姚人。　桐江：在浙江桐庐县。　客星曾犯座：相传严光与刘秀同卧一塌，严光以足加帝（刘秀）腹上，次日太史官奏“客星犯御座甚急”，帝笑着说，这是我与故人子陵共卧耳。　天子不能臣：光武帝（刘秀）授予严光谏议大夫之职，严光不从，归隐富春山（今桐庐县境内）耕读垂钓。

杨　时

杨时（1053—1135年），字中立，学者称龟山先生，将乐县客家人。神宗熙宁九年（1076年）进士。杨时拜洛阳著名学者程颢、程颐为师，研习理学，与游酢、伊焞、谢良佐并称程门四大弟子，学成后他“倡道东南”，对闽中理学的兴起有筚路蓝缕之功，被后人尊为“闽学鼻祖”。曾任徐州司法、虔州司法、浏阳县令、无为军判官、荆州教授、余杭知县、国子监祭酒、龙图阁直学士，提举杭州洞宵宫。杨时诗文著述很多，有《龟山集》等传世。《宋史》卷四二八有传。

含云寺书事六绝句（选三）

山前咫尺市朝赊，垣屋萧条似隐家。
过客不须携鼓吹，野塘终日有鸣蛙。

竹间幽径草成围，藜杖穿云翠满衣。
石上坐忘惊觉晚，山前明月伴人归。

蝶梦轻扬一室空，梦回谁识此身同。
窗前月冷松阴碎，一枕溪声半夜风。

（《全宋诗》卷一一四八）

【解题】

含云寺是杨时少年读书处。《将乐县志》（明弘治十八年修）载："含云山，在县治西。朝暮间常有云气氤氲。其山下有寺，宋杨时尝筑室读书于此。"诗中描写含云寺周围的景致及作者在含云寺读书楼生活的感受。第一首诗中，"过客不须携鼓吹，野塘终日有鸣蛙"句尤好。

【注释】

鼓吹：指鼓和唢呐等吹打乐器。　坐忘：典出《庄子·大宗师》，指人有意识地忘记外界一切事物，甚至忘记自身形体的存在，达到与"大道"相合为一的得道境界。　蝶梦：典出《庄子·齐物论》庄周梦蝶的故事。

此日不再得示同学

此日不再得，颓波注扶桑。跹跹黄小群，毛发忽已苍。愿言绩学子，共惜此日光。术业贵及时，勉之在青阳。行已慎所之，戒哉畏迷方。舜跖善利间，所差亦毫芒。富贵如浮云，苟得非所臧。贫贱岂吾羞，逐物乃自戕。胼胝奏艰食，一瓢甘糟糠。所逢义适然，未殊行与藏。斯人已云没，简编有遗芳。希颜亦颜徒，要在用心刚。譬犹适千里，驾言勿徊徨。驱马日云远，谁谓阻且长。末流学多歧，倚门诵韩庄。出入方寸间，雕镌事辞章。学成欲何用，奔趋名利场。挟策博塞游，异趣均亡羊。我懒心意衰，抚事多遗忘。念子方妙龄，壮图宜自强。至宝在高深，不惮勤梯航。茫茫定何求，所得安能常。万物备吾身，求得舍即亡。鸡犬犹知寻，自弃良可伤。欲为君子儒，勿谓予言狂。

（《全宋诗》卷一一四四）

【解题】

这首五古诗又名"读书含云寺示学者"或"勉学歌"。清代张夏《杨龟山先生年谱》载："元符三年庚辰，杨时四十八岁，居乡，讲学含云寺。作《勉学歌》示诸生。"诗中告诫后学要爱惜时光，安贫乐道，用心刚正，摒弃名利思想，注重道德修养，成为儒家君子，以实现宏图壮志。教诲谆谆，足以警惰。

闲居书事

虚庭幽草翠相环，默坐颓然草色间。

玩意诗书千古近，放怀天地一身闲。

疏窗风度聊倚枕，永巷人稀独掩关。

谁信红尘随处净，不论城郭与青山。

（《全宋诗》卷一一四七）

【解题】

此诗抒发作者摒弃红尘纷扰、潜心读书的宁静安闲心态。颔联对仗工整，含义隽永，极是心得之语。

陈　轩

陈轩（1038—1121 年），字元舆，富沙（今福建建阳）人。宋仁宗嘉佑八年（1063 年）进士，调平江军节度推官。神宗元丰六年（1083 年）知临汀（一说在元丰四年）。《汀州府志·名宦》载其“治尚简静”，黄庭坚诗《戏答陈元舆》云“平生所闻陈汀州，蝗不入境年屡丰”，其政可知。后官至龙图阁直学士，知杭州、福州。《宋史·卷三四六》《临汀志·名宦》《八闽通志·人物》皆有传。

题蓬莱观

蓬莱观下瑞烟飘，刘氏曾经此地超。
桃圃昔谐王母约，烟霄自赴玉皇朝。
白鹤乘去人何在，青鸟飞来信已遥。
若使何郎有仙骨，也须吹引凤凰箫。

（《临汀志·道释》）

【解题】

蓬莱观，在宁化县上攀龙乡。《永乐大典》卷 7895 载：“刘氏女，宁化县人，父安。生不茹荤，美艳而慧，喜文墨，以不嫁自誓。年及笄，父母夺其志，许石门何氏子，刘氏聚族往送之。导从甫过境，忽有白鹅从空下，女即乘之以飞。所亲哀悼，竟莫穷其所往。土人异之，置祠于上升之地。郡以闻，诏赐其地为蓬莱观。郡守陈公轩未第时过其下，题诗观中云云。”

此诗歌咏客家地区刘氏女的神话传说，想像丰富，造意奇特，表达了作者对神仙世界的向往，含蓄表达了对美好理想的追求。

【注释】

瑞烟：《全宋诗》卷七二六作“瑞云”。　白鹤：相传刘氏女乘白鹤上天。　青鸟：神话传说中为西王母取食传信的神鸟。　何郎：指刘氏女故事中的石门何氏子。　凤凰箫：典用春秋时萧史与秦穆公之女弄玉“吹箫引凤”的传说。

临汀书事（二首）

居人不记瓯闽事，遗迹空传福抚山。
地有铜盐家自给，岁无兵盗戍长闲。

一川远汇三溪水，千嶂深围四面城。
花继腊梅长不歇，鸟啼春谷半无名。

（《永乐大典》卷七八九五）

【解题】

诗第一首概述汀州的开创历史与社会环境，字里行间洋溢着对汀州资源富饶、百姓安居乐业的喜悦。第二首诗描绘汀州客家人生活的自然环境，首联“一川远汇三溪水”两句准确概括汀州城的形势特点。尾联寓情于景，以鸟语花香的环境美作结，言有尽而意无穷，令人神往。两首诗四联都是对仗，在历代诗作中较为罕见。《全宋诗》卷七二六亦载此诗。

【注释】

瓯闽事：指闽越古国的变迁历史。《临汀志·建置沿革》载：西周时福建为“七闽之地”（《周官·职方氏》）。春秋时，勾践灭吴，兼闽而有之，是为闽越。无诸、摇皆其后也。秦灭诸侯，置闽中郡。汉高祖五年，立无诸为闽越王，王闽中。孝惠三年，以摇功多无诸，更封摇东海王，都东瓯。西晋太康三年（282 年）设晋安郡，领县八，其一为新罗，汀州即基于此。　福抚山：指福州和抚州之间武夷山南端的山区。《汀州府志》载：“唐开元二十四年，开福、抚两州山峒置汀州。”　三溪水：指汀州城周围的东溪、正溪以及西溪河，三溪之水汇合成汀江干流。

汀州旧州城

五百年前兴废事，至今人号旧州城。

草铺昔日笙歌地，云满当年剑戟营。

（《临汀志·古迹》）

【解题】

旧州城，《汀州府志》载：“旧州城，在长汀县城东北郊东方口大丘头。”为晋新罗邑址，位在新罗山支脉下。此诗怀古，抒发人事沧桑的感慨。

【注释】

草铺：今名草坪哩。在今长汀县城东北郊五里，州城旧址。　笙歌地：繁华之地。

苍玉洞

截断苍山百尺崖，峥嵘相倚洞门开。

天生只隔红尘路，不碍溪云自往来。

（《临汀志·山川》）

【解题】

此诗题后有作者原注“在长汀县东禅寺下”。苍玉洞，位于长汀城东三里，东禅院下，有岩洞、摩崖石刻、庙宇、楼阁亭池之胜。此诗描写苍玉洞的险峻，抒写自己摈弃名利、忘情山水的悠然心境。

【注释】

红尘路：指世俗生活，亦借喻名利之路。　溪云：《长汀县志·古迹志》和《全宋诗》卷七二六作“浮云”。

释宗佑真容赞

不是十二面，虚堂空寂寂。不是一千年，丛林声呖呖。奇哉丹青者，具增减不得。珍重四方闻，一个善知识。

（《临汀志·道释》）

【解题】

《永乐大典》卷七八九五载："僧宗佑卜，宣姓，长汀县人，遍礼十方，归主开元，人物昂藏。郡守陈侍郎轩尤雅重之，赞其真容云云。"此诗赞扬长汀县开元寺主持宗佑精通佛法、见识广博，享誉四方。《临汀志·道释》有传。《全宋诗》卷七二六亦载此诗。

【注释】

十二面：指十二面观音像。　珍重：诗中指办事认真、慎重。　善知识：指精通佛法，有识见。

郭祥正

郭祥正（1035—1113年），字功甫（父），安徽当涂人，号谢公山人、醉吟先生。宋熙宁间（1068—1077年）进士，元丰间（1078—1085年）调任临汀郡通判，与太守陈轩相欢莫逆，诗酒唱和。同时人梅尧臣赞其人"真太白后身"，王安石称其诗"豪迈精绝"（《临汀志·名宦》）。有《青山集》三十卷。《宋史》卷四四四有传。

苍玉洞

片片冰崖裂，淙淙雪浪深。

举头看白鹭，相伴洗尘心。

（《临汀志·山川》）

【解题】

此诗是与太守陈轩《苍玉洞》诗同题的唱和之作，表达钟情山水、忘怀名利的思想。冰岸、雪浪、白鹭等景物共同构成明净高远的诗歌意境。

和郡守西峰院

寺占西山第一峰，与君高步蹑云踪。

西风吹尽霜林叶，放出亭亭千丈松。

（《临汀志·寺观》）

【解题】

西峰院，在长汀县西一里，五代闽永隆间（939—943年）创建。郡守陈轩有绝句云："扪萝百尺上孤峰，红藓斑斑杖履踪。惟有潮声生绝顶，晚风吹动半岩松。"郭祥正此诗为陈轩诗的步韵之作。诗中第二联中，"霜林叶"与"千丈松"形成鲜明对比，"放出"与"亭亭"四字突出青松不畏风霜的英姿。

卧龙山泉上茗酌呈太守陈元舆

君不见，欧阳公，在琅琊。酿泉为酒饮辄醉，自号醉翁乐无涯。醉来落笔驱龙蛇，电雹万里轰雷车。浓阴却扫吐朝日，草木妍媚春争华。斯人往矣道将丧，虽遇绝景谁能夸。又不见，卧龙山下一泓水，源接银河甘且美。惜哉无名人不闻，唯有寒云弄清泚。君携天上小团月，来就斯泉烹一啜。不觉两腋习习清风生，便欲飞归紫金阙。挽君且住君少留，人生难得名山游。汲泉涤砚请君发佳唱，铿金戛玉摇清商。斯泉便与酿泉比，泉价诗名无表里。自愧学诗三十年，缩手袖间惊血指。君如欧阳公，我非苏与梅。但能泉上伴君饮，高咏搁笔无由陪。明年茶熟君应去，愁对苍崖咏佳句。

（《全宋诗》卷七四九）

【解题】

卧龙山，在汀州州治之后，又名无境山、九龙山、北山。泉，指袈裟泉，在卧龙山之西的法林院。《汀州府志·山川》载：“（长汀）县西法林院有泉出于石缝，缝裂如袈裟状。郡守陈轩、倅郭祥正烹茗泉上，联韵，命名新泉。”陈元舆，指临汀郡太守陈轩。这首古风叙述卧龙山袈裟泉上畅饮佳茗、作诗唱和的豪情逸兴，诗风俊逸有如李白。“卧龙山下一泓水，源接银河甘且美。惜哉无名人不闻，唯有寒云弄清泚”，表达对汀州山水的热爱与推崇之情。

【注释】

琅琊：琅琊山，在安徽滁州。宋仁宗庆历五年（1045 年），欧阳修降职知滁州，游琅琊山，作《醉翁亭记》。　酿泉：琅琊山上的泉水之名。　君：指太守陈轩。　苏与梅：苏轼与梅尧臣，都是当时的诗文大家。

临汀春晚

黯淡阴晴阁雨天，清明将近见秋千。

风高乔木莺初啭，水暖平沙鹭斗眠。

身计只知忧陷阱，年华岂解老神仙。

迢迢归路三千里，始信家书直万钱。

（《全宋诗》卷七七二）

【解题】

此诗描写临汀暮春景象，表现临汀春季多雨的气候以及莺啭鹭眠的优美环境，抒写思念家乡的情绪。

【注释】

鹭斗眠：鹭睡眠时身体作搏斗状。　直万钱：典出杜甫《春望》“家书抵万金”。“直”同“值”。

次韵元舆临汀书事（三首）

福抚开山罢戍兵，我朝仁泽始流行。

岚烟蒸隰同梅岭，地脉逶迤接赣城。
花木藏春先腊折，儿童要寿半岩名。
如今太守真黄霸，里巷歌谣善治声。

碧瓦参差几万间，重楼复阁更回环。
城池影浸水边水，鼓角声传山外山。
鉴落斗倾元驰禁，秋千争蹴未容闲。
使君得意同民乐，日拥笙歌倒醉颜。

近郭溪山最可游，雨晴天气返如秋。
人携羽扇防浓雾，马惜鞯泥涉浅流。
竹叶要翻金盏底，梨花偏称玉钗头。
卧龙盛事堪图画，迥压闽南七八州。

（《全宋诗》卷七七二）

【解题】

此诗为陈轩《临汀书事》诗的次韵之作。三首诗描述了临汀郡的地理形势、市井面貌及游人之乐，热情洋溢地赞颂陈轩的政绩。读此诗有助于了解宋代汀州城市面貌和民间习俗。

【注释】

岩名：岩名谓南安岩（自注）。　黄霸：黄霸(前 130—前 51 年)，字次公，淮阳阳夏（今河南太康）人，西汉时有名的大臣。汉宣帝时任颍川太守，为政清明，体恤民瘼，治颍八年，颍川出现太平盛世局面，朝廷誉之为栋梁之才。

南安岩

汀梅之间山万重，南安岩窦何玲珑。
青葱屹立敞四壁，巧匠缩手难为工。
嗟予俗缚未能往，愿得结草与岩松。
遂登彼岸达正觉，月落岩下松生风。

（《全宋诗》卷七七九）

【解题】

南安岩，在武平县南八十五里（今岩前镇），形如狮子，旧为蛟龙窟宅，俗呼龙穿洞。定光大师于乾德二年（964 年）卓锡于此，后被奉为定光古佛，成为闽台等地客家人主祀的佛教神灵。此诗作于定光去世（1015 年）六十年后，说明定光佛在当时受到汀州吏民的普遍尊崇。诗歌描写南安岩的青葱美丽，抒写对自由生活的向往之情。

【注释】

“汀梅”句：汀梅，指汀州、梅州。山万重，《汀州府志·艺文》作“山万里”。　青葱:《舆地纪胜》作“青瑶”。　彼岸：佛教中指净土、极乐世界。　达正觉：佛教中指成佛。诗中用以指破除一切烦恼执着、超脱生死的大智慧，到达空明无碍的理想境界。

题南楼

楼外青山似故人，雨余山色净无尘。

青山依旧人将老，一片离愁挂晚春。

（《汀州府志·艺文》）

【解题】

《全宋诗》卷七七五题作“再至汀州倅宅南楼”，作者离开汀州之前再次登上南楼作此诗。南楼，又名慈济阁，在州署南，高三层。明代崇祯间知府唐世涵拆建为宝珠门楼。此诗借景抒情，情景交融，抒发恋恋不舍的离别之愁。尾联着一“挂”字，把无形的愁写得生动形象可感。

蒋之奇

蒋之奇（1031—1104年），字颖叔，常州宜兴人。嘉祐二年（1057年）进士。熙宁二年（1069年）为福建转运判官。《福州府志·名宦》（万历版）有传。

苍玉亭

苍玉门径阔，白云庭院深。

鄞江一丈水，清可照人心。

（《临汀志·山川》）

【解题】

此诗为作者熙宁四年（1071年）十月下旬游览长汀名胜苍玉亭而作。今有拓本存于傅斯年图书馆。首联意境开阔悠远，隐喻诗人宽广的心胸。第二联借物喻志，用鄞江水清如镜可照人心赞誉主人为官清正，投射自己的人格理想。

鹫　峰

山前十里入青苍，猿鸟声中建道场。

月转竹阴侵阁冷，水流花片过门香。

（《宁化县志·艺文》）

【解题】

鹫峰，在宁化县南25里。一说在汀州府南，山有院，当是同名。此诗最早见于南宋王象之《舆地纪胜》，《长汀县志·山川志》亦载此诗。

韦　骧

韦骧（1033—1105年），原名让，字子骏，浙江钱塘（今杭州市）人。仁宗皇祐五年（1053年）进士，历知婺州武义县、福建路转运判官、主客郎中，提举杭州洞霄宫。有《钱塘韦先生文集》传世。

离建宁

境穷邵武入长汀，溪侧山根指去程。

护险栏杆红缭绕，依稀如傍蜀江行。

（《全宋诗》卷七三二）

【解题】

此诗为作者离开建宁（时归邵武管辖）前往临汀途中所作。诗中突出描写行走在溪侧山根路上的观感，表现建宁山水的险要与美丽。

【注释】

长汀：指狭长的河岸沙地。　红缭绕：开满红花。

临汀行馆十月桃花盛开

十月临汀气候伪，桃花零落发林阿。

也知欲趁春风媚，争奈穷州地暖何。

（《全宋诗》卷七三二）

【解题】

此诗描写临汀（今长汀县）十月的温暖气候与桃花盛开，在惊讶之余表现临汀的美丽可爱。三四句以桃花的口吻来写，诙谐风趣。

【注释】

气候伪：指气候与别地不同。　零落：指多处。

十月十二日早起按行临汀遇大雷电而雨

传车十月到长汀，郁奥犹如暑气生。

经夕山川带云雾，凌晨雷雨动檐楹。

乍逢旅客殊多怪，惯见邦人悄不惊。

聊作小诗传所过，他年稳坐话平生。

（《全宋诗》卷七三二）

【解题】

作者任福建转运判官期间巡视临汀郡所作。此诗突出“多怪”二字，写下一个钱塘人眼里（旅客）对长汀的新奇印象：气候奇（十月闷热、有雷雨）、人安定（邦人司空见惯）。

【注释】

传车：古代驿站的专用车辆。　郁奥：闷热。　悄：四库本作“情”。

李存贤

李存贤，籍贯与生卒年待考。宋元祐三年（1088 年）任长汀知县，官至太子中舍。见《临汀志·郡县官题名》。

追和前守林公东乔东禅院诗

野云闲带雨，林木静无风。

村落一溪外，民田四望中。

（《临汀志·寺观》）

【解题】

东禅院，在长汀县东三里，旁有苍玉洞，梁贞明二年（916 年）创，宋朝祖镜大师从密（俗姓郑，长汀人）书额。在此远眺，汀江两岸田野井然，村落民田历历在目。《临汀志·寺观》载："嘉祐间，使君林公东乔有诗云：'心爱民田远，车行石径中。'长汀宰李存贤和云。"此诗描写田园景色，颇有王维"诗中有画"的诗歌风味。《八闽通志·寺观》《全宋诗·卷一二六四》亦载此诗。此诗在《汀南廑存集》中题为"东山"，作者为"李存真"。真，当为"贤"字之误。

臧子常

臧子常，籍贯不详，一说宁化人。推官，宋代诗人，生平事迹待考。

鹫峰院

望穷山下疑无路，行入壶中别有天。

花落春岩朝带雨，月涵秋谷夜闻泉。

（《临汀志·寺观》）

【解题】

鹫峰院，在宁化县南二十五里，五代闽永隆间（939—944 年）建。此诗抓住山中的不同时令特征，以动衬静，描绘鹫峰仙境般的春秋美景。

【注释】

穷：尽。　　壶中：仙境，指山中。

陈　瓘

陈瓘（1057—1124 年），字莹中，号了斋，沙县客家人。神宗元丰二年（1079 年）进士。徽宗朝，召拜右正言，迁左司谏，以弹劾蔡京，罢监扬州粮料院。崇宁中，受蔡京等人忌恨，以党籍除名，遭不断流徙。宣和六年（1124 年）卒于楚州。绍兴中，赐谥忠肃。有《了斋集》四十二卷，大多已佚，现存陈瓘诗合编为一卷。《宋史》卷三四五有传。

杂　诗

大抵操心在谨微，谬差千里始毫厘。
如闻不善须当改，莫谓无人便可欺。
忠信但当为己任，行藏终自有天知。
深冬寒日能多少，已觉东风次第吹。

（《全宋诗》卷一一九一）

【解题】

此诗意在阐明自己的为人之道，表达以忠信为己任的行为准则。这是陈瓘与蔡京一伙作坚决斗争绝不屈服的思想基础。从尾联看，作者遭受政治打击时仍保持着乐观的情绪和坚定的信念，这种积极心态对后人也无疑有着启迪意义。

洪　刍

洪刍（1066—1128 年），字驹父，江西南昌人，黄庭坚的外甥，与兄朋，弟炎、羽并称“四洪”。哲宗绍圣元年（1094 年），与弟弟洪炎同举进士。洪刍之诗师承黄庭坚，纪昀谓其“深得豫章之格”，是江西诗派著名人物。著有《老圃集》《楚汉逸书》等。

题横翠亭（二首）

风枝雨叶春无赖，石径茅茨昼不开。
绿竹笋高人未觉，紫荆花谢我重来。

海棠红映梨花白，竹杖芒鞋绕屋檐。
深处提壶安好语，无人沽酒引陶潜。

（《临汀志・亭馆》）

【解题】

崇宁元年（1102 年），洪刍谪监汀州酒税，常与郡守陈粹等人游览山水名胜。横翠亭，在长汀县东禅寺中门之左。崇宁间，郡守陈粹创，僧刻洪刍二绝句于柱。《舆地纪胜》载：“横翠亭，山光野色，横在目前。”

【注释】

无赖：意为可爱。　茅茨：茅草屋。　陶潜：即陶渊明，东晋著名田园诗人。

陪郡守陈公轩游东山

篆破高青知野火，点残横绿是沙鸥。

微行曲折如羊坂，乱石峥嵘似虎丘。

（《临汀志·亭馆》）

【解题】

东山，“在城内正东，乃卧龙山之首。古松偃蹇，鹤鹳来巢。上有鄞江台，旁有五显庙，乃古迹”（《临汀志·山川》）。崇宁间陈轩回临汀故地重游，洪刍相陪作此诗。完整的本诗已不存，此四句写景，重在体现东山的山野气息。“篆破”“点残”，用语精致独到，极富想像力。尾句以虎丘名胜作比，提高了东山的文化品位。

南山诗

烟花淡荡连三里，云树低迷过一州。

冈献卧龙春色老，气横野马日光浮。

（《临汀志·山川》）

【解题】

南山，在长汀县南三里。《临汀志·山川》载：“山脉自石含分支，由湘洪峡过鸡笼嶂，历高坑，起鹦鹉石，又里许秀峙为南山，实州治朝山也。”此诗描绘长汀郊外鲜花盛开、树木茂盛的春天景色。

【注释】

烟花：形容花卉繁多。　淡荡：本指河水迂回缓流貌，诗中用以形容鲜花遍野、绵延不断。　云树：形容树木茂盛。　低迷：迷蒙。　老：形容（春色）深。

邓春卿

邓春卿，字荣伯，长汀客家人。崇宁间（1102—1106年）诏举遗逸，大观间（1107—1110年）诏举八行（孝悌等八种德行），俱辞不就。卜筑南山，安贫乐道，以躬耕吟诵为乐。有诗文三卷。

谢章郡守过访隐庐

在巷愧无颜子志，过庐难称魏公心。

望尘不敢希潘岳，云满南山雪满簪。

（《汀南廑存集》卷一）

【解题】

宋徽宗大观二年（1108年），章清以朝散大夫知临汀，亲访邓春卿。邓作此诗，以颜回、魏景卿自比，婉言辞谢朝廷的诏命，塑造了安贫乐道、满头白发的高士形象。《临汀志·遗逸正烈》有传并诗，《全宋诗》卷一一四九亦载此诗。

【注释】

颜子：孔子的弟子。孔子曾赞叹颜回说：“贤哉，回也！一箪食，一瓢饮，在陋巷，人不堪其忧，回也不改其乐。贤哉，回也！”　魏公：指东汉隐士魏景卿。典出皇甫谧《高士传》。 潘岳：晋代著名文人。曾任河阳令、著作郎等职。以善写哀诔文字著称。 雪满簪：形容满头白发。

僧智孜

僧智孜，俗姓萧，号禅鉴，长汀县客家人。元丰、崇宁间驻锡长汀南山同庆禅院。《临汀志·道释》载其“尝住福之白鹿，豫章之上蓝。机法之外，尤长于诗”，洪刍、郭祥正等与之酬唱，有往来诗篇。智孜有诗近三百篇由门人编成《南山集》，雕版印行。

四皓吟

忠义合时难，云林共掩关。
因秦生白发，为汉出青山。
不愿金章贵，常披鹤氅还。
如今明圣代，高蹈更难攀。

（《汀南廑存集》卷一）

【解题】

四皓，指秦末汉初隐居于陕西商洛山中的四位隐士（东园公、角里先生、夏黄公、绮里季），通称“商山四皓”。此诗赞颂四皓的高尚事迹，抒发对古代先贤的钦慕，委婉表达不愿追求荣利的思想。诗歌对仗精致，用典平易晓畅，“三四句黄山谷最称赏之”（杨澜语）。

【注释】

忠义：指四皓。 掩关：意为闭门不出，一心修行。 为汉出青山：四皓曾应吕后雉的邀请，设计阻止汉高祖刘邦废黜太子。 金章：金为金钱，章指章服，古代官员穿的绣有等级标志的礼服。 鹤氅：道士或隐士所用之服。 高蹈：高尚的行为，指“四皓”不慕荣利的行为。

王宗哲

王宗哲，字廷俊，长汀客家人。北宋重和元年（1118 年）登进士，历任江西南丰主簿、泉州理掾、韶州教授、潮阳县丞、灌阳县令。其弟明哲、宣哲也先后中进士，人称“一门三进士”。《八闽通志·人物》《长汀县志·文苑》（民国版）有传。

答张太守赠题六柳堂

琴书廿载全州守，尸位我惭归半耕。
泉石堂前植六柳，归装片月伴收成。

（《长汀历代诗选》）

【解题】

王宗哲年七十致仕回乡，在庭前植六柳，名其草堂“六柳堂”，自号六柳先生，与郡守张宪武、教授戴觉诗酒往来。张宪武，字演翁，绍兴九年（1139 年）知临汀郡。张宪武赠诗《题六柳堂》：“六柳先生以道名，归来高伴子侄耕。方瞳绿鬓君知否，一片灵台画不成。”（《临汀志・进士题名》）王宗哲作此诗依原韵以答。此诗题为编者所拟。

诗中以谦逊的口吻总结为官经历，表明钦慕陶渊明归隐田园之意。

【注释】

全州守：王宗哲曾任全州灌阳（今广西省桂林市灌阳县）令。　尸位：在职不办事，或无能力办事。　归装片月：化用陶渊明“带月荷锄归”诗意。

罗　畸

罗畸（1057—1124 年），字畸老，沙县客家人，罗从彦堂兄。宋熙宁九年（1076 年）进士，绍圣元二年（1095 年）中词科，历任福州司理参军、滁州司法参军、华州教授、太学录、太常博士、兵部郎中、秘书少监，知庐州、福州、处州等。与李纲、陈渊、邓肃友善，有《洞霄集》十卷、《史海》百余卷、《道山集》三十卷等。

登幼山

殿角才余一握天，我来神骨自飘然。
影移隐隐烟霞里，身在亭亭日月边。
脚底拥青寒树杪，面前凝翠乱峰巅。
几疑银汉余波溢，浪滚黄金砌畔泉。

（《沙县志・山川》）

【解题】

幼山，亦名大佑山，在沙溪北岸，今沙县富口镇盖竹村西面。《沙县志・山川》（嘉靖版）载：“其孤峰上耸三十里，盘根约百里，有普照寺、铁砧石、聚星石、忘忧石、降魔石、天威石、藏云坞、归云洞。”

此诗抒写幼山奇特迷人的山水景象及登高揽胜的感受。《全宋诗》卷一三一亦载此诗。

【注释】

殿角才余一握天：山上佛殿的殿角离天才一握之宽。极言幼山之高峻。　亭亭：光明貌。　浪滚黄金砌畔泉：阳光照射下飞瀑流泉令人耀目。

陈　渊

陈渊（1067—1145 年），初名渐，字知默，学者称默堂先生，沙县客家人，陈瓘的侄儿。十八岁时乡试第一，二十八岁师从杨时，深得杨时赏识。与乡人罗从彦为同窗好友，交往四十余年。绍兴五年（1135 年）受举荐为枢密院编修官。绍兴八年（1138 年）赐进士出身，任监察御史，升右正言。因仗义直言得罪秦桧被贬。有《默堂集》三十卷。

七峰叠翠（七首选二）

朝阳峰

扶桑拥晴红，梧桐蔼深翠。
鸣凤在高冈，昭昭圣王瑞。

桂花峰

嘉树霭春云，芳英粲金屑。
飘然秋风高，清芬满天阙。

（《沙县志·山川》）

【解题】

七峰山，在沙县太史溪滨（今城关沙溪河段南岸），七座小山傍水而立，形如屏风，翠色相连，故称“七峰叠翠”。李纲谪官沙县，将七峰山由东而西依次命名为朝阳峰、妙高峰、真隐峰、凝翠东峰、凝翠西峰、桂花峰、碧云峰，一一题诗。陈渊同游依次和诗。

【注释】

扶桑：此指神话中的树名。《山海经·海外东经》：“汤谷上有扶桑，十日所浴，在黑齿北。”郭璞注：“扶桑，木也。”　霭：树木繁茂的样子。　芳英：芳香的桂花。

寄傲轩

南窗何似北窗凉，寄傲乘风各有方。
俯仰尚嫌天地窄，卷舒宁计古今长。
酒斟盏里浮醅绿，菊采篱边满眼黄。
万事醉来俱不醒，时飞清梦到羲皇。

（《全宋诗》卷一六四三）

【解题】

该诗为好友罗从彦寄傲轩落成题写，刻画罗从彦性格傲岸、爱酒爱菊，堪与陶渊明相媲美的隐者形象。

【注释】

南窗：与诗中“北窗”相对，暗喻罗从彦与陶渊明。陶渊明《与子俨等疏》中有：“常言五六月中，北窗下卧，遇凉风暂至，自谓是羲皇上人。”　浮醅绿：浮着绿色的酒子。　羲皇：传说中的上古帝王。

春日偶题

未可郊原从晓鞍，人间犹似有轻寒。

春光不似常年短，过了清明更好看。

（《全宋诗》卷一六三六）

【解题】

此诗写春天郊游的感想，尾联富于想像与期望，情绪积极乐观。

罗从彦

罗从彦（1072—1135 年），字仲素，沙县客家人。先世自豫章避地南剑，因家剑浦，后徙沙县。初从吴仪游，后从杨时学，前后二十余年，尽得真传，学者称“豫章先生”。南宋绍兴二年（1132 年）以特科进士出任广东惠州博罗县主簿，卒于任所。《汀州府志·人物》载朱子谓：“龟山倡道东南，士之游其门者甚众。潜思力行，任重诣极，惟仲素一人而已。”遗书有《诗解》《春秋指归》《二程龟山语录》及《尊尧录》等。淳祐间，赐谥“文质”。现存《豫章文集》十七卷，收入《四库全书》卷一百五十七·集部·别集类十。

侍郎岩

济具游丹洞，穿林惹翠云。

迩来多野趣，殊觉少尘纷。

笑日花迎客，临崖鸟唤群。

真机皆自得，此道与谁闻？

（《汀州府志·艺文》）

【解题】

侍郎岩在清流县黄杨岩北五里，北宋熙丰间，侍郎张驾、祭酒杨时、司谏陈瓘读书于此。罗从彦奉行“道学”，提倡在自然中回归人的本初之心，此诗并不深奥说理，诗人从郊游的花鸟野趣中悟得“真机”，正如陶渊明从“采菊东篱下，悠然见南山”中悟出人生的“真意”。

【注释】

济具：准备好出游的行具。《明溪县志·艺文志》（民国版）作“乘兴”。　笑日：形容阳光明媚。　真机：从山水自然中领悟得道学真谛。

颜乐亭用陈默堂韵

平时仰止在高山，要以亭名乐内颜。

颠倒一生浑是梦，寻思百计不如闲。

心斋肯与尘污染，陋巷宁容俗往还。

坚守箪瓢心不改，恐流乞祭向墦间。

（《全宋诗》卷一三六一）

【解题】

颜乐亭，在沙县城西五里洞天岩山麓，是罗从彦的读书处。罗从彦还在洞天岩山麓建有濯缨亭、寄傲轩、颜乐斋、静亭等。陈默堂，即陈渊，默堂是其号。颜乐亭落成之日，陈渊作诗《题仲素颜乐亭》以贺，此诗是罗从彦表白心迹的和韵之作，表达了安贫乐道、坚守高洁人格的思想。

【注释】

“要以”句：意谓要以颜回之乐来命亭名。内，同纳。　颠倒：指受到挫折。　心斋：典出《庄子·人世间》，指摒弃了功利思想的空虚的心境。　箪瓢：指安贫乐道的生活。典出《论语》：“子曰：贤哉回也！一箪食，一瓢饮，居陋巷，人不堪其忧，回也不改其乐。”乞祭向墦间：典出《孟子·齐人有一妻一妾》，讽刺钻营富贵利达而不顾人格的无耻之徒。

观书有感

静处观心尘不染，闲中稽古意尤深。

周诚程敬应粗会，奥理休从此外寻。

（《全宋诗》卷一三六一）

【解题】

此诗阐述了读书的两点感悟，一是追求“静养”的境界，二是追求“诚敬”的修养方式。这是罗从彦理学思想的两个重要观点，对李侗和朱熹的影响很大。

【注释】

静处观心：从周敦颐、二程（程颢、程颐）提倡主静无欲开始，“以主静为宗”的修养论一直得到杨时和罗从彦的传授和发挥，构成早期闽学追求"静养"境界的特征。本句即是阐明闲静观书、从容默会的道理。　周诚程敬：诚与敬，是周敦颐和二程（程颢、程颐）关于精神修养方法论的核心。周敦颐《通书》认为“诚者，圣人之本”，立诚才能修身，诚立、明通方能成圣。程颢《河南程氏遗书》卷二上说：“学者须先识仁。仁者浑然与物同体，义礼知信皆仁也。识得此理，以诚敬存之而已，不须防检，不须穷索。”程颐《遗书》（卷十八）也说：“涵养须用敬，进学则在致知。”本句阐明诚敬的学术渊源及其重要性。

自 述

松菊相亲莫怨频，纷纷人世只红尘。

自怜寡与真堪笑，赖有清风是故人。

（《全宋诗》卷一三六一）

【解题】

作者表明心迹，愿以松菊精神自励，以清风为友。

李 纲

李纲（1083—1140年），字伯纪，祖籍福建邵武，生于江苏无锡梁溪。宋徽宗政和二年（1112年）进士，靖康元年（1126年）任兵部侍郎、尚书右丞。宋高宗建炎元年（1127年）拜相，力主北伐抗金，恢复中原，因投降派谗毁，仅七十五天即罢。卒谥“忠定”。有《梁溪集》一百八十卷、附录六卷传世。《四库全书总目》（提要）称其“即以诗文而言，亦雄深雅健，磊落光明，非寻常文士所及”。

灵洞山

灵洞山前曲曲开，白云深锁少人来。

我今欲觅山中景，洞口无尘多碧苔。

（《汀州府志·艺文》）

【解题】

宣和元年（1119年）六月，李纲谪沙县监税，兼摄武平知县事。《武平县志》载有李纲《仙翁》《石棋》等诗题多首，惜内容均已失传，仅保留《灵洞山》和《读书堂》二首。

灵洞山，《临汀志·山川》载：“在武平县西十里。上有仙洞，为洞天之一。山有仙人上马石、蛟池、石龟之类，旁有灵洞院、洞元观，皆因山得名。”此诗描写灵洞山的幽深及白云深锁、洞口无尘的神秘景象。“少人来”与“多碧苔”对比，在幽僻清冷的山中景象中融入诗人被贬谪荒僻小县的凄凉心情。

读书堂

灵洞水清仙可访，南岩木古佛同居。

公余问佛寻仙了，赢得工夫好读书。

（《汀州府志·艺文》）

【解题】

《汀州府志·名宦》载，李纲在武平期间“构读书堂于县西，时集士子讲学其中”。此诗写自己用寻仙问佛和读书打发时光，表面极写豁达，实际隐含不得其用之意。

【注释】

灵洞：即武平县灵洞山。见前首诗注。　南岩：即南安岩，北宋初定光大师卓锡于此。详见郭祥正《南安岩》诗解题。　“赢得”句：此句在《全宋诗》卷一五七一中作“赢得安闲剩读书”。

朝阳峰

先得朝阳一段红，何年鸣凤在梧桐。

行舟若到湾环处，知是沙阳第一峰。

（《沙县志·山川》）

【解题】

朝阳峰，沙县七峰山最东一峰，详见陈渊诗歌注。此诗精巧美丽，想像丰富，站在游客角度写初到沙阳（即沙县）客家地区的惊喜之情。

会凝翠阁游泛碧斋

高阁凝空翠，虚斋泛碧川。七峰连秀色，万户锁青烟。风物悲游子，登临集众贤。伊蒲修净供，香雾缭芳筵。嗜酒陶元亮，狂吟白乐天。嫩菱披紫角，新荔擘红圆。文字真清饮，溪山结胜缘。画桥横蝃蝀，绣岭卧蜿蜒。落日生氛雾，移舟信溯沿。星河光耿耿，风露净涓涓。山吐三更月，人游半夜船。乱萤飞熠耀，宿鹭立联拳。尽兴归忘棹，衔杯约到莲。乘槎疑犯汉，御气欲登仙。但有诗千首，何妨谪九年。深惭二三子，陪我亦萧然。

（《梁溪先生文集》卷一〇）

【解题】

诗原有小序“六月十八日，同陈兴宗、邓成彦、邓志宏早会凝翠阁，晚游泛碧斋”。作者以文为诗，叙写泛舟沙溪，观赏七峰秀色，登临凝翠阁，与友人诗酒唱和，落日之后又乘舟赏月忘归的情形，描写沙县秀美的山川风物和尽兴忘忧之情。“但有诗千首，何妨谪九年”，可见贬谪中的诗人在沙县得到许多慰藉。清版《延平府志·艺文》卷四十二题为“六月十八日，同陈兴宗、邓成彦、邓志宏早会凝翠阁泛舟游洞天诸胜”。《沙县志·山川》（民国版）亦载此诗。

【注释】

高阁：指凝翠阁。在沙县南太史溪畔，原为“征商之所”，宣和元年（1119 年）毁于火，次年五月重建，李纲名之曰“凝翠阁”。　虚斋：又称泛碧斋，指游船。　七峰：指七峰山。七座小山傍水相连，青葱秀美。　伊蒲：即伊蒲塞，梵语音译，指不出家的佛教徒。　蝃蝀：彩虹的别称。　立联拳：拳，拳曲。形容过夜的白鹭拳曲着脖子一个连着一个立在那里。　二三子：指邓肃等同游之人。

题宁化县显应庙

不愁芒履长南谪，满愿灵旗助北征。

酹彻一杯揩泪眼，烟云何处是三京。

（《临汀志·祠庙》）

【解题】

宁化显应庙，在宁化县西南三里，地名草仓，祀五代闽时锐将长孙山将军。《临汀志·祠庙》载，南渡初李纲迁谪经祠庙下，题诗于壁。“不愁”与“满愿”对比，表达不计个人荣辱，抗金卫国的志愿。

【注释】

灵旗：神灵的旗子。意谓得到神灵的帮助。　三京：宋时三京指河南的开封、洛阳、商丘，此处指京都汴梁（今开封）。

栟榈山

栟榈百里远沙溪，水石称为小武夷。

列岫笼烟红削玉，澄潭浸月碧生漪。

猿猱饮水连修臂，修木连云拥老枝。

天下幽奇多僻壤，直疑造化恶人知。

（《永安县志·山川》）

【解题】

在沙县期间，李纲与好友游览百里外的栟榈山，此诗盛赞栟榈山为小武夷，描绘栟榈山幽奇的山水景象，感慨“天下幽奇多僻壤”，曲折地抒发怀才不遇的情绪。

【注释】

红削玉：指栟榈山红色的丹霞地貌。　　恶人知：不（喜欢）让人知道。

张致远

张致远（1090—1147年），字子猷，号吴早山人，沙县客家人。北宋宣和三年（1121年）进士，历任枢密院计议官、两浙转运判官、广东转运判官、殿中侍御史、户部侍郎、吏部侍郎、给事中，知福州、广州等职。《宋史》评其：“鲠亮有学识，历台省侍从，言论风旨皆卓然可观。”

明月楼

明月楼前可万家，凤山庵下日初斜。

风流耆旧消沉尽，空睇寒江耿暮霞。

（《全宋诗》卷一七五九）

【解题】

此诗原载宋吴曾《能改斋漫录》卷一一。有序云：“廖尚书刚用中，尝梦中作诗，其末句云‘家住五湖明月楼’。其后公薨，葬于沙县二十五里交溪凤山之下。其子遂建楼，以明月目之。张给事致远赋诗云云。”

观陈谏议祠有感

权门车马日騑騑，独犯天颜咫尺威。

愿借君王斩马剑，何惭妻子泣牛衣。

丹书到死成罗织，青史平生赖发挥。

遥望湘滨成楚些，英魂应逐屈原归。

（《延平府志·艺文》）

【解题】

陈谏议，即陈瓘。陈谏议祠，又称了斋祠，在陈瓘旧居（今沙县城西北一小学内）。此诗感慨陈灌敢于触犯天颜的无私无畏精神，肯定了陈灌名垂青史的地位。

【注释】

騑騑：车马行走不止的样子。　独犯天颜：指冒犯皇上。陈瓘曾因弹劾蔡京而多次被贬。　斩马剑：汉代少府属官尚方所藏有，其利可以斩马。以其藏于尚方，故又称尚方宝剑。诗中指借助皇上除去奸臣。　牛衣：为牛御寒之物。诗中指贫寒的生活。　罗织：指捏造罪名，陷害无辜。　楚些：音 chǔ suò，指招魂歌，亦泛指楚地的乐调或《楚辞》。

邓　肃

邓肃（1091—1132 年），字志宏，自号栟榈居士，沙县客家人。李纲贬沙县监税时与邓肃相唱和，结为忘年交。宣和三年（1121 年），邓肃入太学。靖康元年（1126 年）诏赐进士出身，补承务郎、鸿胪寺主簿。金人犯京师，奉命前往敌营，留五十日而返。高宗即位，擢左正言。李纲罢相，邓肃进谏高宗，力持挽留，被罢职归家。有《栟榈集》十六卷传世。《四库全书总目》提要（卷一百五十七集部别集类十）评其"大节与杜甫略相似""在南北宋间，可谓笃励名节之士"。

无　题

风行水上偶成文，暖入园林自在春。

换骨虽工非我有，呕心得句为谁珍。

三生戒老诗堪画，千古长庚笔有神。

不用临风叹奔逸，箪瓢一笑舜何人。

（《全宋诗》卷一七六九）

【解题】

此诗当作于入太学之前。北宋后期诗人黄庭坚（1045—1105 年）论诗多言法度，倡导"夺胎换骨、点铁成金"，强调"无一字无来处"，对当时人影响很大。这种诗法虽有借鉴古人，推陈出新的意义，但造成模拟剽窃之弊。邓肃推崇风行水上的自然诗风，对江西诗派的诗法有所批评，表现了邓肃不盲从流俗的诗歌见解。

【注释】

换骨：指江西诗派提倡的"夺胎换骨"之法。《全宋诗》原作"换国"，今从万历本《沙县志》改。　长庚：金星的别名，古代又称为太白金星。诗中暗指唐代诗人李白。

花石诗十一章并序

蔽江载石巧玲珑，雨过嶙峋万玉峰。

舻尾相衔贡天子，坐移蓬岛到深宫。

浮花浪蕊自朱白，月窟鬼方更奇绝。

缤纷万里来如云，上林玉砌酣春色。

天为黎民生父母，胜景直须尽寰宇。
岂同臣庶作园池，但隔墙篱分尔汝。

守令讲求争效忠，誓将花石扫地空。
哪知臣子力可尽，报上之德要难穷。

皇帝之圃浩无涯，日月所照同一家。
北连幽蓟南交趾，东极蟠木西流沙。

是中日月摩星斗，下视群山真培塿。
千年老木矫龙蛇，天风夜作雷霆吼。

三月和风塞太空，天涯海角竞青红。
不知花卉何远近，六合内外俱春容。

圣主胸中包率土，天赐园池乃如许。
坐观块石与根茎，无乃卑凡不足数。

饱食官吏不深思，务求新巧日孳孳。
不知均是圃中物，迁远而近盖其私。

恭维圣德高舜禹，一圃岂尝分彼此。
世人用管妄窥天，水陆驰驱烦赤子。

安得守令体宸衷，不复区区踵前踪。
但为君王安百姓，天地一圃乐何穷。

（《栟榈先生文集》卷一）

【解题】

原序："臣闻功足以利一国者，当享一国之乐；德足以被四海者，当享四海之奉。恭维皇帝陛下至仁之所眇，神道之所化，覃乎无外，不可量数。如一元默运，万物自春。岂特宜民宜人使由其道，虽鸟兽鱼鳖莫不咸若，是其所享宜何如哉？虽移嵩岳以为山，决江海以为沼，竭东风之所披拂者以为台榭之观，且不足以奉圣德以万一。区区官吏，辄以根茎之细，块石之微，挽舟而来，动数千里。窃窃然自谓其神刓鬼划，冠绝古今，若真足以报国者。以臣观之，是特以一方之物奉天子，曾不以天下之物奉天子也。臣今有策，欲取率土之滨山石之秀者，花木之奇者，不问大小，无可以骇心动目，毕置陛下圃中，若天造地设，曾不烦唾手之劳。盖其策甚易，而天下初弗知也。臣独知之，喜而不寐，谨吟成古诗十有一章，章四句，以叙其所欲言者。虽越祝代庖，固不胜诛。然春风鼓舞之下，则候虫时鸟亦不约而自鸣耳。惟陛下留神，幸甚幸甚！”

北宋末年，宋徽宗不顾内忧外患，在开封大建艮岳（万寿山），令东南各地贡花石纲。官吏大肆搜求扰民，以至民怨沸腾。宣和四年（1122年，一说宣和六年），邓肃作《花石诗十一章并序》呈上朝廷，劝谏皇帝停止“花石纲”。组诗借用“溥天之下莫非王土”的古训，劝说皇帝应以天下为家，园圃之美不当以墙篱相隔，谴责那些借“花石纲”以营私利的阿谀奉承之徒。末尾“但为君王安百姓，天地一圃乐何穷”语句委婉，意旨醒豁。组诗触痛当朝权臣，邓肃被“屏出学”。

【注释】

日月：《全宋诗》作“嵩岳”。　驰驱：《全宋诗》作“驱驰”。　天地一圃乐何穷：道光本作“圃中无日不东风”。《全宋诗》作“圃中无日不春风”。

南归醉题家圃二首

填海我如精卫，当车人笑螳螂。
六合群黎有补，一身万断何妨。

近辅暴迫虎狼，圣君德大乾坤。
万里去黄金阙，一杯得杏花村。

（《全宋诗》卷一七六八）

【解题】

此二诗为邓肃被逐出太学后回到故里所作，抒写了有补群黎，甘愿一身万断的客家人硬颈精神。形式上，这是两首比较少见的六言绝句，前六句两字一顿，词气铿锵，最后两句换为三字一顿，情致悠远，荡气回肠，作者忧时伤世的悲痛之情溢于言表。

偶成（选二）

苍苔白石两清幽，缥缈虹桥跨碧流。
日过窗间腾野马，雨余墙角篆蜗牛。
饥寒不作妻孥念，笑语那知天地秋。
一炷水沉参鼻观，扫空六凿自天游。

梦破南窗袅水沉，卧看素壁挂瑶琴。
丝丝细雨晚烟合，阁阁鸣蛙蔓草深。
但得瓮边眠吏部，不妨胯下辱淮阴。

何时楼上登晴景，一醉聊舒万里心。

（《栟榈先生文集》卷二）

【解题】

此诗原有三首，所选二首是邓肃被逐出太学回乡后所作，描写宁静祥和的家居环境，婉曲地表达愤慨及忍辱负重、一醉解愁的郁闷。动静相衬，以乐写悲，表达对国事的关切。

【注释】

虹桥：指河上的拱桥，因形似彩虹而得名。　野马：春日里奔腾的游气。典出《庄子·逍遥游》。　篆蜗牛：蜗牛爬行后留下的粘液，屈曲如篆文，又称蜗篆。　鼻观：佛教有观鼻端白，是修炼养生的一种方法。　六凿：指人的喜怒哀乐爱恶六情。　瓮边眠吏部：典出《晋书·毕卓传》，毕卓，晋代新蔡人，大兴（318—321年）末为吏部郎，性嗜酒，邻宅酒熟，卓至其瓮间盗饮，为掌酒者所缚，明晨视之乃毕吏部，即解缚与主人共饮瓮侧。后世多用为嗜酒的代称。　胯下辱淮阴：典出《史记·淮阴侯列传》，指韩信受胯下之辱事。后世用为实现某种理想而忍受暂时的屈辱。

碧云洞

石壁巉岩惊电划，异草幽花锁春色。群山迤逦不能高，突兀独摩霄汉碧。芒鞋千尺上崔嵬，手摘星辰脚底雷。拨破烟云得洞户，醉眼恐是天门开。入门嵯峨森碧玉，冷香吹面天香馥。箕踞胡床挥麈尾，万指未充空洞腹。我因避地访名山，扁舟夜度沙溪寒。辛勤传此一笑喜，太平游立水云间。猛将今无三角虎，狐猩昼号鳅鳝舞。灵岩知有老龙潜，挽出人间作霖雨。

（《汀州府志·艺文》）

【解题】

碧云洞，在清流县南三百三十里黄杨岩，与沙县接境。黄杨岩共有三个洞相连通，山腰之洞便是碧云洞。此诗《八闽通志·山川》题为“游黄杨岩”，《永安县志·艺文志》（万历版）题作“同冯阳游黄杨岩”。据王兆鹏《邓肃年谱》，此诗当作于绍兴元年（1131年）正月，余胜在顺昌“作乱”，邓肃奉亲避乱，离沙县赴福唐（今福州）途中所作。

这首诗采用以文为诗之法，描写黄杨岩的高耸崔嵬及游览的感受，颇有韩愈七古之风。诗中多用夸张、比兴手法，气势雄浑，有李白豪放之概。末四句指斥朝廷政治腐败，造成农民起义、社会动乱，呼唤潜伏的“老龙”出来下一场大雨，换来清新太平的世界。在写景诗中议论时事，可见诗人对社会民生的关注。

【注释】

惊电划：雷电劈开。　箕踞：盘腿而坐。一种比较自由的坐姿。　胡床：一种用来坐的大床。　狐猩昼号鳅鳝舞：比喻顺昌“盗”（余胜农民起义），有贬义。

郑　弼

郑弼，生卒年、籍贯待考。主要活动于北宋末南宋初，据《建炎以来系年要录》卷七五载，郑弼于高宗绍兴四年（1134 年）为入内东头供奉官、直睿思殿，曾随张浚出师阆州，后因事出监宣州商税。绍兴二十一年十二月任临汀郡录事。

定光南安岩三首

石耸灵岩接太虚，百千年称定光居。
未知天上何方有，应是人间别地无。

香风影里迎新魄，梵呗声中见落晖。
自恨劳生名利役，不能来此共忘机。

路入云山几万层，豁然岩宇势峥嵘。
地从物外嚣尘断，天到壶中日月明。

（《全宋诗》卷一九六八）

【解题】

定光（934—1015 年），俗姓郑，法名自严，福建泉州同安县人。十一岁出家，三十一岁时驻锡临汀郡武平县南安岩。定光大师生前逝后镇蛟伏虎、呼风祈雨、御寇除妖、救死扶伤，诸多善行义举及其无边佛法在闽西地区广为流传，被信众尊为定光佛。南宋乾道三年（1167 年），诏赐累封为“定光圆应普慈通圣”大师。《临汀志・仙佛》云“民依赖之。甚于慈父”。详见本书佚名传记散文《定光古佛》。

南安岩，在今武平县岩前镇。《临汀志・山川》载南安岩：“在武平县八十里。形如狮子，旧为蛟龙窟宅，俗呼龙穿洞。后定光佛卓锡于此。中有二岩：南岩窈窕虚旷，石室天然，又有石门、石窗、石床、石鼓、石虎、龙、龟、猫之属，即佛之正寝；东岩差隘，而石龛尤缜密，即佛宴坐之地。”

《舆地纪胜》、《永乐大典》卷七八九五、《临汀志・题咏》均载此诗。组诗赞叹南安岩犹如仙境般的美丽，慨叹自己为名利所役使。此诗视听结合，意境空灵，想像丰富，处处有出尘超凡之气，是描写南安岩的“神曲”之作。

【注释】

新魄：新升起的月亮。　梵呗：亦称赞呗、梵乐、梵音、佛曲、佛乐，是佛教徒举行宗教仪式时在佛、菩萨前的歌诵、供养、止断、赞叹等。　忘机：道家语，意为消除机巧之心。常用于指甘于淡泊，忘却名利，与世无争。

汤莘叟

汤莘叟，字起莘，又字元盛，宁化客家人。高宗绍兴五年（1135 年）进士，终饶州府推官。时秦桧擅权，汤莘叟不愿仕进，遂告假归里，寄傲林泉。《汀州府志・文苑》载其“好吟咏”，诗词俱佳，有《诗集》二卷、《诗余》一卷。《明溪县志・风节》有传。

马上吟

宿雨洗山新绿嫩，晓风吹杏浅红干。

沙头路暖日初上，行客扬鞭不觉寒。

（《临汀志·进士题名》）

【解题】

此诗大约作于中进士之后的赴任之时。作者抓住初春多雨、树叶嫩绿、杏花浅红、春风和煦等特点，抒写雨后清晨骑马远行时对春天风物的感受。

【注释】

宿雨：经夜的雨水。《汀南廑存集》作“夜雨”。　　日初上：《全宋诗》卷一九七一作“日欲上”。　　不觉寒：《全宋诗》卷一九七一作“不觉难”。

登宜春台

草径无边绿，江空见底清。

遥峰横晚色，古木逢秋声。

客舍孤云远，乡心一雁鸣。

凭高寄吴楚，倚杖独含情。

（《全宋诗》卷一九七一）

【解题】

宜春台，在今江西省宜春市，为“宜春八景”之一。作者任江西饶州府推官时秋游宜春台作此诗。作者描写宜春山清水秀、暮色秋声等景象，抒写思念家乡的情感。

幽　居

自在清闲独有吾，太平时代作农夫。

一锄陇亩归来晚，倚杖柴门听鹧鸪。

（《明溪县志·风节》）

【解题】

此诗当是诗人晚年之作，抒写清闲自在的农夫生活，表达对隐居生活的热爱。“一锄陇亩归来晚，倚杖柴门听鹧鸪”句令人玩味不已。他的诗歌中，此类句子还有不少，“葛巾簪下无多发，茅舍门前有好山”最为人传诵。

【注释】

倚杖：扶着手杖。　　听鹧鸪：汀州客家山区多鹧鸪，鸣声时闻。古诗中的“鹧鸪”意象多含寓意“不如归去”。

杨　方

杨方（1134—1211年），字子直，晚年自号淡轩老叟，长汀客家人，朱熹的弟子。隆兴元年（1163 年）进士，历任清远主簿、秘书郎、知吉州、知抚州、广西提刑等职。有《原心篇》等传世。《八闽通志·儒林》称其“清修笃孝，行己拔俗”。《汀州府志·人物》有传。

送长汀张主簿纳印而归（二首）

精刚自许挟浮云，拂拭平生欲佩君。
匣古年侵春晕涩，忍随人课割铅勋。

张公不是病参军，晚出犹将一事君。
耿介只今无伴处，秋光诗好与谁闻。

（《临汀志·名宦》）

【解题】

张振古，清江（今江西清江县）人，淳熙八年（1181 年）为长汀县主簿。《临汀志·名宦》载其：“刚正有守。郡帖督诸乡税，文移星火。振古悯小民穷困，且多逃亡，死户虚数，归告郡，将乞宽期限。不听，声言欲加谴责。振古不为怵，力言不可。郡将怒叵测，振古曰：‘我不忍奉上官暴贫民。’即纳印而去。”杨方作此诗为他送行。诗歌赞颂了张振古“精刚”、“耿介”的性格，颂其不忍苛刻百姓的爱民之举，表达钦佩之情。

【注释】

精刚：指为人刚正。　课：指向百姓收取赋税。　割铅勋：“铅刀一割”的省语，多作请求任用的谦辞。　病参军：原指北宋人卢秉。清代潘永因《宋稗类钞》载：“卢秉侍郎尝为江西小郡司户参军，于传舍中题诗云：‘青衫白发病参军，旋粜黄粱置酒尊。但得有钱留客醉，也胜骑马傍人门。’荆公见而称之，立荐于朝。不数年遂超显仕。”后以“病参军”指因片言只语而骤得高官显宦。

在汀怀晦庵夫子

晦庵教诲龟山髓，垂橐归携伊洛章。
隽永清言倾麈尾，欢欣挂颊羡鱼翔。
心随雁影向千里，案置河图见万方。
观罢乍闻松子落，新书欲就且彷徨。

（《历代名人题咏汀州集》）

【解题】

晦庵夫子，对朱熹的尊称。《汀州府志·流寓》载朱熹“尝卜居往来过汀，邑人杨方亲受业其门”。此诗怀念先生的殷殷教诲，表达了对朱熹的怀念之情。

【注释】

龟山髓：杨时（号龟山）道学的精髓。　伊洛章：指二程的道学。程颢、程颐为亲兄弟，均为洛阳（今属河南）人，二人讲学伊川、洛水之间，因称其所创学派为“伊洛之学”。　倾麈尾：指倾心传授学问。魏晋时有挥麈谈玄的风习。　河图：传说伏羲时黄河跃出一匹龙马，马背上有神奇的图案，伏羲依照此图，仰观天象，俯察地理，远取诸物，近取诸身，画出神秘的八卦。《系辞》：“河出图，洛出书，圣人则之。”

古梅

尚有黄梅一树斜，几年叉柱惜繁花。

新诗连壁皆惆怅，想见当时北客家。

（《全宋诗》卷二四六六）

【解题】

此诗较早见于《永乐大典》卷之二千八百八《古梅》。诗原有跋云：“绍兴末年，三守李姓，是公盖有关河之想。”诗歌以黄梅的花繁叶茂反衬北来客家人对中原沦于金人铁蹄之下的惆怅心情。

陈晔

陈晔，字日华，福建长乐人。庆元二年（1196年）知临汀，《临汀志·名宦》载其在汀六年，“为治精明，百废俱兴”。嘉泰二年（1202年），除四川总领。

我爱汀州好

我爱汀州好，山川秀所钟。

阁前横澦水，亭畔列奇峰。

古驿森慈竹，莲城挺义松。

（《舆地纪胜》卷一三二）

【解题】

《永乐大典》残卷（卷七八九五）《题咏》载此诗。《八闽通志》与《全宋诗》将此诗收于陈轩名下，题为“苍玉亭”，实误。详见方健《开庆临汀志研究》“陈晔”条。

此诗直抒胸臆，白描写景，清新明快，表达对汀州山水的热爱之情。

【注释】

阁：指云骧阁（原注）。　澦水：如涌的江水，指汀江。澦，音yú。　亭：指苍玉亭（原注）。　古驿：指临汀驿（原注）。　慈竹：又名义竹、慈孝竹、子母竹。丛生，根窠盘结，竹高至两丈许。新竹旧竹密结，高低相倚，若老少相依，故名。　莲城：即今连城县。《福建省通志》载元朝至元十五年（1278年）改“莲城”为“连城”，《连城县志》（民国版）则记为元朝至正六年（1346年）改县名。　义松：原注“莲城县有义松”。

汀州

尝闻元丰间，元舆守兹土。
别乘果为谁，青山郭功甫。
二公德望尊，声名播今古。

（《全宋诗》卷二六六〇）

【解题】

此诗最早见于王象之《舆地纪胜》卷一三二福建路·汀州。作者缅怀前任汀州郡守陈轩、通判郭祥正，颂扬他们的政绩德望，表达了对前贤的景仰之情。

【注释】

元丰：宋神宗赵顼的年号，1078—1087年。　元舆：陈轩的字。陈轩于元丰六年（1083年）知临汀。　别乘：别驾的别称，此指当时临汀郡通判郭祥正（字功甫，号青山）。

邹应龙

邹应龙（1173—1245年），字景初，泰宁客家人。宋庆元二年（1196年）进士，钦点状元。历任起居舍人、知赣州、江西提刑、知泉州、广西经略等职。理宗即位，召拜工部尚书，除礼部尚书、端明殿大学士、枢密院参知政事等。为南宋名臣，诗词亦佳，谥文靖。封开国公。

珠峰映翠

名城佳丽有奇峰，形若圆珠翠影重。
触目葱笼风淡淡，凝眸荟蔚月溶溶。
常分秀色归图画，遥送青光入酒盅。
亘古盘回颜不改，应知此地产豪雄。

（《长汀历代诗选》）

【解题】

珠峰，即长汀名胜之一宝珠峰。此诗作者客寓长汀时所作，赞美珠峰翠绿秀美的景色，抒发地灵人杰的感慨。一说此诗作者为明代人许浩志，珠峰指长汀四堡乡的圆珠寨。

登谢公楼

沿岸城郭开翠屏，南山毓秀谷腾云。
寺院宝塔耸苍昊，江上群峰排众青。
沽酒自作太白醉，凭栏独向曲江斟。
风流江左今何处，吊古吟诗谁解听。

（《长汀历代诗选》）

【解题】

谢公楼，见张九龄诗歌解题。此诗一二联写登楼所见景致，意境清新开阔；后半部分饮酒怀古，流露对张九龄、谢朓的景仰之情。

【注释】

南山：指南屏山。　寺院宝塔：指州东护国塔院的护国塔，高十丈。　曲江：指张九龄。九龄是韶州曲江人，故称。　风流江左：指南朝诗人谢朓。相传谢公楼为纪念谢朓而建。

游宝盖岩

夙有斯岩约，今朝喜践盟。

路从支涧入，人在半空行。

六月如霜候，四时长雨声。

愿求容膝地，著我过浮生。

（《邵武府志·山川》嘉靖版）

【解题】

宝盖岩，位于泰宁县朱口石辋之南大门，因形如宝盖而得名。其悬崖峭壁间有五代闽王大将、泰邑开拓者、邹姓始迁祖邹勇夫崖葬遗址。此诗描写宝盖岩的高峻与气候凉爽，抒发自己的喜爱之情。《全宋诗》卷二八六三亦载此诗。

游宝林寺

乳燕啼鸠三月暮，淡云疏雨午时天。

金罂花落无人管，断送韶光又一年。

（《全宋诗》卷二八六三）

【解题】

宝林寺，在今邵武大埠岗乡宝积村，始建于唐会昌三年(843 年)，宋代复建。清代杨廷璋纂《福建通志》卷七八载此诗。诗歌描写暮春时节宝林寺鸟语花香、春雨霏霏的迷人景象，抒发美景无人欣赏的淡淡遗憾。

莲池书院爱莲诗（十首）

爱莲人住赏溪崖，外劲中通心与偕。

独鲜江天风月趣，吟边光霁满襟怀。

爱莲人是赏溪人，独爱金塘水色新。

翠盖娇姿香馥郁，一天霞彩胜如春。

爱莲人爱赏溪行，溪上烟开放晓晴。

不数鉴湖风月美，独夸锦锈自天成。

爱莲人过赏溪东，满目花开映水红。
荷底鸳鸯惊笛起，霞盘香泻一江风。

爱莲人度赏溪西，爱彼青青不染泥。
中立独亭君子掺，赏时应不让昌黎。

爱莲人自赏溪潜，淡薄丰姿誓与兼。
却笑同根不同味，莲心清苦藕芽甜。

爱莲人棹赏溪船，采尽红莲与白莲。
更取甜根来解酒，纵令节断有丝连。

爱莲人憩赏溪浔，有客携琴共赏音。
若识个中真意味，莲房甘苦似予心。

爱莲人立赏溪时，美藕中牵不断丝。
肯学隔塄拖翠柳，含颦岁岁送分离。

爱莲人隐赏溪中，能识晴波造化工。
独爱藕芽清白节，此心应与一般同。

（《邹应龙诗词选》）

【解题】

莲池书院，在泰宁县水南邹应龙故居前。南宋嘉熙元年（1237 年），邹应龙辞官返乡，在自家书院前请人挖一口大池塘，种上莲花，题名“莲池书院”，路名题为“赏溪”。组诗十首以拟人手法歌咏莲花的外貌与内在品格之美，抒发对莲花的喜爱之情，寄寓自己为官做人的清白节操。此诗格调高雅，情感真挚，构思精巧，堪与周敦颐的散文《爱莲说》相媲美。

【注释】

鉴湖：在浙江绍兴城西南，浙江名湖之一。　昌黎：指唐代著名诗人、散文家韩愈。
含颦：皱眉，形容哀愁。

蔡　隽

蔡隽，福建仙游人。宋宁宗开禧元年（1205 年）进士，曾为琼州教授。

题苍玉洞

向来曾醉呼猿洞，乱石穿云拥坐隅。

谁料七闽烟瘴底，半岩风物似西湖。

（《临汀志·山川》）

【解题】

苍玉洞位于州城东面，是汀州风景名胜，详见陈轩同题诗解题。此诗将苍玉洞比拟杭州呼猿洞，表达对汀州风物的赞美之情。《八闽通志·题咏》、《汀州府志·艺文》均载此诗。

【注释】

呼猿洞：在杭州灵隐寺。　七闽烟瘴底：诗中指苍玉洞。

文天祥

文天祥（1236—1283年），字履善，号文山，庐陵（今江西吉安市）人，南宋著名爱国将领。宋理宗宝佑四年（1256年）进士第一，历任湖南提刑、知赣州、右丞相等职。有《文山集》二十一卷。

十一月至汀州

雷霆走精锐，斧钺下青冥。

江城今夜客，惨淡飞云汀。

（《永乐大典》卷七八九五）

【解题】

该诗在《文天祥集》原有小序："予在剑，朝廷严趣之汀，十月行，十一月至汀州，而福安随陷，车驾幸海道矣，事会之不济如此，哀哉。"《汀州府志·杂记·兵戎》载："德祐二年十月，文天祥帅师驻扎汀州。"此后，文天祥又曾两次入汀，率部收复宁都、兴国、于都等，兵锋直指赣州。不久，文天祥在赣州作战失利，元军大举入闽，文天祥撤出汀州，转战广东沿海，坚持抗元斗争，直至被俘。汀州有文丞相祠，在东山书院，祀文天祥。明万历间，增祀李纲，春秋致祭（见《汀州府志·祠祀》）。

此诗为德祐二年（1276年）十一月，文天祥帅师驻扎汀州时所作。绝句描写宋军雄壮的气势以及汀城暗淡的夜色。此诗原无题目，今取其序中一句为题。

【注释】

雷霆：响雷。形容部队行军的声势浩大。　斧钺：两者都是用来劈砍的长兵器，诗中指代军队。钺，音yuè。　青冥：指青天。形容军队从天而降。

莘氏夫人庙留题

百万貔貅扫彗芒，家山万里受封疆。

男儿不展撑天手，惭愧明溪圣七娘。

（《汀州府志·艺文》）

【解题】

莘氏夫人庙，即显应庙，在归化县（今明溪县）北郊，宋时建，祀莘七娘。此诗为文天祥转战汀州归化县时所作，抒写抗击元军，报效朝廷，无愧于巾帼七娘的雄心壮志。

【注释】

貔貅：相传是一种凶猛的瑞兽，雄性为貔，雌性为貅。此喻指勇猛的军队。　彗芒：彗星，此处喻指元军。　圣七娘：即莘七娘，当地百姓尊称为惠利夫人、圣七娘。旧传莘七娘是五代时人，从夫出征至归化死。乡人立祠以祀，凡祈禳皆应。

尹廷高

尹廷高，字仲明，别号六峰，浙江遂昌人。宋末为避战乱曾携家南下入汀，隐居城郊，闭门读书，宋亡二十年始返故乡。入元后于大德间（1297—1307 年）任处州路儒学教授（《遂昌志》）。顾嗣立《元诗小传》又谓其尝掌教永嘉。有诗集《玉井樵唱》三卷。

临汀书怀

开尽黄花秋又深，不堪清夜听寒砧。
灯前远信和愁写，枕上新诗带梦吟。
霜月一江随瘦影，关山千里动归心。
青鞋布袜云间寺，向日鸥盟得再寻。

（《长汀县志·流寓传》）

【解题】

此诗抒写对家乡的思念。尹廷高常与汀州客家文人相唱和，对汀州有很深的感情，晚年回家乡后还写诗《寄汀州伍贡元明夫》，寄托对分别二十年之久朋友的思念之情。

【注释】

寒砧：寒冷夜晚里河边的捣衣声。　向日：往日。　鸥盟：旧指归隐。典出《列子·黄帝》，指与鸥鸟约盟为友，永在水国云乡一起栖隐。

王梦麟

王梦麟，元代山西太原名士，一说清流人。元初避乱南下入闽，定居长汀，不出仕。工诗，著有《石龛小集》。

苍玉洞

曲曲清溪叠叠山，石门深处有禅关。

我来自得闲滋味，坐听山篁尽日还。

（《中国诗词·元代》）

【解题】

此诗为汀州路总管吴思可鸠工刻于苍玉洞崖壁，诗字俱佳。诗歌巧用叠字，描摹苍玉洞周围的山水。诗人赏竹，听竹，明言“自得闲滋味”，抒写避难汀城，暂得安宁的喜悦。

【注释】

禅关：禅门。　山篁：指苍玉洞旁的篁竹。

丁继道

丁继道，生平事迹待考。

至元丙子十月驰驿至汀州

踪迹似征鹰，行行近广东。
路穷南海际，人在万山中。
茅屋蛮烟黑，枫林夕照红。
瘴乡难久住，马首竟匆匆。

（《永乐大典》残卷七八九五）

【解题】

至元，元世祖忽必烈的年号。至元丙子，公元1276年。驰驿，骑驿站的马。此诗描写了元代汀州蛮荒的景象，反映了元蒙统治下客家地区民生的凋敝。

【注释】

征鹰：远飞的鹰。　行行：走了又走。　穷：尽。　蛮烟：南方人烧柴火的烟。　瘴乡：瘴疠流行的地方。

卢　琦

卢琦（1306—1362年），字希韩，号圭斋，福建惠安人。元至正二年(1342年)进士，初授将仕郎、浙江台州录事，后任永春、宁德县尹，官至温州路平阳州知州。有《圭斋诗集》传世。《八闽通志·人物》有传。

抵宁化县

触热来宁化，居人已卖瓜。
田园犹五色，市井仅千家。

孤塔凌空耸，青山对县斜。

萧条兵火后，抚景重咨嗟。

（《汀州府志·艺文》）

【解题】

这首诗描写诗人亲眼所见“兵火”之后宁化县田园荒芜、人口锐减的萧条景象，抒发对人民苦难的同情。

【注释】

触热：初夏。　五色：农田里黄、绿、红、紫、青五种植物的颜色，泛指各种农作物。咨嗟：音 zījiē，此指叹息。

汀州道中

七闽穷处古汀州，万壑千岩草木稠。

岚气满林晴亦雨，溪声近驿夜如秋。

云中僧舍时闻犬，兵后人家尽卖牛。

安得龚黄为太守，边方从此永无忧。

（《汀州府志·艺文》）

【解题】

这首诗反映了元代汀州战乱之后民不聊生的萧条景象。“安得”两句，借古代良吏的清廉爱民以表达对百姓的同情和对社会安宁的期望。《长汀县志·流寓》亦载此诗。

【注释】

龚黄：指汉代良吏龚遂、黄霸。《汉书》载，龚遂，宣帝时为渤海太守，时值饥荒，民多为盗。龚单车至郡，开仓济贫，劝民农桑。民皆卖剑买牛，卖刀买犊，境内大治。黄霸，武帝时任河南太守丞，后擢颍川太守、扬州刺史，时吏尚严酷，而霸独用宽和，得吏民心。

欧阳大一

欧阳大一，号道清，清流客家人。元季练气于清流县丰山岭，相传其蜕去为仙。

古　风（四首）

丈夫生性矫，超越群英少。返视溯真源，忧心恒悄悄。欲扣玄冥关，寐深失天晓。迥惑力淬磨，铁杵销针小。长竿透顶缘，脚力争强骄。甚觉戾逼天，精神空废了。所以炼性功，全气杜潜扰。错走路偏歧，仙风迴绵渺。

生成性格伟，明镜空为照。都无些子霾，也觉心精到。程功在濯磨，惰勤任自考。山魈肆揶揄，邪正还伏讨。庚申坐夜永，交黎及火枣。几想及魔氛，古剑终全扫。护我元阳精，还我乾坤宝。假汝尚依违，劳生费空老。

默坐探玄窍，时焉展长啸。乌兔洞岩飞，猿狖峰外叫。古柯掩暮霞，回光看山晓。炉汞留真丹，丹成转年少。游食非人间，缘磨走边徼。炼气得存精，怡然空一笑。谅此古仙人，飞腾得伸掉。游遍海屿间，心神俱洒峭。徵此坚持力，玄照能虚耀。

海上有奇山，蓬壶立三堧。中乃群仙居，俗踪莫能到。仰彼昆仑际，神驰妄颠倒。安得与之俱，授我长生诰。辟谷有神助，优闲及终老。恃此驱邪剑，而祛魔劫暴。雷霆肃天威，氛妖任挥扫。触起现虚极，个是琼瑶岛。

（《汀南廑存集》卷一）

【解题】

这组诗带有道教宣传性质。诗歌叙述自己生性勇武，超越许多英俊少年，后来还本溯源，潜心修道。中间二首诗写自己的勤奋炼性、炼丹、炼气、存精等道家之功。结末表达对道家仙山蓬壶、昆仑的向往之情。此诗反映了元代客家人对道教的理解与追求，表现出丰富的想像力。

【注释】

玄冥关：指道教的深奥处。　濯磨：形容洗涤心灵、磨练性格。　庚申：阴阳五行理论中，天干之庚属阳之金，地支之申属阳之金，是比例和好。　交黎及火枣：两种飞腾之药。道家将它们比喻成两棵树，《大清诰》云：（修炼之人若）“能剪除荆棘，去人我，泯是非，则二树生君心中矣，亦能叶茂枝繁，开花结实”，“可以运景万里”。　魔氛：妖气，多比喻灾祸。

陈有定

陈有定（？—1368 年），一名友定，字永卿、安国，约生于元泰定至至顺年间。祖籍福清县，曾祖时移居清流县明溪驿大焦乡。元初为清流县尉、县尹。至正十八年(1358 年)，升任延平路总管。至正十九年(1359 年)，为汀州路总管。元末与明军战败后被朱元璋杀害。清代旌表“忠烈”，入祠崇祀。《汀州府志》有传。

送赵将军

纵横薄海内，不惨别离颜。

几载飘零意，秋风一剑寒。

（《汀州府志·艺文》）

【解题】

这是一首送别诗，颇有豪放慷慨之气，有王勃诗风。赵将军，事迹已不可考。

【注释】

薄：此处用为虚词，首句即谓“纵横海内”。　飘零：漂泊流落。此指转战各地。

被收诗

失事非人事，重围戟似林。

乾坤今已老，不死旧臣心。

（《明溪县志·艺文志》）

【解题】

元至正二十八年（1341年），明军攻破建宁，陈有定知大势已去，饮毒药自尽。适天大雷雨，有定复苏，被械送京师。被收时，作此诗，表达对元朝的效忠之心。

【注释】

失事：指失败。　乾坤：指元朝气数。

沈得卫

沈得卫，字辅之，连城客家人。元末，汀州路总管陈有定招置宾幕，欲任其为官，辞弗受，在灵芝峰下筑“樵唱山房”隐居，日与朋侣登临啸咏。明初，郡守辟其为儒学训导，“讲教有方，一时人敬重之”（《八闽通志·人物》）。后任将乐县训导。有《东崖樵唱集》。

游莲峰山

采芝休羡隐商颜，伐木常时只爱山。

落日放歌苍峡外，清秋长啸白云间。

桃源仙遇千年语，竹径僧逢半日闲。

为问餐霞玄圃者，大丹若个九成还。

（《冠豸山志·艺文》

【解题】

莲峰山，又名冠豸山。此诗抒写畅游莲峰山的豪迈奔放心情，抒发隐居山林之乐，表露对功名利禄的不屑，以及拒绝和元朝统治者合作的态度。

【注释】

隐商颜：指秦末隐居在陕西商洛山中的四位隐士，即“商山四皓”。　苍峡、白云、桃源、竹径：指莲峰山中四个景点（苍玉峡、半云亭、桃花源、修竹径）。　餐霞玄圃者：指道士、仙人。餐霞，餐食日霞，指修仙学道。玄圃，传说中昆仑山顶的神仙居处。

陈 瓘

生平简介见诗歌。《全宋词》收陈瓘词 21 首。

满庭芳

扰扰匆匆，红尘满袖，自然心在溪山。寻思百计，真个不如闲。浮世纷华梦影，嚣尘路、来往循环。江湖手，长安障日，何似把鱼竿。　　盘旋那忍去，他邦纵好，终异乡关。向七峰回首，清泪班班。西望烟波万里，扁舟，去何日东还。分携处，相期痛饮，莫放酒杯悭。

（《全宋词》第二册）

【解题】

作者厌恶官场名利纷争，思念家乡山水风月。上阕怨愤于中，情绪低徊；下阕情感振奋，意境开阔，反映作者词风豪放的一面。

【注释】

长安障日：用李白《登金陵凤凰台》“总为浮云能蔽日，长安不见使人愁”句意。　七峰：陈瓘家乡沙县的七峰山。

卜算子

黄了旧皮肤，最是风流处。多少纷纷陌上人，不听春鹃语。　　触目是家山，到了须拈取。云散长空月满天，好个还乡路。

（《全宋词》第二册）

【解题】

此词抒写怀念家乡的情绪。“春鹃语”隐含“不如归去”之意。这首词先抑后扬，意境开阔，情感深沉，反映了陈灌词的特点。

青玉案

碧空黯淡同云绕，渐枕上、风声峭。明透纱窗天欲晓。珠帘才卷，美人惊报，一夜青山老。　　使君留客金樽倒，正千里琼瑶未经扫。欺压梅花春信早。十分农事，满城和气，管取明年好。

（《全宋词》第二册）

【解题】

作者描写大雪降临景象，预言明年更加美好，整首词充满喜悦温暖，是写景词中的佳作。王世贞《词苑丛谈》云：“‘隙月窥人小’，又‘天涯一点青山’，又‘一夜青山老’，俱妙在押字。”

【注释】

同云：即“彤云”，雨雪前的密云。　峭：本指山势又高又陡，诗中形容寒风凛冽。　青山老：山头为白雪覆盖，犹如人老头白。　使君：汉代称呼太守刺史，汉以后用做对州郡长官的尊称。　春信：梅在众花中开得最早，如报春来的信息。　管取：包管。宋元时俗语。

李 纲

生平简介见诗歌。

望江南（过分水岭）

征骑远，千里别沙阳。泛碧斋傍凝翠阁，栖云寺里印心堂。回首意茫茫。　分水岭，烟雨正凄凉。南望瓯闽连海峤，北归吴越过江乡。极目暮云长。

（《全宋词》第二册）

【解题】

宣和元年（1119 年）六月，北宋京师（今河南开封）大水，李纲因上《论水灾疏》开罪皇帝，贬为“监南剑州沙县管库”，一年后，又为朝廷复用。李纲离开沙县，在北上途中过分水岭时作此词。上阙回顾沙县风景名胜，表达对沙阳（即沙县）山水和友人的无限留恋。下阙描绘眼前之景，感喟人生遭际难料。

【注释】

泛碧斋：李纲与友人常乘坐的游船。　凝翠阁：见李纲诗歌注。　栖云寺：在沙县城西五里的怡山山麓，闽王延政时（943—945 年）建，宋建隆三年（962 年）重建，为沙县名刹。寺中有印心堂、藏经室等建筑。李纲与邓肃结为忘年交，与陈渊也过从甚密，故对印心堂记忆特别深刻。　北归吴越过江乡：李纲祖籍福建邵武，生长于江苏无锡。江苏为古代吴越属地。

邓 肃

生平简介见诗歌。唐圭璋《全宋词》收有邓肃词 45 首。

生查子

执手两潸然，情急都无语。去马更匆匆，一息迷回顾。　孤馆得村醪，一醉空离绪。酒醒却无人，帘外三更雨。

（《全宋词》第二册）

【解题】

宣和二年（1121 年）春，邓肃赴京应礼部试，不第，补太学生。此词描写与妻子分别的场面及途中的孤馆离愁。邓柞《栟榈先生墓表》：“娶童氏，后公十七年卒。”离别后，独自奔忙，更添孤寂。

南歌子

云绕风前鬓，春开镜里妆。凤屏清昼裊龙香，浅画峨眉新样远山长。　比翼曾同梦，双鱼隔异乡。玉楼依旧暗垂杨，楼下落花流水自斜阳。

（《全宋词》第二册）

【解题】

此词原有四首，此为其三。上阕回忆妻子梳妆画眉的情景，下阕抒写离别之后对家乡妻子的深切思念。作者将思念之情化作生动形象的描绘，情意更显悠长。

长相思令（三首）

一重山，两重山，山远天高烟水寒。相思枫叶丹。　菊花开，菊花残，雁已西飞人未还。一帘风月闲。

一重溪，两重溪，溪转山回路欲迷。朱阑出翠微。　梅花飞，雪花飞，醉卧幽亭不掩扉。冷香寻梦归。

红花飞，白花飞，郎与春风同别离。春归郎不归。　雨霏霏，雪霏霏，又是黄昏独掩扉。孤灯隔翠帏。

（《全宋词》第二册）

【解题】

宣和三年（1121 年）冬至次年五月，邓肃在太学。三首词大约作于此时，作者用女性口吻抒写对远方亲人的思念，这是作者对妻子更深一层的眷念。此词拟取秋、冬、春三个时段的物候特点，情景秀美而不浮艳，读来意境高远，色彩分明，情感回环往复，表达真挚的相思之情。清代邓廷桢《双砚斋词话》评邓肃“为词不涉绮语，如《长相思》云……正如蓝水远来，玉山高并，读者可以知公出处之节概矣”。

【注释】

烟水：雾气迷蒙的水面。　翠微：青翠的山色，也泛指青翠的山。

江城子

酒阑携手过回廊，夜初凉，月如霜。笑问木樨，何日吐天香。待插一枝归斗帐，和云雨，殢襄王。　如今满目雨新黄，绕高堂，自芬芳。不见堂中，携手旧鸳鸯。已对秋光成感慨，更夜永，漏声长。

（《全宋词》第二册）

【解题】

这也是一首思念妻子的词。上阕回忆夫妻恩爱情景，下阕写当前的孤独凄凉，最后以夜永漏长作结，通过前后对比，把思念之情表现得更为绵长。诗中的木樨，又作木犀，即桂花，开金黄色碎花，极香。

【注释】

云雨、襄王：用“巫山云雨”的神话传说，典出宋玉《高唐赋序》。词中寓意夫妻恩爱。殢：音 tì，滞留。

瑞鹧鸪

北书一纸惨天容，花柳春风不敢浓。未学宣尼歌凤德，姑从阮籍哭途穷。此身已落千山外，旧事回思一梦中。何日中兴烦吉甫，洗开阴翳放晴空。

（《全宋词》第二册）

【解题】

《瑞鹧鸪》原本七言律诗，因唐人用来歌唱，遂成词调（《词谱》）。靖康元年（1126 年）闰十一月二十五日，汴京被金兵攻陷，宋钦宗被掳至金营。靖康二年（1127 年）正月二十六日，邓肃被命赴金营，留五十日始返。同年三月七日，张邦昌称帝。邓肃自金营回归，“义不屈，奔赴南京”（《宋史》本传），投奔宋高宗。据王兆鹏《两宋词人丛考》邓肃年谱，本词作于高宗建炎元年（1127 年）三月。这首词抒写诗人对国事日非的悲愤，期盼朝廷重用贤才以实现中兴。

【注释】

北书一纸：指金人立张邦昌为皇帝的册文。当时“京城印卖推戴权立邦昌文字一纸，虏人伪诏一纸，邦昌榜示赦文一纸”（徐梦莘：《三朝北盟会编》卷八九）。　宣尼歌凤德：汉平帝元始元年追谥孔子为“褒成宣尼公”，后因称孔子为宣尼，见《汉书·平帝纪》。《史记》载楚狂接舆歌而过孔子，曰：“凤兮凤兮，何德之衰！往者不可谏，来者犹可追。已而已而，今之从政者殆矣!”诗中指自己义不屈于张邦昌，决心不为所用。　阮籍哭途穷：阮籍，晋代诗人，他有时独自驾车出行，到无路处便恸哭而返，借此宣泄不满于现实的苦闷心情。　吉甫：指周宣王贤臣尹吉甫。姓兮，名甲，字伯吉父(父一作甫)，尹是官名。曾率师北伐猃狁至今太原。后代诗文中多以之作为贤能宰辅的典型。

李仲虺

李仲虺，生卒年、生平事迹待考。连城客家人，邑士，生活于南宋绍熙（1190—1194 年）前后。

如梦令（石门岩）

门外数峰围绕，帖石路儿弯小。花老不禁风，委地乱红多少？人悄，人悄，隔叶数声啼鸟。

（《临汀志·山川》）

【解题】

石门岩，在今连城县东五里。《舆地纪胜》：“石门岩，在莲城县东七里，双石对峙，壁立万仞。”绍兴间（1131-1162），雪峰僧倚岩结庵，名曰“宿云”。绍熙间（1190—1194 年），县令黄荦创总宜亭，县令赵汝樵创悠然阁。此词描写石门岩山峰围绕、花飘石径、鸟啼山幽的暮春景象，细腻地表现了诗人惜花之情与闻鸟之乐的情感变化，“多为识者称赏”（《临汀志・山川》）。

邹应龙

生平简介见诗歌。

鹧鸪天（二首）

九十吾家两寿星，今夫人赛昔夫人。百年转眼新开袠，十月循环小有春。　生日到，转精神，目光如镜步如云。年年长侍华堂宴，子子孙孙孙又孙。

寿母开年九十三，佳辰就养大江南。缇屏晃耀新宁国，绣斧斓斑老朴庵。　倾玉斝，擘黄柑，两孙垂绶碧于蓝。便当刊颂崆峒顶，留与千年作美谈。

（《全宋词》第四册）

【解题】

这两首词是为祖母九十岁和九十三岁生辰时所作祝寿词，描写长者健康、儿孙满堂的喜庆吉祥景象。

【注释】

九十吾家两寿星：《永乐大典》（残卷）卷之一万一千六百十八，十四巧老，寿亲养老书二载：“文靖公之祖母，皆年逾九十，吾家二寿母也。又有《鹧鸪天》二阕云：九十吾家两寿星……”　袠，音 zhì，同“帙”。新开袠，意谓新开始。　十月循环小有春：十月二十一日生（作者自注）。　两孙垂绶：指应龙和应博都当了官。应龙职官，详见其诗歌注。应博，应龙从弟，开禧元年（1205 年）登第，历知婺州、平江，提点江南西路刑狱等职。绶，古代系官印的带子。

卜算子（寿母）

满二望三时，春景方明媚。又见蟠桃结子来，王母初筵启。　无数桂林山，不尽漓江水。总入今朝祝寿杯，永保千千岁。

（《全宋词》第四册）

【解题】

此词是邹应龙任静江（今广西桂林）经略安抚时，为母亲昌国叶夫人所作的祝寿词。上阕引用神话传说，下阕融情入景，历来脍炙人口。

【注释】

满二望三时：仲春三十日生（作者自注）　蟠桃结子：古代传说西王母种桃，三千年一结子，食之长生不老。

邹应博

邹应博，字景仁，号朴庵，福建泰宁客家人，邹应龙从弟。生卒年不详。宋宁宗开禧元年(1205年)进士，历知婺州、平江府、提点江南西路刑狱等职。

鹧鸪天（家居日寿词）

诸佛林中女寿星，千祥百福产心田。喜归王母初生地，满劝麻姑不老泉。 吾梦佛，半千员，一年一佛度庭萱。数过九十从头数，四百余零一十年。

（《全宋词》第四册）

【解题】

原有序云：“十月二十一日，吾母太淑人生日也。今年九十，仰荷乾坤垂佑，赐以福寿康宁，愿益加景覆。令其耳目聪明，手足便顺，五藏六腑，和气流通。常获平安之庆，子孙贤顺，寸禄足以供甘旨也。”

此词为祖母九十岁生日祝寿所作，表达对祖母健康长寿的祝福。

鹧鸪天（知平江日寿母上官太夫人）

天遣丰年祝母龄，人人安业即安亲。探支十日新阳福，来献千秋古佛身。 儿捧盏，妇倾瓶，更欣筵上有嘉宾。紫驼出釜双台馈，玉节升堂两使星。

（《全宋词》第四册）

【解题】

绍定四年（1231年）邹应博知平江府期间，为祖母上官氏九十三岁生日祝寿所作。原作寿词两首，另一首为《感皇恩》。所选《鹧鸪大》，描写子孙男女及宾朋莅临祝寿的热闹场面，洋洋喜气。

【注释】

探支：预先支取。意谓提前十天开始举行生日庆典活动。 紫驼：指用驼峰作成的珍贵菜肴。亦泛指美味佳肴。 玉节：玉制的符节。古代天子、王侯的使者持以为凭。意谓皇帝派人前来祝寿。 使星：使者。

郑文宝

生平简介见诗歌。

书《绎山碑》跋

故散骑常侍徐公铉[1]，酷耽玉箸[2]，垂五十年，时无其比。晚节获《绎山碑》摹本，师其笔力，自谓得思于天人之际，因是广搜己之旧迹，焚掷略尽。文宝受学徐门，粗坚企及之志。大平兴国五年[3]春，再举进士不中，东适齐鲁，客邹邑，登绎山，访求秦碑，邈然无睹。逮于浃旬[4]，怊怅榛芜之下，惜其神踪将坠于世。今以徐所授摹本，刻石于长安故都国子学。庶博雅君子见先儒之指归。

淳化四年八月十五日，承奉郎、守太常博士、

陕府西诸州水陆计度转运副使、赐绯鱼袋郑文宝记

（《汀州府志·艺文》）

【解题】

绎山，即峄山，在今山东邹县。“绎山碑”是秦始皇二十八年（前 219 年）首次东巡齐鲁时留下的纪功刻石，李斯所撰。今所见峄山刻石摹本出于徐铉之手，由郑文宝刊刻，现收藏于陕西省西安碑林博物馆。本文是郑文宝刊刻《绎山碑》时作的跋，介绍了刊刻的原委，赞颂业师徐铉对书法艺术的孜孜追求。

杨 时

生平简介见诗歌。

《书义》序

古者，左史记言，右史记动。书者，记言之史也。上自唐虞，下迄于周，更千有余年，贤圣之君继作，其流风善政，可传于后世者，具载于百篇之书。今其存者五十有九篇。予窃以一言蔽之曰：“中而已矣。”

尧之咨舜曰：“天之历数在尔躬，允执其中。四海困穷，天禄永终。”舜亦以命禹。夫三圣相授，盖一道也。贵为天子，而以天下与人；穷为匹夫，而受人

---

[1]徐铉（916—991 年），字鼎臣，广陵（今江苏扬州）人，五代宋初文学家、书法家。历官五代吴校书郎，南唐知制诰、翰林学士、吏部尚书，后随李煜归宋，官至散骑常侍。工于书法，好李斯小篆，与弟徐锴有文名，号称“二徐”。郑文宝少时受业于徐铉，诗文和篆书都深受其影响。

[2]玉箸：玉做的筷子，此指书法艺术。

[3]太平兴国五年：980 年。

[4]浃旬：一旬，十日。

之天下。其相与授受之际，岂不重哉，而所言止此。《仲虺之诰》称汤曰："建中于民。"箕子为武王陈《洪范》，曰："皇建其有极。"然则帝之所以为帝，王之所为王，率此道也。故予以一言蔽之曰："中而已矣。"

夫所谓中者，岂执一之谓哉？亦贵乎时中也。时中者，当其可之谓也。尧授舜，舜授禹，受而不为泰；汤放桀，武王伐纣，取而不为贪。以至为臣而放其君，非篡也；为弟而诛其兄，非逆也。书之所载，大伦大要，不越是数者，以其事观之，岂不异哉？圣人安为之而不疑者，盖当其可也。是《尧典》之书，为让舜而作，而其名谓之典，言大常也。盖当其可，虽以天下与人，犹为常而已。后世昧执中权，而不知时措之宜，故徇名失实，流而为子哙之让、白公之争[1]，自取绝灭者有之矣。至或临之以兵而为忠，小不可忍而为仁，皆失是也，又乌足与论圣人中道哉？

国家开设学校，建师儒之官，盖将讲明先王之道，以善天下，非徒为浮文以夸耀之也。以予之昏懦不肖，岂敢自谓足以充其任哉？姑诵所闻以行其职耳。然圣言之奥，盖有言不能论而意不能致者也。诸君其慎思之，超然默会于言意之表，则庶乎有得矣。

（《汀州府志·艺文》）

【解题】

杨时推崇儒家六经，著有《书义》《周易解义》《礼记解义》《春秋义》等，本文是《书义》的自序。杨时认为，《尚书》的根本义理就是"中而已矣"，他特别强调，所谓"中"者，是"贵乎时中也。时中者，当其可之谓也"，就是根据当时的实际情况，"知时措之宜"，取其可行之策。学校教育要讲明先王之道，学者应当慎思、默会。在实际运用中，杨时也是以"时中"善天下。《宋史》本传载杨时："历浏阳、余杭、萧山三县，皆有惠政，民思之不忘。"

原文为一大段，现段落为编者拟分。

沙县陈谏议祠记

建中[2]之初，右司谏陈莹中论蔡氏兄弟[3]，忤旨窜岭表。公之南迁不以其罪，举天下愤惜之，无敢言者。名隶党籍余二十年，转徙道途无宁岁，卒以穷死。

[1]子哙之让：燕王哙五年（前316），燕王哙让君位于相子之。不久，太子发动叛乱，齐国出兵干涉，结果，哙和子之都在战乱中被杀害。　白公之争：指《左传》所载哀公十六年发生的楚国白公之乱。楚太子建的儿子胜（白公）因不能攻打郑国以复仇，便在楚国叛乱，杀了曾经重用他的子西和子朝，劫持楚惠王，后来胜又被叶公打败，自杀。

[2]建中：即建中靖国，1101年。宋徽宗赵佶的年号，仅使用一年。

[3]蔡氏兄弟：指蔡京、蔡卞。下文"京"即指蔡京。蔡京，字符长，福建仙游人，熙宁三年进士及第，官至太师。蔡京先后四次任相，以贪渎闻名。宋钦宗即位后，蔡京被贬岭南，途中死于潭州（今湖南长沙）。

初，京为翰林承旨，以词命为职，潜奸隐慝，未形于事，虽未通显，世之人盖莫知其非也。公于时力言京不可用，用之必为腹心患，宗社安危未可知也。闻者往往甚其言，以为京之恶不至是。已而阴结嬖幸，窃国柄，矫诬先烈，怙宠妄作，为宗社祸，悉如公言。于是人服始公为蓍龟也。昔王荆公安石[1]以学行负时望，神宗皇帝用参大政，士大夫相庆于朝，谓三代之治可以立致。吕公献可[2]独以为不然，抗章论之。虽文正温公[3]犹以为太遽，欲献可姑缓之。未几，多变更祖宗故事，以兴利开边为务，诸公虽悉力交攻之，莫能夺其流毒，至于今未殄也。故温公每谓人曰："献可之先见，余所不及，心诚服之。"余以谓公之于京，言之于未用之前，献可之于荆公，论之于既用之后，则公之先见于献可有光矣。二公之言盖异车而同辙也。

靖康中，朝廷欲尽复祖宗之旧，而一时故老无在者，天子念公之忠，追赠谏议大夫，官其四子。所以宠嘉之甚厚。此非私于陈氏，盖将以风励臣节也。而公之邑人乃相与即县庠为祠堂以奉公祀。堂成，属余为记。余曰："公之德业，足以泽世垂后，虽方用于时，而其流风余韵，犹足以立懦夫之志，盖天下士非一乡可得而私也。然居今之世，流窜摈斥，其施不广。而邑之士大夫诵其书，尊其道，仗节秉义，继其风烈，时有人焉，则功施于其乡为多矣。古者有功于人则祀之，则公之祠当载之祀典，以遗来世。是宜书，则为之书。"

（《八闽通志·词翰》）

【解题】

陈谏议，即沙县人陈瓘，详见陈瓘诗歌人物简介。本文赞颂陈瓘的直言敢谏和敏锐的洞察力，充分肯定陈瓘的德业"足以泽世垂后"，其流风余韵也"足以立懦夫之志"。

原文为一大段，现段落为编者拟分。

雷　观

雷观，宁化客家人，靖康间在太学。时朝廷用张邦昌为相，雷观愤然上书。书入，朝廷虽不听，犹与陈东等皆特赐进士出身。《汀州府志·人物》有传。

---

[1]王荆公安石：即王安石（1021—1086年），封荆国公，宋神宗时主持变法革新。

[2]吕公献可：吕诲(1014—1071年)，字献可，幽州安次(今河北廊坊西)人，登进士第。神宗初，徙知晋州、河中府，召为三司盐铁副使，擢天章阁待制，复知谏院，拜御史中丞。王安石执政，吕诲奏劾王安石外示朴野，中藏巧诈，必误天下，罢职，出知邓州。

[3]文正温公：指司马光（1019—1086年），卒赠太师、温国公，谥文正。

上钦宗皇帝书

方今大敌内犯，国祚濒危，支坏扶倾，全在宰相。前日以白时中[1]尩庸悖谬，从公屏斥，朝野快心。不意今日宣麻，乃用邦昌[2]，士民失望，咸谓：邦昌前朝辅相之最无状者，即今罢去，已为晚矣，今又相之，将焉用哉？陈龟[3]有言："三辰不轨，擢士为相；四裔不共，拔卒为将。"今金戈指阙，铁骑饮汴，岂但"不共"而已？至于荧惑入斗，两日相摩，赤光溢散，昏翳四塞，其不轨又甚。曾不闻宣猷考相，弭变迎祥。而徒进尸位冒宠之伦，以塞贤路；譬庸医疗疾，而疾已危笃，犹耽视货贿不忍辞去，待病者之沦没而后已。岂不殆哉！

（《汀州府志·艺文》）

【解题】

钦宗继位后，将新的一年定为"靖康元年"（1126年），严肃处理了蔡京、童贯、王黼、朱勔等奸臣，却选择张邦昌为宰相，引起国内大哗。时为太学生的雷观上书给钦宗皇帝，直言不能用张邦昌。文章虽短，但论据充分，论证严密，足以体现作者的胆识和思辨的敏锐。

杨 方

生平简介见诗歌。

原 心

论心者皆曰，须识其本体。余谓，心之本体在顺其初者也。

《易》曰："复，其见天地之心。"复者，阳之初动也，而天地之心见焉，矧[4]人心哉。孟子曰："人之所不学而能者，其良能也；所不虑而知者，其良知也。"曰："如将戕贼杞柳[5]而后以为桮棬[6]，则亦将戕人以为仁义欤？"是则皆率其本真，而不涉于矫拂[7]，顺其初之谓也。初者，万虑俱忘时也，突然感之，卒然应之，则纯乎天者也。意气一动，而二三之念则继乎后。又其甚者，此念方萌而二与三已并出，其继与并皆非初也。亲，吾爱也，谓当爱，而加之意则否；

---

[1]白时中（？—1127年），字蒙亨，进士出身，宣和六年担任太宰兼门下侍郎，封崇国公，追随蔡京父子。

[2]邦昌:即张邦昌（1081—1127年），进士出身，徽宗、钦宗朝时，历任尚书右丞、左丞、中书侍郎、少宰、太宰兼门下侍郎等职务。

[3]陈龟：字叔珍，东汉上党泫氏（今高平市）人，永建中，举孝廉，居官累至五原太守。

[4]矧：音shěn，况且。

[5]戕贼杞柳：戕，音qiāng，戕害、伤害。硬生生地把杞柳弯曲，比喻人为地扭曲人性。

[6]桮棬：音bēiquān，杯子，比喻仁义。

[7]矫拂：人为地加以改变。

尊，吾敬也，谓当敬，而加之意则否。守死是也，争死未是也；专财非也，散财亦非也。贵而益谦，与傲同；醉而益恭，与乱同。何也？徇外之心，为人之心也，所谓继与并者也。此心之原不堕方体，不落计较，倏然而往，倏然而来，见其前而不见其后，知其一而不知其两，如此而已矣。此则所谓初者也，顾人亦莫之察也。有物于此，使辨其色，必青青而黄黄也，白白而黑黑也；又使其衡量之，必轻轻而重重也，长长而短短也。此谱所谓初之自然者也。而世人忽之，以为是俗心，藉令[1]贯于三家之市，即其色与权量而上下其直，则其论能与前不异哉？非其论故异之，心实昧焉。夫知，向也明，今也昧，则言之语默，身之动止，毫渺之间，倏忽之际，皆必有初、有并与继者存矣。虽然，有牿[2]之反覆而夜气[3]不足以存者，则其初心亦未可为是也。

予又有疑者焉。夫心者，天之所以与我，何以与之？人之异于禽兽者几希[4]，何以异之？胡为而致？夫天地之运，日夜不息，岂诚无以主张是也。

（《汀州府志·艺文》）

【解题】

这是一篇哲学散文。文章推原人的本心，认为“心之本体在顺其初”，主张顺从人的本真之心，反对外界的强加之意、世俗之心。

原文为一大段，现段落为编者拟分。

佚 名

定光大师

敕赐定光圆应普慈通圣大师，郑姓，法名自严，泉州同安县人。祖仕唐，为四门斩斫使。父任同安令。师生而异禀，幼负奇识。年十一，恳求出家，依本郡建兴寺契缘法师席下。年十七，得业。游豫章，过庐陵，契悟于西峰圆净大师，由此夙慧顿发，遂证神足，盘旋五载。渡太和县怀仁江，时水暴涨，彼人曰：“江有蜃为民害。”师乃写偈投潭中，水退沙壅，今号龙洲。又经梅州黄杨峡，渴而谒水，人曰“微之”，师微笑，以杖遥指溪源，遂涸，徙流于数里外，今号干溪。

乾德二年甲子[1]，之武平，睹南岩[2]石壁峭峻，岩冗嵌崆，怃然叹曰：“昔我如来犹芦穿于膝，鹊巢于顶而后成道，今我亦愿委身此地，以度群品；若不然

[1]藉令：假如。

[2]牿：音gù，桎梏，束缚。

[3]夜气：儒家谓晚上静思时所产生的良知善念。典出《孟子·告子上》。

[4]几希：不多、一丁点儿。

者，当使殒碎如微尘。”发誓已，摄衣趺坐。数夕后，大蟒前蟠，猛虎旁睨，良久，皆俯伏而去。乡人神之，争为之畚土夷堑，刊木结庵。民有祈祷，辄书偈付与，末皆书“赠以之中”四字，无愿不从。淳化间，去岩十里立草庵牧牛，夜常有虎守卫，后迁牧于冷洋径。师还岩，一日倏云：“牛被虎所中。”日暮有报，果然。师往彼处，削木书偈，厥明，虎毙于路。复感一青□猴[3]，为牧三年，后忽抱木毙，师梦来乞名，与名曰“金成王”，仍为建庙。民有询过去未来因者，师皆忠告，莫不悚然。同道者惧其大甚，师曰：“只消吾不语耳。”遂不语。一年，岩院输布，师以手札内布中，监临汀郡倅[4]张公晔见词，闻于郡守欧阳公程[5]，追摄问状，师不语。守、倅愈怒，命焚其衲帽，火烬而帽如故；疑为左道，以彘血蒜辛厌胜[6]，再命焚，而衲缕愈洁，乃遣谢使归。自是白衣而不褐。

初，南康盘古山[7]波利禅师从西域飞锡至此，山有泉从石凹出，禅师记云：“吾灭后五百年，南方有白衣菩萨来住此山。”其井涌泉，后因秽触泉竭，舆议请师主法度以符古谶，师许之，乃泛舟而往。江有槎桩，常害人船，师手抚之曰：“去！去！莫为害。”当夕无雨，水暴涨，随流而逝。至山，观井无水，遂以杖三敲云：“快出！快出！”至中夜，闻有落泉溅崖之声，诘旦涌出满溢。终三年，复返南岩。

祥符[8]初，有僧自南海郡来，告曰：“今欲造砖塔，将求巨舰载砖瓦，惠州河源县沙洲有船插沙岸，无能取者，愿师方便。”师曰：“此船已属阴府。”僧复致恳，师乃书偈与僧，僧持往船所，船应手拔。运塔砖毕，有商假载木，俄恶风飘荡，莫知所往。四年，郡守赵公遂良[9]闻师名，延入郡斋，结庵州后，以便往来话次。遂良曰：“庵前枯池，劳师出水。”投偈而水溢，今名“金乳”。复曰：“城南有龙潭害民，望师除害。”亦投偈而祸去。于是遂良表闻于朝，赐“南安均庆院”额。遂良授代以晴请，运使王贽过岩以雪请，皆如答应。

真宗朝，尝斋于僧，对御一榻无敢坐者。上命进坐，僧答曰：“佛祖未至。”少顷师至，白衣衲帽，儒履擎拳，即对御就坐。上问：“师从何来，甚时届道？”

---

[1]乾德二年甲子：964 年。乾德，宋太祖（赵匡胤）的年号。

[2]南岩：即南安岩，在今武平县岩前镇。

[3]复感一青□猴：原空一字，用以形容猴子的外貌。

[4]郡倅：郡守的副职，指通判。

[5] 欧阳公程：欧阳程，咸平四年（1001 年）任临汀郡守。

[6]厌胜：古代方士的一种巫术，谓能以诅咒制服人或物。厌，音yā。

[7]南康盘古山：在今江西于都县盘古山镇。

[8]祥符：大中祥符，宋真宗年号，1008—1016 年。

[9]赵公遂良：赵遂良，大中祥符四年任临汀郡守。

答曰："今早自汀州来。"问守为谁？曰："屯田胡咸秩[1]。"斋罢，上故令持伊蒲供[2]赐咸秩。至郡尚燠，咸秩惊竦，表谢。上乃谓师为见世佛，御赐周通钱一贯，文至今常如新铸。咸秩闵雨，差吏入岩祈祷，师以偈付来吏，甫至郡而雨作。岁乃大熟。胡解印入觐，历言诸朝列，丞相王公钦若、参政赵公安仁、密学刘公师道皆寄诗美赠。

八年正月六日申时，俄集众云："吾此日生，今日正是时，汝等当知妙性廓然，本无生灭示有去来，更言何事？"言讫，右胁卧逝，春秋八十有二，僧腊六十有五。

众收舍利遗骸骼塑为真相。遗偈凡百一十七首，其二十二首乃亲书墨迹，临刊文义雅奥，不可思议而得也。

师见在，民呼曰"和尚翁"，亲之也。师灭度，民皆曰"圣翁"，尊之也。名公巨卿，大篇短章致赞叹意，无虑数百篇。东坡苏子瞻云："定光石佛，丕显其光。古锥透穿，大千为囊。卧像出家，西峰参道。亦俗亦真，一体三宝。南安石窟，开甘露门。异类中住，无天中尊。彼逆我顺，彼顺我逆。过即追求，虚空乌集。驱使草木，教诲蛇虎。愁霖出日，枯旱下雨。无男得男，无女得女。法法如是，谁夺谁与？令若威怒，免我伽梨。既而释之，遂终白衣。寿帽素履，发鬓皤皤。寿八十二，与世同波。穷崖草木，枯腊风雨。七闽香火，家以为祖。萨埵御天，宋有万姓。乃锡象服，名曰定应。"山谷黄鲁直云："石出山而润自丘壑，松不春而骨立冰霜。今得云门拄杖，打破鬼窟灵床。其石也将能万里出云雨，其松也欲与三界作阴凉。此似昔人，非昔人也，山中故友任商量。"

熙宁八年[3]，郡守许公尝表祷雨，感应，诏赐号"定应"。崇宁三年[4]，郡守陈公粹[5]复表真相荐生白毫，加号"定光圆应"。绍兴三年[6]，虔寇猖獗，虔化宰刘仪乞灵于师，师于县塔上放五色毫光，示现真相，贼遂溃。江西漕司以闻，绍兴二年，嘉"普通"二字。乾道三年[7]，又嘉"慈济"，累封至八字大师。民依赖之，甚于慈父。自淳熙元年[8]，郡守吕公翼之迎真相入州后庵，以便祈祷，从民请也。后均庆屡请还岩，郡不能夺，百夫舆至中途，莫能举，遂留于州。绍定

---

[1]胡咸秩：大中祥符六年，以屯田员外郎知临汀。

[2]伊蒲供：又称"伊蒲馔"，梵语，僧之斋供。

[3]熙宁八年：1075 年，熙宁，宋神宗年号。查《临汀志·郡县官题名》，许宰临汀是在熙宁九年，故疑"熙宁八年"之说有误。

[4]崇宁三年：1104 年。崇宁，宋徽宗年号。

[5]郡守陈公粹：陈粹于元符三年以宣议郎知临汀，在任九年。

[6]绍兴三年：1133 年，绍兴，宋高宗年号。

[7]乾道三年：1167 年，乾道，宋孝宗年号。

[8]淳熙元年：1174 年，淳熙，宋孝宗年号。

庚寅[1]，磜寇[2]挺起，干犯州城，势甚岌岌，师屡现显。贼驻金泉寺，值大雨水不得渡，晨炊粒米迄不熟，贼众饥困。及战，师于云表，见名旗[3]，皆有草木风鹤[4]之疑，遂惊愕奔溃，祈哀乞命。汀民更生，皆师力也。嘉熙四年[5]，州人士列状于郡，乞申奏赐州后庵额。有旨，赐额曰"定光院"。续又乞八字封号内易一"圣"字，仍改赐"通圣"。今为"定光圆应普慈通圣大师"。详见《行实编》。

定光，泉州人，姓郑名自严。乾德二年，驻锡武平南安岩。淳化二年，别立草庵居之。景德初，迁南康郡盘古山。祥符四年，汀守赵遂良即州宅创后庵延师。至八年终于旧岩。见周必大[6]《新创定光庵记》。

定应大师，《鄞江集》[7]云："初，波利尊者自西土来住盘石，即有谶曰：'后五百岁，有白衣菩萨自南方来居此山。'"即是定光佛也。至定光大师乃应谶。

（《临汀志・仙佛》）

【解题】

这是一篇记述定光古佛详细生平事迹的人物传记。全文可以分为五个部分，第一部分简述定光的家世及其出家求师的经历。第二部分详叙定光驻锡武平县南安岩后的种种佛法灵应。第三部分写百姓对定光佛的尊敬爱戴，详列苏轼、黄庭坚对定光的赞语。第四部分写定光圆寂后对人们祈祷的显灵应验，朝廷给定光的封号也一直增加至八字。第五部分是两则补充资料。

原文为一大段，现段落层次为编者拟分。

佚 名

伏虎大师

敕赐威济灵应普惠妙显大师，叶姓，法名惠宽，宁化县人。幼通悟，善根夙植，长得业于本郡开元寺[8]，遍游诸方，悟旨而返。州境山谷深窃，虎豹出没为害。师以解脱慈悲力，为之训饬柔服，众异之，号伏虎禅师。

---

[1]绍定庚寅：指绍定三年，1230年，绍定，宋理宗年号。

[2]磜寇：指宁化南城晏彪在"潭飞磜"领导的盐贩起义。

[3]见名旗：展现写有定光名号的旗帜。

[4]草木风鹤："草木皆兵，风声鹤唳"的缩写。

[5]嘉熙四年：1240年，嘉熙，宋理宗的年号。

[6]周必大：周必大（1126—1204年），庐陵人，北宋政治家、文学家。绍兴二十一年（1152年）进士，历任参知政事、知枢密院事、观文殿大学士、益国公。卒谥"文忠"。《宋史》卷三九一有传。

[7]《鄞江集》：南宋隆兴二年（1164年）、庆元四年（1198年）两次所修汀州州志，均名《鄞江志》，修志同时编有诗文集《鄞江集》。鄞江，汀江的别称。

[8]开元寺：在汀州州治东兴贤门内。唐开元间，诏天下州郡取一寺一观，以纪年为号置于州郡所。

南唐保大三年[1]，憩于平原山麓，见左右有龟峰狮石，遂卓锡于此。蹑其巅，以开元钱已为开山兆。有樵者拾其一以归，诘朝复返故所，耆老欢传，咸起敬慕。程力督工，为创庵，名曰“普护”。庵侧一岭刺天，号吊军岭，道过其上，苦渴水，师于盘石上顿锡出水，至今不竭。七年，汀苦旱，靡神不宗。郡将闻师道行，结坛于龙潭侧，延师致祷。师云：“此方旱气燔甚，实众生罪业自速其辜，今当普为忏悔。七日不雨，愿焚其躯。”及期旱如故，师延趺坐，命厝火于薪。众骇愕，火未及然，油云四起，甘雨倾注。师曰：“未也，水流束薪乃已。”未几，果然。见闻赞叹。宋朝建隆三年[2]九月十三日示寂，塑其坏身于庵，凡有所祷，应如响答。

熙宁三年[3]，郡列状以闻，赐庵为“寿圣精舍”。延平[4]之庵，曰“油滩”、曰“小芹”、曰“白砂”。绍兴七年[5]，敕封“净戒慈应大师”，时在汀者犹未封圣院。至十二年[6]，乃赐号于汀曰“威济”。乾道三年[7]，改赐庵为“广福”，师所经从辄成也。同年，加号“灵应”。淳熙十一年[8]，复加“普惠”，皆以救旱功。自淳熙元年郡守迎均庆院定光真相入州后庵，复于广福院迎师真相差肩为宾主，以便祈祷。绍定群寇犯城，多方保护，显大威力，师与定光实相叶赞。嘉熙[9]间，州人士列状于郡，乞申奏加赐师号，复加“妙显”，累封至八字，今为“威济灵应普惠妙显大师”。

（《临汀志·仙佛》）

【解题】

本文是一篇人物传记。记述了伏虎禅师生平事迹及所受封号，龙潭求雨一事描述尤为生动精彩。

原文为一大段，现段落为编者拟分。

---

[1]南唐保大三年：945年。保大，南唐李璟的年号。

[2]建隆三年：962年。建隆，宋太祖赵匡胤的年号。

[3]熙宁三年：1070年。熙宁，宋神宗年号

[4]延平：今福建南平市。

[5]绍兴七年：1137年。绍兴，宋高宗年号。

[6]此句前原有“乾道三年，改赐‘广福’，师所经从辄成也。”一句，因前后年份联接不上，现与后两句“乾道三年，加号‘灵应’。”合成一句。

[7]乾道三年：1167年。乾道，宋孝宗年号。

[8]淳熙十一年：1184年。淳熙，宋孝宗年号。嘉熙：宋理宗年号，1237—1240年。

洪 迈

洪迈(1123—1202 年)，字景庐，号容斋，江西饶州鄱阳人。宋高宗绍兴十五年(1145年)进士，累官至翰林学士。撰有《夷坚志》、《容斋随笔》等书。《夷坚志》是南宋笔记体志怪小说集，有四百二十卷。

汀州七姑子

汀州多山魈，其居郡治者为七姑子[1]。倅厅[2]后有皂荚树极大，干分为三，正蔽堂屋，亦有物居之。

陈吉老[3]为通判，女已嫁矣，与婿皆来。夜半女在床外睡，觉有撼其几者，颇惧，移身入里间，则如人登焉，席荐皆震动，夫妻连声呼有贼。吉老遽起，与长子录曹者[4]偕往。无所见，诧曰："公廨守卫严，贼安得至？若鬼也，争敢尔！"老兵马吉，方宿直[5]。命诣厨温酒。厨与堂接屋，马吉方及门，失声大叫。录曹素有胆气，自篝火视之；吉仆绝于地，涎液纵横。灌以良药，久之始能言，曰："一黑汉模糊长大，出屋直来压已，不知所以然。"吉老犹不信。录曹见白衣人长七尺，自厨出趋堂，开门而出，真以为盗，急逐之，而堂门元闭自若也。启之，又见其物开厅门去，复逐之，亦闭如故。洎至厅上，白衣径奏东厢卒伍持更处，一卒即惊魇。众救之已绝矣。

后数年，赵子璋[6]为倅摄郡。时属邑寇作，江西大将程师回[7]，自赣上来逐捕。将班师，小休倅厅，出所携二妾与赵饮。正行酒，有小妾[8]长才二尺许，褐衫素裙，缓步且前。程迎击以杖，乃一猫跃出，衣服皆委地。

子璋子伯禔，随父之官，马吉者犹在。闻其说如此，伯禔说。

（《夷坚志·乙志》卷七）

【解题】

本文记述陈吉老一家深夜与七姑子（未开化的土著民）相遇的惊险故事，记述小妾被程师回杖击而化猫的奇异故事，向读者介绍了七姑子身材高矮悬殊、动作迅捷等特点，反映了

---

[1]七姑子：古越族的一支，亦称山魈、山都。唐代居住在汀州郡治（卧龙山白石村）周围。

[2]倅厅：郡治中通判的大厅。倅，郡的通判。

[3]陈吉老：字子川，莆田（今仙游县榜头镇后坂村）人，绍兴六年至绍兴十一年（1136—1141 年）为临汀郡通判。《临汀志·名宦》有传。

[4]长子录曹者：即陈吉老长子陈希造，原为扬州录参（即录曹）。

[5]方宿直：正好这天晚上当值。

[6]赵子璋：临汀郡通判。《临汀志·郡县题名录》载其"奉议郎，绍兴十二年（1143 年）闰四月十三日到任，十五年（1145 年）七月二十二日满替。"摄郡，代理郡刺史之职。

[7]程师回：金朝将领，绍兴四年（1134 年）在淮河被宋兵俘虏，降宋。绍兴十五年（1145 年）前后任江南西路兵马钤辖兼安抚司统制。

[8]小妾：指女性七姑子。

时至南宋，临汀郡治周围仍然常有七姑子出没的情况。篇末采用赵子璋之子“伯禔说”，是为了增强故事的真实性，与唐传奇的写法相似。

原文为一大段，现段落为编者拟分。

佚　名

梁野人

梁野人，名戴，长汀县人，兵部郎颀[1]之弟，自号野人。家居天庆观[2]左，盛暑率昼寝三清殿后。一日就寝，梦金人长丈余，持其左手，以一金钱按其掌心，嘱曰：“子欲钱，但缩左手袖中，振迅则随用而足。若妄费，漏言，则钱不复出矣。”戴曰：“诺。”既觉，左手犹微痛，隐然有钱文，试之，果然。虽所亲莫敢以告。益放旷歌酒，施舍贫乏，人目为狂。

其母常诮之曰：“吾生二子，汝兄取科第矣，于汝何望！今雨弥旬，薪粒告尽，奈何？”戴曰：“所须若干？”母曰：“多多益好。”翌朝，戴引薪米数十担，施施从外来。母曰：“强哉！儿，多固好，顾安所得钱乎？”戴曰：“幸毋虑。”振袖偿值，一一如数，无欠无余，母方异之。即告游方外。

天圣[3]初，颀守庐州，因投刺上谒，曰“梁野人”，颀延见惊喜，举酒相属，因曰：“吾身为刺史，弟蓝缕如是，得无辱乎？”命叠浴更衣。戴正色曰：“兄何索我于外耶？”拂而起，曰：“暂出复来，要钱也否？”颀曰：“汝狂犹未歇。”忽不见。使人交驰于市，求之弗得。

明午，旅邸有告曰：“昨有道人，薄暮抵宿，夜半闻穿排钱声，疑其为盗；隙窥之，室暗无所睹，晨起窥之，但见钱垛半壁。”颀于是遣官吏破开，钱上有书云：“弟野人以烟萝侣久俟，不果辞，惟冀珍重。有少钱，烦周贫乏。”仍遗下所服敝衣，异香袭人，殆非人间所有。验其去踪，乃拨瓦罅而出。颀感叹久之。自后，杳不知所往矣。

（《临汀志·仙佛》）

【解题】

这是一篇传奇小说，简洁地描写了梁戴梦见金人、送柴米给母亲、与兄长相见、遗钱周乏的四件事，刻画出洒脱放旷、个性独立，亦人亦仙的梁野人形象。小说人物托名某名人之弟，以增强可信度，这是传奇小说的惯用手法。

原文为一大段，现段落为编者拟分。

---

[1]兵部郎颀：梁颀，字习之，长汀人，进士，曾任兵部员外郎。见梁颀诗歌作者简介。

[2]天庆观：在临汀郡郡治东兴贤门内。宋大中祥符元年（1008年），诏天下置“天庆观”。

[3]天圣：宋仁宗年号，1023—1031年。

明代部分

邓文铿

邓文铿（1360—1427 年），字德声，沙县眉山村（今三明市三元区岩前乡眉山）客家人，洪武十八年（1385 年）进士，历任广东茂名知县、刑部主事、都察院佥都御史、武昌知府。

高隐雪晴

茅屋青山隐者家，田园随分度年华。
回头又了三秋历，触目俄看六出花。
有客观梅研易象，何人仗节在龙沙。
朝晴喜出黄棉袄，冷暖林泉亦可夸。

（《永安县志·艺文志》）

【解题】

此诗作于宣德元年（1426 年）致仕回乡后。距眉山村约十余里，有大湖，是永安风景名胜，邓文铿作有《大湖八景诗》。高隐雪晴是永安旧志大湖八景之一，另七景是镜湖秋月、屏嶂朝阳、桃源活水、梅岭层峦、擎天雨霁、石洞寒泉、乔木郊墟。

【注释】

六出花：雪花。　黄棉袄：指冬日的太阳。宋代罗大经《鹤林玉露》卷一载：壬寅正月，雨雪连旬，忽尔开霁，闾里翁媪相呼贺曰："黄棉袄子出矣！"

陈　山

陈山（1362—1434 年），字汝静，又字伯高，沙县客家人，明洪武二十七年（1394 年）进士。历任奉化教谕、吏部给事中、左春坊左庶子、户部左侍郎、户部尚书、谨身殿大学士，明成祖时曾参与编修《永乐大典》，明宣宗时任《两朝实录》总裁官。

栖云寺（二首）

古刹寥寥半掩关，抱琴踏破藓苔斑。
涧声漱玉门前水，黛色凝烟屋后山。
翠竹相依苍石瘦，青松长伴白云闲。
我来欲结东林社，两袖天风任往还。

四十年来访旧游，杖藜徐步径原幽。
老僧相见还青眼，狂客重来愧白头。
捻指光阴成契阔，放怀谈笑为迟留。

一声长啸忘形处，云白山青水自流。

（《沙县志·名胜》）

【解题】

栖云寺，在沙县城西五里的怡山山麓，始建于闽王延政（943—945年）间，宋建隆三年（962年）重建，是沙县古名刹之一。此诗描写栖云寺清新秀丽的山水景色，抒写故地重游放怀谈笑的爽朗心情，诗人的“狂客”形象亦呼之欲出。

【注释】

东林社：本指东晋时慧远在庐山东林寺组织的白莲社，是由许多信众和文人隐士组成的佛教团体，对后世影响很大。诗中用此表达向往隐逸之情。　青眼：指正眼相看，热情招待。出自魏晋时人阮籍的典故。　契阔：离合、聚散，偏指离散。　迟留：停留。

十里平流

源远难寻委，平看十里新。
月来清见骨，风度碧生鳞。
树色中流断，鸡声两岸匀。
梁溪相识后，潋滟更精神。

（《沙县志·山川》）

【解题】

十里平流，指穿流于沙县县城的沙溪河段。该河段江面开阔，水流平缓，清澈见底，为沙阳古代八景之一。宋代名相李纲曾游沙溪，作诗以赞。后人为纪念李纲，亦称这段河道为太史溪。此诗从视觉和听觉角度描绘沙溪的清新幽美的景象，字里行间洋溢着对家乡的热爱之情及对李纲的怀念。

【注释】

委：水流的末尾。此句意谓沙溪源远流长。　梁溪：指李纲。李纲出生于无锡梁溪，自号梁溪先生。李纲在沙县期间曾泛舟沙溪，作《十里平流》诗：平溪绿净见游鱼，十里无声若画图。但道曾经太史爱，不须污染自为愚。　潋滟：水波荡漾的样子。

凤岗春树

凤兮久不至，谁指此山名。
贤德重冥漠，朝阳利圣明。
烟花纷瑞彩，风竹弄春声。
好际贞元会，生申应地灵。

（《沙县志· 山川》）

【解题】

凤岗，在沙县城中（今县政府大楼后），为县治之镇山。旧时，邑人取凤栖梧桐之意，山上遍植梧桐，春天时节，山上一片碧绿，蔚为奇观。宋时李纲名之为“凤岗春树”，名列沙阳八景之首。此诗在描写美景之中寄望家乡地灵人杰。

【注释】

冥漠：昏暗静寂。　贞元会：即贞元会合，指新旧更迭（明朝取代了元朝）。　生申：申，同“伸”，伸展。诗句意谓遇上新旧更迭的好时代，灵秀之地必定会产生杰出人才。

张显宗

张显宗（1363—1409年），字名远，宁化石壁客家人。明洪武二十四年（1391年）进士，殿试取选第二名，皇帝特赐状元。历任翰林院编修、太常寺丞、监理国子监学事、工部侍郎、交趾布政使。《八闽通志·人物》载其：“操心诚笃，处事公正，在交趾时，民怀其德，建祠祀之。性尤聪敏，读书过眼成诵。”著有《忠义录》《警愚录》《遗集》二卷等。

题清风秀才岭

层层曲曲复超超，万壑松风响翠涛。

绕足青云平古磴，蒙头红日照英豪。

乱峰斜度飞鸿急，孤店聊安过客劳。

不是圣朝兴举子，等闲谁识秀才高。

（《三明市志·诗文选辑》）

【解题】

清风秀才岭，宁化县通往江西石城的一座山岭。此诗约作于明洪武二十一年（1388年）中岁贡之后，赴南京国子监就学路上。诗歌抒发理想实现的喜悦心情。

【注释】

超超：一山高过一山。　蒙头：迎头。　兴举子：指恢复科举考试，选拔人才。　等闲：轻易。

题陆御史望云图

陆子东吴秀，去亲仕王畿。鞠躬侍执法，宪度清且夷。奉亲以契阔，悠悠动遐思。朝咏蓼莪篇，暮吟四牡词。寤言望白云，寐也尝见之。宛如在目前，承颜不敢违。汝亲自可见，吾亲当别离。念子思亲诗，泫然泪双垂。

（《汀南廑存集》卷一）

【解题】

这是一首题画诗，由歌咏陆御史勤于王事、思念亲人，引发自己的思亲之情。李世熊评此诗：“公文传世甚少，存此一篇，稍见先进风调。”

【注释】

王畿：帝京。此指明初首都金陵（今南京）。　鞠躬：小心谨慎的样子。　宪度：法度。　蓼莪篇：出自《诗经·小雅·谷风之什》，原诗表达人民苦于兵役不得终养父母的痛苦。　四牡词：出自《诗经·小雅·鹿鸣之什》，原诗写慰劳使臣勤于王事。　承颜：顺承尊长的颜色。谓侍奉尊长。

胡 时

胡时，字子俊，上杭客家人。生卒年不详，主要活动于元末明初，始以明经教授于乡，洪武八年（1375 年），知县刘亨荐授本学司训，卒于任。《汀州府志·文苑》载其“善诗，工楷书”。

村 居

豆种南山秫种田，醒时独酌醉时眠。
溪头水涨夜来雨，门外山连晓起烟。
村鼓数声春社日，牧童一曲夕阳天。
东邻老叟时相问，桑柘阴中话有年。

（《汀州府志·艺文》）

【解题】

这是一首很有客家乡村特色的田园诗，描写了一幅有声有色的村居生活画面。杨澜《汀南廑存集》评此诗：“一气浑成，自是伫兴而就之作，足征素养之裕。”丘复评此诗：“诗亦冲夷高洁，大雅不群。”（《杭川新风雅集》）

【注释】

豆种南山：化用陶渊明《归园田居》“种豆南山下”诗句。　山连：《上杭县志·文苑传》（民国版）作“山横”。　春社：春季祭祀土地神的日子。民间为立春后的第一个戊日。　有年：丰年。

七峰山

此山秀色浮乾坤，诸山环峙不敢群。自昔山县产人杰，瑶华芳草扬远芬。急流勇退空华发，清宵梦隐山之檝。归来此地结茅茨，长对青山睇松雪。

（《杭川新风雅集》）

【解题】

七峰山，在上杭县城北郊，距县城四公里。此诗盛赞七峰山的秀丽与上杭县的地灵人杰，同时抒发自己急流勇退归隐山林之想，从另一侧面表达了对七峰山的热爱之情。

丘复《念庐诗话》卷一云：“杭人之诗，宋、元以上无一存者，惟此诗为杭诗先声，雄健苍古，宜其得传也。”

【注释】

浮乾坤：（秀色）高于天下（其他山）。　瑶华芳草：比喻人品才华。

伍清源

伍清源，字石泉，号秋圃，连城客家人。洪武（1368—1398年）初，汀州府辟充儒学训导。后举明经，授宝钞提举司副使。《连城县志·乡贤》载其“善诗文”。

游东田石

匡舆小坠出郊坰，露冕真惭鹤在轩。落日孤城迴野色，高空流水洗秋瘢。劈岩已见仙人掌，柱杖何须玉女盘。灵鹫只疑天竺近，青冥端碍日车番。茶余月照莲花顶，磬罢僧归柏叶园。自喜病躯生羽翮，少依居士息心魂。岁晚读书岩室上，便应此地即桃源。

（《连城县志·艺文志》）

【解题】

东田石，莲峰山旧名。作者描述登山的经过，诗中野色的苍茫、仙人掌的壮美、玉女盆的波光、莲花峰顶的高耸及月下的钟磬梵音，给读者带来世外桃源的感受。

【注释】

匡舆：能坐人的小车子。　郊坰：郊野。坰，音 jiōng。《汀南廑存集》作“郊原”。　玉女盘：即玉女盆。与前句“仙人掌”皆为景点名称。玉女盆，在冠豸山景点“一线天”、“白云深处”旁，平日泉水盈池，民间传说冠豸山五姐妹常在此沐浴，得冰肌玉骨之身。　天竺：指古代印度，佛教的发源地。　“青冥”句：意谓青葱的高山阻碍了太阳车的运行。古代中国有羲和御日的神话。番，乾隆县志作“翻”。　柏叶园：指僧房。

石门岩

连峦来东郭，登临作胜游。

风余岩际雨，花剩石门秋。

问竹云林合，搴兰谷响幽。

乾坤时俯仰，浩荡一虚舟。

（《连城县志·艺文志》）

【解题】

石门岩，在连城县东，详见李仲飑词解题。《汀州府志·山川》又载：“宋绍兴间，云峰僧倚岩结庵，名宿云。邑令黄荦创总宜亭，赵汝樵创悠然阁，后亭、阁俱废。明洪武间，邑人沈彦和重建。”

此诗叙写与友人秋游石门岩的畅快心情。诗中问竹搴兰、俯仰宇宙，流露诗人高雅豪放的情怀，这是明初文人志在有所作为的反映。

【注释】

虚舟：无人驾驶、乘坐的空船。典出《庄子·山木》。意谓放飞的心情就像江海上的空船，任其飘荡。

杨士奇

杨士奇（1365—1444 年），名寓，字士奇，号东里，江西泰和人。建文元年（1399 年），杨士奇以布衣身份进入翰林院，任编纂官。朱棣登基后，杨士奇由翰林院入内阁，参与国是。先后担任《明太宗实录》《明仁宗实录》《明宣宗实录》总裁。杨士奇与馆阁文臣杨荣、杨溥合称"三杨"，他们的诗歌多歌功颂德，粉饰太平，或应酬唱和，艺术上追求雅正平和、雍容冲淡，形成"台阁体"诗风。有《东里全集》九十七卷、《别集》四卷等传世。

咏读书庄

清流城北读书庄，旧隐诗书岁月长。

玉署归来春昼永，松门流水落花香。

（《清流县志・诗文选辑》）

【解题】

读书庄，旧址在清流县城北，原是明代翰林院编修赖世隆早年读书处。赖世隆任翰林院编修时，与"三杨"等台阁大臣诗歌唱和。杨士奇作此诗，歌咏赖世隆早年读书生活，赞颂赖世隆高洁的品格。杨溥亦曾作《题赖编修清流读书庄十首》："清流水冷落花红，布谷飞鸟晓雨中。因忆吾农与稼事，几回展卷读豳风。"

【注释】

旧隐：指赖世隆早年隐居读书事。　玉署：即"玉堂署"，指翰林院。　松门流水落花香：比喻高洁的品格。

王　瑛

王瑛，长汀客家人。明永乐十五年（1417 年）举人，历任户部主事、户部员外郎、山西参政、左布政使。《长汀县志・文苑传》载其为事干练，居官清谨，"皆有政声。所为诗文甚富"。

映溪台

山回斜径春长抱，亭俯孤岩客偶来。

逸藻未应虚洞壑，行踪故喜蹴莓苔。

薜烟不断林中磬，汀鹭时亲石上杯。

落日搜题肆无览，依云拟筑映溪台。

（《长汀县志・古迹志》）

【解题】

映溪台，在长汀县苍玉洞外，汀江之滨，建于北宋宣和年间。此诗描写映溪台周围的美丽景致。"喜"字是全篇诗眼。"汀鹭时亲石上杯"写出鹭鸟与人的和谐相处，尤为生动形象。

【注释】

逸藻：指优美的诗文。 林中磬：指不远处东禅院的钟磬之声。 肆无览：漫无目标地观赏。暗寓自然景观之多。

周 冕

周冕，长汀客家人，明永乐十八年（1420 年）举人。《汀州府志·隐逸》载其“情恬退，不乐仕进。以齿德重于乡，以子璇贵，封兵科给事中”。工诗，有《映雪斋诗钞》。

苍玉洞

劈破贞珉阖两岩，此中真境隔仙凡。

烟霞锁断红尘路，一径浓阴入翠衫。

（《汀州府志·艺文》）

【解题】

苍玉洞，见陈轩同题诗注。此诗突出苍玉洞的清静与绿树成荫，有与俗世隔绝之美。与陈轩同题诗相比，意境以陈诗较为开阔，清新秀雅则以周诗为高。这是明初台阁体讲求语言雅正之风在全国诗坛影响的表现。

【注释】

贞珉：像玉的石头。 阖：音 hé，门扇。意谓两块岩石宛如门扇。 红尘：本指车马过后土路扬起的尘土，此指名利纷扰的俗世。

朝斗岩有吟

灵岩高拱玉嶙峋，紫气腾霄仰北辰。

千古烟霞凝不散，更于何处觅昆仑。

（《长汀历代诗选》）

【解题】

朝斗岩，位于长汀县城南郊，因山崖朝向北斗，故名。朝斗岩晨雾缭绕，是古代汀州著名的八景之一——朝斗烟霞。《长汀县志》云：“南山屹然如屏，半岭为朝斗岩。缘石扪罗而上，俯视城市，尽归目睫。”此诗突出朝斗岩的高耸、朝北、烟霞弥漫，有如昆仑仙境。尾联“千古烟霞凝不散，更于何处觅昆仑”写尽诗外之想，从此“朝斗烟霞”亦成为景点名称。

周冕写景诗善于抓住景物色彩特征以突出事物的状态，如本诗的“玉嶙峋”与“紫气”、上一首诗的“红尘”与“翠衫”。周冕写景诗还善于引发想像、一语双关，增强诗意的厚度，如本诗的“更于何处觅昆仑”，上一首诗的“烟霞锁断红尘路”。

【注释】

玉嶙峋：形容奇石突兀耸立。 紫气：紫色的霞气。古人以为瑞祥的征兆或宝物的光气。 昆仑：神话传说中的昆仑仙境。

曾　兰

曾兰，长汀客家人，曾子荣之子。随父赴粤，宣德四年（1429 年）中广东解元，授琼州文昌县训导。《长汀县志·文苑传》称其“聪颖积学，推一时人杰”。有《策海集》行世。

登朝斗岩

置酒阁亭心绪开，翠屏画笔逼云台。
北峰磅礴傲新界，汀水蜿蜒环崔嵬。
寒士平庸穷北望，闽山秀艳数南来。
谈诗每感无狂客，惟向山灵空对杯。

（《汀州府志·艺文》）

【解题】

朝斗岩，长汀名胜之一，见前周冕诗注。此诗突出朝斗岩高傲兀立的形态，抒发了自己怀才不遇、无有知音的感慨。诗人狂傲的个性与寒士的悲愤，皆从诗中喷薄而出。

【注释】

翠屏：翠屏山，亦称南山，在府治南三里，屹然如屏，青葱可爱。　云台：云霄。　穷北望：极尽目力北望。

刘　泰

刘泰，明正统年间（1436—1449 年）任汀州知府。生卒年、籍贯待考。

梁野仙山

梁野峰峦插汉间，神仙曾此炼丹还。
幽岩洞渺三冬暖，山殿云深六月寒。
松叶秋深猿啸集，瑞花香拂鸟声残。
僧闲睡起无尘想，茶罢经完坐石坛。

（《武平县志·艺文志》）

【解题】

梁野山，在武平县城东三十五里。《汀州府志·山川》载梁野山：“险峻叠出，绝顶有白莲池。昔乡民采茗，误至一岩，见门垂龙须草，蒙披而入，内有佛像、经帙、钟磬、幢盖如新，再往迷路。顶有古母石，大数丈，远见百里。”民间则有仙人在山上炼丹的传说。此诗描写梁野山的高峻和神话传说，描写其奇特的气候与自然景观，突出“仙山”的特点。中间两联对仗工整，用词精准，特征鲜明，足见学养丰裕。尾联用白描手法写僧人念经打坐，尤为生动形象，宛在目前。

【注释】

汉：霄汉。　神仙：梁野山有仙人洞，相传是仙人炼丹之处。　山殿：指梁野山寺（亦称白云寺），建于宋代，至今保存良好。　瑞花：原作“瑞化”，当是字误。

南岩石洞

南岩佳致本天成，洞里晴阴自晓昏。
怪石嵯峨千古迹，琪花开落四时馨。
鹿知佛事晨参刹，猿识僧情早闭门。
乘兴几回游玩遍，恍疑别是一乾坤。

（《武平县志·艺文志》）

【解题】

南岩，即南安岩，见郑弼《南安岩》诗解题。此诗正面描写南岩的美景佳致，以猿、鹿有知，侧面描写僧人的早晚佛事，别开生面，富有情趣。

龙河碧水

一江城外号龙河，龙化沧溟岁几多。
混混源从梁野发，滔滔泉入海潮波。
浪涵春景鱼游镜，绿尽秋澄翠染罗。
最是月明堪听处，清风几度送渔歌。

（《武平县志·艺文志》）

【解题】

龙河，即化龙溪，今名平川河，自北向南流经武平县城区。《汀州府志·山川·武平县》载龙河：“一名南安溪，在县治南百步，源出清平乡，合流归顺乡，入潮州界。”此诗赞美龙河水的浩荡、清澈及秋月之下的清风渔歌，意境悠远，风格清新雄放。刘泰的写景诗意境清新自然，词风悠闲散淡，山水景物富有客家地域特征，在客家诗坛占有一席之地。

【注释】

沧溟：本指大海，此指大河。　混混：容纳许多溪流而壮大。　海潮波：龙河水进入潮州，流入南海，故云。　鱼游镜：形容水清如镜，游鱼可数。

童昱

童昱，字道彰，号东皋，连城客家人。少负经济大略，从乡先生李庆游。宣德间，从江右吴与弼（1391—1469年，号康斋，江西临川人，著名学者、诗人）精研理学，后“以亲老独侍，无意仕进，隐居东皋”（《连城县志·隐逸》）。晚年筑室于文溪东，名“东皋清隐舍”。著有《东皋集》。

题石钟岩

遗形宛肖一钟悬，佛子闻钟好坐禅。
岩岫晓升无障日，崆峒夜曙有情天。
云封陌树山村外，月印寒潭古寺前。
携杖登临频眺望，幽篁深径不知年。

（《连城县志·艺文志》）

【解题】

石钟岩，在连城县东北。半岩有古佛道场。宋代罗次夔建左右罗汉阁、观音堂，俯瞰绝地，秀柱层崖。

【注释】

宛肖：很像。　崆峒：在今甘肃平凉市西，相传是黄帝问道于广成子之所。后泛指仙山。此指石钟岩。　陌树：田野路边的树。　幽篁：浓密的竹林。

赖世隆

赖世隆，字德受，清流客家人，宣德五年（1430年）进士，官翰林院编修。《汀州府志·人物》赞其“有才略”。有《玉堂遗稿》传世。

赞雁塔晓钟

早鸡声里听钟鸣，映起当年野老情。
林外月斜敲正急，山中露冷韵偏清。
客船夜泊愁惊梦，官署辰衙喜报晴。
我有新诗寄僧壁，纱笼却笑宋人赓。

（《清流县志·诗文选辑》）

【解题】

雁塔，原址在清流县东塔院，宋隆兴间（1163—1164年），县丞姚伯隽创建，淳佑间（1241—1264年），县令赵必逢率邑人移创于县东马家山之巅。此诗咏叹钟声引起的种种遐思与诗情，意境空灵悠远。

【注释】

野老：诗人自称。　纱笼：以纱蒙覆贵人、名士壁上题咏的手迹，表示崇敬。

九龙行

九龙之险无与比，江淮河汉风波耳。岂如此水怪石多，朝夕无风浪自起。天开地辟几春秋，何人凿空先泛舟。畏途一开不可塞，至今来往行人愁。乘风鼓棹碧潭心，喧天万壑隐雷鸣。日色无光昼如夜，忽忽孤蓬一叶轻。峡口初过第一龙，禹门吕梁高更雄。船从天上直坠地，回头白雪翻晴空。第二龙中长且大，狂澜骇浪争澎湃。前呼后应疾若飞，生死须臾不停待。三龙乍过四龙迎，鲸波拂面舟人惊。欲寻小径避险阻，倚天峭壁难飞腾。五龙曲折忧回舵，六龙峻濑防危祸。乱涛势合如山来，船从水底钻将过。急流数里诣七龙，俗传魔怪留神踪。莫云此龙易与耳，前后覆溺在眼中。八龙崎岖犹可畏，浪高石大难回避。九龙出峡且安行，维舟上岸如更生。相对斜阳须畅饮，梦魂半夜犹频惊。起来四望远山色，龙里月沉云气黑。所经历历皆可陈，悔将微躯临不测。九龙之险甲九州，瞿塘滟滪如安流。自笑好奇穷涉览，诗成空说鬼神愁。

（《汀州府志·艺文》）

【解题】

九龙，指九龙滩，在今清流县与永安市之间。上六龙最险，属清流县；下三龙稍平，属永安县，上、下共二十余里。民间称九龙分别为雾龙、马龙、三门龙、大长龙、五伯龙、贰龙、香龙、小长龙、安龙。民间有歌谣："九龙十八滩，滩滩鬼门关，十个船过九个翻，运气不好难生还。"行：歌行体诗。此诗详细描写行船经过九龙险滩的惊险万状及船客的生死感受。长诗语言生动形象，惊险处扣人心弦，对比鲜明可想，读之有亲临之感。

明人何乔远编撰的《闽书》亦载此诗，但语句多有不同。《府志》所录内容精简，语言雅致，当是对原诗的改编之作。《汀南廑存集》卷一亦载此诗。

【注释】

禹门：又称龙门，在今山西河津市城西北十二公里处的黄河峡谷中。此地两边都是悬崖断壁，惟"神龙"可越，故名"龙门"。　吕梁：吕梁山，位于山西西部，山体宽大高峻。诗中用禹门、吕梁作对比，形容第一龙水急落差大。　瞿塘：瞿塘峡，三峡之一。西起重庆市奉节县的白帝城，东至巫山县的大溪镇，全长约八公里。在长江三峡中，虽然它最短，却最雄伟险峻。　滟滪：即滟滪堆，瞿塘峡口的巨石。兀立江心，砥柱中流，是古来船工望而生畏的行船险要之处。

龙津夜月

夜月登桥疑步蟾，水精宫里见婵娟。
山高错讶玉盘小，波静方知银镜圆。
对影吟诗惭李白，问天把酒忆坡仙。
清溪此景谁争得，独载清晖满钓船。

（《汀南廑存集》卷一）

【解题】

龙津河，在清流县城区，县东有龙津桥（今名东门大桥）。"龙津望月"是清流县著名景观之一。此诗八句，句句有月，首联疑"蟾宫"见"婵娟"是虚写，颔联"玉盘""银镜"是比喻写月，颈联"对影""问天"是用典写月，尾联"此景""清辉"是承上隐含写月。

【注释】

步蟾：步上蟾宫（月宫）。　水精宫：指龙津河。婵娟：指月亮。　错讶：惊讶。　玉盘：指月亮。　惭李白：李白《月下独酌》“举杯邀明月，对影成三人”。　坡仙：指宋代著名文学家苏轼（号东坡居士）。其词《水调歌头》有“明月几时有，把酒问青天”句。

三港清流

众流合处水平沙，浅碧粼粼望眼赊。

夹岸桃花迷远近，傍桥梅影见横斜。

四时鱼美多渔钓，百里滩连少客槎。

最是夜深堪玩处，千家灯火映溪涯。

（《汀南廑存集》卷一）

【解题】

三港溪，在清流县西南五里。连有三小港，皆源自宁化，会合于正溪。诗中描写三港溪水清、鱼肥、花美及“千家灯火映溪涯”的繁华景象，抒发对家乡的赞美之情。

【注释】

赊：长、远。　客槎：客船。

许浩志

许浩志，连城客家人，正统六年（1441 年）中举，为同安教谕，尚未赴任，遇农民起义爆发，率乡人登冠豸寨，协力保障，众赖生全，遂不仕。《连城县志・乡贤》载其“文章学问显名当时”。

题牧牛图歌

谁家耕牛闲牧养？年年惟识春草长。长歌扣角了不闻，挂书双角时可想。丘家兄弟志好奇，丹青画出牧牛图。图中景物春皞皞，青山叠叠迥不殊。双牛突出争肥草，一牛缓出绿坡好。可怜猪突倒骑牛，一声两声吹未了。黄昏驱牛寻故路，穿破山前白云渡。不愁牧野战风寒，宛似桃林归日暮。

（《连城县志・艺文志》）

【解题】

这是一首题画诗，描写图中牧牛的生动形象。杨澜《汀南廑存集》卷一亦载有许浩志《牧牛图》诗，两相比较，《题牧牛图歌》当为后人改写而成。今将原诗附于注释之后，让读者一睹原貌。

【注释】

皞皞：广大自得貌。同“浩浩”。　可怜，指可爱，顽皮。　猪突：骂人的俗话，形容人比较野。此处指牧童。　牧野：周武王伐纣时的牧野大战。地点在今河南省新乡市牧野区。　桃林：想像中美丽安宁的桃花林。典出陶渊明《桃花源记》。

《牧牛图》原诗

圣皇出宸寰宇清，华夷一统开升平。天南天北洋讴诵，关东关西罢战征。牛放平原闲牧养，年年惟识春草长。高歌扣角了不闻，燕营火尾邈无想。时清醇化人不知，丘家昆季志绝奇。披绢图出清平象，图中景物春熙熙。青山叠叠遥相绝，绿树苍苍荫成列。只牛突出争肥草，一牛缓寻坡绿啮。扣角谁家小牧儿，倒骑牛背横笛吹。笛声绝异胡笳响，入耳非同画角悲。黄昏驱牛寻故路，穿破山前白云渡。不愁牧野战风寒，宛似桃林归日暮。吁嗟此图取义多，丈夫披睹当如何。忠君喜见太平象，援笔豪吟浩浩歌。

马　驯

马驯（1421—1496年），字德良，长汀四堡（今属连城县）人。明正统十年（1445年）进士，历官户部郎中、四川左参政、四川左布政使、都察院左都御史、巡抚湖广。《长汀县志·列传》（民国版）载其："历事四朝，自部员累官都宪，封政议大夫。累赠三代如其官。"致仕后返汀，买山郡东，建"皆山堂"，日与故旧交游。《汀州府志·人物》有传。

汀州八景诗（八首）

龙山白云

郡城有山何蜿蜒，恍若神物蟠其间。白云叆叇笼穷巅，依依约约相盘旋。云兮何日从龙去，大沛甘霖雨如注。直须一解枯槁容，山下苍生正延伫。

云骧风月

临江高阁真奇特，巍巍直与白云接。山光野色横目前，不数滕山擅雄杰。清风一榻快无边，皓月满户堪流连。闲来登眺足嘲咏，从教乞与不论钱。

通济瀑布

（即通济岩，其泉飞瀑，有若匡庐，故名）

悬崖飞瀑鸣汤汤，界破青山中一行。天孙欲制云素裳，织就白练千尺长。叹予宿癖在山水，纵目徜徉殊可喜。兴来远和沧浪歌，万斛尘襟欣一洗。

苍玉古洞

苍苍屹立百尺崖，洞门不计何年开。红尘半点无由到，惟有浮云时往来。断碑只字藤萝蔓，扫破莓苔还可玩。频频快读三四过，长啸一声白云散。

霹雳丹灶

灵山底事干天公，一声削划成咙嵷。我知老雷有深意，下与人世开朦胧。只今灵灶宛如昨，神物扶持畴敢谑。我欲寻求九转丹，吁嗟老仙去寥廓。

拜相青山

高冈崔峨难攀缘，擅名拜相从何年。一排翠黛横目前，恍若人拜形依然。由来地灵毓人杰，此事真诚非浪说。九重他日需贤良，曾看幽岩起伊说。

朝斗烟霞

仙岩巀嶪偎半山，山在杳霭青冥间。牛羊下来日向夕，团团引素仍流丹。胜游到此心境适，笑傲徘徊忽移日。采霞我欲学长生，紫芝瑶草无人识。

宝珠晴岚

鄞江初晴宿雨收，晓看岚气笼山头。非云非烟亦非雾，若聚若散兼若浮。应是天孙有余暇，特向山间挂图画。褰衣我欲一登临，恐惊白云不敢下。

（《长汀县志·古迹志》）

【解题】

马驯写有汀州八景诗，此后便成为汀城八景的名称。《汀南廑存集》有载其中第一、四、七三首。

龙山白云，指卧龙山景点，在汀州府治后山（今长汀县城区）。此诗描绘卧龙山云笼龙蟠的神态，寄寓风调雨顺。

云骧风月，指云骧阁景点，在州城乌石山上，接龙山，瞰龙潭，恍若滕王阁。始建于唐代，先名“清阴”“延清阁”“集景楼”，南宋绍兴间改名“云骧”。此诗描写登临云骧阁所见的山光野色与清风明月，抒写流连快意的舒畅心情。

通济瀑布，指通济岩景点，在长汀县东郊五里的佛岭。此诗赞颂瀑布的美丽，抒发尘襟接受洗礼的清新舒畅。

苍玉古洞，指苍玉洞景点，在长汀城东三里，东禅寺下。此诗化用宋代郡守陈轩的诗意，抒写登临怀古的豪放心情。

霹雳丹灶，指霹雳岩景点，在长汀城南拜相山隈。这里奇石林立，岩峭洞幽，相传迅雷一声，岩洞遂辟，故名霹雳岩。传说有宋人在此炼丹，如今岩内仍有丹灶、水井等古迹。

拜相青山，指长汀城南的拜相山景点。诗歌引伊尹、傅说的典故，期望朝廷重用人才。

朝斗烟霞，指朝斗岩景点，位于长汀县城南郊一华里处。此诗描绘朝斗岩的高峻与雾霭缭绕，抒写笑傲徘徊、留恋不舍的情感。

宝珠青岚，指宝珠峰景点，又名圆珠山、龙珠峰，在长汀县正南三里。此诗描绘宝珠峰雨后初晴云雾缭绕的美丽景象。

【注释】

天孙：传说中织女星上的织女。　伊说：伊尹、傅说（yùe）的合称。伊尹，商初大臣；

商汤求之于田野，得以灭夏。傅说，殷商王武丁时的贤相；传说傅说原是在傅岩筑墙的奴隶，武丁举以为相，国大治。　巀嶪：音jiéyè，高耸。　采霞：指求仙学道。

周景辰

周景辰，松阳（今浙江松阳县）人，永乐间任松溪宰，宣德间调任连城知县。《浙江通志·人物》有传。

冠豸峰

霜风摇落满空山，秋叶稜稜护铁冠。

鹄立莲峰天咫尺，俨如正色立朝班。

（《连城县志·艺文志》）

【解题】

冠豸峰，莲峰山的南面主峰，在连城县东北六里许。高峻险绝，石壁巑岏，盘亘数十里，其上平旷，可容万人。此诗以拟人写法，描绘冠豸山峰的正义凛然形象。

【注释】

稜稜：威严的样子。　铁冠：黑色如铁的獬豸冠。此指冠豸山峰。　鹄立：如鹄延颈而立。鹄：音hú，指鸿鹄，又名“黄鹄”，俗称天鹅。

天马山

风鬃竹耳与云齐，赤赭来从大宛西。

皇帝拓疆思汗血，茂林风雨夜犹嘶。

（《连城县志·艺文志》）

【解题】

天马山，在连城县东北五公里揭坊，又名马头山、竹安寨。《汀州府志·山川》描写天马山：“怪石昂藏如天马，旧传遇风雨则嘶，嘶则乡里不靖。元末雷陨其首，石尚存。”诗中借天马之名咏史，讽刺汉武帝为满足一己之好而开疆拓土。

【注释】

赤赭：赤红色，指汗血宝马。赭，音zhě。汉武帝太初四年，贰师将军李广利斩大宛王首，获汗血马来，作西极天马之歌。　茂林：当为“茂陵”（汉武帝陵墓）之误。典出唐诗人李贺《金铜仙人辞汉歌》：“茂陵刘郎秋风客，夜闻马嘶晓无迹。”

金　鸡

胶胶振羽协朝阳，赤距朱冠动晓光。

山立于今千万载，终朝迎日涌扶桑。

（《连城县志·艺文志》）

【解题】

金鸡岭，在连城县文亨乡。《汀州府志·山川》载："旧传，有人至山中，见一庵有金鸡飞鸣，因寄宿，及觉，失庵所在。"此诗借地名咏山迎朝阳，描写生动，意境开阔、高远。

【注释】

胶胶：鸡鸣声。　跖：音 zhí，本指鸡的爪子。此处形容山形地貌，连城山岩为丹霞地貌，故以"赤跖朱冠"为喻。　扶桑：传说中太阳升起的地方。

滴水岩

林外泉声任洒洒，岩前苔篆故斑斑。

愿分一滴琼浆液，散作飞霖溉人寰。

（《连城县志·艺文志》）

【解题】

滴水岩,在连城县北七里。《汀州府志·山川》载滴水岩："有泉自石窦出，深不盈尺，不溢不竭。相传定光佛住锡于此。"此诗表达作者志愿造福社会、大济苍生的思想。

【注释】

洒洒：形容文辞或声音连绵不断。　苔篆：指苔痕。

赠文川镇抚宋祯亲舍歌

将军好文兼好武，年少辞亲总貔虎。铁骑长驱塞北风，征衣梦断江南雨。功成事定论勋绩，将军著名天府籍。宠秩荣嘉圣主恩，生成实赖慈亲力。亲年八十双鬓斑，倚门日望将军还。将军日告得归养，上堂笑捧祝亲觞。祝觞且酌宜春酒，母问阿孙平安否。回头酌酒问阿儿，主上圣时尧舜耦。阿孙袭职在燕山，扈驾日日趋朝班。一门忠孝啧千古，不觉喜笑盈亲颜。

（《连城县志·艺文志》）

【解题】

宋祯，连城人，宋富之子。袭父亲承信校尉、通州卫管军百户职。洪武三十二年（1399年），从指挥使朱崇征遵化等处，以功升燕山右卫副千户，改本卫镇抚。此诗描绘了宋祯一家其乐融融的亲情，宣传了一门忠孝的正统思想。

【注释】

貔虎：喻勇猛的军队。　天府籍：朝廷的名册。　日告：日，乾隆县志作"诣"。　宜春酒：每年农历二月一日为春社日，又称中和节，祭祀土神，祈求丰收，有饮中和酒、宜春酒的习俗。清代陈梦雷《古今图书集成·酒部》载："中和节，民间里闾酿酒，谓宜春酒。"

李 颖

李颖，字嗣英，上杭客家人。生卒年不详，主要活动于宣德前后。与永丰邱贤交游，读书好古，教授于乡，赖其琢成者众。工吟咏，都谏邱弘谓李颖诗文“烟霞风月，陶写性情，皆自然流出”(《汀州府志·文苑》)。居梅坡，有《梅隐稿》。宣德间辑宋元乡先辈诗，名《杭川风雅集》。

题周子礼全城事

排难男儿事，何当伐大功。
忆曾抒妙策，绝异恃元戎。
虺鼠潜逃穴，疲癃返荜蓬。
君惟发长啸，巾扇曳秋风。

(《杭川新风雅集》)

【解题】

丘复《杭川新风雅集》案此诗：“周子礼，在城人，家饶于财而尚义。洪武十八年来苏里贼钟子仁纠广寇曾水荫将攻县，民竟奔避。子礼白知县邓致中修筑县城，工甫毕而寇至。子礼挺身告众曰：‘有能退贼者，当罄家业酬之。’时张爱为民丁队长，偕梁文彪率所部以应。子礼断左手食指与之誓，众皆感奋，争前杀贼。贼既退，子礼尽出白金尝众。不足，出其家人簪饰布帛器物。又不足，更以田产立券给之。予以子礼义行可风，而梅隐先生诗亦足以张之，乃参考旧志孝义传及寇变志详记于此，使读者有所兴感焉。”杨澜《汀南廑存集》评此诗：“魄力沉雄，大家笔意，结得超脱。”

【注释】

虺：huǐ，古书上说的一种毒蛇。虺鼠，喻指农民起义军，有贬义。 疲癃：年老多病。指周子礼晚年。 巾扇：形容周子礼有儒将风度。

丘 弘

丘弘（？—1471 年），字宽叔，号兰斋，上杭县客家人。明天顺三年(1459 年)举人，天顺八年（1464 年）进士，授户科给事中，又迁都给事中。成化七年（1471 年），丘弘奉命出使琉球，至德州因病去世。

杭川十咏

南塔禅钟

古塔崚嶒俯碧流，梵钟隐隐出林幽。
一声撞破禅房绿，几杵敲残枫叶秋。
长送夕阳归渡口，每催晓月落城头。
有时惊觉纱窗梦，清韵还疑五凤楼。

琴冈霁色

琴冈云敛雨初收，景物清嘉拟十洲。
山色晴分春色好，花光红映日光浮。
傍林楼阁明如画，荫水松篁翠欲流。
几度卷帘闲望处，无边诗兴豁吟眸。

西安牧笛

古塞西安近水涯，数声牧笛兴偏赊。
陇头吹处鸭初乱，牛背横时日欲斜。
黄鹤凄音悲过客，武夷清弄徵仙家。
吟余独倚书楼听，落尽江梅一树花。

长坝乐耕

万事虽能不挂胸，寻求真乐莫如农。
一犁春雨秧初绿，数亩秋云麦正浓。
击壤同时歌作息，负喧无事坐从容。
世人莫漫轻耕叟，曾说南阳有卧龙。

袍岭朝云

袍山崒嵂俯清漪，晓起轻云拂翠微。
远逐晴岚来海岛，几随残月到书帏。
广寒已作梯山路，霄汉曾看捧日飞。
莫讶无心轻出岫，傅岩霖雨望霏霏。

折水春涛

江头草绿日初晴，涨起春涛两岸平。
浪势拍空翻雪白，湍声入耳作雷鸣。
鱼龙变化九天阔，舟楫飞扬一叶轻。
谁识当年川上叹，无穷道体自流行。

石潭秋月

碧潭渺渺浩无涯，天汉云收月上时。

万里乾坤开宝镜，一川波浪浸琉璃。
珠帘似卷水晶殿，仙桂浑飘太液池。
坐到更深风露冷，数声惊鹊起高枝。

浮桥利涉

排艇为梁属铁绳，望中一带半江横。
岸南岸北不呼渡，人来人去如履平。
秦政漫誇鞭石力，郑侨空负济舆名。
几回踏月归来晚，似跨长虹到玉京。

濑溪渔歌

溪水沄沄远接空，渔歌互答乱流中。
一声欸乃秋波绿，几曲悠扬夕照红。
响彻云霄惊落雁，调高杨柳拂回风。
翻嫌渭叟浑多事，却卜熊罴号太公。

崎滩客棹

崎滩石溅浪花浮，画鼓频挝送旅舟。
一叶布帆飞似驶，半篙春水滑如油。
橹声咿呀惊鸥鹭，客宿光芒犯斗牛。
曾羡登仙看李郭，只今若个接风流。

（《杭川新风雅集》）

【解题】

丘弘所作《杭川十咏》，原载上杭旧志，其诗题成为杭川十景的名称。后更名为八景：金山晓旭、袍岭朝云、西安牧笛、通驷樵歌、石潭秋月、虹渡恬波、七峰拥翠、三折回澜。

南塔禅钟：在上杭县南横琴冈，冈顶有南塔寺。宋嘉泰间（1201—1204 年）由僧人云谷筹建，元末毁，明洪武间，僧人永隆重建。

琴冈霁色：在县治前，偃卧如琴，故又名横琴冈。

西安牧笛：古塞名，在上杭城西，汀江河畔。

长坝乐耕：在上杭县城琴冈对面，原是大片良田。所种稻麦、菜蔬是县城居民生活的主要供给源。

袍岭朝云：即挂袍山，在上杭县城西南五里，巍然端立，状若挂袍。

折水春涛：又称三折回澜，指汀江水经过上杭境内的石壁潭后，曲折流经高枧滩、高车滩，直至县东南狮子潭一带。

石潭秋月：在石壁寨之南的石壁潭。

浮桥利涉：旧址在县东汀江河上，成化间，佥事余谅创建，后圮。正德间，都御史王守仁移建于县南。

濑溪渔歌：发源龙嶂，由汤坑上罗炉龙，下过青潭至濑溪，右受峰下潭、太平山之水，经佛岭下至鼓楼冈，左与下迳之水合流。

崎滩客棹：在东门潭头渡下傍南岸，多石激荡而骏驶处。

【注释】

纱窗梦：指闺中女子之梦。宋代欧阳修词《渔家傲》："叶里黄骊时一弄。犹瞢忪。等闲惊破纱窗梦。"　五凤楼：北京故宫的正门叫"午门"，俗称"五凤楼"。　击壤：《击壤歌》，相传是尧时的歌谣："日出而作，日入而息；凿井而饮，耕田而食。帝力于我何有哉？"　卧龙：诸葛亮(181—234年)，字孔明，号卧龙居士。三国时期蜀汉杰出的丞相以及政治家、军事家。诸葛亮未出山时，曾躬耕于南阳。　广寒：广寒宫，月宫。　傅岩：在今山西平陆东。傅说是商王武丁的大臣，因在傅岩从事版筑，被武丁起用。此处用典，意谓此地将出现像傅说一样的人才。　川上叹：典出《论语》"子在川上曰：'逝者如斯夫，不舍昼夜。'"　鞭石：《艺文类聚》卷七九引晋伏琛《三齐略记》："始皇作石桥，欲过海观日出处。于时有神人，能驱石下海，城阳一山石，尽起立。嶷嶷东倾，状似相随而去。云石去不速，神人辄鞭之，尽流血，石莫不悉赤，至今犹尔。"后遂以"鞭石"为神助的典故。　郑侨：即郑国，战国时韩国人，侨居秦国。公元前237年，秦王政采纳韩国水利专家郑国的建议开凿水渠，灌溉面积达18万公顷，成为我国古代最大的灌溉渠道。　渭叟：指吕尚，姜姓，字子牙，被尊称为太公望，后人多称其为姜子牙、姜太公。传说吕尚未遇周文王时曾在渭水边垂钓。　客宿光芒犯斗牛：见叶祖恰《钓台》诗注释。　李郭：指汉代人李膺和郭泰。典出《后汉书》卷六十八《郭泰传》："(郭泰)归乡里，衣冠诸儒送至河上，车数千辆。林宗(郭泰，字林宗)唯与李膺同舟而济，众宾望之，以为神仙焉。"谓舟中客人风流俊逸，无人可及。

王　銮

王銮，字文融，浙江乌程人。成化间任武平县教谕，曾与知县徐端一起编修《武平县志》。

龙河碧水

门外龙河净碧洋，晚来吟眺似沧浪。
高低楼阁平川市，大小船樯闽地航。
远树归鸦金闪闪，长空过雁字行行。
虽深百丈能窥石，只为源流彻底光。

(《武平县志·艺文志》)

【解题】

龙河，在武平县城区，见刘焘诗解题。此诗歌咏龙河两岸繁华的街市、通畅的水运，尤其赞叹河水清澈见底。意境开阔，诗中有画，尾联富于哲理。

【注释】

净碧洋：指河水明净碧蓝。　平川：地名。今有平川镇。　彻底光：清澈见底。

黄 埕

黄埕，兰溪人，明成化间任汀州知府。工诗，公余之暇写有汀州八景诗。

拜相青山

山名拜相倚长汀，相对相参若拜形。

翠色霭如僧眼碧，岚光浑似佛头青。

风生花气飘衣袂，雨过苔痕绣石屏。

自叹故山别去久，公余频睇夕阳亭。

（《长汀历代诗选》）

【解题】

拜相青山，一名笏山，在长汀县东南二里，与南山联，俯揖卧龙山，宛如人拜，长汀八景之一。本诗采用拟人、比喻写法描写拜相青山的形势与翠色岚光，由风花石苔引出对故乡的思念，意境清新自然，感情真挚含蓄。

【注释】

长汀：指汀江河畔长长的沙洲。　霭如：云气汇聚像。　僧眼碧、佛头青：形容山色的青绿。

何乔新

何乔新（1427—1502 年），字廷秀，永明（今四川绵阳市三台县永明镇）人。景泰五年（1455 年）进士，历任南京礼部主事、刑部侍郎、福建副使等职。

玉华洞

洞前奇树倚云栽，洞里桃花映雪开。

一自飞仙游碧落，月明空见鹤归来。

（《汀州府志・艺文》）

【解题】

《舆地纪胜》载“玉华洞在清流县东北六十里，曰玉华西洞。”因玉华西洞正当从将乐县入清流县之孔道，故宋代始便有僧道在此开辟佛庐，过往官员亦慕名前往游览赋诗。此诗是何乔新任福建副使期间游清流玉华洞所作，歌咏玉华洞花树的美丽，并以缑氏山的神话传说赋予玉华岭神奇的魅力。

【注释】

碧落：道家称东方第一层天，碧霞满空，叫做“碧落”。后来泛指天空。　鹤归：用王子乔跨鹤飞天的传说。

王 环

王环，字廷玉，新昌（今浙江省绍兴市新昌县）人，明天顺三年（1459 年）举人。成化十四年（1478 年），奏准永定建县，次年，王环为首任永定县令，在职六载。《汀州府志·名宦》载其“时邑草创，环兴利除害，有惠政”。

杭陂春耕

滚滚源流涨小溪，老农分引入杭陂。
栉风沐雨歌无逸，锄隰耘畛诵楚茨。
百亩菑畬芒种候，一犁膏雨早春时。
伫看两秩收成日，报赛先农祀古祠。

（《永定县志·文征》民国版）

【解题】

杭陂，指永定县西四里西溪水坝。诗歌描绘春耕时节客家地区农民引水灌溉、耘田除草的劳动情形，赞美了客家农民栉风沐雨、不误农时的勤劳精神，同时也反映诗人对农业生产的重视和对丰收的期盼。

【注释】

无逸：《尚书》有《无逸》篇，是周公告诫成王的话，意谓君子居官位，不要贪图安逸。　楚茨：《诗·小雅》篇名，是周王祭祀祖先的乐歌，向鬼神祈求幸福。　菑畬：泛指开荒耕种。　报赛：在秋天收成后举行的秋报仪式和赛社活动。　先农：指神农。

王 淮

王淮，长汀客家人，明参政王瑛之子。成化元年（1465 年）举人，授贵州思南县尉，未赴。善吟咏，有《王孝廉诗集》传世。

开元寺

春游夜宿梵王家，景象清幽绝世哗。
风逐洞云闲去住，日移岩竹互交加。
客窗诗咏新裁句，禅榻香飘旧落花。
最爱老僧谈寂灭，惯将泉石足生涯。

（《汀南廑存集》卷一）

【解题】

原序：（开元寺）“即今县学旧基，寺为唐时所建，旧有支院二十四环列其中。宋政和间改为神霄玉清万寿宫，建炎初复额。明弘治年间改为县学。”此诗描写开元寺的宁静清幽景象，抒写了对清静生活的向往。

【注释】

梵王家：此指开元寺。梵王，指色界初禅天的大梵天王，亦泛指此界诸天之王。 寂灭：指度脱生死，进入寂静无为之境地。

佛 岭

石径萦纡接翠岑，洞流寒玉碧千寻。

飞花扑地春光老，芳草连天野色深。

鹤去巢空松露冷，龙归雨歇洞云阴。

古来游赏人何在，只有留题直到今。

（《长汀县志·山川志》）

【解题】

佛岭，在长汀县城东郊通济岩下方，因其岩外形似佛而得名。宋代韩长史建庵于此。王淮少年时在此读书。《汀南廑存集》卷一题为“通济岩”。

此诗描写佛岭的暮春景象，石径盘旋、瀑布流淌、鲜花满地、芳草连天、松树滴翠、洞云密布，这些富于春天特征的景物，诗人用白描手法，历历如绘地写了出来，读者宛如亲眼所见。颔联、颈联对仗工整，特征鲜明，意境开阖自如，堪称写景名句。

【注释】

萦纡：盘旋迂回。 寒玉：指水。 千寻：古代以八尺为一寻。千寻形容极高或极长。

周 璇

周璇，字元吉，长汀客家人。明成化二年（1466 年）进士，历任南都兵科都给事中、五军都督府掌兵部事。《长汀县志·列传》称其“忠鲠有声”。工诗，有《元吉手稿》。

青岩鲜水潭

山间飞瀑声潺潺，别派鄞江会大川。

烟销青岩千丈石，碧枕绿野一湖天。

临渊谁羡鱼堪钓，掬水还教容掷钱。

生意无穷春在草，游人至此应流连。

（《长汀历代诗选》）

【解题】

青岩鲜水潭，在童坊鹅公山上，汀江支流。诗歌描绘春天鲜水潭的青山秀水以及游人的流连忘返，写来有声有色。颔联山水相映，水天一色，俯仰生姿，画意盎然。

【注释】

鱼堪钓：形容水清，游鱼可数。 掷钱：一种戏水祈福的民俗，此处表达对清水的喜爱。

吴文度

吴文度（1441—1510 年），字宪之，号交石翁，晋江人，从父寓居江宁。成化八年（1472 年）进士，除龙泉知县，弘治元年（1488 年）以南御史迁汀州知府。《汀州府志·名宦》载其："讼者立庭下，一言即服。既得情，辄矜贷。虚怀礼士，敬老怜才。时山寇出没为患，设方略招致之，境内以宁。"有《交石集》《交石类稿》等传世。

夏雨叹

太空无云晓霞赤，甘雨不来将百日。农家夫妇不敢嗟，坐对田头相向泣。平畴草黄生暖烟，五月尚未分秧田。瘦麦登场刚足税，吏胥又索丁户钱。远道征人苦行役，溽暑烦蒸易成疾。眼前疫疠犹可医，秋来税租何从给。我怀牧爱无良谋，仰天唏嘘空自尤。不才天谴分宜此，我民何罪罹此忧。高山峨峨神所主，再拜登之至私语。彼山灵兮能致云，一夜风雷作霖雨。

（《长汀县志·循吏传》）

【解题】

此诗为吴文度在汀任职期间夏日遇旱而作。诗歌反映了持久干旱带给百姓的忧愁与痛苦，诗人的殷殷祈祷，忧民所忧、急民所急。"不才天谴分宜此，我民何罪罹此忧"二句，尤显拳拳爱民之意。

【注释】

吏胥：地方官府中掌管簿书案牍的小吏。　丁户钱：每户男丁应缴的赋税。　牧爱：为官之爱。

喜雨谣

夕阳西下孤村宿，小卧山斋掩愁目。飒然凉风天际来，带得甘霖下空谷。泠泠入枕闻新声，顿令毛骨虚寒生。半夜呼灯启窗听，檐花溜玉铿锵鸣。一洒天瓢坐来久，已送欢声到南亩。农家儿女笑相迎，戏逐田间捉蝌蚪。小溪水足波茫茫，葡萄万顷随鱼航。老翁科头坐航尾，醉来抵掌歌苍浪。鄙怀便觉闲愁适，归兴遄飞城行急。但得秋登风雨时，我辈泥涂安足惜。

（《长汀县志·循吏传》）

【解题】

此诗与前题为姊妹篇，抒写自己与广大民众久旱逢甘霖的喜悦之情。诗中刻画下雨的过程、农家老少的欢声笑语及自己的喜悦心情，十分细致生动。

【注释】

檐花溜玉：形容屋檐上雨花四溅。　科头：不戴帽子与斗笠。　秋登：指秋收。　泥涂：滞留路途。

勉诸生

碧梧凉冷动郊墟，万斛炎歊已扫除。

匡壁渐明灯下火，董帷宜近案头书。

功须砥砺方为至，学不沉潜总是虚。

老我颛蒙心未死，欲从诸子乞三余。

（《连城县志·艺文志》康熙版续志）

【解题】

诸生，明清时期经考试进入府、州、县各级学校学习的生员。生员有增生、附生、廪生、例生等，统称诸生。这是吴文度为汀州知府时勉励生员勤奋学习的诗。

诗歌引用典故为例证，以自身勤勉为表率，其谆谆教导，有很强的说服力。

【注释】

匡：指汉代匡衡。相传匡衡勤学而无烛，邻舍有烛而不逮，匡衡就在自家墙壁上凿个洞，借邻舍的烛光来读书。　董：指汉代董仲舒。景帝时为博士，相传他下帷读书，三年不窥园。　沉潜：深入。　颛蒙：愚昧。自谦语。　三余：指冬天（岁之余）、夜间（日之余）、阴雨天（时之余）。泛指空闲时间。

汀州咏怀

孤城千堞寄荒村，百废萦心强就扪。

海内黎元犹自困，客中襟抱向谁论。

迂疏莫补承宣化，朽腐难酬旷荡恩。

家国相望天万里，不胜归梦欲销魂。

（《长汀县志·山川志》）

【解题】

此诗言迁谪汀州后百废待兴的种种困难及志愿报国爱民的怀抱，抒发思念家乡的情绪。

【注释】

荒村：汀州府治在卧龙山下的白石村。　百废萦心：许多荒废待办的事情牵挂在心。强就扪：努力去办。　迂疏、朽腐：自谦说法，意谓自己迂腐不才，难以担当重任。　家国：偏义词，指家乡。

佛祖峰

九曲蜿蜒小径赊，望穷幽处入僧家。

山坳缬絮通云气，木末垂珠滴露华。

习静暂应聆梵语，涤烦聊且酌仙茶。

洒然身世忘归兴，策杖行吟到日斜。

（《长汀县志·山川志》）

【解题】

佛祖峰，在长汀城西三十里，土名九礤。转北二里许，树木荫蓊，石径崎岖，中有佛寺（福海寺），虽盛夏不知暑。此诗描绘佛祖峰的自然景观，抒发对宁静自由生活的向往。

【注释】

缬絮：原指染花的丝织品，此指山中雾气。　梵语：指念经之声。

叶元玉

叶元玉，字廷玺，号古崖，清流客家人。成化十七年（1481 年）进士，历任户部侍郎、广东潮州知府等职。《汀州府志·人物》载元玉“能诗，与李梦阳同舍相唱和”。为清流著名诗人，著有《古崖集》。

东华翠嶂

出郭相将二里赊，寺钟鸣处是东华。
直跻绝顶三千仞，俯视平原几万家。
流水竟朝东海去，长安不受片云遮。
风流自笑非安石，也有登山兴未涯。

（《清流县志·诗文选辑》）

【解题】

东华翠嶂，即东华山景区，清流名胜之一，在县东三里许，千仞峭壁，高耸入云。本诗当为作者年轻时登山抒怀之作，中间两联风格豪放，意境雄阔。表达了作者豪放的性格和对未来的信心。

【注释】

安石：宋代政治家、文学家王安石，有登山记游诗《山行》。　兴未涯：指游兴未尽。

灞涌岩

金莲山寺万松阴，流水花开自古今。
几发青螺撑佛顶，半岩秋月印禅心。
满天风雨龙归洞，入座笙歌鸟隔林。
骏马神鹰无觅处，一声鸡犬在云深。

（《汀州府志·艺文》）

【解题】

灞涌岩，在清流县城东八里，上有金莲寺，建于宋初，传说为圣僧定光所创，是清流县最早的古刹。“灞涌金莲”为清流八景之一。此诗描写金莲寺周围万松挺立、水流花开的美丽景象，用隔林群鸟动听的“笙歌”衬托山寺的宁静幽奇。《汀南廑存集》卷一亦载此诗。

《清流县志》题为“游金莲寺”。

重游东华

山色层层翠欲流，乘风独上万峰头。
花当二月已如此，人过十年才一游。
地僻便知为太古，民淳还幸际西周。
怪来眼界无留碍，北望长安是帝州。

（《汀南廛存集》卷一）

【解题】

作者相隔十年后重游东华山，还是当年那份激情与豪迈，诗歌赞颂当地百姓的淳朴，表达对朝廷的关切。杨澜评此诗：“古厓七律婉转清便，风格俱近放翁，此首尤疏宕，行余溶漾，如珠走盘。”

烈士祠

杨梅径口血痕新，七十年来迹未陈。
自挺一身当众贼，果能半日活千人。
巍巍祠宇天应报，郁郁英魂气始伸。
却愧无功窃禄者，乾坤何处可容身。

（《汀南廛存集》卷一）

【解题】

烈士祠，在清流县城，祀邓瑶。邓瑶，清流人。《汀州府志・孝义》载：“景泰间，草寇攻掠，村民骇窜，至杨梅迳。迳狭，人莫能进，贼追及。瑶挺身与战，自午至申，贼乱枪伤瑶胸，死犹倚石僵立，贼惧而退。境中四百余家赖保全焉。”此诗赞颂了为保护民众而壮烈献身的邓瑶，批判“无功窃禄者”。杨澜评此诗：“三四序事高简峭拔，见其用笔之老，一结词严义正，大家风矩。”

题双忠祠

张许祠堂何处是，大忠西畔郭门东。
自从孤垒支强虏，谁不低头拜下风。
身死唐家当日节，力扶元气万年功。
不须再读前朝史，诗笔年来仗至公。

（《汀南廛存集》卷一）

【解题】

这是一首怀古咏史诗，双忠祠在河南睢阳城中。“安史之乱”期间，张巡、许远及部将雷万春等人死守睢阳，力拒安史叛军，拯大唐江山于岌岌可危之际。平叛之后，朝廷追赠张、许二人，在睢阳城中建双忠庙以祀。此诗缅怀张、许的死节之举，赞颂其力扶唐朝元气的不朽之功。

【注释】

张许：张巡、许远的合称。张巡（708—757 年）蒲州河东（今山西永济县）人，开元末进士。“安史之乱”，张巡与许远率所部坚守睢阳（今河南商丘睢阳）抵抗安庆绪部将尹子琦的十三万大军，最后寡不敌众英勇牺牲。许远（709—757 年），杭州盐官（今浙江海宁西南）人，睢阳太守，“安史之乱”中与张巡共同抗敌而死。　孤垒：指处于孤立无援的睢阳城。

舟中寄李献吉

美人爱我憨且直，我爱美人才出群。

团亭把手议政事，西斋剪烛论诗文。

割鸡呼酒对山月，挝鼓放舟看水云。

百年知己那复得，海角天涯遥忆君。

（《汀南廑存集》卷一）

【解题】

李献吉，即李梦阳(1473—1530 年)，明代文学家，“前七子”领袖人物。字献吉，号空同子，庆阳(今属甘肃)人。弘治年间，叶元玉与李梦阳同为户部郎中，诗歌唱和，结下深厚友谊。这首寄赠诗，写出自己憨直的性格特点，回顾与李梦阳之间的深厚友谊，抒发对友人的深切思念之情。杨澜评此诗“自有深致”。

家　居

山林乖僻性，自与世相违。

人既以为是，我独辨其非。

假欲逐浪流，未免湿我衣。

自知不我容，抽身寻钓矶。

（《汀南廑存集》卷一）

【解题】

此诗原题后有注“自书”，当是作者晚年居家所作，表达及时隐退、决不随波逐流的思想。杨澜评此诗：“婉而多风，一洗叫嚣之习，此是古厓身份高处。”

陈　渤

陈渤，浙江余姚人，生卒年不详，成化间任福建布政司参议。见《福州府志·历官方面》。

夜宿丰稔寺留题

玉童双引入僧房，树隐帘栊近夕阳。
欲镇山门无玉带，也应花笑紫薇郎。

（《汀州府志·艺文》）

【解题】

丰稔寺，在明溪县东中和御帘里。此诗写夜宿山寺的宁静与联想。

【注释】

“欲镇山门”句：用裴度典故。裴度在城外香山寺拾到一个绸布包，里面是珍贵的玉带。他一连两日在寺院门前等待失主，终将原物归还。　紫薇郎：唐代官名，紫薇侍郎的简称，即中书侍郎。大诗人白居易曾任中书郎，写有紫薇诗：“丝纶阁下文章静，钟鼓楼中刻漏长。独坐黄昏谁是伴，紫薇花对紫微郎。”

童玺

童玺（生卒年待考），字信之，连城客家人。明成化十六年（1480 年）举人，历任全州同知、平乐府通判、高州府同知、广州府同知、刑部员外郎、澂江府知府。《连城县志·乡贤》载其：“秩满归林，年逾古稀，躬养九旬老母，朝夕不懈。”

登冠豸（次方邑侯咏）

扶人曳履不辞难，问柳寻花到远山。
冷眼风披吹不倦，热衷泉饮酌来寒。
莲池鱼跃波翻动，林谷鸟栖羽习闲。
俯仰乾坤了无事，那知身在世尘间。

（《连城县志·艺文志》）

【解题】

该诗次韵方进（连城县令），描写冠豸山水美景，抒写陶醉山林、忘怀尘世的感受。首联“扶人曳履”写出古稀之年的老态，却更显出诗人对生活对家乡的热爱。

石门岩

明明春晓寂无氛，老子寻芳出户门。
醉舞插花还酌酒，登临引子复携孙。
清泉怪石看佳境，小阁疏帘见远村。
好景撩人吟不尽，谁知别是一乾坤。

（《连城县志·艺文志》）

【解题】

此诗描写春天全家老少前往石门岩郊游的情景，既赞美石门岩吟不尽的好景，更表现老少几代人其乐融融的亲情。

【注释】

氛：本义指凶气。无氛，指天气晴好。古代风水理论认为，气有吉气、凶气、中气之分，云气可以预示吉凶。　老子：指诗人自己。童玺秩满归林时，年逾古稀，子孙绕膝，而九旬老母尚在，故自称老子。　寻芳：指赏花、春游。

伍 晏

伍晏（1459—1538 年），清流县客家人。弘治二年（1489 年）举人，曾任平度州学正，正德元年（1506 年）、嘉靖元年（1522 年）先后受聘参与编修《孝宗实录》、《武宗实录》。《汀州府志·文苑》载其“耽经史，工词赋”。《笔精》评其诗“清隽可喜”。有《一龙文集》《唐文精粹》《中兴词选》《中原一览》等行世。

登屏山

亭亭溪北倚危峰，景色看来淡又浓。

红树晓闻金翡翠，白云秋叠玉芙蓉。

桥边溪月穿疏竹，雪里梅花间古松。

闲对此山扪虱坐，一声孤鹤入高空。

（《清流县志·诗文选辑》）

【解题】

屏山，在清流县北，隔溪之主山。此诗抓住色彩的浓淡变化，描写山中景物的异彩纷呈，尾联以孤鹤自比，表露自己的孤高情趣。

【注释】

扪虱：“扪虱而谈”的省语，形容论者洒脱的风度。典出《晋书·王猛传》：“桓温入关，猛被褐而诣之，一面谈当世之事，扪虱而言，旁若无人。”

登七峰岩（二首）

勒马官亭着眼看，七峰烟雨逼人寒。

亭亭屹立空青外，疑是池阳九子山。

东望仙岩翠色浓，岧峣削出七芙蓉。

竹林若个闲居士，正好人来坐一峰。

（《清流县志·诗文选辑》）

【解题】

七峰岩，在清流县北六十里嵩溪方向，一峰千仞，六峰层叠相偎。岩下有洞，可容数十人。岩上泉水流淌，山高林幽，为避暑胜地。

【注释】

池阳九子山：今安徽九华山。 七芙蓉：指七座山峰。 闲居士：魏正始间（240—249年）的阮籍、嵇康等竹林七贤。

东华山

东华高嵯峨，幽胜冠古今。蹑足踏云根，举头接天语。玄房卧白云，籁空劫尘土。秋壁消芙蓉，丹枫衬红雨。竹月粘碎金，松风杂鸣杵。一涧玉龙嘶，千仞飞凤舞。云根盘紫霞，瑶枝拂琼宇。翠色摇苍冥，雄螺跨天府。鉴池鱼鸟静，琪树鸾鹤举。岩花染素流，秋月漾寒渚。林扉度鸣玉，松涛惊雪羽。春和益熙明，岁寒倍清楚。有客邀我游，扪萝觅仙侣。八纮壮胸襟，万山攀石乳。不道武夷山，偏与蓬莱伍。

（《汀南廛存集》卷一）

【解题】

东华山，在清流县东，见叶元玉《东华翠嶂》解题。诗人详细描写东华山的高峻及山中花草树木之美丽，抒写豪放胸襟和对家乡的热爱之情。

观澜亭

一亭雄丽倚溪头，拭目危栏几度秋。

元气不停天地脉，化机无息古今流。

星迹水国河图出，月印禅心太极浮。

老我望洋成一笑，羞将经史卧沧州。

（《汀南廛存集》卷一）

【解题】

观澜亭，在清流县东樊公庙右，永乐间邑令李庠建。诗人由观澜引发对自然界元气、化机的深度思考，表达作者积极的用世精神。

【注释】

化机：变化的枢机。 太极：此处指阴阳鱼相含之图。本诗中的“河图”与“太极”均出自作者想像，表达诗人对自然深邃哲理的思考。 望洋：抬头仰视的样子。典出《庄子·秋水》。 沧州：见唐代释灵澈诗注。

吊郡守吴文度去思祠

广寒仙子老门生，一别俄经岁月深。

莱竹尚遗千载爱，召棠曾结百年心。

亭前有客能吟柏，道上无人更却金。

一柱心香何处是，秦淮搔首泪沾襟。

（《汀南廑存集》卷一）

【解题】

吴文度，弘治年间汀州知府，详见吴文度诗歌作者简介。汀州府城东七里有吴公祠，明弘治间建，祀郡守吴文度。此诗表达了诗人对爱民官员的赞颂与思念之情。

【注释】

广寒仙子：指传说中的月宫神仙吴刚。　召棠：典出《诗·召南·甘棠序》："《甘棠》，美召伯也。召伯之教，明于南国。"后世因以"召棠"为颂扬官吏政绩的典实。

杨　汉

杨汉，字天章，长汀客家人。父杨瑛，兄杨济，明成化间俱任汀州卫指挥同知。杨汉以《诗经》领弘治二年（1489 年）乡荐，应京试春官中乙榜，授虹县司训。未逾月，兄济卒，汀州卫驰檄召，补为指挥同知，摄铜山（东山）总寨指挥正将。后奉命清查江西信丰屯田，突患急症卒于南山寺。《长汀县志·儒林志》载其"博学工文"，任职"廉慎自持"。著有文四卷，诗四卷，奇句二卷，行于世。祀乡贤，名宦。

汀游偶吟

摩天巨石竖天池，物态自然入小诗。

山水多情花自落，年方未晚怅来迟。

（《长汀历代诗选》）

【解题】

此诗赞叹长汀山水美丽，物态尽可入诗，表达对家乡的热爱之情。

廖　辅

廖辅，字舜之，号东山老人，长汀客家人。弘治二年（1489 年）以贡知寿州。《汀州府志·文苑》载其"政事明敏。工诗，善草书"。郡祀乡贤，有《舜文手稿》。

云骧阁

云骧杰阁高百寻，轩窗俯瞰汀江浔。

皎月结为金石友，清风涤尽尘埃襟。

古今取用固无端，巨夕往来为知音。

一观此境兴无已，呼来颖口挥长吟。

（《汀南廑存集》卷二）

【解题】

云骧阁，位于府治东城墙乌石山上，详见马驯诗歌注。此诗抒写登临云骧阁的感想与勃发的诗兴，表达了与清风明月结为知音的情怀。

【注释】

浔：水边。　“古今取用固无端”：典出苏轼《前赤壁赋》“惟江上之清风，与山间之明月，耳得之而为声，目遇之而成色；取之无禁，用之不竭。”无端，无边、无穷尽。　巨夕：整晚。　颖口：指笔头。

霹雳岩

雷师怒劈青云根，血点迸出丹砂痕。

稚川曾此炼金液，千年井灶留乾坤。

山中风月宛如昨，云端鸡犬今何存。

神仙灵秘讵可测，且拼痛饮开芳樽。

（《汀南廑存集》卷二）

【解题】

霹雳岩，在长汀城东南拜相山隈，详见马驯诗歌注。此诗感慨长汀霹雳岩的神仙传说，表达珍惜今朝生活的情感。

【注释】

青云根：指青云下面的岩石。　稚川：本指葛洪（字稚川），诗中泛指道士。传说宋代曾有道士在霹雳岩炼丹。　云端鸡犬：指种种神仙传说。

朝斗岩

冰轮影转夜未阑，羽人朝斗登仙坛。

半函小篆写黄箓，一瓣降香招紫鸾。

露滴瑶阶霞帔湿，风敲琼枫褐衣寒。

天真礼罢神宇定，步虚声绕青云端。

（《汀南廑存集》卷二）

【解题】

朝斗岩，见周冕诗歌解题。此诗以丰富的想像描写朝斗岩深夜时分道人做法事的神奇景象，诗歌意境幽奇，人物活动亦真亦幻，句句有仙气围绕，为山水名胜增添许多神秘色彩。

【注释】

冰轮：指月亮。　羽人：指道士。　黄箓：道士设坛祈祷，所用符箓皆为黄色，故称。诗中指道士所做道场。　天真：本指道教天神“天真皇人”，此指朝斗岩道士。

孔庭训

孔庭训，字东溪，永定客家人。弘治十四年（1501 年）中举，授杭州府通判，升湖州、绍兴二府同知，后迁刑部员外郎。《永定县志·列传》载其：“德性温醇，操行清介，历官中外而囊无遗物，人士钦之。”

鳌石渔歌

溪深鳌石小，水落鹭洲平。
何处垂纶客，清歌作楚声。
渭川余韵在，岩濑旧风生。
欲识渔人趣，临风且濯缨。

（《汀南廑存集》卷一）

【解题】

鳌石，在永定县治西，杭陂溪水弯绕其下，以形似鳌，故名。鳌石渔歌，为古代永定前八景之一。诗歌反映了客家地区渔人爱歌的情趣。

【注释】

垂纶客：钓鱼人。　楚声：战国时期楚地的土风歌谣，带有鲜明的楚文化色彩。　渭川余韵：指田园景象，典出唐代山水田园诗人王维诗《渭川田家》。　岩濑：水冲击岩石之声。　濯缨：屈原《渔父》诗有《沧浪歌》：“沧浪之水清兮，可以濯我缨。”

龙门樵唱

蹑足上龙门，云深碧树蕃。
烂柯人不见，伐木句犹存。
一曲歌声远，三秋暝色昏。
谁云樵者苦，自有乐堪言。

（《汀南廑存集》卷一）

【解题】

龙门山，在永定县东，盘旋耸秀，与贵人峰并峙。“龙门樵唱”为古代永定前八景之一。此诗描写龙门山樵夫之乐，从中可见明代客家山歌之普遍。在文人诗歌中反映客家民歌的传唱，现存文献中这是较早的。

孔庭训的写景诗，善于用典而不露痕迹，没有掉书袋之陋习，这是孔诗特点之一。

【注释】

烂柯人：典出《述异记》。晋朝王质到信安郡的石室山（今浙江省衢县）打柴，看见两个童子下棋，棋终时，王质发现手里的斧头柄已经烂了。下山回到村里，才知道时间已经过去一百年，同时的人已经死尽。　伐木句：出自《诗经·伐檀》：“坎坎伐檀兮，置之河之干兮，河水清且涟漪。”

杭陂春耕

绿水绕杭陂，春耕正及时。

东风鸣布谷，细雨事锄犁。

北望皆沾足，西成可预期。

人人知稼穑，重赋大田诗。

（《永定县志·陂渡》）

【解题】

这是与王环《杭陂春耕》的同题诗，作者从视觉、听觉等多方面描写杭陂的春耕景象，赞颂农民稼穑的辛勤劳动。

【注释】

布谷：指布谷鸟。　“北望”句：暗指分享朝廷恩泽。　西成：指秋收。　大田诗：指《诗经》中的《小雅·大田》。《大田》歌咏周王与民同庆秋季丰收的情形。

古镇烽销

水绕南溪净，山连古镇平。

雨余烽火熄，风静路尘清。

处处谈王道，人人乐种耕。

堤封十九里，老死不知兵。

（《汀南廑存集》卷一）

【解题】

古镇，在永定县马山西南馒头脑东侧，“居人依为乐数”（《永定县志·山川志》），是当地人躲避战乱的“世外桃源”。此诗表现对和平劳动生活的向往。

【注释】

风静路尘清：形容没有盗寇战乱。　堤封：大凡。指古镇的大致范围。

杨　泽

杨泽，天台（今浙江省天台县）人，弘治元年（1488 年）任福建等处提刑按察司按察使。见《八闽通志·方面》。

黄杨岩

燕溪北来九十里，麟峰突兀凌霄起。天公地母萃精灵，鬼斧神刀破渣滓。雕琢三洞真绝奇，琪树瑶花生紫芝。仙宫佛窟在人世，瀛洲阆苑徒言诗。第一洞中宽十丈，高顶团圆覆金样。观音罗汉由淳熙，金容玉骨千年相。洞门小阁与云齐，俯视高山头尽低。八窗洞达坐天上，灵氛日映成虹霓。扪萝缘磴寻二洞，古怪崚嶒妙难咏。当门两石如磬悬，杯节粘连欲摇动。倒垂数笋形嵖牙，定光睡影浮素沙。龙井深藏莹明镜，祛妖愈疾同胡麻。第三小洞近佛殿，推窗抚槛对人面。古碑一道尤可观，谈经说法灵通现。顾兹三洞湖海稀，洪炉鼓铸畴能知。我因温贼肆猖獗，夹攻扫荡思旋师。姜于廷仪宰归化，奕叶联姻远相迓。观风便道经岩前，驾鹤乘骢登泰华。时维八月寰宇清，飘飘两袖凉飔轻。载拜嵩呼为尧祝，万年宝箓传皇明。

（《汀州府志·艺文》）

【解题】

黄杨岩，即万寿岩，在明溪县东南八十里，有上下三洞，一曰灵峰洞、一曰碧云洞、一曰船篷洞。此岩多产黄杨木，故以为名。作者因参与平定上杭温留生等农民起义来到汀州，应归化知县姜于之邀来游黄杨岩，作此诗。

【注释】

瀛洲阆苑：瀛洲，传说中海上三座仙山之一。阆苑，神话中的神仙处所，诗文中常指宫苑。徒言诗：意谓（瀛洲阆苑）只能从诗中找寻，而不在人间。　覆金：覆钟。　淳熙：南宋孝宗年号，1174—1189 年。　定光：定光佛。　洪炉鼓铸：指自然造化之功。　温贼：成化二十三年（1487 年），武平人丘隆、刘铎联合上杭刘昂、温留生揭竿起义，占领汀属各县，进击江西、广东，三省振动。明朝廷分巡漳南道伍希闵专驻上杭招抚。在官军联合围捕下，起义失败。　姜于：即姜凤，浙江天台人。弘治二年（1489 年）任归化知县。　观风：朝廷（或上级）派员到地方观察民情。　泰华：指黄杨岩。

王守仁

王守仁（1472—1529 年），字伯安，浙江余姚人，世称阳明先生、王阳明。弘治十二年（1499 年）举进士，翌年授刑部云南清吏司主事，后改兵部主事，正德十一年（1516 年）为虔州（今江西赣州）巡抚。《汀州府志·名宦》有传。有《王文成全书》三十八卷，收入《四库全书》。《四库全书总目》（提要）（卷一百七十一集部别集类二十四）评："守仁勋业气节，卓然见诸施行，而为文博大昌达，诗亦秀逸有致。不独事功可称，其文章自足传世也。"

上杭南泉庵

山城经月驻旌戈，亦复幽寻到薜萝。
南国已看回甲马，东田初喜出农蓑。
溪云晓渡千峰雨，江涨春深两岸波。
暮倚七星瞻北极，绝怜苍翠晚来多。

（《汀州府志·艺文》）

【解题】

南泉庵，在上杭县琴冈。正德十二年（1517 年），虔州巡抚王守仁奉命平定漳州詹师富等农民起义，曾驻军长汀、上杭、永定等地。汀州有王文成祠，在府治西，崇祯间郡守笪继良建，祀王守仁。此诗表现了农民起义平息后上杭农村的和平安详景象，抒发对客家山水的热爱之情。

【注释】

甲马：代指军队。 七星：指七峰山。“七峰拥翠”为杭川八景之一。 绝怜：特别喜爱。

上杭喜雨（二首）

即看一雨洗兵戈，便觉光风转石萝。
顺水飞樯来贾舶，绝江喧浪集渔簑。
片云东望怜梁国，五月南征想伏波。
长拟归耕犹未得，鹿门初伴渐无多。

辕门春昼犹多事，竹院空闲未得过。
特放小舟寻急浪，始闻幽磬出层萝。
山田旱久俄逢雨，野老欢腾且纵歌。
莫谓可塘终拟险，地形原不胜人和。

（《汀州府志·艺文》）

【解题】

王守仁驻军上杭时作此诗。上杭久旱而雨，野老欢腾纵歌，诗人亦喜而赋诗，体现诗人关心民生疾苦，与民同乐之情。

【注释】

飞樯：快船。 贾舶：商人之船。 梁国：战国时的梁惠王疑虑为何民不更多。典出《孟子·寡人之于国也》。 伏波：指东汉光武帝时的马援。马援曾拜为伏波将军，南平交趾。 鹿门：即鹿门山，在今湖北襄阳东南。原名苏岭山，汉建武时，襄阳侯习郁建庙于山上，刻二石鹿置于庙道口，此庙称鹿门庙，后来称此山为鹿门山，唐代诗人孟浩然曾隐居此山。 可塘：在广东海丰县，地势险要。时农民起义军匿于象湖、可塘，然终至失败。

钟文俊

钟文俊，字舜臣，号石屏，长汀人。弘治六年（1493 年）进士，授户部主事，转吏部员外郎，升广东参议、湖广参政。《汀州府志·人物》载其“廉谨宽厚，所至卓有贤声”。著有《石屏汇稿》。

长歌赠刘生

陈之皎皎冰雪姿，琼林玉树笼清辉。昂昂野鹤出鸡群，当轩挥洒皆神奇。笔端蘸取龙香汁，须臾满纸烟云湿。杀尽山中老兔毫，惊降鬼妖深夜泣。只疑蛟龙一跃登，天门风雨骤至江涛津。又疑虎豹镇九关，磨牙砺爪惊人魂。或如公孙大娘之舞剑，低昂态度生光焰。或如万岁枯藤垂绝壁，枝条倒挂三千尺。或如孤鹤别队翔，青霄一碧万里秋风高。或如草野走惊蛇，曲折纵横皆可住。或如蝌蚪相纠结，殷彝周鼎夸奇绝。窗前瘗笔几成丘，砚池水黑功夫周。晋人风度可逼真，步武逸少追钟繇。

（《汀南廑存集》卷一）

【解题】

刘生，刘纪，长汀人，《汀州府志·乡行》载其“善草书”。此诗赞颂刘纪高超的书法艺术，殷切期望年轻人技艺进步。诗歌想像丰富，比喻形象，如草书挥洒自如，极富浪漫色彩。

【注释】

公孙大娘：唐代开元时期的著名舞者，善舞剑器，舞姿惊动天下。　逸少：东晋书法家王羲之的字，有书圣之称。　钟繇：钟繇（151—230 年），字元常，颍川长社（今河南长葛东）人。三国时期曹魏著名书法家、政治家。

钟文杰

钟文杰，字邦臣，文俊之弟，长汀客家人。弘治十五年（1502 年）进士，授户部主事，转工部员外郎，擢广州知府，有政声。《汀州府志·人物》有传。

龙潭泛舟

碧潭秋水泛舟渔，千顷波光入笔题。

骏马腾云阁下影，一江南去群山移。

（《历代名人题咏汀州集》）

【解题】

龙潭，在长汀县云骧阁下，汀江在此冲刷形成深潭，今设为龙潭公园。此诗描写龙潭泛舟垂钓的情景。波光千顷，阁影山形倒影水中，水流山移，颇能反映汀江河水的清澈透亮。

【注释】

骏马腾云：形容云骧阁的雄姿。　群山移：群山倒影江中，水流影动，仿佛山移。

李　坚

李坚，字贞夫，长汀客家人。弘治十八年（1505 年）进士，授行人，历官户部郎中，与清流进士叶元玉诗文唱和。有《讷庵诗集》。《汀州府志·文苑》载李坚："为人博洽英敏，雄词丽句，人竞宝之。"

拟李白古风（选二）

崔巍千仞岗，上有孤生桐。凡禽不敢过，威凤日相从。高标本虚心，至和含其中。采之献清庙，雅奏谐黄钟。时无子期侣，空山饱霜风。自分沟中断，行为爨下充。幸逢蔡中郎，得登君子宫。愿言承左右，备君燕闲供。养君中和性，庶以效微躬。

少陵真人豪，稷契心自许。周遭鸿洞间，百折水东注。短褐才掩胫，破庐不蔽雨。犹轸当时忧，不暇一身诉。心期万广厦，大庇寒士聚。地下千载人，谁为唐宰辅。肉食不怀谋，藿食乃心苦。

（《汀南廑存集》卷一）

【解题】

李白《古风》组诗有五十九首，李坚拟有七首，风格亦近似李白的浪漫豪放。所选二首，前首写自己获得知音的欣喜，后首赞颂杜甫忧国忧民的情怀，批判肉食者不用心国事。

【注释】

子期：指钟子期，春秋时楚国人。相传他在汉江边遇上俞伯牙鼓琴，能知其琴声大意。后世遂以钟子期为知音的代表。　蔡中郎：东汉著名文学家蔡邕。　少陵：唐代著名诗人杜甫的号。　稷契：稷和契的并称，唐虞时代的贤臣。　肉食：即肉食者，指朝中有权位的人。　藿食：即藿食者，诗中指平民百姓。藿，豆类植物的叶子。

杂诗（二首）

结发初事君，相期在白头。天荒地云老，两情誓靡休。讵期洵几何，君身为远游。远游归何时，一去三十秋。思君不可见，空抱离索忧。

飞鸟返故林，游鱼思旧渊。物性固有尔，人情胡不然。昔与君别时，庭树初抽篸。一别年华多，森森踰前檐。树生已如此，妾心将何堪。

（《汀南廑存集》卷一）

【解题】

组诗模仿《古诗十九首》的比兴写法，表面写夫妻之间的离别相思情感，实际上寓有时光蹉跎、理想未能实现的感伤。

西岭听涛

孤峰凌云郁嵯峨，老松偃蹇枝缪摩。

杖藜闲步坐其下，松声禽语鸣相和。

凉风飕飕起天末，淅沥雨敲松子落。

恍疑身在冰壶中，如听钧天洞庭乐。

（《长汀县志·山川志》）

【解题】

西岭：在长汀县城卧龙山西峰，多古松，“西岭松涛”为长汀胜迹之一。

此诗着眼一个“听”字：一二联写“听”风中的松声鸟语，三四联则写“听”暴风雨中的松涛之声，表达对大自然天籁之音的热爱。

李坚的写景诗喜用双声叠韵词来形容事物的形状、声音和色彩，这是其显著特点之一。

【注释】

孤峰：指卧龙山主峰。　郁嵯峨：形容山峰葱郁、高耸。　冰壶：同“壶天”，指仙境。　钧天洞庭乐：天上的音乐。

漫兴（三首）

离离原上花，灼灼开新枝。采之簪满头，诚可媚芳姿。纷纷谁家子，竟取争妍奇。我欲往效之，濡露恐沾衣。衣沾固足惜，妍奇将安为？

妾有朱丝弦，少小解拈弄。所惜知音难，深藏不轻用。持以事夫君，和鸣奏鸾凤。君心不余谅，顾谓作哇哄。竽瑟古难投，良用自惭恐。

盈盈道旁花，采采足人悦。芬芬曲径兰，寂寂无人撷。品质岂不殊，托根有悬绝。安得寻幽人，岩隈当见掇。

（《汀南廑存集》卷一）

【解题】

漫兴，指随性而至，信笔而作之诗。组诗采用比兴写法，以“原上花、朱丝絃、曲径兰”比喻美德与才干，批评世人的追求“妍奇、道旁花”，抒发了自己怀才不遇的忧思。杨澜评此诗：“诸诗皆落落入古，古处不在语奇句重。”

春兴

春昼迟迟午思清，南窗睡起坐檐楹。

好怀百种与千种，幽鸟三声复两声。

不向江头观卧柳，懒于枝上听啼莺。

门前一任春来去，花落花开总不惊。

（《汀南廑存集》卷一）

【解题】

此诗抒写不以世务萦心，悠然闲适的隐居生活情趣，当是诗人晚年之作。

竹 屋

幽居谢尘事，有竹千万竿。四壁不受尘，拂座清风寒。主人北窗下，琴书惬盘桓。出门即成趣，满目青琅玕。忆初小筑时，颇虞生植难。既严牛羊牧，复剪荆棘繁。封培至今日，有此竹屋安。虽惭万间庇，自作千亩看。崇篁丈人行，老节高屹巑。孙枝更秀拔，天矫凌云端。遂令竹屋名，旁溢四远宽。南阳有卧龙，章庐耸丘峦。成都有少陵，草堂名不刊。地胜每因人，兹语良非谩。寄声竹屋翁，勉陟前修坛。

（《汀南廑存集》卷一）

【解题】

作者隐居期间为新落成的竹屋作此诗。诗人以竹为屋，以章庐、草堂作比，寄寓学习先贤，保持晚节高洁的意愿。

【注释】

“主人北窗下”句：诗人以陶渊明自比。典出《与子俨等疏》。　万间庇：用《茅屋为秋风所破歌》“安得广厦千万间，大庇天下寒士俱欢颜”典故。　竹屋翁：诗人自指。

郝凤昇

郝凤昇（1468—1521 年），字瑞卿，号九龙，长汀客家人。明正德六年（1511 年）进士，授大理寺评事，他秉公执法，坚决与刘瑾余党斗争，昭雪不少冤案，被誉为“郝铁笔”。武宗时，曾两次切谏忤旨，被下锦衣狱，廷杖。世宗嗣位，擢严州知府，在职五月，廉洁奉公，多惠政。事迹详见《长汀县志·列传》。诗作有《九龙诗刻》，著名古文家茅坤盛赞其诗“出风入雅，疏旷豪爽”。另有《和沈日休梅花百咏》律诗一百首。

三折水

杭川谁把蛟龙锁，屈曲深潭历万古。
时时怒吼接青霄，银涛蹙起盘空舞。
腰间宝剑千金收，电光掣断随波流。
揽衣上马急回首，一天烟雨迷沧州。

（《上杭县志·山川志》）

【解题】

三折水，在上杭县东南七里汀江河段，旧标为十景之一“三折回澜”。

此诗描绘江水奔腾激荡的雄伟气势。水声怒吼、浪花四溅、湍流不息，这些景象用拟人、比喻、用典等多种手法表现出来，富有澎湃的气势，写出了汀江的神韵。

【注释】

深潭：指狮子潭。在县东南七里，龙翔溪下，潭上有石埠，状若狮子回顾。

梅花百咏（选六）

古　梅

占得鸿蒙一段神，风寒饱历见天真。
疑从炎帝以前植，岂是逋仙而后人。
傲骨千秋曾化铁，芳心半点不随尘。
频看世事沧桑变，独有寒花岁岁春。

早　梅

玉作丰标铁作神，群芳难比此芳真。
能于风雪飘零日，特似乾坤挺立人。
菊委渊明三径草，莲枯茂叔一池尘。
寒花独放殊堪喜，蓦地呼回万象春。

担上梅

凄凄客路易伤神，幸托寒花趣味真。
竹担横挑过酒肆，村童错认卖花人。
半肩行李颇增色，一片襟怀迥出尘。
驿使相逢应借问，江南何处得先春。

全开梅

雪霁含芳倍爽神，冰心不复更笼真。
肌肤一片莹如玉，肝胆十分倾向人。
深院传来香有韵，连枝望去白无尘。
斯时正如同欢赏，莫待花飞减却春。

二月梅

开迟非是怠精神，耐久方知品格真。
直到四阳犹作主，端持孤节不随人。
须眉自许居前辈，红紫俱应列后尘。
岂与群芳争艳丽，欲留清操殿芳春。

前村梅

远望冰姿扬我神，何妨村外去寻真。
一枝影浸溪桥水，半树香薰草店人。
偶扬布帘檐隙影，时翻牛迹树根尘。
田翁斗酒呼邻里，鼓腹讴歌共赏春。

（《汀南廑存集》卷二）

【解题】

郝凤升作有《和沈日休梅花百咏》律诗百首，每首都用“真、人、尘、春”为韵脚，描摹生动传神，借物寓志。《汀南廑存集》卷二载有二十首。所选六首咏赞梅花不畏风雪严霜的冰姿气骨，同时表达自己刚直不阿、坚贞不屈的精神。

【注释】

鸿蒙：古人认为天地开辟前是一团混沌的元气，这种自然的元气叫鸿蒙。　逋仙：指宋代著名隐士林逋。　三径：王莽专权时，兖州刺史蒋诩辞官回乡，于院中辟三径，唯与求仲、羊仲来往。后用来指隐士家的庭院小路。　茂叔：周敦颐的字，北宋著名哲学家。

赖守芳

赖守芳，字石潭，永定客家人。正德八年（1513年）中举。生平事迹待考。

杭陂春耕

布谷声催趁早时，连阡越陌各孜孜。
锄云兼茀新田草，候雨忙修旧石陂。
担食提壶晨饷亟，荷犁带臿晚归迟。
稻粱饱餍寻常事，稼穑艰难知未知。

（《永定县志·艺文志》道光版）

【解题】

杭陂，在永定县城西四里，通渠入城，邑人烹饪、澣濯都靠这条人工河。河水流出城外，灌荫田塘。“杭陂春耕”旧标为一景。此诗描写春耕时期，杭陂两岸农民耘田除草修石陂，早出晚归忙碌的劳动景象，抒发了稼穑艰辛的感叹。

【注释】

锄云兼茀：云，同“耘”。茀，拔除（杂草）。　晨饷：早饭。　带臿：带着铁锹。

丘道隆

丘道隆，字懋之，号练塘公，上杭客家人。正德九年（1514 年）进士，历知顺德县，擢江南道御史，巡山西，督河东盐课，知南雄府。《汀州府志·人物》载其：“为官端方持大体，僚属凛凛奉法。常大书‘畏天悯人’四字以自警。”以亲老告归。

和韵题南泉庵有感

南征将士欲投戈，寻乐旌旗映薜萝。
酒熟田家亲赛社，晚晴鱼舍乱堆簑。
半帘风月吟中趣，一剑功名水上波。
指点当年陈迹在，几人襟袖泪痕多。

（《汀州府志·艺文》）

【解题】

南泉庵，在上杭县琴冈。丘复《杭川新风雅集》案此诗：“公诗盖和阳明王公韵而作。”王守仁驻节上杭及其《上杭南泉庵》诗详见本书王守仁诗歌。

此诗将王守仁南征胜利与客家和平生活相映衬，突出王守仁平定动乱的贡献。

【注释】

寻乐旌旗：形容旌旗迎风招展。　　赛社：一种祭祀活动，又称社火。宋代高承《事物纪原》中介绍“赛社”活动“农事毕，陈酒食以祭田神，相与饮酒作乐”。

游金山未果书怀

七月游舟滞北乡，此生清兴未全偿。
悬知松桂寒无恙，只恐蒹葭夜有霜。
任辟东山迎谢老，莫教仙女候刘郎。
眼前半是风尘客，谁共长歌万仞冈。

（《上杭县志·文苑传》）

【解题】

金山，指上杭县紫金山，位于县城北约四十里。北宋康定间（1040—1041年），该地就有人采黄金。明代嘉靖二十九年（1550年），丘嘉周等人在山中兴建各处景观，成为旅游胜地。丘道隆于嘉靖初年辞官返乡，寄意林泉，曾于某年七月间游紫金山未果，作此诗，自比谢玄，长歌高冈，抒发对紫金山一草一木的热爱与向往。《汀南廑存集》题作“金山纪游”。

【注释】

谢老：用东晋初年谢玄东山再起的典故。　　刘郎：用刘晨、阮肇入天台遇仙女的传说。

梁　珍

梁珍，字文重，长汀客家人。明正德十四年（1519年）举人，授武昌推官，迁东平知府。著有《书易》《寒泉诗草》。《长汀县志·文苑》有传。

罗汉寺

西郭雄峨接上台，三千罗汉下天来。

祇园佛刹云中见，次第僧房月下开。

夏日青松龙偃蹇，秋风碧树鹤徘徊。

上人时复供清赏，笑取香花浸酒杯。

（《汀南廑存集》卷二）

【解题】

罗汉寺，在长汀县西山罗汉岭，寺内昔有五百罗汉像，为汀八大寺之一。

此诗赞赏罗汉寺的巍峨雄伟，以及周围青松环绕的环境，尾联白描写人，生动形象。

【注释】

西郭：城郭之西，罗汉寺在县城西山。　上台：意谓天台。　龙偃蹇：形容松树古曲高耸。　上人：对和尚的尊称。

杨　昱

杨昱，字子晦，长汀客家人。明正德十四年（1519 年）举人，署龙南学事，后为朝城令，复补知都昌。因父丧遂解归，结庐东溪讲学，学者称东溪先生。《长汀县志·儒林志》载其“操履端严，潜心理学，得程朱薪传，人士翕然宗之”。著有《师鉴》三卷、《牧鉴》十卷、《自验录》四十卷、《偶见录》四卷、《崇文本义》四卷、《为学宗旨》四卷、《农圃须知》一卷传世。

元帝宫

杰阁山腰敞北扉，晚来登眺景霏微。

斋钟几杵暮鸦起，时雨满林秋稻肥。

五马从容忘势分，百年际会得依归。

凭高忽感孤臣忆，何处天涯是帝畿。

（《长汀县志·山川志》）

【解题】

元帝宫，原址在长汀县南屏山南麓，宋推官臧日常建。《汀南廑存集》卷二题作“元帝宫陪太守游归”。

此诗描写秋游元帝宫的所见所闻，抒发了“孤臣”对朝廷的思念之情。颈联视听结合，动静相衬，对仗工整，足显诗人的作诗功力。

【注释】

五马：指代太守。汉乐府民歌《陌上桑》有“使君从南来，五马立踟蹰”。　帝畿，天子建都的地方，指京城。

道山楼

新晴五马来山阁，面面岚光翠滴衣。
兴好宜多诗句丽，心清偏快午风微。
春田喜验农功急，夜榻常瞻斗宿辉。
倚遍栏杆时引领，彩云直北是金扉。

（《长汀县志·古迹志》）

【解题】

道山楼，在汀州府治后正北，旧名北楼。宋时建。楼有三层，二层名“更上”，三层名“环翠”。杨昱诗歌写景多涉及农功，可见诗人对农事的关注。

【注释】

岚光：山间雾气经阳光照射而发出的光彩。　农功：指农业生产。　斗宿辉：北斗星的光辉。古人常观星象以预测天气。　金扉：指京都。

刘　观

刘观，长汀客家人，生卒年待考。明代客寓广东，进士，官至布政司参政。

罗汉寺

寺隐灵岩几百年，红尘不到地幽偏。
一林凉意树藏雨，半壁晓阴山倚天。
龙跃竹潭惊梵语，鹤巢松径避茶烟。
登临偶尔逢知己，同乐片时忘世缘。

（《长汀县志·古迹志》）

【解题】

罗汉寺，在长汀县西门罗汉岭，昔有五百罗汉，为汀州八大寺之一。此诗描写古寺的清幽宁静及与知己徜徉山水的忘怀尘世之乐。

【注释】

几百年：罗汉寺创建于五代闽通文间（936-939 年），故云。　龙：指鱼。

万廷言

万廷言，字以忠，号思默，江西南昌人，嘉靖间进士，历任礼部郎官、湖广佥事、四川参议、提学副使，由光禄丞谪汀州司理。《长汀县志·循吏传》载其“治尚清简，减边需，严保甲，立乡校，汀人德之”。祀郡名宦。

宿紫金庵

石罅逢僧侣，相看俱好怀。

坐来休问讯，吾亦是同侪。

日出东南曙，春回草木佳。

孤筇方有意，车骑莫频催。

（《汀州府志·艺文》）

【解题】

紫金庵，亦名中峰寺，在上杭县紫金山。此诗写紫金庵僧人的热情及明丽春光的令人留恋。此诗亦见于《上杭县志·山川志》

【注释】

好怀：好的情意。　同侪：指与自己在年龄、地位、兴趣等方面相近的平辈。侪，音chái。　孤筇：一柄手杖。意谓独自倚杖步行。

吴 樾

吴樾，安徽歙县人，生卒年待考。嘉靖间任连城县教谕。

冠豸峰

碧血千年化一山，峨峨犹戴殿前冠。

当年抗疏回天日，不与诸峰列笏班。

（《连城县志·艺文志》）

【解题】

冠豸峰，见周景辰同题诗注。此诗虽为周景辰诗的步韵之作，但诗思迥然不同。此诗把冠豸峰比成直言敢谏、回天有力的大臣，使景物具有人的思想性格与灵动的气质，在生动形象的写景中赞颂忠直之士。

富于想像和运用拟人写法，是吴樾诗歌的特点之一。

【注释】

抗疏回天：违抗圣意上疏，让皇帝改变原来的决定（或看法）。　列笏班：同朝为官。诗中用以形容冠豸峰的“特立独行”，不与群山为伍。

石门岩

西崖壁立自天开，一境中通般若台。

几度山空秋月白，猿声时逐暮钟来。

（《连城县志·艺文志》）

【解题】

石门岩，见李仲飏词注。周景辰有同题绝句："双峰壁峙自天开，一径中通般若台。几度空山秋月冷，猿啼和泪暮钟来。"吴穟诗为其步韵之作，内容相似，但意境清新有生气，一改周诗的荒凉冷寂，令读者耳目一新。

李　旦

李旦，连城客家人，嘉靖十年（1531 年）中举。曾任潮阳知县。

石　门

岩岩高耸插青天，曙色遥空万景连。
芳草有情愁去路，落花无语笑昼筵。
云疏石径通玄阁，树隐长堤映暮川。
潇洒洞天无锁钥，往来何事买山钱。

（《汀南廑存集》卷二）

【解题】

此诗描写连城石门岩雄伟壮观的山水景象，委婉表达对自然的热爱，对隐居生活的向往。杨澜评此诗："三四晚唐风韵，于山水间适中得之，弥觉风致。"

【注释】

玄阁：指山上的悠然阁等。　长堤：指文川河的河堤。　洞天：地上的仙山。道教地上仙境包括十大洞天、三十六小洞天。　买山钱：为隐居而购买山林所需的钱。

康　宪

康宪，字章甫，长汀客家人。明嘉靖十九年（1540 年）中举，授礼部司务、江西提刑按察使司佥事等职。《汀州府志·人物》载其"持宪纪，绝趋承，有廉毅声"。

霹雳岩

著意观空翻碍眼，无心处世即逃名。
峰头云去元归寂，松顶风来自有声。
玉洞本从天斧削，仙胎岂假鼎炉成。
生平不作风波恶，中夜何劳问守庚。

（《汀南廑存集》卷二）

【解题】

这首诗借景抒情，表达清白做人、无愧于心的人生态度。杨澜评此诗："提笔直下，注到结处作归宿，非泛泛填辞。"

【注释】

翻疑眼：对世事不用正眼看待。　玉洞：指霹雳岩。　天斧：相传霹雳岩为迅雷所辟，故曰天斧。　假：借。　风波恶：指利用官职榨财害民之事。　守庚：即守更，守时辰的人。意谓生平不做亏心事，晚上就睡得踏实，不必半夜睡不着还问时辰。

题冠豸

寸补无能负豸冠，偶登冠豸愧相看。

天梯欲蹑思凌汉，玉峡微行怯痟寒。

云敛峰头瞻石丈，风鸣松籁下仙鸾。

维摩斗室蒲团坐，啖草茹菘亦自安。

（《连城县志・艺文志》）

【解题】

此诗写冠豸山的高寒难行与雄伟壮观，表达以豸冠自律，清廉自守的思想。

【注释】

寸补：寸心补天。　维摩：维摩诘的略称，早期佛教著名居士、在家菩萨，音译：维摩罗诘、毗摩罗诘；意译为净名、无垢称，意思是以洁净、没有染污而著称的人。　啖草茹菘：比喻过着清贫生活。

登金山（二首）

梵宇重重结构新，峰头宝殿簇麒麟。

不知泉石天然胜，一个蒲团足隐身。

对面无缘对面遮，红尘原自隔烟霞。

等闲忘却来时路，笑杀桃源洞口花。

（《上杭县志・山川志》）

【解题】

金山，即紫金山。上杭旧志载："金山在县北四十里，邑屏也。嶙峋天表，苍翠如画，其间寺殿之宏敞，岩洞之幽深，孤峰绝壁之峻拔，千寻古木长松之乔荫，百尺连云飞瀑，卓尔奇观。曲涧流泉，翛然远韵。时而暖翠晴岚之香霭，时而碧桃红杏之纷披，时而珍禽奇鸟之飞鸣，时而暮鼓晨钟之响答。凡在来游，俱有迥绝人寰之想，为杭川第一名胜。"

此诗描写游览紫金山的见闻和感想，在写景中抒写对人生的领悟。

【注释】

梵宇：紫金山有金山寺，旧名紫金庵。　麒麟：指金山寺的麒麟殿。　桃源：紫金山有桃源洞景点。可参见本书丘嘉周散文《金山记》。

徐中行

徐中行（？—1578年），字子与，号龙湾，浙江长兴人，是嘉靖中期进行文学复古运动的“后七子”之一。嘉靖二十九年（1550年）举进士，嘉靖三十七年（1558年）任汀州知府。有《天目山堂集》二十卷、《附录》一卷收入《四库全书》。《汀州府志·名宦》有传。

秋日同宗子相游朝斗岩

仙掌苍苍倚寂寥，众峰高拥万霞朝。
泉飞南斗青天湿，地拢中原紫气骄。
秋到白云留作赋，客来明月坐吹箫。
相逢已在崆峒上，何用缑山问子乔。

（《汀州府志·艺文》）

【解题】

本诗写同宗臣游览长汀名胜朝斗岩，沉浸于高山飞泉之中，有飘飘欲仙之感。宗子相，即宗臣，“后七子”之一。宗臣时任福建参议、督学副使，应徐中行之邀到汀州。

【注释】

仙掌：指山头。　寂寥：辽阔的天空。　紫气：比喻吉祥的征兆。　崆峒：山名，在今甘肃平凉市西，相传是黄帝问道于广成子之所，后亦指仙山。　缑山、子乔：见郑文宝《题缑氏山》解题注释。

题霹雳岩

仙台高与碧云平，风驭泠然落太清。
石室昼开丹灶色，天门秋度紫箫声。
题诗此日鸿濛坼，把酒千山海月生。
况有同心堪坐啸，风流谁似谢宣城。

（《汀州府志·艺文》）

【解题】

霹雳岩，在长汀城南拜相山隈，见马驯诗题解。此诗抒写与诗友把酒赏月的文人情趣。

【注释】

风驭：乘风。泠然：轻妙的样子。太清：太空。　鸿濛：此处指雾气。　坼：裂开，散开。　谢宣城：南朝诗人谢朓，曾任宣城太守。

宗　臣

宗臣（1525—1560年），字子相，江苏兴化人，嘉靖二十九年（1550年）与徐中行同榜登进士第。任福建参议，后转督学副使，卒于官。诗文主张复古，与李攀龙、王世贞、徐中行、谢榛、梁有誉、吴国伦同为“后七子”。有《宗子相集》十五卷，收入《四库全书》。

题朝斗岩

百尺高岩插斗寒，鄞江江上长琅玕。

泉声晓破千峰碧，树色晴吹万木丹。

傲吏佩环云外见，中原风雨醉边看。

十年各有冥鸿语，何地相逢始挂冠。

（《汀州府志·艺文》）

【解题】

此诗为作者游览汀州山水名胜朝斗岩所作。诗歌意境高远开阔，色彩明丽，抒情沉郁含蓄，抒写了与徐中行深厚的政治友谊。

【注释】

斗寒：寒冷的星空。　傲吏：不为礼法所屈的官吏。徐中行、宗臣不阿权贵，不为权相严嵩所容，先后外调福建，故自称“傲吏”。　云外：指边远的地方，与后句的“中原”相对。　冥鸿：远飞的鸿雁，指分别近十年的文友。

题霹雳岩

洞口垂杨系紫骝，碧云亭阁枕江流。

天门昼宿双松雨，石磴寒生一笛秋。

瑶草深山谁可赠，客衣南斗夜相留。

酒阑共卧千峰月，未信华阳是旧游。

（《汀州府志·艺文》）

【解题】

诗人描述霹雳岩所见的昼夜景象，表现了汀州风物的美丽。

【注释】

紫骝：古代名马。后世用于好马的代称。　南斗：星名。霹雳岩在州府之南。　华阳：指“华阳别馆”。徐中行在霹雳岩所筑，后人又称“使君读书台”。

邓亍苏

邓亍苏，长汀客家人，进士邓向荣次子。嘉靖间以贡出仕，授新昌（今浙江省绍兴市新昌县）令。《长汀县志·文苑传》载其“博雅，尤长于诗”。有《习静山居集》。

华阳别馆

陡壁悬萝秋可怜，青枫隔水挂苍烟。
倚云亭古苔花合，落月池清树影悬。
石室霞封金母册，书台风揭子云玄。
使君藻思谁能并，试读古人白石镌。

（《长汀县志·古迹志》）

【解题】

此诗描写秋天里华阳别馆的清幽可爱，赞颂了别馆主人徐中行的文学才华。诗人用词精审，“挂”与“悬”，“霞封”与“风揭”，尽显生动形象，足见语言锤炼之工。

【注释】

可怜：可爱。　金母册：道家著作。　书台：指使君读书台。　子云玄：原指西汉扬雄的作品《太玄经》，此处喻指徐中行的诗文华采有如扬雄。　古人白石镌：赞誉徐中行的诗歌有如唐代著名诗僧准上人的风采。

吴之儒

吴之儒，南直（应天府）人，生卒年不详。隆庆间（1567—1572年）任汀州推官。

题冠豸

冠豸山房远市烟，碧桃红杏自年年。
幽岩长结四时雾，夹壁中间一线天。
石堑险关曾保障，洞门深锁且谈玄。
凭栏一望风尘静，纵饮何妨呼醉仙。

（《连城县志·艺文志》）

【解题】

此诗不仅赞扬了冠豸山的美丽与险峻，还阐述了石堑险关对保障连城人民生命财产安全的作用，结句抒发了国泰民安的欣喜之情。

【注释】

市烟：指城市。　风尘：喻指盗寇侵扰。　纵饮：无所拘束地饮酒。

李得阳

李得阳（？－1615年），字伯英，南直隶广德州人，一说陕西延绥人。嘉靖四十四年（1565年）进士，官至布政使、右佥都御史。著有《理学臆言》《古今一览》《桐川野史》。

题冠豸

御史曾留獬豸冠，千年雄立出间关。

饮露不嫌天阙远，披鳞无却斧霜寒。

远岫似供书笏字，飞泉时泻濯缨湍。

谩言名岳埋山骨，则向连城侧面看。

（《连城县志・艺文志》）

【解题】

作者应邀游冠豸山作此诗，描写冠豸山的山水形胜，抒发对清明政治的向往。

【注释】

岫：音 xiù，本义山穴，此处指山崖。　笏：音 hù，古时大臣上朝拿的手板。用玉或象牙等制成，用于记事。书笏字，意谓远处的山崖像笏一般可用来写字。　濯缨：洗涤帽缨，典出《沧浪歌》。此处形容泉水的清澈。　谩言：休说。

裴应章

裴应章(1536—1609 年)，字元暗，号澹泉，清流县客家人。隆庆二年（1568 年）进士，终吏部尚书。赠“太子少保”，谥“恭靖”。有《懒云居士集》等。《汀州府志・人物》有传。

宿南极山

老兴少年同，寻芳二月中。

桃花红落雨，杨柳绿摇风。

泉连琴书润，云深榻几笼。

论心贪夜话，不觉晓鸣钟。

（《清流县志・诗文选辑》）

【解题】

南极山是清流县城关后山的主峰，距城南约五里。此诗描写南极山春天桃红柳绿的景象及夜间谈心到天亮的畅快。写景清新自然，视听结合，画面色彩明丽。

游大丰山顺真宫

漠漠云封洞，巍巍地接天。

芝香田有玉，火伏鼎无烟。

宝树生奇萼，琼浆漱雨泉。

山高名自胜，况复有神仙。

（《清流县志·人物》）

【解题】

丰山，在清流县赖坊乡东南，距离县城约一百二十里。昔人以其丰大而山顶如磨，故呼为丰山，海拔最高处一千七百多米，是县境内最高的山。大丰山是道家圣地，相传南宋初即有欧阳真人在此结草为庐，潜心修炼，得道之后，信徒甚多，有“顺真道院”，香客来此朝拜不断。此诗描绘丰山神奇景象，处处在在有仙气环绕，尾联晓畅如话，却是点睛之笔。

丰山岭上即事

倚杖危峰上，烟霞障几重。

逶迤盘古道，绝胜引仙踪。

露滴晴天雨，云低半岭松。

蓬壶何处是，天际一声钟。

（《汀州府志·艺文》）

【解题】

此诗赞美丰山高峻，其云烟缭绕，有如蓬莱仙境。结句写钟声更是以动衬静的神来之笔。

【注释】

危峰：高而险的山峰。　蓬壶：传说中的蓬莱仙山。

裴汝甲

裴汝甲，清流客家人，应章之子。生卒年不详，活跃于隆庆、万历年间。《汀州府志·文苑》载其：“亦能诗，方伯周亮工最加叹赏，有‘海内风流全黯淡，汀南词赋尔崚嶒’之句。”

东华山

万壑涛生白昼寒，岩松拥翠拂林端。

山迎秋色门前满，寺去钟声雨外残。

即事参禅成顿悟，听泉留客足清欢。

从僧少借蒲团坐，遥看云飞落雪湍。

（《汀州府志·艺文》）

【解题】

东华山，在清流县城东门外三里许，是笔山主脉鹅峰髻顶的分支，左接二象交牙，右连金莲寺。又名“东华翠嶂”，为清流八景之首。此诗写东华山的高寒青翠，后半部写参禅的乐趣，令人有出尘之想。

【注释】

顿悟：禅宗的法门，相对于渐悟，指通过正确的修行方法，迅速地领悟佛法的要领。　湍：音 tuān，急流的水，此指瀑布水有如急速降落的雪霰。

南极白云

层层石磴转丹梯，到此扪天愈觉低。
羽化何年乘鹤去，岩空终日有云栖。
远含山色笼烟密，近陟苔痕冷气迷。
人语不闻唯鸟语，俨然采药武陵溪。

（《清流县志·诗文选辑》）

【解题】

南极白云，是清流县旧志八景之一。南极山地势高峻，每逢曦晨或雨后，常有白云缭绕半山。民间流传牧童吴文在南极山隐居修炼，羽化成仙。

此诗抓住南极山云遮雾罩的特点，描写南极山的高耸及其神话传说，在云笼雾罩、鸟语时鸣的宁静山中，抒发超然世外的感受。

【注释】

扪：音 mĕn，摸。　羽化：旧指升天成仙。　采药武陵溪：用晋代武陵隐士刘子骥采药于武陵溪，探寻桃花源的典故。

康　诰

康诰，号寅湖，长汀客家人，明嘉靖四十年（1561 年）以贡中顺天试举人，曾任和州知州，迁南安郡司马，皆有政声。《汀州府志·人物》载："诰为张居正子师，及筮仕，绝无一字及政府，人咸服其介节。"有《仕学轩文集》。

临高台

临高台，盼江渚，南浦飞云西卷雨。颓波泛滥挽不回，扼腕唏吁自凄楚。沿涧浩浩歌沧浪，风雨中宵偏对床。吁嗟乎，韶光易迈如流水，黄鹄高标今已矣。

（《汀南廑存集》卷二）

【解题】

临高台，汉乐府旧题。长汀县有一古迹，亦名临高台，在云骧阁前。此诗写登高临水，借乐府旧题抒发韶光易逝、壮志难酬的悲愤。杨澜评此诗："高简有笔力，不失乐府音节。"

【注释】

沧浪：隐士之歌。典出屈原《渔父》。　中宵：午夜。　黄鹄：俗称天鹅，喻鸿鹄大志。　高标：清高脱俗的风范。

过陶靖节墓

靖节芳名绝代闻，千年华表至今存。
松楸郁郁雷风韵，宿草芊芊带雨痕。
三径未荒彭泽迹，五株犹对上卿门。
可怜难续归来赋，空向柴桑吊古坟。

（《汀南廛存集》卷二）

【解题】

陶靖节，即东晋著名田园诗人陶渊明，“靖节”是友人给他的谥号。这首怀古诗赞颂陶渊明归隐田园的事迹，抒发未能及时归隐的惆怅。

和郝九龙梅花诗（二首）

春光喜见一年新，又倩梅花娱主人。
贪看晚香娇雪夜，更怜孤介脱风尘。
窗前月魄寒生梦，枝上诗魂细写神。
说到此中清绝处，一生心事是天真。

寒逼枯枝尽吐花，顿令春色到诗家。
惊看一苑东方白，遥忆三更北斗斜。
浅碧不须将粉传，淡红直已卸铅华。
少陵曾对君索笑，踏雪谁云著脚差。

（《汀南廛存集》卷二）

【解题】

组诗着重从梅花的清绝无华、春色喜人落笔，表达了清白做人的思想。

方 进

方进，琼山（今海南省琼山市）举人。明嘉靖五年（1526年）任连城县令。

登冠豸

半云亭畔上山难，亦复寻幽问豸山。
翠结蒙蓬苍玉立，绿分清映宇泉寒。
山花依槛迎人笑，野鹤巢云伴石眠。

贪赏不知归去晚，紫骝嘶过月明间。

（《连城县志·艺文志》）

【解题】

诗歌描述登冠豸所见山水美景，色彩明丽、意境开阔。颈联描写山花、野鹤尤为生动。

【注释】

问：叩问、寻访。此指游览。　蒙蓬：蒙蓬。乾隆县志作“蒙笼”，民国县志作“蒙茸”。形容草木茂盛的样子。　苍玉：形容苍翠的山峰。　字泉寒：即金字泉，冠豸山景点之一。

汪　琳

汪琳，浙江开化县人，生卒年不详。明时曾任武平县训导。《汀州府志·艺文》将此诗作者写成“王琳”，误，此据民国版《武平县志》改。

梁野山

禅榻梁山上，肩舆路几程。

残花四五树，啼鸟两三声。

云向山腰起，人从树顶行。

老僧如有约，两两路傍迎。

（《汀州府志·艺文》）

【解题】

此诗写梁野山的高峻与清幽，尾联写老僧路旁相迎，为郊游梁野山增添许多惊喜。

【注释】

禅榻：禅床。诗中指到梁野山上拜佛。　两两：民国版《武平县志》作“合十”。

侯廷训

侯廷训（1484—？），字孟学，号笔山，浙江乐清人。明正德十六年（1521年）进士，嘉靖十八年（1539年）任汀州府分巡漳南道。所至建社仓、均农田、平剧盗、革羡余，颇有政声。著有《六礼纂要》《笔山小稿》《泗志备遗》等书。

赠处士黄表再召不出

檄书聘使时时下，不见东山起谢安。

堂上久悬禾犀榻，台前俄报子陵竿。

开荒正倚施南野，守拙无如乐北园。

舟楫愿惟长在好，风光日夜有波澜。

（《连城县志·艺文志》）

【解题】

黄表，字德彰，连城客家人。成化间建彭坊、江滨、横坑、蒋地屋桥四座，露桥二十六座。时议筑土城，黄表又变卖家产以赞助施工。及彭坊桥毁，其子守约、守慎重建，邑人颂之。《汀州府志·乡行》有传。此诗将黄表比之于谢安、徐孺、严光与陶渊明，赞颂了他淡泊名利、热爱田园生活的高风亮节。虽有溢美之嫌，但诗歌生动形象，用典切当。

【注释】

禾犀：版志有误，应为“徐穉”，穉，是禾犀的合字。徐穉即徐孺（97—169 年），名穉（音 zhì），字孺子，豫章南昌人。后汉名士，满腹经纶而淡泊名利，朝廷多次征聘，不仕。陈蕃为豫章太守，不接宾客，唯徐穉来，特为之设一榻，去则悬之，人称“徐孺榻”，典出《后汉书·徐穉传》。　子陵：严光的字。会稽余姚人。少曾与光武(刘秀)同游学，有高名。秀称帝，严光隐遁。秀派人寻访，征召到京，授谏议大夫，不受，退隐于富春山。　守拙：安守愚拙的本性。本联是化用陶渊明《归园田居》其一“开荒南野际，守拙归园田”诗句。

黄文豪

黄文豪，福建龙溪县人。明嘉靖三十五年（1556 年）进士，历官廉州知府。有《沧泉稿》五卷。

咏土楼

倚山兮为城，斩木兮为兵。接空楼阁兮跨层层，奋戈矛兮若虎视而龙腾，视彼逆贼兮如螟蛉。吁嗟，四方俱若此兮，何至坑乎长平！奈何弃险阻于不守兮，闻狼虎而心惊？古云闽中多才俊兮，岂无人乎请缨？谁能销兵器为农器兮，吾将倚为藩屏。

（《漳州市志·艺文》）

【解题】

漳州客家地区有许多土楼，南靖土楼、华安土楼尤为著名。客家土楼一具有防御作用，二便于聚族而居。明顾炎武《天下郡国利病书·城堡》载：“嘉靖辛丑以来，寇贼生发，民间树筑土城土楼日众，沿海地方尤多。”此诗阐述了土楼在抵御海盗山寇侵袭中的显著作用，批评“弃险阻于不守”的错误做法，呼唤豪杰才俊维护和平安宁。

作者采用富有楚辞特色的语言形式，徐疾有致，长短参差，叙事描写议论相结合，在表达形式上是对楚辞的继承和发扬。

【注释】

螟蛉：一种绿色小虫。诗中比喻贼寇的渺小。　长平：即“长平之战”。战国末期赵国在长平战败，降卒四十万被秦军坑杀（活埋）。诗中用以形容漳州民众被海盗山寇烧杀屠戮的惨状。　藩屏：比喻卫国的重臣。

李元泰

李元泰，字汝严，连城县客家人，嘉靖间府学贡生，授太平县（今安徽省太平县）训导。值倭乱，当道延之参谋，遂致克捷，寻告归。

文川书屋

谁向溪头构草庐，匡床独有过江书。
绕楹山色迷三径，傍户波光动四虚。
哦罢松间来放鹤，吟成梁上羡游鱼。
欲通今古消尘虑，明月清风乐有余。

（《连城县志·艺文志》）

【解题】

此诗写悠闲自得的读书生活。溪头草庐、满床书籍、山色绕楹、波光傍户、松间放鹤、梁上观鱼，这些景物与人物活动，构成文人理想化的生活境界，反映了明代客家文人对自由安宁生活的追求和向往。

【注释】

匡床：方正舒适的床。　三径：见郝凤升《梅花百咏》诗歌注释。　四虚：指四方的太空。　梁：河梁，指桥。

王乔桂

王乔桂，字引瞻，湖北石首进士，明隆庆五年（1571 年）任汀州府分巡漳南道。

秋日登雄镇楼

楼上轻云散夕晖，楼前木落已霏微。
铺茵细草丛开锦，翻浪浮鸥羽振衣。
绝徼风清严部曲，寒林烟雨锁渔矶。
层城极望关河迥，目是冥鸿正北飞。

（《连城县志·艺文志》）

【解题】

雄镇楼，在连城县后山巅，正德间，县丞黄钟岳鼎建。此诗意境清旷，动静相衬，一个有为将军登楼远眺的形象呼之欲出。

【注释】

绝徼：僻远的边境。　部曲：古时军队的编制单位。大将军营五部，每部校尉一人；部下有曲，曲有军候一人。　冥鸿：高飞的鸿雁。

题丘氏书院

天险扪萝上，虚空敞胜游。泉香松雨落，洞古石烟流。绕席层峦度，开轩宿瘴收。大丘人浩渺，林宇迹淹留。问俗酬心赏，怀贤思壮游。登临无限意，一笑碧云头。

（《连城县志·艺文志》）

【解题】

丘氏书院，在冠豸山三元殿左，是宋代连城乡贤丘鳞、丘方读书处。丘鳞（字起潜）、丘方（字正叔），皆先儒杨澹轩（杨方）弟子，叔侄俩结庐冠豸山五老峰下，潜心读书研理。此诗是作者缅怀两位先贤之作。丘鳞于嘉定十三年（1220 年）登进士（特奏名），调赣州赣县尉，有廉声。绍定农民起义爆发，郡委摄连，率民避难于东田石，因功辟知邵武军建宁县，终承直郎。丘方于宝庆二年（1226 年）登进士（特奏名），任宁都县丞，兴学课士，有政声。

【注释】

虚空：指放松心情，无所牵挂。　敞胜游：敞，古同“畅”，畅快。胜游，快意的游览。大丘：指丘鳞、丘方。　浩渺：此指时间距离遥远。　林宇：林中的房子，指丘氏书院。

伍可受

伍可受，号冲吾，清流客家人。明万历五年（1577 年）进士，历任云南容县知县、礼部给事、开封推官、户部主事、云南佥事、山东参议。有《博艺堂稿》《焚余草》《谪居草》《代弈吟》等传世。《汀州府志·人物》有传。

东华山

东华嶪屼俯青丘，万叠晴光翠欲流。

雨过画屏天外出，花明绣幕望中收。

遥看雪羽孤飞鹤，点破云林一色秋。

几度登楼闲纵目，归来新月上城楼。

（《汀南廑存集》卷二）

【解题】

东华山，即东华翠嶂，见叶元玉诗歌解题。意境清新空灵、动静相衬是这首诗的特色。

告政归省玉华道中

廿年游宦梦魂疑，今日巉岩遇故知。

自觉枕流非矫节，暂闲琐闼愧匡时。

疏狂曾借尚方剑，懒慢徐敲太傅棋。

只此奇峰攀莫及，蓬莱犹复引人嬉。

（《汀南廑存集》卷二）

【解题】

玉华洞，在清流县北四十里之玉华岭。此诗是作者游宦多年返乡后的游山之作，回顾自己的从政经历，抒发青山有如故知，胜景犹如蓬莱之感。杨澜评此诗“结语寄托遥深，令人寻味不尽，通体亦疏宕”。《清流县志·人物》题为“过玉华洞”。

【注释】

太傅：指东晋太傅谢安。淝水之战中，谢安与谢玄从容下棋，指挥若定。

谢 元

谢元，连城客家人，生卒年待考。国子监贡生，万历间曾任宁洋县（今漳平市双洋镇）教谕。

九日与邑侯陈公登莲峰宴饮

山郭澹明晖，林声静郊野。乾坤肃以清，登眺属多暇。欲践寻幽期，招呼命轩驾。载酒上莲峰，凭高憩层榭。支山云影横，华洞海天泻。烟散霞磴晴，日斜雁边下。酣歌石洞鸣，新月高冈挂。酩酊佳兴酬，萸香不盈把。不羞落帽狂，临风独修雅。

（《连城县志·艺文志》）

【解题】

九日，指九月九日，重阳节。陈公，指连城县令陈三俊（番禺人，隆庆间任）。此诗以散文笔法叙写重阳节登高宴饮之乐，意境高远，风格清雅豪放。

【注释】

支山：即燕支山，今甘肃山丹县东南。　华洞：指云南昆明西山悬空寺，又名三清阁，在险峻的峭壁上，有云华洞，俯视脚下滇池烟波，气势极其壮观。　霞磴：红色石阶。连城县冠豸山（莲峰）属于丹霞地貌，故岩石为红色。　萸：音 yú，茱萸花，旧俗重九登高饮酒，人多佩带萸囊。　落帽：典出《晋书·孟嘉传》，史载，九月九日，桓温于龙山燕佐吏，其参军孟嘉，风至帽落而不觉，孙盛作文嘲嘉，嘉作文答之，其文甚美，四坐嗟叹。后因成重阳登高典故。

刘 佐

刘佐，字凤南，上杭客家人。万历间以恩贡知霍邱县，擢南贵州道御史。刘佐为官正直，大胆言事，为同僚推重，《汀州府志·人物》载其“乞归日，犹举劾文武官数人，风裁大著”。

美女峰（二首）

群峰万仞步高堂，松竹交荫白昼长，
欲问冰肌人不见，黄鹂时啭涧花香。

玉环何年下太清，镇峰山上挂芳名。
而今窈窕归何处，十一峰头月正明。

（《上杭县志·地貌》）

【解题】

美女峰，在上杭县城南汀江右岸，双峰入云，形如美女，婷婷玉立。

【注释】

玉环：指古代四大美女之一杨玉环。　太清：天空。　镇峰山：即美女峰。

刘玉成

刘玉成，号谷溪，太仓州（今江苏太仓县）人，万历初，以进士授汀州司理。不事钩棘，讼简刑清。不久擢升为汀州太守。《长汀县志·循吏》载其“喜接引后进，士风丕振，人比之文翁”。祀郡名宦。

题冠豸

登临一罢几回秋，乘兴重来续旧游。
径仄欲穷苔藓合，云深不断晚山稠。
莲花尚忆峰头见，诗句空惭石上留。
日暮凭高情未极，归来顿觉此生浮。

（《连城县志·艺文志》）

【解题】

此诗写重游冠豸山的观感。结处转为“顿觉此生浮”，情调低沉，但难掩“日暮凭高”的豪迈之情。

登莲峰

眷兹莲峰山，端居负遐想。廿载今始游，历历皆心赏。初发自丹梯，整衣聊直上。寻彼桃花源，飞泉半空响。冠豸何嵯峨，足令寒魍魉。左折礼玄真，右指白云敞。双峰矗层霄，依稀混沌壤。炼补岂不工，中遗一线广。蹑蹬俯峥嵘，回首裂豁爽。努力陟其巅，忽忽超象罔。辟岫合迨遝，苍翠不盈掌。顾我二三子，相期长偃仰。

（《连城县志·艺文志》）

【解题】

原诗题后有注“冠豸山乃此中一景”。此诗比较详细地描写了莲峰山的各个景观，希望朋友们相约常来观赏。诗歌联想丰富，为风景名胜增添许多想像与神奇色彩。

【注释】

端居：闲居。 混沌：宇宙形成以前模糊一团的景象。此指原始、未开发。 炼补：传说女娲炼石补天，此指(天地)造化。 裂豁爽：裂豁，指一线天的景观。爽，此指开阔。象罔：《庄子》寓言中得到黄帝玄珠的人物。“黄帝……登乎昆仑之丘……遗其玄球……乃使象罔，象罔得之”(《庄子·天地》)。 偃仰：俯仰，此指游赏（名胜)。

郭 鹏

郭鹏，道州（今湖南道县）举人，生卒年代不详，明万历初任连城县令。

题冠豸

人间何处是蓬莱，一陟莲峰胸次开。

危石千寻空欲坠，飞泉百丈画中来。

芝房承露荷仙掌，竹杖随云步玉台。

拓落浑忘形似我，恍疑今已脱凡胎。

（《连城县志·艺文志》）

【解题】

此诗描写冠豸胜景，展示自己落拓不羁的个性及超凡脱俗的感受。中间两联一句一景，将景点名称与描写融为一体，体现了高超的语言驾驭能力。

【注释】

危石：指松风亭景点。 飞泉：指滴珠岩景点。 芝房：指灵芝庵。 玉台：与前句的“仙掌”都是景点名称。 拓落：指豪迈不受拘束。也作“落拓”。典出《北史·薛安都房法寿等传论》：“法寿拓落不羁，克昌厥后。”

林元阳

林元阳，连城客家人，廪生，生卒年不详，大致活动于万历（1573—1619）前后。

题冠豸

世路纷纷尽蒿莱，谁能清饮一尊开。
千岩石骨如云涌，半夜松声和雨来。
野鸟凌空衔落叶，古碑幽径没苍苔。
渔溪日暮僧归寺，锄得新篁带紫胎。

（《连城县志·艺文志》）

【解题】

此诗题后有自注“和郭梧阳邑令韵”，是作者和郭鹏《题冠豸》的步韵之诗。此诗与郭诗不同之处，是联系现实，更有人间气息。中间两联意境清幽，对仗工整，尾联描写山僧归寺形象尤为鲜明。

【注释】

蒿莱：泛指野草。意谓世道艰难，无路可行。　紫胎：竹笋壳叶是红色的，故云。

陈善行

陈善行，字阳春，连城客家人。万历中，以乡荐为汀州丞。严保甲，修陂塘，建渡桥，多惠政。《汀州府志·名宦》载其：“署宁化、连城篆，自携供具，辂车所至，民歌‘春阳’。”

题冠豸

悠悠松径贮云烟，仄步丹梯思爽然。
回首已看城市远，仰攀还觉斗牛连。
高台石室千年在，修竹清泉一味玄。
幸附诸贤频剧饮，归来踏月过文川。

（《连城县志·艺文志》）

【解题】

此诗描写冠豸山的壮美，抒发与同僚共游名山胜景的愉快心情。

【注释】

丹梯：由半云亭而上，数百级台阶都是从红色岩石上凿出，行者踵顶相接，故名。

张大受

张大受，浙江永嘉（今温州）人，明万历间任宁化县教谕，旧祀名宦。李世熊《宁化县志》称其：“天性坦率，接人以和，待士以礼，为邑令唐世济所重，卒于官。”

清流道中梅花

驻马清流香气吹，东风渐近落花时。
可怜踯躅关山路，才见江南第一枝。

（《清流县志·诗文选辑》）

【解题】

此诗抒写暮春时节在清流道中看见梅花时的惊喜心情，可见山区气候寒冷，梅花迟开。

徐大化

徐大化，号照寰，浙江会稽（今绍兴）人，万历十一年（1583 年）进士，万历间由翰林贬谪连城知县。在任期间，修学宫，建南、北二水闸，筑堡寨。《汀州府志·名宦》载其在职期间："邑苦浮粮，前令得请蠲其半，大化竭力再请，悉蠲之，民免驮赔之苦。"连城县有徐公祠，在龙山祖庙右，祀县令徐大化，陈经邦有记。

春日登莲峰绝顶

五柳先生放衙早，讼庭阒寂闲如扫。莲华峰头春色妍，山灵期余恣探讨。予怀寥落转纷纭，搜奇直欲破氤氲。身凭清汉双飞舄，足蹑丹梯千尺云。金泉香暖堪种药，珠树玲珑舞丹鹤。何处衣冠秦汉人，为言避难藏丘壑。时殊事异几千秋，乌龙洞口花满洲。云间忽尔闻鸡唱，定有仙人在上头。我意从之登绝顶，好向仙人问丹鼎。须臾九老笑相迎，贻余火枣供青茗。冷然故作微风行，仰见星斗纷纵横。东顾闽海三千里，海底珊瑚叶叶明。掩映桃花红万树，树里弦歌声满城。

（《连城县志·艺文志》）

【解题】

此诗原题为"春日偕学博陈仁冈、徐环溪、游桂山三老登莲峰绝顶"，今题为编者节略。本诗写春天里偕属员游览冠豸山的情景，描写景点想像丰富，典故传说信手拈来，豪气风发，意境雄阔，极富浪漫色彩，颇有太白诗风。

【注释】

五柳先生：此为作者自指。 讼庭阒寂：形容政简刑清。 双飞舄：两只飞鹤。用刘向《列仙传》王子乔的传说。 金泉：冠豸山景点金字泉。 秦汉人：典出陶渊明《桃花源记》："自云先世避秦时乱，率妻子邑人来此绝境，不复出焉，遂与外人隔绝。"

熊茂松

熊茂松，字衡皋，江西高安人，明万历间任汀州府同知，《汀州府志·名宦》载其："不为苛刻严峻。两署宁化篆，新文庙，造金山塔。衙斋萧淡，恬如也。寻升知府。”

使君读书台览胜

巨灵咆哮破苍封，六丁驱石走崆峒。平地仙掌摩青空，金精削出玉芙蓉。浮图千尺干穹窿，松风卷海云茂茂。晚日倒石赤玲珑，石壁欲摧惊栖鸿。

（《长汀历代诗选》）

【解题】

这首诗描写长汀县霹雳岩使君读书台的胜景，风格雄放，极富想像力。

【注释】

巨灵咆哮：指电闪雷鸣。　六丁驱石：传说中六丁能开山驱石。　平地仙掌：形容峭壁拔地而起。　金精：形容天工精巧。　浮图千尺：形容东塔之高。　“晚日”句：意谓在霞光映衬下，倒垂的石笋（或钟乳石）红得玲珑可爱。

灵洞山

燕岩千仞半浮空，旧隐仙人是葛公。

留得石棋残局在，世间几度决雌雄。

（《汀州府志·艺文》）

【解题】

灵洞山，在武平县，详见李纲诗注。此诗咏灵洞山葛仙下棋的传说，突出灵洞山的神奇色彩。风格与前首诗相同。

【注释】

燕岩：灵洞山为喀斯特地貌，有大洞二十六，小洞二十八。有许多燕子在此筑巢繁衍生息，故名。　葛公：指东晋葛洪。灵洞山有三石井，旧传为葛洪炼丹处。

康　鏻

康鏻，长汀客家人。万历十九年（1591年）举人。《汀州府志·选举》载其曾任“茂名知县，有政声”。致仕归后，多寄迹山水，咏诗甚多。

有　感

自笑平生癖剑书，寒窗隙影舞奔驹。

一朝名列贤书榜，五载负笈东海隅。

四壁危墙争负版，十年羁宦网蜘蛛。

迁流人事日月换，睡起搔头发已疏。

（《长汀历代诗选》）

【解题】

此诗当为作者致仕返汀后所作。诗中回顾自己平生寒窗苦读以及游宦经历的感受，抒发对官场上像蝜蝂爬行、被“蛛网”笼罩生活的厌倦。

【注释】

舞奔驹：比喻光阴荏苒。　贤书榜：指考中举人。　东海隅：作者曾任兴化府（今莆田）教授多年。　“四壁”句：意谓我像蝜蝂小虫一样在四面高墙中挣扎爬行。负版，同“蝜蝂”。唐代诗人柳宗元有散文《蝜蝂传》。

高攀龙

高攀龙（1562—1626年），字存之，又字云从，江苏无锡人，明万历十七年（1589年）进士，授行人，上书言事贬揭阳县典史。逢亲丧家居，三十年不被起用。他与顾宪成、邹元标等在东林书院讲学，讽议朝政，抨击政治，成为煊赫一时的东林学派。《长汀县志·流寓》称其“操履笃实，为儒者宗”。有《高子遗书》十二卷、《附录》一卷，收入《四库全书》。

游霹雳岩

仙掌破苍封，洞幽丹灶红。

划崖穿石径，带醉上青峰。

（《长汀县志·山川志》）

【解题】

万历二十一年（1593年），高攀龙因上《君相同心惜才远佞疏》得罪权贵，贬为广东揭阳县典史。此诗是高攀龙路过长汀游览名胜霹雳岩时所作。原诗有记云：“傍晚散步康庄道旁，见一坊，额曰鄞江第一山。入坊得一碧云宫，为霹雳观。观后一山，山下立石楚楚，或讶然以为谷，或隐然而为洞，所在翼然有亭。最胜处为碧云洞，亦自幽淡可人。又寒支道人答陈昆良书，亦云，霹雳岩怪石林立，气韵萧森。徐子兴守汀时，曾构读书台于此，日一造焉，哦咏其间，翛然如书生也。亭址虽湮，风流可想。由岩越岭而北，即达河岸。复东行半里，至丰桥。”

【注释】

苍封：指古老的岩石。　丹灶：炼丹炉。

郑维凯

郑维凯，号“北溪渔隐”，归化（今明溪）客家人。广东程乡知县郑廷惠（万历九年岁贡）的侄子。生卒年不详，主要活动于万历年间。幼时即好学诗赋和古今子史书籍，与一时人士相为吟咏。《明溪县志·列传·独行》载其“茕茕无僮仆，而独安清贫，怡然自得也”。著有《词海探珠集》《抱瓮园草》等。

云 台

明水城东峻极山，山椒突兀更跻攀。
千寻鹫岭通僧舍，一派鸡林夹佛关。
塔影朝凌红日际，钟声夜振碧霄间。
谈经无数天花坠，幽鸟衔飞出世寰。

（《汀州府志·艺文》）

【解题】

云台，在归化县（今明溪县）城东二十余里的石珩、瀚溪之间，周围亦二十余里，高入云际，为归化县之外水口。此诗描写云台山的高峻以及山上佛事的鼎盛，同时也赞扬了僧人高深的造诣。中间两联对仗工整，视听结合，有声有色，佛寺的庄严宛在目前。

【注释】

山椒：指山峰。　鹫岭：山峰名。　鸡林：指树林。典出《三国史记》中关于新罗王室的古老神话。

沈应奎

沈应奎，字伯和，号湛源，江苏武进县举人。万历间汀州知府。《汀州府志·名宦》载其："清介刚正，除莠安良，境内大治。祀李少师纲、文丞相天祥以自励。辟陂，浚泉，劝课不倦，鉴拔士子，力任修建，屡著惠政……人思其德，长汀东郊、清流长校等处，各立专祀。"

登莲峰

大块濛鸿谁界划，连城巽隅多奇石。峦气上薄晴空豁，山斩岩峭琼霄窄。有时高挂数峰青，有时矗立浮云白。嶙嶙复岣岣，错错复落落。此道问之太乙初，生天生帝方开□。盘亘直插微茫际，丈人颠头分主伯。药炉丹灶玄之玄，至今唯有巨灵迹。笑予俗吏愧山灵，他年世外为逋客。

（《连城县志·艺文志》）

【解题】

此诗描写冠豸山的奇石与古迹，表达对神奇山水的热爱和隐士生活的向往。诗句长短错落，自由灵活，诗风豪放洒脱。

【注释】

大块濛鸿：大块，大地。濛鸿，广阔、浩荡貌。　巽隅：八卦方位，在东南角。　琼霄窄：形容众多山岩耸立，使天空变窄。　太乙初：太乙之初。道家指上元混沌甲子之岁。　"生天生帝方开□"：原版本诗中"开"后面漏一字，疑为"辟"字。　微茫际：指渺茫的天空。　丈人颠头：丈人，古时对老年男子的尊称。颠头，点头，多表赞赏。　分主伯：即分主次、伯仲。　逋客：逃人，指隐士。

曹学佺

曹学佺(1574—1646 年)，字能始，号雁泽，又号石仓居士、西峰居士，侯官(今福州)人。明万历二十三年(1595 年)进士，授户部主事，官至四川右参政、广西右参议。隆武时，为太常寺卿，进礼部尚书，命与大学士黄道周共参国政。清兵攻陷福州，曹学佺自杀殉国。一生著书 30 多种，诗文总名《石仓全集》。

渔沧亭

我来患睽隔，唯子为好仇。禊事期云愆，于兹亦可修。危亭俯溪上，溪水傍城流。白沙映如玉，绿草披若油。濯缨垢既逝，行觞数亦周。渔父不可见，垂钓空沧州。

（《清流县志·诗文选辑》）

【解题】

渔沧庙，在清流县东，据《庙记》谓为唐末史君樊侯令，因捍御叛寇曾常侍，有功于民，后时出灵响，乡人祀之。曹学佺曾两次罢职，家居二十年，寄情于八闽山水。诗人描写渔沧亭景象，寄寓有志难伸之感。

【注释】

好仇：指同道之人。仇，古同“逑”。　禊事：禊音 xì，古代春秋两季在水边举行的祛除不祥的祭祀。　渔父：指隐士。王逸：“渔父避世隐身，钓鱼江滨，欣然自乐。”(《楚辞章句》)

汤宾尹

汤宾尹，字嘉宾，号睡庵，别号霍林，世号之“汤宣城”，安徽宣州人。万历二十三年（1595 年）榜眼及第，授翰林院编修，后为南京国子监祭酒。著有《睡庵文集》《宣城右集》等。

谢公楼（二首）

东南风气好追游，腊后春前草似油。
更道故园官路近，府中亦有谢公楼。

传来荔子胜双柑，斗酒黄鹂尽日耽。
珍重官人南去好，请看汀水独流南。

（《汀州府志·艺文》）

【解题】

据明旧志，此诗是汤宾尹送其同里郭时鸣官汀州府长汀县令而作。安徽宣州有谢朓楼，汀州也有纪念谢朓的谢公楼，故曰“府中亦有谢公楼”。案，郭时鸣于天启年间任长汀知县，见《汀州府志·职官》。

【注释】

风气：风景。　追游：畅游。　斗酒、黄鹂：指春日胜游。《高隐外传》：“戴颙春携双柑斗酒，人问何之。曰：‘往听黄鹂声。’”

黄槐开

黄槐开，字子虚，宁化客家人。万历二十二年（1594 年）举人，授山东青州推官。著有《天宝山人集》《在齐草》《钱神纪》《陶纂》等。《汀州府志·人物》有传。

草仓遗迹

丞相祠堂寄草仓，壁间留句照斜阳。
一麾出守三持节，千载行人几断肠。
蝉咽暮云悲旧国，马嘶寒雨泣空廊。
采苹荐罢重回首，山鸟无声水满塘。

（《汀州府志·艺文》）

【解题】

草仓，地名，在宁化县西南三里。草仓有显应庙，祀长孙将军。北宋末年李纲迁谪经祠庙下，曾题诗于壁。明嘉靖间，知县潘时宜移草仓神于后堂，特祀李纲于中堂，改祠额曰“大忠”。此诗咏史，为纪念李纲而作。诗中以“斜阳”“蝉咽暮云”“马嘶寒雨”等景物营构意境，衬托诗人悲凉的心情，尾联情景交融，含不尽情思于山水之间。

【注释】

三持节：指李刚因积极抗金，被朝中主和派所谗，几经起用，几经落职。　行人：指因战乱而流离失所的人们。　荐：（将苹草）进献所祀神灵。

东山古渡

溪流远抱邑之东，溪上犹存旧绀宫。
僧出晓船常载月，樵归晚渡递分风。
障泥屡惜嘶骄马，遗迹都忘散落鸿。
因忆故人从此去，鱼书珍重碧波通。

（《汀州府志·艺文》）

【解题】

东山古渡，在宁化县东五里。此诗描写古渡上人们早出晚归的景象，抒写对故人的思念之情。《汀南廑存集》亦载此诗。

【注释】

绀宫：即绀园，佛寺的别称。　分风：风的各种分类。《尔雅·释天》："焚轮谓之穨（暴风自上而下），扶摇谓之猋（暴风自下而上）……回风为飘（旋风），日出而风为暴，风而雨土为霾（风沙），阴而风为曀。"传伏羲听八风，《吕氏春秋》、《淮南子》释作：炎、滔（条）、熏（景）、巨、凄（凉）、飂、厉（丽）、寒。递分风，意谓经历各种风（雨）。　鱼书：泛指书信。取鱼腹藏书典故，事见《史记·陈涉世家》。

南岭秋清

南岭秋风一夜清，芙蓉卓秀对孤城。

山深雾豹文将变，天净霜鹰眼倍明。

万里京华勤北望，千家禾黍乐西成。

凭高谩笑蜩鸠辈，踯躅蓬蒿过一生。

（《汀州府志·艺文》）

【解题】

南岭，即南山，在宁化县南。此诗极写南岭的高峻，表达远大志向，嘲笑目光短浅的庸碌之辈。《汀南廛存集》亦载此诗。

【注释】

文：同"纹"。　西成：指秋天收成。古人以东南西北配春夏秋冬。　谩笑：嘲笑。蜩鸠辈：比喻目光短浅的庸碌之辈。典出《庄子·逍遥游》："蜩与学鸠笑之曰：'我决起而飞，抢榆枋，时则不至而控于地而已矣，奚以之九万里而南为？'"

胡祖熹

胡祖熹，长汀客家人。万历三十四年（1606 年）举人。博学未仕。有《胡贤书集》。

题云骧阁

风月谁为主，江山此胜场。

泠然轻两腋，会欲兴云骧。

（《汀州府志·艺文》）

【解题】

此诗赞颂长汀云骧阁美景，描绘登临时清爽欲飞的心情。

【注释】

胜场：（风景）名胜之地。　兴：（飘然）腾飞。

题苍玉洞

古洞玉璘珑，嵯峨如渍墨。

此境原天造，苍苍其正色。

（《汀州府志·艺文》）

【解题】

此诗突出描写苍玉洞岩石黑色的特点，赞赏其保持本色，寄托作者情怀。

【注释】

渍墨：水墨画的一种笔法，此指岩石黑色。　苍苍：深青色。

题通济瀑泉

谁将一片玉，挂壁鸣清琴。

看山此得意，流水是知音。

（《汀州府志·艺文》）

【解题】

通济瀑泉为长汀八景之一，在县城东郊五里的佛岭。

小诗表达求得山水知音的快乐。生动形象的比喻和拟人写法是此诗的特点。

【注释】

玉：指晶莹如玉的水珠。　鸣清琴：形容瀑布水声动听。

康　时

康时，长汀客家人。明万历四十年（1612 年）中举。康时善诗，工楷书，为汀名士。有《哀笥集》。黎士弘《仁恕堂笔记》称其“清文胜气，名噪一时”。

端阳后一日小集

天中信宿此登楼，拟续蒲觞未尽醅。

鼓吹忽移江上艇，风舷遥落笛中梅。

谁添标锦群龙竞，却剩悬丝五色来。

四座诗豪堪对酒，问星招月漏频催。

（《汀南廑存集》卷二）

【解题】

客家地区很重视端午节，节日期间举行许多活动。此诗描写端午节第二天文人诗酒集会的登楼所见，反映了汀州民间端午节喝菖蒲酒、赛龙舟的民俗。

【注释】

天中：端午节。　信宿：第二天。　蒲觞：菖蒲酒。　标锦：竞赛的奖品。　漏：古时计时器，指更声。

南归自警

飘零剩得老公车，岸帻青山问故庐。
生计折来宁惜肋，骄氛避却且全樗。
鸢鸱满眼空相吓，鸥鹭闲心总自如。
国恤祇平何日事，可容吾道卷还舒。

（《汀南廑存集》卷二）

【解题】

诗人以“鸱枭满眼”比喻官场黑暗，表达洒脱归隐的坚定意志。

【注释】

公车：汉代曾用公家车马接送应举的人，后便以“公车”泛指入京应试的举人。　岸帻：推起头巾，露出前额。形容态度洒脱。　惜肋：鸡肋“食之无味，弃之可惜”的简称。全樗：比喻养拙以全身。典出《庄子·逍遥游》。

笑占此身那得更无家

浪迹天涯半岁华，此身那得更无家。
诛茅小构鹪栖足，度阁残书蠹隐赊。
已识浮名空泡影，肯拼短发逐晖斜。
纵人笑指河清俟，抱甕山畦学种瓜。

（《汀南廑存集》卷二）

【解题】

笑占，即口占，带有自嘲意味。感慨浪迹天涯，无有固定之家。

【注释】

度阁：搁置。　短发：指残年，或晚年。典出杜甫诗“白头搔更短，浑欲不胜簪”。　河清俟：等待黄河水有变清的一天。意谓难以等到清明政治。

钟有容

钟有容，号若谷，长汀客家人，明万历七年（1579年）举人。善诗。《长汀县志》有传。

东犁云上人

棋花香满林，兀坐石云深。
一丈清幽地，孤鸿万里心。

（《汀南廑存集》卷二）

【解题】

东犁云上人，生平事迹无考。这是一首赠诗，抒写自己的高洁之心与远大之志。三四句"一丈"与"万里"对比鲜明，突出了自己的鸿鹄之志。

【注释】

兀坐：高坐不动。　孤鸿：孤单的鸿雁，喻孤单的自己。

雷同声

雷同声，字鹿门，云南新兴州（今云南玉溪市红塔区）人，万历四十四年（1616 年）任连城县令。《连城县志・名宦》载："公莅连五载，而连之指诬词以穽人、借卖产为渔壑者，其风寝息。"连城有雷公书院，一在文昌阁右，一在南岳庙前，祀令雷同声鹿门公。

次佥事康韵

晓来凉露湿衣冠，拂拭衣冠遍处看。

双屐踏开瑶草路，一瓢吸尽玉泉寒。

翻然飞舄腾青嶂，倏尔吹箫下彩鸾。

潇洒欲逃绳检外，暂移栖息一枝安。

（《连城县志・艺文志》）

【解题】

此诗次韵康宪诗《题冠豸》。与康诗的凝重不同，此诗洒脱飘逸，读之有出尘超凡之感。佥事，明代提刑按察使司的属官。

【注释】

舄：音 xì，鞋。此用《列仙传》王子乔的传说。　吹箫下彩鸾：典出萧史与弄玉的故事。诗中是想像之词。　绳检：约束，指世俗礼法。

李梦鲤

李梦鲤，字伯祥，号忆岷，长汀客家人。明泰昌元年（1620 年）恩贡，授县丞，不赴。天启年间献《天心仁爱赋》，受朝廷嘉纳，名噪京华。天启四年（1624 年）由京训擢桂林通判，善办案，清廉有声。《汀州府志・文苑》载其"博极群书，多著述"。

汀江游船偶成

一碧清溪好放船，屏山列列过篷舷。

城南胜事应携酒，老惜雕虫付白笺。

（《长汀历代诗选》）

【解题】

此诗描写泛舟汀江的所见，抒发饮酒作诗的豪情。

【注释】

胜事：美事，指观赏美景之事。　雕虫：原指微不足道的文字技巧，这里指作诗。

马天根

马天根，长汀客家人。万历间以贡生上京参加礼部考试，天启间任海宁县丞。《长汀县志·文苑》称其“廉静和介”。工诗，著《听莺集》。

丽谯虹缀

三台楼近五云多，片片飞来湛碧波。

夹岸人家罨树渺，横桥堤柳度莺和。

月随逸韵升丹灶，风递残红点翠波。

白社只今依慧远，几从棠荫醉相过。

（《长汀历代诗选》）

【解题】

丽谯虹缀，指济川桥，在县城之东汀江河上，今为水东桥。此诗描写汀江两岸美景，抒发超然出尘之意。

【注释】

五云：五色瑞云。　“夹岸”句：意谓两岸人家被绿树掩盖，看不清楚。罨，音yǎn，掩盖、覆盖。渺，迷茫不清。　白社：白莲社，东晋时慧远等在庐山创立。　慧远：东晋时庐山东林寺住持，佛学造诣精深。

林有麒

林有麒，号笏山，长汀客家人。天启三年（1623 年）以贡就学北雍，曾任乐昌训导，卒于任。《长汀县志·选举志》载其“质敏学优，沾经评史，卓有独见”。

武平访友

白杨千树水滨纷，黄鸟一声山寂寞。

试扣柴扉问故人，此身便是辽东鹤。

（《汀南廑存集》卷二）

【解题】

此诗写探访友人的情景，表现友人居处的清幽宁静，抒发对隐逸生活的向往。

【注释】

滨纷：水中倒影着许多树木。 寂寞：宁静。本句是以动衬静。 辽东鹤：辽东人丁令威学道成仙后，化作白鹤回到家乡去。

李 鲁

李鲁，字得之，号弘庵，上杭县客家人。明天启四年（1624 年）举于乡。明末，李鲁集同志为贞社，积极为南明出谋献策。隆武时授工部主事、兵部职方司主事。唐王在汀州遇难后，李鲁坚不降清，自杀殉国。门人诸子搜集李鲁遗作，编成《烬余集》刊行于世。

有 怀

笑谈阵里识英雄，千古肝肠一愿中。
对榻论文月似水，当垆说剑气如虹。
敲残银烛更将尽，绕遍栏杆曲未终。
无可奈何今夜尔，分将一魄付西风。

（《烬余集》重刊）

【解题】

李鲁文武双全，国变之际更是以节义自许，志在恢疆勤王。此诗抒发安邦报国的豪情壮志及壮志未酬的慷慨之气。

沈士衡

沈士衡，长汀客家人。天启七年（1627 年）中举（府学第二名）。善诗。生平事迹待考。

龙珠峰

几对屏山足晚娱，共迟风雨壮雄图。
晴霄翠点擎天柱，远浦岚明照乘珠。
未许流云出岫懒，相将飞骛落霞孤。
依楼俯瞰南流水，为问兵戈净洗无。

（《长汀历代诗选》）

【解题】

宝珠峰又名龙珠峰。此诗由描绘眼前龙珠峰的壮美景象转而劝诫珍惜和平安宁生活。

【注释】

共迟：共同等待。　擎天柱：指宝珠峰。　落霞：晚霞。典出王勃《滕王阁序》“落霞与孤鹜齐飞，秋水共长天一色”。

沈侍卿

沈侍卿，归安（今浙江省湖州市）人，明天启年间以进士任汀州知府，清廉爱民。汀州东郊有沈公祠，见《汀州府志·祠祀》。

使君读书台

天半薜萝削未平，碧云千顷夏逾清。
松间鹤带烟霞气，谷口莺传上下声。
招酒共欣流水去，披襟一任野风生。
自公此日堪乘兴，汗漫还期到五城。

（《长汀县志·古迹志》）

【解题】

使君读书台，即华阳别馆，在霹雳岩，为明代汀州知府徐中行所建。

【注释】

汗漫：指广泛漫游。　五城：指京城。明代把北京城分为中、东、西、南、北五城，各设兵马指挥司，掌管辖区内的治安、火警诸事。

梁元桢

梁元桢，南海（今广东南海市）举人，天启间任武平知县。

九日登梁野山

百折丹梯磴道长，登临尊酒共徜徉。
松萝翠滴重岩溜，枫叶红飞九日霜。
秋兴欲裁潘岳赋，风流谁似孟嘉狂。
凭高目断寥天远，愁绝鸿书滞一方。

（《武平县志·艺文》）

【解题】

梁野山，在武平县东三十五里，客家风景名胜之地。此山险峻叠出，石阶蜿蜒而上，绝顶有白莲池。本诗描写重阳节登梁野山所见秋天景色，以潘岳做赋、孟嘉轻狂形容游览的诗兴和无拘无束的兴致。尾联以登高望远，抒发对故乡亲人的思念。

【注释】

潘岳：潘岳（247—300 年），字安仁，俗称潘安，荥阳中牟(今河南中牟县)人，西晋文学家，所作诗赋辞藻华艳，有《闲居赋》、《秋兴赋》等传世。　孟嘉：孟嘉（296—349 年），阳辛（今湖北黄石市阳新县）人，东晋时代著名文人。为人清狂洒脱，风流不拘。　滞一方：化用柳宗元《登柳州城楼寄漳汀封连四州刺史》诗意，指音信阻滞难通。

顾元镜

顾元镜，字朗生，归安（今浙江湖州市）人，天启间进士，为池州知府，崇祯三年（1630 年）任汀州府分巡漳南道。后为广东布政使。清顺治三年（1646 年）十一月，参与拥立朱聿镈监国（史称绍武朝）。有《九华志》八卷。

南安岩

灵岩真法界，登览自悠哉。

贝叶空中下，莲花石上开。

有山堪作钵，无涧不浮杯。

蹑顶一长啸，松风十里来。

（《武平县志·艺文》）

【解题】

南安岩，在武平县，详见郭祥正同题诗注。此诗歌咏南安岩的佛事盛况，抒写对秀美河山的热爱之情，尾联气势尤其豪迈，很能体现人物个性。

南安岩自定光大师开辟之后，佛事鼎盛，信士众多，亦成为文人的游览胜地。

【注释】

灵岩：北宋初定光大师卓锡于南安岩，此后一直是佛门圣地，故称。　法界：在佛学中，一般指意识所缘的境。俗语中则指佛门胜地。　贝叶：取自贝叶棕（贝多罗树）的叶片，施以特殊工艺，所刻写的经文用绳子穿成册，可保存数百年。此指僧人的念经声。　莲花：莲花是佛教四大吉花之一，也是佛教的九大象征之一。此句意谓佛性从石上显现。　浮杯：古代文人常于每年三月上旬的巳日集会溪水旁，在上流放置酒杯，任其飘浮，停在谁的面前，谁即取饮，并作诗一首，叫做“浮杯”，也叫“流觞”。此指处处皆可览胜作诗。

重游南安岩

丹岩缥缈白云乡，半日偷闲逸兴长。

玉柱由旬撑福地，石床阒寂侍空王。

翻经座上旃檀绕，卓锡阶前草木香。

信宿不妨频载酒，山灵应识旧诗囊。

（《武平县志·艺文》）

【解题】

此诗描写南安岩寺庙的壮美，表达对定光古佛的崇敬之情。

【注释】

由旬：古印度长度单位，在此形容“玉柱”之长。　空王：佛的别称。　卓锡：卓，植立；锡，锡杖，僧人外出所用。世称僧人居留为卓锡。

巢之梁

巢之梁，江苏武进人，举人。天启末崇祯初任武平知县。

龙河碧水

万派奔流汇玉河，岚光树色映来多。
桃花浪喷娥眉雪，杨柳风吹太液波。
石峡浮霞明谄锦，沙堤积翠剪春罗。
澄清一碧犹无际，到处沧浪起暮歌。

（《武平县志·艺文》）

【解题】

此诗原自注“次刘太守韵”，巢之梁和前汀州太守刘焘的同题之作。作者抓住声、光、色的特点，　句一景，明丽如画，风格较之刘诗，则偏于婉丽。

【注释】

玉河：指龙河。　娥眉：即峨眉山。此处形容浪花的洁白。　太液：太液池，皇家池苑的代称。此处形容玉河之美。　谄锦：任意摆放的锦缎，形容“浮霞”的自由舒卷、美丽异常。　沧浪：滨水的地方。

南岩石洞

石室原无斧凿痕，何年虎踞共龙蹲。
劈开须仗巨灵掌，说法还归大士根。
借片白云封谷口，邀轮明月伴黄昏。
几时绝顶攀萝去，更觅通天第一门。

（《武平县志·艺文》）

【解题】

南岩，即南安岩。此诗缅怀定光古佛，抒写热爱自然，攀登高峰的雄心壮志。颈联一“借”一“邀”，想像大胆，豪情毕现。

【注释】

虎踞共龙蹲：传说定光古佛在武平县南安岩隐居时收服山中的猛虎和巨蟒。　大士：对高僧定光的敬称。　通天第一门：南安岩有古佛殿，殿后有一曲径，可达“通天第一洞”。

林 釬

林釬（1568—1636年），字实甫，号鹤胎，龙溪县洞口社（今龙海县步文乡蓝田村洞口社）人。万历四十四年（1616年）进士，授翰林院编修。天启间，任国子监司业，后升祭酒。崇祯间升为礼部侍郎兼侍读学士，拜为东阁大学士，入阁参与军国大事。卒谥文穆。

游灵通岩

层峰叠叠石千寻，老树寒藤隔翠岑。
烟雾中分天上下，洞门斜映日浮沉。
直从鸟道闻清梵，可怜禅声似古琴。
寄语空山旧猿鹤，何年相共守空林。

（《平和县志·风景名胜》）

【解题】

灵通岩位于平和县客家人住区的大溪镇大峰山，主峰海拨一二八二米，其中“狮子峰”犹如雄狮盘距在峭壁之间，最为险峻。灵通岩上的灵通寺，建于天然石洞之中，上有盘石覆盖，下是悬崖绝壁，唯有一条“天梯”小径可以攀登，地势十分险要。

此诗描写灵通岩的高峻清幽及灵通寺清晰的梵音禅声，表达对客家山水的热爱之情。

陈天定

陈天定，字祝皇，又字慧生，号欢喜道人，世称慧山先生，龙溪县（今龙海县）人。明天启四年（1624年）中举，次年举进士。崇祯间，授官行人，历迁吏部主事、太常寺少卿。明亡后遁迹龙溪花山（在今华安县新圩乡），授徒讲学，后在朝天岩出家，名圆慧。有《慧山集》等。《龙海县志》有传。

灵通岩

溪光映石壁，高处郁嵯峨。
上下烟云合，往来风雨多。
磴高闻落叶，树响失猿过。

竹杖未堪倚，前峰扪薜萝。

（《平和县志·风景名胜》）

【解题】

此诗从视觉和听觉的角度描写灵通岩的水光山色，呈现灵通岩神奇的一面。

大峰山佛祖岩

寺古多荒瓦，僧贫只荐茶。

谷鸣千树响，人定一香斜。

鉴水形怜影，安心客是家。

可将生灭理，悟取佛前花。

（《平和县志·风景名胜》）

【解题】

佛祖岩，在平和县的大溪镇大峰山，明末黄道周在佛祖岩题“灵通感应”四字，从此改称灵通岩。此诗着重描写灵通寺所见及人生领悟。

【注释】

只荐茶：用赵州从谂禅师的典故，意谓住持僧人佛性高深。　生灭理：对生死的看法。

张瑞钟

张瑞钟，平和人，明诸生。生卒年代与生平事迹待考。

游狮子岩

苍藤翠樾迎岩陲，古刹禅枯入定时。

泉隐龙珠波自润，云连犀角石偏奇。

葛衣牵引寒花坠，棕履穿过峻岭迟。

大乙峰头留古迹，至今犹恐野人知。

（《平和县志·风景名胜》）

【解题】

平和县大峰山由狮子、玉女、擎天、灵通、天池等七个主要山峰连成，最高峰为狮子峰，海拔一二八七米，奇峰突兀，犹如雄狮盘距，堪称“天险”。此诗描写苍藤、古刹、清泉、飘云、奇石、峻岭等景物，突出狮子岩古、野、清、奇的特点，给读者留下深刻印象。

黄道炯

黄道炯，福建漳浦人。未出仕，明天启、崇祯年间在世。生平事迹待考。

游灵通岩

行行衫袖白云沾，一入灵通气不炎。
万仞摩天开石壁，半空喷雪挂珠帘。
层梯雨过苔痕滑，幽谷烟深鸟语潜。
惆怅崖边遗旧址，尚存古佛独庄严。

（《平和县志·风景名胜》）

【解题】

灵通岩以飘云、瀑布、峰险、石奇为四大特色。此诗着重描写雨后的瀑布景观，突出灵通岩的高峻与清爽。颔联想像丰富，比喻奇特，极富气势。

揭春藻

揭春藻（1591—1642年），字元玉，归化（今明溪县）客家人。崇祯元年（1628年）以恩贡入京廷试不第，驸马王昺聘为西席五年，期间，常与黄道周、曹能始、余希之兄弟、李元仲、董其昌等名流吟诗作赋，著有《香玉斋诗集》，名噪一时。后出任长兴县丞，不降清而死。《明溪县志·忠烈》有传。

乌石干霄

嵚嵚处处插芙蓉，何处飞来江上峰。
云护遥岑花寂寂，风筛琪树影重重。
新诗但以山为料，浊酒为浆石作供。
舞鹤携来庭似水，接萝倒着漫过从。

（《长汀历代诗选》）

【解题】

乌石干霄，即乌石山，在长汀县卧龙山之东，汀江河畔，长汀风景名胜之一。

【注释】

芙蓉：形容岩石形状之美。　料：（作诗的）素材。　石作供：供奉石头为神祇。　漫过从：指藤萝交错蔓延。

绝命诗

北阙君恩重，家乡归梦遥。

钱塘轰晚汐，碧血涌江潮。

（《明溪县志·忠烈》）

【解题】

崇祯十四年(1641 年)，揭春藻任浙江长兴县丞，次年受郡守之命，押解贡物进京，到达山东临清县时遭遇清兵突袭，城陷，揭春藻被俘。清兵逼其投降，他受尽酷刑，坚贞不降，自缢以抗，口吟绝命诗而死，时年五十一岁。此诗表达对家国的依恋及誓死报国的决心。

【注释】

北阙：指明朝首都北京。　轰晚汐：指钱塘江轰鸣的晚潮。

童应举

童应举，连城客家人。崇祯三年（1630 年）顺天试举人。生平事迹待考。

雪窗即事

窗前小草已丛生，入夜飞花彻几明。

篱竹临风思曳绿，碧桃封萼自含清。

寒崖野鸟吞珠落，冻泽潜蛟戛玉鸣。

晓起吟哦淬冰锷，不知积白满三更。

（《连城县志·艺文志》）

【解题】

此诗表现春天来临，一夜之间却又飞雪成冰的奇特景象。诗歌选取窗前为视角，时间从入夜到天亮，四联中未出现一个“雪”字，但每联都有雪，足见诗人丰富的表现力。

【注释】

封萼：花萼尚未盛开。　冻泽：结冰的湖水。　戛玉鸣：敲击玉佩之音。　淬：音cuì，放进水中浸泡，引申为冒着。　锷：音è，刀剑一类的刃。此指冰凌。　积白：积雪。

李于坚

李于坚，字不璘，清流客家人。崇祯四年（1631 年)进士，历任汾州司理、南京礼部郎、提督浙江学政等职。著有《吴楚游集》《四河集》《水花长句》等。

忆磊园山居

岸回纤路合，枫夹大江寒。

梳土通云气，删苗入药栏。

蕉衣长受墨，笋箨落为冠。

静了花间事，看舟渡石盘。

（《清流县志·诗文选辑》）

【解题】

磊园山居，原址在清流东门城外，与旭来寺相连，是李于坚青年时的读书处。此诗回忆磊园的环境，以及山居时期种植花药、读书写字、闲看渡舟的悠闲生活，抒发对故乡的深切怀念之情。

【注释】

长受墨：指常用芭蕉叶写字。　落为冠：指用笋壳制作斗笠。

唐世涵

唐世涵，乌程人，崇祯八年（1635 年）以进士任汀州知府。在任期间，增筑城墙，创宝珠门城楼，捐俸建府学、县学，造万安、济川二桥等诸多德政。去之日，民立祠祀之。郡祀名宦。后调任台湾知府。汀州有唐郡伯祠，在丽春门城楼，一在古城万安桥。

离谳珠悬

褰帏纵目景堪娱，到处盘旋入画图。

槛外波明双合壁，岩前螺拥半抛珠。

云开晴壑连峰媚，夜静骊龙抱形孤。

却笑此心同象罔，不知身在宝山无。

（《长汀县志·古迹志》）

【解题】

马驯有汀州八景诗，唐世涵另标十胜，各纪以诗。本首诗外，另九景为元岑拱辰、复阁云骧、丽谯虹缀、环雁鸣钟、揖龙正笏、西倚听松、东翘舒啸、乌石干霄、白沤映碧。

离谳珠悬，指宝珠峰，汀城名胜之一。诗人认为宝珠峰处处如画，白天黑夜亦各有情致。尾联以轻松调侃的语气，表达身在宝山不识宝的看法。

【注释】

双合壁：指东溪与正溪之水汇合。　螺拥：比喻簇拥。　骊龙：黑龙，形容月色下的山。　象罔：见刘玉成《登莲峰》诗注释。

舒啸阁

迟日公余作胜游，凭栏遐瞩寄思幽。

园林会有翻空鹤，沙渚曾无骇浪鸥。
长啸不妨时自适，短吟端籍景为酬。
凤音天际人何往，我欲因之访一流。

（《长汀县志·古迹志》）

【解题】

本诗为唐世涵汀州十景诗之一。舒啸阁，在长汀卧龙山古城墙之东，是唐宋时期郡城东北的谯楼，原名“东阁”，元末毁于兵火。明汀州知府唐世涵重建，题名“舒啸”。高阁壁立，一望东皋，阡陌如鳞，山川如画。清代汀州知府王廷抡重修，取陶渊明“登东皋而舒啸，临清流以赋诗”之诗意，改题额为“东翘舒啸”并为之作记。

【注释】

迟日：日子长了。指春夏时间。　端籍：端，正也，直也。籍，“藉”的假借字。端籍，意谓正好借助。　一流：同一类（人）。指喜爱山水，逍遥自适的人。

玉华洞

何尝拜石但揖之，昔日朝中笑尔痴。朝中拜人不拜石，独向山林称傲客。鄞江太守一事无，生来况有看山癖。玉华丈人天际峰，石床丹灶留仙踪。洞门深深秉烛入，窈窕直与玄都通。桃花流水迷津路，几度寻春春不暮。松声半夜沸飞涛，岚气终朝喷成雾。卧龙冈下梦相牵，盘礴应知夙有缘。披榛小勒新亭额，走笔先题玉版笺。人间袍笏难医俗，白云处处青山曲。安用伛偻长事人，得似渔樵吾欲足。

（《汀州府志·艺文》）

【解题】

玉华洞，在清流县，详见何乔新同题诗解题。作者以七言古风记游，抒写自己的个性喜好，以及洞内所见桃花流水、松声飞涛等景象，表达对官场伛偻事人的厌恶和对自由生活的向往，与李白《梦游天姥吟留别》的主题极有相似之处。

【注释】

窈窕：深邃幽美。　玄都：传说中的神仙居处。《海内十洲记·玄洲》：“上有大玄都，仙伯真公所治。”　袍笏：古代官员的官府和手板。此喻指名利。

马上荣

马上荣，长汀客家人。县廪生，崇祯十年（1637年），郡守唐世涵聘其修纂郡志。《长汀县志·文苑传》称其“博极群书，诗歌古文，擅名一时”。

夜宿莲峰

携友薰风寄此庵，芝兰竞爽辏花坛。
夜来天雨清书帐，谶罢禅灯冷佛龛。
何处木鱼藏世界，几回金口愧儿男。
闻鸡欲唤玄风发，点石干霄吾道南。

（《连城县志·艺文志》）

【解题】

此诗以散文笔法叙写夜宿莲峰庵的经过，宣扬从自然事物中领悟天性。

【注释】

辏：音 còu，车轮的辐聚集到中心，引申为聚集。　谶：民国县志作“忏”，拜忏之意。玄风：指晨风。　干霄：高入云霄。　吾道南：宋代杨时师事程颐、程灏，南归，程灏目送之曰：“吾道南矣。”时人称杨时为“道南先生”。此处指岩石也彰显天性。

沈士鉴

沈士鉴，长汀客家人，士衡弟。崇祯十二年（1639 年）举人。《汀州府志·文苑》载其：“少孤力学，博洽群籍。”著有《清梦斋诗集》等。《长汀县志·儒林志》称其：“诗文具陆游、曾巩遗风。”《汀南廑存集》选其古近体诗二十一首。

丽春楼

绕城山似洛中多，不待招邀渡天波。
望里双虹无晓暮，春来千骑迄清和。
楼开远景逢黎守，文纪醇风待老坡。
最是召祠添胜概，嬉游不比向时过。

（《汀南廑存集》卷二）

【解题】

丽春楼在丽春门（原名济川门，今长汀县水东桥头）。诗人描写丽春楼所见汀州的形胜之美，突出韩愈苏轼的诗文革新之功及理学的深厚底蕴，诗意尤显古朴厚重。

【注释】

天波：天河。诗中指汀江河。　双虹：形容丽春门外的济川桥。　黎守：韩愈。韩氏郡望为河北昌黎，韩愈因谏迎佛骨，被贬潮州刺史（太守），后世简称“黎守”。　文纪：指文学创作。　醇风：淳朴、质朴的文风。中唐时期，韩愈提倡古文，反对浮华不实的骈文，北宋欧阳修、苏轼等人再次发起诗文革新运动，质朴的古文终于取得了文坛正统地位。老坡：即苏东坡。　召祠：丽春门附近不少著名的祠庙，如二先生祠、六君子祠、丞相祠。

送刘霞起荐辟北上便道谒淮抚朱公

寻常谁肯信才难，多事旁求乍改观。
东阁未甘随伏谒，北山无计得盘桓。
幕中析理来刘尹，班内倾心待谢安。
知己静听声实好，相期岂但进贤冠。

（《汀南廔存集》卷二）

【解题】

刘霞起，上杭客家人，详见刘廷标诗歌人物简介。这是一首送别诗，称赞刘霞起有谢安之才，对其远大前程寄寓期望。

黎有纲

黎有纲，字振三，长汀客家人，能文能武。崇祯末年兵乱，斥家产募兵众靖乱，汀城得以安宁。《汀州府志·孝义》载其：“有文名。崇祯间，流寇犯境，有纲破产募兵，郡恃无恐，当事皆式庐延礼之。”有《篁啸斋诗集》、《北楼文稿》等行世。

苍玉古洞

地去关城近，山人伴访寻。
泉流溪路窄，石耸洞门深。
紫翠烟岚懋，清凉竹树阴。
重来应更乐，终日解尘襟。

（《篁啸斋诗集》）

【解题】

此诗写游览苍玉洞，赞赏其幽深宁静，能令人解除世俗烦恼。

【注释】

关城：边关之城，此指汀州城。　山人：有才德的隐士。　尘襟：指世俗烦扰。

丘嘉彩

丘嘉彩（1596—1668年），泰宁县客家人。明崇祯九年（1636年）中举。隆武二年（1646年），南明阁部傅冠率兵至福建邵武，丘嘉彩前往参赞军事。明亡后，隐居于泰宁城外醴泉岩外侧的肖岩，多次拒绝清廷的征召，甘于岩居穴处、清贫守志。有诗集《悲秋集》传世。

醴泉岩

寒泉一匹练飞来，声在岩间伴古苔。
风雨夜来曾瀑涨，惊人枕上殷其雷。

（《泰宁县志·金湖》）

【解题】

醴泉岩，又名礼泉岩寺、礼帝岩。在泰宁大金湖内山谷一公里处。《泰宁县志》载：礼泉岩寺建于宋绍兴二年（1132年），寺正佛殿为单檐歇山式的两层木构殿堂，建筑结构独特，不假片瓦，不用一钉，冬暖夏凉。此诗着重描写醴泉岩瀑布惊人的声势。

甘露岩

好山无数聚江干，个个招余入内看。
行到水源疑径尽，划然鬼斧劈岩宽。
密林独唤云为侣，深谷能增秋作寒。
直上层楼承露滴，依稀仙乳尚潺潺。

（《泰宁县志·金湖》）

【解题】

甘露岩，在泰宁大金湖内山谷中，是一个天然的内窄外敞的洞穴，高约八十米，深三十米。洞的上下为砾岩，中层为砂岩，渗出的泉水经岩层滤净，清甜如甘露，故称甘露岩。甘露岩寺始建于南宋绍兴十六年（1146年），洞穴上部宽三十多米，下部宽却只有十多米，呈倒三角形，设计者以一柱擎天的方式，上面建起四栋楼阁，这是岩寺最神奇的地方。此诗以散文笔法，从外到内地描写甘露岩鬼斧神工的山川面貌，突出层楼、露滴的奇特。

丘衍箕

丘衍箕，字克九，上杭客家人，嘉周从孙。博学好古，彬彬大雅，与邑人李鲁、詹弥高、丘梦鲤、温梦良，永定卢日就，长汀沈士鉴为社友，以文章气节相砥砺。隆武二年（1646年），由贡荐授参谋推官。明亡后，与丘鹏如皆晦迹不出。

一琴桥

水从岩际落，几折度桥阴。
似此清流意，居然太始音。
凄清来远韵，和畅豁烦襟。
谁解无弦曲，于兹会转深。

（《上杭县志·山川志》）

【解题】

一琴桥，上杭紫金山名胜。此诗视桥下流水音为天籁，表达醉心山水的舒畅心情。

【注释】

无弦曲：化用陶渊明抚无弦琴的传说，典出《晋书·隐逸列传》。　会：意会、领悟。

李　弃

李弃(1597—1678年)，字白也，清流客家人，世居四堡里长校乡。《汀州府志·文苑》载其“初为诸生不遇，遂弃去，徜徉山水，布衣终老”。著有《诗集》及《评订史鉴》。

春　吟

东风吹我衣，不能开我眉。何曾如草木，动辄得芳菲。有萋皆秋气，无声不子规。踏青驱拄杖，席地误沾泥。呼仆抬愚谑，过僧值掩扉。会心行到且，疏雨促人归。

（《清流县志·诗文选辑》）

【解题】

作者经历了明亡与清初的战乱，充满对明王朝的忠贞和对清朝的愤慨，诗文以忧愤悲怆为主调，抒写春游时内心的无限郁闷。

【注释】

子规：子规鸟，又名杜鹃。鸣声凄凉。　过：过访。

寄童日鼎（二首）

井里山头共一天，高卑大小绝相悬。
畴能披导容光照，长夜漫漫旦旦然。

登临胜具废多年，拾履无因进不前。
孰堕林宗呼一顾，芝山采玉觅深渊。

（《汀南廑存集》卷二）

【解题】

童日鼎，连成人，明末清初著名理学家，详见童日鼎赋作者简介。组诗赞扬童日鼎高深的理学修养，表达自己的追随之意。

【注释】

井里山头：作者把自己比成井里之人，童日鼎则在山头之上。　拾履：用张良为黄石公拾履的典故。　林宗：字忠孝，号世梅，明代常熟（今江苏常熟）人。与弟完俱隐居事学，世称“二林先生”。

吊裴尔成

几年同笔砚咿唔，醴酒频供我湎濡，
醉里妄言始妄听，醒时庄语识庄图。
丝从渐染分黄黑，眼眩苍瞑混雁凫。
世人结交云雨幻，三人臭味若生无。

（《清流县志·人物》）

【解题】

此诗作于清康熙十一年（1672 年）十一月。裴尔成、巫小鲁、廖以贞是李弃的文友和莫逆之交，三位好友相继离开人世。此诗回顾昔日友人间共同学习，同醉共醒的往事，寄托对亡友的哀思。

【注释】

咿唔：拟声词，磨墨的声音。　湎濡：指沉醉。　丝：指头发。　苍瞑：指眼神昏暗，视力不好。　云雨幻：如云雨变幻。　若生无：（三人臭味相投）像是天生的。无，语尾助词，无意义。

刘廷标

刘廷标，字霞起，号玉存，上杭客家人，刘坊的祖父。崇祯九年（1636 年）征选为永嘉县丞，迁云南永昌通判，旋属永昌府事。1647 年农民起义军张献忠部将孙可望进军云南，驰檄谕降永昌。廷标拒不投降，赋诗四章，自缢殉节。

绝命诗（四首）

甲申腊望闻哀诏，已誓攀髯殉此身。
三载偷生惭后死，今亡犹是大明臣。

縻绊隆昌历四秋，曾无一事解民忧。
于今且缢从先帝，共结君臣万古愁。

白发生来头上雪，黄金都是眼前花。
不知阿母何承受，每把斯言训克家。

忆昔绕爷双膝时，启予每咏节廉诗。
于今清苦归泉下，尚博双亲慰可儿。

（《上杭县志·列传》）

【解题】

刘廷标不投降孙可望，自缢殉国。这是他自缢前的表明忠节心迹之作。原有自序云："后死罪臣刘廷标，闽之上杭人，早孤赤贫，服先严遗训，守孀母懿言。饩于二十人中，九举秋闱，三副乡榜，崇祯庚辰由征辟试永嘉丞，用三院特荐转判永昌。甲申秋署府篆。是腊，接先帝哀诏，已分一死，犹谓尚有社稷人民，勉为守土，庶犬马残喘犹存，或精卫泥丸堪校，不虞天不厌乱，覆亡可需，赤社将倾，难面父老于隆中，素练自裁，敬从先帝于地下，谅无当于晚节，聊不昧其初衷云。"

李世熊

李世熊（1602—1686 年），字元仲，号寒支、愧庵，宁化县客家人。《汀州府志·人物》载其"性颖悟，博极群书，目数行俱下。凡坟典经史以及释典道书、医卜星纬之学，靡不淹贯。明亡，遁迹深山，四十年不入城市"，是很有骨气的遗民诗人。李世熊一生著述丰富，有《寒支初集》、《寒支二集》、《物感》、《狗马史记》、《钱神志》、《宁化县志》等十多种行世。

圃珖岩

拔宅诸仙弃旧窝，掷抛琼玉似星罗。

堕云偃蹇眠秋壑，崩浪崔巍蹙怒鼍。

奇鬼森来如欲搏，壁人双峙恨无多。

幽篁独立思公子，自採兰蘅带女萝。

（《汀州府志·艺文》）

【解题】

圃珖岩，在宁化县泉上，是李世熊读书与讲学之处。《寒支初集》卷二原有序："环山若圃，万石皆玉，犹云瑶之圃耳。昔人钓奇，故旌之曰圃珖也。"诗人描写圃珖岩的美丽高峻，化用屈原《山鬼》诗意，为圃珖岩披上一层神奇美丽的色彩。

【注释】

拔宅：即拔宅上升，古代传说修道的人全家同升仙界。　森：树木多，引申为众多。"壁人"句：原诗自注："双壁耸立，为此洞奇观。"　带女萝：以女萝为带。女萝，蔓生植物名。典出屈原《山鬼》："若有人兮山之阿，被辟荔兮带女萝。"

嘲九龙

崖郁确兮水激诡，奔雷舞蛟奚为尔？尔奚不浩汗洞洪洗日唤月生，奚不荡天圮地淘汰星河澄万滓？奚为嘈嘈嗃嗃如勃溪，棘语谵喉轩厥齿？倾珠筚雪坌峥嵘，侮怖贯庸谑舟子。或者察其狂鸣怒号，郁噫不平有类廓落厄奇之士。我心汪漭殊不尔似，五湖亦在中，五岳亦在里。回肠乾端移，倒臆坤轴徙。倘然物构等烟销，万有还初鬼神理。安能兀处穷荒隈，妄竖肩臂妄尊侈！附巉石之威，神龙僭自拟。束涓流，则作势生风；赴巨浸，即垂首帖耳。十数里喧涛穴中哄猛蚁，惜乎未观海浪得名而已。

（《汀州府志·艺文》）

【解题】

此诗《寒支初集》卷一有引："客谈九龙，险怪失魄。予三破浪期间，辄以杯酒酹之曰：可儿，骨法嵚崎，齿牙清俐，足侍谈笑。客不释然，乃长言以嘲之。予所谓非人情者也。"

九龙，即九龙滩，福建燕江滩名，在今清流县与永安市之间。嘲，嘲问。此诗以拟人写法，开头连续追问九龙滩奔腾激荡的怒涛，中间进行精彩的对比，嘲笑九龙河水的自显威风，结尾处点出是九龙水没有见过海浪而已。全诗气势奔放，想像奇特，风格豪迈，也显示了其诗文语言"奥博离奇"的特点，很能代表李世熊的诗歌风格。

【注释】

奔雷舞蛟：（水）声若奔雷，形若舞蛟。　浩汗：即浩瀚，水盛大的样子。　洞洪：洞庭湖水。该句意谓你何不像浩瀚的洞庭湖水清洗太阳唤出月亮？　倾珠荸雪：形容浪花四溅。　贾庸：商人、平民。　郁噫：同抑郁。　汪漭：形容心胸宽广。

紫金山

山围穷鸟路，孤筇迷出入。树石放奇情，分坛势相逼。石或化为树，树或化为石。石池澄寒波，落落松阴植。冥茫息峰顶，崎岖戢幽室。耳目及心神，丧之而后得。山深庵宇尊，诸佛现真魄。梵声肃以放，物理自来格。我心山灼见，山性我微获。

（《汀南廑存集》卷二）

【解题】

紫金山，在上杭县北，详见邱道隆诗歌解题。据《李寒支先生岁纪》载，李世熊于二十八岁和三十三岁时两次游上杭金山，宿山寺。此诗描写紫金山的景物，突出"树石放奇情"的观点。诗人与山相见相知，可谓灵性互通。此诗亦见于《上杭县志·山川志》。

【注释】

穷：困窘。　孤筇：指独自一人拄杖而行。　肃以放：严肃又旷放。　物理：事物之理。

闻铜山先生殉节

正是天家震业时，先生苦志厉贞师。
炊尘空鼓三军勇，饮血幽求二帝知。
世不可为无好手，死虽何济见男儿。
幔亭仙掌应挥泪，似悔扬驹未絷维。

（《寒支初集》卷一）

【解题】

铜山先生，即黄道周（福建铜山县人），明末隆武朝的吏部尚书兼兵部尚书，抗清志士。李世熊四十三岁时拜黄道周为师。隆武元年（1645 年）九月，黄道周率兵三千前往江西抗清，十二月在婺源附近兵败被俘，次年三月，黄道周拒不降清，在南京英勇就义。此诗赞颂了黄道周于“天家振业”之时抗清爱国的“苦志”及其虽死犹生的“男儿”本色。“空鼓”、“幽求”暗寓黄道周的部队人数极少，装备极差，在江西抗清是明知不可为而为之，惟求表明自己的忠君爱国之心而已。

【注释】

震业：即振业。　慢亭：指武夷山慢亭峰，在大王峰北侧。峰顶地势平坦，相传武夷君曾在此设慢亭宴会乡人。　“似悔”句：黄道周出师江西前，李世熊曾写信劝说老师不要冒险，但黄道周未予采纳。此句是为自己未能劝阻黄道周出师而愧悔。

丙戌九月即事

秋风槭槭剪华鬘，故老吞声尽罢餐。
三百年来青麦垅，八千里外黑弹丸。
旗翻樵月杉关暗，马度镡云沧峡寒。
满目鹤猿看墨墨，霜枫染泪遍流丹。

（《寒支初集》卷一）

【解题】

丙戌，指南明隆武二年（1646 年）。是年八月，清兵越过仙霞岭长驱直入福建，南明隆武帝朱聿键仓促从闽北奔汀州。八月二十八日清兵突袭汀州城，隆武帝及其后妃等俱罹难。噩耗传到宁化，李世熊洒泪作此诗，哀悼隆武朝的覆亡。

此诗以凄凉的景物、黯淡的色彩，写出亡国之时天昏地暗的心理感受。

【注释】

槭槭：风吹叶动声。　故老：作者自称。　三百年：明朝不足三百年，此为约数。　青麦垅：指明朝所居的中原地带。　八千里外：指满族所在的东北。　黑弹丸：形容狭小的黑土之地。　杉关：在福建光泽县北九十里的杉关岭上，是从江西进入福建的重要关口。

入 山

汉晋飘零后，桃花何处村。
定泉明胏腑，好鸟节晨昏。
采秀遗山鬼，搴芳荐毅魂。
冥冥风雨夜，清泪对灯吞。

（《寒支初集》卷一）

【解题】

南明隆武朝灭亡后，李世熊即入山隐居，“四十年不入城市”。此诗抒写诗人怀念亡明、忠于故国的情感。

【注释】

汉晋：代指明朝。典出陶渊明《桃花源记》“不知有汉，无论魏晋”。 山鬼、毅魂：指抗清而死的忠臣义士。典出屈原《山鬼》、《国殇》。

石巢

故面还幽壑，被萝谒大云。
泉言砭耳痼，风发濯林氛。
不拾烟霞粕，重删冰雪文。
探奇如味酒，气调别馨氲。

（《寒支初集》卷二）

【解题】

题后原有注“予旧读书处”。石巢，李世熊纂《宁化县志》载：石巢，在圃珖岩旁，有精舍，名石巢，李元仲读书处，中额曰“读自然书”。

此诗描写石巢环境的清幽宜人及自己对文学创作的孜孜追求。“不拾烟霞粕，重删冰雪文”，反映了诗人不务浮华，追求清纯的文学趋向，尾联“探奇如味酒”比喻新颖独到。

【注释】

故面：老面孔、原来的面孔。 烟霞粕：喻没有价值的东西。指不写吟风弄月的无聊文字。 冰雪文，喻清操高洁之文。

读书

一代时文尽，千秋后死心。
空挥屈骚泪，山泽自行吟。

（《寒支初集》卷一）

【解题】

此诗作于明亡之后，诗人隐居在山中读书时引发的感慨，表明自己不再科举出仕，要像屈原那样忠君爱国的思想。

【注释】

时文：科举制艺的文章。 “山泽自行吟”：典出屈原《渔父》“屈原既放，游于江潭，行吟泽畔，颜色憔悴，形容枯槁”。

谢烈妇（二首）

寥落河山得女师，由来聂姊拟要离。
明明瞭月魂无夜，皜皜飞霜夏可移。
应笑衣冠头似杵，何能怒裂眼如箕。
青枫岭上流丹石，未许通人例勒诗。

岂有华筵不散时，佳人义死当生离。
仙灵血性同根蒂，兵解丹还幻转移。
光岳只今存粉黛，忠贞自古少裘箕。
寒原万吹呼秋寐，鬼唱文家正气诗。

（《寒支初集》卷一）

【解题】

此诗原有引：“隆武二年八月，闽关不守，大驾奔汀，宿卫萧散，田仰所领溃卒将趋东粤，间道走建宁出泉，上下里居民骇窜。丘人霖之妇谢氏与溃卒遇，抗节而死。里人哀而羡之，歌咏其事。余碌碌苟活，殊愧贞魂，添次诸贤韵后，聊备采风云耳。”

谢烈妇，名陵娘，年十八嫁与宁化诸生丘澍，隆武二年（1646 年），明军溃卒将其掳掠，欲污之，陵娘骂不绝口，被刀刺中左胁，未绝，谢氏解带自缢死。诗人将谢烈妇比作聂姊，赞颂其勇敢节烈，讽刺衣冠士绅的软弱无能，暗寓对明军无力抵抗清军反而残害平民妇女的愤慨。李世熊将谢陵娘比喻为文天祥，可见他对谢氏硬颈精神的称颂。

【注释】

女师：女子的楷模。　聂姊：聂政之姐。曾因杀人避仇，以屠为事。典出《史记·刺客列传》。　要离：战国时吴国人，击剑能手，为了吴国的安宁，设法刺杀庆忌。　衣冠：古时士以上戴冠，衣冠连称，引申为世族士绅。　杵：指一头粗一头细的圆木棒，用来舂米。形容人时多指懦弱，呆板，不思反抗。　通人：指学识渊博，贯通古今的人。

闻说马上俘妇

人似明珠马似龙，裹鞭遥指杏花中。
市边帘舞香回酒，骑后胡催骤入风。
扬罩半枝金杏粉，垂裙一派石榴红。
汉家画史今如在，再搨明妃控玉骢。

（《寒支二集》卷一）

【解题】

诗中描写清兵到酒肆喝酒之后掠夺妇女而回的场面。在文字狱盛行的清初，没有坚持正义的硬颈精神，不敢创作这种诗歌。但这恰恰是社会现实的真实反映，表现了正直、有良知的文人的正义感和社会责任心。

【注释】

金杏粉：形容妇女的手。　石榴红：指妇女的红裙子。　搨：同“拓”，描摹之意。明妃：本指王昭君，诗中指被掠夺的妇女。

赠刘季英

天末幽忠四十年，每伤遗迹辄潸然。

间关入梦勤三揖，凄切书铭累百言。
万里归来惊少息，立谈倾倒尽珠璠。
世家风节云霄炯，偃蹇西华何足怜。

（《寒支二集》卷一）

【解题】

此诗是赠老友之孙刘坊（字季英）之作。据《李寒支先生岁纪》载，李世熊曾于崇祯二年（1629 年）与上杭刘廷标结为朋友。刘廷标，字霞起，刘坊的祖父。此诗抒写了对老友的缅怀及对忠烈之后的勉励。“天末幽忠”四字，既是对老友刘廷标的评价，也是李世熊自己能与刘坊结为忘年之交的共同思想基础。

【注释】

“天末”句：（原注）刘君霞起别予应诏在崇祯戊寅，今四十余年。　“每伤”句：（原注）霞起、长君、无咎先后就义于滇。　“间关”句：（原注）辛丑六月余梦霞起过我，欢容可掬，向予连揖，都无一语。即次君无怠来索墓志之日也。　“万里”句：（原注）无咎在滇生，季英最少，今归上杭，过予草堂。　“立谈”句：（原注）季英高谈，每惊四坐。

山斋（二首）

不知谁是主，信步探山扉。
迳仄花偏碍，风高鸟落迟。
眠云慵作雨，卧树倒生枝。
此地谁堪伴，柴桑一卷诗。

非俗亦非梵，书斋隐世间。
苔完知客少，树放似心闲。
茗熟遴泉脉，诗成得大还。
伊人薄秋水，随意止春山。

（《寒支初集》卷一）

【解题】

李世熊隐居后创作了不少山水田园诗。此诗是诗人探访山中友人所作，景物描写清新自然，俯仰生姿，意境开阔，抒写了自由宁静的耕读生活情趣。

【注释】

“柴桑”句：指陶渊明（江西柴桑人）的田园诗。　大还：传说少林寺的大还丹有起死回生之效，诗中比喻完成诗作之后的愉悦超脱状态。　“伊人薄秋水”：化用《诗经·蒹葭》秋水伊人之意。“伊人”为想像中的意象化人物。

和陶饮酒（选二）

我本磊落人，忧患缠绵之。唯逢酣饮处，亦有开眉时。暮年学恬淡，意复不在兹。昨宵遇名酒，旷然散群疑。滞雨苦寥落，一杯聊自持。

东海有贫士，本非稀世姿。独立龙门桐，百尺无旁枝。中含宫徵音，其外则无奇。弄置沟渎中，屈辱无不为。犹然自偃蹇，麒麟安可羁。

（《寒支初集》卷一）

【解题】

《寒支初集》卷一存《和陶饮酒》诗六首，所选二首表现诗人生性磊落，虽历经忧患屈辱，仍然保持豪放不羁的性格。和陶诗是后人研究李世熊思想性格的直接材料。

黄文中

黄文忠，字中美，宁化人，生活于明末清初。著有《讯天峰诗集》。

讯天峰

穷年虫臂桎，形愫到山移。
漱竹秋晖白，谀春鸟舌脂。
怪峰胎日月，古树化蛟螭。
抱此烟霞老，谁知猿鹤悲。

（《汀南廛存集》卷二）

【解题】

讯天峰，在宁化县。黄文忠的诗风有如唐代李贺，想像怪奇，用语险僻，诗中蕴含着理想与生活的许多酸辛苦悲。杨澜评此诗“炼法险而稳。”

熊兴麟

熊兴麟（1606—1695 年），字维郊，号石儿，永定客家人。崇祯十五年（1642 年）举于乡，次年联捷中进士，授宜兴（今江苏宜兴市）令。南明隆武时起为礼部主客司主事、河南道御史，永历时出为湖广监察御史。顺治四年（1647 年）冬，兴麟被清军执于辰州（今湖南沅陵县），不屈，羁近七载，始得放归。此后蛰居乡里，著述自娱，与修县志。有《素园诗歌》。事迹详见上杭邱嘉穗所作《前进士湖广巡按监察御史熊公传》。

松院秋声

陵空杰阁挂松楸，谡谡涛声杂濑流。
鳞老薄霄亭日午，风寒飞线满江秋。
谁为方夜读书赋，自有登高落帽俦。
铛沸新泉茶七碗，恍疑羽化上琼楼。

（《永定县志·艺文志》）

【解题】

松院秋声，指绿筠书院。《永定县志·学校志》(康熙版) 载："(绿筠书院) 在县南一里许，滨河挂榜山尾。正堂三间，架楼于上。诸生时有肄业于此者。"隆庆间 (1567—1572 年)，知县谢良任置田以给膏火。万历间，知县何守成植松木千株于山后护之，知县许堂重修。此诗赞赏书院松林的苍翠茂盛，抒写徜徉书院的愉悦心情。

【注释】

飞线：飘飞的松针。　登高落帽：形容才思敏捷，洒脱有风度。典出《晋书·孟嘉传》。羽化：传说仙人能飞升变化，因此把成仙称为羽化。

凤山山居

但使胸无系，入山不在深。岩前堪独酌，云树可乘阴。临风皆有意，对月仍无心。登高远舒啸，赋诗重行吟。时逢樵采语，可与论知音。且坐而且卧，簪绂不能淫。

（《素园遗稿》重刊）

【解题】

熊兴麟于辰州放还原籍后，"惟杜门扫轨，日以读书养志课子孙自娱。时与二三知友，流连于围棋、文酒间，抒情啸咏，弄月吟风，以寄其浩浩落落，不可一世之慨"(丘嘉穗《前进士湖广巡按监察御史熊公传》)。

此诗反映诗人的隐居生活。末句"簪绂不能淫"表明自己富贵不能淫的高洁人格。

咏 柏

众芳争落尽，孤柏独森森。
叶映山河色，干坚天地心。
曾经甘露润，何畏肃霜侵。
不为寒风改，挺然傲古今。

（《素园遗稿》重刊）

【解题】

这首咏物诗借物抒怀，通过咏赞柏树不畏风霜坚定刚强的形象，表达不屈服于异族入侵的高风亮节。

登朝斗岩

高磴层层上，悬崖欲咽流。
云笼山寺古，枫落岭岩秋。
说偈石为点，听经鱼出游。
老僧无甚事，赤脚笑峰头。

（《素园遗稿》重刊）

【解题】

这是诗人游览长汀风景名胜朝斗岩所作，中间两联抓住景物特点，描写朝斗岩云遮叶落的秋天景象及僧人高超的佛学造诣，对仗亦十分工整精致。尾联刻画老僧形象，宛如图画。

写　怀

胸次无余物，悠然彼岸登。
啸呼风万里，气遏云千层。
天地作庐舍，羲皇列友朋。
迂疏人易厌，傲骨自崚嶒。

（《素园遗稿》重刊）

【解题】

这首咏怀诗直抒胸臆，体现诗人宽广的胸怀、豪放的性格及其崚嶒傲骨。

【注释】

羲皇：伏羲氏。传说中的上古帝王。　　崚嶒：比喻刚正不阿、坚贞不屈。

陈　甡

陈甡，字二生，别号壶石，归化（明溪县）客家人。隆武元年（1645 年）贡生，以明经终。工诗古文辞。著《合璧楼诗文集》《诗经了言》等，《明溪县志·文苑》称其著述“皆粹然儒者之言”。

吊陈平章故址

铁戟金戈战未休，犹余浩气在峰头。
千群鼓角空残垒，一望山河只故丘。
落日悲风闻勒马，荒原野燹忆焚牛。
可怜胜国孤臣泪，洒向明溪作水流。

（《汀州府志·艺文》）

【解题】

陈平章，即陈有定，归化人，曾为元朝福建行省平章政事。陈平章故址在明溪镇大焦乡。此诗凭吊陈有定故居，追述其戎马生涯，感叹其悲壮人生。

【注释】

燹：音 xiǎn，野火。指野炊。　焚牛：烧烤牛肉。泛指当年军营生活之事。

御帘里怀古（二首）

翠华南幸避胡尘，走马间关度七闽。
当日珠帘遗马上，西湖歌舞属何人。

胡马纵横正戒严，闽中半壁且龙潜。
金牌不到黄龙府，坐使南来卸御帘。

（《汀州府志·古迹》）

【解题】

旧传，宋端宗躲避元军路过明溪镇东，因遗一帘，其地遂名“御帘里”。二绝句回顾南宋君臣被元军追击狼狈南奔的史实，揭示南宋朝廷败亡的原因。

【注释】

翠华：翠华之旗，指皇帝的仪仗。　南幸：指南宋皇帝躲避元军到南方。　间关：象声词，此指跑马的声音。　西湖歌舞：典出林升《题临安邸》“山外青山楼外楼，西湖歌舞几时休？”句。暗喻南宋朝廷沉迷享乐，不思恢复北方河山。　金牌：典出南宋投降派阻挠岳飞抗金，用金牌急招岳飞南归之事。　黄龙府：在今吉林省农安县农安古城，辽金两代军事重镇和政治经济中心。

陈　喆

陈喆，字二吉，号阆石，归化（今明溪县）客家人，陈甡孪生弟。明天启七年（1627年）以明经举，入京试，中副车（乡试的副榜贡生）。《明溪县志·风节》（民国版）载其“生平敦伦纪，崇品行，捐势利，先德义。教人务重躬行，其见于文艺者特余绪耳。若其条陈民瘼，补救尤多。”公谥“文贞先生”。有《啸谷子》四卷、《十笺集》三十卷。

归化八景诗（选五）

玉虚洞天

谁是闽南第一山，霞标迥出五云斑。
鼋梁露湿琼浆冷，龙穴苔封石灶间。
径转兰舆骚客过，风飘紫笛洞仙还。

采芝已是游蓬岛，瑶草琼花尽可攀。

觉林梵地

祇林深辟倚山阿，开士幽居景若何。
磬定孤云留石壁，钟残片月挂松萝。
望来地僻昙花坠，坐入天空法雨多。
何处白莲堪结社，此中殊似虎溪过。

雪峰营垒

百折崔嵬是雪峰，临高遥望暝霞重。
千山翠色林中刹，万壑寒声石底松。
烽燧当年愁过鸟，旌旗何处捲飞龙。
英雄一散空陈垒，疎木萧萧起暮钟。

龟山挺秀

东望龙湖绕石林，名贤祠宇昼阴阴。
即云大道无南北，却叹遗丘已古今。
日落虚堂飞雾动，春来残碣卧苔深。
龟山寒色孤山对，犹似当年立雪心。

白沙夜月

十里寒涛拥白沙，一川晴雪洒蒹葭。
圯头黄石谁遗履，岸上青苔或浣纱。
题柱当年成感慨，吹箫明月想豪华。
鱼龙寂寞渔矶冷，好拟西风泛远槎。

（《明溪县志·艺文志》）

【解题】

归化设县治于明成化六年（1470 年），原为清流县明溪驿，“归化之设，分清流之归上、归下里，宁化之柳杨、下觉里，将乐之兴善、中和里，沙县之沙阳里”（林文《初建归化县记》）。陈喆作有归化八景诗，上述五景之外，另三景是星窟禅窝、狮塔标奇、碧嶂晴岚。

玉虚洞天：又名滴水岩，在归化（今明溪）城东北六里。此诗赞叹了玉虚洞天的山势高迴，鲜花盛开，宛如蓬莱仙山。

觉林梵地：即觉林寺，又名觉圣寺，在城东北五里。元大德元年（1297 年）建，后毁于火，明正德间重建，“该山之形势异常雄壮，风景清幽，且居高临下，瞭望城中屋宇如指掌然”(《明溪县志·地理志》)。诗人比拟于庐山东林寺，赞扬觉林梵地佛教的兴盛。

雪峰营垒：即楼台鼓角山，在城南十五里，为邑中主山。数峰联属，一峰最高者即雪峰山。有陈有定屯军旧垒和雪峰庵。这首怀古诗描写了雪峰的高峻和营垒的险要，在暮钟声里寄托了对古代英雄的感叹。

龟山挺秀：在县东二十里之龙湖，为文庙朝山，又称文帽山。宋大儒杨时诞生于此。

白沙夜月：即白沙桥，又名龙门桥，在城东二百余步。是一座有数十间房的屋桥，亘如长虹，为归化第一锁钥。诗歌描写冬天沙溪河夜月下的景象及其出神之想，感慨怀才不遇。

【注释】

祇林：神圣之林。祇，音 qí。　虎溪：在庐山东林寺前。相传慧远居东林寺时，送客不过溪。一日陶潜、道士陆修静来访，与语甚契，相送时不觉过溪，虎辄号鸣，三人大笑而别。后人于此建三笑亭。　暝霞：晚霞。　烽燧：即烽火台。　圯：音 yí，桥。本句用汉代张良为黄石公桥下拾履的典故，见《史记·留侯世家》。

陈 山

生平简介见诗歌。

临江仙

半世林泉浑不到，偶来流水孤村。盘桓诗酒易黄昏。云栖松上鹤，风掩竹边门。　　湖海元龙年未迈，鹏程万里长存。朝游元圃暮昆仑。清光依日月，忠节著乾坤。

（《全明词》）

【解题】

词牌后原有小序：“游玉山庵留题，和丁主簿韵。”玉山庵，在沙县高砂镇玉口村。嘉靖版《沙县志》载：“洪武中，玉山寺僧铁峰创庵，曰崇福。置田一十六亩，以备造舟并食操舟者。”此词相传是洪武二十六年（1393 年）中秋赏月时所作，作者以东汉名士陈登自励，抒发志存高远、为官清廉忠节的思想。

【注释】

盘桓：流连。　　元龙：东汉名士陈登的字。《三国志 · 陈登传》载：许汜与刘备并在荆州牧刘表坐，表与备共论天下人，汜曰：“陈云龙湖海之士，豪气不除。”　　元圃：即玄圃。玄圃与昆仑都是传说中昆仑山顶的神仙居处，中有奇花异石。

李 庆

李庆，字善征，连城客家人。明正统九年（1444 年）举人，任广东封川县教授。后迁抚州府教授，改任温州教授。素富文学，尤善诗赋。成化七年（1471 年），四川以文衡聘，将赴，疾作，卒于官。《连城县志·乡行》有传。

东皋清隐赋

文川之东，彭溪之北，童氏东皋，地灵人杰。地何曰灵?非以龙之潜跃，非以凤之飞鸣，非以龟守，非以鳞驯，盖有其灵不可得名焉。尔其崒山连霄兮，豸山之幽；源泉溥地兮，彭溪之流；桃源烟暝兮，唳孤峰之鹤；蓼江晓涨兮，戏沙暖之鸥。若乃垂杨旗旐兮江枫，彩翠芊绵兮春农；秋水长天兮一色，风香两岸兮芙蓉。人何曰杰？非以朝歌之屠[1]，非以淮阴之却[2]，非空桑之伊[3]，非寒冰之稷[4]，其杰诚有不可得而悉焉。尔乃丰姿粹美兮，碧梧翠竹之森森；节操清贞兮，苍松古柏之稜稜；皎皎无瑕兮，崑山之片玉；温温有脚兮，大地之阳春。识超乎乡士，行尚乎古人。水边林下，一鹤一琴。既而结茅为舍，编竹为篱，良辰芳节，高士故知，焚博山[5]之一炷，掩柴门之半扉。卷舒六籍兮，究尧舜之大道；洞明千古兮，探孔孟之精微。

辞尚未竟，有客难予：“子赋东皋清隐，而不原其清隐之实，徒琐琐于地灵人杰之论，不几夸大矜高乎?”

“予惟东皋地也，清隐人也，人非地不产，地非人不名。昔伊尹之隐耕有莘之野，吕望之遁钓于渭水之滨。观其春葩秀野兮，披一蓑之烟雨；秋波沉璧兮，垂半竿之水云。三尺蓬窗兮，天地之小；数椽茅屋兮，风尘之清。高山大谷兮，友麋鹿而亲耒耜；云涛烟浪兮，侣鱼虾而理丝纶。遐蹈远引，若将终身。逮夫兆入非熊[6]，礼勤三聘，一则盍归来乎，一则幡然而起。夫岂长沮之果，桀溺[7]之固，而千古不合圣贤中道之士哉？嗟哉我君，尚志古人，非长沮兮非桀溺，其渭水兮

---

[1]朝歌之屠：指周吕望(姜子牙)。相传其未显时，屠牛于朝歌，钓鱼于渭滨。后佐武王灭殷。

[2]淮阴之却：指韩信。他在淮阴市中忍受胯下之辱，人以为怯。后佐刘邦，为大将，灭楚。却，卑而退之。

[3]空桑之伊：指佐商汤伐夏桀、被尊为阿衡(宰相)的伊尹。空桑，地名，传说伊尹生于空桑。

[4]寒冰之稷：指周的祖先后稷。相传他母亲生他时欲不养，弃诸寒冰之上，故名弃，后为舜之农官。

[5]博山：博山炉。古器物表面雕刻重叠山形的装饰叫博山。

[6]兆入非熊：原指周文王梦飞熊而得太公姜尚。后比喻圣主得贤臣的征兆。司马迁《史记·齐太公世家》：“西伯将出猎，卜之，曰‘所获非龙非彲，非虎非罴；所获霸王之辅’。”

[7]桀溺：长沮、桀溺，春秋隐士。

其有莘。方今重光继明，旁求硕德，聘用儒绅。绝深林之长啸，起大泽之幽吟。此人杰也，曾谓不由乎地灵?”

客闻而惊曰：“三闾[1]之乡，家家善骚；谪仙[2]之后，人人能赋，名下无虚士也。”乃歌而去：“彼美人兮，白玉为珮，芰荷为裳，乃在文川之滨，彭溪之湄，有《卷阿》[3]之慕，无《考槃》[4]之讥。非不食也，食非首阳[5]之薇；非不歌也，歌非商山[6]之芝。兹其处也，衡门棲迟[7]；待其出也，天朝羽仪[8]。一出一处，神应道俱。诚有以陋夫沮兮溺兮，而则夫伊兮吕兮。”

（《连城县志·艺文志》）

【解题】

东皋清隐，指连城隐士童昱的隐居之地。童昱，号东皋，晚年居于文溪东“东皋清隐舍”。此赋通过主客问答形式，赞颂东皋的地灵人杰及童昱隐居的清高之志。

原文是一大段，现段落层次为编者所拟分。

陈 喆

生平简介见诗歌。

龟山赋

龙湖之阴，有层崖千叠，峥嵘乎如弥天之陵者，曰“天上冈”。襟万壑而逶迤，带千林而彷徨。祢莲峰而顾复，孙铁岭而磅硠。迓阿雾捆，叠嶂云翔。爰有一阜，若蹲若耸，或低或昂。我仪图之，俨一灵龟突踞于大山之旁。苔袭褶以为衣，卉层被以为裳。石嶙峋以为甲，树纵横以为章。于嗟活兮，其仪不忒。虽非六眸，灵蠵是忒。伭衣蜿蜿，鼍鼋鼊鼌。就而睨之，头昂足踞，是云龟山。一田叟策杖而来，曰：“此山也，是宋儒产于斯，因取以为号者也。”

---

[1]三闾：即三闾大夫屈原。

[2]谪仙：指唐代诗人李白。

[3]《卷阿》:《诗·大雅》篇名。序谓召康公戒成王，言求贤用吉士。

[4]《考槃》:《诗·卫风》篇名。这是刺庄公“不能继先公之业，使贤者退而穷处”(《毛诗序》)的诗，因以考槃作隐居穷处的代称。

[5]首阳：山名，在山西永济县南，相传为伯夷、叔齐饿死处。

[6]商山：山名，在陕西商县东。相传秦末汉初四皓曾在此山隐居，后出山辅太子。

[7]衡门棲迟：衡门，横木为门，喻简陋的房屋；棲迟，游息、居住。

[8]天朝羽仪：皇帝朝廷中能作表率之臣。羽仪，羽饰，引申为表率。

粤自麟吐玉书[1]，泰山巍巍。濂、洛、关、闽[2]，岱宗衍支。吾道南矣！嗟其矗而贤人之生，千几百年突兀于斯。呜呼！名山三百，支山三千。彼龟山者，递而蜿蜒。李、罗、朱、蔡、胡、刘[3]之伦，往往融结而为山川。维昔杨、游同立，雪深三尺[4]。岂伊及门，亦既入室。高山万仞，咫尺宫墙。巀巀嶪嶪，龟山之乡。睇灵蔡而羡异，幸无怪测蠡之与亡羊。于是徘徊未去，目逞神留。念鸿儒于硕学，遡颜朋于冉侍[5]。或因裔以遡统，或探原而叩流。慨高山而仰止，怅古今之遗丘。幸万古之不夜，辟堂构于南陬。昔金人且有问[6]曰："先生其在否？"岂生长于东南，不责沉以何尤?

于是歌曰：龙湖汤汤，浏泓潺潺。龟峰层翠，如莲吐萼。海滨而邹鲁，非兹而孰启尔宇！邹鲁而海滨，非兹而孰觅厥津？扶风绛帐，西蜀玄亭[7]。曷如堂庑，春秋荐馨！岁五百之前兮，尔挺嶙峋；岁五百之后兮，孰绍门闉！

（《汀州府志·艺文》）

【解题】

龟山，位于将乐县城北郊、龙池溪右，为封山支峰，状如伏龟，故得名。宋代理学家杨时出生并归休于此。这篇赋描绘了龟山的地形地貌，赞颂杨时传播道学的贡献及其深远影响。

原文是一大段，现段落层次为编者所拟分。

---

[1]麟吐玉书：表示祥瑞降临，圣贤诞生。传说孔子降生的当天晚上，有麒麟降临在孔府阙里人家并吐玉书，上有"水精之子孙，衰周而素王，徵在贤明"字样。

[2]濂、洛、关、闽：指宋代理学的四大流派（周敦颐的濂学、二程的洛学、张载的关学、朱熹的闽学）。

[3]李、罗、朱、蔡、胡、刘之伦：指李侗、罗从彦、朱熹、蔡元定、胡宪、刘勉之。

[4]维昔杨、游同立，雪深三尺："杨、游"指杨时、游酢。《宋史·道学杨时传》载：（杨时）"又见程颐于洛，时盖四十矣。一日见颐，颐偶瞑坐，时与游酢侍立不去。颐既觉，则门外雪深一尺矣。"

[5]颜朋于冉侍：比喻有共同志趣的人。颜回、冉有，都是孔子的学生。

[6]金人且有问：杨时的哲学思想流传到国外，在南朝鲜、日本的影响很大。宋嘉定十六年(1223年)宋朝派路允迪出使高丽(今朝鲜)，国王问："龟山先生安在?"（吕本中《杨龟山先生行状》）

[7]扶风绛帐，西蜀玄亭：指汉代的马融（陕西扶风人）、扬雄（蜀郡成都人）。

丘　弘

作者简介见诗歌部分。

杭川乡约序

乡之有约，所以顺人情、因土俗、酌事理之宜，而约之于礼法之中者也。一乡之中，尔家我室，贫富不齐；奢侈俭啬，志趣不一；必有礼以约之，而后一乡之人心一焉、风俗同焉。先王制礼，以辨上下，以定民志，其以是欤？我朝建国制度，文为酌古准今，尊卑上下，各有定分，礼法之行，民俗淳厚，最为善矣。杭川风俗，昔犹淳朴。比年以来，流于奢侈，俗日以偷[1]。凡礼之行，惟事贲饰，日积月累，渐习成风。富者极有余之奢，贫者以不及为耻。噫，是盖徒事其末节，原其本安在哉？

邑之梁氏崧，伤世俗之流弊，慨然有感于心。于是合众人之见，通众人之情，条其冠婚、丧祭、庆慰酬酢之礼，汰奢为俭，损过就中，仪章简约，品节详明，名之曰“乡约”，请予序其首。予维乡约之行，而一乡之礼关焉。然礼有本有文，贵于得中为善。苟或过焉，则文灭其质[2]；或不及焉，则质胜而野[3]。二者偏废，岂先王制礼之意哉？今梁氏乡约，切于事理，曲尽人情，大抵以不违国制为先，以敦化厚本为尚，无非欲人从俭约，守礼法，而无流荡之失。质之经传，殆周公所谓“束帛戋戋，贲于北园”[4]，孔子所谓“礼与其奢也，宁俭”[5]之意欤？以是约而谋诸邑之士大夫，皆曰善焉；谋诸乡之富者、贵者，皆曰善焉；谋诸贫者、贱者，亦无不曰善焉。将见人咸便之，服而行之，厚其本而抑其末，财不竭而用之舒，淳厚之风日兴，礼让之俗日作。则梁氏是约，其有关于世教岂浅鲜哉？

予素有志于礼之本者也，于其请，喜而序之，以为乡人之劝云。

（《汀州府志・艺文》）

【解题】

上杭人梁崧合乡民意见，制定了有关婚丧喜庆的乡约，请乡贤丘弘为之作序。丘弘在本序中盛赞乡约得其中庸，符合民意，对客家地区淳厚之风、礼让之俗的形成极有裨益。

原文为一大段，现段落层次为编者拟分。

---

[1]偷：浅薄、不厚道。

[2]文灭其质：（如果超过了一定的度）那么形式就会掩盖事物的本质。

[3]质胜而野：（有时不讲一定的形式）也会造成内容粗鄙。

[4]束帛戋戋，贲于北园：出自《易・贲卦》：“六五，贲于北园，束帛戋戋，吝，终吉。”本义是说在一个有若干房间的院子里染布，一捆捆待染得布帛层层堆积起来，虽然工作很繁重，但这是好事。

[5]礼与其奢也，宁俭：出自《论语》，子曰：“大哉问！礼，与其奢也，宁俭；丧，与其易也，宁戚。”林放问什么是礼的根本，孔子回答说：“这个问题意义重大啊，就礼仪的一般情况而言，与其奢侈，宁可节俭；就丧事而言，与其仅追求周备的仪式，不如内心真正哀伤。”

童玺

作者简介见诗歌部分。

乡约亭记

乡约亭即连民向所祠五显神以利祈祷之址也，邑令方侯[1]始以其祠易为是亭，旁建社学。劳无俟于朴斫，费不出于公私，且政寓于亭，教寓于社，实善举也。

盖自于变风动之时，人心之善，不约自固。后世私伪澜倒，强之而善，虽官不能以法。矧乡自能为约，约而为善，虽不若其自善，尤愈于法而后善。此吕氏乡约[2]见取于朱子者。以行之，庶可以移易靡俗，阶梯唐虞，而元气复春也。第有任牧民者，或不善绳以法律，峻其鞭朴，禁锢锻炼，溃肌流血无所爱。既不教以善，又不使之约而为善，世道职此，去古益远。彼受若直、怠若事，而忍心若是耶？

嘉靖丙戌[3]，圣天子嗣位之四年，慎简天下之才且贤者，俾令诸邑，而吾连得琼台方侯进焉。侯持己以庄，莅民以恕，礼贤士，饮人以和。时前久缺令，凡百颓弛未振，乃旁议纷萃于侯。人以侯当日夜治文书，督催征，均徭役，谳狱讼，除寇患，不能他有所图。侯则闲雅乐易，随事施为，而日见其就绪也。尤以复古为首务，乃举蓝田故事，访延约中诸执事，分布于亭，其善善恶恶之典次第举之。人渐知古道之美，迁善去恶，而师师之风将遍闾巷。

闻侯初举进士于乡，尝自倡以约，其党里是以仁。侯今令连，即有是图。备知仓公[4]之笥，参、蓍、苓、术蓄之既久，一旦遇人疾而启瘳之，仁者之用心也。昔宓贱宰单父[5]，古寰宰仙居，本之德义，感之人心，而待斯民以直道，故不劳而治，公当于古人中求之。而吾连之被泽，不啻如神之骘于阴也。

玉琰辈鼓舞治化，喜成其美，以其事属予，记约亭之立。协谋者，丞鲍君裕、簿黎君兆、尉李君重球、邑博谭君倧、沈君元真、陈君云章，邑诸生罗世惠，宜以次永镵于石。

（《汀州府志·艺文》）

---

[1]邑令方侯：指连城县令方进。详见方进诗歌注。

[2]吕氏乡约：蓝田人吕大防，宋仁宗宝元元年（1038年）进士，元祐初官至尚书左仆射。宋神宗熙宁九年（1076年），吕大防与村民制订乡约："凡同约者，德业相劝，过失相规，礼俗相交，患难相恤。"下文的"蓝田故事"即指此。乡约，乡人共守之约。"吕氏乡约"对后世明清的乡村治理模式影响甚大。

[3]嘉靖丙戌：指嘉靖五年（1526年）。后句之"四年"应改为"五年"为当。

[4]仓公：即汉临菑人淳于意。他曾为齐太仓长，故称仓公。淳于意少喜医术，师同郡阳庆，传其禁方，为人治病多验，与扁鹊并称。

[5]宓贱宰单父：春秋末期鲁国人宓不齐，字子贱，孔子学生，曾为单父宰。相传其身不下堂，鸣琴而治。

【解题】

方进为连城县令之时，将当地五显神祠改为乡约亭，在其旁建社学。童玺认为，设立乡约亭，“政寓于亭，教寓于社，实善举也”。百姓可以通过乡约亭“知古道之美，迁善去恶，而师师之风将遍闾巷”，人心之善，不约自固，取得“移易靡俗，阶梯唐虞，而元气复春”的效果。与康熙版《连城县志》比较，府志之文有所改易。

原文为一大段，现段落为编者拟分。

茅 坤

茅坤（1512—1601 年），字顺甫，号鹿门，归安（今浙江吴兴）人，明代散文家。嘉靖十七年（1538 年）进士，官广西兵备佥事。茅坤提倡学习唐宋古文，反对“文必秦汉”，与王慎中、唐顺之、归有光等同称“唐宋派”。曾编选《唐宋八大家文钞》，有《茅鹿门集》行世。

《九龙诗刻》序

九龙诗刻者，邑博士郝君溱[1]所裒其先君子严州太守[2]之诗，而梓而传之者也。按：太守公第杨慎榜进士，尝由大理寺副骤谏武庙南狩事[3]，杖阙下几死，得千金药乃解。当是时，公以直声倾中外，然性好吟，数共何大复[4]、郑少谷[5]辈名流相唱和。窃拟古之强谏者，其人多慷慨，而发之为诗歌之什，多悲愤奋厉，甚且欷歔令人不忍读。及览公所手著，往往出风入雅，以疏旷豪爽之资，而搦管濡毫。宫阙、山水、朋旅晏游之间，机杼所向，固不欲镵心刻肾，以求古人之所至。而其因心为声，因声依永，大都杂出海内骚人墨客者之林，而相为淋漓遒宕不自已。公之诗岂古所称可以兴、可以群，而抑不必其可以怨者乎？

公讳凤升，字瑞卿，号九龙。公以郎署，一麾出守，所绾二千石印绶，辄弃去。而其没也，祠之学宫，春秋俎豆不衰，亦可与日月俱远矣。

（《汀州府志・艺文》）

---

[1]郝君溱：郝溱，长汀人，郝凤升之子，府学贡生，历兴国、归安二县训导，著有《潋江集》《茗溪集》等。

[2]严州太守：郝凤升于明世宗时出任严州太守。详见郝凤升诗歌人物简介。

[3]谏武庙南狩事：正德十四年（1519 年）三月，明武宗下诏南巡。时洪州（南昌）宁王朱宸濠已大造兵器，扩充兵力，蓄意谋反。大理寺正周叙、大理寺副郝凤升等十六人上疏力谏，武宗大怒，罚十六人跪于阙下五日，继而杖刑。结果杖死十一人，郝凤升侥幸未死，但已骨折致残，鲜血淋漓。

[4]何大复：何景明（1483—1521 年），字仲默，号白坡，又号大复山人。河南信阳人，明朝文学家，“前七子”之一，官至陕西提学副使。

[5]郑少谷：郑善夫（1485—1523 年），字继之，号少谷，福建闽县人。弘治进士，正德初授户部主事，正德中为礼部主事，进员外郎，同郝凤升等同谏武宗南巡受杖。

【解题】

《九龙诗刻》是长汀客家人郝凤升（号九龙）的诗集，本文是茅坤应郝凤升之子郝君溱之请而作的诗集序。序文赞扬郝凤升的为官正直，肯定其所作诗歌“出风入雅”，“因心为声，因声依永，大都杂出海内骚人墨客者之林，而相为淋漓遒宕不自已”。

原文为一大段，现段落为编者拟分。

宗　臣

作者简介见诗歌注。

游滴水岩记

余读汀记，归化东北五里盖有滴水岩云。往徐君与余谈兹岩，大奇也。戊午九月[1]，余督兵西征[2]，驰之归化，而揭君谒余，曰：“君将出师紫云乎，则请于滴水驻餐焉。”

于是，明日以数骑东行，踰岭稍折而北，已又折而东，凡三折至岩。岩壁斗绝外坠。迳而上，揭君迟之。迳既上，有宇，故名“迎仙”。余曰：“迟仙不愈迎仙哉？”堂后有亭。亭题，余怪其腐，而因与揭君解衣其中，遂易之曰：“振衣。”已乃闻垂垂而雨，则滴水岩在焉。其水有三，一出垂石如莲者。二从石隙中下，盛之以石盂。揭君曰：“岩人咸饮此水。”尝之甘，已烹为茶，尤甘。余曰：“盖天浆乎！盖天浆乎！”其石乃蜒而曲，若龙足戏云中，而则隐则现者，余怪焉。稍前，有斗石下垂，类莲而华者，因名之“垂莲水”。石亦莲，不名者，从水也。又俯而睇其右隅，僧在焉。其炉烟阴阴上也。余曰“何僧？”揭君曰：“此记所称赖僧者也，其既化而坐数日矣，乃岩人始知之，则大异之，而因绘其躯以祀之，此即其躯也。旱而祷，辄雨；舁之而祷，更大雨。”则叹曰：“有道哉！夫人者宜显者也，佛者宜幽者也。今暴其身于明白四达之区，而使竖商、牧子折其面目而嘻焉。即僧而灵，固般般怒也。”于是命藏之幽。幽之者，神之也。

洞凡三门，其中而竖者类柱，遂名之曰“天柱”。而柱有三，则又名之曰“中天柱”、“左天柱”、“右天柱”。有石类狮而门者，其中更有斗石外悬，中系甚微，若蒂焉，故名“蜂窝”。而揭君曰：“闾氓有心疾，辄削其石，水饮之，

---

[1]戊午九月：指嘉靖三十七年（1558 年）九月。

[2]督兵西征：嘉靖三十七年（1558 年）春，溪南张四满农民起义，声势浩大，进入归化盖洋。时任福建参议的宗臣随官军来到归化。

立愈。石日日削，不类窝矣。”眺而左，有二门，左者迳，右者乃桥。断桥横其上，而又虚其上，若鼋焉，遂名之曰“鼋梁”。鼋之左而上，累累若珠，又若垂杨之枭枭条条而水者。仰睇其右，片石突而下。久之，叹曰：“此堕猿也。”其石五色为祥云，云之下为虚鸣二洞，篲[1]击辄应答。虚则鸣也。又一洞狭险，旁曰“天鼓”，篲击之，彭彭鼓声焉，余讶之。又有泠然磬而幽者，余曰：“此何声也？”揭君曰：“所谓石磬者也。”左有洞，洞有床。火乃入，不火不入。入者床而击磬，若履禅室焉。余益骇。揭君乃命余觞。余乃命侍子左鼓右击，飒然天籁满山也。有巨室整而伟，余右睨之，不得其名，久之，曰：“冕哉。”遂呼为“冕石”。冕石者，即磬而床者，洞门也。其洞最邃，名曰“鸿濛”。又起而环视鲤石、鹰石、龟石、鳌石，又何其纷而错也，神奇哉！变化总萃，幻铸纷纭，空白恍灼，苍翠飘忽，则概名之曰“小崆峒”云。

余于是仰而叹曰：“嗟夫，余恨不与徐君同游哉。”揭君曰：“何徐君思也？”曰：“往岁，与徐君盖游华阳洞[2]，云洞自陶隐公来，赫赫盛矣，乃宋帝又丹书之。其洞固不可入，即入，无奇也。使隐君而觌此，宜何以称焉。且兹岩之奇，天奇之也。既奇之矣，乃置诸荒山僻壤、乱莽草野中，不以奇称也。世之以片石假山称其耳目者何限？嗟夫岩！嗟夫岩！余又安知其解乎？”揭君曰：“华阳显以陶，故安知兹岩不自今华阳并名也？”嗟夫，君欲陶我哉，君欲陶我哉！于是罢酒。

徐君名中行，汀守，与余友善，先余三日游，遗余书。揭君名鸿，则与余同荐畿中也。

（《汀州府志·艺文》）

【解题】

滴水岩，在归化（今明溪县）东北五里。本文是记游之作，着重描绘滴水岩及洞中众多神奇景观，最后慨叹滴水岩之奇却置于荒山僻壤而不为人知，寄寓怀才不遇的感慨。

原文为一大段，现段落为编者拟分。

丘嘉周

丘嘉周，字小塘，上杭客家人，丘道隆之季子。嘉靖中入太学，援例仕山东按察司经历。以丁艰归，遂不复出。嘉靖二十九年（1550 年），卜地募建紫金庵神光宫、飞龙庙、桃源

---

[1]篲：同“彗”，此指竹扫帚。

[2]华阳洞：在安徽含山县城东北褒禅山。华阳洞深 1600 米，北宋政治家文学家王安石慕名游览，举火探洞，写下《游褒禅山记》。

洞诸胜，读书其中。有《小塘诗集》。

金山记

环杭多山，而金山为最著。以其屏障于坎位[1]，为一邑之巨镇。然去郭四十里，人迹罕至，几与凡山等。世宗朝[2]，先大夫练塘公[3]以直道忤时，解组归来，寄意林泉，每欲于中探索奇奥，而亦未果。予弗克嗣先德，惟山泉之趣，则似加笃焉。

一日假寐，梦青衣前导，宛然至金山之椒，四顾云涛无际，见山腹一池，澄洁可数须眉，径旁绯桃簇簇，紫艳映射人面。陡拔一壁，高插云霄，上有双鹤鸣舞，翙翙南去。随至一区，大不盈丈，中施净几，置佛经数帙，炷香矫矫如青虬。见居士数人，容止甚都[4]，咸向予盘折作礼，予憬然而寤。明秋下第归，患疟弥月，时一瞑眩，即神游其地，如此者数数。予益讶之，然莫测其故。踰月疟止，支羸枯坐，忽有耆友过予，予以其事语之，皆曰："嘻，山运其当兴乎？堪舆家多言，形如烈焰，宜祀真武，以镇火灾，第穷于力耳。斯事勉成，不独杭城并受其福，且以克承侍御公之志，吾侪当佐下风。"

由是众心翕合，涓吉登山，俛入翳荟。中至一绵密环抱处，恍若梦中所见，相与哄然庆异，乃薙秽繁，断木石，诹日举事。首建麒麟殿，奉真武圣像，高敞静深，蔚乎大观。盖三山茏耸同列，中峰屹立，而石则觚棱外耸，有若麟角杰出者。前构复檐，右为玄君阁，筑台砌，便人礼拜；左有山形肖狮，其阴为钟楼；右有山肖象，其阳为鼓楼。下建飞龙庙，为醮厘之所。盖山本飞天龙形也。去庙三丈许为山门，迤东，越小涧复南为桥。当天宇澄霁，风铃琮琤，桥则横亘于前，頩然饮涧，矫然游龙卧波；或林木潇潇，山含雨意，则层峦出云，周遭一色，忽没于烟岚缥缈中，故命之曰"连云"也。桥之下，水潏潏趋南去，花竹弥两崖，或虑艰于步趋，为石梁跨流泉，傍有悬泉如匹练，界破山色。涉流泉，蹑履西上，上有石壁，见山猿竦身，惊起欲堕。辟地一隅，叠石作小亭，名"虚游"。人凭栏伫立，青削一点，或山雨骤至，水势奔腾有声，屋瓦交振。亭右一泉，名"玉髓"，以手掬饮，凉沁毛骨。复下，由仙榜石，穿致恭岩，抵山口，古木郁郁，交错无隙，时闻珍禽调舌不一音，令人有翛然尘表之想。迤东而南一阜，胎自狮

---

[1]坎位：正北方。

[2]世宗朝：指明世宗朱厚骢，年号嘉靖（1522—1566 年）。

[3]练塘公：指丘道隆，字懋之，居上杭县胜运里之练塘，因号练塘公。正德八年（1513 年），以易经中亚魁，次年成进士，初知顺德县，官至江南道御史、山西四川巡抚、南雄知府。

[4]容止甚都：容貌举止很优雅。都，此指优美、优雅。

山，阜上建毘卢阁。视下地颇宽衍，则为紫金庵。庵左隅为夹堂，以待宾客；傍为子房，以栖昙氏之众[1]，规制咸备焉。横一楼檐牙，松竹姿态如绣，遥望暖翠晴岚，似无还有，一山之胜尽罗此楼矣。更下凡十一折，抵五龙峰，下为百丈泉，众山之水峻驶下注如飞雪。遡泉而上，渡琴桥，迂径缭绕深入。道经双髯泉，泉韵潺湲，野芳袭袂，白云纷入，檐楹隐约见于树杪者桃源洞。前为归鹤楼，下为海光池，构基虽隘，景类武陵。自桃源而下约里许，抵奇古之山脊，为一天门。游人憩此，回首金山，窅然高入云表。其旁立茶亭，设茗具以饮渴者。乔木蔽天，松涛满耳，虽赤日漫山，而暑气莫之侵也。

噫，仙缘浅薄，尘气未除，又安得羽人静士偕采药于此山，灭景栖神以养其天真耶？惟是，先大人矢志于前，余踵事于后。追数昔时共事之人，亡者今且过半，因序其形概，使后来是而揽胜焉，知此山之兴也有自，且知吾邑人经营之不易云尔。

（《汀州府志·艺文》）

【解题】

金山，即上杭县紫金山，详见邱道隆诗歌解题。本文记述了兴建山中各处景点的起因与经过，详细介绍各处景点的名称与特色。叙事有条不紊，语言简洁生动，富有文采。文中梦境与实情相映，增加了金山名胜的神秘色彩。

原文为一大段，现段落为编者拟分。

高攀龙

作者简介见前诗歌注。

纪行（摘录）

九月六日，由延平[2]取道沙县，重九至清流。明日陆行，十一日午至汀州。傍晚散步康庄道旁，见一坊额曰“鄞江第一山”。入坊得一碧云宫[3]，为霹雳观。观后一山，山下立石楚楚，或砑然而为谷，或隐然而为洞。所在翼然有亭。最胜处为碧云洞，亦自幽澹可人云。

复买舟顺流而下。然舟愈小而陋，一竹席仅可御雨，前后风洞，入为置草席，帘蔽之，偃仰其中，意更舒美。十三日过大姑[4]，险绝处不可屈指。前所经九龙

---

[1]昙氏之众：指众僧人。

[2]延平：明清时的延平府领南平、顺昌、将乐、沙县、尤溪、永安六县和上洋厅，府治在今南平市。

[3]碧云宫：道观，在长汀县霹雳岩。

[4]大姑：又名大孤滩，或大孤头，在上杭境内，水流湍急且多石。

滩，以上水最艰而稳。此皆顺流，且身在舟中，滩流湍急，从高而堕，其下复乱石纵横如牙，舟别无柁，舟人仅以两桨干旋之。每下一滩，舟辄刺入白浪，裹而复出，穿於石罅中，几希乎公孙大娘[1]之剑。假令张旭、右军[2]观之，书法当更进。余初不免动色，已遂视之如夷。以此知险须用习，习坎之义大矣。

午后至峰头[3]，又当从陆。雨不止，家人束装劳惫可念。启途从山陆行十里，复从水易舟。十七日遂抵潮。

（《长汀县志·流寓传》）

【解题】

万历二十三年（1594 年），高攀龙因上疏评论辅臣王锡爵，指责“陛下深居九重”，贬为广东揭阳县典史。本文录自高攀龙的《纪行笔记》，写他被贬揭阳，由水路经过长汀、上杭的经历。文中描写乘小舟过大姑滩一节，惊险动人，尤其作者将小舟穿行于石罅中，比之为公孙大娘之剑，又联想到张王书法，诗人于艰险之中仍保持清醒、乐观。此笔记亦见于《上杭县志·流寓传》。

原文为一大段，现段落为编者拟分。

唐世济

唐世济，乌程人，万历二十七年（1599 年）以进士领宁化县令。《汀州府志·名宦》载其在职期间“仁声四彻，公余课士，多所造就。重建龙门桥、广济桥，往来利涉。民为构仁爱祠，肖像祀焉”。后历官左都御史。

宁化龙门桥碑

宁邑环万山而开百雉[4]，俯瞰长溪，蜿蜒如在襟带间。地势枕上游，水汤汤日夜东注，汇延津、循三山而放诸海。形家[5]者言，泄而不蓄，障回波而砥狂澜，是宜有飞梁为绾带。而邑据江闽百粤之冲，行旅载道，轩輶络绎，搴裳濡足，不无望洋迷津之叹。郭之东曰龙门坊，稽诸往代，故有桥于兹地。千峰钥之，万堞翼之，岿然一邑之胜概也。宋宝祐间，圮于水。越二百余年，为我明成化，邑令郑瑄帅士民新之。迄正德间复毁，当事者并移其石以缮城堡，故址泯没，越百数十年。

---

[1]公孙大娘：开元盛世时的唐宫第一舞人。善舞剑器，舞姿惊动天下。

[2]张旭、右军：张旭（675—750 年），字伯高，一字季明，吴郡（江苏苏州）人，唐代著名书法家。右军，即王羲之，东晋著名书法家，字逸少，官至右军将军、会稽内史，人称“王右军”。

[3]峰头：今峰市，在永定境内，与广东接壤。

[4]百雉：雉，音zhì，古代度量单位，长三丈高一丈为一雉。

[5]形家：会看山形地势的人，俗称风水先生。

为今上己亥，世济初拜官，来守兹土，尝以迎春过之，顾瞻咨嗟，山川如故而前烈之就湮也。时时以语乡荐绅、耆老，询谋佥同，群策若一。乃于辛丑冬仲捐资经始，庀材募工，而邑民王钦勅、伍孟琛等咸乐成斯美，遂一以属之。下为基十有三，上为栋宇八十有四，延袤七百有二十尺。众思集而群力毕，筹计当而制作精，越载功讫，榜曰“龙门”，从其地也。七闽多津梁，若壮玮巨丽，斯亦不数数矣。余从僚属诸荐绅落之，飞甍悬槛，凭虚御风，势欲干霄，望且豁目。晴则朝阳暮霞，金紫相射；雨则溪云山蔼，苍翠交驰。使近而凭栏，远而凝眸者，恍惚五城十二楼。而回瞻城郭，郁郁葱葱，俨然雄峙其上。四望则行歌倦憩，车马軿填，辚辚而辐辏兹桥也。内以为万井之屏障，外以为四达之亨衢，洵非云楼月榭流连光景者，可以方美而絜胜矣。

回思筹计之初，谓时诎举羸，不欲轻举，诚不自意期月而快睹其成若此，则诸荐绅之怂恿、诸耆老之[illegible]劻勷，其劳与义安可泯哉！而抑见虚心实意以任事者，未有不实绩者也。若夫时其修葺，严其护持，以巩兹桥于永远者，不无望于后之君子云。

（《汀州府志·艺文》）

【解题】

本文阐述重建龙门桥的原因和经过，在景物描写中赞扬大桥的精美。碑记表达了作者虚心实意为民办实事的思想，反映了客家百姓对公益事业的热情襄助。

原文为一大段，现段落为编者拟分。

裴应章

作者简介见前诗歌注。

仁爱祠记

甲辰[1]之秋，游翠华[2]，登龙门桥。桥之东有祠翼焉，予肃谒之，则祀前将军汉寿亭侯关神[3]也。诸父老揖予而进之曰：“斯其为邑大夫唐侯[4]生祠也。”额之曰“仁爱”。予叹曰：“千古义气，阖邑仁声，其先后辉映，岂不并称隆哉。”诸父老因请曰：“曷赐一言以垂不朽。”

[1]甲辰：指万历三十二年，1604年。

[2]翠华：即翠华山，在宁化县北二里许，邑之主山。四时山色苍翠，故名。

[3]关神：指关羽，东汉末年刘备集团的重要将领。因其忠诚和勇武形象深入人心，广为流传，后世帝王褒封关羽为“关帝”、“关帝君”，民间则奉其为神，故称“关神”。

[4]唐侯：指宁化县令唐世济。

予籍在邻封，侯所庇爱多矣，敢以倦勤辞？因记曰：

宁居崇山复岭中，疆理颇广，田产亦饶，其俗啬戆，山泽之租往往不待督而入，吏兹土者既乐于土风之淳，而又寡于迎送，得以优游而养尊焉，自昔称善矣。嗣是淳庞渐散，民竞侈靡，无异通都喧市之习，山谷之氓亦有恃僻而嚣讼者，故长吏亦苦簿书而不暇以逸也。盖风俗之变迁也如此。以予观唐侯之治宁而进于是矣。唐侯以妙龄成名进士，恂恂儒雅，不类于法吏，洁己裕民，未尝以敲朴钩摘[1]为能。事母慎太夫人，则恭敬祇肃，务得其欢心；凡所讯鞫，退必叙述其概，不敢告者则不敢行也。邑有例金，管库者以故事进，侯却而不视，且榜示以为将来者劝。惟以文学饬吏治，都人士烝烝向往，即邻邑博士弟子，谓侯为文章宗匠，咸不远数百里来就学焉。于是，竖翰墨林为游艺之所，而量材聚石，饰庙貌而一新之，激励士风，培养元气，衿裾雍容，复睹海滨邹鲁矣。广文张先生廉，以病卒于黉舍，侯哭而祀之，割半岁俸以赙。邑不当孔道，椎埋者绐中贵人纡途假道，为恐吓计。人人自危，侯不为动，无亢无阿。比至，卒无所哗而去，民得以安。又邑去会城甚远，路出九龙滩险甚，监司台使者，或发籴接济，往罗倾覆。侯述输挽险远以闻，一切报罢。先是十年，再造黄册，不无挪移影射之弊。侯亲为审鞫，随其多寡而赋役之，且令各甲造册，无敢有舞文而滋弊者。岁时制衣发粟，以给狱囚，曰："藉令其死，法死耳，宁忍视其冻馁死也？"至于郁攸不戒，反风灭火；旱魃为虐，甘雨随车；修当祀之庙宇，理冲衢之桥梁；严守御，实仓储，外无萑苻之忧[2]，内免饥馑之患，凡可以仁爱斯民者，无一而不至焉。其功迹之最著者，无如鼎建龙门桥，费不赀而功不劳。大抵侯之为政，持大体，不务琐屑，间尝有所掊击，非情不可恕，则理不可遣，弊罔山积，一阅立扫。度先时宁令者，困公私冗日，拮据不休；而侯则草满讼庭，常供坐啸；山当官阁，数有咏吟。又时征召文士为诗酒游，赓歌迭和，闲雅甚都，翠华之间，炳如其色矣。闻一再入侍，所赍持不满囊橐，从乡人官京邸者，贷出都车马资，侯之有守也又如此。

今且再当考绩矣。圣天子廉侯仁爱之在宁者，于以仁爱天下，置诸台谏，以备股肱耳目之司。予日望之，宁人士讵能久私侯之仁爱耶？诸父老遂请书之，以登于石。

（《汀州府志·艺文》）

【解题】

仁爱祠，在宁化县龙门桥东，明万历三十二年（1604 年）建，祀知县唐世济。本文用

---

[1]敲朴钩摘：指敲诈挑剔，盘剥百姓。

[2]萑苻之忧：指盗贼之忧。萑苻，湖泽名，盗贼出没之处，后指代盗贼、草寇。

大量具体事例，间以对比突出表现唐世济对宁化百姓的种种仁爱之举。

原文为一大段，现段落为编者拟分。

林迈佳

林迈佳(1584—1667 年)，字子笃，自号龙山野人，诏安县霞葛镇南陂村客家人。明代理学家。万历四十四年(1616 年)，与黄道周俱为庠生，二人称至契。越二年（1618 年）戊午科，二人同入闽闱，道周中式，迈佳本房备取。迈佳回乡后隐居于龙山书社，以教授和著述为事。著有《环中一贯图说》、《惩毖编》、《风木传》、《绍庭语录》、《葬说参同萱堂日记编》、《家训宗图》、《绍芳世业》、《一六爱劳编》等。《诏安县志》有传。

环中图说自序

道莫大于天。天也者，道之太原[1]也，而善言天者，莫如易。乾元者，易之所以言天也。善言易者莫如孔子。时习者，夫子之所以言易也。善案[2]孔夫子者莫如孟子。仁义者，孟子之所以言夫子也。尝约七篇之仁义而会之于性善，约论语之学习而会之于行生，约乾坤之语大而会之于一元，乃知孟子所谓道一节，孔子之一贯也。

孔子所谓一贯，即易之太极也。夫极可解乎？解之则落于意言矣！夫极可画乎？画之则落于象数矣！环中之说于义何居？佳自初年观古太极一图，只一空环耳，何以生生不穷欤？因取一线，两端相续，浑无间断，以象太极之环，置之案头而玩索之，偶以一环转折成二，又折而成三，以至为四、为五，莫不皆然。又折而变之，以为天地、山川、草木、禽鱼之象，莫不肖似，乃知环中之妙，生生化化原自不穷。圣人垂象立极，意者其在斯乎？遂画为环中变化之图，借一元之数而以天道统之。本之于一体之，以静主之，以敬变而化之，以象天行。私自撰说复采群言，疏而广之，并撰诸图以极其变。每奉有道[3]以为未甚悖也，各为之题其首[4]焉而，佳固知其谬[5]也。

夫易衍之母也，孔孟衍之子也，合之只得一言。夫易岂一言哉！第[6]乾坤易简，夫妇知能，斯道之大，无所不包，庸夫之言，均此道绪。取其各具之一以

---

[1]太原：本原。

[2]案：此字影印本中字迹模糊，当为“案”字，考查、研求之意。

[3]有道：指黄道周。黄认为《环中一贯图说》，“与濂溪太极图相似，可以并行不悖”(《诏安县志》民国版)。

[4]各为之题其首：指薛士彦、黄道周分别为其书作序。

[5]谬：谬奖。谦语。

[6]第：但。

持其诵，法孔孟之志足矣，敢以语道哉！尚祈高明之呈削云。

（《环中一贯图说》）

【解题】

现存《环中一贯图说》，有清同治十三年（1874年）刻本的影印本十二卷，志余一卷。另有清光绪二十一年（1895 年）冬东溪子章抄本。《诏安县志·人物传略》载林迈佳："潜心研读《易经》，探天人之理，阐性命之源，日察万物，夜观天象，积十余年功夫，乃写成《环中一贯图》。"黄道周评此书"醰粹如通书"（《诏安县志》民国版）。

原文为一大段，现段落为编者拟分。

徐霞客

徐霞客（1586—1641年），名弘祖，字振之，号霞客，南直隶江阴（今属江苏江阴县）人。明地理学家、旅行家和文学家。他无意仕进，漫游天下，遍访奇山异水并纪述游览经历，积三十余年考察，撰成六十余万字的地理学著作《徐霞客游记》。

闽游日记（节选）

崇祯改元戊辰[1]之仲春，发兴为闽、广游。二十日，始成行。三月十一日，抵江山之青湖[2]，为入闽登陆道。

……

二十日，渡山涧，溯大溪南行。两山成门曰莒峡。溪崖不受趾。循山腰行，十里，出莒峡铺，山始开。又十里，入将乐。出南关，渡溪而南，东折入山，登滕岭。南三里，为玉华洞道。

先是过滕岭，即望东南两峰耸立，翠壁嶙峋，迥与诸峰分形异色。抵其麓，一尾横曳，回护洞门。门在山坳间，不甚轩豁，而森碧上交，清流出其下，不觉神骨俱冷！山半有明台庵，洞后门所经。余时未饭，复出道左登岭。石磴萦松，透石三里，青芙蓉顿开，庵当其中。饭于庵，仍下至洞前门，觅善导者。乃碎斫松节置竹篓中，导者肩负之；手提铁络，置松燃火，烬辄益之。

初入，历级而下者数尺，即流所从出也。溯流屈曲，度木板者数四，倏隘倏穹，倏上倏下；石色或白或黄，石骨或悬或竖；惟"荔枝柱"、"风泪烛"、"幔天帐"、"达摩渡江"、"仙人田"、"葡萄伞"、"仙钟"、"仙鼓"最肖。沿流既穷，悬级而上，是称九重楼。遥望空蒙，忽曙色欲来，所谓"五更天"也。

---

[1]崇祯改元戊辰：即1628年，崇祯朱由检即位，更改年号，故称"改元"。

[2]青湖：在今浙江青山市，与福建交界。

至此最奇，恰与张公洞[1]由暗而明者一致。盖洞门斜启，玄朗映彻，犹未睹天碧也。从侧岭仰瞩，得洞门一隙，直受圆明。其洞口由高而坠，弘含奇瑰，亦与张公同。第张公森悬诡丽者，俱罗于受明之处；此洞炫巧争奇，遍布幽奥，而辟户更拓；两洞同异，正在伯仲间也。拾级上达洞顶，则穹崖削天，左右若青玉赪肤，实出张公所未备。

下山即为田塍，四山环锁，水出无路，汩然中坠，盖即洞间之流，此所从入也。复登山半，过明台庵。庵僧曰："是山石骨棱厉，透露处层层有削玉裁云态，苦为草树所翳，故游者知洞而不知峰。"遂导余上拾鸟道，下披蒙茸，得星窟焉。三面削壁丛悬，下坠数丈。窟旁有野橘三株，垂实累累。从山腰右转一二里，忽两山交脊处，棘翳四塞，中有石磴齿齿，萦回于悬崖夹石间。仰望峰顶，一笋森森独秀。遂由洞后穹崖之上，再历石门，下浴庵中，宿焉。

（《徐霞客游记》第十二篇）

【解题】

《闽游日记》在《徐霞客游记》中分列第十二篇和第十三篇。此为前篇，记述作者于崇祯元年（1628 年）入闽游历的所见所感，本节选以纪游玉华洞为主，对洞外洞内之景都进行了细致的观察描绘，笔法曲折，语言凝练，先后有序，情景交融，尤其从颜色、形态等多角度描绘洞内钟乳石的奇姿丽影，对洞中明暗的缘由也有清晰的说明，显示了作者对自然的精心观察与高妙体悟。

原文所记三月二十日游玉华洞的内容为一大段，现段落为编者拟分。

李世熊

作者简介见前诗歌注。

里老论

古之里宰[2]、党正[3]，皆禄秩命官。汉人于乡、亭之任，三老[4]之设，俾其劝道乡里，助成风俗，得与县令、丞、尉以事相教，复之勿徭戍，或赐肉帛，或赐爵级，任之既专，礼之又优。是以当时士大夫皆乐为之。如张敞、朱博、鲍宣、仇

[1]张公洞，又名庚桑洞，是著名石灰岩溶洞、宜兴"三奇"之一。位于宜兴城西南约 22 公里的盂峰山麓。相传汉代张道陵曾在此修道，唐代张果老在此隐居，故称张公洞。

[2]里宰：里，古代一种居民组织，先秦以二十五家为一里。《周礼》谓一先鄰分四里，每里二十五家，有里宰。"宰者，官也。"（《周礼·目录》）

[3]党正：《周礼·地方司徒》谓乡以下的行政区，依次为州、党、族、闾、比。党有党正，为一党之长，以下大夫任之。旧注谓每党有五百家。

[4]三老：古代掌教化的乡官。《汉书·高帝纪上》云："举民年五十以上，有修行，能帅众为善，置以为三老，乡一人；择乡三老一人为县三老。"

香之徒，方其微时，亦尝为其乡之亭长、啬夫，不以为浼下。逮后，魏之邻长、里长，亦复徭役；隋之州、县、乡官，悉由吏部；而唐之里正、村正，亦以品官以下充之。

人之不愿为乡职，自唐睿宗世[1]始也。而输差之法，至宣宗[2]始创见焉。夫其不愿差也，而后差之以轮也。于是期会、追呼、鞭笞、楚挞、困踣无聊，则有逃之而已。上之人既奴隶叱之，囚徒临之，则下之人安得不自贱？倚法为奸，匿税规免，固其所也。至明太祖老人之设，固齿德俱尊人也；今亦与里长同视而虐用之，久矣。

夫齿德，人之不至也，吾能以礼动之，以义风之。得一里长，而一里之事举；得一老人，而一里之化行。坐守花封不下堂，而鸣琴可治[3]，不亦快哉？

（《汀州府志·艺文》）

【解题】

该文短小精干，追述里老制度的变革及里老地位的浮沉，阐明重视里老以教化百姓的重要性。本文观点对于今天发挥老年人的作用，加强乡村、居委会的文明建设仍有借鉴意义。

原文为一大段，现段落为编者拟分。

学 记

天下郡邑，学皆有记，必属名儒为之。宁化独不然，腐生代斫而已，无足以示学者。今取宋贤之文以补之，盖吾读江陵项氏之说，而益叹后世之记之陋也。

其为《枝江县学新记》曰：古者周天子之居民也，不但天子、诸侯之国自二十五家以上则有学焉（今志社学、义塾意本此）。学莫尚于斯矣。方是时，建官三百六十，以张备法，而纪众民。视其中无一事无法者，而独于建学无制，则其吏非应文也；无一民无养者，而独无粟士之廪，则其士非为养也。而上下顾交趋之，如裘葛饮食然，则必有不可舍焉者矣。天子之学，谓之辟雍，班朝、布令、享帝、右祖，则以为明堂；同律、候气、治历、考祥，则以为灵台；诸侯之学，谓之泮宫；大师旅，则将士会焉；大狱讼，则吏民期焉；大祭祀，则始祖享焉。盖其制皆于国之胜地，披水筑宫，为一大有司。国有大事，则以礼属百官、群吏，下民而讲行之；无事，则国之耆老、子弟游焉，以论鼓钟，而修孝悌。其地尊，其礼大，三百六十官，皆不得治其事。意者，三公之老而致仕者掌之，谓之乡老；

[1]唐睿宗世：唐睿宗，名李旦，710—712年在位，年号景云、太极、延和。

[2]宣宗：唐宣宗，名李忱，847—858年在位，年号大中。

[3]鸣琴可治：指以礼乐教化人民，达到“政简刑清”的统治效果。

二乡而公一人，则六乡盖三公矣。故曰三公在朝，三老在学，公与老皆无职于六官，学、序、庠、塾，皆无制于六典。古之言道者，固如是也。

呜呼，意深而义远矣。吕氏、东莱[1]亦云："学校一制，后世与先王绝相背驰，不可复考矣。"即学宫一事言之，舜命夔典乐、教胄子，周则大司乐掌成均之法，皆以掌乐之官而掌教，岂非以优游涵养鼓舞动荡，其入人心者深乎？此固非专设一官司也。秦、汉以后，则误视此为一官司之事耳，虽法度具举，不过法制相临而已，何能深入人心乎？盖教与政本二事，而后世误以政为教也。且如《周礼》，设官设教，凡师氏、保氏、大司乐、大胥、小胥之类，所教者不过国子；若乡遂，所以兴贤能，则不闻掌州遂者何官，教州遂者何法也？夫以先王设官，纤如射鸟，尚且不遗，岂于兴贤能之事而没其文哉？盖六官所领者，皆法之所寓；其上者三公论道，则不载于书；其下者学官设教，则不领于六官。以二者事体重大，非官司所领也。惟国子，乃世禄之官，鲜克由礼，以荡凌德，不可不设官以教养之。然而所以教养之意，亦未尝有理无事、有体无用也。如舜自国子外别无掌教之官，然侯明挞纪、书识，纳言又如此其备。周人学官虽不领于属，然而比年入学，中年考校，自一年离经辨志，至七年论学取友，谓之小成，九年知类通达，谓之大成。至不率教者，屏之不齿，其体用本末咸备又如此。后世徒以政为教，宜其与先王背驰耳。如汉武表章六经，光武投戈讲艺，魏孝文欲改戎俗，唐太宗广学舍千二百区，游学者至八千余人。世儒见此便谓兴学，不知其文饰治具耳，非其中真有不能自已实见，理义在人心，自不容没；而为之也，盖用心内外不同；其去唐虞三代益远矣。

由项吕[2]之言学校之重大如此，先王之不敢轻置官如此。故宋代设置教授，其迁除不由吏曹，多保举于宰相，以是真儒叠出，正气多发于学校。而今以学官为冗员，徒取充位而已，则胡不妙简硕德如淳公[3]、安定之流，令表正人伦，为朝廷储薪槱之用哉！

（《汀州府志·艺文》）

【解题】

本文阐述了古代设置学校的体制及其作用和意义，批评"以政为教"和"以学官为冗员，徒取充位"的不良现象，希望朝廷选拔才德兼备之人办好学校，为国家储备人才。该文是李氏议论散文的代表之作。

---

[1]吕氏、东莱：当为"吕氏（东莱）"。吕氏，指南宋著名学者、思想家吕祖谦（1137—1181年）。字居仁，官至太学博士，兼国史院编修官、实录院检讨官。东莱是其籍贯，因其祖于南宋初年"以恩封东莱郡侯"（今浙江金华），故学者称其为"东莱先生"。

[2]项吕：指上文提到的江陵项氏、吕氏。

[3]淳公：程颢（1032—1085年），字伯淳，宋代理学家。谥号"淳公"。

原文为一大段，现段落为编者拟分。

赖道寄传

赖道寄，字惟中，闽之宁化人。幼有志节，岸然异凡儿。父天祚，初为沈阳卫中屯经历，再移四川行都司宁番卫[1]，卒于官。宁番去家万七千余里，值番夷叛，丧滞不还。逾年，讣始至。道寄一恸几绝，已苏，谋迎丧。宗老哀道寄年少，又道阻夷乱，欲泥其行。道寄益恸绝，遂变产得百金，留其半以赡二母。轻装重趼[2]，披棘入宁番，而橐已罄矣。国家之制，凡官于边夷者，存则加俸一级，没则请檄传丧。道寄于是谒布政使邓公思启、按察使蔡公守愚，单衰缀络，骨露衣表。二公怆叹久之，少进与语，辞吐清华，特为加礼。再叩所业文，异日投一编，奇采焕烂。两公惊叹曰："是足倒三峡之流矣。"时成都有富宦罗一元者，老无子，慕道寄雅才，欲以爱女妻之，邀蔡、邓两公赞其可。道寄艴然曰："弃丧者无天，婚丧者无后。此覆载所不容而罗君独容之，得无不祥乎？"两公愧服其言，益相引重，乃为资粮助其归。浃岁，扶柩返，毁瘠几人腊[3]矣。

道寄天性笃挚，而嫡母余特奇严，道寄虑生母黄之失意于余，也竭力承欢，先意将迎，余亦忘道寄之非己出也。他日，黄稍忤余，道寄辄长跪奉杖，代母受责。余虽严急，亦持道寄涕簌簌下也。是时，道寄年将艾矣，其孝谨如此。两兄不治生，所分产罄于狭斜，负债不偿。道寄辄罄己产偿之，无几微见颜色。及两兄继没，孤皆襁褓，道寄又抚之如己子，宗党称之，无间言。与人交，始淡穆，不可得亲；久之，亦不可得疏。对先达名贵无降色，对等夷庸碌亦无慢色；故或以为狂生，或以为长者。生平无造次之容，凡以利害窘猝告者，道寄辄漫应曰："是何难！"告者愕其迂缓[4]也。已而条分丝析，却开理解，竟亦如所云。性喜剧谈，途听琐屑事，才出道寄口，铺叙斐然，如读《虞初》[5]《夷坚》[6]，欣爽闻见也。

其为文，涵负生蓄，移瞬盈楮，若百川灌河，两涯无涘。道寄既自负高才，思有所试于盘错，往往遇事策奇，揽仇思快，挥金不惜。久之，连踬锁闱[7]，家

---

[1]宁番卫：明代在凉山设立四川行都指挥司，管辖五卫（越西、宁番、建昌、盐井、会川）。宁番卫，在今四川冕宁县。

[2]重趼：脚上磨出厚茧子。

[3]人腊：枯干的人尸。形容人极度消瘦。

[4]愕其迂缓：为他的迟缓、反应慢感到惊讶。

[5]《虞初》：即明代文言小说集《虞初志》，编者陆采（一说吴仲虚、陆友）。

[6]《夷坚》：即《夷坚志》，南宋笔记小说集，作者洪迈。

[7]连踬锁闱：连续几次考科举不第。锁闱，指科举考场。

益衰落。旋值甲申、乙酉之变[1]，哀愤抽裂，悉发为诗。其于两京沦陷，将相屈辱、宫阙倾夷，及反戈噬主之事，洒血抒怀，竟无忌讳。每一诗成，反覆悲吟，继以涕泣，泣已复吟，函致百里山中人共读之。苦戚伤生，奇病交作，竟郁郁死。呜呼，其可哀也已。

予观谢皋羽[2]之于亡宋也，西台之记，冬青之引，纪人则曰甲乙，纪年则曰犬羊，隐语噫喑，如环镞攒锋，虑转触即碎者。及元之亡也，诗人王原吉、戴叔良、王子让之徒，歌黍离麦秀之章，咏剩水残山之句，激昂忾叹，魁垒贲张，虽庚申北遁，后犹有宣光纶旅之望，发摅指斥，曾无鲠避。夫以元之獯暴，国祚短促，未尝有仁义礼乐沦贯于儒生，而一时草莽文士感伤社屋，饮泣赋诗，硉矶峥嵘，千载如见。盖君臣大义镌于人心如此，况于三百年深仁重礼，渐渍高厚！道寄又性笃伦义，负志蕴奇，掩抑未抒。一旦三光崩坠，惨激天怀，其诗如急峡雷霆，惊飚拔石，固亦自然之致耳。予故为之传，使后世知忠孝大伦，全于草莽。彼嵬科膴仕，而惭负君亲者，何足道哉，何足道哉！

（《寒支初集》卷九）

【解题】

本文着重记述赖道寄万里迎丧、拒绝婚配、承意二母、为兄偿债、与人亲穆、才华过人以及忧愁国事，郁郁而死一系列感人事迹，刻画了一个孝悌、爱国的客家平民形象。作者从外貌、神态、语言等多方面描写人物，生动形象，文情并茂，是李氏人物传记的代表作。

《寒支初集》该文后原有清初散文家魏礼（字冰叔）的评语："文章非扶植世教，感发人心，竟可无如此完人？得兹传闻，扬生气凛冽，百世之后，闻风兴起，足感顽懦。此寒支以文字为功德，不减春铎晨钟也。"点明了本文警醒世人的社会意义。

原文为一大段，现段落为编者拟分。

祭彭躬庵文

岁癸亥[3]四月之下浣[4]，闻吾老友躬庵彭先生寝疾[5]，迫欲探候。值届午节，村民惮远行，订以十五日遣发。忽十三之夜，梦与先生坐谈，云："凡事须以理断俗说，初五、十四、二十三，谓之月忌，此何理也？先生信之否？"某曰："不信。"先生曰："然。有意思人自应耳！"觉而诊之，曰："吾村发十五，明乃十四也，梦奚为来邪？"竟改十四远行。岂料村人入山之日即先生去世之日乎？

[1]甲申、乙酉之变：甲申，指顺治元年（1644 年）清兵入关。乙酉，指顺治二年（1645 年）清兵占领南京。

[2]谢皋羽：南宋遗民。

[3]癸亥：指 1683 年。入清之后，李世熊文章中的时间只书甲子，不书年号。

[4]下浣：下旬。

[5]寝疾：病重。

廿一接讣书，五内皆裂，哭不成声。旋设位中堂，呼号痛绝。或劝某曰：“不已过乎？朋友哭诸寝外。”某斥之曰：“汝何知礼意！友本五伦，情复有逾于兄弟者，是岂寝外人耶？”朝暮临之，七日设茗蔬牲酒，哭而奠之，泪不可辍。乃援笔而写哀曰：

呜呼！生吾者父母，知吾者躬庵先生也。今已矣！夫先生知吾瑜，更知吾疵；知吾所必能为，又知吾所必不为；知吾所已征之言，又知吾意表所不言。此之谓知己。今已矣！始吾不知人间有彭躬庵也，崇祯庚辰辛巳间[1]，漳浦先师[2]以直谏谪江右藩幕，旋被逮。时闻南州有彭达生者，毁家以慰缇骑，免大窘辱。周旋护从，出维扬，痛哭以别。金吾官卒感悚叹息。当此时，达生之名震动南服，未几两都覆，江右乱，迁播不相闻。至己亥[3]，有持书自宁都来投者，书言：“某与足下同师漳浦。漳浦读天下书，一览不遗，独未学军旅，竟以此败。足下与某同为其弟子，当勉思未逮。今及漳浦死已后，徒后死而不及漳浦，则漳浦死犹有恨。”呜呼！先生以闻名不识面之人，一旦责以任重道远之事，其所以期待某者，岂世俗伪交所知哉！

忆在庚子[4]，先生不远数百里税止草堂，剧谈十昼夜，太息有明不祀，病由学士大夫之虚伪。夫学术伪，则声气、名节、忠义、隐退莫不伪。世不胥魑魅不止，志士须互相切磋修真，学术结真朋友，讲真实时务，令如五谷可疗饥，布絮可御寒，庶几天运可回而民祸可息也。某以硁硁小人有味其言，稍出夙著相证，十九暗合。以是交久益密。及东南变起，先生书来，曰：“是当作撒手文字矣！”某复之曰：“陈大士作制艺数千，可谓撒手！然每篇必伏两柱子精义，前后点缀，遂成奇文。先生两柱子精义可得闻否？”先生无以复而罢。然尝辙环数千里，旅食三数年，或曰：“何为栖栖不遑宁处？”先生曰：“吾所期接代人未遇也。此人何易得遇哉！”自是断音问者倏五年。某乃如盲人失杖，伥伥无归。其时风霾暗塞，以绵续披荆虞其缪葛，预作书置山中俟之，旨殊沉痛。比先生还山览之，亦涌泪不止。报书曰：“世间倘留我辈，深情笃论，嘘天地枯萎之气，不易索解人也。”旋遗长牍，累累四千言，凡行程风土、人物文字、所遇时人奇人妖妄人、言论干济、自观观物、抉择谈谐，无所不备，觉先生心血洋溢，克塞于空虚。某以神识混合其中，若大地九万里，指顾而尽如是，恩德何以酬报先生哉！且将拙

[1]庚辰辛巳间：指 1640 年、1641 年。

[2]漳浦先师：指李世熊的老师黄道周，福建漳浦人，于顺治三年(1646 年)就义于金陵。

[3]己亥：指 1659 年。

[4]庚子：指 1660 年。

集逐首批注，不曰铁骨冰心，置生死度外，则曰无念不在民瘼，遇事则痛心疾首，缕析条分，若得行志，不知若何溉润！至引尧夫谓天下无福伯淳[1]，亦无福以相况。某何敢拟伯淳，顾先生非妄语者，或自有见也。于某所论性命，则曰："精微透辟。惜用之于禅，尚为生死根本轮回所泥。圣贤不必离知意识而知意识，皆其流行变化之妙，夫焉有所倚。"某言："此处竿头更难进步，不得将文字作话柄，须实实勘验始得。恐到不流行、不变化时，又须走向空寂一路。夫焉无倚哉！"先生尚未为某剖决也。至论文则曰："世独以志铭称韩欧，未辨寒支此种，留我与寒支共赏。"某亦言："世尽言古文，若先生角觗记药格，及与方素伯书，置之左国史汉韩欧间，不知次于何等。古文固无定位定法也，先生自一位耳。先生与某无苟同，究竟则无不同。"

辛酉[2]，先生为《春兴》诗中见怀一章，曰："八十翁从土室头，潺湲和血写离忧。"呜呼，某之心血非先生谁见之？次曰："我为薪与君传火，世抉河须友作舟。"呜呼，薪今尽矣，火安传乎？舟已移矣，河安济哉？又次曰："带汁屡经嗤葛亮，借丛偏只误田畴。"自今嗤者无暇嗤，误者从其误矣！结曰："何其老寿偏逢此，长使吾徒泪不收。"呜呼，老矣，又且后死，只须目瞑乃泪收耳！正恐儿孙读此，泪亦不收也。天下人读之，泪亦不收也。岂不哀哉！前贱生八十，先生欲赐以佳文，某急止之，曰："寿不足辱文也。但得一旷志，及吾生见之，藉以瞑目足矣！他日使文章士为之，九原有知，未必首肯也。"先生许之。特征事实，某以生平本末拙集备见，独书家居细碎事相闻。先生复之曰："字字至性，凝成丹血，照耀楮上。又如向大火，骤令人肤脏并热。忽又如裸立风雪中，齿噤肌栗不可耐。然皆本于自然，无毛发勉强杂揉之迹。"百世下读之，犹生涕泪。谁能于此外更有文字？既又云："先生苦心苦节，果不可少。某一篇文字要当奋厉鄙诚，别出杼轴以报知己。"呜呼，岂料先生顿宿此诺耶？今捧读绝笔，但得冒头数行，全未叙事，但云："先生续成可也。"又云："万古之别，岂不痛心！未了事俱嘱先生。"呜呼，痛哉！某何能续先生之笔，又何能了先生之事？惟当录集教言，晨夕晤对，负痛以尽余年而已！正检遗牍，又见数语云："某未死之胜友，惟元仲与和公、景范三人。"时过心膈如辘轳，唯恐少有赢缺。乃今景范远千里，某远数百里，和公比邻而又他出，三人遂无一执手诀别者，存没均痛，申诉向谁？若子载子务之远离，尤非情理所拟及，痛又可尽言哉？呜呼，素车白

[1]伯淳：程颢（1032—1085年），字伯淳。宋代著名理学家。

[2]辛酉：指1681年。李世熊80岁。

马竟愧昔人！

念季儿向旻，先生注眷如子，每一札至，多方奖诱诫励，进退遮夺备极苦诚。至谓两家子弟同气同命，须令合进，拟曰犹儿[1]，尚隔一膜。今匍匐赴丧，谅先生必盼睐之也。故详述定交以来往复知己之言，聊以疏泄涕洟，开导郁懑。闽香建酒，侑此絮言，先生其享之哉！

（《寒支二集》卷六）

【解题】

彭士望(1610—1683年)，本姓危，字躬庵，又字达生，江西南昌人，李世熊晚年志同道合的至交好友。这篇祭文，抒写得到彭躬庵去世前后消息的梦境与感受，回顾两人定交之后的交往以及知己之言，情深意切，长歌当哭，感人至深，是李氏抒情散文的代表之作。

原文为一大段，现段落为编者拟分。

---

[1] 犹儿：侄儿。

清初至清中叶部分

卢日就

卢日就，字斗孺，永定县客家人。崇祯六年（1633 年）举人，历任广西岑溪知县、南京北城兵马司、补刑部主事等职。博通经史，善诗。清康熙间在乌石山设书院，门生入庠者二十余人。有《斗孺遗稿》。《永定县志·列传》有传。

白沤映碧

苍玉嶙峋四望中，六丁擘画讶神工。
城边冷月闲清柝，日上扶桑靖桂宫。
泛泛浮鸥随野鹜，飘然天际托云鸿。
新亭不尽相思语，人地东南胜再逢。

（《长汀历代诗选》）

【解题】

白沤，即白沤亭（又名八角亭），位于长汀县城横岗岭状元峰。亭式三层八角，高九米，雕梁画栋，翘角卷云，是长汀八景十二胜之一，也是当地的标志性古建筑。该亭始建于明代，为明代进士吴廷云（号白沤）读书处。

【注释】

六丁擘画：六丁，道教认为六丁(丁卯、丁巳、丁未、丁酉、丁亥、丁丑)为阴神，为天帝所役使。　擘（bò）画，筹划安排。此句意谓白沤亭建筑巧夺天工。　扶桑：传说日出于扶桑之下，拂其树杪而升。　桂宫：指月亮。

丘梦鲤

丘梦鲤，字渔父，上杭县客家人，世居来苏里（今中都镇）。崇祯六年(1633 年)举人。清顺治十三年（1656 年）任榆次（今山西省晋中市榆次区）县令。善诗、古文。著有《归来草》、《澹园集》、《读史随笔》等。

宝珠楼

身拥山城意自娱，卧游长日胜披图。
岩从电劈高朝斗，峰学龙蟠静抱珠。
赤水乍离同月冷，碧天遥映伴云孤。
凌空雅有惊人句，颔下宁询探得无。

（《杭川新风雅集》）

【解题】

宝珠楼，在汀州宝珠门城楼上，在此可眺望南边的朝斗岩、宝珠峰及其山下的汀江河。诗中颔联、颈联描写登楼所见，山水美景生动形象，犹如长卷图画展现目前。

【注释】

朝斗：朝着北斗星。　抱珠：指宝珠峰，山形如抱珠状。　赤水：传说中天上的仙河，此喻指汀江河。

黄德熼

黄德熼，广东海丰县人。明崇祯十二年（1639年）举人，康熙年间（1662—1722年）任山东邱县知县。学者，工诗。

冠豸纪游（四首）

玉女盆

取将瀣露沁心凉，晞发岩阿对月妆。
绾就云鬟跨凤去，空余玉乳至今香。

仙鹤岩

月明缑岭夜吹箫，知是仙家翠盖遥。
阆苑觞前曾订否，云中拍手笑相招。

照天烛

骊烛西衔不夜天，空山古刹一灯燃。
女娲炼罢存罝照，独峙风前万仞巅。

一线天

何年神斧凿霄梯，缥缈峰高望欲迷。
采茗僧归云尚湿，层崖石上尔应题。

（《连城县志·艺文志》）

【解题】

作者应连城县令杜士晋之邀，游览连城作此诗。组诗四首题咏冠豸山四个景点：玉女盆，在冠豸山“一线天”与“白云深处”景点旁，平日泉水盈池，民间传说冠豸山五姐妹常在此沐浴，得冰肌玉骨之身；仙鹤岩，在景点五老峰；照天烛，在景点灵芝峰前，有一巨大岩石从旁壑中拔地而起，绝无依傍，如红烛高照，傲然燃空，故名；一线天，在景点“金字泉”与“白云深处”之间。

【注释】

阆苑：神话中的神仙处所。典出《集仙录》：“西王母所居宫阙，在阆风之苑，有城千里，玉楼十二”。　骊烛：指照天烛（岩石）。骊，传说中黑色的龙。

周亮工

周亮工（1616—1672 年），字元亮，又字减斋、陶庵，自号栎园。河南开封府祥符县人。崇祯十三年(1640 年)进士，授山东潍县知县。入清后，曾任两淮盐运使、淮扬海防兵备道参政、福建按察使、吏部左侍郎。

夜登杭川城楼有感

秋老沧溟夜舞鲸，依然刁斗旧时声。

艰虞剩有囊书坐，饥饿惭看负楯耕。

象洞云回迷鸟道，龙岩雨过认獠城。

郊垧半是槃篮娄，十载汀南未罢征。

（《汀州府志・艺文》）

【解题】

顺治七年（1650 年），周亮工以福建省参政驻节上杭县，招抚农民军首领曾省，平息汀州反清斗争。此诗抒写夜登城楼远眺时对战乱不息、民生不宁的深沉感慨。

【注释】

象洞：地名，今设象洞乡，在武平县东南。　云回：云朵环绕。　獠城：蛮獠之城。槃篮娄：指畲族。畲族以盘、蓝、雷为姓，是汀州较早的原住民。明清时，畲族多迁徙到汀东南百余里的山林中生活，或与汉族人同化。见范绍质《傜民纪略》。

留别杭川诸生（二首）

兵戈犹未息，穷士满菰芦。

僻地迂闻见，山城古步趋。

但能学闭户，不敢厌为儒。

惭愧烽烟内，谁怜饥所驱。

好山看不厌，独客倦思归。

朴俗情多近，高文世所讥。

为予闲载酒，退即掩荆扉。

小艇难轻发，汀南雁不飞。

（《上杭县志・名宦传》）

【解题】

《上杭县志・名宦传》载周亮工在杭期间“尤加意造士，虽羽书旁午，分题亲试，邑好能文者无不蒙其鉴拔，视篆仅逾三旬，而兴利剔弊之念，日不稍暇。旋省，士民号泣攀留”。

此诗是周亮工离开上杭返回福州时写的留别诗，诗中表达对上杭诸生的期望和恋恋不舍之情。结句以小艇难行、汀雁不飞，侧面表现不舍之情，言尽而意长。诗中四处用典，但无晦涩之感，足见其作诗功力。此诗亦见于《汀州府志·艺文》。

【注释】

菰芦，此指草野、乡野。　学闭户：关着门在家里埋头读书。典出北齐颜之推《颜氏家训·勉学第八》第三卷："盖须切磋起明也。见闭户读书，师心自是。"　好山看不厌：典出李白《独坐敬亭山》诗："相看两不厌，只有敬亭山。"　闲载酒：用江州刺史王弘于重阳日使人载酒送陶渊明的典故。　掩荆扉：典出陶渊明诗《归园田居》(其二)："白日掩荆扉，虚室绝尘想。"

丘应登

丘应登，字澹公，宁化客家人。明崇祯十五年（1642 年）举人。清顺治十四年（1657 年）任香河知县，致仕。著有《西园集》。

岩顶禅室

远寻开士约，正值高云闲。

晨起领诸妙，冲然双树间。

插兰薰重耳，滴露洗苍颜。

旭日来相照，光辉分满山。

（《汀南廛存集》卷三）

【解题】

此诗写拜佛听经的感悟，有佛光照临之感。

【注释】

开士：即菩萨。以菩萨明解一切真理，能开导众生悟入佛的知见，故称。　高云：喻高僧。　诸妙：佛法妙处。　重耳：双耳。

伍　堣

伍堣，字君晓，清流客家人。崇祯十五年（1642 年）特奏进士，历任刑部陕西清吏主事、雷州知府。有《春秋旭旨》等传世。

上东华咏蝉

蝉若与山深，深山不可寻。

鸣虽应以候，听亦岂无心。

日暮林中送，人间枕上吟。

岂惟处暑至，对此自沉沉。

（《清流县志·人物》）

【解题】

东华，即东华翠嶂，见叶元玉诗解题。历来咏蝉诗多赞颂蝉的高洁以自况，如虞世南的《蝉》、骆宾王的《在狱咏蝉》。作者身处明代末世，对蝉鸣之声别有一番感慨，此诗托物寓情，表达了对国势衰亡的抑郁和对前途的茫然惆怅。

【注释】

处暑：二十四节气之一，在农历七月二十四。　沉沉：形容深沉。

山夜闻钟

漏尽钟独鸣，更拟山同响。始黴西佛前，忽歇东峰上。

耳根遂尔清，神形不觉荡。籁息动禅机，谷音空万象。

岂有梦沉沉，令人终夜想。

（《汀南廑存集》卷二）

【解题】

山中深夜的钟声响彻四野，特别悠扬，也特别令人进入空明忘象的境界。此诗于空灵飘渺的意境之中描绘这种奇妙的情形。

【注释】

漏：古代计时工具，以水滴漏的刻度来计时。

沈期扬

沈期扬，连城县客家人。顺治六年（1649年）岁贡，明经，曾任邵武建宁训导。

谒石门岩（祖祠）

巉岩峭壁峙城东，先代棲神宇栋隆。

树色苍苍知蒂远，泉流曲曲看源通。

四时风露千秋慕，一涧蘋蘩百世同。

回首瞻依无尽处，洞门惟见白云笼。

（《连城县志·艺文志》）

【解题】

此诗赞美石门岩祖祠的雄伟壮观，在景物描写中寄托对先人的缅怀与崇敬，表现了客家人崇源敬祖的风尚。颔联以“树色”“泉流”隐喻宗族的源远流长，表达形象贴切。

【注释】

棲神：安置祖先神位。　知蒂远：知道祖先根源遥远。　蘋蘩：蘋与蘩，两种水草名，古代用为祭品。

彭士望

彭士望（1610—1683 年），本姓危，字躬庵，又字达生，一号树庐，江西南昌人，为宁都“易堂九子”之一。曾寓居宁化，与宁化文人李世熊结为挚友，诗文唱和。

宁桥夜月

水屋连窗似舫居，出闉通市路还余。
扶栏野夕平烟暖，植棹溪明动影虚。
寒镜射光翻宿鸟，新钩沈曲逝游鱼。
谁家一笛关山远，人迹霜浓十月初。

（《汀州府志·艺文》）

【解题】

作者寓居宁化时作此诗。诗人描写夜月之下宁桥附近的景物，反映客家民居及田野河流状况，地域色彩极强。

【注释】

水屋：河边的民房。　闉：音 yīn ，指瓮城的门，此指城门。　植棹：竖起船桨。　寒镜：指月亮。　沈曲：（鱼钩）沉进水中。

金山塔

上指苍穹下碧芜，随阳归雁日边孤。
标颠直破云怀出，磴道盘疑鬼力无。
星汉河流声荡潏，曜灵华木影扶疎。
高天有耳应还近，欲问鸿濛据槁梧。

（《汀州府志·艺文》）

【解题】

金山塔，在宁化县东南龙门。此诗描写金山塔的高峻及夜空的美丽。

【注释】

标颠：指塔尖。　盘疑：即盘迂。　曜灵：月光。　槁梧：即梧桐。梧桐，古诗中常用作高洁品格的象征。

丞相祠

七十日留参政事，三千里送谪归人。
悽惶汴洛无生路，辜负燕云未死身。
鹃血空啼号望帝，石工欣羡托安民。

诗成列宿元精在，字字风霜泣鬼神。

（《汀州府志·艺文》）

【解题】

丞相祠，即大忠祠，在宁化县西南三里，地名草仓，原名显应庙，祀长孙将军。北宋末，李纲迁谪经祠下，题诗于壁（见前李纲诗）。嘉靖间，知县潘时宜移草仓神于后堂，特祀李纲于中堂，改祠额曰“大忠”。此诗缅怀李纲抗金事迹，称颂其诗“字字风霜泣鬼神”。

【注释】

七十日：约数，指李纲担任丞相仅七十五天。　三千里：约数，指京城到汀州的大致路程。　谪归人：指李纲被贬谪回福建。　汴洛：指北宋朝廷。　燕云：燕，指幽州；云，指云州。燕云，泛指金沦陷地区。　望帝：传说战国时蜀王杜宇，号望帝，因水灾让位退隐山中，死后化作杜鹃，日夜悲鸣，泪尽继而流血，成语“望帝啼鹃”即是形容人的极度悲伤。

翠华春晓

北邙松竹古烟雨，乍雨晨开草细毵。

起索梅花循一杖，往听鹂语佐双柑。

晴郊雾敛游丝缓，曙陌香吹乳燕憨。

随藉落英眠坐软，青天斜数雁群南。

（《汀州府志·艺文》）

【解题】

翠华山，在宁化县北。此诗描写翠华山春天的美丽景象，抓住春雨、草细、乳燕、落英等特征，构成一幅明丽的春天图画。

【注释】

北邙：山名，在今河南洛阳市东北。此指城北的翠华山。　细毵：形容枝条细长垂拂、纷披散乱的样子。　双柑：指春日胜游。《高隐外传》：“戴颙春携双柑斗酒，人问何之。曰：‘往听黄鹂声。’”

真武楼

数仞飞楼指北杓，一声清磬出岧峣。

欲呼天地聋俱醒，似接云雷手可招。

破暗鸡催千古曙，忘忧酒到五更消。

般床怳荡东隅色，卧起心魂尽泬寥。

（《汀州府志·艺文》）

【解题】

真武楼，又名镇武楼，在宁化县北门城上，明嘉靖间，知县陈添祥建。此诗描写真武楼的高峻及迎接太阳升起时空旷清明的心境。《长汀县志·古迹志》将此诗系为长汀县北极楼，孰是待考。

【注释】

北杓：北斗星。　　般床怳荡：形容天空黑暗，模糊不清。　　泬寥：空旷清朗。

李赞元

李赞元(1613—1699年)，字匡侯，号素园，别号遯叟，漳州客家人，世居平和之侯山(今小溪镇西林村)。清顺治四年(1647年)举人，出仕后累迁至河北道参议。任职所至，政绩卓著，百姓爱戴。六十三岁致仕，因福建兵乱未宁，侨寓南京，直至去世。赞元善诗，有《出门吟》、《遯园草》、《怡老篇》等传世。杜浚的《李匡侯出门吟序》称其“闽海山水人物之奇，得此诗伯而无遗恨矣”。

宝镜叹

绣囊裹宝镜，日夜挂妆台。

侬色已憔悴，踌躇未敢开。

（《皇清百名家诗选》卷四十七）

【解题】

魏宪（字惟度，福清人）于康熙十年（1671年）编刻《皇清百名家诗选》（康熙枕江堂刊本），凡九十一种八十九卷，收录清初魏裔介、钱谦益、吴伟业、王士祯、李赞元等达官显宦、名公巨卿共八十九家的诗作，是清前期诗歌的重要选本。此诗以宝镜自喻，抒写怀才不遇壮志难酬的郁闷之情。

未央宫

故殿久成荒，空钟在建章。

寒烟生废井，蔓草上枯杨。

苔锁朱门暗，虫飞画阁凉。

寥寥秋苑内，明月为谁光。

（《怡老篇》）

【解题】

这是一首怀古咏史诗。未央宫，西汉时期的皇家宫殿之一，建于汉高祖七年（前200年）。毗邻的建章宫则是汉武帝刘彻于太初元年（前104年）建造的宫苑。武帝为了往来方便，跨城筑有飞阁辇道，可从未央宫直至建章宫。此诗描写未央宫和建章宫的荒凉萧索景象，寄寓诗人的历史沧桑之感。

对　酒

衡门独坐叹无聊，怀想伊人千里遥。

湘水投原冤莫诉，长沙放贾恨难消。
谁能写怨歌千首，何以解忧酒百瓢。
美酿良朋须尽醉，盲风怪雨正萧萧。

（《怡老篇》）

【解题】

此诗同情屈原、贾谊的不幸遭遇，抒发世道不公的幽怨之情。

谢家宝

谢家宝，连城客家人。少丧父，潜心经学，于家学课弟，相友爱，奉母至孝。顺治四年（1647 年）恩贡，以明经考通判，授浙江于让训导。迁玉山县教谕，以疾辞，不就。《连城县志·人物志》（康熙版）载其辞官后“课二子业儒，让登高第，哲列儒绅，经学相传，诚为一邑之光也”。

莲花馆即事（二首）

烟霞不断此山居，记昔伊吾度岁馀。
启匣迎风花落砚，开帘巢角燕窥书。
三年下帐常怀董，二子趋庭欲步徐。
浊酒寒灯今夜事，乾坤何处不为庐。

一榻清阴竹院居，飡麻胡饭尚多余。
蝇迷故恋窗间纸，风妒偏翻案上书。
共说利名俱草草，几能泉石自徐徐。
园林日涉都成趣，人境原来可结庐。

（《连城县志·艺文》）

【解题】

此诗写晚年在家学（莲花馆）教授儿子业儒的清贫生活，抒写不慕名利，热爱耕读生活的情感。

【注释】

下帐：即下帏，原指汉代董仲舒下帷讲学，三年不看窗外之事。这里指专心教儿子课业。董：董仲舒（前 179—前 104 年），汉代思想家，政治家。广川（今河北衡水）人。汉景帝时为博士，讲授《春秋公羊传》。他推崇儒术，抑黜百家，宣扬“天人合一”思想，受到汉武帝的重视。　徐：徐勉，南朝梁时为萧衍掌书记，梁朝朝章制仪，皆参与其议。尝与客夜坐，有求官者，勉正色曰：“今夕只可谈风月，不宜及公事。”家无蓄积，自称遗子孙以清白。飡麻胡饭尚多余：意谓不讲求富贵寿考和丧葬礼仪。飡：同“飧”，饮食、食物。麻：诏书。

胡：寿。饭：唅(以珠玉纳死者口中)。　人境原来可结庐：化用陶渊明《饮酒》诗句“结庐在人境，而无车马喧”。

庚寅暮春谒邑令杨公墓感怀

杨花落后拜公坟，一种幽忧正欲焚。
抚辑凋伤才数月，招回离散几千群。
人情有泪悲羊父，天道无知怆邓君。
越绝家乡千万里，杜鹃啼血不堪闻。

(《连城县志·艺文》)

【解题】

原诗有引：“忆公下车初，谒见后，予有采薪之忧，公每询，知予困惫，惓惓有爱惜意。迨微躯勿药，公则抱疴，躬省寝帏，衷曲数语，不胜铭佩，意倾盖有神交耶？公未几而疾革矣！未几而易箦矣！又未几而窀穸矣！何缘悭乃尔？诗以志感。”

杨公，即杨方盛，辽东人，旗下贡士。清顺治五年（1648年）任连城县令，倜傥疏节，察官安良，卒于官。此诗缅怀杨方盛抚辑凋伤的爱民之举及百姓对他的爱戴，感情真挚，用典恰切，催人泪下，是悼亡诗中的杰作。

【注释】

抚辑凋伤：抚辑，安抚辑和。凋伤，疾病死亡。　羊父：指晋羊祜。羊祜镇襄阳十年，有功德于民，死后，他的部属在岘山他生前游息的地方，建碑立庙，每年祭祀。见碑者莫不流泪，杜预因称此碑为堕泪碑。　邓君：指西晋时人邓攸，字伯道，平阳襄陵人。永嘉年间，石勒入侵京师，邓攸挈妻侄逃亡，途中遇贼，度不两全，因其弟早亡，毅然弃儿存侄。东晋元帝时邓攸为吴郡太守，清廉自持，累官至吏部尚书，迁尚书右仆射。无嗣，时人哀之曰：“天道无知，使邓伯道无儿。”见《晋书·良吏传》。　越绝：隔绝之意。

杨玉晖

杨玉晖，字叔夜，号僧客，长汀客家人。顺治五年（1648年）岁贡，以明经司训南靖（今漳州市南靖县）。胸怀奇志，不伍流俗。《长汀县志·文苑传》载其“工诗、古文辞，草书得东海笔法，妙绝当时，尤精篆刻”。黎士弘有《谢僧客师图章》诗：“灯前展转看难收，真有龙文气上浮。肯共秦碑分铁画，衹教弟子获银钩。”

饮 酒

民物同胞与，胡为独向隅。一醉祛万虑，险巇成坦途。陶公真有道，往往苦饥驱。甘肥非所慕，寸阴惜三余。琴尊长晤对，穷士耻怀居。

(《汀南廑存集》卷三)

【解题】

陶渊明有《饮酒》诗二十首，第十首云“在昔曾远游，直至东海隅”。此诗步其韵，赞颂陶渊明清贫自守的隐士节操。

【注释】

陶公：指陶渊明，东晋末年著名田园诗人。 甘肥：指美味。 三余：泛指空闲时间。古人认为“冬者岁之余，夜者日之余，阴雨者时之余也”。陶渊明《感士不遇赋序》：“余尝以三余之日，讲习之暇，读其文，慨然惆怅。” 怀居：留恋安逸。《论语·宪问》：“士而怀居，不足以为士矣。”

听松阁

迥临一阁睨层岗，拔地修龙列表章。

高韵由来在山水，清音到处可笙簧。

眈名隐士招谁赋，龙舞胎仙梦未忘。

误得风流惊顾后，百年犹应想徜徉。

（《汀南廛存集》卷三）

【解题】

听松阁，汀州名胜之一。旧为西阁，迫近北极楼，明末郡守唐世涵移建于卧龙山西麓云梯岭，与东阁分峙，额以“听松”。西峰荒坞，高松谡谡；凭栏静听，松韵有如半天风雨。

【注释】

迥临：远离。唐代张谓《早梅》：“一树寒梅白玉条，迥临村路傍溪桥。” 笙簧：此指山水清音像笙的乐音一般动听。 胎仙：古代鹤有仙禽之称，又相传胎生，故名。

黎士弘

黎士弘（1618—1697年），字媿曾，长汀客家人。清顺治十一年（1654年）拔贡中顺天试举人，康熙年间历任广信司理、永新县令、陕西甘州司马、常州知府、洮岷副使、署甘山道事，移节宁夏，官至宁夏布政司参政。清正爱民，政绩卓著，民称黎青天。祀乡贤、名宦。黎士弘工诗文，早年为李世熊入门弟子。从政之后，诗歌“刊落陈言，清真朴老”，古文“清新俊逸，未尝步武前人，而动与古会”（《全闽诗话》引《本朝诗钞小传》）。著有《仁恕堂笔记》三卷、《托素斋诗文集》十卷、《理信存稿》三卷、《西陲闻见歌》等。其中《托素斋诗文集》（诗四卷、文六卷）收入《四库全书》卷一八二集部别集类存目，《仁恕堂笔记》一卷辑入《清史稿》艺文志杂家类。

相公墓

莫论刚肠是雪霜，宋家丞相见寻常。

冬青几树伤心插，社饭明年堕泪尝。

一恸自关朝野意，千春不忍蕙兰香。
可怜凤辇归无地，臣骨犹多说首阳。

（《汀州府志·艺文》）

【解题】

相公墓，即文丞相祠，在长汀县东山书院，祀宋文天祥。明万历间，增祀李纲，春秋致祭。诗歌赞颂南宋民族英雄文天祥雪霜般的刚肠，以及宁死决不投降元朝的爱国精神。“伤心”、“堕泪”，表达了作者对文天祥的敬佩之深。

此诗当作于明末清初，当时降清的明朝臣子众多。诗人在尾联赞颂文天祥有如隐居首阳不食周粟的伯夷、叔齐，隐含了对降清臣子的讽刺，表达了诗人对时局的关注和鲜明的是非观。这种怀念故国的思想，与其业师李世熊隐居山林，不仕清朝的做法是相一致的。

【注释】

雪霜：形容文天祥节操纯洁，意志坚强。　社饭：祭祀社稷的一种食品。吃社饭，在社日（一年中有春秋两次，分别在立春、立秋后第五个戊日）进行，民间习惯称为“过社”、“拦社”等。戊日属土，所以这天是祭祀土地神的日子，人们于时祈祷五谷丰登、六畜兴旺，年景顺利。　凤辇：皇帝的车驾。南宋最后一个皇帝赵昺葬身崖山大海，故云“归无地”。首阳：山名，商末伯夷、叔齐隐居采薇于首阳山，宁愿饿死不食周黍。

三闾庙诗

生前已自叹无徒，既死何能赋卜居。
醒眼排场犹旦暮，荒邮存祀寄屠沽。
两行浊酒浇春社，一束刍灵荐鬼车。
我亦有怀天梦梦，只当呵壁问三闾。

（《汀州府志·艺文》）

【解题】

三闾庙，在长汀县三洲村（老街），为元代戴应寿所建，兼作蒙学馆学堂。《长汀县志·祠祀》载有黎士弘三闾庙诗并记，记云：“去汀六十里之三洲市有三闾庙，不知建于何代也。予每过，爱其名，皆晋谒焉。座上并设三像，有好事者大书曰：中屈原，左贾谊，右姚崇。因念汀古荒隅，未经过化。屈贾同声，姚尤唐突。偶记古人之误，有以拾遗为十姨者。安知不以三闾为三人乎？而地为读约所，安知不即古三闾五党之义？即三闾得名，亦非为屈子之故，未可知也。偶志小章，并详首尾，他日常为订正耳。乙酉十月八日。”

此诗当作于南明隆武元年（1645 年）十月，抒发对屈原的崇敬与怀念之情，表达动乱年代忧国爱国之情。

【注释】

卜居：《卜居》一诗，王逸、洪兴祖、朱熹、王夫之等认为是屈原所作，后世学者多持存疑态度。　醒眼：《渔父》有诗句：“举世皆浊我独清，众人皆醉我独醒。”　排场：客家语，犹排揎。指发泄忧国忧民、痛斥奸佞误国的言论。　荒邮：荒凉的小屋。此指三间庙。　屠沽：指出身市井，身份低微的平民百姓。屠，指屠夫。沽，指做生意的人。　刍灵：草扎的人。　鬼车：祭祀时纸扎的鬼屋。意谓让阴间的人有房可住，魂有定址。　梦梦：昏暗不明的样子。

读《大中丞詹公传》后

春雨寒宵坐茅屋，点壁穿檐倾万斛。中丞轶事检来篇，飒飒英风生卷轴。直思半壁障神州，不疑大厦支一木。臣也死君妾死夫，回薄三光荡岳渎。有时披发下大荒，何处青山问埋玉。詹家孝子重伤心，往返西川胝双足。一函齿发送蛟龙，半夜瞿唐水低伏。君不见宋时朱寿昌，万里寻亲刺血肉。又不见明时王仲缙，作记滇南名痛哭。谁家忠孝聚一门，伸纸抽毫难再读。

（《永定县志·文征》）

【解题】

此诗是读李世熊《明大中丞、巡抚四川都察院右佥都御史詹公传》的有感之作。大中丞詹公，即詹天颜，字邻五，汀州永定县人。明崇祯元年（1628 年）以恩例拔贡，历任四川石泉县知县、庆阳府同知、署龙安府、补松藩兵备。顺治四年（1647 年）春，永历诏授詹天颜“佥都御史，提督军务，兼理粮饷，巡抚四川西北等处”。他坚守蜀地七年，既抗击清兵，又防御张献忠的侵扰，对维护川北的安定有一定作用。顺治九年（1652 年）七月因不降吴三桂被杀。

此诗赞颂詹天颜愿以一木支大厦的忠勇精神及其儿子往返西川万里奔丧的纯孝，表达了对前贤一门忠孝的钦佩之情。长诗叙事抒情相结合，用典切当明朗，情感沉郁真挚，是黎士弘抒情诗的代表作。《汀南廑存集》亦载此诗。

【注释】

倾万斛：形容暴雨倾盆。　三光：指日、月、星。意谓詹天颜的忠勇能与日月星争光。　埋玉：比喻埋葬忠骨。　“一函齿发”句：指詹天颜死后，其子甘棠，三奔秦楚，扶榇而还之事。　朱寿昌：字康叔，宋代安徽天长同仁乡秦栏人，《宋史》载他弃官千里寻母的之事。　王仲缙：名绅，祖籍太原，徙居金华义乌。洪武间，其友王待制殁于云南，王仲缙奔赴云南访求不获，即于死所祭奠，仰天号恸，作《述滇阳恸哭记》以明志。

咏怀（四首）

贤者虽在下，大义无浊污。荡荡心何为，欲与太古俱。但念俗薄恶，古亦有贤愚。愿当秋水上，砍桂构斋庐。中祀无怀氏，署我以大夫。

神仙不可学，黄白终不成。茂陵风雨夜，时闻叹怨声。身尽心不悟，犹忆念长生。林翠无长阴，朝槿无暮荣。造化非小儿，独宽滞恋情。

沸沸波涛怒，鱼龙愁淹流。好鸟呼高树，自为声侣求。万物各甘苦，宁肯相为谋。出门皆异向，同心生剑矛。微躬薄智计，何以能俗投。去钓湖海上，执竿而披裘。

呜呼秦皇帝，拜松大夫禄。胡为贱儒生，曾不若草木。项王去学剑，有学不终读。乃公得天下，初亦无随陆。王霸虽各分，互敌其心目。感此薄俗子，庸庸自谓福。投以天下事，如聚而响小。轻手试沸汤，岂必筹之熟。细草空复歌，还斋坐疏竹。

（《汀南廑存集》卷三）

【解题】

此诗作于出仕之后，抒发遇到不平与挫折之后的愤世嫉俗。组诗有对世俗薄恶的谴责、有感人生短暂的出世之想，也有怀才不遇、有志难骋的悲愤，流露复杂而矛盾的心态。

【注释】

无怀氏：传说中的上古帝王。　黄白：指术士炼丹化成金银的法术。　拜松：秦始皇到泰山封禅时，拜松树为“五大夫”，后世称这棵松树为“五大夫松”或“秦松”。　有学不终读：项羽少时学书、学剑、学兵法都不肯有始有终，略知其意就放弃。事见《史记·项羽本纪》。　随陆：刘邦的文臣随何、陆贾的并称。

通济岩

登临原不易，神明先兆端。山色故空霭，以梦增幽寒。入道疲应接，心目奔赴难。遥见瀑布下，曲折无遽安。深林避霜露，木秋犹未残。列坐流水上，选石如据鞍。吾心如秋蒂，剥落与云闲。

（《汀州府志·艺文》）

【解题】

通济岩，在长汀县苍玉洞东数里，地名佛岭，上有通济岩。宋韩长史建庵于此，侧有长史亭。作者晚年作此诗，描写通济岩深秋凄清的水光山色，融入心如秋蒂、与世无争的情怀。

【注释】

遽安：片刻安宁。　木秋：树木凋零。　如据鞍：如坐在马鞍上。指很自由地坐在岩石上。　秋蒂：秋天的瓜蒂。取瓜熟蒂落，自然而然之意。

闽酒曲（七首）

板桥官柳拂波流，也够春朝半日游。
数尽红衫分队队，赍钱齐上谢公楼。

长枪江米接邻香，冬至先教办压房。
灯子才光新月好，传笺珍重唤人尝。

社前宿雨暗荆门，接手东邻隔短垣。

直待韩婆风力软，一卮阳鸟各寒温。

新泉短水拍香浮，十斛梨香载桂舟。
独让吴儿专价值，编蒲泥印冒苏州。

闲分饮郡酒如潮，三合东坡满一蕉。
让却灯壇银海子，久安中户见风消。

曾酌当垆细埔中，高帘短柳逆糟风。
近无人乞双头卖，几户朱牌挂半红。

谁为狡狯试丹砂，却令红娘字酒家。
怪得女郎新解事，随心乱插两三花。

（《汀州府志·艺文》）

【解题】

《闽酒曲》由七首绝句组成一曲优美完整的客家米酒之歌。组诗先写春游民众齐上谢公楼品尝美酒的热闹场面，然后有条不紊地描述长汀传统米酒的酿造、米酒的品种及其销售，最后以红娘酒的传说作结，留给读者无尽的想像，犹如品尝“压房”酒后余味悠长。诗中出现的“压房”“阳鸟”“短水”“红娘酒”等名称在今客家地区已不多见，有待研究与开发。组诗用的是客家语言，写的是客家事，抒的是客家情，具有浓郁的客家文学特色。

【注释】

红衫：红男绿女。指春游的民众。　谢公楼：杨澜《汀南廑存集》注为：“唐张九龄诗‘谢公楼上好醇酒，三百青蚨买一斗。’今楼在城南，为士女观临之所。”　长枪江米：即长糯米。清代刘献廷《广阳杂记》卷五:“稻有水旱二种，又有秫田，其性黏软，故谓之糯米，食之令人筋缓多睡，其性懦也，作酒之外，产妇宜食之。又谓之江米。”　压房：最珍贵的一种米酒。杨澜《汀南廑存集》注云：“汀俗于冬至日户皆造酒。而乡中有压房一种尤为珍重。藏之经岁，待佳宾而后发。”　接手：客家语，形容很近。　韩婆：同寒婆，指寒风。杨澜《汀南廑存集》注云：长汀呼冷风为寒婆，乡人鬻炭者户祀韩婆。盖误以寒为韩也。　阳鸟：杨澜注云，“阳鸟，酒名，酿之隔岁至阳鸟啼时始食”。　短水：杨澜注云，“上杭酒之佳者曰短水，犹缩水也。载货郡中冒名三白，然香气甘洌，竟能乱真矣”。　见风消：杨澜注云，“汀人以薄酒为见风消”。　双头：杨澜注云，“上酒为双头，其次者名半红，延、邵、汀三郡皆同称”。　狡狯：谓机灵、聪明。　丹砂：《全闽诗话》引《榕阴诗话》注云，“酿家每当酒熟时，其色变如丹砂，俗称‘红娘过缸酒’，谓家有神仙到门则然。家以为吉祥之兆，竞插花赏之”。　红娘字酒家：据传，红娘原姓洪，是酒坊工之女，嫁后也开酒坊，自酿新酒，加入红糟而成红色，人也被酒香熏得两颊通红。因井水好，糟好，酿出的酒清香扑鼻，色泽中蕴含喜气，故远近闻名，人称红娘酒。　新解事：刚懂事。

黎士毅

黎士毅，字道存，号宣岩，长汀客家人，士弘弟。顺治十二年（1655 年）以拔贡选入都，京试第一，授江西南昌县令，勤政清廉，民皆称颂。康熙初年升寿州知州。年五十致仕归，与参政昆仲孝养母亲，诗酒自娱，有《宝穑堂诗集》。祀名宦。

听松阁次韵

好庭当木末，秋色更轻微。
涧响依空发，钟声带远归。
自知虬欲语，得共鹤分飞。
坐对山烟暝，生人解道机。

（《汀州府志·艺文》）

【解题】

听松阁，在长汀卧龙山西麓，旧为西阁，迫近北楼，后移建于云梯岭，与东阁分峙。此诗写作者静听松风而悟“道机”之乐。此诗亦见《宝穑堂诗集》和《汀南廛存集》。

【注释】

好庭：指听松阁。　虬：神话中的虬龙。此指盘曲的松树。　山烟暝：山间暮色。　生人：生民，作者自指。　道机：规律和机宜。也泛指人生哲理。

越王台

齐烟九点望神州，一角闽山也破愁。
帝王不归清阁晓，狂生独泪灞亭秋。
三更杜宇啼偏急，几树冬青绿未收。
屈指意中殊恨甚，伤心宁待上台游。

（《汀南廛存集》卷三）

【解题】

越王台，位于福州市城南。相传越王余善钓白龙于此，故又名钓龙台。《三山志》以为无诸受汉册即其地，故址犹存。这首怀古诗借感伤越国的历史，曲折表达了对南明隆武帝唐王灭亡的感伤。杨澜注此诗：“此记王师入闽，唐王被执时事。”

此诗以朴素的语言写沉痛的情事，颇似其兄的《相公墓》之作。

卢裕砺

卢裕砺，盛京三河人，清顺治十六年（1659 年）拔贡任汀州府同知，十七年署永定县事。捐俸在永定文昌祠左建书院（后人称卢公书院），朔望聚诸生于此讲学。

登冠豸

群山环立别开天，洞里幽光未许传。
如烛斯燃石插汉，有金成字海通泉。
横空今日峰峰玉，匝地当年朵朵莲。
敬为观风登眺久，疲癃色起万家烟。

（《连城县志·艺文》）

【解题】

此诗描绘别有洞天的冠豸山景点，传达出北方人眼里的新奇印象。中间两联气势雄壮、对仗工整，生动形象。

【注释】

汉：霄汉。此处指照天烛景点。　有金成字：冠豸山有金字泉，景点之一。　疲癃：本谓衰老龙钟或有残疾的人，诗中指疲惫、困倦。　万家烟：代指到做饭时间。

李长秀

李长秀，字乔英，长汀客家人。顺治十八年（1662 年）恩贡，选为州同，因母老途远未赴，从事著述，有《易经大全纂要》《孝经集传》传世。《汀州府志·文苑》有传。

竹枝词（二首）

东溪抱郭向西流，恰有前山障两头。
好向闽西夸胜概，珠峰玉洞是汀州。

九龙山下水南流，岸有南山中有洲。
可惜出山贪到海，潮州那得胜汀州。

（《长汀历代诗选》）

【解题】

竹枝词由古代巴蜀间的民歌演化为文人诗体，唐代刘禹锡的新竹枝词具有鲜明的民歌格调，又有浓郁的生活气息，因此这种诗体在文人中广泛流传。此诗亦见于《长汀县志·山川志》，但作者不详。

两首诗描绘汀州优美的山水形胜。“可惜”二句批评汀水之“贪”，且将潮州与汀州对比，表达对家乡的赞美和自豪。诗歌突出汀州城山环水绕的特点，与宋代陈轩诗“一川远汇三溪水，千嶂深围四面城”的描写有异曲同工之妙，更富有民歌特色。

【注释】

东溪：源发翠峰山，合鄞坑水，始向西，后折向南，流高洋桥至张家陂，与正溪合。　前山：指南山，在汀州府治南三里。　珠峰玉洞：指汀州名胜宝珠峰、苍玉洞。　九龙山：即卧龙山。　洲：指今天的中心坝、水东街、半片街一带，古代是一片狭长的沙洲。

李长日

李长日，字化舒，号石村，长汀客家人，长秀弟。生卒年不详，主要活动于顺治、康熙间。《汀州府志·文苑传》载其“善古文词，尤长于诗”。著有《石村草堂诗文集》若干卷。

东山亭子看月

钟声邻寺依空寂，好月宵深入户来。
半夜光摇峰顶雪，三更香冷水边梅。
霜笼人影迷寒树，鸟应虫吟斗曲隈。
小语穿林僧已睡，敲门乘兴又登台。

（《汀南廑存集》卷三）

【解题】

东山亭子，在汀州城卧龙山之东，不远处有金沙寺，下临汀江水。此诗动静结合，声、形、色俱全，描写宁静空灵的月下东山景色。

南溪泛月（二首）

谁牵小艇泊桥西，酒灶茶铛亦并携。
共拟扣舷吟永夜，相将移棹泛前溪。
传来渔唱随风远，过去滩声傍月低。
渺渺予怀看水际，流光一望压长堤。

高林明月薄溪滨，草上离离露色匀。
今夕能同良会好，几年相对友朋真。
香流双桨茶声嫩，白浸千峰水气新。
却喜放舟绝壁下，岩边灯影照嶙峋。

（《汀南廑存集》卷三）

【解题】

南溪，指南寨旁的汀江河段。组诗描写与朋友月夜泛舟的情趣。“喜”字是其诗眼。

【注释】

渺渺予怀：化用苏轼《前赤壁赋》“渺渺兮予怀，望美人兮天一方”诗句。　薄：近。　绝壁：指朝斗岩。

游玉屏山

树声围古刹，门迳背林斜。

白日松浮霭，小春园自花。

千峰灵运屐，半偈赵州茶。

万象今零落，幽寻感物华。

（《汀州府志·艺文》）

【解题】

玉屏山，即南屏山，在府治南三里，屹立如屏，青葱可爱。宋时建有文殊院、同庆寺。清初的汀州几经兵燹，顺治三年（1646 年），清兵追杀隆武皇帝于汀州；康熙十五年（1676 年），郑成功派大将吴淑收复汀州，不久又被清兵占领。战乱把汀州城破坏得满目仓痍，诗中流露的伤心、叹息及万象零落、孤独凄凉之感，可说是当时文人普遍心情的反映。

【注释】

灵运屐：南朝诗人谢灵运喜爱游览山水，登山时用的特制木屐。　半偈：指佛学奥义。赵州茶：相传赵州(唐代高僧从谂的代称)曾问新到的和尚："曾到此间?"和尚说："曾到。"赵州说："吃茶去。"又问另一个和尚，和尚说："不曾到。"赵州说："吃茶去。"院主听到后问："为甚曾到也云吃茶去，不曾到也云吃茶去?"赵州呼院主，院主应诺。赵州说："吃茶去。"赵州均以"吃茶去"一句来引导弟子领悟禅的奥义。见《五灯会元·南泉愿禅师法嗣·赵州从谂禅师》。后遂用为典故，以"赵州茶"指寺院招待的茶水。

同友游朝斗岩

招携登绝壁，幽奇结中怀。微径凡几转，却瞻为疑猜。

清秋众木老，落叶积岩隈。楼阁延遐旷，殿宇倚崔巍。

小亭侧孤断，危踏数徘徊。下见一溪水，高见百尺崖。

霁日望四远，低昂诸峰排。始知造化工，济胜慰吾侪。

回道刚亭午，磬声随烟开。

（《汀南廑存集》卷三）

【解题】

朝斗岩，见周冕诗歌解题。此诗描绘朝斗岩的幽奇景象，借畅游山水以宽慰心中的郁闷。诗中凄清萧瑟、孤危难行的山景描写，寄寓诗人入清后心情的沉重与迷惘。

【注释】

吾侪：即吾辈。　亭午：正午。

斗姆阁

叹息年来兵燹后，伤心不复过龙山。

近闻莲社成飞锡，特办芒鞋一叩关。

半偈深谈残照里，六时清磬古松闲。

逃禅我欲频来此，相送孤筇带月还。

（《长汀县志·古迹志》）

【解题】

斗姆阁，在长汀卧龙山东麓。此诗从侧面反映清初战乱给汀州带来的灾难，文人寄托佛教以安抚受伤的心灵。

【注释】

莲社：东晋惠远禅师于庐山东林寺结白莲社，为中国佛教莲宗之始。此处借指佛教高僧。　飞锡：佛教语，指僧人游方。　六时：指昼夜六时——晨朝、日中、日没；初夜、中夜、后夜。　逃禅：不守佛门戒律。

黄日焕

黄日焕，字愧莪（一作愧峨），永定客家人。顺治十八年（1661年）进士，知广西兴业县，后历知甘泉、邳州、淮安府河务同知等。《汀州府志·人物》、《永定县志·儒林》有传。

龙冈八咏

椧嶂连屏

矗矗西北垠，岿然邑冠冕。
奔迸拥叠浪，拱揖领诸巘。
郭俯阴全移，日回岚半卷。
翘首睥睨间，芙蓉空际现。

水珠叠翠

银汉渗何年，颓峦宿余濑。
岁久滴砾凝，草木皆丛薱。
揽结闽山尽，控带粤峤会。
苍然群秀出，杳杳轻烟外。

杭陂春耕

清渠绕城闉，沾溉平畴足。
兴作占苍龙，荷锄联百族。
并力争节候，万顷一时绿。
世业长子孙，相寻上皇躅。

温泉晚浴

溅溅城东隅，火龙时喷沫。

玻璃开琼池，喧赴人如渴。
共入温柔国，荣卫乐疏豁。
骊山空殿闭，逊此恩波阔。

古镇烽销

坱莽一荒原，累累高冢在。
故老夙传闻，虎旅曾肃队。
犹存墟落名，不记是何代。
只今诗礼乡，往来尽冠佩。

晏湖鱼化

澄瀠若鉴浛，倒浸瑶空碧。
灵秀分溟澥，气候变朝夕。
神物息天机，长此欣窟宅。
倏随风雷起，尚留奔搏迹。

龙门樵唱

鸟道盘石门，披霞入层峭。
无约亦同群，清讴相和笑。
何必叶宫商，矢口自成调。
穆然太古音，昏途知者少。

鳌石渔歌

怪石抗中流，森然鳞爪备。
渔父两三人，时来共投饵。
得鱼自易醉，枕石烂漫睡。
醒来鼓枻歌，天地同戏剧。

（《永定县志·文征》）

【解题】

《龙冈八咏》的诗题是古代永定八景的名称，组诗描写永定山水的美丽，赞美家乡的可爱，歌颂人民的勤劳与和平生活，也反映人们喜爱温泉晚浴、山歌唱和等民情风俗。

棕嶂连屏：在永定县城西北三十里，群山连绵，多棕（音 tú，古代指枫树）树。登北楼遥望，状如列屏。

水珠叠翠：在永定县南松柏嶂，中有水珠岽，瀑水流泻，故称。

杭陂春耕：《汀州府志·桥梁》载："在县西北胜运里。"

温泉晚浴：《汀州府志·山川》载："大洲汤泉，在县东。"

古镇烽销：古镇，在马山西南馒头脑东侧。

晏湖鱼化：《汀州府志·山川》载："在儒学前。周围约百丈，陂水流潴为湖，春夏洩以种稻，秋冬壅以蓄鱼。"

龙门樵唱：指龙门山，在永定县城东，盘旋耸秀，与贵人峰并峙。

鳌石渔歌：在永定县城西田中，杭陂水绕其下。

黄钦望

黄钦望，字陟瞻，宁化客家人。诸生，主要活动于顺治康熙年间。有《紫竹林诗集》。生平事迹待考。

秋夜怀友

怀人倚遍小楼东，寂寂惟闻四壁蛩。
春树一天残夜雨，暮云千里落花风。
西园杯共秋篱下，南浦愁生芳草中。
安得重来携手处，流莺相唤柳枝丛。

（《汀南廑存集》卷三）

【解题】

该篇怀念友人。暮春风雨，千里花落；芳草萋萋，与愁共长；蛩声惨惨，与我同情。诗歌情景交融，表达对友人真挚的思念之情。尾句写景，言尽意长。

【注释】

四壁蛩：四壁蟋蟀鸣叫，暗寓家徒四壁。　西园：诗人所居之处。　秋篱下：由陶渊明"采菊东篱下"诗句化出。　南浦：南面的水边。后常用来称送别之地。

秋　怀

知是商音不忍听，无端寥宇动凄清。
小窗月到光摇幌，幽壑云空静有声。
多病自怜愁强半，息机不觉感还生。
蓼花红喷蘋花白，一样秋光两样情。

（《汀南廑存集》卷三）

【解题】

此诗抒写愁病交加的凄凉，感叹命运的不公。末句以水草之花作比，写出不第文人的共同幽怨。

【注释】

商音：五音（宫、商、角、徵、羽）之一。诗中指旋律以商调为主音的乐声，其声悲凉哀怨。　息机：息灭机心。意谓打消追求功名利禄之心。

张鹏翼

张鹏翼（1633—1715年），字蜚子，号警庵，连城客家人。康熙三十五年（1696年）岁贡。有《将相谏三谱》《桑梓录》《芝坛文集》等行世。

题冠豸石

石势峨冠豸作威，朝瞰绝顶散新晖。

文川曲曲涵金薤，古寺阴阴插翠微。

羽带云来山鹤隐，岩悬阁静野僧稀。

游人每踏丹霞级，树色岚光染客衣。

（《汀南廑存集》卷三）

【解题】

此诗描写冠豸山景象，俯仰生姿，动静相衬，在写景中寓有理学思想的内涵。《连城县志》题作“游冠豸山”。

【注释】

翠微：青翠的山头。　丹霞级：红色的石阶。冠豸山为丹霞地貌，故云。

徐开远

徐开远，昆山人，康熙二十年（1681年）以举人授汀州推官。居官廉洁，扶弱锄强，不为威怵。时靖藩旗兵横行炙吓。开远执法不阿，藩丁股栗，汀人以宁。《汀州府志·名宦》有传。

春日登冠豸

草色茸茸傍柳青，省方此日发临汀。

修逢上巳流觞禊，醉若环山太守亭。

为恋十三奇胜地，且延百二鹤龟龄。

马卿何不皆头白，冠豸空教自漠冥。

（《连城县志·艺文》）

【解题】

此诗抒写醉心冠豸美景，赞颂马周卿开辟冠豸奇胜的功劳。

【注释】

省方：视察下属县地。　流觞禊：民间于每年三月初三上巳日举行修禊事（拔除不祥），文人则进行曲水流觞的饮酒赋诗活动。此处用晋代王羲之作《兰亭集序》的典故。　太守亭：此处用宋代欧阳修作《醉翁亭记》的典故。　十三奇胜：元至正二十四年（1364年），连城代县尹马周卿率千人上山，开辟莲峰山十三景点：苍玉峡、云栈、天梯、冠豸、桃源、清如许、芙蓉坡、金字泉、白云深处、天光咫尺、苍谷、灵虚、小崆峒，用篆体或隶书刻石标名。　马卿：即元末摄连城县事的马周卿。

吴一士

吴一士，字无双，生卒年待考，主要活动于康熙年间。上杭诸生，生平事迹待考。《汀南廑存集》收其诗歌十二首。

横琴

见人骑马笑，渔灯隔岸明。孤桐知予意，对影引秋声。人间岂有风，顾盼雪风生。海水一何醉，长与指交鸣。大弦若奔马，小弦若啼莺。中弦恋香草，成梦入荒城。谁为同鹤怨，与子起鸿惊。杳冥随花去，浩淼逐云行。曲已还相对，翛然夜气清。携手坐空帷，有君何不平。

（《汀南廑存集》卷三）

【解题】

此诗写听琴的种种感受与联想，抒发了琴为知音，抚平心中怨恨的情感。吴一士的诗歌多为慷慨豪放之词，在清初低迷哀怨的诗风中可谓独树一帜。

邱嘉穗

邱嘉穗，字秀瑞，上杭客家人，世居来苏里（今上杭县中都镇）。康熙二十四年（1685年）府学拔贡，康熙二十六年（1687年）知县蒋廷铨聘修县志，康熙二十九年（1690年）举于乡，知归善县（今属广东惠州）六载，卒于官。所著《东山草堂文集》二十卷、《诗集》八卷、续集一卷、《陶诗笺》五卷收入《四库全书》存目。

题东山书屋

先人有敝庐，亦足障风日。而我扩丈地，非敢卜云吉。直以藏书多，结构审容膝。良夜独开卷，闲房时点笔。耿耿小窗明，伴我事著述。丈夫志四海，安能扫一室。正恐无事时，岁月坐荒失。掘井不及泉，临渴徒仓促。

（《杭川新风雅集》）

【解题】

此诗写自己在家乡东山书屋的读书、著述生活，激励自己胸怀大志，珍惜时光，坚持不懈努力学习。

【注释】

卜云吉：占卜说（此地）风水好。　直：通“只”。　容膝：形容房子狭小。　“丈夫志四海”句：典出曹植《赠白马王彪》：“丈夫志四海，万里犹比邻。恩爱苟不亏，在远分日亲。”　“安能扫一室”：典出《世说新语》，陈蕃每日不洒扫自己的房屋，受到叔叔责怪，陈蕃说：“大丈夫处世，当扫除天下，安事一室乎？”

淮阴侯

千金若望报，一饭岂哀贫。

知道如漂母，不矜高汉臣。

王侯旋赤族，面背总亡身。

当日无双士，死生两妇人。

（《汀南廛存集》卷三）

【解题】

淮阴侯，即汉初大将韩信。这首咏史诗赞颂漂母的善良与朴实，抒发王侯之家贫富生死难以预料的感伤。

【注释】

知道：懂得为人之道。　赤族：贫寒人家。　两妇人：指漂母与吕后。

留　侯

学道乃儒者，子房涉鬼神。

要知黄石诞，谁信赤松真。

用汉犹狙击，封留更保身。

不仙亦不侠，终始一韩人。

（《汀南廛存集》卷三）

【解题】

留侯，指辅佐刘邦灭秦并建立汉朝的谋士张良。汉六年正月刘邦大封群臣时，张良自降等级，请封当初与刘邦相遇的留地（今江苏沛县），故称留侯。这首咏史诗赞颂张良高超的谋略，及其灭秦后急流勇退、明哲保身的处世态度。作者赞赏张良“不仙亦不侠”的为人处事，实际上表达封建时代文人自身处事态度的共同愿望。

【注释】

黄石：指黄石公，秦末著名兵法家。相传黄石公曾授予张良兵书。　赤松：即赤松子，相传其修炼成仙。　狙击：指张良在博浪沙狙击秦始皇巡行车队之事。　封留：指刘邦建立汉朝后，封张良为留侯。　韩人：张良是战国后期韩国人。

严滩怀古

钓鱼人去石犹在，峭立滩前古色纷。
七里流平胥口汨，一台浮尽汉家云。
三公不任皆归第，谏议何官肯事君。
出处几人堪并论，桐江渭水钓竿分。

（《汀南廑存集》卷三）

【解题】

严滩，即严子陵钓台，严子陵曾在富春江畔钓鱼，拒绝了光武帝要他做官的邀请。此诗怀古，咏叹严子陵不肯事君的高节。杨澜评："三章论古俱有特识，不愧读书人。"

石城道中

万里秦闽叹远游，归期又近一年秋。
逢人暂喜声相似，问俗还知岁有收。
峭壁崚崚横岫出，清泉决决绕溪流。
明朝咫尺乡关路，好把芳尊对月酬。

（《汀南廑存集》卷三）

【解题】

本篇写远游返回故乡，路过江西石城时的见闻，抒写了返乡迫切而愉快的心情。"喜"字是诗眼：逢人声相似，一喜；闻说收成好，二喜；山奇水清，心情愉快，三喜；畅想回乡后把酒对月，四喜。

【注释】

声相似：江西石城也是客家人聚居区，通行客方言，故云。　岁有收：同治刻本为"岁有秋"，韵脚与上句重复，盖刊刻有误。

冬日村居书事

廿年游踪半居庸，万里南归又一冬。
怡我青山犹故故，欺人白发已重重。
茶娘悬候寻常客，酒子翻浇块垒胸。
曝日晴窗长把卷，却教儿女笑疏慵。

（《杭川新风雅集》）

【解题】

此诗抒写常年漂泊在外归来与家人团聚的喜悦，抒写待客、饮酒与读书的悠闲自在的生活情趣。诗中以茶待客、常喝酒酿，是客家民俗的体现。从此诗可以一窥清代客家文人的日常生活状态。

【注释】

居庸：居庸关，位于昌平县城以北二十公里的峡谷中，地形险要，是长城重要的关隘。诗中泛指河北、内蒙一带。 犹故故：像原来一样。 茶娘：一种泡茶法。先用茶壶冲入沸水泡茶，大约五分钟后倒入另一个茶壶，装入“茶巢”保温，可以随时招待客人。 酒子：指酒娘，客方言。

潘 耒

潘耒（1646—1708年），字次耕，号稼堂，吴江（今江苏苏州）人。康熙十七年（1678年）举鸿博，除检讨，纂修《明史》。性好山水，所至与当地名流交相讨论题咏。有《遂初堂集》四十卷。

紫金山

江南山万重，紫金独秀雄。拔地千芙蓉，一石所鑱就。无峰不崚嶒，有穴皆透漏。阳冈覆深松，阴崖泻奔溜。磴道历百盘，窥天始出牖。垂头看云霓，攀手摘星宿。琳官三四区，层叠缀崖岫。金殿在上方，排云出华构。境寂钟鱼清，山寒竹柏瘦。更上越数峰，岚开得晴昼。汀流曲若环，杭城错如绣。遥青辨粤东，远黛入江右。山岭涌云泉，一泓清可漱。神龙出为云，亢旱资补救。良金闭旧坑，文石发新窦。天空万象殊，地迥百灵凑。我来有素缘，胜侣欣邂逅。藉兹眼界宽，一洗尘土陋。重游未可期，欲别讵忍骤。长啸下天门，白云携满袖。

（《上杭县志·流寓传》）

【解题】

潘耒于康熙三十三年（1694年）来杭，馆于天王寺僧舍，“邑人慕其才，以诗文质之，户外履满。好事移尊诸胜地，所至留题。徜徉山水，有《紫金山》诗”（《上杭县志·流寓传》）。作者以文为诗，气势豪迈，描写紫金山的雄伟壮观，赞美上杭县城秀丽如画，“汀流曲若环，杭城错如绣。遥青辨粤东，远黛入江右”，写出上杭县的整体形势。

游水南憩李氏梅庄小饮

九十日春五十雨，落尽梨花不出户。朝来晴霁天气新，屡误游期尚可补。良朋入座无多谈，芒履相将游水南。水南杭川最佳地，三折中间一洲缀。人无别业专艺花，万木阴森翠无际。竹篱茅舍百十家，家家门前铺落花。人意萧闲物态静，众香国土无尘沙。竟日盘回绿天里，俗籁凡襟净如洗。转入梅庄更豁然，池馆清幽花竹美。高楼正对紫金山，尊严如王不可攀。七峰崚嶒耸豸角，美女娟妙低烟鬟。城牒参差露华栋，倒影波心欲浮动。清溪约山平不流，风航烟鸟纷相送。主人好事挈盒来，清言雅咏相徘徊。划然长啸山谷响，遥劝山灵酒一杯。大冠修剑足荆棘，青门紫陌多尘埃。童冠风咏有天趣，而我不乐何为哉。如此山川良可怀，重游但愿风日佳。

（《上杭县志·流寓传》）

【解题】

李氏梅庄，在水南，清康熙中，沂水丞李宪卿辞官后，与其弟次昉所购，当地文人常相聚于此诗酒歌咏。此诗描写了春天里上杭城南风光旖旎的山水景色，反映了当地客家人喜爱园艺、热情好客的民情风俗。

【注释】

五十雨：意谓春天三个月（九十日）中五十天都是下雨天。　盘回：意谓（整日）流连观赏。　七峰：指七峰山。详见胡时诗歌注。　美女：指美女峰。详见刘坊诗歌注。　大冠修剑：高冠长剑，代指达官贵人，代指追求功名利禄。　青门紫陌：青门，原指汉代长安城东南门，后泛指京城城门。紫陌，京都郊野的道路。

邱倬

邱倬，字国瑞，上杭客家人，邱嘉穗之弟。康熙五十六年（1717年）由文庠中式武举。有《春晓堂诗集》《粤游草》。

秋日游高宪山

路绕青溪上碧峰，洞门无锁白云封。
满潭秋水环寒翠，一壑松风送午钟。
石桌裁诗书绿竹，山楼酌酒醉芙蓉。
岩头兀坐凭舒眺，远近村墟夕照中。

（《上杭县志·山川志》）

【解题】

高宪山，在上杭县中都镇。旧志载：由大沽渡二里许，层折而上，苍松翠竹，一望蔚然。山顶石骨蜿蜒，若虬龙状，更有石桌、石凳天然诸胜。山麓有高宪庵，建于明嘉靖年间。明末邑诸生丘士麟隐居山上，建有书院。

严子陵钓台

独拥羊裘理钓纶，消磨名世富春山。
半生傲骨崚嶒石，一片澄怀浩淼津。

风月依然呼作友，云山不改结为邻。

翻疑汉有钓鳌手，一代经纶付水滨。

（《汀南廑存集》卷三）

【解题】

严子陵钓台，在浙江桐庐县南十五公里的富春山麓。此诗赞颂严子陵的傲骨澄怀，表达了对一代隐士的敬仰之情。尾联阐发新论："一代经纶付水滨"的原因是人才使用不善。

闵遇亨

闵遇亨，字来泰，号礼存，长汀客家人。康熙十一年（1672 年）拔贡，授德化教谕。

金陵怀古

建业城高壮帝畿，江流曲报送斜晖。

六朝花草今犹在，一代兴亡昔已非。

雨过钟山肥野荻，月明采石上鱼矶。

离离禾黍增悲戚，况值秋霜点客衣。

（《汀南廑存集》卷三）

【解题】

金陵（今南京），又名建业、建康，曾为六朝古都。这首怀古诗在表达传统的兴亡之感之外融入作客他乡的思乡之愁。

赵良生

赵良生，江苏泰兴监生，康熙三十五年（1696 年）任连城知县事，康熙三十六年（1697 年）署永定知县，康熙三十七年（1698 年）署武平县事，康熙三十九年（1700 年）任长汀知县事，康熙四十二年（1703 年）任明溪知县事。曾修纂《永定县志》（续）、《武平县志》。赵良生任职汀州五县，洁己爱民，作诗甚多，《永定县志·良吏》（道光版）有传。

南堤烟雨

长堤何倭迟，一道亘平楚。春树绿初成，浓阴相媚妩。朝来微雨晴，轻烟互吞吐。溉我原上田，庶以慰农圃。辛苦荷锄翁，辍耕听桑扈。

（《汀州府志·艺文》）

【解题】

南堤，在长汀县南寨汀江河畔。此诗描写南堤春景与农事，田园风味浓厚。结句"荷锄翁”的特写形象尤为鲜明生动。

【注释】

倭迟：纡回历远貌。典出《诗·小雅·四牡》：“四牡騑騑，周道倭迟。”毛传：“倭迟，历远之貌。”　桑扈：鸟名，青雀，又名小腊嘴或小桑鹰，亦称窃脂。典出《诗经·小雅·桑扈之什》：“交交桑扈，有莺其羽，君子乐胥，受天之祜。”

杭陂春耕

犁烟耨雨互商量，秧马柴车宿道旁。

草野陈胡无叹息，山林沮溺自津梁。

春郊报赛迎猫虎，社日祈年顺雨旸。

不厌桑田频税驾，为勤农圃劳壶觞。

（《永定县志·艺文志》）

【解题】

杭陂，在永定县西四里西溪水坝，见明代王环诗解题。此诗写农民春耕时的忙碌景象及自己的劝农活动，期望丰收之情溢于诗外。

【注释】

犁烟耨雨：指冒着濛濛细雨犁田除草。　秧马：种植水稻时，用于拔秧、插秧的农具。用木板做成马的形状（无腿），中间可放置秧苗，在水田里容易移动，减轻劳动强度。　沮溺：长沮、桀溺，传说中春秋时楚国的隐士，亦泛指隐士。　报赛：即赛社，迎神赛会的简称，“赛”是报答、酬谢的意思；“社”原指土地神灵。举行赛社的目的就是报答神祇的护佑，祈求来年风调雨顺，俗称“赛神会”等。　迎猫虎：赛社时有迎猫虎的仪式。猫和虎是古人认为有益于农事的神物。《礼记·郊特牲》：“迎猫，为其食田鼠也；迎虎，为其食田豕也，迎而祭之也。”　税驾：犹言解驾、停车。　劳壶觞：用酒慰劳、勉励。

暮春游灵洞山小饮葛仙井作

偶然出郭试寻芳，灵洞山深引兴长。

序届清明补修禊，地当曲水仿流觞。

看花佛院香偏异，汲井仙源淡共尝。

更喜郊行农事好，绿针连野布新秧。

（《武平县志·艺文志》）

【解题】

灵洞山，在武平县西十里，为洞天之一。有仙人跨马石、蛟池、汤泉、石龟诸胜，大洞二十六，小洞二十八。下有灵洞院、洞元观，俱废。又有三石井，旧传为葛洪炼丹处。此诗写春游赏景，尤其抒发对“农事好“的喜爱之情。

【注释】

寻芳：赏花。泛指春游踏青。　修禊：古代风俗，农历三月初三，人们到郊外河边踏青，以拔除不祥。　绿针：形容刚插上的秧苗。

化溪碧水

一水碧潆洄，绕郭势如带。安澜去悠悠，恬波停霭霭。甘同饮醍醐，冷比吸沆瀣。形胜得包络，田野资灌溉。鉴净自生明，滩平喜无碍。庶几似臣心，何烦耿恭拜。

（《武平县志·艺文志》）

【解题】

化溪，即化龙溪，一名南安溪，在武平县治南百步。源出清平乡，合流归顺乡，入潮州界。此诗赞美化溪碧水的清澈甜美，表达自己的纯洁清廉之心。此诗与宋代蒋之奇的诗句“鄞江一丈水，清可照人心”（《苍玉亭》）有异曲同工之妙。

【注释】

醍醐：纯酥油。形容水的甘甜。　沆瀣：音 hàng xiè，夜间的露水。　耿恭：字伯宗，扶风茂陵(今陕西兴平东北)人，东汉大将。耿恭守卫边塞，军中缺水，他对井跪拜祈祷，一片忠诚之心换来飞泉喷涌。

张成章

张成章，字万愉，号简亭，永定客家人。康熙三十八年（1699 年）举人，授万安知县（今江西吉安市万安县）。《汀州府志》有传。《汀南廑存集》存其诗歌五首。

建宁晓发

淡淡星河欲曙天，隔江人语戍楼边。
帆行荻港鸥随舵，路绕芦汀雪满船。
几处渔村悬破网，一堤衰柳锁寒烟。
年年作客频来往，辛苦难抛未了缘。

（《汀南廑存集》卷三）

【解题】

这是作者从福建建宁出发前往江西万安途中所作。诗中描写拂晓坐船动身时所见江边渔村的萧瑟破败景象，表达了诗人对百姓苦难的同情。诗人对“未了缘”的追求，则是作者积极用世精神的体现。

叶宫桃

叶宫桃，清流县客家人。清初贡生，曾任邵武训导。生卒年待考。

官坊洞

古洞傍溪头，突兀真奇迹。门前萝薜深，阴阴入路窄。白昼飞晴雨，滴沥泻山液。空响撼轰雷，坐磴润苍壁。四壁烟云象，玲珑如刻画。再从深处寻，晞微光照隙。寒生流水声，听久清魂魄。未审荒村中，灵秘自谁辟。胜境不知名，沉晦良可惜。吁嗟乎，人生遁迹亦同然，世间沦落何独石！

（《汀州府志・艺文》）

【解题】

官坊洞，在清流县赖坊乡，距清流县城一百二十五华里。洞口如螺，侧身转入，有岩高数丈，形象奇怪。悬崖半开，一孔日光映照如五更天，空阔可容数百人。岩悬一石，状如凉伞，滴水不断。洞腰一门，水环其外，深可至腹。过水一洞，石壑轩秀，洞侧一门，幽深难测。此诗描写官坊洞的奇景，抒发胜景不为人知，自己怀才不遇的感慨。

此诗在《汀南廛存集》卷四无“吁嗟乎…何独石！”三句。

【注释】

突兀：高耸特出貌。　晞微：形容阳光微弱。　灵秘：神奇莫测的奥秘，此处指官坊洞。　沉晦：隐而不露。

廖佳玟

廖佳玟，字丰玉，清流客家人。主要活动于康熙年间，耄年工诗。生平事迹待考。

述懒

日为诗魔扰，何论夏及秋。

一醒初得意，万虑却忘忧。

雨堕花粘砌，风敲竹近楼。

长吟头早白，向我百年头。

（《汀南廛存集》卷四）

【解题】

作者自述对诗歌艺术的执着追求，描写苦思之后诗意来临之时乐而忘忧的创作状态。

落花

欲为花残徒绘真，一吟一字倍伤神。

梹绿情逐风流队，浪堕恩辜富贵春。

忽忽化作青冢草，零零揉作马嵬尘。

怜他肠断东风恶，误杀寻芳拾翠人。

（《汀南廑存集》卷四）

【解题】

诗人由落花联想历史人物王昭君与杨贵妃，抒发人生无奈的感慨。

【注释】

青冢：指王昭君的墓。在内蒙古呼和浩特市南。　马嵬：指杨贵妃殒命之地，在陕西马嵬坡，又称马嵬驿。

王廷抡

王廷抡，字简庵，泽州（今山西省晋城市泽州县）人，康熙三十四年（1695 年）由户部郎中出知汀州。《汀州府志·名宦》载："时郡城遇荒，廷抡开仓赈济，复购米于东、西关设立粥厂，民赖以活。又兴东、西两河水道，浚郡河壅塞，创建丰桥，汀人利之。"工诗，写有汀州八景诗等二十多首。

东庄梅雪

南闽旧断三冬雪，东岭新开百顷梅。
素影不随春水去，清香暗送晓风来。
轻飞片片疑蝴蝶，乱落纷纷似玉瑰。
何用骚人频搁笔，梁园独让广平才。

（《长汀县志·古迹志》）

【解题】

东庄，在长汀县城东五里东庄岭下，旧时山下有民田百顷，尽种梅花，开时望之如雪。此诗描写东岭梅花的清香与花瓣飘落的美丽，赞颂梅花不畏严寒的精神。

【注释】

东岭：即东庄岭，在长汀县东五里。　梁园：又称兔园，旧址在今开封城郊东南三里处的禹王台一带，西汉初年汉文帝封其子刘武于大梁(开封)，曾大筑亭苑，名曰梁园。梁孝王刘武喜欢招致文士，枚乘、司马相如、邹阳等聚集梁园，诗赋唱和。　广平：唐代宋璟的别称。玄宗时名相，耿介有大节，以刚正不阿著称于世，曾封广平郡公。作有《梅花赋》。

东华翠嶂

层峦耸翠气萧森，蜡屐梯云曲径深。
峭壁远供青玉案，平台高傍白榆林。
松间古刹无人画，竹里新泉何处琴。
堞雉下观真似斗，清溪一线抱城阴。

（《汀州府志·艺文》）

【解题】

东华山，在清流县城东门外三里许，是笔山主脉鹅峰髻顶的分支，左接二象交牙，右接金莲寺。沿河壁立，挺拔陡峻，逶迤起伏直达崆峡岭。往昔这里树木繁密，蓊郁苍翠，故称“东华翠嶂”，为清流八景之首。

【注释】

蜡屐：木底鞋。古人制屐上蜡。谢灵运有专门登山的蜡屐。此处表示学古人闲适放旷而登山游赏。　青玉案：“案”读同“碗”，青玉所制短脚盘子叫青玉案。据说最早将“青玉案”用作词牌名的人是苏东坡，取自东汉张衡《四愁诗》：“美人赠我锦绣段，何以报之青玉案”句。此处用来形容远山青翠如玉。

咏笔山

脱颖三峰插碧天，毛锥卓处弄云烟。
秋来雁字书霞锦，春入江花绚彩椽。
曾向梁园题朔雪，还从汉殿赋甘泉。
一枝长对天人策，咨尔英才各勉旃。

（《汀州府志·艺文》）

【解题】

笔山，在清流城东七里，中耸三峰，形似笔架，故称。此诗描写笔山的雄伟壮丽，有如皇家园林之美，借以勉励年轻后辈。

【注释】

脱颖：原指锥尖透过布囊显露出来。此处比喻山峰全部显露出来。　毛锥：毛笔的别称，此指笔山。　梁园：地点见前注。梁园冬天时白雪覆盖，万树着银，太阳初升时，梁园银装素裹，分外妖娆，景色更加迷人，有“梁园雪霁”之称。此处形容笔山雪景有如梁园的美丽。　甘泉：甘泉宫，故址在今陕西淳化西北甘泉山。汉代文人扬雄著有《甘泉赋》。此处形容笔山有如甘泉之美。

化溪碧水

千支百派从东汇，抱郭西南流不待。
夹岸芙蓉秋满江，沿溪桃李春如海。
云霞曙色落平川，星斗宵临荡异彩。
闻说延津剑化龙，物华天宝知何在。

（《汀州府志·艺文》）

【解题】

化溪，在武平县治南百步，详见赵良生同题诗解题。此诗描写化溪（今名平川河）的涵混壮观，以及春秋、朝暮景色的绮丽，色彩分明，意境开阔，富有气势。尾联与延平府（今南平市）的延平津相较，指出延平津神奇传说的荒诞无稽，进一步赞扬了化溪的美丽。

【注释】

延津：指延平津，今福建南平市的延福门码头。　剑化龙：传说在晋惠帝时，尚书张华派遣雷焕到外面寻找宝剑。雷焕在江西丰城得到古代名剑干将和莫邪。后来干将失落，雷焕之子雷华乘船驶进延平津时，腰间莫邪忽然跳出剑鞘跃入水中。船夫在江底寻找，不见剑的影子，却见雌雄两条龙偎在一起。两把神剑就这样在延平津化成双龙。典出《晋书·张华传》。　物华天宝：指各种珍美的宝物。

范绍质

范绍质，字慎夫，一字文传，长汀客家人。以廪、贡举博学鸿词。生卒年不详，《长汀县志·艺文志》载其“当是康熙时人”。著《醒斋集》。

东华山

高踞峰头望远村，万山如垤水如蜓。

茂林深树仙能住，秋月春花且共论。

（《长汀县志·山川志》）

【解题】

东华山，在长汀县南二十里的策武乡。东华山一峰特起，不与众山相连，顶峰有一小庵，远近诸山与田畴庐舍尽在望中，是文人登高望远、抒泻怀抱的绝佳去处。

此诗写登高俯视之景，赞美茂林深树的可爱，表达了对东华山的热爱之情。

【注释】

垤：音 dié，小土丘。　蜓：蜻蜓。形容河水快速奔流。　仙能住：即“能住仙”。

山 居

寺远人家景自赊，况余数亩足烟霞。

荼蘼架满春常住，桃李蹊深雨欲华。

晚对好峰忘坐久，朝来啼鸟属思葩。

留诗且作苏公玉，珍重阇梨笼碧纱。

（《长汀县志·古迹志》）

【解题】

此诗为作者读书于击竹园时所作。击竹园，在长汀县城东，丰桥山隈，僧碧轮募建，康熙三十六年（1697 年），总戎董大功书匾。

诗歌描写春天里击竹园的环境，以及自己看山峰、听鸟鸣的忘我状态。尾联写自己所作之诗受到僧人的珍视，蕴含了对山居生活的热爱，也流露了一份人情的美丽。

【注释】

雨欲华：雨后将要开花。　苏公玉：苏公，指苏轼。玉，玉屑，指模仿苏诗创作的诗歌作品。　阇梨：音 shélí，高僧。泛指僧人。

刘 坊

刘坊（1658—1713 年），原名琅，字季英，号鳌石，祖籍汀州上杭，出生于云南永昌县。祖廷标、父之谦，仕云南，明亡，俱死节。刘坊二十二岁时返汀州，居上杭伯子家之“天潮阁”。刘坊惓怀家国，终身未娶，遍游大江南北，与宁化诗人李世熊关系极善。后卒于宁化泉上，葬于李世熊墓旁。《汀州府志·文苑》载其“为人卓荦豪爽”。有《天潮阁集》六卷。丘复《天潮阁集序一》评述刘坊诗文：“字里行间，犹可想见先生之隐衷，知先生之身世者，读之能无油然生爱国之心乎？”南社诗人柳亚子（1887—1959 年）在《天潮阁集序四》中亦认为刘坊诗文“足以惊天地而泣鬼神”。

奉寄李元仲先生二首

安稳西华老赵州，草玄书就复何求。
峨眉无恙犹思汉，猿臂空神竟不侯。
白发至今留但月，丹青他日任阳秋。
近来删定闻尤甚，肯把明珠一暗投。

但见奇峰天际吐，不知君子近如何。
闲情且更传三略，绝曲休教续九歌。
满目荆榛悲虎豹，百年天地老风波。
圃珖桂秀篱黄日，拟后登岩醉薜萝。

（《天潮阁集》卷五）

【解题】

据丘复《刘鳌石先生年谱》，此诗作于康熙二十年（1681 年），刘坊二十四岁。时刘坊寓居汀州，此诗赞颂李世熊的文章气节，抒发对元仲先生的关切，预为秋后游宁之约。刘坊曾于去岁秋至宁化访李元仲，有奉赠李先生四律，李世熊有《赠刘季英诗》。

【注释】

西华：(自注）先生自称西华道人，鼎革以来，剃发为寒支和尚。　赵州：唐代高僧从谂的代称，诗中用以指李世熊。时李氏七十九岁，故云“老赵州”。　但月：先生轩名（作者自注)。隐含“明一人”之意。　三略：《黄石公三略》的省称，是古代著名的兵书。　九歌：屈原的组诗《九歌》。　圃珖：见李世熊《圃珖岩》诗注。

辛酉季夏避暑圆通寺（四首）

祝融方鼓焰，避地入云关。
谷鸟催诗健，溪声待梦闲。
疏宜风过竹，浓爱雨归山。

静阅人间世，劳劳未可删。

山容当晚洁，群木意萧条。
雁去随天阔，云归逐岭遥。
诗成池上草，愁减月中潮。
向夕寒烟起，斜阳入断桥。

庄严贞帝座，殿阁逼三台。
窗启群峰入，天空孤月来。
暮蝉依古木，暗露湿苍苔。
欲寄无生偈，松涛冷喷雷。

荷香清可漱，松韵冷浇眸。
红落海棠晚，青齐芳草秋。
野苹豪伏鹿，山木稳啼鸠。
慰寂频高卧，怀人独倚楼。

（《天潮阁集》卷四）

【解题】

组诗作康熙二十年（1681 年）季夏。圆通寺，在上杭城西北七十里之圆通山，山顶平衍，有白拂泉、七星冈、洗月池、犁云亭、佛子水、冷石泉诸胜。明成化六年（1470 年），僧宗鉴于此建轮藏；清顺治七年(1650 年)，僧九一开丛林。组诗描写入山、向晚、月出及夜深时山中清幽宜人的景象，抒发对家乡山水的热爱之情。

【注释】

祝融：中国古代神话传说中的火神。诗中用以形容夏天炎热。　　“诗成池上草”句：化用谢灵运“池塘生春草”诗句。　　“野苹豪伏鹿”句：化用《诗经·鹿鸣》“呦呦鹿鸣，食野之苹”诗句。

癸亥春暮饮城南李氏梅庄

虚亭当远景，高旷得予怀。
野水乱流合，晴山四望皆。
鸠声春树密，人影夕阳歪。
既醉招樵牧，狂歌与汝谐。

（《天潮阁集》卷四）

【解题】

李氏梅庄，在上杭城南，详见潘耒诗歌注。此诗为康熙二十二年（1683 年）暮春诗人春游之作。中间两联动静相衬、视听结合，写客家地区山青水绿，描绘静谧安宁的生活环境。尾联写诗人“招樵牧”与歌，反映了上杭客家地区山歌的普遍。

杭川春望

雪战春林恨未齐，将军白甲拥城西。
银河夜静垂星旆，霜仗风寒卷玉霓。
有客孤山曾鼓棹，何人斗酒独听鹂。
杭川春景殊堪乐，正月梅花二月梨。

（《杭川新风雅集》）

【解题】

杭川，此指上杭城郊汀江河畔。诗歌描写白雪犹存的初春景象，抒写观赏春景之乐。不畏春寒的梅花、梨花形象，是诗人不屈心灵的象征，也是诗人游春之乐的思想源泉。

【注释】

白甲：形容白雪未溶化的景象。　旆：音 pèi，古代旌旗末端形如燕尾的垂旒飘带。此指星光。　斗酒、听鹂：典出南朝戴颙典故“斗酒双柑听鹂声”，后借指郊游览胜。

九日杭川

九日登高兴自佳，忽闻秋老独关怀。
人情似草愁霜降，世事如星逐岁差。
一水弄晴澄远浦，乱山堆浪激孤排。
频年此节成虚度，烂醉风前任帽歪。

（《杭川新风雅集》）

【解题】

此诗写重阳登高感怀，抒发时光易逝的淡淡哀愁。诗中描写上杭山水景象，意境开阔，“烂醉风前任帽歪“，人物形象尤为鲜明。

【注释】

岁差：此指时光变迁。　一水：指汀江水。　孤排：《天潮阁集》自注：“上杭县治如排形，四面山皆作波涛势。”

紫金山顶摘星台小酌

夕阳下双艇，泛泛若浮鸢。
我意天俱阔，山寒酒力绵。

松犹存晚节，石不记何年。

痛饮非吾事，微吟已欲仙。

（《汀州府志·艺文》）

【解题】

紫金山，在上杭县城北四十里，为杭川第一名胜。这里群峰高耸，苍翠如画，寺殿宏敞，岩洞幽深，千寻古松，百尺飞瀑，桃杏纷披，珍禽飞鸣。上有中峰寺（旧名紫金庵）、五龙寺、麒麟殿、桃源洞、小瀑布、一琴桥，山顶有摘星台。此诗描写在山顶俯视汀江景象，抒写自己宽广的胸襟及保持松柏气节的决心。

【注释】

泛泛：自由自在地泛舟。　鸢：音 yuān，一种猛禽，别名黑鸢。　绵：绵长。

清流道中即目

人家杂芳树，高下置其间。

野水忽平地，孤城卷乱山。

云生东华迥，月过北溪闲。

万古樊公庙，淫祠未可删。

（《汀州府志·艺文》）

【解题】

丘复《刘鳌石先生年谱》载：刘坊于康熙二十三年（1684 年）“夏五月与宁阳李斐如，戒装清流，欲由蒲水逾岭，径两浙、吴阊，绝大江，溯三湘，乱河济，而北登长白之岭，探鸭绿之源，将以尽南北之势。作初发清流诗”。此诗描写路经清流县所见山水人家的美丽景致，表达对唐代英雄樊令的崇敬之情。

【注释】

忽：形容水流很快。　东华：东华山，在清流县城东门外三里许。迥：高远。　樊公庙：即渔沧庙，在清流县东渔沧潭，祀唐银青光禄大夫樊令。

桃源洞

紫金山下桃源洞，泉树阴阴夹道遮。

昨日乘鸾三岛去，满山开遍碧桃花。

（《上杭县志·山川志》）

【解题】

桃源洞，在上杭县紫金山下。据丘复《刘鳌石先生年谱》，此诗当作于康熙三十六年（1697年）正月七日，诗人与何熊（字圣弼）等四人买舟游紫金山。何熊作有《游金山记》，见本书散文部分。

【注释】

鸾：传说中凤凰一类的鸟。　三岛：据《史记·封禅书》等记载，东方燕齐方士传称有蓬莱、方丈和瀛洲三神山在渤海中，山上有仙人和不死之药，仙人宫阙皆黄金白银构造。

咏梅

寒山消瘦更无尘，别墅疏林映玉人。
白水澄潭盟雅致，碧云天际想风神。
傲残庾岭三冬雪，开早长安万树春。
两眼乾坤憔悴久，对君犹见古遗民。

（《汀南廑存集》卷三）

【解题】

此诗歌咏梅花寒冬傲雪、清雅无尘的风神韵致，是诗人入清后坚守遗民思想的自我写照。

五歌（丁卯除夕客洪州作）

有客有客字季英，十年落魄东西行。中原万里无托足，萧然天地惟一身。短衣粝食苦不饱，高歌傲慢凌古人。呜呼！一歌兮漏一下，霜风漠漠云飞野。

有兄有兄头已白，三人憔悴各颜色。生时本作同支亲，长大岂期山海隔？伯兄闽中因哭子，耳目昏矇骨如指。去年接得仲兄书，垂老伤心客金齿。呜呼！二歌兮漏二催，天涯我自怜孤骸。

宝刀宝刀中夜鸣，光芒上薄斗牛精。猛虎正肥蛟龙卧，白狐跳跃黄狐狞。何时淬尔冰雪骨，人间安得有不平？呜呼！三歌兮漏声沉，皇天生我知何心。

寒禽寒禽声何微，喔喔鼓翅吹天机。行年三十不得意，生世何如未生时！黄农虞夏去我久，我行抱此将安归？呜呼！四歌兮漏四滴，读书谁知有今日！

丈夫傀儡负奇志，炯炯双眸须如猬。履穿肘露不自谋，往往喜说盘古初年事。穷冬雨雪天闭藏，寒梅悠悠吐生气。呜呼！五歌兮天已曙，披衣大笑出门去。

（《天潮阁集》卷三）

【解题】

原诗有序云：“少陵《同谷七歌》直可上薄风骚，平视《四愁》。唐人一代之作，无佳此者。即其平生他作，亦弗克称是。太白《蜀道难》，虽颇纵横，无与风雅。宋文信国常为《六歌》，情则迫矣，然实宋调。予远不逮二公，而流离辛苦与日俱长，则视二公较甚！用仿其体，作为《五歌》以贻同志。”

组诗是刘坊康熙二十六年（1687 年）客寓洪州（今江西南昌）时的咏怀之作。诗人模仿杜甫《七歌》和文天祥《六歌》的形式，抒写自己“短衣粝食苦不饱，高歌傲慢凌古人”的气概，表达自己“冰雪骨”“寒梅气”的思想品格。诗歌清俊通脱，感情激越，风格豪放。

温泉（二首）

高空出明月，容光洞如昼。

清川抱汤泉，皤然淡尘垢。
水月非有私，谁人有佳觏。
混沌流至今，希音甫一奏。

良璞甘昆冈，深岩纵楩梓。
造物蕴灵秘，待时始为启。
兹泉负天荒，皎洁恒自喜。
寄言披褐士，何必无知己。

（《天潮阁集》卷二）

【解题】

原诗序云：“庚寅秋九，过新泉访张警庵，留宿别墅。酒间，谈及堡外汤池之胜。乘月往浴，清洁大异恒泉，华清、黄山、安宁得此而四。同邑丘赍上宦滇之定边，亦云：‘其治南有温泉，不减螳螂川。惜其地僻远，故鲜游而赏识者。’忆儿时，在金齿摩苍山侧，有飞泉倒泻。每浴者，坐石壁下，灌漱及衷表，正恐华清愧其潇洒。皆以穷陬僻壤不传闻人之笔。彼亦各抱其不可知以还造化耳！知不知于水固无与也。因赋诗二章赠之，兼以告好事者。”

此诗为作者五十三岁时所作。温泉，在连城县新泉乡，至今仍然温泉众多，驰名四方。诗中赞扬客家地区新泉汤泉的清洁，可以和“华清、黄山、安宁”温泉并称为四，汤泉还可成为文人的知己。

【注释】

希音：“大音希声”的省称。形容汤泉动听的流淌声。　披褐士：指贫困的文人。

张问美

张问美，字尊五，号漱石，归化（今明溪）县客家人。康熙二十二年（1683 年）岁贡。于归化风云寺设帐授徒，“乡中优秀多出其门下”（《明溪县志·独行》）。

过孟夫子故里

史传三迁教，未能造其闾。偶尔鞭驴至，始知亚圣居。碑老藓不蚀，庙古草不除。欲询乡人事，驱驰未暇纾。岩岩有道气，千载读其书。虽缺登堂礼，幸亲历故庐。

（《明溪县志·艺文志》）

【解题】

孟夫子故里，在今山东邹城。作者访孟子故里作此诗怀古，表达对亚圣的崇敬之情。

【注释】

三迁教：即孟母三迁的故事，典出刘向《烈女传·母仪》：“孟子生有淑质，幼被慈母三迁之教。” 草不除：野草不会长上台阶。除，阶除。

谒龟山先生立雪堂

目送南来数百年，雪门松桧日飞鸢。

个中欲问瞻师范，侍左忘言晤圣贤。

伊水分流浮月印，玉山高峙肇薪传。

苔痕不蚀先生篆，斑驳残碑亦道诠。

（《明溪县志·艺文志》）

【解题】

原诗有注：“堂内有伊川先生像。”龟山先生立雪堂，在今将乐县龟山先生祠，内有立雪堂。此诗在描写立雪堂景物之中赞颂杨时倡道东南的功绩，表达对先贤的景仰。由此可见杨时在福建客家人心目中的深刻影响。

【解题】

侍左忘言：指程门立雪之事。 伊水分流：指二程的伊洛之学分支到南方。 玉山高峙：形容杨时学问的高深。 薪传：薪火相传。

同魏一翁登均峰绝顶

身临无上远峰低，俊眼空悬万里题。

衣拂轻云飞左右，杖头小鸟乱东西。

秀峦烟嶂何时洗，怪石藤阴终日迷。

仄径不能穿谢屐，且凭我友袖相携。

（《明溪县志·艺文志》）

【解题】

均峰，又名双牛斗力峰，在归化县东北九十里紫云台山均山之最高峰，“举头四望，则东之三元，南之永安，西之县城，北之将乐，均取归眼底”（《明溪县志·地理志》）。魏一翁，作者友人，疑为魏百龄（归化人，康熙四十八年岁贡）。

诗歌描写均峰的高峻及云飞鸟鸣、山峦怪石景象，抒写与友人相知相携的融洽之情。

李基益

李基益，广东海澄人。康熙二十三年（1684年）举人，康熙三十一年（1692年）任永定县教谕。《永定县志》（康熙版）载其：“讲艺课士，精勤祀典。下帷吟咏，雅范超群。”康熙三十六年(1697年)，由知县赵良生主持，教谕李基益执笔，邑人熊兴麟、萧熙桢、卢化、熊昭应、吴利见等三十七人同修《永定县志》，全书十卷。郡绅黎士弘称其“朴而雅”。邑孝廉詹捷又称其“见机勇决，亮节高风”。

晏湖艳荷

露浥如将笑，风掀迥不齐。
乍惊朝日薄，斜引夕霞低。
款款蜻蜓醉，深深翡翠迷。
兹湖原泮水，君子问濂溪。

（《永定县志·文征》）

【解题】

晏湖，在永定县城学宫前。这是一首描写荷花的好诗，拟人写法形象生动。结句“君子问濂溪”将此诗与周敦颐的《爱莲说》联系起来，增加了诗意的厚度。

【注释】

泮水：学宫前泮池的水。　濂溪：在湖南道县，与潇水并为该县两大河流。北宋理学创始人周敦颐等人创立理学学派，因周敦颐原居濂溪，故世称“濂溪先生”。

上官周

上官周（1665—1750年），原名世显，后改周，字文佐，号竹庄山人，长汀客家人，是清代康雍乾年间著名画家。曾奉召上京绘《康熙南巡图》，后返汀筑画室“竹庄”，绘成《晚笑堂画传》留世，著有《晚笑堂诗集》。《汀州府志·乡行》载其：“工诗，尤精于画。”查慎行《题竹庄罗浮山图》称其“上官山人今虎头”。杨澜《汀南廛存集》称赞上官周的诗画“能自出新意，修然蹊径之外，人比之倪云林、沈石田。诗亦风通，美如其画”。

重过黎愧曾先生溉本堂有怀宁先太史

溉本堂中水碧澄，清声雏凤接高林。
鼎彝色老文章在，几杖光寒道气深。
把盏静邀江汉月，挥毫写得洞庭心。
春来烂漫桃花放，天上人间有玉音。

（《汀州府志·艺文》）

【解题】

此诗作于康熙三十六年（1697年）春。时已八十高龄的黎士弘罹病在床，上官周闻讯赶来寓所溉本堂探望。黎与上官年纪相差半百，但两人切磋诗画，交情甚殷，亦师亦友，结为忘年之交。此诗赞扬黎士弘的文学成就，后继有人，给病中的老人以莫大安慰。

【注释】

雏凤：比喻年轻的杰出人才，此指黎士弘之子致远文才出众。　鼎彝色老：喻其文章古雅，火候老到。　道气：指超凡脱俗的气质。　江汉月、洞庭心：形容黎士弘的诗文意境高远开阔。　玉音：敬辞，尊称黎士弘的诗文。

竹庄秋月

三秋初见月，飘然有所思。金风声冽冽，枫叶何离披。图画宛然似，颇类元大痴。微云荡池沼，细浪吹纹漪。路犬吠行人，树鸟鸣高枝。情景殊可悦，得非行乐时？空怀谢公酒，徐吟高士诗。士高难以见，托心聊自嗤。

（《汀州府志·艺文》）

【解题】

康熙四十年（1701 年）秋，上官周在长汀金沙河畔筑楼三楹，屋后沙滩种竹数丛，取名竹庄，自号“竹庄山人”。此诗抒写悠然自得的文人生活情趣。

【注释】

元大痴：指元代画家、书法家黄公望（1269—1354 年），善画山水，笔墨简远逸迈，风格苍劲高旷，气势雄秀。　谢公：指南朝诗人谢朓（464—499 年），著名山水诗人。　高士：高尚脱俗之士，多指隐士。

夜过篁竹岭（二首）

老识蚕丛险，今从夜色过。
千盘余梦境，仰立近星河。
白发等闲事，青山奈老何。
孙登余有啸，竹杖带云拖。

履险空山夜，惊魂不易招。
月明云泛泛，风劲树萧萧。
暗石蹲如虎，昏烟望似桥。
未聆深谷意，谁信有箫韶。

（《汀州府志·艺文》）

【解题】

篁竹岭，在长汀县西北，与江西瑞金交界，是长汀通往瑞金的要道。篁竹岭山高路险，行走十分不便。雍正三年（1725 年），上官周携孙惠曾至瑞金拜访诗人杨于位，经过篁竹岭，误了客栈，只好连夜翻山越岭。两首诗描写篁竹岭的高危难行与惊险万状，表达老当益壮、不畏艰险的乐观精神。“白发等闲事，青山奈老何”，既是诗人万丈豪情的表现，更洋溢着热爱生活、充满自信精神的感人力量。

【注释】

蚕丛：原指蜀地的蚕丛路。此借蜀道比拟篁竹岭的艰险难行。　孙登：指西晋隐士孙登，长年隐居云台山，博才多识，会弹一弦琴，尤善长啸，“声若鸾凤之音，响乎岩谷”（《晋书·阮籍传》）。　昏烟：夜里的山中雾气。　箫韶：相传箫韶为舜制音乐。典出《尚书·益稷》：“箫韶九成，凤凰来仪。击石拊石，百兽率舞。”此处形容山谷发出的动听声音。

作画

老来疏世事，泼墨寄闲情。

山自云中出，烟从涧底生。

暗泉虚月色，古树涌秋声。

此意归神化，微茫空太清。

（《汀南廑存集》卷三）

【解题】

上官周不但精工人物画，如《晚笑堂竹庄画传》，还精于山水画，如《罗浮山图》。清代窦镇在《国朝书画家笔录》中评上官周“善山水，烟岚弥漫，墨晕可观”。

此诗是作者晚年自己作画的自我描述，阐明作画时的心态应是“寄闲情”，没有功利目的，才能进入神思飞扬、灵感降临的状态，中间两联则是阐明自己山水画的特点所在。

【注释】

泼墨：中国画的一种技法。用水墨挥洒在纸上或绢上，随其形状进行绘画，笔势豪放，墨如泼出。　神化：神灵的教化，或即为灵感。　太清：天空。意谓作画时神游天空，无所凝滞。

王燕龙

王燕龙，字孔嘉，永定客家人。庠生，主要活动于康熙间。《永定县志·文苑传》（民国版）载其：“邃于诗，即家构‘五桂轩’，吟咏自乐，与广人李基益酬唱最多。”有《五桂轩诗集》四卷传世。

半天岩

层层烟树簇，远眺势巃嵸。

帘卷千峰月，窗开万里风。

天如淳古上，人在小春中。

多少闲来往，登临未许同。

（《永定县志·文征》）

【解题】

半天岩，在永定县丰田里（今抚市镇）岭下深山。此诗描写远眺中的半天岩景象，写其古朴、和煦。颔联对仗工整，气势豪放，堪称难得的佳句。

胡功成

胡功成，长汀客家人。康熙间例士，任浙江宁波府定海县知县，后升广东惠州府连平州知州。诰封奉直大夫。生卒年待考。

过九龙舟泊清流城下（二首）

独上江楼思悄然，短篷渔火隔窗眠。
谁家笳吹因风急，一夜凄清动碧川。

芙蓉洲外泊轻舟，一片闲云万里愁。
明月有情光不散，清江无意水空流。

（《汀州府志·艺文》）

【解题】

九龙，即九龙滩，在清流县与永安县之间，详见赖世隆诗歌注。此诗抒写思念家乡的情绪。第一首以动衬静，以乐衬情，思乡之情有如碧水长流。第二首“一片”与“万里”、“有情”与“无意”对比，思乡情重，小小轻舟委实载不动如许多愁。

【注释】

短篷：一种有竹篷的小船。　笳吹：即吹笳。笳是中国古代西北民族的乐器，类似笛子，泛指笛子类乐器。　闲云：象征游子。李白《送友人》诗：“浮云游子意，落日故人情。”

胡学成

胡学成，字行千，号协矩，长汀客家人，功成之弟。康熙间例士，任江南苏州府嘉定知县、湖北黄州府同知、武昌府同知、安陆府知府，雍正间调任汉阳知府，署湖北粮储道按察使司，乾隆三年（1738年）致仕返汀。诰封中宪大夫。

游朝斗岩（二首）

宝珠天削金芙蓉，谁挂茅亭半壁峰。
隐隐笛声迷远塔，凄凄泉响咽疏钟。
寒潭深映三秋月，幽壁孤悬百尺松。
日晚僧归隔涧语，此中时有白云封。

一曲禅房带翠微，扪萝攀葛玩芳辉。
遥看隔岸丹枫净，极目平畴白鹭飞。
阁上千山迷晓雨，云中万树拂斜晖。
猿啼鹤唳风前急，扶杖归来月满衣。

（《汀州府志·艺文》）

【解题】

此诗描写游览长汀朝斗岩所见所闻，景致清幽宁静，意境开阔。诗中炼字精到，“挂、悬、拂”等用字形象生动，对仗也十分工整，是朝斗岩诗作中的佳品。

【注释】

金芙蓉：金色的荷花。形容山峰色彩、形状之美。　翠微：青翠的山色，也泛指青翠的山。　玩芳辉：玩赏美好光景。

题乌石村别业五十韻

龙山壮峥嵘，佳气郁腾上。宝珠峙其南，崒然耸碧嶂。下有鄞水流，漭沆浩奔放。
兹中多沃土，青畴开平旷。清泉甘且肥，禾黍盈眸望。我自归田后，卜筑于此间。
茅檐四五曲，隐隐傍南山。激泉成小沼，厥流何潺湲。古树蓊濛列，河水绕如环。
柴扉风为掩，无事竟日闲。有时佳兴发，览物适苍颜。春至正清和，生意满郊牧。
幽兰扬其芳，菲菲来空谷。云生栋宇间，雨绿西窗竹。子规枝上鸣，蝴蝶桑间宿。
古寺散神鸦，平田驱犍犊。入夏炎风赫，游鳞戏渌波。喹喋苇荇里，沦涟皱薄罗。
朝来疏雨滴，珠翻玉池荷。丁鹤翔庭际，清沼浴王鹅。火云虽四举，淑景佳且和。
春鉏羽似雪，芳树听鹂歌。大辰云西流，皎皎秋月白。三尺寒潭清，澄鲜映赵璧。
芙蓉江上生，红蓼披水宅。雾沾蛛网明，露浸苔钱碧。黄菊当阶翻，飞鸿振六翮。
桐凋络纬啼，草萤点幽石。千家砧杵声，田歌起四陌。严冬群动蛰，古柏挺虬枝。
葱茜质益茂，霜雪无如之。登楼一遐眺，远山白云垂。叶干行鹿响，小鹭守冰池。
蟋蟀怀唐俗，豚酒会神祠。景物随时更，睇眄诚足怡。眷言步小园，珍品洵非一。
樗枣若榴生，穰橙及邓橘。兰蕙与芎藭，芳菲胡充溢。复有临河圃，佳蔬植孔臧。
苾苾招摇桂，芬芬阳朴姜。张脍陆蓴美，葵藿舒朝阳。假日聊消忧，汲古探坟索。
左览老庄文，右披卿云作。山海有奇经，言之令人愕。箴铭逮风骚，渊源何落莫。
上下千古间，典籍恣所掠。闲情寄俯仰，悠然全吾天。清风起庭树，明月镜长川。
岂藉绿野胜，丘壑妙自然。佳哉乌石障，徜徉乐忘年。

（《汀州府志·艺文》）

【解题】

乌石村，在长汀县城卧龙山东南，又名乌石山。胡学成致仕回汀后，在乌石山建“别业”。此诗写乌石村别墅周围的环境之美及悠然自得的读书生活。

【注释】

赵璧：赵国的和氏璧。　老庄：春秋战国时道家学派创始人老子、庄子的合称。　卿云：汉代史学家司马相如（字长卿）、词赋家杨雄（字子云）的合称。　奇经：指《山海经》，我国古代地理著作，其中记载许多古代神话传说。　藉：借。

罗檠任

罗檠任，长汀客家人。生卒年不详，主要活动于康熙乾隆间。博学善诗，著有《鄞江集》。生平事迹待考。

游冠豸

挥麈长怀獬豸冠，芒鞋今日破层峦。
危峰削铁排青笏，绝磴梯云倚碧栏。
玉箸碑残苔自老，莲花漏滴月犹寒。
香清鸟语斜晖外，八面河山画里看。

（《汀州府志·艺文》）

【解题】

此诗描写登临冠豸山所见的雄奇壮丽景象，赞叹山川如画。

【注释】

挥麈：挥动麈尾，以掸灰尘。麈，音 zhǔ，古书上指鹿一类的动物，其尾可做拂尘。魏晋人士常挥麈谈玄，后世以挥麈泛指清谈。　　青笏：形容青绿的岩壁。　　绝磴：绝壁上凿出的石阶。

霹雳岩

鬼斧开青壑，翛然一径幽。
寒花缠石罅，瀑水浸山楼。
天奥疑风雨，岩深失夏秋。
有颠能拜石，不负此灵丘。

（《汀州府志·艺文》）

【解题】

此诗描写霹雳岩的清幽，花草、瀑布、岩洞的奇丽，赞美霹雳岩。

【注释】

山楼：霹雳岩有明代徐中行所建读书台。亦称使君读书台。　　有颠：指米芾，号米颠。　　拜石：典出宋人叶梦得《石林燕语》（卷十）：（米芾）知无为军，初入川廨，见立石颇奇，喜曰："此足以当吾拜"。遂命左右取袍笏拜之，每呼曰："石丈"。言事者闻而论之，朝廷亦传以为笑。

熊中泰

熊中泰，江西南昌人，贡生。生卒年不详，主要活动于清代康熙乾隆间，曾参与纂修《连城县志》。

游冠豸山（五首）

旧说凌云胜，今来冠豸游。
舍车沿窄磴，陟岫傍高楸。
山断天光迥，亭虚暑气秋。
偕朋聊小憩，烟景望中收。

寻幽穿玉峡，济险仗丹梯。
不到层霄上，宁知曲径低。
飞泉晴带雨，古木夹成蹊。
息息荷香近，东田路不迷。

最爱书堂好，轩庭逐境高。
鸡山开圈画，文水静波涛。
树古龙鳞老，书空鸟迹牢。
兴来谩回首，随意拂霜毫。

过涧情何极，中通别有天。
扪萝观古篆，藉草啜清泉。
无复留人迹，空闻响杜鹃。
山灵笑卤莽，辟径想前贤。

竟日穷游赏，行厨更极欢。
香风飘客座，微雨润骚坛。
翠影侵楼直，云阴覆竹寒。
为耽清胜处，欲去且盘桓。

（《汀州府志·艺文》）

【解题】

组诗描述了游览冠豸山的整个过程，集中描写了丹梯之高、书堂之爱、涧中之情，在观赏山水美景之余，也有行厨的欢声笑语。诗中以“最爱”二字赞赏人文历史悠久的书堂，以“情何极”抒发对前贤的向往，表达冠豸山之美，不仅在于山水，还在于文化内涵之深。

【注释】

鸡山：指冠豸山，因山峰有如鸡冠，故名。　文水：指文川河。　拂霜毫：指轻拂白色的胡须。暗寓对美景的赞赏。　竟日：整日。　穷：尽。　行厨：出游时携带酒食，或传送酒食。

张来凤

张来凤，真定（今河北正定县）人，清初孝廉，生平事迹待考。

登冠豸

连城门外眼生青，东望清漳西望汀。
飞去三龙空是井，憩来九老尚存亭。
风前惊对王侯腊，杖底惭周甲子龄。
莫道久饶彭泽兴，开尊同啸问苍冥。

（《连城县志·艺文》）

【解题】

此诗步韵徐开远的《春日登冠豸》，描写冠豸山的地理形势，融入名胜传说，抒写对陶渊明隐居生活的向往。

【注释】

漳：指漳州，在连城东南面。　汀：指汀州城，在连城西北面。　三龙：三龙井，连城八景之一。　九老：冠豸山上有九老亭。　王侯腊：即腊八节，农历十二月初八。岁终之月，寓有新旧交替之意。　甲子龄：指六十岁。　彭泽：指东晋著名田园诗人陶渊明，曾任彭泽县令，喜欢饮酒、赏菊、作诗。

朱 雯

朱雯，浙江石门县（后改崇德县，今为桐乡县）人，康熙二十五年（1686 年）进士，康熙三十年（1691 年）任山东省提学使。曾任汀州府推官。《汀州府志》卷之十八职官题名为“朱霞”，误，今据《连城县志》（康熙版）改。

游冠豸诗（二首）

绿杨系马入看山，胜侣登临未拟还。
康乐幽奇苍玉峡，支公结构白云湾。
阴崖坐雨蛟龙没，深谷闻泉麋鹿闲。
乘兴拓寻凌绝巘，海门悲泪满津关。

云树千寻满碧滩，共携樽酒话高寒。
杯前飞瀑啼猿冷，花里仙台去鸟残。
城郭千家军饷急，河山几处客衣单。

陆生未许通南越，啸咏溪山醉眼看。

（《连城县志·艺文》）

【解题】

作者游览山水名胜之时想到“海门悲泪”“军饷急”“客衣单”等社会现实，在众多题咏冠豸诗中实属特殊，体现作者清醒的社会意识。

【注释】

胜侣：好友。　康乐：南朝宋谢灵运，袭封康乐公。　苍玉峡、白云湾：冠豸山十三景之一。　支公：支遁，字道林，晋陈留人。二十五岁出家，通庄子及维摩经等，世称支公，后以支公泛称高僧。　海门：县名，属江苏省。宋初，犯死罪获贷者，配隶于此，煮盐纳官。　陆生：陆贾，协助刘邦建立汉王朝，曾两度出使南越，招谕尉陀。

林宝树

林宝树（1673—1734年），字光阶，号梁峰，武平客家人。康熙三十八年（1699年）举人，授奉天海城知县（今辽宁鞍山市南部），因父母年迈，道远不赴，在家热心公益，潜心著述。他的通俗启蒙读物《一年使用杂字》（俗称《年初一》）在民间影响甚广，另有《梁峰诗文集》、《四书大全摘抄》行世。

题村口石

石阜如屏障，浓荫景物幽。

高松仙鹤宿，密竹彩鸾留。

意静山稀籁，心闲水自流。

潇然无俗累，何必汉津游。

（《武平县志·艺文志》）

【解题】

此诗描写村口石山的秀美景色，表达了诗人心闲意静、身无俗累的洒脱情怀。

【注释】

彩鸾：鸾鸟，传说中的神鸟。形容不知名的漂亮山鸟。　山稀籁：即山籁稀，形容山中的声响细微。　汉津：银汉。此指仙界。

一年使用杂字

一

年初一，早开门；放爆竹，喜气新。点蜡烛，装香灯；像前拜，烧纸钱。

灯光火，早夜连；蜡烛台，两边排。香炉内，檀香堆；棹围带，挂起来。

台前供养尽新鲜，汤皮粣饭用油煎。豆腐糍粑禾米粄，碗头盘碟尽齐全。

门冬瓜线红柑子，龙眼荔枝糕饼软。茶匙茶盏茶壶子，桔饼点茶再食烟。
传盒一座摆开看，拜了新年就出门。神坛社庙都去拜，祖公堂上贺新年。
无事之时好着棋，围棋象棋有赢输。戒别纸牌切莫打，送了钱财惹是非。
大细子人好嬉游，双手无闲拍棉球。或用脚来踢毽子，输了他人不知羞。
初三初四拜新年，婿郎男女到家门。或请新亲来相见，丈人老表及外甥。
猪肉食完并腊鸭，蒸醋鱼冻共三牲。浸酒开罈用大碗，欢欢喜喜赛哗拳。
大富人家更排场，鲍鱼鲞翼馥馥香。海参燕窝鸡丝肉，鱿鱼虾米做清汤。
黄螺蛏干拿来炒，蜇皮海带会辣姜。肉圆包子来凑样，也有酥骨上沙糖。
极好蜅鱼煮豆腐，焖烂猪蹄锡盘装。闽笋豆芽萝卜线，好贴肝肺猪肚肠。
调羹舀来筷子夹，大家食得饱非常。许多花生瓜子壳，厅下地面要扫光。
客人头上戴绥帽，身穿炮套阔和长。棉绸茧绸羊皮袄，汗巾烟袋在身旁。
新杉新裤新帽子，镶鞋缎袜配相当。衣食两般难记了，略提几件讲别样。

二

大闹花灯喜者多，抹浆褙纸小心摹。破开竹篾扎圈子，龙灯马灯去穿梭。
转珑窈妙有消息，船灯扇灯闹阳歌。碗锣盆鼓并色板，打起大钹大铜锣。
笙箫笛子同吹起，弹琴唱曲两相和。风流浪子台上跳，花鼓双双两公婆。
星光半夜归来睡，十分辛苦论蛮拖。也有阵班去打狮，装成小鬼极丑粗。
举棍之人做猴子，钯头钩刀爱学师。藤牌短刀手中执，钻过剑门险且痴。
正月十五是元宵，冲天跃子半天高。金盏银盘缔缔转，花筒金菊夜来烧。
道士请做三官会，上元天官赐福朝。立春已过雨水来，烧灯送神切莫呆。
各人散班寻本事，好供子女奉爷口。

三

世间第一读书篇，打扮学堂安圣贤。厨桌一条并凳子，墨砚纸笔要齐全。
温熟书要原本背，分明章句莫乖蹇。最怕学生打冇口，字眼不识亦徒然。
惟有破蒙加小心，起头先点三字经。合本纸库学写字，捉笔填红上大人。
直落横画并点子，端端正正分均匀。幸有聪明智慧者，学庸论孟及五经。
若然蛮蠢并躁暴，跪打难免郁性情。油盐柴米轮流去，供膳先生也要勤。
再言经馆大书堂，不比舍学点句章。上午读书下昼想，更深夜静读文章。
宗师月课府县考，头名案首志昂昂。学院场中取了卷，新入黉宫秀才郎。
父母伯叔同兄弟，家中日日接报房。岁考复试加补廪，高升拔贡姓名扬。

门前一对桅竿竖，表旌门第是书香。再加中举又中进，出入跟随衙轿扛。
状元榜眼探花第，翰林学士近帝王。此是读书为第一，犹如平步上天堂。

四

于今来讲农事家，钁头铁鉔与犁钯。耕田正爱好秧地，作陂开圳水路佳。
扩烂泥团更好耖，牛藤牛轭当用他。尿桶担肥打落脚，浸洋田肉容易耙。
作大田塍贮稳水，铲去茅根拖草楂。大塅之中无田坎，最怕溪水冲泥沙。
山田高垠并排壁，落垅湖窟凹凸斜。田头地尾杂种好，薯姜芋粟及黄麻。
春间日日去耕作，身穿蓑衣并笠口。二月惊蛰浸谷种，摆下谷子就生芽。
大家请人掂谷子，扯得直行无粒差。春分时节思祖公，上坟祭墓一般同。
先在祖堂宰牲血，后担□子到坟中。吹手四人凉伞一，唢呐哨子及大筒。
保护请神又奠酒，散挂五方花纸红。蒸尝大者发丁肉，斤两多少在秤中。
绅衿耆老加一等，消散祭仪摆门风。头家备办出来食，莫打酒醉乱叮咚。
祭得墓完到清明，出水掂头又爱耘，耙子一张田里擦，揶来揶去甚艰辛。
谷雨到来爱莳田，翻钯耖烂轭牛肩。早晨脱秧昼边莳，腰驼背屈真可怜。
南安早赤早迟禾，蚁公包子掂者多。又有黄早野猪糯，栽在塘中种在窝。
四月立夏日子长，早粘田地做完场。连踪管要莳大糯，男妇大小起早床。
小满到来塞粪时，单用匏杓与粪箕。整光坎头度稗草，连根丢却半天飞。
茅镰刀鞘及草篮，担杆常在肩头间。好养牛牳及牛牯，又肥又壮在家栏。
田刀一把斫田塍，平水石头半浅深。禾头垅内莳夵子，缓缓做来莫挨停。
若到五月芒种来，禾苗长大等包胎。荒隔锄松摆麻子，有闲好烧芒头灰。
初一去赴中堡圩，装得香包到暗归。扇坠香珠红缎壳，也有络子织马尾。
初三扛佛保禾苗，落佛忏后做午朝。福首陪香并践道，擂锣擂鼓真唠嘈。
请来和尚着袈裟，口念南无做香花。三餐散班供斋饭，提点东西是头家。
三宝挂在当中心，列班菩萨依序循。伏羲神农黄帝氏，掌苗使者五谷神。
又请雷公并电母，风伯雨师加虔诚。又有田头地塅等，杨大伯公召几声。
上至坑源下水口，通乡福主一切神。尽是恳求保禾稼，丰亨大熟救济民。
初四开斋爱迫猪，做社过节大规模。菩萨送还本庵去，一年一次又相符。
五月五日是端阳，菖蒲药酒与雄黄。门挂葛藤插艾叶，裹粽送了寒衣裳。
五月十三贺关爷，家家门户结席车。州府县城关帝庙，行香官府是老爹。
夏至到来热难当，禾苗吐花枝扇长。铲净田塍掂谷子，总爱天晴快生秧。
斫削禾柴晒乾燥，杉毛杂木并松毛。田中芋子爱上土，火土培大芋荷苗。

六月小暑早禾黄，尝新禾饭荐馨香。请人补箩买谷笪，又爱破篾箍桶枋。
虮蜱咬人无安乐，帐外蚊虫闹喤喤。葛布褂子苧布裤，大家都着热衣裳。
禾客请来赶收割，担杆竹扛要提防。大暑到来正打禾，盐箕撮斗谷筛箩。
后生担秆岭上晒，辘轴碾田用牛拖。晒燥早谷过风车，谷笪摊放搪子爬。
斗量入仓爱算稳，隔板分明切莫差。穷人佃户作人田，留开纳租莫迟延。
也有田主收租谷。也有请来对股分。犁转燥田种番薯，放整薯藤番秆铺。
大匾镢头钩泥碛，打开圳缺要工夫。番稿莳在立秋边，莳得田完莫挨缠。
笼鸭上田踏牛稿，检整粪撩堆秆草。头家择日扛仙师，要下投状先告知。
三仙公爹黄七郎，黄十三郎是男儿。倖公八郎是女婿，判官力士两边企。
请来道士着道袍，头戴冠子奏天曹。读了人名喧了疏，还要宴宾用牲口。
再过十五七月半，中元赦罪地官诞。江西规矩烧纸钱，弄得鬼神大家散。
处暑最爱好天时，雨水周全不怕迟。日日朝晨白头露，雉鸡尾子艳艳拖。
八月里来交白露，人人改挖芋卵煮。秋风就冻桂花香，中秋佳节月华吐。
九月九日是重阳，寒露到来菊花黄。霜降天气要晴暖，糯禾收割也停当。
若有岭岗木梓山，检摘茶子落研盘。或用水车碓末细，茶枯包起撞榥尖。
十月交来小阳春，电光不闪雷藏声。立冬万物当成熟，家家屋屋赛收成。
小雪之时是冬天，猎只牛牯去犁田。犁辕象鼻犁拔线，犁横刀上缚牛藤。
改变天时转冷风，虾蟆老鼠尽潜踪。少年后生莫懒惰，寻得事业自有功。
虽然乡村地方小，年年规矩仍照老。梁野山中大老佛，迎来敬打保安醮。
香钱座米无人分，跟佛和啱自家倒。午朝上供裹馒头，夜间建醮早发表。
十一月来转冷风，大雪之时是寒冬。树木退冬虫豸死，鸟雀成群结夥丛。
老虎黄，并豺狗，石岩做薮好藏风。只有大蛇和小蝎，深坑深迳歇茅蓬。
土楞兔子狐狸獭，猫狸山鼠尽钻垅。水底圆鱼田鸡鳖，乌龟螃蟹及虾公。
鲩鲢鲤鲫□蟥子，鳅鳝蚌蛤算不穷。再过半月冬至后，冷冰硬垢雪朦胧。
打霜飞雪玻璃搪，裂手劈拆开皲疯。火桶埋灰炙手脚，夜睡棉被盖身中。

五

此时无事闲乐天，正好算计赚工钱。许多斯文行地理，人人称说堪舆仙。
南经碣石罗经袋，看人祠堂及地坟。杨公符木有灵应，消砂纳水照书篇。
中宫驾定分山向，全井穴情用心扦。峦头内胎外界水，明堂斗口峰峦尖。
龟背过龙碑石座，祭台摆角及塚圈。埋葬之时出破军，呼龙出煞喊大声。
红包利市雄鸡血，完工谢工讲谢金。也有散文学医药，寒热虚实莫差错。

问人疾病做药丸，脉有浮沉迟缓数。痘师先生兼治麻，药末丸散肚中托。又有眼科并外科，无名肿毒用膏药。又有算命哄人钱，五星盘子及流年。探知人病来送煞，弄得人家颠倒颠。许多丹青是画工，五颜五色画形容。也有清闲学看相，先望头面与掌中。又有卜卦学测字，口快眼利要精通。许多银匠打银簪，戒指牙撩及耳环。百炼臂环大颈锁，钗钏度金点翠颜。又有坐店专打铜，铜盆铜罐肚内空。铜笔铜锁烟盒子，摧锣磬子摇铃钟。也有从师学锡匠，酒壶兜壶好模样。鼎杯粉盒及油壶，紧关用者讲几样。许多游门去打铁，三三四四同做得。熔銼炼钢风箱炉，铁捶檛打无休歇。铁睁铁钳抵火皮，师傅徒弟尽莫缺。买来炭子烧完了，山上松皮也代得。又有熔銼铸锅头，泥做模样两相侔。响钟哑锡真古话，将新换旧用称钩。也有生活做裁缝，剪刀尺子在身中。或做绸缎用熨斗，粗布烙铁大家同。又有屠户常打屠，朝朝宰杀牛搭猪。白刀插入红刀出，滚水刮毛剥皮肤。许多木匠到家庭，斧头锯子不离身。墨斗曲尺同界笔，凿头角钻打中心。割刀搬斧线铊子，攛直刨光凿窟深。先将木马同木驴，锯开板心及板皮。泥匠师傅砌石坎，小工相帮平地基。羊头五尺线车子，阔狭高低看周围。大富人家做屋场，上厅下栋两厢房。横屋楼台余坪巷，石灰砖瓦封火墙。中间献柱抽斗角，扛梁油梁狗子梁。地脚献柱同壁尺，骑橦梁挂配川枋。桁条瓦角握风板，齐檐滴水一般长。水桯壁孔柱头石，栏杆窗子照间房。两边窗扇马蹄脱，天井夹沟用涧装。檐墡煞路花台坎，作栋盖瓦抵风霜。织布师傅又如何，脚踏楠机手抛梭。牵得绉纹入簆齿，羹糊上刷用钩拖。又有祖传老染坊，青绿赤白黑和黄。毛蓝梭布洋青色，爱好碾石打到光。又有出门寻作山，批人岭岗好种蓝。大篓张来青水靛，船钱水脚几多难。或剥竹麻来做纸，帘床刷把用几般。石臼槽校焙笼壁，料皮车碓亦紧关。做焙三人一割苲，杂工师傅也无闲。有烧罂瓮装窑中，层层叠叠堆几重。金斗钵头及牙钵，花缸罐子火烟窗。有行香火提傀儡，赛过良愿香山戏。华光菩萨并观音，三位夫人随人许。也有人家娶老婆，担鱼担鸡又担鹅。新郎公坐四差轿。新人花轿赛嫦娥。灯笼凉伞并彩旗，一迎一送两相宜。裙衫衣服嫁奁厚，木箱衣架铺帐被。入门饮了六杯酒，棹围座褥摆列齐。恭贺对联贴满堂，字画纱灯结彩装。媒人相邀送嫁客，大家等接好风光。酒筵食到下席去，就掷骰子呼令章。三朝拜堂分大小，谒见家官并家娘。叔婆伯媄及姐嫂，大姑婶姆妹姨娘。

六

人间喜庆难记了，又将丧事讲一场。父母死故是丧家，目汁双流两眼花。
母死喊娘喊哀姐，父死叫爷又叫爹。抖尸被在底下贴，卷心褥子面上遮。
爷称显考娘称妣，安起灵牌等外家。开棺入殓爱仔细，丧事称家有俭奢。
子孙钉盖用四枚，千年万载不回来。红漆棺材为棺柩，孝子披麻尽举哀。
开冥路，还受生，三魂七魂领官钱。任你富贵官宦家，贫穷老嫩一般行。
妇娘死，作沙图，僧人锡杖挑经书。题唱木莲来救母，破砂即是破酆都。
血盆碟子放下地，不知此事果有无。若做斋，又更排，阎罗天子请召来。
日拜水忏并净土，十王过去夜修斋。放焰口，加诚心，木鱼钟磬好清音。
若然爱还十二库，请僧先念受生经。全堂纸折多做尽，幡竹头下山大人。
多字墨，写榜文，金山银山向灵焚。幢幡宝盖迎佛祖，孤衣两挂施孤魂。
千佛忏，拜得完，打起十班放水灯。口念阿弥陀佛去，摆起佛法到溪边。
夜里坐台放施食，四大部州列在前。冲天火把三叉路，惹得鬼神争后先。
超度亡人追荐死，大功大果福周全。拣日开吊出讣文，报帖送到六亲门。
挂起像来安灵位，白布结装内外帘。明白之人在孝堂，粗工用力在厨房。
门前迎客接香烛，发帛回礼及传香。又爱斯文订孝簿，记明姓字不遗忘。
接来香烛将安放，怕人偷去用柜装。捧菜蔬，用托盘，倒茶伺酒也无闲。
厨官师傅掌烹调，盐味莫淡也莫咸。开吊完满有用祭，棕荐毡毯谷笪摊。
迟猪杀羊原只摆，祭之以礼也可观。做礼生，要功名，秀才监生唱拜兴。
身牢圆领头戴顶，诵读祭文面向灵。客主祭，先上香，拜跪叩头要定场。
左边行上三献礼，右边下来切莫慌。移出柩，来装扮，维重先食还山饭。
红绸白字写铭旌，作重爷娘真灿烂。作古人，登鬼序，瞒踪灭迹今辞世。
八仙维重扛棺柩，一人前吊粮罂子。做孝子，背弓弓，不敢剃头满百工。
父死扶柩杖用竹，母死扶柩杖用桐。拦路祭，真热闹，满路头帛并腰帛。
打开圹窟就埋葬，谢客完场好安歇。百日周年随大祥，除灵除服在祠堂。
麻衣挂壁方成子，春秋二祭享馨香。

七

再题世有好妇人，合家大小得人心。夜坐间房思缝补，做花绣朵助夫君。
纺棉织缔挪索子，花针钻子不离身。朝早起，无别虑，手拿角梳就整髻。
刮光头发用油葱，油污满手茶枯洗。耳环簪子及包头，铜镜照面对答对。
整饰衣裳有面光，梳妆打扮极伶俐。开锅灶，算计较，水桶上肩及水爪。

甑棚甑蔽及罩箩，捞饭煮粥匏杓扰。再来暖汁供大猪，青菜煮来藏浸炒。
菜刀锅铲箸碗杯，火筒锹夹齐放好。扫光地面好颜容，捡头拾尾有常道。
厨事完，洗汤衫，入园担尿手提篮。渥湿园中葱蒜韭，芥菜萝卜与波苓。
苦瓜扁豆茄苋菜，番匏冬瓜满蒂摊。及时落种件件有，可免无菜被人嫌。
气性温柔莫独孤，细言细语孝公姑。男女背携随便好，竭力坚心顺丈夫。
脚踏碓，手推砻，米筛簸箕件件通。笆篮装起糠同米，糙米撮来碓臼舂。
检鸡蛋，看猫兜，鸡鸭早夜要跟收。门前狗子汪汪吠，夜间恐怕贼来偷。
这等女人真难得，可使男人放下愁。又有一种坏妇道，舌尖咀长牙齿老。
忤逆家官并家娘，惯斗叔婆伯媒嫂。门前敲脚手撑腰，行路摇头又搢脑。
食茶单相酒娘糟，油膏只顾自家饱。头发垂到咀唇边，出入人嫌人耻笑。
不锁门户过别家，恰似黄婆骂街道。懒尸懒骨害人嫲，万金家财败得了。
人家妇女有贤丑，其中总是由家教。

八

十二月来又一年，小寒大寒节气完。百般生意讨赊账，速速收清莫延缠。
正载客，走水路，飘河过海船上住。梢公脚子惯撑船，铁锚竹蒿并摇橹。
扯篾缆，上高滩，挂起风篷过深潭。老板船头摆船尾，天涯海角走几番。
货物愁买又愁卖，不得早归又是难。纳钱粮，到库房，征银本色并秋粮。
免得经承图差别，买田又爱税契房。二十日，要探信，文武官员就封印。
地方乡约无人投，贼情人命无审讯。搅尿桶，戽塘泥，将交下手去放鱼。
再来捱到二十六，大家又讲过年事。入年家，爱扫屋，抹净神龙回神福。
穷人籴米来过年，富人封仓不粜谷。开清人户大小账，不欠人钱便是福。
爱买几件小东西，油盐椒酱及爆竹。三十日，添一岁，南朝番国皆同理。
爆竹一声旧岁除，清早就供岁饭米。夜来点着照岁灯，大锭花边好碛岁。
我今写了一年完，要你后生留心记。

（《武平县志·诗文选》）

【解题】

此文采用乾隆年间上杭马林兰藏版，个别地方有所校正，但仍有几处尚待补全。

这首长篇七言歌体白话韵文，有六百八十六句，五千四百多字。可分为八个部分，一是写大年初一的开大门、放鞭炮、祭祖以及拜年活动，主要围绕衣食二字来写，突出丰衣足食的过年喜庆景象。二是写正月里闹花灯、闹元宵等民俗活动。三是写新年里做的第一件事，就是送孩子入学堂读书。四是重点写农家事，详细写明一年二十四节气里要做的各种农事活动。五是介绍农闲时间做的各种手工劳动和婚庆活动。六是详细介绍丧事的各种礼仪。七是题写好妇人的勤劳持家，阐明家教的作用。八是写年终十二月里该做的事情，以首尾呼应作结。这首长诗用客家语言写作，反映了许多客家风俗，是研究客家文化极为珍贵的材料。

原诗歌排版不分段，现段落和序号为编者所拟分，便于读者对长诗内容的阅读把握。

黄 衡

黄衡，平和人，清初副贡，生卒年与生平事迹待考。

咏九峰八景（选四）

双髻升曦

双峰迥出插云间，玉女新妆结两鬟。
幸得孤光长作镜，日华初上照容颜。

西岭暮霞

卓凤峰头映紫霞，长空照彻晚来斜。
分明似散天边锦，妒杀山中无限花。

天马晴烟

崇峦如马出天关，照衣依稀白满山。
挟得轻烟相缭绕，飞腾万里到人间。

石潭印月

参差石齿印潭心，月上中天素影沉。
多少鱼龙吞不去，秋光散与客怀深。

（《平和县志·名胜》）

【解题】

平和县九峰镇是客家人的聚居区，城北九峰山峰奇石怪，溪水澄碧，名胜甚多。清道光版《平和县志·山川志》中附有明人朱龙翔《八景记》，可见最迟在明万历年间，八景之称已在民间流传。

双髻升曦：在城北的双髻峰，状如少妇新妆双髻，每当旭日初升，晨曦灿烂，远望双髻飘然欲仙。

西岭暮霞：在城西卓凤山，山麓有栗子园、九鲤潭等景点，这里环境幽美，每当落日衔山，暮色苍茫，霞光掩映，极为赏心悦目。

天马晴烟：在城西南的天马山，这里山势奔腾，状如奔马，游人登上绝顶俨若骑马登天。

石潭印月：一作“石潭秋月”。在南门外石潭，此处水光月影相映成趣。每逢月圆，临风赏月，携酒对饮，高歌吟咏，有如置身赤壁。

九峰八景之名，另四个是九峰返照、东郊春雨、笔山侵汉、碧水澄波。

九峰八景之所以得众多文人吟咏，名扬遐迩，不仅在于自然形胜之美，还在于其九峰镇所具有的人文内涵。自明代建县至1949年之前，九峰镇一直是平和县城所在地，其城墙、古街、文庙、城隍庙、牌楼、文峰双塔呈现昔日的辉煌，当时的文人爱屋及乌，故山水与人文亦相得益彰。

王 相

王相，山东诸城人，生卒年待考。副贡，康熙五十六年（1717 年）任平和知县。任内主持修纂的《平和县志》，至今保存完好。

登大峰山即景

奇峰十七接青霄，海涌明霞入望遥。

旭日岩边花带露，珍珠帘下水生潮。

（《平和县志·名胜》）

【解题】

大峰山，在平和县西南部大溪镇，又名灵通岩，距今县城56公里，是平和县客家人的主要住区之一。此诗描写大峰山的高峻及岩花、飞瀑景象，意境开阔，想像丰富。三四句对仗工整，“珍珠帘下”与“旭日岩边”相对，既是神来之笔，更见诗人学养之裕。

【注释】

奇峰十七：大峰山群峰连绵，蜿蜒十七奇峰。主要山峰有狮子、玉女、擎天、灵通、天池等七个，最高峰为狮子峰，海拔1287米。　珍珠帘：灵通寺旁有一涓涓细泉从几十丈高的岩石飞流而下，化为珍珠般的雨滴，飘落于路旁。每逢雨后，流泉飞瀑，犹如珠帘高挂，被誉为“珠帘化雨”。

华 嵒

华嵒（1682—1756年），字德嵩，后改字秋岳，号新罗山人，上杭县客家人，雍乾年间扬州画派的主要画家之一。华嵒亦能诗，“诗笔俊逸，云烟缥缈，饶有画意”（《上杭县志·艺文志》）。有《离垢集》五卷传世，况周颐《离垢集补抄序》评：“其诗落笔吐辞无尘埃之气，江阴顾倚山称其如气之秋，如月之曙；紫山老人比之太阿出水，玉瑟弹秋。盖与书画同工，非书画所能掩。”《钱塘县志》（康熙版）载其：“工人物、山水，能诗、善书，人称三绝。”

丁酉九月客都门思亲兼怀昆弟作

何处抛愁好，穿庭复绕梁。

东西经夜月，南北梦高堂。

有眼含清泪，无山望故乡。

纷纷头上雁，联络自成行。

（《离垢集》卷一）

【解题】

原诗有小序：“时大兄、季弟俱客吴门。”丁酉，指康熙五十六年（1717年）。当时作者客居北京，抒写对母亲和故乡的思念之情。

此诗首联直言乡愁之长，尾联寓情于景，由纷纷南飞的大雁形象，寄托绵绵无尽的思念。中间两联对仗工整，饱蘸情感，确如“玉瑟弹秋”，韵味深长。

【注释】

“东西”两句：意谓无论在哪里，都经常望着月亮，整夜难以入眠，梦中常常出现母亲的身影。东西、南北，互文解释。　高堂：此指母亲。父亲在华岩初次离家后不久即病逝。

画墨龙

山人挥袂露两肘，把笔一饮墨一斗。

拂拭光笺骤雨倾，雷公打鼓苍龙走。

（《离垢集》卷一）

【解题】

华喦自幼酷爱绘画，因家贫失学，流寓杭州，与“扬州八怪”的金农、高翔、郑燮、程兆熊等交往甚密，在杭州开设“解弢画馆”，名驰大江南北。这首诗描写自己画墨龙时酣畅淋漓的神态，比喻形象，情韵极为生动。

张琴和古松

一弦拨动，众谷皆鸣。

泉韵松韵，风声琴声。

（《离垢集》卷一）

【解题】

这是一首题画诗。作者化静为动，将松琴图画之美融入意境优美的声韵，言有尽而意趣无穷。三四句由四个名词排列，却产生了天籁之音喷薄而出的效果。

素　梅

矫然披雪起，傲骨秉忠贞。

破萼澄清苦，含葩孕雅英。

有情鹤爱护，无色月难并。

寒竹萧萧外，疏香数点横。

（《离垢集》卷二）

【解题】

此诗歌咏梅树的忠贞傲骨与梅花的含苞欲放，将其与有情之鹤、萧萧寒竹相衬相映，进一步写出梅花的洁白与清香。

作者写梅花枝条“矫然”而起，“破萼”“含葩”，“有情”“无色”，用词有如“太阿出水”，既雄健有力，又轻捷灵动，梅花“傲骨”呼之欲出。

题文姬归汉图

纷纷珠泪湿桃腮，十八拍成词最哀。

一掷千金归汉女，老瞒端的是怜才。

（《离垢集》卷五）

【解题】

蔡文姬，名琰，东汉文学家蔡邕的女儿，才女与文学家。东汉末年，蔡文姬被掳到南匈奴，嫁与匈奴左贤王。曹操统一北方后，用重金赎回，文姬得以归汉。这首诗将题画与咏史相结合，既写蔡文姬的美丽与才情，又表达自己对曹操怜才的独特看法。

【注释】

十八拍：指蔡文姬所作的《胡笳十八拍》，是一首长篇骚体叙事诗。　老瞒：曹操，字孟德，小字阿瞒。　怜才：爱惜人才。

题钟馗啖鬼图

老髯袒巨腹，啖兴何其豪。

欲尽世间鬼，行路无腥臊。

（《离垢集》卷五）

【解题】

钟馗，又称“赐福镇宅圣君”。《唐逸史》等书记载，钟馗是唐初长安终南山秀才，因武德中应举不捷，羞归故里，触殿阶而死。沈括《梦溪补笔谈·杂志》载，唐人题吴道子画锺馗像，略云：明皇梦二鬼，一大一小。小者窃太真紫香囊及明皇玉笛，绕殿而奔；大者捉其小者，擘而啖之。上问何人，对曰：“臣钟馗，即武举不捷之士也。誓与陛下除天下之妖孽。”后世图其形以除邪驱祟。这首诗名为题画，实为言志，表达扫除世间鬼怪邪恶的愿望。

为亡妇追写小景因制长歌言怀

晴光乱空影，日色染寒烟。碧瓦凝霜气，酸风四壁穿。佳人不可见，无心操凤弦。笔花朝吐砚池边，何来一幅剡溪笺。笺长不胜意，殊情独可怜。试将红粉调清露，恍是当年见新妇。凄凄哭傍明镜台，泪眼模糊隔春雾。此时用意点双眸，芙蓉花外绿波秋。眉纤淡扫，发密匀钩。花冠端整，左右金镠。翠雨珠烟沃凤头，阑珊衿带约春愁。丛铃杂珮，参差相对。绫袜深藏，寒香散地。蛱蝶为裙疑水疑云，如何兰言使我不闻。幽轩之下，清泪纷纷。肯将遗枕为卿梦，肯将残鸭为卿熏。天长地久情还在，不许鸳鸯有断群。

（《离垢集》卷一）

【解题】

华喦少年离家出走，来到杭州，结识名士蒋云樵、徐紫山等人。蒋云樵爱重华喦的才华，将女儿蒋妍许配给他。婚后生活贫困，但夫妻情深意恰，其乐融融。华喦三十六岁时，妻子病故。此诗长歌当哭，深情怀念妻子生前的音容笑貌；末句看似无理，却流露深情。此诗句式长短参差，感情低回悲切，读之令人动容。

【注释】

酸风：因家徒四壁，故称寒风为寒酸之风。　剡溪：在浙江嵊县，即曹娥江上游。　芙蓉花外绿波秋：形容面容美丽有如芙蓉，目光有如秋水。　鏐：音 líu，纯美的黄金。此处指金耳环。　翠雨珠烟沃凤头：指新婚时美丽的头饰。　阑珊衿带：歪斜着的衣带。

坐与高堂偶尔成咏

新罗山人含老齿，笑口微开咏素居。衡门自可携妻子，庭蔓青深乏力除。能饮酒啖肉也非昔，要知披月读书总不如。赖有山水情怀依然好，濯翠沐云襟带舒。有时遣兴诗复画，一水一山赋樵渔。以兹烟云荡胸臆，便如野鹤盘清虚。

（《离垢集》卷一）

【解题】

这首诗吟咏自己的晚年清贫生活，表达对山水的热爱及对诗画艺术的追求，展示自己清虚宽广的胸怀。诗句清新自然，落笔吐辞确“无尘埃之气”（况周颐语）。

童能灵

童能灵（1683—1745 年），字龙俦，晚号寒泉，连城客家人，贡生。精研朱子理学，教授于乡，乾隆十年（1745 年）春，聘为漳州芝山书院山长。《汀州府志·人物》载其：“博闻强记，尤精于经术、性理。立言能综罗百家，贯穿诸儒。”为清代前期福建著名理学家。其《冠豸山堂文集》三卷、《易经剩义》一卷收入《四库全书》集部（别集类存目九）。

芳兰谷

虚心自肃肃，碧水自深深。
谷外有如此，谷中何处寻。
遥遥香在想，细细味成吟。
归去清斋梦，幽芳可上衾。

（《冠豸山堂文集》）

【解题】

芳兰谷，在冠豸山滴珠岩之后，谷中兰花馨香远袭。此诗描写山谷与兰香，融入人格修养的内涵。

春日莲峰登眺

春兴乘春晖，登临愿不违。
身从高处立，物入望中微。
一点苍茫里，千家动息依。
何当云雨作，原野乐祈祈。

（《冠豸山堂文集》）

【解题】

作者从高处眺望，描写千家万户的安宁景象，进而想像春雨时节，田野里万物生长、农夫乐耕的欢欣场面，抒发对家乡人民的热爱之情。

冬夜听江鹏起弹琴

明月照寒夜，高斋张素琴。
月从窗外冷，夜向曲中深。
未识古人意，何如江子心。
予怀从此远，听罢起长吟。

（《汀南廑存集》卷四）

【解题】

江鹏起，连城诸生，善鼓琴，生平事迹待考。此诗赞赏江鹏起弹琴能识古人之意，使人精神振奋，心胸开阔。

黄　慎

黄慎（1687—1770 年），原名盛，字公懋、恭寿，号瘿瓢山人、东海布衣，宁化客家人。乾隆时著名画家，“扬州八怪”之一。《汀州府志·乡行》载其“能诗，工画，善草书”，时称诗书画三绝。有《蛟湖诗钞》传世。郑板桥评其诗：“直抒胸臆，清新高雅，亦如巉岩绝巘，烟凝霭积。”雷鋐《蛟湖诗钞》序称：“山人字与画可数百年物，诗且传之不朽。”

和雷翠庭银台九龙歌

噫吁戏，古有闽海之危巅。其下九龙兮，险如黄河水决昆仑之东川。一龙长鲸势莫比，磨牙吞舟喷沫涎。马龙浪激雪山直走三门下，针穿隙窍击深渊。篙师逆折剑峰敌，巴子成之字钩连。高岑寸碧粘天上，跌踢还疑坐铁船。貙獌猰貐深藏影，山魈魑魅不敢前。大长波冲恍然紫贝燃犀角，缆解黄龙腾踔飞竹箭。沛舟瞬息五霸天地皆昏黑，六龙雷鼓瘦蛟争。声闻悽怆格斗死，石迸秋雨破天惊。宛转射潮三千弩，勇当三万七千五百之洗兵。顷刻鸿门峡外峰磨天，小长龙过忆诗仙。想君凤池清梦里，读君欸乃犹唱沧浪前。履险心夷神已恬，报君香龙安龙意豁然。

（《汀州府志·艺文》）

【解题】

雷翠庭，即雷鋐，宁化县客家人，详见雷鋐诗歌注。九龙，即九龙滩，在今清流县与永安市之间。详见赖世隆《九龙行》解题。这首歌行体诗描写九龙滩的惊险万状，想像丰富奇特，气势飞动，节奏参差自由，有太白诗风。

【注释】

下九龙：九龙滩分为上下九龙。上六龙属清流县，下三龙在今永安市境内的九龙溪河段。　貙獌：音 chū màn，古书上说的似狸而大的猛兽。　猰貐：音 yàyǔ，传说中吃人的凶兽。

闻刘鳌石先生归杭

心同活火尽成灰，士行如何肯自媒。

敢效上堂元叙哭，谁怜挝鼓祢生才。

鸣虫独抱秋灯坐，落叶还惊夜雨来。

忆到君归石牛路，曾闻月嶂五丁开。

（《蛟湖诗钞》）

【解题】

此诗当在《即席赠刘鳌石》之后作。诗中将刘坊比作元叙、祢衡，赞扬了刘坊忠直正义的品节，对刘坊艰难的人生道路寄寓深切的同情。

【注释】

石牛路：在宁化至连城一段艰险之路。　月嶂五丁开：典出《华阳国志》、《蜀王本纪》中关于五丁开嶂的传说。诗中用于形容刘坊所走人生道路的艰难。

忆蛟湖草堂

夜雨寒潮忆敝庐，人生只合老樵渔。

五湖收拾看花眼，归去青山好著书。

（《汀南廑存集》卷四）

【解题】

蛟湖草堂，在宁化县城东湖村张家湾，是黄慎读书作画之所。此诗大约作于黄慎晚年从扬州返回故乡之前，表达对蛟湖草堂的深深怀念及归去的决意，诗风深情典雅。丘复《蛟湖诗钞序》评黄慎的诗“大率自抒胸臆，浑朴古茂，绝无俗韵。七绝尤得晚唐神髓”。

杂 咏（选三）

一笻一笠一瘿瓢，爱向峰头把鹤招。
漫道归来无故物，梅花清福也难消。

江村地僻少人家，青草池边响绿蛙。
昨夜庭前风雨过，晓持竹帚扫桐花。

春来柳暖读耕堂，坐拂花茵爱石床。
门外秧针新绿遍，犊归村巷背斜阳。

（《蛟湖诗钞》）

【解题】

组诗描写返回家乡后的文人清雅生活及清新自然的乡村景象。诗歌人物形象鲜明，色、声、形毕现，是诗画结合的优秀之作。

【注释】

爱向：《竹间续话》（卷四）作“楚雨”。且将本首诗名为“题采梅图小照”。

雷 鋐

雷鋐（1696—1760年），字贯一，号翠庭，宁化客家人。雍正十一年（1733年）进士，授庶吉士，乾隆年间，历任上书房日讲起居注、浙江提督学政、江苏学政、都察院左副都御史等职。雷鋐深受杨时、蔡世远、方苞等人的熏陶和影响，理学研究与诗文都有很深造诣，朱仕琇《经笥堂文集序》称其“道德文章为天下所崇”。《清史稿》评价雷鋐：“和易诚笃，论学宗程、朱。督学政，以小学及陆陇其年谱教士。与方苞友，为文简约冲夷得体要。”雷鋐著述甚丰，有《经笥堂文集》三十五卷、《读书偶记》三卷、《翠庭诗集》等。《读书偶记》收入《四库全书》。

九龙歌

三十年前过九龙，年少轻心气颇雄。临深簸顿不知戒，到此忽复慕奇踪。第一木龙呈怪状，舟与波涛相跌荡。西山蹲踞如狻猊，张牙露齿吼白浪。马龙鸿洞响如雷，大长龙下三门来。两岸奇峰掷瞬息，后舟如矢射波开。方看百鸟如花点，五霸忽来惊最险。舟子战水声相闻，单梢捷往冲银涎。过此六龙险且奇，浪如雪立涌峨眉。一声众响惊猿胆，悚觉轻身阽隍危。六龙险出十余里，矗然石丈舟欲叙。小长龙笑湫波澜，他处惊涛亦难比。香龙安龙相比邻，石势狰狞欲搏人。九龙恰恰并九曲，天开奇奥甲吾闽。那得五丁铲石路，舟行如砥无惊顾。敢曰履险心如夷，篙师口口神功助。

（《汀南廑存集》卷四）

【解题】

九龙，即九龙滩，在今清流县与永安市之间，详见赖世隆诗歌注。此诗分别介绍第一滩到第九滩的水势特点，突出描写九龙滩的奇险，表达铲平险滩，“舟行如砥无惊顾”的愿望。

【注释】

狻猊：音 suān ní，传说中的龙生九子之一，排行第五，形如狮，是一种猛兽。　鸿洞：虚空混沌、漫无涯际。　阽陧：音 diàn niè，处境（危险）。　五丁：神话中的五个开山力士，典出《蜀王本纪》。

挽黄阳声

叔度真风范，汪汪千顷波。
春风归浩荡，秋色冷岩阿。
一室贫如洗，百年事已过。
惟余书策在，学业重宣河。

（《汀南廑存集》卷四）

【解题】

黄阳声，长汀人，生平事迹待考。这首挽诗将黄阳声比作叔度与宣河，赞颂他宽大的度量、清贫的生活及卓越的学业成就。

【注释】

叔度：指汉代人黄宪，字叔度。《后汉书·黄宪传》：“叔度汪汪若千顷陂，澄之不清，淆之不浊，不可量也。”后以喻人度量宽大。

游百丈岩

桃花洞口问津来，石磴盘旋异境开。
峰入半天摩日月，泉飞绝壑转风雷。
欲招白鹤空中下，乍瞰红云履上堆。
傍晚未遑他胜处，桂花香里棹舟回。

（《汀南廑存集》卷四）

【解题】

百丈岩，在永安县“二十五都。高约百丈，周围三里。四面削壁，中有一径，陡绝难跻。其巅常冒云气”（《八闽通志·地理》）。

此诗在描写百丈岩的险峻，以及飞泉、红云等奇异景象之中，巧妙地融入桃花源和王子乔的传说，使百丈岩着上一层神奇色彩。

夏日读易口占

柳阴拂沼倚风斜，鸟啄残红噪碧霞。

犹忆早春冰尚冻，含菁万木未蕃芽。

（《汀南廑存集》卷四）

【解题】

这是一首理趣诗，原题为“夏日读易，掩卷稍息，登临泉石间，口占”，诗人将夏天柳暗花明景象与早春对比，说明易经中含蕴变化、生生不息的道理。

李本澎

李本澎，字若涛，宁化客家人。生平事迹待考。著有《学在园诗钞》。

挽刘鳌石（二首）

生平虚�€性，君质略相同。

此语闻前史，忠言见魏公。

道旁余苦李，爨下赏孤桐。

孤馆檀河夜，青灯一穗红。

生长滇南地，坟高热水中。

人怜忠宦后，奴护破巢躬。

道路相终始，肌肤老雪风。

垂阴开豁尽，红日涌崆峒。

（《汀南廑存集》卷四）

【解题】

康熙五十三年（1714 年）五月五日，刘坊病逝于宁化之檀河，李世熊先生季子求可君举所备衣衾棺椁殓之，葬诸茶寮山、李世熊先生墓侧。刘坊生前与宁化文人多有交往，逝世之后，宁化文人多有吊挽之作。此诗赞扬刘坊的“骄性”，虽然被社会视为“道旁苦李”“爨下孤桐”，仍能洁身自傲，与李世熊引为知音，同时也受到许多人的尊重。

【注释】

魏公：（自注）“谓宁都魏和公”，即魏礼。　奴护破巢躬：（自注）“鳌石自滇归闽时，有老奴王昇护送。”

吴化雨

吴化雨，上杭客家人。生卒年不详，主要活动于康熙年间。生平事迹待考。

舒啸楼纪胜

劈分古蓬瀛，飘向汀城绿。巨灵起怒蛟，层峦自断续。鹏翮奋扶摇，彩凤扬初旭。云外幻钧天，呗音浮山曲。春日一天华，百雉千片玉。夏月满眼新，万家敷翠鋈。鸣籁壮秋声，烟雾藏隐箓。晓冬多丽霞，匹练澄江属。流览迎四时，变态非一足。

（《汀南廑存集》卷三）

【解题】

舒晓楼，在长汀县城卧龙山东侧，详见唐世涵《舒啸阁》诗解题。此诗描写在舒晓楼上所见长汀城野四季变化的壮美景象。

【注释】

蓬瀛：传说中的海外仙山蓬莱、瀛洲。　扶摇：盘旋而上的暴风，典出《庄子·逍遥游》。　鋈：音wù，一种金属器皿。　四时：四季。

林霞起

林霞起，字赤章，连城客家人。岁贡，生平事迹待考。著有《冠豸山诗文集》十六卷。

下豸山

山高多却步，扑面起惊沙。
日落鸦声乱，桥浮水影斜。
慢从青草路，行入野人家。
回顾来时径，层层掩暮霞。

（《汀南廑存集》卷三）

【解题】

纪游冠豸山之诗，多描写登山所见所感，此诗描写日暮时分下冠豸山所见各种景象，诗风有如下山心情轻快晓畅。有此，冠豸山诗歌系列更显完整。

钟元德

钟元德，字象龙，号潜庵，长汀县客家人。生卒年不详，主要生活动于康熙年间。岁贡。

生平事迹待考。

野望

承平无事酒为年，步上高山最上巅。

九万乾坤来睫下，三千世界入樽前。

花妆锦绣春迎日，竹掩琅玕晓拂烟。

风景不殊人易感，物情世态两牵连。

（《汀南廑存集》卷三）

【解题】

此诗描写登高野望之景，抒发对物态世情的感慨。中间两联对仗工整，虚实结合，气概豪迈，富有浪漫主义色彩。

黎致远

黎致远，字宁先，长汀客家人，士弘之子。康熙四十八年（1709年）进士，授翰林院检讨。以刚正无畏著称，累迁至大理寺卿、奉天府尹、盛京刑部侍郎。祀名宦。

团团坐

团团坐，饮量须宽沉醉卧。红醪黄村乡思多，野雉冰鱼愁已破。明知远望不当归，天涯音语忆依稀。夜来各有家乡梦，五千里外春芳菲。

团团坐，有堂何必谋高大。尊前斗酒会人稀，香火情多频见过。今夕何夕灯火红，林鸦枥马太匆匆。分明守岁若为同，宁闻带腊吹春风。

君等不来我当往，日日相逢还梦想。携文示我我造膝，茶话足时生技痒。少陵广厦，何从千万间。高居不出转愁绝，重门深扃难追攀。

君不见，长安城阔，车马不少间。比邻对宇，顾盼间，不曾一日，握手开欢颜。

（《汀南廑存集》卷四）

【解题】

此诗原有序：“团团坐，汀曲也。岁时家人欢聚，小儿果饵相招，群歌之。腊尽思乡，念其词理清切，因与同舍诸友衍为长谣，效诸古乐府词，取浑朴不尚华藻。远望当归，略示寄托而情好无间，亦庶几伐木嘤鸣之意云尔。”

此诗模仿汀州客家民歌《团团坐》，语言朴实无华，句式长短参差，思乡之情真挚，富有民歌特色。原诗共两章，编者将其第二章分成三章。

山寺月夕怀简棲家兄

人生应与月轮同，几度西沉几度东。
坐觉秋深青嶂上，狂疑身在碧天中。
水边村舍层层见，竹里精庐面面通。
为想连床寻旧约，厌听山夜响凉风。

（《汀南廑存集》卷四）

【解题】

这首怀人诗比喻新颖，情景交融，意境清幽淡远，于厌听山风的细微之处抒写对兄长的深切思念。

梅魂

月下风前宁可必，剩与幽人分寒栗。幽人破睡午开窗，冷艳细腾翻陋室。纷纷蜂蝶采香忙，为问香从何朵出。疏枝袅袅隔窗摇，琥珀壶中落清蜜。冲寒置酒独抱膝，藉草悲歌散卷帙。绿章封事奏东皇，细雨轻飔益萧瑟。长年爱作梅花诗，牵愁嫩蕊含情日。

（《汀南廑存集》卷四）

【解题】

诗原有序："传曰人生始化曰魄，既生魄，阳曰魂。故凡精神运用皆属之魂，非已死神灵之谓也。推之草木亦然。然则梅之疏影横斜，暗香浮动者，梅之魂实为之。盖不在香残芷落时矣。为赋其诗，先通其义。"

此诗咏赞梅花与人分担严寒依然清香四溢的顽强精神，表达对梅花之魂的喜爱。

【注释】

宁可必：表双重强调。意谓（梅花）一定是在（月下风前）。　剩与幽人：长与隐士。幽人，指隐士或诗人自己。　破睡：睡醒。　琥珀壶中：喻指梅花之中。　东皇：指天神东皇太一。

古伤歌行

蕙草随秋谢，松柏无时枯。人事信其常，天道与之俱。天道不可保，人事焉足道。拊心问苍天，宜别愚与贤。年岁假庸夫，盈亏或偶然。如何履道人，促促如恶焉。仰山山已摧，泣血血为川。川上断行雁，对之谁不怜。

（《汀南廑存集》卷四）

【解题】

古伤歌行是汉乐府古辞，郭茂倩《杂曲歌辞》中解释："伤日月代谢，年命遒尽，绝离知友，伤而作歌也。"这首拟乐府诗借传统主题，抒发时光易逝、怀才不遇的悲愤，控诉为政者的贤愚不分。

【注释】

信其常：确实有其常规。　天道：天理，与人事相对。传统思想认为，老天能分辨贤愚，主持公道，善恶报应分明。　履道人：履行天道的人，指执政者、为官者。　如恶焉：像是憎恶天道。　断行雁：离群的孤雁。

拟 古（二首）

春花吐新荑，晓露滴柔枝。君子初行迈，尚是冱寒时。节物有如此，临窗致遥思。靡靡欢乐场，匪石宁不移。促膝应明德，梦想识离悲。从来远别人，把袂无一辞。

遥遥车上尘，望望闺中女。持此冰玉心，相与易寒暑。前年游燕赵，去年客荆楚。巫峡多美人，爱我不如女。

（《汀南廑存集》卷四）

【解题】

组诗借传统的游子思妇题材，表达自己保持冰玉之心，不为欢乐场所迷惑的决心及怀才不遇的愁思。语言质朴平易，韵味古雅，是拟古的佳作。

【注释】

荑：草木的嫩芽。　冱寒：极为寒冷。冱，音hù。　节物：季节的风物景色。　不如女："女"同"汝"，指巫峡美人。

巫 峦

巫峦，字学高，号詹亭，长汀客家人。主要活动于雍正乾隆年间，由岁荐选授惠安、侯官教官，荐擢知县，署永康县事，卒于任。

夏芙蓉留别（二首）

涉江采采制衣裳，泄漏秋光入夏阳。
自信莲花同我洁，且将桂子让伊芳。
盈盈得气开偏早，脉脉知机别不妨。
一十三年形共影，摩挲几度绕回廊。

为我争开浪漫枝，几番风雨不离披。
莫将夏令同秋令，自是先时让后时。

冷署烟波曾共慰，蓬窗持赠更谁宜。

（《汀南廑存集》卷四）

【解题】

原诗有序："交旧难离，情深易感，我云有恨，曾与聚散之悲，借曰无知，早识荣枯之意。仆于琴书琴书笔砚，敢云供职衙官，惟花卉禽鱼颇结知心，师友十三年，苜蓿谁许，伴如芝兰。七八月芙蓉，更多情于桃李，庭前一树，雨后千枝，虽无富贵之姿，饶有冰霜之质。风前绰约，如笑如啼；月下轻盈，半醒半醉。固宜静待偕篱菊以同芳，讵意吐葩逐池莲而并茂。岁逢甲乙，闷红白于当阳；时值金秋，怅恨荄于隔水。正是人逢解组，怜他花亦牵裾。为悦己者容，先期而放。恐兹别以后，相赏云艰。我本多愁，君能无忆判袂更亲于解语，感怀只愧于忘言。"

诗人与芙蓉结为"师友"，共度了十三年的冷署生涯。日久生情，自是别情依依。此诗描写了与芙蓉形影与共的情义，表达了与芙蓉难分难舍的别离之情。第二首佚一联。

张 钦

张钦，字颙望，宁化客家人，雍正元年（1723 年）贡生。有《可在堂诗集》。

田 家

懒性厌城市，故来棲丘壑。闲闲步山径，役役随佣作。晨兴林挂晖，暮入云归鹤。稊草满郊原，竭力再芟作。美恶不并生，窳莠每相错。胡为任滋蔓，坐看良穗乐。

（《汀南廑存集》卷四）

【解题】

诗人一生未出仕，过着文人式的"田家"生活。诗歌写自己参加农田的除草劳动，从中得到"美恶不并生，窳莠每相错"的哲理感悟。

【注释】

棲丘壑：指住在农村。　窳莠：音 yǔyǒu，比喻品质不好、败坏的东西。

入 塞

汗马来大宛，葡萄入汉宫。异物非所尚，乐观声教同。王仁并覆载，臣职代有终。安边无奇策，贵在不贪功。果能飞鸟尽，一任藏良弓。

（《汀南廑存集》卷四）

【解题】

这首咏史诗评论汉武帝用战争求取大宛国汗血宝马的史事，认为安边之策"贵在不贪功"，应当实行王道和仁义，批判汉武帝及其将帅的好大喜功。最后两句表达消弭战乱，向往和平生活的愿望。

蓝正春

蓝正春，字约三，一字元一，上杭客家人。雍正二年（1724 年）联捷进士，授江西安仁知县，有惠政。《上杭县志·儒林传》载其："事亲笃孝，有'古人一日养，不以三公换'之风，母年九十三卒。"著《四书一得录》《左传钞略》《故事集腋》《考盘集》《青云楼稿》等。

过王寿山有吟

丹峰翠巇迴无边，闽粤中撑半碧天。
汀水伏流浅石底，梅川好月出山巅。
鹤巢猿壁藤萝挂，虎窟龙湫瀑布悬。
一笔阳持云雾里，枝筇何日啸峰前。

（《杭川新风雅集》）

【解题】

王寿山，原属上杭县来苏里（今中都乡），民国时划归永定县洪山乡，耸立于闽粤边境的万山丛中，海拔一千多米，与梅县交界。危峰怪石千态万状，形如楼阁，有王者执圭之象。此诗描写月下王寿山的山水美景，表露出热爱名山大川的豪迈激情。

【注释】

迴：同"回"，曲折、环绕。　梅川：广东梅江一带。　一笔阳持：即阳持笔，王寿山上一景致。　枝筇：用筇竹做手杖。

刘文豹

刘文豹，号窗云，长汀客家人。清雍正四年（1726 年）举人，授黎城（今山西长治市黎城县）知县。《长汀县志·列传》（引旧志宦绩）载其："爱民训士，一本于诚。苞苴不入，有古廉吏风。"致仕归，主丹霞书院（漳州）讲席，多所造就。

舟次溪口

喔喔声传林外鸡，烟村五五界东西。
牛眠山腹低双角，马饮波心倒四蹄。
似雪平沙迷岸远，等峰孤塔与云齐。
满船图画凭谁载，且自临风把笔提。

（《汀南廑存集》卷四）

【解题】

溪口，汀州境内的溪口地名有多处，此处地点难以确定，存疑待考。

此诗抓住溪口的景物特点，以动衬静，视听结合，由近到远，从低到高，意境俯仰开阔，结尾点明主旨，表达对乡村美景的热爱之情。

蓝 彬

蓝彬，字敬舆，长汀客家人。雍正间诸生，工书法、篆刻图章。

初夏登玉虚阁

暖云如絮草如烟，踏破青苔满径钱。
得食雀喧黄麦陇，不平蛙闹绿秧田。
两条水道分溪口，四面人家到槛前。
珍重仲宣楼外月，江山终古有诗篇。

（《汀南廑存集》卷四）

【解题】

玉虚阁，原址在长汀县城东郊，今已不存。此诗描写汀江两岸生机勃勃的春天景象，赞颂王粲诗赋的杰出成就，婉曲感叹怀才不遇。此诗景色明丽，动静相衬，对仗工整，抒情含蓄蕴藉。

【注释】

钱：形状像铜钱的小草。　分溪口：汀江自宁化界发源，迤逦至长汀县东庄潭，分为二派，一自惠政桥入，一自太平桥入，至高滩角（今五通桥下）复合为一。　仲宣：王粲，字仲宣，山阳高平人，三国时曹魏名臣，也是著名文学家。东汉末年曾到荆州投靠刘表，不被重用，登襄阳城东南角城楼作《登楼赋》，于是后人将此更名为仲宣楼。

秦士望

秦士望，安徽宿州（今宿县）人。以拔贡出仕，雍正七年（1729 年）接替徐治民任台湾府淡水抚民同知；雍正十二年（1734 年），调彰化知县，《台湾通史·循吏列传》载其任职期间以“兴学致治为心”，有建四门、造西门外大桥、建养济院等诸多善政。乾隆六年（1741 年）任连城知县，任职期间，在冠豸山一线天口下方，主持兴建“五贤书院”。

梯月楼

月窟高悬未易探，故将层级立云端。
望中彷佛识门径，入处依稀生羽翰。
五夜清光飞画栋，四时霁色映朱栏。

置身堪许凌霄汉，莫作元龙百尺看。

（《汀州府志·艺文》）

【解题】

梯月楼，在冠豸山五贤书院内。乾隆十一年（1746年），连城县令秦士望主持修建五贤书院，次年竣工。书院内祀周敦颐、张载、程颐、程灏、朱熹等五位理学先贤。有五贤堂、正谊堂、达观亭、梯月楼、魁星阁、最深处等二十景。此诗抒发诗人的凌云壮志，也激励年轻人应有远大志向。

【注释】

五夜：此指整夜。古人将夜晚分为甲夜、乙夜、丙夜、丁夜、戊夜，也就是划分为五更。一更天相当于今天的晚上七至九点，五更天相当于凌晨三至五点。　元龙百尺：典出《三国志·魏志·陈登传》，刘备曰："君（许汜）求田问舍，言无可采，是元龙（陈登字）所讳也，何缘当与君语？如小人，欲卧百尺楼上，卧君於地，何但上下床之间邪？"后人借指抒发壮怀的登临处。

许殿辅

许殿辅，晋江杆头（今石狮市宝盖镇杆头村）人。清雍正八年（1730年）进士，任浙江乡试同考官，乾隆四年（1739年）任汀州教授。

雅歌楼怀古

空明楼上渺银河，缅想熙丰听雅歌。

十里亭台睁老眼，几村烟树暗平莎。

春晴鼓瑟天风细，月午投壶玉晕和。

蝶梦欲寻前代事，隔汀杨柳正婀娜。

（《汀州府志·艺文》）

【解题】

雅歌楼，《舆地纪胜》载："雅歌楼，在州治。"此诗描写月下雅歌楼的所见景致及怀古幽情，表达了对熙宁、元丰年间陈轩、郭祥正诗歌唱和的缅怀之情。

【注释】

熙丰：熙宁、元丰，宋神宗的年号。诗中指熙丰年间陈轩、郭祥正等人诗歌唱和之事。月午：月至午夜，即半夜。　投壶：古代士大夫宴饮时的投掷游戏。　玉晕：指月光。　蝶梦：指人与物的融合为一。典出庄周梦蝶故事。

七里桥山家即事

白云不下山，流水到平地。

茅屋三两间，以山为进退。

桑麻在屋旁，画影托幽翳。

无怀葛天民，相与安其醉。

（《汀州府志·艺文》）

【解题】

七里桥，在长汀县城西七里处，故名，是州人为远客饯行之地。此诗描写七里桥山民居住的环境，赞赏他们过着和平安逸的生活。诗中反映了客家山民的居住特点：茅屋依山而建，地势高耸，附近是溪水，屋旁种有桑麻之属。

【注释】

以山为进退：根据山势的高低建筑房子。　幽翳：形容草木茂盛。　无怀葛天：无怀氏、葛天氏，都是传说中上古时代的帝王，他们统治下的中国，是古人的理想国。据说无怀氏时代的人民，“甘其食，乐其俗，老死不相往来”。葛天氏时代的人民，“不言而自信，不化而自行”（《道德经》）。陶渊明《五柳先生传》所谓“无怀氏之民欤？葛天氏之民欤”。

俞文漪

俞文漪，字简中，号涤泉，长汀客家人。雍正十一年（1733 年）进士，由吏部郎中出任温州（今浙江温州市）、雅州（今四川雅安）知府。

葛洪炼丹井

玉堂金阙谁指导，月驷风轩自能到。试看灵洞山都山，典午仙人留井灶。忆昔句容葛稚川，著书抱朴论延年。所师郑隐传方术，宗派渊源由孝先。闻说丹砂出交趾，舞蹈仁寿奏天子。愿令句漏辞通侯，全家共问药不死。取道迤逦出广州，广州太守相攀留。凫舄几曾飞桂海，丹炉从此炼罗浮。罗浮灵洞非相远，龙跷霎时能往返。三十六洞蛮荒时，不是仙人谁管楗。天开三井浸碧寒，瑶草琪花环一栏。玉女牵系月下汲，琼浆调鼎长不怨。当日龙虎交护守，化兔入铛不敢走。未审丹成在何年，飞升拔宅连鸡狗。灵湫与山不可移，苍崖翠蔓来缠眉。浅水澄鲜孤照鹤，深源幽黯潜蟠螭。人间几处传仙井，究竟何处真仙境？漫言饮水驻朱颜，毋乃充饥求画饼！金石铅汞半托名，呜呼，一井安能灵，我欲来往四百峰。头六六洞自诵参，参同黄庭内景经！

（《汀南廑存集》卷四）

【解题】

葛仙炼丹井，又称三石井，旧传葛洪曾于此炼丹，在武平县灵洞山。杨澜《临汀汇考》载：“灵洞山在武平县西十里，其小洞二十八，大洞三十六。观表洞元，院名天竺。中多奇石，一为仙人升车石，一为元龟石，一为燕岩石。最异者，丹井三石，上曰杏桃，中曰海螺，下曰龙鳅。所以葛仙公望紫气而停飞，李忠定披烟霞而结契。”

这首长诗记述了葛洪炼丹井的传说，阐明光有炼丹井水的灵气是不够的，要长寿还得自己实际修炼。

【注释】

山都山：汀州初建时，闽西大地为山都（古闽越族的一支）所居，故称。　典午：“司马”的隐语，指晋朝。　葛稚川：葛洪（284—364 年），字稚川，自号抱朴子，晋丹阳郡句容（今江苏句容县）人，东晋著名炼丹家、医药学家。著有《神仙传》、《抱朴子》、《西京杂记》等。　郑隐：字思远，西晋方士。早年为儒生，后拜葛玄为师，精于烧炼金丹。　孝先：葛玄（164—244）年，字孝先，丹阳句容人。入天台赤城山修炼，遇左元放授真经得道，后遨游于括苍、南岳、罗浮诸山，人称太极葛仙翁。　交趾：即越南(古称交趾国)。　“愿令句漏辞通侯”句：句漏，山名，又作勾漏，在今广西壮族自治区北流县东北十五公里。相传葛洪曾在此山白沙洞炼丹。《晋书·葛洪传》：“有洪为句漏令事。”辞，推辞。通侯，秦汉时代侯爵的最高一等，又称彻侯、列侯。　六六洞：即三十六洞天。道教地上仙境的主体部分，包括十大洞天、三十六小洞天和七十二福地。　黄庭内景经：又名“太上黄庭内景经”，是道教上清派的重要经典。全书以七言歌诀的形式讲述养生修炼的原理。

黄 霳

黄霳，字阳声，号玉坡，长汀客家人。诸生，生卒年代与生平事迹待考。

和雷翠庭陇畔闲吟

油油碧陇远涵虚，披拂熏风作浪徐。
种子播来须日至，农夫忙倏力耰锄。
气浮绿野连云际，秋届良苗得雨初。
此事幸师华渭叟，登场应即庆新畬。

（《汀南廑存集》卷四）

【解题】

雷翠庭，即雷鋐，详见雷鋐诗歌作者简介。这首和诗，描写春天碧绿的田野及农夫的辛勤劳作，表达对农民辛劳的赞美之情。

【注释】

远涵虚：形容绿色田野一望无际，与天相接。　熏风：南风。指温暖的春风。

王见川

王见川，字道存，号畜斋，别号介石，永定客家人。雍正十年(1732 年)中乡试，次年进士。雍正十三年(1735 年)任浙江乡试同考官（阅卷官）。乾隆元年(1736 年)选翰林院庶吉士，七年(1742 年)任歙县（今安徽黄山市歙县）知县，任职未满以母老告养辞归。返乡后热心公益，《永定县志·儒林传》载其：“孜孜以培植后进为务。修邑志，创文会，倡建合邑凤山书院，题捐谷六千余桶，以资每岁修缮膏火，并津贴考试，刊勒成书，嘉惠士林。”

高陂桥落成

经纶孚地脉，结构有神功。排雁连云际，飞虹落镜中。百川争赴壑，万石怒张弓。尽障狂澜倒，须知砥柱雄。人行银汉路，鱼跃水晶宫。醉卧垂杨绿，仙游彩幔红。留题车与马，觅句雪兼风。倘得奇书授，甘为纳履童。

（《永定县志・文征》）

【解题】

高陂桥，亦称深渡桥，在今永定县高陂镇。高陂桥多次遭遇洪水，行旅不便，乾隆二十年（1755 年），王见川倡议募捐重修，建成一座雄伟壮观的石拱廊桥。此诗赞扬高陂桥的设计神奇、建造坚固、外形美观，引用张良纳履的典故，表达对大桥设计者的赞赏。

【注释】

结构有神功：据实地勘察，桥面路心由七十二块长方形石条铺成，合七十二地煞星数；左右两边各十二个柱石墩，合十二生肖与十二个月之数；柱顶十二架扛梁，每架扛梁有三支横梁，总共三十六横梁，合三十六天罡星数；左右两扇墙共开十三个窗子（一边六个，另一边七个），称十三太保；屋顶有三百六十行桷子枋，合一年三百六十天之数。可谓设计奇妙，国内罕见。　排雁：形容停靠的船只排成一长串。高陂桥也是一个重要的商旅码头，故停船也多。　镜中：比喻清澈的河水。　纳履童：拣鞋子的人，典出《史记・留侯世家》。

寄怀落落山人

有美人兮落落窝，终年殊不耐闲何，
制茶精是陆鸿渐，种树勤于郭橐驼。
似隐似仙凭拟议，一丘一壑自婆娑。
从来待客严山律，独恕狂奴许屡过。

（《永定县志・文征》）

【解题】

落落山人，即林亭，永定西陂村人，岁贡生，不求仕进，以讲学、种茶为乐。此诗赞颂林亭精于制茶、勤于种树及两人不同寻常的友谊。

【注释】

美人：指落落山人。落落窝：山凹，指山人的居住地点。　陆鸿渐：即陆羽（733—804 年），字鸿渐，唐代竟陵（今湖北天门）人。以嗜茶著称，对茶道很有研究，著有《茶经》，制茶人尊为茶神。　郭橐驼：出自柳宗元《种树郭橐驼传》，是个善于种树的驼背老人。　狂奴：狂放不羁的人，此是作者自嘲之词。　过：过访。

锦峰渡

东岸迢迢接烟市，西岸离离尽禾黍。扁舟渡水去来频，半是农氓半行旅。忆昔驰逐遊京华，涉江泛湖乘危槎。秋风暮雨芦丛里，瞥见归艇便思家。此日溪头闲纵目，乡云关树纷历绿。人生动息岂能常，鞅掌或不已于行。

（《永定县志・陂渡》）

【解题】

锦峰渡，在今永定县仙师乡锦峰村。此诗描写渡口东西两岸的田野、烟市，描写渡船的繁忙景象，通过时空的跳跃（穿插回忆），表达对家乡的热爱之情。

【注释】

烟市：烟叶市场。　农氓：泛指农民。　乡云关树：家乡的云和树。

丁　滩

丁滩，字密州，号鉴湖，山阳（今江苏淮安）河北镇人，雍正十年（1732 年）举人，乾隆四年（1739 年）进士，乾隆十四年（1749 年）任长汀知县。

东庄探梅

寒香吹不尽，并作一林春。
托我清脩梦，迟君冷僻身。
花魂能瘦雪，画影却宜人。
何逊今将老，扶节破绿尘。

（《汀州府志·艺文》）

【解题】

东庄，在长汀县东五里东庄岭下，有民田百顷，旧时尽种梅花，开时望之如雪。此诗描写梅花的清香与傲雪的精神，从中可见诗人老当益壮，冒着寒风去赏梅的勃勃兴致。

【注释】

瘦：使雪变瘦，意指融化。　何逊：何逊（466—519），字仲言，东海郯（今山东郯城县）人，南朝梁著名诗人。　扶节：扶着手杖。　破绿尘：踏破绿色泥土，步行赏梅。

登卧龙山偶吟

云在青山外，山在白云内。云山暗幽蚪，鳞角宛修態。风雨生灵光，星河落平地。千峰万峰云，呼吸通全气。松萝阴翳中，欲具结庐势。眼界空清虚，面面滴寒翠。缅彼山之人，林香吹薜荔。谁为诸葛君，慷慨隆中对。

（《汀州府志·艺文》）

【解题】

此诗歌咏卧龙山的高峻与青葱美丽。作者用五言古体诗写景议论，从青山白云，到松萝林香，又想像诸葛亮一类的隐士人物，纵横开合，想像丰富，具有浪漫主义色彩。

【注释】

幽蚪：水中蝌蚪。此处比喻蝌蚪般的小山。　鳞角：比喻卧龙山山峰。　诸葛君：指诸葛亮，号卧龙，隐居于南阳隆中。

云骧阁写眺

暇日希胜游，登高托遥赋。虚廓开胸襟，流云杂烟树。天际秋风凉，帘光薄回互。循栏周四隅，闻见得清悟。好山入我怀，一一识平素。澄潭当我窗，龙光駊淘布。我欲采芙蓉，凌风想江墅。妙领不可言，长歌倚栏柱。

（《汀州府志・艺文》）

【解题】

此诗描写云骧阁的视野开阔及所见山光水色之美，抒写对隐士生活的向往之情。

【注释】

虚廓：犹空旷。　　龙光駊：龙光，水光。駊：音 sà。诗中用以形容水光闪烁。

李龙官

李龙官，江西宁都人。乾隆二年（1737 年）恩科进士，授翰林院编修。乾隆十六年（1751 年）应连城县令徐尚忠之邀担任《连城县志》总纂。

谒五贤书院

精庐高结白云岑，脉脉谁能识素心。
凤羽马图空入梦，松风竹月自长吟。
但教花径芳洲在，不畏幽岩古洞深。
襟袖恍疑凌泰岱，莫夸万壑似山阴。

（《汀州府志・艺文》）

【解题】

五贤书院，在连城县冠豸山，详见秦士望诗歌解题。此诗表达对理学先贤的景仰之情。

周宗濂

周宗濂，字仰溪，岁贡生，连城客家人。《汀州府志・文苑》载：“少颖敏，博极群书，人有阮孝绪、任长孙之目。为文洒洒洋洋，千言立就……所著诗古文《淇园集》，淹雅闳丽，士论翕然宗之。”

登高啸庵

仙境尘封不计年，五丁新劈焰摩天。
危楼翠耸重云画。绝嶂幽通一指禅。
地下龙蛇虚宿莽，人间村落碎青烟。

一声长啸蓬莱顶，拂石应镌览古篇。

（《汀州府志·艺文》）

【解题】

高啸庵，地点待考。此诗描写高啸庵的地势高峻有如仙境，诗人长啸山顶，拂石镌诗，表现诗人洒脱的个性和对家乡山水的热爱。

【注释】

一指禅：形容山道狭小。　宿莽：经冬不死的草。

童孙灿

童孙灿，字若星，连城客家人，诸生，主要活动乾隆时期，生平事迹待考。有《澹志诗草》，陆耳山（乾隆时大学者，曾与纪晓岚共同编纂《四库全书》）为之作序，以“乾坤有清气，散入诗人脾”称之。

栽树

古人留此地，与我栽芳树。树长花忽开，心怜春色顾。白云千里来，伴我青山住。山围傍岩泉，泉飞云影护。四时润我园，滋我山中趣。天曙鸟声开，树阴山有露。露下清风吹，幽香逮日暮。

（《汀南廛存集》卷四）

【解题】

客家文人喜爱营造花树环绕的幽雅之居，寄托对高洁人格和淡泊生活的追求，此诗便是这种情形的生动写照。

山居（三首）

日从沧海上，照我岩扉开。
春色自青草，池光浸绿苔。
坐中花信觉，檐外鸟声回。
堪笑东林叟，移居欲隐莱。

幽居虽不远，自觉世嚣离。
天朗花心喜，峰高日脚迟。
白云依宿榻，红鲤跃春池。
香意随人捲，清风处处宜。

晓出柴门望，白云遥在东。
驱光眸益远，逐景步难穷。
霜气寒山外，蝉声古树中。
萧萧多落叶，处处好凉风。

（《汀南廑存集》卷四）

【解题】

组诗是诗人山居生活的描述，作者白描写景，情景交融，抒发悠然自得的生活情趣。

山 行

去去行无事，幽人浑是闲。
岩深峰碍日，路断涧分山。
谷鸟先云入，樵歌背犊还。
更宜听不了，钟响翠微间。

（《汀南廑存集》卷四）

【解题】

此诗反映客家地区山高谷深、山歌萦回、佛寺钟鸣的山水人文特征。

赖国华

赖国华（1704—1737年），字宏仁，永定县客家人，世居胜运里（今合溪乡）黎袍山。《永定县志·儒林传》（民国版）载其："幼自知学，制举业外，诗、古文辞皆无所师资而闯古人之门。年十九，府院两试冠军。旋食饩。试辄高等，然雅不欲以文士老也。筑室大岐山，研穷理性，博究天文、地理、农田、水利诸书，矢为明体达用之学。而德器温醇，涵养深邃，见者辄有所感于心，人比之黄叔度。"

永平桥

曳履青溪畔，峰回路转长。
彩虹明峡水，朱雀卧斜阳。
凭槛游鱼静，驰车过客忙。
以时观动息，雎雉叹山梁。

（《永定县志·文征》）

【解题】

永平桥，《永定县志·交通志》载："在太平里（今高陂乡）木坑隔。累石高拱，上有覆屋。"此诗描写永平桥明丽的山水画面，抒发隐逸得时之感。

【注释】

曳履：意谓漫步。　朱雀：类似凤凰的神鸟。　雌雉叹山梁：意谓我隐居得正是好时候、好地点。典出《论语》，孔子曰："山梁雌雉，时哉时哉！"

黎袍山里居

乾坤俯仰浩无涯，高出青霄是我家。

一壑一丘团骨肉，不雕不琢自风华。

远峦晴看清修色，古树春开得意花。

闲日追欢随父老，细听松下话桑麻。

（《永定县志·文征》）

【解题】

黎袍山是诗人的家乡，此诗描绘朴素自然的家乡山水与人文景观，表达对家乡的热爱。

廖鸿章

廖鸿章，字羽明，号南崖，一说字南崖，永定客家人。乾隆元年（1736 年）中举，次年联捷进士，入翰林、授检讨。后经礼部尚书沈德潜推荐，为苏州紫阳书院掌教。《永定县志·儒林传》（民国版）载其："博闻善诱，随叩即鸣。苏郡为人文渊薮，无不钦服。"生平著述繁富，有《藜余诗草》《紫阳课艺》刊行。

勉学歌

东方明，便莫眠，沉心静气好读文。盥洗毕，闭房门，高声朗诵不绝吟。食了饭，便抄文，一行一直要分明。听书后，莫樱情，书中之理去推寻。过了午，养精神，还要玩索书中情。沐浴毕，听讲文，文中之理须辩明。食了夜，聚成群，不是读书便说文。剔银灯，闭房门，开口一读到鸡鸣。后生家，只殷勤，何愁他日无功名。

（《永定县志·附录》）

【解题】

这首杂言诗用客家方言创作，勉励年轻人勤奋学习。剔除其中追求功名的思想，诗中读书的勤奋精神和某些学习方法，对今人仍有一定借鉴之处。古代客家文人用客家方言创作诗文流传下来的甚少，此诗同黎士弘的《闽酒曲》、林宝树《年初一》并称"客家三宝"。

【注释】

食了饭：客方言，指吃过饭。　一行一直：客家话，指写字时的一横一竖。　食了夜：客方言，指吃过晚饭。　鸡鸣：指丑时。相当于半夜一至三点。　后生家：年轻人。殷勤：指勤奋。

廖焕章

廖焕章，永定客家人，生卒年不详，当为康熙乾隆间人，生平事迹待考。

许公堤

春来何日不空蒙，一带长堤烟雨重。
驱犊声中人戴笠，问津忙处客依松。
轻笼极浦迷芳草，遮幕前山失远峰。
倘得米颠图入画，墨光宜淡亦宜浓。

（《永定县志·艺文志》）

【解题】

许公堤，在永定县南。明万历年间知县许堂筑，堤上建台以课士。此诗描绘了一幅空蒙淡远的水墨山水图，许公堤的春天，烟雨笼罩、牧人驱犊、行客依松、芳草连天，是画家绝妙的素材。此后，许公堤标为永定风景名胜“南堤烟雨”。

【注释】

米颠：北宋书画家米芾的别号。米芾（1050—1107年），字元章，徽宗时被召为书画博士，曾任礼部员外郎。传说他在为州官时，见一怪石，形状奇特，大喜：“此足以当吾拜！”随即整理衣冠，拜之再三，并呼之为兄。以其行止违世脱俗，倜傥不羁，人称“米颠”。

熊为霖

熊为霖（1714—？），字浣青，江西新建人。乾隆七年（1742年）进士，由编修官至侍读。博学善文，尤工金石篆刻。假归后，担任白鹿书院、岳麓书院主讲。著有《左氏纪事本末》《纪行诗》等。

鄞江邸次访上官老人文佐

未识徐高士，长怀郑子真。
松深鳞自老，鹤瘦骨通神。
大笔吹元气，心交托古人。
想来云卧晚，独酌醉花茵。

（《汀州府志·艺文》）

【解题】

鄞江邸次，指上官周（字文佐）的住所竹庄，在长汀县鄞江（亦名金沙河、东溪）河畔。作者在汀期间慕名拜访上官周，以诗赞颂上官周的风度神采及绘画艺术的高超，表达对画家的敬佩之情。

【注释】

徐高士：即徐孺，东汉名士。　郑子真：西汉时人，著名隐士。

霹雳岩

憩我山水绿，不尽结玄赏。岩观已清佳，复托飞崖想。何年青玉林，雷堆涸榛莽！问若胡为来，欲言穷我象。铮铮霹雳斧，斗立斫天响。坠地转轮囷，笋角破春壤。且扪且摩挲，陟降劳俯仰。或是补天馀，遗此八柱磉。我有米颠癖，芒鞋遍幽访。取径曲复曲，旷然遂高朗。草色寒葳蕤，藉坐平如掌。前畴荫桑麻，一水隔篠簜。池泉注山下，白云老山上。丛杂栽云根，危楼颇轩敞。鼯鼠走松楸，古铎挂蛛网。败瓦难支持，黯然暗书榥。太息意迟迟，高谈发慨慷。拜石性所怡，聊用以自广。林风吹我襟，相与息尘鞅。返照入空壑，悠然妙遐往。

（《汀州府志·艺文》）

【解题】

此诗描写长汀县霹雳岩的嶙峋奇石及清幽宁静的环境，抒发神往之情。

【注释】

轮囷：古代圆形谷仓，形容高大的岩石。　米颠：北宋书画家米芾。　篠簜：《尚书·禹贡》："厥贡惟金三品，瑶、琨、篠簜。"泛指美玉美石。

隘岭道中

绝岭当雄关，扼险乃居隘。控制总八闽，南赣划天界。镇此咽喉司，泥垣洞华盖。摩空剑戟寒，悬河走飞带。风雨奥灵区，神力所盘会。元气混沌馀，雷霆转其内。我闻啼鹧鸪，林樾动天籁。石栈历九折，驱车苦竹迈。屯云翳积莽，杂沓作光怪。山凹峡势尊，碉堡结严砦。未雨绸缪深，经画统全概。太平日和晏，亭长枕清濑。茫茫天地宽，遐擊颇云快。托憩生幽心，寄我烟霞外。

（《汀州府志·艺文》）

【解题】

隘岭，在汀州府治西六十里，其间危壁峭立，磴道千层，人烟稀少，过岭隶江西界。宋代临汀郡守邹非熊设隘于此。此诗描写隘岭险要的地势和堡寨的坚固，抒写对太平生活的热爱。诗人亲行隘岭道中，故能观察细致，感受真切；语言质朴，意境开阔，诗风劲健。唐代边塞诗多写边关大漠的雄奇，此处则重点描写雄关的险峻，地域特色迥然不同。

【注释】

日和晏：比喻太平无事。晏，音 yàn，天清无云。　擊：音 qiān，击。遐擊，意谓远望。　幽心：幽栖之心。

登龙山北极楼放歌即书留壁

巍巍独立当天中，飘轮斡运开溟濛。混然元气结枢纽，风雨不动蟠卧龙。龙头困蠢蟠初起，屹屹神威五云里。万山丛杂一山尊，北极楼名洞元始。飞栏绣柱摩诸天，岩峦面面纷盘旋。参差拱抱揖且跪，二十八宿齐森然。根角罗缕谁纪详，姑为约拟谭天章。近象太微远天市，钩陈华盖擎硠[illegible]。楼头直枕瑶光卧，嘑吸曾通天帝座。秉圭植璧五诸侯，峨峨嶪嶪群趋贺。环峰夹水开天势，一线天河落平地。黄姑织女河西东，转向南流作之字。天船积水排云泡，干车上建天旗高。雷堆贯索结不解，囚锁舆鬼拏鲸鳌。羽林壁垒整军灶，天驷奔屯耸黄道。天弧天角团牙兵，夜夜松涛肃严号。或如天庙张球图，或如文昌司天书。鸡彝玉检共铺设，或如九子抟流珠。匏瓜历落大尊伍，南极老人颇伛偻。大者天廪小天仓，坦者天床突天杵。孰为琱铸穷天巧，有象无名眼中饱。甘石之经狭所云，山静无言默天老。我为四望轰豪吟，天风为我吹衣衿。夐然邈与人境隔，藤萝古木攒繁阴。揩抹星躔拂天纸，看破烟岚生脚底。桑麻万井岑蜂房，下界嘈嘈哄虫豸。闽汀山水古奇绝，北望龙光仰龙阙。坐拥屏藩峻极天，总为神京壮旌节。

（《汀州府志·艺文》）

【解题】

此诗描写长汀卧龙山的地势及北极楼上所见风光，赞美汀州山水的壮丽奇绝。

【注释】

太微：古代星官名。三垣之一。位于北斗之南，轸、翼之北，大角之西，轩辕之东。诸星以五帝座为中心，作屏藩状。　瑶光：北斗七星的第七星名。古代以为象征祥瑞。《淮南子·本经训》："瑶光者，资粮万物者也。"　天河：此指汀江河。　黄姑、织女：即天上的牵牛星、织女星。　天驷：又名房四星，传说是为玉皇大帝拉车的天马。　黄道：一年当中太阳在天球上的视路径。　文昌：即文昌帝君，传说是掌管人间功名之神。　甘石之经：即《甘石星经》。战国时期楚人甘德、魏人石申各写出一部天文学著作，后人把这两部著作合起来，称为《甘石星经》。

李梦苡

李梦苡，字非珠，武平县客家人。乾隆六年（1741年）举人，善诗。有《西峰诗文集》三十卷、《西汉独见》四卷。杨澜《汀南廑存集》收录其诗十一首。

山行即事

几重山外路，数里画中行。
古树穿亭出，枯藤抱石生。

媚人花欲笑，啮水石能鸣。
未倦游人眼，松间月已明。

（《汀南廛存集》卷四）

【解题】

这首山水诗描绘宁静幽美的山中美景图。作者以画家的独特眼光，采用拟人写法，把古树、枯藤，花、石等景物写得形象生动、栩栩如生，体现出诗中有画的特点。

【注释】

啮水石能鸣：形容溪水从石洞中穿过并发出鸣声。啮，音 niè。　未倦游人眼：意谓游人观赏兴致不减。

山居晚眺

西峰日暮立柴关，如画川原一望间。
村树拖烟斜抱寺，溪云含雨半遮山。
孤鸿不带诗筒去，双鹤常随钓艇还。
最爱平畴新绿满，幽人十亩赋闲闲。

（《汀南廛存集》卷四）

【解题】

诗人善于发现田园生活的美。此诗描写山村傍晚的美丽景象，抒写对隐居生活的热爱之情。中间两联动静相衬，俯仰有致，对仗工整，每句诗都是一幅水墨画，历来为读者所称赏。

【注释】

拖烟：形容枝叶被风扬起。　幽人：隐士。诗中指自己。

答周景（二首）

懒性狂情尚未除，萧然吾亦爱吾庐。
人图富贵思行乐，我喜穷愁可著书。
海志山经成赋本，酒旗歌扇入诗余。
原非贪食神仙字，甘老缥缃作蠹鱼。

身无仙骨好楼居，卧看浮云自卷舒。
虽使姓名知草木，何如山水话樵渔。
清琴一曲弹秦月，浊酒三杯下汉书。
千古神交惟五柳，传言周景莫题舆。

（《武平县志・人物传》）

【解题】

李梦苡无意功名，潜心著述，耽情诗酒。友人周景写信给他，推荐他出去作官，梦苡回赠此七律两首，表明自己志在田园，不愿出仕之意。

此诗直抒胸臆，开合自然，清新脱俗，不露寒酸之气，是诗人思想和性格的写照。

【注释】

海志山经：指《山海经》。　诗余：词的别称。　缥缃：指书卷。缥，淡青色；缃，浅黄色。古时常用淡青、浅黄色的丝帛作书囊书衣，因以指代书卷。蠹鱼：即衣鱼，一种蛀蚀衣物、书籍的小昆虫。　五柳：指东晋田园诗人陶渊明（号五柳先生）。　题舆：景仰贤达，望其出仕。典出《后汉书》，载东汉豫州刺史周景举荐陈蕃（字仲举）为别驾之事。

半溪杂诗

半溪一角水潆洄，紫竹双扉傍水开。
偶有牧童吹笛至，杳无山叟抱琴来。
酒魔欺我常倚枕，诗债逼人欲筑台。
却喜时清身未老，朋莲友菊不妻梅。

（《汀南廑存集》卷四）

【解题】

此诗描写自己山居生活的情形，表达自己喜爱诗酒，崇尚高洁人格又不失人间亲情的志趣。《武平县志》（民国版）亦载此诗。

吴奉璋

吴奉璋，字佩子，一字畹亭，永定客家人，乾隆八年（1743年）岁贡。《永定县志·文苑传》（民国版）载其："通经汲古，束修厉行，友教四方，生徒云集。非公事不入宰室，学者仰之。"有《学庸抉微》。

过箭竹隘

太平行路不知难，设险当年仔细看。
横锁两峰墙数仞，崎岖一线路千盘。
丛篁旧聚秋怜啸，警柝曾惊夜梦残。
今日放眸真快事，闽山粤水地天宽。

（《永定县志·艺文志》）

【解题】

箭竹隘，在永定县南二十里，与广东大埔交界。此诗怀古咏史，描写箭竹隘的险要，回顾发生的多次农民起义战争，抒发和平生活的喜悦之情。

【注释】

仞：古代计量单位，周尺八尺或七尺为一仞。周尺一尺约合今二十三厘米。 警析曾惊夜梦残：据《永定县志·大事记》等记载，嘉靖三十七年(1558 年)，闽粤赣边农民起义领袖张琏(广东饶平人)率部千余人经湖雷攻打永定县城。次年，永埔边农民起义军温祖源、刘元球与张琏呼应，率领义军五百余人攻打永定县城。嘉靖四十一年 (1562 年)，箭竹隘驻兵李铁拐、韦高等响应张琏起义，发动兵变，投附张琏义军，率部攻击永定县城。二年春，张琏部将罗袍(广东大埔人)又率众五百余人，经箭竹隘突袭永定县城。

李 灿

李灿（1723— ？），字明文，号珠园，武平县客家人，乾隆间著名画家，是古代汀州四大画家（上官周、黄慎、华岩与李灿）之一。有《珠园集》传世。

渔翁图

闲来垂钓且狂歌，最是渔翁乐趣多。

物换星移人不老，年年江上醉烟波。

（《武平县志·艺文志》）

【解题】

李灿善画，而且能诗，故常常作诗以配图，两者相得益彰。这首题图诗赞赏渔翁悠然自得的生活乐趣，爽朗明快，一气呵成。

题渔樵问答图

君收纶，我停斧，且向溪头话今古。屈宋文章爨下薪，韩彭事业庖中鲥。何须一一多兼顾，世上功名贱如土。君卖鱼，我负刍，有酒可换不须沽。青山满眼同一醉，勿论区区荣与枯。

（《武平县志·艺文志》）

【解题】

中国民间的屏风上常画有渔樵耕读四幅图。渔图和樵图画的分别是严子陵和朱买臣的故事，耕图和读图分别画舜教民众耕种的场景和战国时苏秦埋头苦读的情景。这首题图诗以渔父、樵夫的口吻，表达鄙弃功名利禄、乐于隐居、超脱世俗的思想。

【注释】

屈宋：战国末期爱国诗人屈原、西汉初著名诗人宋玉的并称。 韩彭：汉代名将淮阴侯韩信与建成侯彭越的并称。

邱振芳

邱振芳，字滋九，号素堂，人称素堂老人，闽侯（今福州市）人。乾隆六年（1741 年），因科场弊案避难汀州，曾在长汀县（现为连城县）宣和乡培田村南山书院、上杭县白砂之半房山讲学，造就甚多，所至文风丕振。有《所航余草》四卷行世。

题霹雳岩

岩劈自何代，年年度白云。
几人曾选胜，有鸟自求群。
跣足凌仙观，呼杯到夕曛。
山灵留一诺，丹鼎欲从君。

（《汀州府志·艺文》）

【解题】

霹雳岩，在长汀城南，详见马驯《霹雳丹灶》诗歌解题。此诗抒写登山纵饮的豪情及对仙界的向往，体现诗人豪放不拘的性格。

【注释】

山灵：山神。　丹鼎：本指丹灶和鼎炉，诗中指求仙学道。

过时雨堂旧址

新建行台问旧封，当年伏莽此乘墉。
总戎旋已消狐兔，喜雨直当播鼓钟。
徽国人休怀左袒，龙场吾欲吊前踪。
黄鹂碧草增惆怅，洗读残碑漫灭重。

（《上杭县志·流寓传》）

【解题】

时雨堂旧址，在上杭县治旧行台之堂。明正德十二年（1517 年），王守仁督师平定漳州农民起义，驻扎上杭。班师之时正逢久旱降雨，王守仁作《上杭喜雨》诗二首。有司请名行台之堂为“时雨”，王守仁又作《时雨堂记》。这首怀古诗缅怀王守仁在上杭活动的事迹。

【注释】

行台：尚书台（省）在外者称行台。行台之称始于魏晋，为朝廷大臣出征时随其所驻之地设立的代表中央的政务机构。　旧封：旧址。　伏莽：指军队降伏草野强盗。　乘墉：登上城墙。　总戎：统帅。诗中指王守仁。　狐兔：喻指农民起义军，含贬义。　播：敲。　徽国：秦末陈胜、吴广农民起义，起事地点大泽乡在安徽宿县西南。

曾曰瑛

曾曰瑛（1708—1753 年），字芝田，江西南昌人。监生，乾隆十年（1745 年）任台湾府淡水同知，兼摄彰化知县，任内建白沙书院、城隍庙，有治绩。《台湾通史·循吏列传》载：“彰化文教之兴，曰瑛启之也。”乾隆十三年（1748 年）擢汀州知府。《长汀县志·循吏传》载其修龙山书院、筑教场堤、主纂《汀州府志》，“百废俱兴”。乾隆十八年（1753 年），调任台湾知府，卒于任。

谢公楼怀古

为怜高处少尘嚣，澹映冰壶暑气消。
地下星辰回井络，天边睥睨接虹桥。
元晖旧唱惊人句，鄞水微痕隔岸潮。
莫倚南楼说开府，山林城市更清翛。

（《汀州府志·艺文》）

【解题】

谢公楼，在汀州府南，详见张九龄诗歌解题。诗歌描写登临谢公楼的感受以及所见城市面貌，缅怀张九龄题诗谢公楼，抒发对汀州城市、山水的热爱之情。

【注释】

怜：爱。　“澹映”句：意谓汀江河中静映着月亮。冰壶：指月亮。　井络：井宿区域。此处犹言市井、街市。　睥睨：此指城墙上锯齿形的短墙。虹桥：指济川桥。　元晖：同“玄晖”，南朝山水诗人谢朓的字。因避康熙玄烨的名讳而改写。诗中代指谢公楼。

登雅歌楼晚眺

楼头四望绿桑麻，晚眺登楼兴更赊。
万朵芙蓉初过雨，一汀杨柳又归鸦。
烟销瘴海天无碍，露净银河月欲华。
剧爱投壶歌大雅，满城弦管度窗纱。

（《汀州府志·艺文》）

【解题】

雅歌楼，见许殿辅诗歌解题。此诗描绘登楼所见汀州城雨后傍晚景象，抒发和乐生活的喜悦之情。此诗反映了曾曰瑛诗歌意境开阔、通脱大气、文辞清新优雅的特点。

【注释】

赊：长。　大雅：原是《诗经》的组成部分之一，后世亦指闳雅醇正的诗篇。

王紫绅

王紫绅，字垂恭，长汀客家人。清乾隆十年（1745 年）进士，曾任五寨知县，清正廉明，讼无留牍，有“王半升”之谣。《长汀县志·列传》载其“文章自成机杼，从游甚众”。

霹雳丹灶

丹成遗灶点尘埃，落月华阳次第开。
鹤驾逍遥千树外，烬余光焰五云堆。
巉岩欲拜亭前石，曲步留痕径里苔。

为问真仙何处是，清风拂拂岭头来。

（《汀州府志·艺文》）

【解题】

霹雳丹灶，在长汀霹雳岩，详见马驯诗歌解题。诗人寻访历史遗迹，逍遥游览山间美景，隐而不显地回答了真仙在何处的问题。

【注释】

丹成：传说宋代有道士在此霹雳岩炼丹。　华阳：指华阳别馆，明代汀州知府徐中行所建，常在此读书吟咏。　五云：青、白、赤、黑、黄五种云色，古人观云色占吉凶丰歉。

观澜亭

观澜焉用亭，亭上观澜好。一水自东来，群山拖北抱。回波旋不停，叠浪迅如扫。余也暂停骖，林疏秋渐老。风枯待纳禾，霜杀将黄草。潦尽两边河，滔滔遵古道。

（《长汀县志·古迹志》）

【解题】

观澜亭，清代汀州知府王廷抡建，旧址在今长汀县龙潭公园内，可直接观赏汀江河。此诗描写汀江水急浪涌的奔腾景象，表达涤尽杂念、终归正道的思想感悟。

【注释】

渐老：（秋）渐深。　古道：指古河道，同时喻指传统的正道，双重含义。

屋上乌

屋上乌，夜哺雏。绕树三匝声呜呜，翎羽跋刺尾毕逋。町畦之虫廥仓粟，啣来母口哺儿腹。雏儿渐老行且飞，乌母咿哑枝上啼。十月空场遗穗稀，可怜母正望儿归。儿曹不知母心苦，人生何用将雏哺！

（《汀南廑存集》卷四）

【解题】

本篇采用形象比喻手法，描写母乌鸦辛勤哺育小乌鸦的感人场景，劝喻世人了解母亲的辛苦，报答母亲的养育之恩。

【注释】

跋刺、毕逋：皆象声词，翅膀和尾巴飞动的声音。　儿曹：泛指晚辈的孩子们。

徐尚忠

徐尚忠，号静斋，江西高安拔贡，乾隆十三年（1748年）任连城知县。后升任广西思恩府知州。

游冠豸谒五贤书院

驾月标霞面面新，当年化雨洒三春。
峡开苍玉浮青藓，井沁金泉漾紫莼。
阶下聪明原有树，窗前花鸟自为邻。
惭予屐齿寻兰谷，又向文翁作后尘。

（《汀州府志·艺文》）

【解题】

五贤书院，在连城冠豸山，详见秦士望诗歌解题。徐尚忠是秦士望的继任县令，任职期间重视人才与教育，专门聘请翰林李修卿到五贤书院掌教，为五贤书院的兴旺做出贡献。此诗描写五贤书院环境的清幽，表达追步文翁，重视文教的意愿。

【注释】

标霞：晚霞。　化雨洒三春：比喻书院教化学子。　金泉：指冠豸山景点金字泉。　屐齿：借代游踪。　文翁：文翁（前156—前101年），名党，字仲翁，庐江郡舒县（今安徽舒城县）人。汉景帝末年为蜀郡太守，兴教育、任贤能、修水利，政绩卓著。

朱　珪

朱珪，字石君，号南厓，顺天大兴（今属北京市）人。乾隆十三年（1748年）进士，选庶吉士，授编修，迁侍读学士。乾隆二十五年（1760年），初为福建粮驿道，擢按察使。乾隆四十四年（1779年）典福建乡试，次年，督福建学政。后为嘉庆皇帝的老师，晚年官至体仁阁大学士、太子少傅。谥文正。

游朝斗岩

鄞江抱郭向丁流，江上园林夹路幽。
五里梅花香不断，凌风底事说扬州。

（《长汀县志·山川志》）

【解题】

昔日朝斗岩下的南寨，有万株梅花临溪玉立，绵延五里，汀人称之为梅林。乾隆四十五年（1780年），朱石君督学闽中，按临汀州，游朝斗岩，作此诗。

作者未上朝斗岩，先被汀江河畔的梅林所吸引。汀江南流，浩浩汤汤；江畔梅林，绵延五里；林密路幽，鲜花盛开；清香不断，沁人心脾。这些景象，在诗人眼里是汀州最美的景色，诗人心里认为此处梅林可与扬州梅林媲美。

明清两代，文人墨客咏赞南寨梅林之美的诗歌众多，此诗当为其中的佳作。

【注释】

向丁流：即向南流。丁位，在南。　五里梅花：朝斗岩下的梅林绵延五里。因梅林在汀江河畔，故又称江上园林。　凌风：乘风。　底事：此事。　说扬州：扬州城外有梅花岭，历来为文人赏梅之处。

许 牧

许牧，长汀客家人。清乾隆十五年（1750 年）恩贡，《长汀县志·选举志》载其“贫而好学，长于吟咏”。著有《紫薇堂稿》五卷。

凌波营怀古

野旷沙飞土亦焦，唐家兵垒尽萧条。
营空剑戟埋秋草，日落鱼龙吼夜潮。
流水变迁沽酒市，夕阳新旧卖花桥。
裙腰一带平芜绿，借问遗墟今几朝。

（《长汀县志·古迹志》）

【解题】

凌波营，《汀州府志》载：“凌波营，在府东门鄞河坊。按江南野史：南唐时，许诸郡竞渡，每端午，官给彩缎，俾校最胜者标赏，皆籍其名。后主因蒐（音 suō，操练）为水军，号凌波军，此其故营也。”这首怀古诗，描写凌波营旧址的萧条破败，抒写沧桑之感。

【注释】

唐家：指南唐后主。　兵垒：此指凌波营旧址。　吼夜潮：指金沙河水奔腾如吼。“裙腰一带”句：形容狭长的绿色平原像一条美女的腰带。　遗墟：遗弃的废墟，指凌波营旧址。

邱觐宸

邱觐宸，字梧岗，上杭县客家人。年十九，举乾隆十八年（1753 年）乡试，历任漳浦训导、罗源教谕、大桃知县。有《梧岗文集》。

咏 菊（二首）

凭栏灿烂睹金英，风送幽香一段情。
何事繁华都谢尽，独留素质晚传名。

芳心真与晚秋宜，漫羡春风斗艳时。
桃李满园终寂寞，篱间余得傲霜姿。

（《杭川新风雅集》）

【解题】

诗歌托物言志，赞颂菊花的朴素品质和不畏风霜的英姿，同时寄寓了自己的人格操守。

【注释】

金英：指菊花。　素质：朴素无华的本质。　芳心：菊花之心。指不畏风霜的品性。

卢欣松

卢欣松，字仰乔，永定县客家人。乾隆间岁贡。《永定县志·文学传》（道光版）载其："淹通经史，博极群书，夜观星斗，能察玑衡七政之位。"乾隆二十一年（1756 年）参与编纂县志，勷建凤山书院。著《石滨室诗文》，初、二集已刊行，三集未付梓而卒。

博平堑

长城犹不保，深堑意如何。

应运有真主，违天漫自魔。

事空归榇甓，时久戢干戈。

百丈平山外，于今长绿莎。

（《永定县志·文征》）

【解题】

博平堑，在永定县博平岭下。康熙间，南明郑经遣卒开凿以抵御清兵马军。今址存。这首怀古诗，诗人凭吊古战场，表达战争胜败在于得天时得民心而不在地势险要的观点。

【注释】

事空：指事败、失败。　榇甓：指棺材。　戢：收藏。　绿莎：泛指绿草。

西竺山

洞云深锁断轮蹄，流水声中觅小蹊。

一笏回澜留砥柱，千章古木拥招提。

扪天绝顶光逾阔，俯首群峰势自低。

风驭泠然超世外，桂丛谁与共寒栖。

（《永定县志·艺文志》）

【解题】

西竺山，在永定县丰田里（今抚市镇）深溪东南山。此诗描写西竺山的高峻苍翠，寺院掩映在万树丛中的景象，抒发超然世外的感受。

【注释】

断轮蹄：阻断了车马（的通行）。　笏：音 hù，古代大臣上朝拿着的手板。诗中用"笏"形容山崖形状。　招提：梵语，寺院的别称。

杨联榜

杨联榜，字敦三，号讱斋，长汀客家人。生于乾隆初年，乾隆二十七年（1762 年）乡魁，乾隆三十一年（1766 年）登进士，历任广东平南、浙江桐庐、海盐知县，又以治政有方，迁平南知州。《长汀县志·列传》载其："敏吏事而廉仁……勤俭和睦，家众七十余口，共财产，无闲言。”

鄞江词（二首）

两溪合处水南流，直到潮阳海尽头。
若问九龙山下路，珠峰玉洞是汀州。

东溪绕郭向西流，对岸山连隔一洲。
可惜出山贪到海，潮州那得胜汀州。

（《汀南廑存集》卷四）

【解题】

鄞江词，是作者自创的新题，与李长秀《竹枝词》为步韵之辞，诗意亦近似。

【注释】

两溪：指东溪与正溪。　珠峰玉洞：指宝珠峰和苍玉洞。　东溪：又称金沙河，绕汀州外城，流经丰桥、旱桥，在今五通桥下与正溪汇合。　隔一洲：从长汀东郊（今中心坝）、水东街、半片街，古代为一船形沙洲。

登北极楼

百尺高楼万里通，山灵此日醉词雄。
眺来景物图画里，吐出风云诗句中。
清磬一声烟树碧，飞鸦数点夕阳红。
归余胜事人争纪，柱史星文动紫穹。

（《长汀县志·古迹志》）

【解题】

北极楼，旧名北楼、道山楼，在长汀县城卧龙山顶。宋时建。明末郡守唐世涵重建，匾曰玄武楼，祀元帝以镇龙山。楼有三层，二层名更上，三层名环翠。此诗原题有“和韵”二字，然所和之诗已不可考。

【注释】

“山灵”句：山神也为此日的好诗词而陶醉。　柱史星文：形容流传不朽的好诗美文。

江乾达

江乾达，字碧腾，一字璞山，上杭客家人。乾隆三十三年（1768 年）举人，曾任山东新泰、观城知县。有《璞山余草初集》四卷。

自邵回汀早行遇雾

平明早束装，山顶带浓雾。前后雨濛濛，入此疑无路。但闻禽鸟声，不见岭头树。冷气袭我衣，袖手且四顾。红日挂松林，散作花间露。足下青云生，康衢可任步。

（《杭川新风雅集》）

【解题】

此诗作者自注时间“己丑”，当为中举次年从省城返乡途中所作。诗中先写雨雾迷茫，后写红日相迎，有“山重水复，柳暗花明”之感，表达了中举之后平步青云的企望。

伊秉绶

伊秉绶（1754—1815年），字组似，号墨卿，晚年又号默庵，宁化客家人，清代著名书法家。乾隆四十九年（1784 年）举中正榜，留居北京，游于朱珪之门，馆于纪昀家，督课其孙。乾隆五十四年（1790 年）中进士，授刑部额外主事，补浙江司员外郎。任刑部主事、刑部员外郎、湖南乡试副主考官、刑部郎中、广东惠州知府、扬州知府。绘画、治印俱佳、尤善书法，时有“南伊北邓”(邓石如)之誉。诗文亦为世所重，有《留春草堂诗钞》传世。

咏汀州

不及寒梅鼎涧开，水南流出绿如醅。
芳馨满抱州名美，婉娈曾游古日回。
继轨程朱扶正学，论兵漳赣救时才。
谢公楼上青山色，怀古先须酒一杯。

（《长汀县志·古迹志》）

【解题】

此诗歌咏汀州的山水秀美、人文鼎盛，尤其赞叹汀州对正学的扶持与发扬。

【注释】

婉娈：泛指俊美的男女。　古日：民间节日。　扶正学：正学，中国儒学发展到理学阶段的称谓。汀州府扶持、推崇正学，历代建有紫阳祠、朱子祠，祀朱熹；道南祠，祀杨时、罗从彦、李侗、朱熹，杨方配祀；二先生祠，祀朱熹、杨方；五贤祠，祀周敦颐、邵雍、程颢、程颐、张载。　救时才：指王阳明。明正德中，王阳明曾领兵驻节汀州上杭县。

张　轼

张轼，字乐瞻，宁化客家人。岁贡生，主要活动于雍正、乾隆年间。生平事迹待考。

杂　拟（二首）

闲中有良骥，才力并蛟虬。取以驾盐车，长鸣风飕飕。咄嗟中下驷，乃与超光侔。被以锦障泥，真珠笼络头。俗尚苟如此，吾意复何求。

屈伸固有候，杰士试机宜。蛟螭当盘伏，曾何异虺蛇。所以淮阴侯，隐忍轻薄儿。岂曰无智勇，爱身将有为。珠不因鹊抵，贤不与虎持。谅哉古人言，良足深长思。

西陵松如盖，旧结同山带。南山艾如罗，出门即风波。君心非金石，妾命亦蹉跎。陌上有夭桃，园中有苦桔。取舍贵分明，胡为不吐实。朝看野鸟飞，暮看野鸟宿。妾似燕衔泥，凄凉守君屋。本是合欢花，翻成断根草。愁到天池翻，一夜红颜老。

（《汀南廑存集》卷四）

【解题】

组诗模拟《古诗十九首》的写法，以良骥驾辕、韩信忍辱、妾命蹉跎为喻，抒发怀才不遇、时光易逝的感伤情绪。

无　题（二首）

兰香深处画堂东，冉冉阳春午夜风。
岂似蒹葭依玉树，只教鹦鹉恋金笼。
丝窗静掩榆光白，重幄光悬蜡照红。
散序霓裳谁复念，分明月殿与珠宫。

岂意人间萼绿华，襜褕只合望天涯。
空闻素柬传看字，未见青云降宝车。
宿海有源风正急，星河无路月长斜。
黄姑惯作经年别，犹自清狂待晚霞。

（《汀南廑存集》卷四）

【解题】

组诗以“蒹葭依玉树、鹦鹉恋金笼、襜褕望天涯”等意象营构了深情绵渺、托兴悠远的艺术境界，含蓄地表达对美好爱情的追求与向往。

【注释】

襜褕：古代一种较长的单衣。诗中指自己。　黄姑：牵牛星。

偶　兴

天外琼枝咏不成，樱桃乐府旧闻名。
赤鳞辽海金波暖，彩凤高楼玉管清。

风雨总添今夕梦，关河又动往年情。
纵知日暮援琴处，只作幽兰白雪深。

（《汀南廛存集》卷四）

【解题】

作者由美妙的歌舞引发丰富的想像，表达了文人高雅的生活情趣。诗人闻乐而动情，由动情而思绪飞扬，意境清旷，开合有致，虽是一时感兴之作，足见学养之裕。

【注释】

樱桃乐府：借指美妙的歌舞。郭茂倩编《乐府诗集》有白居易所制《杨柳枝》词，《本事诗》载："白尚书有妓樊素善歌，小蛮善舞。尝为诗曰：'樱桃樊素口，杨柳小蛮腰。'"

曾嘉楷

曾嘉楷，字允揆，长汀客家人。乾隆三十四年（1769年）岁贡。《长汀县志·文苑传》载其："因数厄，屡荐不售，遂以诱掖后进为己任，弟子得其薪传，率多掇巍科以去，邑中名士多出其门。"晚年授光泽训导，造就甚多，卒于任。

苍玉洞

灵璧飞来下大荒，玲珑月户坦天床。
一湾溪浸鱼鳞白，半碣苔痕鸟迹苍。
风雨何处台榭影，薜萝今日水云乡。
摩挲青玉升双峡，柳色滩声近夕阳。

（《汀州府志·艺文》）

【解题】

此诗描写苍玉洞的清幽苍翠，抒发怀古幽情及对隐居生活的向往。

【注释】

灵璧：有灵气的璧玉，喻指苍玉洞。　天床：形容平坦、开阔。　台榭：苍玉洞原有苍玉亭、映溪亭、翠微亭等亭台轩榭。　水云乡：水云弥漫，风景清幽的地方。多指隐士游居之地。　青玉：形容岩石之美。

陈　兰

陈兰，字挺三，号香圃，长汀客家人。嗜诗书，工诗文，乾隆三十五年（1770年）举于乡，未出仕。《长汀县志·文苑传》载其："有至行，能甘贫，以诗书为性命，制艺充赡，尤工古文诗歌。同时名流，谓当于汉魏间求之。"

送黄慎山人

颇怪相逢白发毵，交情五月足沉酣。
峥嵘石骨骄名士，寂寞梅花趁羸骖。
李贺诗篇投杜牧，刘琨知己薄卢湛。
蛟湖龙峤无多隔，意里新怀月一涵。

（《长汀历代诗选》）

【解题】

黄慎是上官周的弟子，在汀期间与陈兰等诗人多有交往，黄慎的诗稿曾索序于陈。这首送别诗赞颂黄慎“峥嵘石骨”的品格，以古人求得知己作比，表达两人纯洁的友情。

【注释】

李贺、杜牧：皆唐代著名诗人。此联是比喻两人志趣相投。　刘琨、卢湛：刘琨（271—318 年），字越石，中山魏昌（今河北无极东北）人。西晋著名的诗人。卢湛（284—350年），东晋范阳涿县（今属河北）人，字子谅，卢植五世孙。州举秀才。永嘉之乱后，为刘琨主簿。蛟湖、龙峤：蛟湖，又名龙王潭，在宁化城东三十二公里的湖村张家湾，传说古时有僧人见白龙横卧湖面而得名。湖侧原有蛟湖草堂，为黄慎所建。他在这里读书作画，其诗集亦名《蛟湖诗钞》。龙峤：道家指乘龙而飞升。此处是祝福黄慎大有成就之语。　月一涵：比喻纯洁的友情。

马在观

马在观，长汀客家人，乾隆三十六年（1771 年）恩贡，官至直隶州州同。著有《马州同集》。

侍鹤峤师游朝斗岩即和元倡（三首）

悬空卍字细阑干，俯瞰云山玉骨寒。
江上微波泛渔艇，一声欸乃响层峦。

巍巍高耸接星台，绝壁危亭画境开。
下界茫茫烟景好，轻风吹过柳阴来。

万树梅林一径幽，滩头归兴问扁舟。
泉声犹作松涛韵，山影斜阳一幅秋。

（《汀州府志·艺文》）

【解题】

组诗描写朝斗岩的高耸及亭上所望汀江两岸的景致，表达对家乡秀美山川的热爱。鹤峤、元倡两人的生平事迹不详，待考。

【注释】

卍：音wàn，是从古印度引进的一个符号，称为吉祥海云，表示吉祥无比。这个符号常在佛像胸前，以表佛的功德。悬空卍字：意谓佛寺建在悬空的山崖上。 欸乃：音ǎinǎi，指悠扬的渔歌。柳宗元《渔翁》诗："烟销日出不见人，欸乃一声山水绿。" 危亭：耸立于高处的亭子。指朝斗岩东面武育崖的来胜亭，中奉观音大士像。 画境：从来胜亭往北望，南寨、汀江、罗坊，以及远处的汀州城与卧龙山尽收眼底，良田、美池、屋宇井然，有如画卷。

吴登瀛

吴登瀛，字书渔，永定客家人。乾隆四十四年（1779年）恩科，由县学以《春秋》中试。有《芙蓉台诗抄》刊行。

访孝亭

孝不因亭著，亭因访孝名。
白云犹隐隐，苍柏自菁菁。
蛇虎当年伏，羊乌是子情。
人心如不死，振古有讴声。

（《永定县志·艺文志》）

【解题】

访孝亭，"在大阜岭，邑人郑懋官庐墓处。知县周齐访之，乡人为之建亭"（《永定县志·名胜志》）。郑懋官，字举南，明末永定人。《永定县志·孝友》（乾隆版）载其："母目瞽，舌舐复明。亲殁，庐墓三年，有'驯虎伏蛇'之异。"周齐，广西宜山人，明天启年间任永定知县。此诗赞颂郑懋官孝的美德。

【注释】

羊乌：羊和乌鸦都是跪着反哺其母，被人们视为孝子的象征。

卧龙山

叠嶂淬芙蓉，横冈卧似龙。
雄吞文武水，秀挹丙丁峰。
日月光常孕，风云气自通。
高吟续梁父，何必出门东？

（《永定县志·艺文志》）

【解题】

卧龙山，又称卧龙冈、凤山，是永定县之主山，在今县城（凤城镇）中。诗人登高望远，气势雄壮，望得到引荐，干一番事业。

【注释】

淬芙蓉：意谓山色染绿了荷叶。　文武水：指汀江水。相传唐代吴道子曾作“文武水”壁画，其水波涛汹涌。　丙丁峰：指南面的山峰。古代以天干配五方，丙丁都属南位。　梁父：即《梁父吟》（或《梁甫吟》）。　出门东：汉乐府《十五从军行》有“出门东向望，泪落沾我衣”句，写一个老兵返乡后无一亲人的凄凉。

凤山杂咏（二首）

地窄民多处谷间，田稀艺谷便开山。
辛般送子从师去，书法争摹柳与颜。

二釜难充不受怜，一经教子有薪传。
明春决取青衫著，好向祠堂拜祖先。

（《永定县志·文征》）

【解题】

凤山，即永定卧龙山。组诗反映了客家地区的人多地窄，着重咏赞永定民众送子从师的风气，反映了客家人耕读并重、薪火相传的思想。

【注释】

柳与颜：指柳公权与颜真卿。唐代著名书法家，其书法特点有“颜筋柳骨”之说。　薪传：柴虽烧尽，火种仍可留传。比喻道术学术相传不绝。　青衫：古时学子所穿之服。诗中寄寓考取功名的愿望。

徐日都

徐日都，江西奉新县人，清乾隆间进士，乾隆四十五年（1780年）为长汀知县。

北极楼

无境山高楼更高，虎头回望白云遥。
金沙万户春风早，绿树清江晓放桡。

（《长汀县志·古迹志》）

【解题】

北极楼，又名玄武楼，在汀州府志后山（卧龙山）山顶，祀元帝。此楼雄伟壮观，屡经修缮，至今完好。此诗咏赞北极楼的高耸及东望金沙河两岸的春天景象。

【注释】

无境：即长汀卧龙山。山上有北极楼。　虎头：江西宁都虎头山。卧龙山由宁都虎头山脉延伸过瑞金而来。　金沙：金沙河。又名东溪。　放桡：划桨放船或放木排。

蓬莱阁（二首）

俗吏愧仙班，蓬莱漫往还。
梦依双凤阙，坐对九龙山。
鹤舞松千尺，鸥眠水一湾。
忽闻来棨戟，游赏动江关。

学士文章伯，留题语欲仙。
阁应从此重，人亦与之传。
秋水依窗静，黄花照眼妍。
更期追古道，无负意拳拳。

（《长汀县志·古迹志》）

【解题】

蓬莱阁，在长汀县治，宋时建。乾隆间县令徐日都寻得故址重建，福建学政朱珪为之作记。组诗是对朱珪的感激之词。

【注释】

双凤阙：西汉建章宫有双凤阙，是当时长安城的标志性建筑。后世以此指代帝都。　棨戟：称贵宾或好友远道光临。典出唐代王勃《滕王阁序》："都督阎公之雅望，棨戟遥临。"　学士：指福建学政朱珪。详见朱珪诗歌简介。　追古道：追慕传统的正道。

马廷萱

马廷萱，字友桂，号鉴泉，长汀客家人。清乾隆五十一年（1786 年）举人，出宰武城（今山东武城）、迁南河（今江苏省响水县南河镇）同知、主讲覃怀书院（在今河南武陟）。马廷萱是清代很有成就的词作家，清代丁绍仪《听秋声馆词话》卷二十云："汀人均不讲倚声（填词），为之自司马始。"《长汀县志·文苑传》收入其诗词十余首，多佳品。有《鉴泉诗稿》传世。

秋庭分韵扁豆花

久枝对叶漫沿篱，淡白疏红点缀宜。
供我晚芳来麂眼，泥他小字是蛾眉。
剧怜老圃犹生色，似怯轻装不入时。
合与骚人添雅趣，晚凉棚下细谈诗。

（《长汀县志·文苑传》）

【解题】

扁豆花，豆科，扁豆属植物，一般七八月开花，色泽或红或白。此诗赞赏扁豆花的美丽，表现赏花谈诗的雅趣。

【注释】

鹿眼：形状如鹿眼的篱格。　泥：音 nì，动词，诗中指命名。　“小字是蛾眉”：昵称说法，扁豆形状像蛾眉。　剧怜：极爱。

汤志尧

汤志尧，字翼善，号谦山，长汀客家人。乾隆五十三年（1788 年）举人，嘉庆四年（1799 年）进士，曾任直隶永年知县。致仕归，结庐东山下与士大夫吟咏其中。汀州知府孙叔平延为龙山书院主讲。有《谦山文稿》三卷。

朝斗岩

山拥新罗翠，江明白石春。
水烟横郡郭，岩雾噀衣巾。
痛饮吾能事，高歌容有神。
纷纷江畔月，归艇乱西津。

（《长汀县志·山川志》）

【解题】

此诗描写朝斗岩上所见汀州山水的春天景象，抒发诗人痛饮高歌的豪情。

【注释】

新罗：汀州属古新罗邑。　白石：白石村（今长汀县城）。唐大历四年（769 年）汀州州治由东坊口迁至此。　噀：音 xùn，含在口中而喷出。此指雾气染湿衣巾。

鸡鸣最早处

龙山龙首卧东城，挂角一轩南向明。
朱鸟当春临七宿，潮鸡每夜鸣三更。
箪瓢陋巷斋心坐，金石商歌曳履行。
十二莲沉安节度，只因不昧是平生。

（《长汀县志·古迹志》）

【解题】

鸡鸣最早处，在长汀县城东横岗岭山麓白沤亭附近，是汤志尧授徒讲学之所。全汀鸡鸣，此间独早。此诗抒写自己固穷守节、光明坦荡的胸怀。

【注释】

龙山：指卧龙山。　朱鸟：即朱雀，南方七宿的总称。　七宿：井、鬼、柳、星、张、翼、轸。七宿联起来像鸟形；朱，赤色，像火，南方属火，所以叫朱鸟。　潮鸡：一种潮来即啼的鸡。又名伺潮鸡、石鸡。南朝梁顾野王《舆地志》：“移风县有鸡，雄鸣，长且清，如吹角，每潮至则鸣，故呼为潮鸡。” 箪瓢陋巷：孔子的弟子颜回贫困而潜心好学，孔子曾赞叹说：“贤哉，回也！一箪食，一瓢饮，在陋巷，人不堪其忧，回也不改其乐。贤哉，回也！” 斋心：即道家所谓“心斋”，指排除心中一切世俗杂念的干扰。 金石商歌：指春秋时鲁国隐士原宪穷而益坚。《韩诗外传》载：“原宪居鲁，子贡往见之。原宪应门，振襟则肘见，纳履则踵决。子贡曰：‘嘻，先生何病也？’宪曰：‘宪贫也，非病也……仁义之匿，车马之饰……宪不忍为也。’子贡惭，不辞而去。宪乃徐步曳杖，歌商颂而返。声淪于天地，如出金石。” 不昧：指为人光明坦荡，清正廉洁。

杨 澜

杨澜，字蓉江，号二樵，长汀客家人，杨联榜之子。清乾隆五十四年（1789 年）恩科举人，道光元年（1821 年）任四川昭化（今四川广元市）邑令。著有《临汀汇考》十二卷、《负薪初稿》（诗集）、《汀南廑存集》四卷传世。

有 咏

云萝隔四邻，山水有清音。

风雪人归早，烧烛且论文。

（《汀南廑存集》卷二）

【解题】

此诗描写清幽宁静的家居环境及品文论诗的文人生活。“山水清音”是杨澜诗歌的特点。

拟郝九龙梅花诗（选四）

红 梅

嫩入桃花品独神，偏教梅格擅天真。

童颜不掩神仙骨，憨态终非妩媚人。

为领众香张赤帜，顿移年例换红尘。

探春要识春风面，半是冰容变相春。

移 梅

碧云暮雨羡风神，未抵临邛酒市真。

策杖久如招隐士，过门须问有心人。

抚松盖学苍龙偃，看竹行随翠凤尘。

第一番风孤屿处，补栽艳说女皇春。

瓶　梅

岑寂风光冷落神，偏于窗下见清真。
恰如吾友尝从事，共赏奇文仅此人。
落落晨星斜见影，娟娟凉露静含尘。
玉壶亦有冰心在，不负名花数点春。

落　梅

疑是天花散有神，烟中摇曳望难真。
料非红紫能留汝，此后风光尽让人。
莲坠露中仍覆水，菊残霜下不沾尘。
何人解续倾筐句，重赋周南未标春。

（《汀南廑存集》卷二）

【解题】

郝九龙，即明代长汀人郝凤升，作有《梅花百咏》。杨澜模拟郝九龙梅花诗，也用“真、人、尘、春”为韵脚，作有五首七律。所选四首咏赞各种梅花的形态与内在精神，颂扬梅花不畏风雪、格调高洁、不与群芳争春的品格，表达了诗人对高洁人格的赞颂。

【注释】

梅格：梅花的神韵、格调。　临邛：今成都邛崃市临邛镇。是西汉才女卓文君的故乡，有文君当垆卖酒的传说。　女皇：指武则天。　冰心：比喻人的清廉操守。　周南：指《诗经》“周南”，国风的第一部分。

杨　濬

杨濬，字心泉，号三樵，杨澜弟，长汀客家人。十四岁擢古学第一，补弟子员。清嘉庆二十一年（1816 年）优贡，未出仕，著书自娱，优游泉石，著有《见山园诗赋钞》《韵府分编》《异韵通用》等。《长汀县志·文苑传》载：“浚文喜自抒所得，虽惊骇流俗不顾也。”

鄞江竹枝词

鄞江一丈水长清，风雨无端昨夜生。
却被出山泉水浊，照人心事不分明。

《见山园诗赋钞》

【解题】

宋代蒋之奇《苍玉亭》诗有“鄞江一丈水，清可照人心”之句，此诗反用其意，揭示欲得河水清，关键在源头的道理，反映诗人对社会人事“风雨”变化复杂的认识。诗中清浊对比，泉水与心事相映，其中的变化结果富于哲理意味。

咏使君读书台

巉岩霹雳开丹灶，风雅宗徐少宦情。
籍甚才名推七子，湛然心迹见双清。
讼庭花落闲来往，丹鼎人遥自死生。
晚籁松风吹不断，荒台犹听读书声。

（《长汀县志·古迹志》）

【解题】

使君读书台，明代汀州郡守徐中行所建，在长汀霹雳岩上。这首怀古诗诗赞颂宗臣、徐中行诗歌风雅、心迹明朗，政简刑清，读书不辍，抒发对宗、徐二人的景仰之情。

【注释】

宗徐：指明代诗人宗臣、徐中行。　七子：指明代嘉靖中期以李攀龙、王世贞为首的一批文人，世称“后七子”。　人遥：传说宋代有道士在此炼丹。由宋至于清代，故云遥远。

钟孚吉

钟孚吉，字皆山，武平客家人。乾隆五十四年（1789 年）拔贡，任政和（今福建南平市政和县）训导。乾隆五十九年（1794 年）举于乡，升龙岩州学正。嘉庆二十五年（1820 年）任隆安县（今属广西南宁市）知县。有《皆山诗集》二卷行世。

露冷云荒

万里还家一月留，驰驱又作岭南游。
人看北斗岩边月，梦入西山洞口秋。
露冷稚川炼丹井，云荒忠定读书楼。
拟归结屋依林麓，免诮官缘老病休。

（《武平县志·艺文志》）

【解题】

此诗抒写对家乡山水人文的依恋，表示隐居山林，不再出仕。诗题为颈联中前二字摘出。

【注释】

万里：指从广西隆安县到武平的大约距离。　稚川：东晋著名道学家、炼丹家葛洪的字。传说葛洪曾在武平县灵洞山炼丹，其炼丹井至今犹存。　忠定：宋代名相李纲的谥号。李纲兼摄武平县事期间建有读书堂，“时聚士子讲学其中”（《武平县志》）。

李凌云

李凌云，长汀客家人，生卒年不详。清乾隆年间岁贡，善诗，工书法。

夏日登北极楼

避暑高玄揽，言登北极楼。
峰岚拖画影，萝薜荫泉流。
下界人烟渺，天心景物幽。
已忘尘暍甚，三岛共神游。

（《汀州府志·艺文》）

【解题】

北极楼，在汀州城内卧龙山顶，详见徐日都诗注。诗歌描写登上北极楼所见景物的清幽宁静，赞叹卧龙山有如仙山之美。此诗亦见《长汀县志·古迹志》。

【注释】

下界：指山下。　天心：极言此山之高，宛在天上。　尘暍：本指市尘间的暑气，诗中比喻世俗喧嚣。暍，音yè。　三岛：指传说中的蓬莱、瀛洲、方丈三座海上仙山。

登云峰岩

独踞青岩第一峰，霄铃洞启破洪濛。
横开图画重云里，细缕山河指掌中。
不为枯禅劳杖履，且余长啸写英雄。
层峦颇解诗人意，罗列儿孙拜下风。

（《汀州府志·艺文》）

【解题】

云峰岩，在今连城县罗坊乡青岩，海拔一千四百多米，下有青岩河由西向北贯穿全乡，流入北团乡境内。诗人登上峰顶，指点河山，英雄长啸，颇富豪放雄迈之气，诗人个性尽在其中。尾联拟人写法，想像新颖奇特。

【注释】

青岩：云峰岩在明代属长汀县青岩里。　洪濛：道家指天地形成之初的原始状态。后常借指人迹罕至之地。　枯禅：佛教徒称静坐参禅为枯禅。　写：同“泻”，抒泻（英雄之气）。　儿孙：指云峰岩下的众多小山峦。

黎良德

黎良德，字质存，号怀古，宁化客家人。生卒年不详，主要活动于乾隆时期。曾由太学授州司马。《汀州府志·文苑》载其：“博雅淹贯，足迹遍天下，工书画……学士大夫皆重其文行，所至传佳什焉。”著有《漫游草》八卷。

宿朝斗岩

磴悬松杪接危楼，昏黑跻攀到上头。
彻夜星光浑似晓，半岩岚气宛如秋。
高临北斗千山拱，远下东方一水流。
太守风流曾有句，徘徊只为白云留。

（《汀州府志·艺文》）

【解题】

此诗描写朝斗岩夜里的灿烂星光及所见州城景象，尾联缅怀明代徐中行在朝斗岩所作的壮丽诗篇，借此表达对自由生活的向往。

【注释】

一水流：指汀江河。　“太守”句：明代嘉靖间汀州太守徐中行曾与宗臣到朝斗岩游览，作《秋日同宗子相游朝斗岩》诗，有“秋到白云留作赋，客来明月坐吹箫”句。

上大姑滩

十里奔腾水，离奇怪石浮。
斜阳依远岸，逆浪泊行舟。
酒少寒侵夜，山深风易秋。
萧萧芦荻外，惨淡使人愁。

（《汀州府志·艺文》）

【解题】

大姑滩，汀江河在上杭境内的著名险滩，有十里之长，石多水急。此诗描写在大姑滩逆流而上行船的艰险及夜晚泊船河边的凄凉景象，寄寓了诗人深沉的人生感喟。

黄如带

黄如带，字晴河，永定客家人。乾隆五十四年（1789年）举人。《永定县志·文苑传》（民国版）载其：“立品端方，淹通经史，为抚溪乡科名先声。所著有《晴河近艺》及近体诗赋，传抄几遍。兼精星学，著《日镜赋》刊布，学博张名标赠句云：‘嗜古追长睿，沉思接直卿。’盖实录也。”

登北楼

松盖屏端起翠涛，岧峣望里跨云豪。
丹梯风断疑无路，瑶径仙登别有曹。

山到芝城千嶂叠，水流韩渚一川高。
乾坤清气披襟抱，遥指蓬瀛万里翱。

（《永定县志·艺文志》）

【解题】

北楼，在永定县城卧龙山（又名凤山）上，登高眺望，得全城名胜。此诗描写北楼的高耸及所见凤城山水的壮丽景象，抒发飘然欲登仙界之感。

【注释】

芝城：灵气之城，指永定城。　韩渚：韩江。汀江水经永定流入广东境内的韩江后入海。　蓬瀛：蓬莱、瀛洲两座仙山的简称。

黄仲天

黄仲天，又名翔，长汀客家人。乾隆五十六年（1791 年）岁贡，未出仕，诗书自娱。著有《云庵集》。

朝斗岩

一汀胜景倩盘桓，剧爱幽岩辟大观。
一线青天开铁壁，半空列宿拂珠冠。
仙逢鹤语千年事，石润松阴六月寒。
五四可亭还有可，可人身在画中看。

（《汀州府志·艺文》）

【解题】

此诗描写朝斗岩的清幽壮美，抒写人在画中的感受。爱，是此诗的诗眼。

【注释】

大观：盛大壮观的景象。在朝斗岩来胜亭可观赏汀城全貌。　铁壁：形容悬崖峭壁的坚固。　拂珠冠：（各星宿）拂过宝珠山顶。形容山之高耸。　五四可亭：即五十四可亭，太守王廷抡所建，在来胜亭之前。

苍玉洞

玉笋何年斧劈开，分飞小鸟下蓬莱。
天敲玉磬沉鱼跃，露湿苍苔弄月回。
秋水芙蓉花外舫，春风杨柳画中台。
寻幽已许身无碍，愧乏镌云作赋才。

（《汀州府志·艺文》）

【解题】

此诗以神奇的想像描写苍玉洞的秀丽景象，赞美家乡山水如画，难以文字描摹。

【注释】

天敲玉磬：形容击磬之声有如天籁。苍玉洞旧有观音阁，旁有东禅寺。　身无碍：身无挂碍，不为名利牵系。　镌云：镌刻云纹，形容高超的才艺。

巫宜耀

巫宜耀，字学光，号远斋，永定客家人。清嘉庆四年（1799 年）由廪生纳贡，试京兆，屡试不售。《永定县志·文苑》载其“性孝友，平居寡言笑，与物无忤，亦莫敢以非义”。有《自他轩诗稿》二卷。

往凤山道中杂兴六首（选三）

雨后红尘敛，行行紫翠边。
松楸盘鸟道，村落滞人烟。
芳荠排云树，僧衣认水田。
芒鞋何所适，望里每迁延。

山径行人少，威迟过板桥。
牧童闲扣角，樵客坐吹箫。
阪峻云烟锁，林深虎豹骄。
西原一回首，足迹已云遥。

天险无烦设，熊罴守独强。
戍楼雕白雪，画角吹严霜。
桐板千秋在，狼烟万古藏。
野人分击壤，帝力坐相忘。

（《永定县志·文征》）

【解题】

凤山，在永定城中。所选三首诗分咏山道中所见田野景象、牧童樵客的悠闲自在以及农民的和平劳动。组诗表达对家乡的热爱，赞颂了农民不靠天吃饭的自强精神。

这首组诗，宛然是一幅幅客家生活图画。所选第一首描绘村庄图景，是静态的美。第二首写牧童、樵夫的活动，是动态的美。第三首写农民的自强精神，刻画的则是心灵之美。

【注释】

迁延：延后耽搁，这里指流连不舍。　熊罴：熊和罴。比喻勇士或雄师劲旅。　野人：田野之人，指农民。　帝力：天帝的力量。典出《击壤歌》：“日出而作，日入而息。凿井而饮，耕田而食。帝力于我何有哉！”

三瑶曲（三首）

青山何地不为家，无数棱禾夹道斜。
更问一年鲑菜美，斑衣竹笋紫姜牙。

家家新样草珠轻，璎珞妆来别有情。
不惯世人施粉黛，明眸皓齿任天生。

生平射猎善神奇，饱寝雄狐大兕皮。
夜半酸寒闻角处，声声卷地雪风吹。

（《临汀汇考》卷三）

【解题】

三瑶，清代时指畲族。畲族以盘、蓝、雷为姓，故称三瑶。详见本书范绍质散文《瑶民纪略》。客家人是中原汉人与闽西山区的原住民闽越族、畲族长期融合的结果。组诗反映了客家人对畲族人劳动生活、狩猎技艺、畲族女子质朴美丽丰采的认识，同时也体现了民族之间的理解与尊重。

【注释】

棱禾：又名畲禾，山上可种，分粘、不粘两种。四月种，九月收。范绍质《猺民纪略》载："（畲族）所树藝曰棱禾，实大且长，味甘香；所产姜、薯、芋、豆、菽、笋，品不一。" 鲑菜：古时鱼类菜肴的总称。泛指佳肴。　斑衣：虎豹等兽皮有斑纹，泛指野兽。　草珠轻：范绍质《猺民纪略》载："（畲族）妇人不笄，饰结草珠，若璎珞蒙髻上，明眸皓齿，白皙经霜日不改。"　善神奇：范绍质《猺民纪略》载："（畲族）精射猎，以药注弩矢，着禽兽立毙。供宾客，悉山雉、野鹿、狐、兔、鼠、蚓为敬。豺、豹、虎、兕间经其境，群相喜谓野菜，操弩矢往，不逾时，手拽以归。"

乙卯纪事

嗟哉乙卯岁，斗米千五百。贫人贪悲辛，家家易子食。有身委沟渠，无命在朝夕。恐读云汉诗，周民靡有孑。所幸天心仁，十中全六七。天子命，大吏赈。群木生山头，苦心是黄檗。彼苍为汝怜，枝枝赐春色。

（《永定县志·文征》）

【解题】

《永定县志》（民国版）《大事志》载：康熙六十年（1721年）"大饥，斗米钱至千四五百文"。此诗真实反映大饥之年民生的苦难。诗人将贫苦百姓比成苦心的黄檗，希望"苍天"赐予枝枝"春色"。

【注释】

云汉诗：指《诗·大雅·云汉》，有"周余黎民，靡有孑遗"句。　十中全六七：十个人中保全六七个。

余楚材

余楚材，清流客家人，庠生。主要活动于清代嘉庆前后，生平事迹待考。

南顾楼

南顾高无极，超然复建楼。

气疑通帝座，势欲接瀛州。

白水低三港，红霞艳九秋。

邓公遗爱在，俯仰此淹留。

（《清流县志·诗文选辑》）

【解题】

南顾楼，一名来薰，原址在清流城南隘峻峙山顶。此诗盛赞南顾楼的高耸气势，留恋周围美丽景色，深情缅怀邓瑶为保护村民而英勇献身的事迹。

【注释】

帝座：指天宫。　邓公：指邓瑶，清流人。《汀州府志·孝义》邓瑶条载：“明景泰间（1450—1456），草寇攻掠，村民骇窜，至杨梅迳。迳狭，人莫能进，贼追及。瑶挺身与战，自午至申，贼乱枪伤瑶胸，死犹倚石僵立，贼惧而退。境中四百余家赖保全焉。”清流县有烈士祠，纪念邓瑶。

吴　鸾

吴鸾，字立青，号凤白，安徽泾县茂林人。嘉庆五年（1800 年）举人，嘉庆十三年（1808 年）进士，道光二年（1822 年）任福建平和县知县，后任江西都昌知县、江西福建同考官等职。著有《必悔斋文稿》《必悔斋诗钞》。

大峰山

大溪溪水流淙淙，大琼山势行如虹。大峰拔地七千仞，劈凿往往留神工。居民指点云深处，中有文殊结茅住。上蹲白兽腾霄空，下走灵蛇吐润雾。天风一削天池开，骊珠溅落银涛堆。玉女垂帘散花下，珠岩万古无飞埃。含风燕嘴语日夕，蝶洞春深弄颜色。坐听野鸽呼潮生，起视长鲸翻海出。襟瓯带粤天地间，茫茫南戒谁当关。读书种子死不死，铜山山人还未还。题诗作赋志足喜，荡漾离奇一至此。此山雄与都梁争，黄岳天都亦伦比。我家家住黄岳边，出山未有还山缘。十载看山瘐匡下，蹑身又到蓬壶天。蓬壶山山各明媚，过眼云烟了不记。信眉一笑山应知，要向榕坛问经义。

（《平和县志·名胜》）

【解题】

大峰山，在平和县大溪镇客家聚居区。此诗描写大峰山各处幽美壮观的景致，赞叹大峰山能够比美于黄山，同时也对曾在大峰山读书的黄道周表达了深深的怀念之情。

【注释】

大琼山：大峰山的别名。　读书种子、铜山山人：指黄道周。黄道周（1585—1646 年），字幼玄，明末漳浦铜山（今东山县）人。　都梁：山名，在漳浦。　黄岳天都：指安徽黄山天都峰。　痪匡：指江西庐山。　榕坛：在漳浦芝山学堂，是黄道周的讲学之所，著有《榕坛问业》十八卷。诗中是用以指代黄道周。

雷可升

雷可升，字允猷，号谦山、拙齐，清流县客家人。嘉庆九年（1804 年）优贡第五名，嘉庆十二年（1807 年）顺天副榜第八名，道光五年（1825 年）举人，道光六年会试，钦赐大理寺评事。

咏东华翠障

群峰争抱四围同，直上岧峣东复东。
拔地千寻林尽翠，去天尺五日犹红。
鹅沧春水添桃浪，雁塔钟声逐雨风。
欲访大隗随七圣，奚从牧马问仙童。

（《清流县志·诗文选辑》）

【解题】

东华翠障，即东华山，是清流县风景名胜。诗歌描写东华山的高峻青翠，在静穆之中又有春水桃浪的旖旎、雁塔钟声的悠扬，令人心生牧马问仙之念。诗歌气势磅礴，语言清新明快，想像丰富，意境悠远，在清流诗人中很有特色。

【注释】

鹅沧：从鹅峰流下的溪水。桃浪：意谓水波中飘着桃花。　雁塔：原址在东华山下万寿寺旁，为六角形的七层砖塔，高约二十米。　大隗：大隗山，传说黄帝曾在此山得道。后代诗文中常用于指仙境。　七圣：即民间传说的明溪圣七娘，又叫莘氏夫人。详见文天祥诗歌注释。

重建西峰寺有感

谁从破寺荒凉后，复见金仙气象雄。
拓地崇宏象教力，参天葱郁梵王宫。
拈花微笑怀尊者，入定无言叩志公。
寄语后来诸俊彦，莫辞小补待丰功。

（《清流县志·诗文选辑》）

【解题】

西峰寺，在清流县城西。此诗原有小序“道光三年十月众姓重修”。此诗借重修西峰寺之事，寄语年轻人欲成大业要从小事做起。

【注释】

金仙：指金色佛像。　象教力：佛教说理教人，都用形象，所以说“象教”。没有佛教，也就没有西峰寺，所以说是“象教力”。　梵王宫：大梵天王所住的宫殿。泛指佛寺。　入定：即入于禅定。是佛教僧人修行时候的一种方法。　志公：指梁朝宝志禅师。据传梁朝宝志禅师临终以《踏山记》嘱门徒曰：“吾寂后有高丽二僧求法而来，以此记付之。”之后，果有顺应、理贞二僧来中国求法。志公门徒以《踏山记》付之，并说志公禅师临终时语。顺应、理贞七日七夜入定请法，遂感墓门自开，志公亲出为之说法，以衣钵传之。

登屏山（二首）

金碧辉煌日色浓，屏山凡水绣芙蓉。
南来佳气朝星斗，东望晴云绕鹅峰。
青草溪边一叶渡，绿杨树里数声钟。
满城秀色仍如画，曾有真仙骑白龙。

满城自许画图工，邂逅杭州醉白翁。
野水忽穿黄竹外，人家半在绿杨中。
双桥影度长虹版，四境花香少女风。
说与游人多不信，请君拭目送飞鸿。

（《清流县志·诗文选辑》）

【解题】

屏山，在清流县城北，山上巨石如屏，故名。诗歌赞美清流县城山青水秀，风景如画。突出城外鹅峰高耸、清溪环绕，城中绿杨掩映、双桥卧波、四境花香的特点。

【注释】

鹅峰：笔山的主脉，在屏山之东。　一叶渡：形容船小，像一片树叶。　真仙：指欧阳真人。南宋时欧阳真人在清流县大丰山修道成仙。　白翁：指白居易。白居易曾任杭州刺史，在西湖筑河堤。　双桥：指清流县的龙津桥（东门大桥）、凤翔桥（龙津西桥）。

颂龙邑侯

清流万山环其中，一水旋绕西复东。隆冬水涸步可涉，春夏之交时发洪。嘉庆五年冯夷怒，老蛟舞蹈角雌雄。大堂淹浸一丈二，怪事咄咄百岁翁。凤翔龙津无片瓦，何年复建驾长虹。平陂往复关天运，庚辰之岁来龙公。我公妙悉青囊秘，有津无龙坐困穷。乃属耆老告之故，驱遣俊乂舍疲癃。一棚一墩挈其领，浃辰齐举势穹窿。五月鸠工八月蒇，邑人不戒鼓冬冬。扶老携幼履道坦，顿觉秋水剪双瞳。吾侪乃复得过此，月夜吹笛惊潜龙。闽南西蜀有夙契，康熙再造岁亦同。我闻成都信天府，山峻水怒难为工。破崖决石分江势，李冰实与禹功同。世间万事有冥会，天巧何处叩鸿蒙。功成仓促拂衣去，苦欲借寇徒冲冲。

（《清流县志·诗文选辑》）

【解题】

龙邑侯，指龙万康，四川人，清嘉庆二十四年（1819 年）为清流县令。清流县有东西二桥（龙津桥、凤翔桥），嘉庆五年（1800 年）大水，二桥片瓦无存，民众出入困窘。龙永康莅任后，忧民所忧，于嘉庆二十五年（1820 年）三月兴工，八月告成。此诗赞颂龙邑侯率民建桥，解民所困之功，表达对勤政廉洁官吏的敬爱之情。这首七言古体诗，叙事、议论相结合，气势充沛，一韵到底，毫无生涩累赘之感，当是作者激情洋溢，一气呵成。

【注释】

冯夷：中国古代神话中的黄河水神。　庚辰之岁：指清嘉庆二十五年庚辰，即公元 1820 年。龙公：指邑令龙万康。　青囊：原指医家存放医书的布袋，此喻指为政的方法。　浃辰：从子时至亥时十二时辰为一个“浃辰”，即一整天。浃辰齐举，意谓整天不停地干活（建桥）。　不戒鼓冬冬：意谓百姓自发地敲锣打鼓庆贺（大桥建成）。　李冰：战国时秦国蜀郡太守。李冰及其儿子率民众建造了都江堰。　冥会：自然的巧合。　借寇：指地方上挽留官吏。典出《后汉书·寇恂传》，传载：寇恂曾为颍川太守，颇著政绩，后离任。建武七年光武帝南征隗嚣，恂从行至颍川，百姓遮道谓光武曰：“愿从陛下复借寇君一年。”

伍嘉猷

伍嘉猷，清流客家人。嘉庆十四年（1809 年）岁贡，道光九年（1829 年）与雷可升同纂《清流县志》。

南顾楼

前对鹅峰枕赤冈，天开区宇试文章。

春华秋实何人备，韩偓襟期大雅堂。

（《清流县志·诗文选辑》）

【解题】

南顾楼，见余楚材诗歌注。作者因笔山之名联想到文章写作，推崇韩偓忠君忧国、坚贞无悔的胸怀，提倡文章须“春华秋实”兼备。

【注释】

鹅峰：在清流县城东三里许，是笔山的主脉。　区宇：殿宇。　春华秋实：比喻美好的文采和操行。　大雅堂：在眉州丹棱县城南三里许，北宋丹棱人杨素所建，黄庭坚题名并手书杜甫两川夔峡的全部诗作，镌刻于石。诗中意谓韩偓如同杜甫那样忧国忧民。

胡 岩

胡岩，字捧莪、荔生，长汀客家人。嘉庆二十二年（1819 年）进士，署吴川、徐闻知县。《徐闻县志》载其在职期间“兴学校，筑桥梁，政宽简，约己奉公”。

南寨折梅

玉貌洁妆映彩光，折来幽室暗飘香。

丹心一片迎春到，愿与诗人留墨芳。

（《历代名人题咏汀州集》）

【解题】

南寨，在府治南三里，朝斗岩下，汀江河畔。宋时有左翼军驻扎于此，故曰南寨。后营寨废弃，遍种梅树，人称南寨梅林。此诗赞颂梅花的玉洁幽香，推崇其高洁品格。

【注释】

幽室：与“陋室”同义，谦称自己的家或书房。　墨芳：书画的芳香。

释智覆

释智覆，字云石，号借翁，上杭客家人。生卒年不详，生平事迹待考。

夜月调琴

山夜喜无事，携弦就草堂。

空明情不厌，断续韵偏长。

别鹤愁千里，哀猿泪几行。

知音人世少，弹罢又焚香。

（《上杭县志·方外传》）

【解题】

山夜寂静，琴声悠扬，伴以哀猿声声，诉说着诗僧无有知音的内心哀愁。作者以文为诗，传神地表达了内心情感的发展变化。

马廷萱

作者简介，见前诗歌注。

南楼令

川暝暮云平，寒潮带月生。渺江天，一色空明。山外有山千万叠，遮不断，望乡情。　　风正片帆轻，中流自在行。谢嫦娥，远伴孤征。还想深闺眠也未，应屈指，数归程。

（《长汀县志·文苑传》）

【解题】

本词原有小序“词题朱月帆明月归帆小影”，是为友人题画之作，抒写月夜怀乡情绪，词调铺叙深情，有柳永遗风。此词第三、六、八句据《听秋声馆词话》（清人丁绍仪著）改动。

【注释】

渺：形容水天辽阔。　　嫦娥：指月亮。

阮郎归

关河天远蹙双眸，玉骢何处留。乌衣重到认帘钩，斜阳红满楼。　　才几日，已新秋，银河澹不流。寒蛩日夜替人愁，空阶絮未休。

（《全清词钞》第十三卷）

【解题】

这首词抒写游子在秋夜里对历史、对人生种种思考的淡淡愁绪。

满江红

古柏虬盘，枝南向，灵风瑟瑟。长太息，树犹如此，森人毛发。三字居然将狱定，两宫从此无人说。叹当年，南渡旧君臣，何肝臆。　　时事改，空呜咽。祠宇在，寻碑碣。想横戈跃马，冲冠洒血。万里冰天伤岁月，一家男女矜名节。尚憎他，铁像跪门前，污神阙。

（《长汀县志·文苑传》）

【解题】

此词原有小序“经朱仙镇谒岳庙”，是马廷萱拜谒河南朱仙镇岳王庙时所作。朱仙镇是岳飞奉诏班师处，庙中有柏，枝皆南向。朱仙镇岳王庙亦如西湖岳王庙，门前跪着奸臣秦桧等铁像。这首词怀念岳飞英勇抗金的事迹，谴责奸臣陷害忠良的罪行，词风豪放悲壮，读之令人动容。

【注释】

三字：指秦桧强加给岳飞的“莫须有”罪名。 两宫：指被金人所掳的宋徽宗、钦宗。祠宇：指朱仙镇岳王庙

阮郎归（本意）

关河天远蹙双眸，心惊南渡头。乱蛩入夜替人愁，空阶语不休。 咨泽雁，诉沙鸥，桃花逐水流。乌衣重到认帘钩，夕阳何处楼。

【解题】

本词为怀人之作，抒写主人公对远行游子的思念之情。作者以“乱蛩入夜替人愁，空阶语不休”，衬托主人公因思念而难以入眠。以无人可以诉说之苦（咨泽雁，诉沙鸥，看水流），写出孤独凄凉与韶光消逝的苦闷。

西江月（几折雕栏斜绕）

几折雕栏斜绕，四周斗帐低垂。露葵花放不多时，好个嫩凉天气。 新月微窥檐角，轻风悄展帘眉。小鬟报道远人归，怪底银缸双穗。

【解题】

本词以细腻笔调写出女主人公一愁一喜的细微变化之情。

【注释】

小鬟：指丫鬟。 远人：远行之人，指游子。 银缸双穗：灯开双穗，表示喜事来临。

满江红（题郑元和乞食图）

子美来耶？猛听得，声声逼似。讵今日，英雄失路，一寒至此！逝矣嗟余难铸错，陡然想汝优为事。请三薰三沐奋云龙，从兹始。 看释褐，旋衣紫。竖卿望，雪侬耻。笑千秋只眼，还矜女子。豪杰已成廊庙器，平康也荷天家赐。有传奇本部未收场，徐来矣。

【解题】

本词咏史，感叹郑元和与李亚仙离合悲欢的爱情故事，表达对女子慧眼识人的赞赏。

【注释】

三薰三沐：熏衣沐浴。三，表示多次。 释褐：脱去布衣。 衣紫：穿上紫袍。意谓做了大官。 平康：唐代长安平康里为妓女聚居之所，后世以平康代指妓院，或妓女。

伊元复

伊元复，字顺行，宁化客家人。明末廪生，博贯经史，泛及天星、堪舆、医卜、禽遁诸书，“诗文极典雅，同乡李元仲、黎愧曾交推之”（《汀州府志·文苑》）。清初诏举鸿博，郡伯亲自造庐征聘，以疾辞。有《焦桐集》。

蛟湖赋

河山旷渺，林涧萋迷。翠微处士[1]，流连久之。庆阳春之艳冶，睇草木之芳菲。携酒与客，访古探奇。翠华山之北也，蛟湖在焉。天辟灵源，人传修禊。往而观湖，湖在平地。一洼清注，腾澜海峤之墟；数亩寒塘，泛影温泉之气。远绝溪流，深无涯际。金堤浴景，浚灵脉于天潢；玉鑑凝华，涣清澜于地肺。

尔乃神姿渊湛，妙道清津。毓彲龙之异类，蕴珠贝之奇珍。松篁绕径，兰芷横汀。既流甘而布濩，疑泛玉而沉晶。当其雾雨凄凉，关河寂寞；沫起涛回，鱼沉雁落。望赤松[2]而不来，笑兴公[3]之骇愕。迨夫天清地宁，烟澄日丽。荇藻参差，鸥鹭游憩。士女藉草而穿花，父老提壶而祷岁。吾想其留青绝壑，凝碧遥山。绿绮泓澄，暗洩瑶池之液；苍波淡荡，潜回泗水[4]之澜。邀来宝月，荡碎朱珊。颗颗明珠散出，溶溶雪谷吹残。秋雨蜚空[5]，冷浸悬崖之岛；春花照岸，香浮曲涧之湾。

嗟夫，烟波无极，风景萧条。探骊珠[6]兮何处，望鳞鬣兮飘飖。鲲乘云而变化，鹏击浪而扶摇[7]。吊匡庐[8]之赪鲤，想洞庭之碧箫。沧溟变而渐浅，河汉隐而绝遥。惟荒陬之一勺，注天壤之灵膏。彼其明洁无滤，渟涵莫测。持盈引满，敛万顷之波涛；而运广怀卑，溉三秋之稼穑。环岩谷以栖迟，抱涟漪而晏息。风恬浪静，仍浴日而浮天；雨霁虹消，亦耀金而沉璧。鹜飞霞落，依稀彭蠡[9]之湄；洞邃花深，彷佛武陵[10]之迹。岂功德之分支，抑蓬瀛之余沥耶？

---

[1]翠微处士：作者自称。

[2]赤松：赤松子，又名赤诵子，号左圣南极南岳真人左仙太虚真人，秦汉传说中的上古仙人。

[3]兴公：孙绰（314—371年），字兴公，东晋名士，喜游山水，作《天台山赋》。

[4]泗水：河水名，在山东济宁市泗水县。后人常称洙泗为孔孟之乡。

[5]蜚空：即飞空。

[6]骊珠：宝珠。典出《庄子·列御寇》：“夫千金之珠，必在九重之渊，而骊龙颔下。”

[7]扶摇：盘旋而上的飓风。典出庄子《逍遥游》。

[8]匡庐：指江西的庐山。相传殷周之际有匡俗兄弟七人结庐于此，故称。

[9]彭蠡：鄱阳湖的别称。

[10]武陵之迹：典出陶渊明《桃花源记》，写武陵人穿过桃花林与深邃的山洞，发现桃花源。

繄彼蛟湖，太阴[1]之毖，巨浸之都。滟滟珠光，瑞绚龙池之色；盈盈锦浪，祯分凤沼之符。奉浮河之金检，溯驾海之丹书。幸观光于妫渚[2]，愿陪景于华胥[3]。

（《汀州府志·艺文》）

【解题】

蛟湖，在宁化县翠华山之北，环境幽美，水深不可测。这是一篇文质兼美的赋作。阳春三月的蛟湖风光，士女踏青、父老祷岁的和乐，一一宛在眼前。

原文为一大段，现段落为编者拟分。

张 政

张政，字天牧，归化县御帘村客家人。清初廪生，“极有文名，生徒众多。康熙甲子（康熙二十三年，1684 年—编者注）当贡而先殁”（《明溪县志·孝义》）。

茶 赋

子规[4]声里，杨柳风清。怀流莺于绣谷，想玉茗于山阴。于是夕回珠露，晨披晴云。拉锄芝之逸侣，寻纫蕙之佳人；穿松云之涧宇，入竹巘之层扃。

雀芊芊而露舌，龙团团而抒英。尔乃剥篠叶，登紫笄；既撷既捋，亦剪亦唫。囊云片片，贮月行行[5]。竹炉初沸，鼎火方匀。烟亭亭而鹤避，香习习而亲襟。如丹转而尽性，如汞化而入神。取仙人之掌露，和梅雨之泉明。审炉烟之徐疾，察水气之刚温。兰芳渐吐，柏味新闻，识其趣也。鄙者以韵，顽者以灵，得其情也。忧者以豁，醉者以醒，知其理也。病者以愈，愚者以明，王褒[6]献之天子，君谟[7]进之龙廷。对素娥而色白，倚松宫而涛青。又有幽斋韵士，谈笑论文，传素瓷于夜静，肃百虑之冥冥。至若林间遇叟，竹里逢僧，煮清湘之楚竹，问半日之浮生。若夫岩栖之老，逸世之民，卷尘怀于天末，发清响于潭澄。

南薰微送，蒲葵迭兴。联冰瓯之七碗，嘎玄鹤以长鸣。斯时也，两腋风生，栩栩然不知为姑射之仙子[8]，又何别其为羲皇上人[9]。

（《明溪县志·艺文志》）

---

[1]太阴：极盛的阴气，此指极深的湖水。毖：同泌，形容泉水涌流。

[2]妫渚：妫水岸边。传说舜在妫水边迎娶二女为妻。

[3]华胥：伏羲的母亲华胥氏。相传华胥踩雷神脚印，有感而受孕，生伏羲。

[4]子规：杜鹃鸟的别名。子规声闻，意味春天时节。

[5]囊云片片，贮月行行：以云、月形容箩筐里采摘到的茶叶。

[6]王褒：西汉文学家。他的《僮约》是我国也是全世界最早的关于饮茶、买茶和种茶的记载。

[7]君谟：蔡襄的字，著有《茶录》。详见蔡襄诗歌人物简介。

[8]姑射之仙子：中国古代传说中的神话人物，天姿灵秀，意气高洁。 典出《庄子·逍遥游》。

[9]羲皇上人：伏羲氏以前的人，即太古的人。比喻无忧无虑，生活闲适的人。典出陶渊明《与子俨等疏》。

【解题】

本文以描绘游览茶山的活动——摘茶、烹茶，素瓷静递、谈笑论文，阐发茶之趣、茶之情、茶之理，描绘了临风品茗、栩栩如仙的飘然之感，辞采并茂、清气袭人，茶香文情俱佳。

原文为一大段，现段落为编者拟分。

张 韶

张韶，归化（今明溪）县客家人。主要活动于康熙年间，生平事迹待考。

梅 赋

天之生物各殊，而物之呈情自异。清者不能使之浊，洁者不能使之污，薰者不能使之莸，雅者不能使之俗。盖其性之有定，亦其质之固然。是故百卉争妍，而梅居其首；群芳竞秀，而梅占其魁。

若非出类之姿，何由立物之表。然花虽一本，状有万端。逸态临风，则如少年之张绪[1]；风标映月，则如傅粉之何郎[2]。横斜疏影，则如卧雪之袁安[3]；浮动暗馨，则如偷香之韩寿[4]。至于忧怀沉郁，同乎屈子之离骚；抑志凄其，类乎苏武之劲节。宜乎孤山处士，度庾岭以相寻；踏雪幽人，披毳裘而采撷。应知特异之质，不等庸碌之才。所以海棠虽艳，终逊其香；牡丹虽妍，究输其白；芙蓉映水，仅擅秋容；芍药翩阶，徒舒春色。此物之生质攸分，而人之钟情迥别。

渊明爱菊，取其淡致而鲜贞操；茂叔爱莲，赏其清心而难亵玩。惟此亭亭异植，既绝俗以离群；矫矫奇标，又出类而拔萃。贞心自守，冷致悠然。朋落叶之梧桐，友戚寒之松柏；不与群芳为伍，不与百卉为俦。然则梅也者，其殆花中之君子，物内之真儒也哉!

（《明溪县志·艺文志》）

【解题】

这是一篇文情并茂的美文。作者从梅花的形态、颜色、香气及内在精神特征等多方面进行细腻的刻画，称颂梅花是“花中君子、物内真儒”。

---

[1]张绪：字思曼，南朝宋、齐时人。文中用以形容梅花枝条的舒展自由。

[2]何郎：指三国时魏驸马何晏。文中用以形容梅花的洁白姣好。

[3]袁安：字邵公，东汉人。袁安卧雪，典出《后汉书·袁安传》。

[4]韩寿：字德真，南阳人，三国时魏司徒韩暨的曾孙。年少风流，才如子建。曾投谒贾充门下，与其小女贾午有一段偷香的风流韵事。文中用以形容梅花之香。

马繁禧

马繁禧，长汀客家人。康熙三十三年（1694 年）拔贡，授大田（今福建三明市大田县）教谕，有“儒林楷模”之誉，卒于任。

谢公楼赋

缅我汀之郡治，考胜事于在昔。系开元、天宝之间，纪临汀而置驿[1]。考厥村名，是为白石[2]。于时李唐继世，爰有谢公[3]，爱风流兮蕴藉，亦秀外兮惠中。讲风雅，记游踪；羡奥区，辟鸿濛。南离之正位，气萧爽而势穹窿。剪荆伐棘，选木鸠工。作楼于上，以展舒其志；气神呼吸，而与帝座相通。

峙其右者，石笋嶙峋，若拱若揖。烟霞缭绕，万象咸辑。惟杰阁之凌虚，号云骧而峗岋。侍其左者，岩洞奥窔，石磴盘折。斧劈蚕丛，秋蛇绾结。交薜荔兮茑萝，莽林树兮清樾。积阴翳兮深绿天，消炎歊兮飞瀑雪。羌畏垒而可爱，峙朝斗于天阙。尔其开帘正望，俯槛凭轩。则有层冈叠翠，远岫蜿蜒。条分缕析，天矫开天。蟠幽蚪与屃赑，矗鳞鬣而巑岏。此九龙之飞跃也，几踕蹼而来前。及夫一望平沙，中流迢递。银浦流云，从天落地。潢汉中分，飞涛溢濞。既转运乎通津，泊画船之翡翠。由鄞江而南趋，转湾湾于丁位。此汀水之滔滔，走万年之形势。若乃腊后春前，油油春草。生意勃然，青葱入抱。候转朱明，荔悬栲栳。浮绿蚁兮擘红泥，斟玉碗兮吹银缟。觉逸兴之遄飞，尽玉山之群倒。是以曲江[4]选胜，醇酒矢音；宾尹[5]探奇，香荔长吟。日迟迟兮远眺，风习习兮披襟。止吏人兮桥外，怀彼美兮遐心。望蒹葭于水岸，韵杜若而调琴。

迨彼境易事殊，年更代革。访旧址以奚存，怅志乘之难核。述往事于无征，传姓氏而犹赫。譬彼东山之宝树[6]，剪伐无余；亦怀召伯之甘棠[7]，憩庐黯色，是伊谁之责欤？还当问彼天荒而地默。然而地灵人杰，贤哲挺生。襄文章之盛治，藉润色乎太平。绎思芳轨，如接徽型。有怀好古，风雨凄清。尚亦奠鳌柱，建鸾瓴，恢绣闼，拓琱楹。复崔巍之古制，与甲观而齐京乎，则后之览斯楼者，庶几

---

[1]纪临汀而置驿：开元二十四年（736 年）置汀州，天宝元年（742 年）改名临汀郡。乾元元年（758 年）复名汀州。

[2]白石：白石村，即今长汀县治所在。唐大历四年（769 年），汀州刺史陈剑将州治从东方口迁于卧龙山下的白石村，长汀县治亦随迁白石。

[3]谢公：按文意，此“谢公”当为唐代人。白石村的谢公楼为唐人“谢公”所建。

[4]曲江：即张九龄（678—740 年），韶州曲江人，唐代名相，诗人。详见张九龄诗歌人物简介

[5]宾尹：即汤宾尹，安徽宣州人，详见汤宾尹诗歌人物简介。

[6]东山之宝树：东晋谢安，号东山。谢氏族人的堂号为“东山”“宝树”。

[7]召伯之甘棠：召伯，是周文王姬昌的儿子。传说召伯曾在甘棠树下听政。

哉更上一层，而播千秋之令名也夫！

（《汀州府志·艺文》）

【解题】

本文描绘谢公楼所在的地理位置与周围景观，回顾张九龄、汤宾尹等人有关谢公楼的诗歌，最后感叹谢公楼荒废，希望重建谢公楼。

原文为一大段，现段落为编者拟分。

秦士望

作者简介见诗歌注。

豸山书院赋

学烹鲜于文水[1]，守闽海之岩疆[2]。览莲峰之耸秀，爱芬壑之精良。寻幽兰于南谷，荫垂柳于北山之塘。既历游以属目，得蹲伏之奇冈。虽松柏之蔚茂，奈丰草之颓荒！慨形胜之久淹，未经赏识而埋芳。语良友曰兹土，可作塾而为庠[3]。友闻言以首肯，情欢忭而洋洋。

嗟哲士之遐升，岂天闭乎文运？鲜合志以同修，任刍荛[4]而来混。念胜地之难逢，恐终遗乎肥遁[5]。幸诸生之殷勤，乘公余而来问。因慷慨以倡建，实嘉予乎后进。分戋俸以鸠工，虑力绵而或倦。因质诸垂绅委佩之士[6]，谁不欲造就乎子孙？愿集腋以成裘，曾盈绌之奚论。

夫既许我以励勷，群投我以束书。谓兹正学之宜兴，洵资多士之楷模。亦既吻乎予心，更无烦于咨诹。竭终岁之缔造，释工役之奔趋。树濂溪[7]之道范，绘太极之妙图。继以洛水之风规[8]，复诵西铭于横渠[9]。维紫阳之遗训[10]，兼妥灵爽于庭除。是皆接心源于洙泗[11]，允异代而同符。筑高望之层轩，浚云液而堪集。

[1]文水：指连城文川河。

[2]守闽海之岩疆：指来到连城做县令。

[3]作塾而为庠：塾、庠，古代乡学的名称。周代25家为闾，闾有塾；500家为党，党有庠。2500家为州，州有序；12500家为乡，乡有校。

[4]刍荛：指割草打柴的人。

[5]肥遁：退隐山林。

[6]垂绅委佩之士：指士大夫。

[7]濂溪：北宋理学创始人周敦颐，原居道州营道（今湖南道县）濂溪，世称“濂溪先生”。道范：道学（亦称理学）楷模。

[8]洛水之风规：指程颢、程颐（河南洛阳人）的理学思想。

[9]西铭于横渠：张载字子厚，号横渠，著有《西铭》。

[10]紫阳之遗训：朱熹，人称紫阳先生，是宋代理学的集大成者。

[11]接心源于洙泗：意谓继承孔子的儒家思想。洙泗，孔子讲学之地。

探月珠之光圆，邃齐惺惺而可入。采天香于蟾窟，有仙梯之能给。惟叹遗经之精微，非余固陋者所可缉。行将延乎鸿儒，庶有裨于传习。觊明善以复初，幸大道之卓立。获敬义之纯修，择中庸而固执。纵来眼底之浮云，亦可以无心于俛拾。

乱曰：石迸清泉，音鸣璆兮。亭立丹嶂，虬枝樛兮。春弦夏诵，优且游兮。穷源濂、洛，泽长流兮。驰心征逐，徒为忧兮。所好可从，其将何求兮。

（《汀州府志·艺文》）

【解题】

本文原有小序“和朱子白鹿洞赋原韵”，是和朱熹《白鹿洞赋》（承后皇之嘉惠，宅庐阜之南畺……）原韵所作。阐明修建冠豸山五贤书院的缘起与目的，期望弘扬先贤理学。

童日鼎

童日鼎，字玉铉，号我梅，连城客家人。庠生，以岁贡任寿宁训导。生卒年不详，主要活动于康熙年间，曾参与《连城县志》（康熙版）的校阅。童日鼎与同乡童能灵、林赤章都是清代蜚声八闽的理学家。童日鼎与林赤章、李森、董若水隐居山林，辟洞为家，人称“冠豸四愚”。《汀州府志·孝义》有传。

莲峰山赋（略节）

咨大块之鼓冶兮，融大川而结名山。秉敦艮之厚德兮，挺正气于峥潺。干青霄而秀出兮，亭亭玉立。通帝座而笑语兮，信天近之可攀。尔其外直而介，内虚以平。包罗万象，莫之与京。望匡庐之瀑布，远连天目；步玉霄之盖竹[1]，近带赤城[2]。以东田之昔号，改莲峰为今名。

爰有亭翼翼，冠立崇阿。其峭峙于云半兮，恍紫茎之擎翠盖；并建刹于中天兮，疑绿房之聚黄螺[3]。石花清芬而滴乳兮，殆菡萏之吐馥；琪树璀璨而垂珠兮，乃芙蓉之猗傩。若其山披鹭鹤，谷堆粉蝶。戴鳌首而崚嶒，飞龙光而踕蹀。玉娥峰顶，藕大一船；太液池中，花开千叶。对瑶嶂兮岑岑，望琼峦兮猎猎。方赤烂兮晚霞，亦微明兮新月。麻姑[4]坛远，红变碧兮参差；姊妹峰齐，窈复窕兮若接。

于是二八女郎，三五类聚；怀春踏青，九回一顾；同仙子之凌波，俨潘妃[5]之

---

[1]盖竹：道教所谓的仙境，三十六小洞天之第十九洞天。

[2]赤城：传说中的仙境。

[3]绿房、黄螺：指莲蓬、莲实。南朝梁元帝《采莲赋》：“绿房兮翠盖，素实兮黄螺。”

[4]麻姑：道教所尊的女仙。麻姑坛、姊妹峰，景点现已不详。

[5]潘妃：南朝（齐）东昏侯之妃，小字玉儿，有姿色。此处形容踏青女子有如凌波仙子和潘妃的娇美。

娇步。亦有绣虎才高，雕龙[1]学博；七步诗成，八叉赋作[2]；固谢五[3]之初发，亦景行之入幕。彼其一钵一瓶，清规潇洒；木鱼玉麈，松林兰若。笑渊明之去来，羡远公[4]之立社。乃若境中集凤[5]，车边画熊[6]；登高夜宴，烛影摇红。苏学士之金炬[7]，魏郑公之碧筒[8]。彼夫卉杂枝格，长条交茹。叶动猿来，花惊鸟去。起公子之殊赏，发王孙之远虑。向山水兮寻幽，憩风云兮得路。又有兰窗洞辟，芝阁斜临。玉积峡而虎踞，金涌泉而龙吟。月吐山巅，烟生户棂。或据梧而策杖，或披裘而负薪。芰衣薜带，羽扇纶巾。出兰谷而访友，入桃源而问津。诚无山之可齐，为九邑之地灵。

然而何地无山，何山不深！惟未经乎品题，固有待乎伟人。幸采风于太史，奏下里之巴音[9]。

（《汀州府志·艺文》）

【解题】

本文极写莲峰山的高耸壮观，热情赞颂踏青游山男女的秀丽与才情，抒发莲峰山之美在地灵亦在人杰的感叹，表达了对家乡秀美山川的热爱。原文为一大段，现段落为编者拟分。

林宝树

作者简介见诗歌注。

灵洞石赋

灵洞之山，山重水复。小洞二十八，大洞三十六。千峰列锦绣之屏，万壑鸣佩环之玉。搜奇伐奥，难罄其幽遐；望远窥高，莫穷其起伏。观表洞玄，院名天竺。风生而松杉沸涛，雨过而莲英飘馥。犬嗥旭影之桑，莺啭春阴之竹。然而板桥九渡，游客迷踪；磴道层攀，山僧茧足。其中奇险多石，可得而悉录焉。

---

[1]绣虎、雕龙：比喻诗文的辞藻华丽。

[2]八叉赋作：唐代诗人温庭筠，时号“温八叉”。孙光宪《北梦琐言》卷四载：“（温庭筠）工於小赋，每入试，押官韵作赋，凡八叉手而八韵成。”后世以“七步诗成，八叉赋作”来比喻才思敏捷。

[3]谢五：即南朝著名山水诗人谢朓。李白《宣州谢朓楼饯别校书叔云》有“蓬莱文章建安骨，中间小谢又清发”的诗句。

[4]远公：指东晋慧远（334—416年），精通佛学，驻锡庐山东林寺，结莲社。

[5]境中集凤：比喻聚集境内的贤才。

[6]车边画熊：指公卿、地方长官。汉制，公与列侯之车轼画熊为饰。

[7]苏学士之金炬：苏学士，指宋代著名文学家苏轼。金炬，以金粉作饰的蜡烛。

[8]魏郑公之碧筒：魏郑公，指唐初杰出政治家魏征，贞观七年进封郑国公。碧筒：用荷叶做成的酒杯。

[9]下里之巴音：自谦语，指通俗的民间诗歌。下里，乡里。巴，古国名，在今川东一带。巴音，战国时楚国流行的民间歌曲。

一仙人升车石也：丹梯玉级，弭节应绳。鹤驾凌而轻举，鸾骖蹑而上腾。御气之轮，行虽不蹍[1]；乘云之辙，迹尚可凭。一仙人棋枰石也：古洞长春，花源清宴。抛金简以夷犹，寄手谈而消遣。子声[2]既寂，遥同汉魏无征；棋局犹存[3]，不与沧桑俱变。一元龟石也：盘回溪岸，蹲踞洞门。不任稽疑之用，偶同神物之形。验厌邑之露珠，图书有象；综参差之萝叶，卦画成文。绿树阴森，知千岁灵游荷盖之下；碧流浩渺，恍当年瑞献洛河之滨[4]。一燕岩石也：窍穴玲珑，千门万户。绣幕低垂，玄禽集处。春风初暖，芳林曳汝红裾；秋露渐零，丹壁戢其翠羽。高栖非同大厦，阴雨无虞；周垒不必新泥，绸缪自固。

最可流连者，丹井三石也，上曰杏桃：恐是瑶池之畔，疑为渤海之洲[5]。西王母骋心宴乐，东方生[6]姿意遨游。历数千年，宁无花实之可採；经亿万劫，惟抱潺湲以长流。中曰海螺：尔乃满贮香泉，长萦翠荇。殊鹦鹉之霞杯，异沧溟之美产。岂是白银盘里浮青黛，拥一堆于君山[7]；何如红粉队中斗绿蛾[8]，供五斛于隋院[9]。下曰龙湫：内若江渊之突广，外如罍爵之圆匀。鬼斧神工，类刻雕所制；天施地设，非陶铸而成。波涛喷雪，吞吐争鸣。迷寻珠之罔象，若掣电之雷霆。或曰：其中盖有龙蟠焉。方潜未跃，吸露兴云。日丽而金鳞焕耀，霞飞而五采缤纷。石之瑰玮，纪于前闻者如此。

其余若牛峰，巍石干霄，曲涧之乱石如浪。莫不屹然嵚崟，岿然偃仰。擅天地之雄奇，增山川之郁壮。所以葛孝先望紫气而停騑，碧沼之丹源如故；李忠定披烟霞而结契，苍岩之书室依然。肆仙侣修真之紫府，亦宰臣寄迹之东山[10]。何必岱岳之霖雨崇朝，金华之白羊成队[11]，殆为福地洞天者欤！

（《汀州府志·艺文》）

【解题】

《汀州府志》载："灵洞山，在武平县西十里，为洞天之一。有仙人跨马石、蛟池、汤泉、石龟诸胜，大洞三十六，小洞二十八。下有灵洞院、洞元观，俱废。又有三石井，旧传为葛

---

[1]蹍：音niǎn，同"撵"，追赶。不蹍，追赶不上。

[2]子声：即半律，也称半声。古乐十二律中相邻两音间的音程。

[3]棋局犹存：用晋朝王质"观棋烂柯"的传说。典出南朝梁代任昉《述异记》。

[4]瑞献洛河之滨：古人认为"河出图，洛出书"（《周易系辞》）是瑞兆的体现。

[5]渤海之洲：指传说中渤海外的三座仙山（蓬莱、瀛洲、方丈）。

[6]东方生：指汉代东方朔。

[7]君山：古称洞庭山、湘山、有缘山，是八百里洞庭湖中的一个小岛，与岳阳楼遥遥相对。唐代诗人刘禹锡有咏君山的诗句："遥望洞庭山水翠，白银盘里一青螺。"

[8]绿蛾：女子的眉毛。古代女子以黛画眉，呈青黑色，故称。斗绿蛾，意谓比美。

[9]供五斛于隋院：典出颜师古《隋遗录》载，隋炀帝宠爱吴绛仙，"司宫吏日给螺子黛五斛，号为蛾绿"。

[10]宰臣寄迹之东山：指东晋谢安隐居会稽东山。

[11]金华之白羊成队：化用唐人曹唐《皇初平将入金华山》诗句"白羊成队难收拾，吃尽溪边巨胜花"。

洪炼丹处。”武平灵洞山以奇石著名，《临汀汇考》对此记载尤详。本文详细描述了灵洞山上的仙人升车石、仙人棋枰石、元龟石、燕岩石及丹井三石的奇伟壮观，想像丰富，辞藻华彩，用典偕恰，是一篇写石的美文。

原文为一大段，现段落为编者拟分。

童能灵

作者简介见诗歌注。

冠豸山夕照赋

余曛西淡，老石东倚；苍然回薄，夕矣转奇。于是读书方罢，对景自怡。宛如迎茂叔[1]于濂溪，风光盈颊；遭伯淳[2]于洛水，玉色容眉。于以洗心，于以解颐，于以衔觞，于以咏诗。鄙人不敏，盖历四纪于兹矣。

夫豸山清出，冠压群峰；夕照澄鲜，美逾朝晷。故照吞山而低回，山傍照而徙倚。妙赴妙以繁会，光磨光而旖旎。当此之时，琪草流馨，寒泉带喜。已而，老纳负霞，归来人外；群鸦喧霁，倦返天空。松边樵影乱，牛背笛声宏。则无智无愚，靡纤靡洪，并在一时之内，齐来夕照之中。如百花临池，而枝枝交错；如万象入镜，而影影曈昽。又如更阑未醒，寂久将通；心魂变现，幻梦倥偬。斯亦画家之所未到，赋客之所难工。

呜呼！此可见有为皆应迹，而触境无自穷。独恨僻地小景，未极吾人之大观。东方五岳长，上表八埏端。朝暾沐浴，夕景盘桓。片翠万里，一红千峦。今古诡璚，阴阳波澜。收入文字，累世莫殚。煌煌邹鲁，墨光生寒。谁能具此深情与高赏兮，吾将从吾夫子于杏坛[3]。返视豸山夕照兮，曾如空中一点金弹丸。

（《冠豸山堂文集》）

【解题】

作者于豸山读书讲学之余，观赏夕照之景，故三句不离其理学思想。但全文意境开阔，语言清新自然，清静仁爱的思想贯穿首尾，中间一段描写尤其细腻，情景交融，语言优美流丽，足见其文学功力修为。

---

[1]茂叔：指周敦颐，字茂叔，号濂溪，北宋哲学家，理学派的开山鼻祖。

[2]伯淳：程颢(1032—1085年)，字伯淳，河南洛阳人，北宋著名儒家学者。

[3]杏坛：传说中孔子聚徒讲学之处，泛指聚众讲学的场所。

魏际瑞

魏际瑞（1620—1677年），字善伯，原名祥，十七岁时改名际瑞，人称伯子先生。江西宁都客家人，明末诸生。明亡后，绝意仕进，与魏禧、魏礼兄弟隐居于翠微峰上，以散文名世，史称“宁都三魏”。有《魏伯子文集》十卷、《杂俎》五卷、《四此堂稿》十卷。

篁竹岭修路序

汀之西有篁竹岭，人恒言其高如登天。岁丁酉[1]，予将适汀，心难之。比至，乘雨而上，纡盘折阪，崖壁断绝如蛇蜒鹘起，謦革不息。乃舍舆，撩衣步赴，而履之路，橛橛有声，念此宜非人到，顾乃有蛎甃鳞次，便人于百千万仞之上，亘二十里而遥者。盖未尝不叹其为君子、长者，而戚然深念其德也。及乎路缺径坍，则黄泥之阪，利于榆沈[2]；陡绝所在，争性命如悬丝；聚手足筋骸之力，逼仄以度，将或陨坠，而况于负任、罢病者[3]乎?

庚子[4]冬，予且再至，则由之。岭有庵，庵有亭，煮茶以给行旅。有僧焉，揖予而告，盖欲以补斯路之缺壤，与前人功所未及者创之。予曰：“于戏，此仁人之心，仁人之事也夫。”今夫天富，富者所以养贫者也；天贵，贵者所以安贱者也。天予福利安全之人，所以休人于劳而平人于厄也。若夫专利自丰，天亦何取斯人而独厚之也哉！昔者吾子言之曰：“施冢不如施棺，施棺不如施药，施药不如施衣被、饭粥。”予亦曰：“放生不如戒杀，戒杀不如作雨亭、津渡、道路、桥梁。”盖受者实，则施者不虚。譬如钧矢射候，亦既发而中的矣。昔有丐者死三日而苏，冥吏校籍，谓曾建七星古桥，故当复生。丐私念曰：“吾身且为丐，安得桥。”吏曰：“汝尝于潭侧殖七断砖以济潦者。汝丐耳，而心念此，又必为其事，此直与建桥等矣。”

僧曰：“然！吾将稽颡[5]、屈膝以丐长者。而不能言其意，敢请书之。”予曰：“噫，此仁人之心，仁人之事也。天下多仁人，敢请捐资而注名于册。”

（《汀州府志·艺文》）

【解题】

篁竹岭，在长汀县西北，详见上官周诗歌注。《长汀县志·流寓传》载魏际瑞“顺治丁酉庚子间一再过汀。”时逢篁竹岭上有僧人倡议捐资修路，际瑞认为这是“仁人之心，仁人之事”，于是欣然襄助，并为此序。

---

[1]岁丁酉：指顺治十四年，1657年。

[2]榆沈：指用榆木铺路。

[3]罢病者：疲困、生病的人。罢，音pí。

[4]庚子：指顺治十七年，1660年。

[5]稽颡：qǐsǎng，古代一种跪拜礼，屈膝下拜，以额触地，表示极度的虔诚。

原文为一大段，现段落为编者拟分。

丘梦鲤

作者简介见前诗歌注。

九仙岩记

县东之十里，缘溪行，有石阜，昂首圆背，张其爪距，回顾而北，若奔若蹲，崇竦于大溪之侧者，为狮子潭。迤潭南行，亘山脊，石涧淙淙，揖大溪而流注，虬松披阴于道左。邑人旧叠石桥其上，俯瞰涓流，鳞文班藓，照映涧中，行者憩焉。稍折而东，逾平田，穿洞口，磴道仄甚，已数武[1]，乃划然得所谓石岩。深广可二丈馀，高三之二[2]，碧流绕其下，时为溅沫，涓涓出。环底皆石盘，平迈决溜，为窟者九，或阔二尺许，或数尺许，深悉倍。是可浴可觞，次第布置，类非人所开凿，岂所云九仙以是故欤?

岩趾初甚鋆而锐下。先是丙辰岁[3]，邑侯李公衷素[4]览而奇之，环岸稍叠以石，游人来，啸咏其中，始席地而觞矣。折而右迴，为回峰，斗绝斩削，高数百仞，古木覆之。别为阁，奉大士其中，匾曰“潮音”。音非有潮而辄名潮者，阁从大士也。面阁一山，盘曲飞来，若垂虹之下饮于涧。文昌阁跨其脊，下有亭翼然，曰“西爽”。朝来气象，余尝支颐其间。顾亭午后红景沉西，回眺潮音，若与巉峰峭壁且避且就。曲槛风来，环流萦之有声。俯而静听，杳不知身世之何以顿忘。亭阁皆李公所建，岩之左，向累石以桥，为溪涨啮去，亭阁仅存。余曾倡为募缘，诛茅辇石，环岸叠砌，小束以杀其冲，桥石以木为之。又别为桥于潮音之右以渡，旧庵旋为水所圮坏，岸之石激走殆遍，亭阁今亦零落。俯念成废，不胜今昔之感。

已乃舍去。缘溪别寻径上。丛篁夹岸，纷红骇绿，蓬蒿蒙茸。摄衣而登，则九仙庵巍然在荫翳中，旧有匾曰“栖霞深处。”九仙不详所始，或云何氏九子悟真于莆之仙游[5]，有湖焉。诸顶礼者以梦相指，然恒秘之，不轻以示人。庵之创，未必不权舆[6]于此也。庵北又为玉皇阁，平畴数亩，林木交畅，旁种茶数百株，

---

[1]数武：几小步。

[2]高三之二：高度是深度的三分之二。

[3]丙辰岁：指万历四十四年，1616 年。

[4]李公衷素：李自华，字衷素，江宁举人，万历四十年（1612 年）为上杭县知县。《上杭县志·名宦传》载其“居官廉勤，以兴利除弊为己任，多所修建”。

[5]何氏九子悟真于莆之仙游：据传，汉朝时临川何氏九子于仙游九鲤湖畔炼丹，丹成后乘九鲤升仙。

[6]权舆：起初、开始。

客来撷以相饷。余向以甲子[1]春读书旧庵，明年，复坐玉皇阁。相隔二十五年矣，今别以寻山过此，遍求旧迹，彷佛不可得。恐昔贤大夫好事之意遂泯灭无传，聊追述此，以备山栖之志。

戊子[2]冬月，邱梦鲤记。

（《汀州府志・艺文》）

【解题】

九仙岩，在上杭县东十里，有曲流、古洞、双桥、履云诸胜。本文以纪游的写法，移步换形，记述了九仙岩的地理位置及周围的溪流、石桥、岩洞等景观，着重介绍了县令李自华对九仙岩的修建之功及"九仙庵"得名的缘由，表达了作者对当年山中读书生活的留恋之情。

原文为一大段，现段落为编者拟分。

彭士望

作者简介见前诗歌注。

宁化第一泉记

宁阳[3]北郭，依山麓下，以石为基，有泉出其右，澄寒甘冽。里人恒以夜汲，犹天庆观[4]之乳泉也。泉之右为南庐，予与诸子读书其中。

予因嗜茶，家仲子手制曰青霜、曰石岩白，独擅一时。性既专嗜，行止必偕。或不幸逢浊流，辄嚬蹙挥去，宁终日不饮，决不使茶受辱。今一旦与泉值，予与诸子每于春、秋佳日，花明鸟欢，梧下松间，风来月上，白云带山，西溪斜照，寒灯听雪，风雨鸡鸣，讲诵微倦，睡起拂衣，痛快古人，牢骚昔怨，即吹爚发火，烹茶茗，供素鱙。初写轩室香生，徐引而啜之，尽荆溪小壶数斗，神气爽发，蜕然若遗，曾不知其老至也。

诸子请曰：先生茶极佳，既深嗜之，而泉适相值，天盖留兹泉以待先生之至，泉不为无功于先生，先生其名之。予曰：庐与泉并峙，俱负郭而宾南山，吾南其庐而北其泉，泉不北矣，遂名之曰"南泉"。

为之记，贻知泉者。

（《汀州府志・艺文》）

【解题】

作者寓居宁化期间作本文，介绍了宁化第一泉的特点，抒写了作者与诸子烹茶品茗的文

---

[1]甲子：指天启四年，1624年。

[2]戊子：指顺治五年，1648年。

[3]宁阳：即宁化，因有宁阳驿而得名。

[4]天庆观：在长汀"兴贤门内。旧名开元观，宋至道间，改至道宫，大中祥符间改今名"（《汀州府志・古迹》）。

人情趣。

原文为一大段，现段落为编者拟分。

黎士弘

作者简介见前诗歌注。

前征君泉上李先生墓表

呜呼，天生才顾不难哉！世际升平，措置无关轻重。至于流离丧乱，天若一一有以相之。贤者殉社稷，力者角疆场，而必留三数逋民[1]遗老于残山剩水之间。此数人不必尽皆通显，又往往为当世所指目。卒之，刀锯鼎镬无所加，使其老且寿，徘徊岁月得正而终，而一代兴亡之局始毕，如今泉上先生其一也。

先生李姓，名世熊，字元仲，世居宁化泉上里，晚号愧庵，所筑之室曰檀河、曰但月。天下习其初字，咸称元仲先生也。先生少籍诸生[2]，年二十应辛酉乡举[3]。兴化李官佘公昌祚为同考，奇先生文，与主司争元再三，弗合。佘负气，竟袖卷而退，曰："安知此生来科不第一耶？"先生遂不第，历九试皆冠诸生。凡来典闽试者，莫不欲场中一物色李生为重，而先生亦竟不得。乙酉、弘光建号[4]，制下，畿、省、郡、县各贡选一人。时督学为揭阳郭公之奇，郭公固雅重先生，视一贡如携取。忽试前三日，郭公挂飞章注籍。值后学使素不习先生，特置先生弗录。其遭逢遇合危得而数奇若此。继迁延变乱，先生亦已遂厌弃诸生。隆武称制闽中，大学士黄公道周、都御史何公楷、礼部侍郎曹公学佺，各尉荐先生尚志博学，征拜翰林博士，先生固辞不赴。

丙戌，王师下汀州[5]，有龄龁于镇将者，谓先生怀二心，势汹汹不测，亲知咸交劝，谓止诣庭一谢[6]，事可立解。先生为书答所知曰："甲申以来，名虽挂诸生，儒巾儒衫久归败蠹。今日解韬释缚，正如鹿返长林。若复伏谒强颜，其戕性刳心何殊杀戮？古之处士含鸩饮刃者，史册相望。仆年已四十八矣，去诸葛瘁

---

[1]逋民：逃亡在外的人。

[2]诸生：明清时期经考试录取而进入府、州、县各级学校学习的生员。生员有廪生、例生、增生、附生等，统称诸生。

[3]辛酉乡举：辛酉，指天启元年（1621年）。乡举，即乡试，考举人。

[4]乙酉、弘光建号：1645年，朱由崧在南京建立南明王朝，年号弘光。

[5]丙戌，王师下汀州：指1646年8月底，清军占领汀州。

[6]止诣庭一谢：只要到镇将那里辞谢。

躬之日[1]，仅少一年；视文山尽节之辰[2]，已多一载。请为婉谢当途，若蒙假借，冥报为期。”词倨而理直，镇将终慑先生名高，无能有所挫抑。自是住泉上四十余年，足绝州、府，未尝一出里门，中间惟一诣西江[3]，泛彭蠡[4]，登庐山绝顶而已。所著《寒支初集》八卷，《钱神志》二十卷，《史感》、《物感》各一卷，《狗马史记》若干卷，《宁化县志》八卷，《本行录》三卷，《经正录》三卷。先生文奇杰悽丽，长于推测情变，层见叠出。虽百家无不窥，少独好韩非、屈原、韩愈之书，故其造就咸有根柢。昔楚中冯公之图，谓先生得秦文气多，汉文气少。先生每诵为知言。

先生之生为明万历壬寅九月二十日，殁于大清丙寅九月二十八日。父恬庵公，母丘氏。先生娶于丘，生子曰尧、曰唐，丘与曰尧皆先卒。侧室赖，生向旻，孙、曾十四人。先生困顿诸生者三十年，进退出处，辄若有物阴为裁量。及征书屡下，先生复审夺时势，不妄为附缘。使早得通显，上为侍从文学；即不然，乘亭守障，一遇险阻，先生又岂肯偷生求活者。丙、丁之际祸乱多门[5]，而卒不能死。先生必至八十五年，然后归全正命而死，则余所谓天必留三数人于残山剩水之间，以为逋民遗老，完一代兴亡之局，岂曰阿所好哉?

先生葬本里白沙坳，宁都魏和公礼[6]志其墓。和公为先生晚年交，先生又笃好其文，故向旻奉遗命以请。而弟子长汀黎士弘不揣而为之表。和公云，称征君恐非先生志。余援陶渊明有晋征士书法，后之读其碑者，其有所观感乎?

（《汀州府志·艺文》）

【解题】

李世熊于康熙二十五年（1686 年）去世，终年八十五岁。其子向旻奉遗命请魏礼作墓志、黎士弘作墓表。此文在简述李世熊的生平事迹之中，突出赞颂了李世熊的才学，以及威武不能屈的气节。

李世熊三十一岁（崇祯五年，1632 年）馆于顺昌漠源时收黎士弘为弟子，成为黎士弘的授业之师，故黎在墓表中称李世熊为先生。黎士弘还以“遗民”“征士”称之，是对先生忠于明朝的肯定。

原文为一大段，现段落为编者拟分。

---

[1]去诸葛痱躬之日：比诸葛亮劳瘁而死的时间（54 岁）。文中言“仅少一年”，是约数。

[2]文山尽节之辰：文天祥尽节而死的时间（47 岁）。

[3]西江：今江西。

[4]彭蠡：鄱阳湖的古称。

[5]丙、丁之际祸乱多门：指清军占领汀州前后，汀州人民的多次抗清斗争。

[6]魏和公礼：魏礼（1628—1693 年），字和公，江西宁都客家人，清初著名诗文家。

书李白也诗后

天下文章之士，修名立行，老死里巷之间，而不得传其姓字者，抑何多哉？读白也先生集，不禁失声太息也。先生李姓名弃，汀郡清流人，年少籍诸生，负俊才，谓取功名富贵如宿寄。中道偶罹文网，谢巾衫，卧穷山，著书立说，不复通人事往来。观其命名立字，亦可知其想结无聊矣。所为诗自出性情，不屑屑摹拟往代。五言如《罗敷词》、《示子》诸篇，皆可颉颃作者。至长行短咏，信笔摅怀，陈古刺今，歌以当哭。卒于丁巳戊午间，年八十有三。

先生性简傲，又住穷乡，人固无知先生者，先生亦不易为人知。独一见连城童君玉铉[1]，心赏志合，引为忘年之交。今所存五七言古风、五七言长句若干卷，评订史鉴若干卷，皆玉铉掌书手录，蝇头细字，澜翻千纸，每出以示人，若惟恐先生一旦湮没，不获一传于世。玉铉盖自任为身后之桓谭[2]矣。

汀虽僻郡，人士重敦本之学，复厌表襮，不急急于声名。有积学数十年，接户比邻，不获窥其只字者。予自秦归后廿六年中，所得见闻于宁化施君泽民、伊君乔庵、永定邱君兼三、上杭梁君赓虞，皆编辑经史，各有成书，今又得知李先生白也。乔庵、兼三、赓虞文集，门生子弟各为镂刻，以行于世，予皆得附一言论次。惟施君没最久，子姓零落，肩鬻其手书而不得一售。今白也诸稿，即尚未能谋刻，赖玉铉抄存，不致如施君转鬻他人，玉铉之功不小。予盖爱玉铉高谊，乐为书后。且以告世之齿汀风者，知尚有人在，毋徒嘐嘐自是[3]，谓郐以下无讥[4]也。

（《汀州府志·艺文》）

【解题】

李白也，李弃的字，明末清流诗人，详见本书李弃诗歌作者简介。连城人童日鼎将李弃诗抄存结集，黎士弘应邀作诗集后跋文。本文赞扬李弃“所为诗自出性情，不屑屑摹拟往代”。有些诗歌如《罗敷词》《示子》诸篇，“皆可颉颃作者”。作者称赞童日鼎乐于助人，批评汀俗中不爱刊行个人诗集的不良现象。

原文为一大段，现段落为编者拟分。

邱二先生书院记

天地灵异之气，喷礴之为山川，毓钟之为人物。由上世迄今数千百年，乃间一呈露，造物之不轻试其奇有如此。连城踞万山中，重峦叠峙参差，览奇者目不

[1]童君玉铉：即童日鼎，连城人。详见本书童日鼎《莲峰山赋》作者简介。

[2]桓谭：桓谭（前25—50年），东汉哲学家。

[3]嘐嘐自是：形容自高自大、自以为是。

[4]郐以下无讥：表示自此以下的不值得评论。同成语“自郐无讥”，典出《左传·襄公二十九年》。

暇给焉。矧东田数片石，屹立一方，如古帝春巡，躬桓蒲谷，搢笏云表。连非此，其何以成 一邑大观也？石之麓，为宋儒者邱二先生读书舍，后人即其遗址祠以祀之。

按郡县志：邱鳞[1]，字起潜，嘉定十三年进士；侄邱方[2]，字正叔，宝庆二年进士；同受业杨澹轩先生[3]。澹轩先生为朱门高弟，其时，同学诸子，罕出其右。及学成归鄞江[4]，考道问德，与朱子[5]往复辩论，折衷至当，载在“语录”者，章章可考。二先生从之学，尽得其传。至启潜先生，御寇有功，辟知邵武军建宁县承直郎，日与刘德言、梁文叔、冯作肃、吴大年、叶直翁、吴仲玉诸先儒切磋友善，讲道不倦，遡其所从，皆朱门嫡传也。夫以二先生明体达用之学，使得大展其经纶，直可与韩、范、司马[6]诸君子后先媲美。无如南宋至理宗朝[7]，奸邪用事，国是不可言矣。二先生值此奄奄欲暮之辰，即有殊才异能，格于条例，拂于众议，何能有所建白？徒旁观浩叹，抱其不可知者还造化耳。

吾独慨闽自龟山道南[8]后，群英萃兴，号为邹鲁名邦。汀距延，咫尺间，何从学者寥寥？唯杨先生谒朱子，受所传于前；二先生从杨学，绍所闻于后。倡明圣道，引诱善类，汀人始知诗书礼乐之学。是先生德业未显于当时，教化尚留于后世。自是，士子争自濯磨，敦伦纪，励名节，称先则古，代有闻人，孰非二先生教泽之所遗耶？先生后裔心衡，乃予年友，令嗣仙如、侄瑾友、蕴玉辈，皆高才士，有志学古者。谓予世交，不可无言以阐二先生之蕴。

予谓，二先生仕虽未竟其用，出则棠荫名宦，处则飨祀乡宾。且理学一灯，渊源有自，真堪不朽矣！士弘以后进庸才，安足以仰窥二先生道德之万一。固辞不文，至弗获已，谨再拜僭为之说，以附先贤祠之后云。

（《汀州府志·艺文》）

【解题】

邱二先生书院，在连城县冠豸山麓，是宋代名儒邱鳞、邱方的读书处。本文记述书院的地理位置，邱麟、邱方两人的师承关系，称赞了他们对理学在汀州传播做出的不朽贡献。按，本文姓氏之丘，当全部为“丘”，因本文选自府志，故尊重原文保留了“邱”姓。

---

[1]邱鳞：字起潜，连城人。先儒杨方弟子，嘉定十三年（1220 年）进士，调赣州赣县尉，政有廉声。

[2]邱方，字正叔，连城人，邱鳞之侄，先儒杨方的弟子，宝庆二年（1226 年）进士。

[3]杨澹轩：即杨方，字子直，号澹轩，长汀人。隆兴元年（1163 年）进士，朱熹的弟子。

[4]鄞江：汀江的别称。文中指代汀州。

[5]朱子：即朱熹（1130—1200 年），字元晦，南宋徽州婺源（今属江西省）人，出生于福建尤溪。南宋著名的理学家和教育家，世称朱子。

[6]韩、范、司马：指韩愈、范仲淹、司马光。

[7]理宗朝：指南宋皇帝赵昀在位期间（1225—1264 年）。

[8]龟山道南：北宋著名理学家杨时（1044—1130 年），学者称为龟山先生、道南先生。

原文为一大段，现段落为编者拟分。

重修梁野山定光禅院题辞

佛氏之盛，精蓝绀宇[1]遍海内，而汀之禅院独称定光。定光禅院于临安、于泉南、于江右无弗有，而汀为最著。郡城在府署之东，在武平者去县治六十里之岩前。

考郡志，定光大师成道在宋太宗、真宗时，迹至灵异。历宋至元明近八百年，祀事不绝。元时所颁诰勅，亦尚存寺中。近甲申[2]来，屡罹兵火，赖天幸，不大致残毁。里党哄传：当大兵驻郡时，有见两巨僧同立城头者，又见两巨僧从空洒甘露灌城中者。人以为，巨僧即定光与今所奉伏虎禅师[3]也。事传布远近，汀人月朔望[4]、岁时持香灯诣院稽礼足者，男女常及万人；而梁野山以远，独不闻。

募僧宗学数来请，谓山为大师习定地，高数千尺，耸入云霄，为江右、闽粤之望。树木蒙密，云烟亏蔽，亭午始得辨日色。佛殿石柱皆合抱，亦不知始何年。今梁栋就倾，非急修恐旧迹亦遂湮没。予尚未即应，而大师遂凭于乩，谓：首缘也，当得某某；倡缘之疏则必诣郡而请之黎氏。夫神既灵矣，灵则无不之，在梁野犹之郡城，亦犹之岩前也。况感应之迹为人所传述者，又章章[5]如是乎？落成日，予仍请缀一言，以终大师之辱命。

（《汀州府志·艺文》）

【解题】

定光，即定光大师、定光古佛，法名自严。详见郑弼诗歌解题。武平县梁野山定光禅院，始建年代无考，相传为定光佛修习处。本文赞颂定光佛护佑郡民的恩德，记述了汀州百姓对定光佛的钦敬及倡修禅院的始末。原文为一大段，现段落为编者拟分。

刘 坊

作者简介见前诗歌注。

---

[1]精蓝绀宇：泛指佛寺庙宇。精蓝，精进修行者所居之伽蓝，故称。绀宇，即绀园，佛寺之别称。

[2]甲申：指顺治元年甲申，1644 年。

[3]伏虎禅师：五代后梁、后唐时僧人。梁武帝时，修行于九华山，夜行山中，虎皆逃避。武帝闻之，赐号伏虎禅师。南唐保大三年（953 年）卓锡汀州平原山麓，宋初建隆三年（962 年）圆寂。详见本书人物传记。

[4]月朔望：每月初一、十五。

[5]章章：同“彰彰”，昭著。

天潮阁记

有树蓊然垂天而立，其枚肄[1]蒨然鬘然四出。其林之所给，非一隅一时之所办也。庇其荫者且数亩，聚其下而娱愉者则皆是也。至其茏苁偃仰上干青霄，寒暑所不能移其性，霜露所不能变其操。猛风则怒号，条风则悠扬。月初出郁郁葱葱，月中天则凄清而苍凉，是其咳唾之为雨露，呵叱之为雷霆，播之百物为虫鸟之鸣，宣之金石为宫商之奏者，世亦何以测其然哉！嗟乎，夫物之尤者，则固若、是矣，而于人何独不然！

予既归杭之四年，皆馆于伯子家。临宅有榕树一株，盖百岁物矣。予喜其谽谺[2]盘错，崛强自立，若嵇阮[3]诸君颓然放于尘埃之外者。又其性与他木异，恒夏萎而冬青，亦后知之胜侣也。每风雨良夜，予周行其下，或攀援而踞其巅，纵观丘原，俯仰八极，悠然深思，窈然遐想，更不知此身之为晋与秦也。因取而名之曰："天潮阁"。若曰是其噌吰嘲嗒而春秋异候者，乃天地万物之相感于不已者也，而予之心则有不然者！

（《上杭县志・古迹志》）

【解题】

天潮阁，在上杭县城北，是刘坊自滇归杭后的居所，阁名隐藏"大明"二字。本文在阐述取名"天潮阁"由来的同时，寄寓了自己亦如榕树"寒暑所不能移其性，霜露所不能变其操"的气节，表达了寓居天潮阁"不知此身之为晋与秦"，恍如世外桃源的避世思想。

秋夜纪游

癸亥[4]秋八月十六日暮，月色洒窗，宛然清昼，第觉觥筹冠裳影交错壁上，乃撤烛而食。食已，散步中庭，长空云净，万里秋碧，桂魄飕飕然孤行天表，屋际榕阴婆娑掩荫，儿童喧笑声与诸年少丝竹音嘈沓闾巷。

搔首无聊，念无可语者，乃至东平庙左访吴无双。时吴已被酒寝矣，叩门使起，遂同出康衢，经邑署而西。谯门漏永，已丁冬再下，肆井人静，鸡犬悄然，惟楼台倒影与予二人相遮映，忽念"三十六宫秋月明"句，不觉神游其际也。须臾至天王寺，寺左老松负月独立，微风从树中度，簌簌如泻幽涧泉，殿角钟声复

---

[1]枚肄：枚，树干；肄，树之嫩条。

[2]谽谺：音hānxiā，中空貌。

[3]嵇阮诸君：指西晋"竹林七贤"的嵇康、阮籍等人。

[4]癸亥，1683年。刘坊诗文不书清朝年号，皆以甲子纪年。

泠然如应。徘徊久之，因顾谓无双："今夕殊不减元丰六年承天寺之游[1]，但恨当日无此老翁支离偃仰其间耳。"相与迟回久之，遂道折曾家巷而北抵予宅前。榕阴侧卧，荇藻浮萍浮沉浪面，相与坐积水中仰观天汉，疏星张皇避光，月轮中桂影横斜，清商琴唳从天际落。予谓无双："此广寒女伴，为予二人奏霓裳羽衣曲也。"因忆戊午春日客南岳时，梦中得句云："月明如昼天街净，身卧瑶池冰雪中。"今夕之境差仿佛之。已而露侵衣袂如浣，邻鸡喔喔有声，无双东归，予亦就枕。

月色犹守窗不去，阶下寒虫唧唧逼人，辗转无寐，乃起援笔记之。宋玉云："仰明月而太息兮，步列星而极明。"范希文云："年年此夜，月明如昼，长是人千里。"[2]卫叔宝云："对此茫茫，不觉百端交集。"王安期云："人言愁我始欲愁。"则予二人今夕闲情，正恐子瞻、怀民未易解也。遂书以贻无双，他日或有忆此游者。

（《上杭县志·古迹志》）

【解题】

这是一篇纪游散文，围绕"月明""人静"而作，寄托了诗人怀念明朝却又难以言表的"闲情"，文笔清俊，感情深沉，是刘坊叙事散文的代表作。

原文为一大段，现段落为编者拟分。

祭李元仲先生文

呜呼！二曜[3]沉光，山岳崩圮，伤心惨目，乃有今日，而吾元翁先生，唤梦文醒，独手奚支？亦遂与诸同人聚讼帝所矣。先生既卒之明年，其上杭友孙刘坊，始自粤归，闻讣奔赴其乡，乃为文以代泣，昭告于先生之墓曰：

呜呼！先生旷代之姿，绝尘之俊，括牛斗之英灵；辟临汀之混沌，生来痛哭肝肠，伯仲在屈、贾[4]之间，老存男子须眉，出处得熙、皋[5]之正。独不知造物者，始何心而勤勤，究何心而懵懵？何不令骥逞而鲲徙，而乃令兰幽而玉蕴。呜呼惜哉！先生之志在挽虞渊于已冥，先生之才欲障百川而东走，先生之学本颜卓而孟醇[6]，先生之文或溟含而地负，二百余年养士之报，既万失而一偿，四十三载答

[1]元丰六年承天寺之游：宋神宗元丰六年（1083年）十月十二日晚，贬谪至黄州的苏轼夜不能寐，遂和寄居在承天寺的好友张怀民（也是遭贬至此）相与步于中庭赏月。苏轼有作《记承天寺夜游》文。

[2]年年此夜，月明如昼，长是人千里：出自范仲淹《御街行》，原句为"年年今夜，月华如练，长是人千里"。

[3]二曜：指太阳、月亮。

[4]屈、贾：屈原、贾谊。战国后期、西汉初期著名文学家、政治家。

[5]皋：皋陶，传说是虞舜时的司法官，执法公正严明。

[6]颜卓而孟醇：像颜渊和孟轲那样卓越醇雅。

主之诚，亦千针而百灸。文章达，而时命不达，道德尊，而名位不尊，种白杨于身前；盗贼知，而有司不知，众人谅，而亲友不谅，吊青蝇[1]于身后。呜呼先生！是则以可知者付流俗，以不知者还宇宙。

坊也，莺雏未习，豚子贻讥，乃当冀北[2]之顾，谬叨柯管之吹，鹿鹿风尘，已负名贤之知己，悠悠天地，竟衰先世之弓箕。呜呼已矣！先生恸西州而不返，干东海于何时？人皆谓先生全而生之，全而归之矣。而坊所独惜先生者，尚未一展一刻之用，一夕之施，此固宜孕为风雷，侑彼昊无穷之培覆。钟为楠杞[3]，绵山川未尽之英奇。将所谓薪尽而火传者，倘亦九原之所重期也。则坊又何能劳其笔舌，以同于庸众之嗟悼，而徒付之空词。

（《天潮阁集》卷一）

【解题】

康熙二十五年（1686 年）九月二十八日，八十五岁的李世熊（字元仲）在泉上檀河去世。次年刘坊自粤归，闻李世熊之丧，奔赴其乡，为文哭之痛绝。这篇祭文长歌当哭，赞颂了李世熊的文章才学，惋惜其怀才不遇，谴责了世道的黑暗不公，表达了对逝者的无限悲痛之情，是刘坊抒情散文的代表作。

原文为一大段，现段落为编者拟分。

何 熊

何熊，字圣弼，上杭客家人。康熙五十八年（1719 年）岁贡，“有文名”（《上杭县志·文苑传》）。生卒年与生平事迹待考。

游金山记

强圉赤奋若之岁[4]，陬月人日[5]，余偕刘君鳌石暨士元、官仪扁舟游紫金山。

日午登舟，晚泊赤面石下，携酒入旅舍宿焉。黎明，鳌石归舟中，余与士元、官仪沿溪步行，望石如虎踞虬蟠。及至山麓，憩息少顷，鳌石亦舍舟上岸，同行数十武，金山微露半面，回视溪流若一池泓然。争踊跃奋登约五里许，抵一天门，前有卧石如犀坐视，群山皆培塿矣！旋凭栏四顾，竹树交横，山翠欲滴，峰峦叠耸，日丽犹阴。下临窈杳，爆竹掷空，余音直绕山巅。寒声飕飕，从松间来，泠

---

[1]青蝇：讽刺听信谗言的人。典出《诗经·小雅·甫田之什》。

[2]冀北：冀北，良马产地，亦指人才荟萃之所。典出《南齐书·王融传》：“秦西冀北，实多骏骥。”

[3]楠杞：二木名，皆佳木。比喻英才。

[4]强圉赤奋若之岁：康熙三十六年（1697 年）。强圉，天干中丁的别称。赤奋若，太岁在丑的岁名。

[5]陬月人日：指夏历正月初七。

然以善。徘徊久之，因同鳌石咏“山中人兮芳杜若，饮石泉兮荫松柏”[1]之句。纡折而入，径旁有泉默滴，盛以石盘，名龙泉，漱之馨甘特异。俄过五龙寺，渡一琴桥，岩壁峭峙，双泉奔注，即桃源洞。洞口桃红映面，蔬绿侵眉，潇潇绝尘。及登楼眺玩，树石奇态百出，不可名状。俯览桥阴，藤萝交结，丛木蒙翳，迷离入画。直下数十折为百丈礤，湍泻石壁若雪从天喷散珠碎玉。竦视良久，寒气逼人。向夕酣呼，楼上溜然有声，余惊曰：“雨耶？”鳌石曰：“泉声耳！”

次日凌晨，出洞口，历磴道百盘为中峰。入晴雨轩，四人吟兴勃发，不减杜工部登泰岱时。诗成，放步至麒麟殿，晴光灿烂，露珠偏垂草木，掩映腾辉，恍如入水晶宫。适寺僧随堂，梵音疏朗，坐听爽然，令人有蒲团佛火之想。既而鳌石促行，仰见龙井矗起，千层干霄，秀出羊肠鸟道。予踟蹰[2]欲退，鳌石大声疾呼，哗然而笑，因翼之而登，喘息口占云：“呼吸居然帝座通，此身俨在五云中。虽然未有惊人句，也觉高天问不穷。”吟罢抚掌，相与放眼纵观，则云在山下，微茫渺漫，近瞩寺院，遥瞻城郭，恍惚有无间。回首而下，一若人浮空际，从天而降。

薄暮，步摘星台，饮酣，为歌“手扶日月嚼星辰”之句。少焉，月出东山，满目玲珑，映地织绣，抚景欢行，复憩桃源洞。语鳌石曰：“斯游乐乎？”鳌石曰：“斯游也，历明晦之候，领山水之奇，极唱和之雅，金山之胜无涯，吾乐亦与之无涯也！子盍志之。”予乃援笔而起。

（《上杭县志·文苑传》）

【解题】

金山，即上杭县紫金山。这篇游记详细记叙了与友人游览金山各景点的经过与感受，“写景如绘，令人神往”（《上杭县志·文苑传》）。较之丘嘉周《金山记》，人物活动更具情趣。从本文中可以看出客家文人之间交游密切，互相切磋，促进客家文学繁荣的一个侧面。

原文为一大段，现段落为编者拟分。

徐乾学

徐乾学(1631—1694 年)，字原一，号健庵，江苏昆山人。清顺治十七年（1660 年）举顺天乡试，康熙九年(1670 年)进士，钦点探花，授编修，官至左都御史、刑部尚书。还担任过《明史》总裁、《清会典》《大清一统志》副总裁。著有《读礼通考》《通志堂经解》《憺园集》等。家有“传是楼”，藏书甚富，辑有《传是楼书目》。

[1]“山中人兮芳杜若”二句：出自屈原《九歌·山鬼》。

[2]踟蹰：徘徊不进貌。

游普陀峰记

游南塔寺[1]之明日，为八月朔丙申，杭川莫子颖修[2]约，偪阳封子圣侯[3]、同邑罗子次公[4]及余游普陀峰。

辰刻，肩舆出昭阳门[5]。于时，正值招徕山海之降者授之官，俾率部曲以三千人驻上杭[6]。封令君虑与民居相错不便，乃作营房千间于昭旸之外，杭人德之。即其地也，由昭旸迤北，池水萦回，覆以菱荇，竹木映带绝佳。里许，乃有石径，道旁皆良田，农夫方植禾。盖炎方气候，既以七月纳稼，更以余力播种，为卒岁需，闽、粤间皆然。又五里，为水西渡，渡口有紫竹庵[7]，荆花灼耀于内，榕树蒙密于外，望普陀在指顾间，与诸子小憩。过溪，复升舆，行稍折，为苦竹坑，树杪人家，点缀如画。其水为苦竹溪，滩水冲激，声如轻雷，水自白砂里从北西流入水西渡，为溪山一胜云。历苦竹坑而上，多松树，高十余尺[8]，枝条多拂衣袂。土人为予言：自近岁驻兵，古木率被斫伐，往时经此，盛暑不受炎蒸也。东北隅，奇石乱卧，不可名状，路亦崭绝，舍舆徒步，僧辈以茗具来迎。攀级而上，遂有长松茂草。数折，乃至一天门，披襟围坐，杭城烟火皆在目中。更数十武，为毘卢阁。再历而上，为真武殿，有观音旃檀小像，为峰之绝顶，与双髻诸山相望。下有间道，可抵漳之龙岩，冈峦回互，磅礴无际。自水西渡至此，又数里矣，考志仅云十里。笏立为普陀峰，而寺之建置不详。询之僧，曰："以奉观音，故峰名普陀。向极壮丽，丙戌之秋[9]，山寇薄城，琳宫梵宇都为煨烬，此其仅存者。"余与诸子徘徊久之，乃取道新庵而下。新庵者，离峰顶二里许，佛殿、僧寮并系新葺。其东为土楼，高可数丈，墙坚厚如城墉，僧筑此以御寇。莫子携榼，共饮楼上，尽醉乃去。仍经水西渡以归，归则日已瞑矣。

---

[1]南塔寺：即丰稔寺，在上杭县丰稔乡（今稔田镇）。

[2]莫子颖修：即莫之伟，字伟人，一字颖修，明末清初上杭县在城里(今临江镇)人。生卒年不详。少年时习武，后弃武学文。清顺治十四年(1657年)，以书经乡试中举，十八年登进士。

[3]封子圣侯：即封珂，字圣侯，沛县恩贡，顺治十八年任上杭知县。商周时期，沛县属于偪阳国（今山东枣庄市南）的领地，故云偪阳封子圣侯。

[4]罗子次公：即罗铨，上杭人，生平事迹不详。

[5]昭旸门：上杭县东城门。明成化二年（1466年），上杭知县胡钺大规模扩修城墙，历时六年而成，有七座城门：东曰昭旸，西曰通驷，南曰通济，北曰迎恩，上南曰兴文，中南曰阳明，下南曰太平。

[6]俾率部曲以三千人驻上杭：康熙初年，清总督李率泰为招降台湾郑氏，使铜山提督蔡禄率领三千余士兵驻扎上杭县城。由于军民杂居，百姓惶恐不安，县令封珂与邑绅莫之伟联络士绅倡议捐资改修千户所，在城东、北两郊旷地筑营房千余间给士兵居住。此后军民分居，互不干扰，始得相安无事。俾：音bǐ，使。

[7]紫竹庵：《上杭县志》原文为"紫竹塘"，与后句所述的"内、外、小憩"不符。

[8]高十余尺：《汀州府志·艺文》为"高可十余丈"，与后句所述不符。今从《上杭县志》原文。

[9]丙戌之秋：指顺治三年（1646年）七月，张恩选等农民起义军数千人围攻上杭县城。

是行也，莫子曰："不可无记。"余唯天下名胜之境，遭遇兵燹者不可胜数，而载在图经，传之后世。即废之后辄复修举，则皆贤士大夫之力，而四方来游者之幸也！愿莫子、罗子勉之。余异日将重游焉。

（《汀州府志·艺文》）

【解题】

普陀峰，又名普陀山，位于上杭城东北，因供奉普陀观音菩萨，故名。《上杭县志·流寓传》载：（徐乾学）"当未第时，康熙初游杭，与邑人莫之伟、罗铨辈徜徉山水，有《游普陀峰记》。"本文记述了游览普陀山的经过及其所见景致，慨叹佛寺遭遇兵燹仅存不多，期望有人修举佛寺。据《上杭县志》（顾志·杂志）记载，《游普陀峰记》"一时传写，几于纸贵洛阳"。

原文为一大段，现段落为编者拟分。

李长日

作者简介见前诗歌注。

游朝斗岩记

辛丑[1]仲冬，余招同熊子于冈、陈子夔若、黄子子厚，出丽春门[2]，渡桥二[3]，过碧云洞[4]，沿溪行，纡回一里许，万木攒峦，幽阴蔽日，池也，亭馆也，园林疏密，古寺高下也，止止行行皆有致。复纡回一里许，南郊矣。千树梅花、临溪玉立。再行再止，望崖岫林亭，累累然角列而下绝者，朝斗岩也。

余与三子攀援而登，践其径，郁然以幽；步其巅，岈然以险。倚山复涧，殿庑峁然，岩盘亘于后，旁狭中广，堂若，凳若，可列坐数人。四隅清泉悬溜，静听有声。坐久，石气逼人。去岩右数步，皆列奇石，植佳花，美卉、时蔬、古藤、翠竹，莫不异态迭出，纷披窈窕。再数步，环以墙，有亭名"泠然"。亭东垲合峦覆，露留烟后。小石洞中奉观音大士像，前瞰岌甚，难人立也。见城郭、土壤之美，层层然，凸凸然，殆不可状。俯其下，一溪曲折，小艇横波，流云远树，点缀在微茫间，然后知兹山之妙，亦邃窅，亦辽阔，近观远眺皆有奇趣。

乃复却顾沿回，由曲迳而下，培塿特出，不焚不剪，天然半丘。近山，僧新创一小庵，庵方广不盈丈，游息其中，但闻钟梵音自远而至，风声松涛，隔林振

[1]辛丑：指顺治十八年，1661年。

[2]丽春门：汀州五大城门（朝天、丽春、镇南、通津、广储）之一。

[3]渡桥二：指济川桥（今名水东桥）、惠政桥（今名旱桥）。

[4]碧云洞：在霹雳岩。

樾，心魂窅寂，正引人作远想。当其坐于岩，止于亭，初不知此下有殊胜也。自此岩而西入数百步，山凸间又名为新岩，辟于近代，虽较荒深，幽奇不如。三子与余竟徘徊而不欲上。

（《汀州府志·艺文》）

【解题】

本文记述作者偕同朋友游览朝斗岩的经过，突出描写了朝斗岩的清幽高耸，以及泠然亭东小石洞前所见汀州城美丽的景象，体现了朝斗岩“亦邃窅，亦辽阔，近观远眺皆有奇趣“的特点。原文为一大段，现段落为编者拟分。

云骧阁记

云骧阁在东城上，四隅皆峭石，下临龙潭，四望清远。右层级下，有白沤亭，旁辅以奇石，如墙立。左岸桥一，右如之，若带，若堞，若长堤。环城东溪，摇光上下。隔溪仙隐观[1]，疏树幽隐，晨昏钟鼓声时越溪而上，薄乎阁南。丛木修林，亭台立，岩壑具，山岭塔影[2]层层与阁遥望者，碧云洞也。东望半里许，为苍玉洞，岸势嵯岈，水光飞白，士女行行，牧竖种种，望不可极。是兹阁之胜，凡林麓、云烟、台榭、水石，无远近，无露藏，皆为阁所有，皆入游人望中。绿阴黄鲜[3]，宜春望；天高气清，宜秋望；光风，宜晴望；远峰，宜雨望；初月晚烟，宜夕望；游人幽赏，于是为最。阁宋时旧名“清阴”，名“集景”，复改“云骧”，又名“双清”，今乃名曰“云骧阁”也。

（《汀州府志·艺文》）

【解题】

云骧阁，在汀州东城墙上，详见马驯诗歌注。本文描述了云骧阁的地形和远近自然景观，称赞云骧阁是“游人幽赏，于是为最”的游览胜地，最后简要介绍云骧阁名称的变迁。本文语言凝练精致，景物远近分明、次序井然，所总结之五“望”，蕴含最深。

李兆蕡

李兆蕡（fén），字实涵，长汀客家人。廪生，生卒年不详，主要活动于清代康熙间。《长汀县志·儒林志》载其“性严正，博学能文”。著有《四书积腋》、《五经旁注》。

---

[1]仙隐观：在龙潭对面（今水东街），与云骧阁隔水相望。

[2]山岭塔影：霹雳岩山顶有万魁塔，山下有碧云洞。

[3]绿阴黄鲜：借代各种颜色的花草树木。

汤泉记

河田东南隅有汤泉焉，平地腾涌，如釜底燃薪，滈暴瀵沸[1]，莫可向迩[2]。宋绍兴间，鸠石为池，横竖六尺，名四角汤。汤流而南，将十步，曰湖，清空莹澈，方广盈丈有奇，可浴；其西为漅[3]，不半亩，屋覆焉，深可没膝，而水较绿。湖之旁有寺，曰无垢。寺前石钵二泉，滚滚自钵出，一热一冷，观者叹为奇绝。其他小泉如斗大，忽西忽东，起灭无常，虽居人莫指其定所也。

汤泉略湖走漅而北会于溪。溪有双桥，一跨市中，稍下可坐百人，凭栏四望，紫雾迷濛，行人俱在烟际；一通村落，可露坐，水声凄急，难夜听也。溯溪而上二十丈为观音堂，地旷而夷，古松百余本，历落扶疏，高出云表。溪下挟汤水而隘于园林池沼间，池鱼甘以肥，园蔬滑腻如脂。夹溪左右，酒旆[4]仍仍[5]，当炎暑薰人，汗流如渍，好事者携酒鱼，摘嘉蔬，踏月寻流，洒濯湖畔，觉清快之气彻人心骨。至朔风栗烈，中夜寒生，就浴其中，暖风经宿不散。

相传泉下尝伏火珠。元时，有外国人以珠引之，珠投水中，雄雌会合。嗣是，旁生小泉。或曰，其下皆硫黄，疯、痨、癣、疥诸异疾，浴之立愈。今验以水气，似硫黄之说较信，而要未敢遽以为果然。

（《汀州府志·艺文》）

【解题】

汤泉，在今长汀县河田镇，是天然硫磺温泉。河田温泉在宋代《临汀志·山川》即有记载，至今闻名遐迩，惠泽百姓。本文记述了河田汤泉的地形特点、神奇的传说和疗效，记述了人们对汤泉的喜爱，是较早细腻生动介绍河田汤泉的名篇。

原文为一大段，现段落为编者拟分。

邱嘉穗

作者简介见前诗歌注。

游玉笏峰记

康熙二十二年八月八日，金风气爽，玉露秋深，余偕诸同人携筇载酒相与指玉笏峰而游焉。

---

[1]滈暴瀵沸：形容汤泉鼎沸、热气腾腾的景象。

[2]向迩：靠近、接近。

[3]漅：音cháo，（积水而成的）小型的湖。

[4]酒旆：即酒旗，酒店的标帜。旆，音pèi。

[5]仍仍：频频。形容酒家多。

峰在三元岭侧，从半山亭逾岭而右，苍苔碧涧环绕佛寺。寺门之左有泉，屈折伏见，导为蛇行势。到石池中，泠泠作琴筑声。比入门，周行廊庑下，觉寺后岩石欲坠，树影泉香大与秋光相映。已复绕寺后，由石门入，忽得一洞，豁然开朗，仰视冈峦之回复，俯览林壑之清幽，已令人浩然绝去尘世间想矣。复由故道循岭而下，山渐深，壁渐异，草木泉石渐幽，以为必有佳境。行不百余步，果转出数峰，嵚奇磊落，望之如四岳，群后相与执笏而立于虞廷之上。其得名玉笏，以此中间一二石笋尤高出群峰表上，无土壤而嘉花美卉丛生如画。

于时即欲陟其巅一览之。寺僧为我言，是峰可望而不可攀，四时落英缤纷，惟猿鸟得而窥之，盖未尝不叹为奇绝也。寺即在石笋下，泉声汩虢循徐[1]，琅琅可听。登其台，倚栏遥瞩，则山之高，溪之流，云之浮，风帆之上下，城郭之参差，举历历如指诸掌焉。

更由堂北而上，倚长松卧怪石，徘徊纵观。忽入桃花林中，仰视阴壑，两旁石壁对峙，有蹊介然如神工辟痕，天光入隙，广不盈尺，又其上碧树垂芳，盖之几不可展望。攀援而登，只觉阴风灵气袭人衣襟间，余为冷然者久之。及至洞穷径出，别有天日，乃得一岩，岩不甚高，石覆如廊，大可径丈，下面千仞，稍失足辄坠。已而心悸欲还，过前阴壑，好事者投以石，作炮声，其响激越，良久乃已。又相率缘崖而下，山壁夹立，石气皆青，树若错绣，鸟语遥从隙中来。其路径阴翳大率如前，而旷远过之。一境之间，盖得一线天者二焉，信奇观哉！

回寺中，复散步山麓，过小桥俯视百丈䃣，其深殆不可测。闻春夏间雨涨，飞泉泻峡，白光如练，不减匡庐瀑布。自县南棹舟而来者，宜以此为游事之始。当是时，日暮矣，舒望江村北岸，林木参错，一带绿烟红雾弥涨数十里。返平台会饮，又值峰头月出，幽光射人。山下渔灯市火，乍明乍灭，遂相与把酒长吟，欣然为物外笑乐。酒半酣，予为言于众曰："柳柳州[2]有言，美不自美，待人而彰，岂不信哉！兰亭、赤壁，想佳境亦自无多，率赖王苏二公[3]之作以传。而此山幽奇万状，寥寥数百年间曾未有过而问焉者。君子以是叹山川显晦之有时，而贤豪之不世出为可耻也。"佥曰："然。请书所作以告来者。"

（《上杭县志·山川志》）

【解题】

玉笏峰，又名插笏峰、美女峰，在上杭县城南二十里，详见李世熊《美女峰》解题。这篇游记按空间顺序，有条不紊地记叙了游览的经过，描写了美丽幽奇的山中景象，结尾处隐

---

[1]汩虢循徐：汩虢，摹声词。循徐，（水声）缓而向四周扩散。

[2]柳柳州：指唐代文学家柳宗元。柳宗元参加王叔文政治革新失败后，被贬为柳州刺史，故称。

[3]王苏二公：指王羲之（作有《兰亭集序》）、苏轼（作有《赤壁赋》）。

约表达了自己怀才不遇，犹如此山数百年间无人过问的遗憾。作者两次描写平台所望景象，以及两处一线天之幽奇尤为生动形象，给读者留下难忘的印象。本文语言清新自然凝练，是作者积极学习八大家散文的优秀成果。原文为一大段，现段落为编者拟分。

单德谟

单德谟，字充甫，山东高密人。清雍正四年（1726 年）山东乡试第一，五年中进士，乾隆二年（1737 年）任巡视台湾监察御史。后任江南盐驿道、汀漳龙道。

汀行笔记

余有山水癖，欲肥遁者久矣，以待罪汀漳，兀焉匏系[1]，每巡历所至，窃有神契，情见乎辞，因笔之。

乾隆辛未年[2]五月既望，汀属之宁化、清流、归化三邑，猝逢水患，赤子颠连，几无更生。余于廿六日闻报，即轻骑简从，兼程而赴。闰五月十一日至宁，十五日至清。仰体圣天子爱民如子之心，没者瘗之[3]，生者安之，其或有办理未协者，为挽回而更正之。盖有司之意欲为国家惜财，而余之意则务为生民惜命也。

廿四日，由清赴归化，途次玉华洞。洞不幽深而石多玲珑，陟其巅，有亭将圮，断简残碑，字半磨灭不可识，若移此三竺六桥[4]间，点缀藻丽，不知若何而在此僻壤，埋没于荒烟蔓草之中？是亦山灵之不幸也。

归邑，灾较轻，而宰又家素封，已捐资抚恤，各令得所。维时天气炎热如蒸，不可耐。邑之北五里，滴水岩出焉，岩有玉虚洞，洞有门、有牖，高朗宏敞，肆筵可十数也。击之，石声镗鞳如鼓。忆去年夏，余自汀回漳，过龙之吊钟岩，其声訇然，不啻暮钟之入耳，化工之妙，真有不可测者耶！

六月初一日，复返清，晚宿嵩溪之福潭寺。此地淹毙人口甚众，因出资，命寺僧作佛事以度幽魂。汀属素有溺女之恶习，自宋已然，而清、宁两邑尤甚。因思今之及溺而死者，安知非溺女之报？遂与士民讲因果，以怵惕之；冀化残忍而为仁厚，亦聊尽予一番婆心云。

---

[1]兀焉匏系：形容超然地赋闲。

[2]乾隆辛未年：即乾隆十六年辛未（1751 年）。

[3]没者瘗之：埋葬死者。

[4]三竺六桥：杭州名胜，泛指都市繁华之处。

廿六日至汀。汀城东里许，为霹雳岩。有以私占岩基来讼者，余便道往视，岩多蛮石，无秀致，不足供人流连也。汀镇和公[1]来迎，和公由文改武，人恬雅，有儒将风。

廿九日，由汀返漳。

七月朔，过上杭之紫金山。盘回曲折，林木阴翳，高可十五里。山有上、中、下三峰，而以中峰之桃源洞为胜，山石峭拔，松竹参天。有桥曰琴桥，流水潺潺出其下。住僧构阁，颜曰“苍玉”。询之，昔有石如苍玉，可为印章，今不可得矣。余偕邑尹赵君[2]、友人张君坐桥上，移时，低徊留之不能去，惜无桃花片，问津寻避秦人、餐胡麻饭耳。览县志，有董华亭[3]游普陀岩记，约与游，以雨阻不果。

初十日，至水潮之半月泉。次日，欲登鹅峰顶祈梦，而山势逼直，又夜雨泥泞难行，遂登舟而之署。

（《汀州府志·艺文》）

【解题】

乾隆十六年（1751 年），汀州所属的宁化、清流、归化等县遭遇特大水灾。本文是作者巡视水患、安抚百姓期间的见闻，表达了“务为生民惜命”的民本思想。作者翔实记录汀州之行的所见所感，对后人了解当时的客家民情风俗有所助益。

原文为两大段，现段落为编者拟分。

邹圣脉

邹圣脉(1691—1762 年)，字宜彦，别号梧冈，长汀四堡（今属连城县）客家人。《连城县志·人物》载其：“博览群书，天文、地理、经史、百家无不涉猎。工文学，善书法，为清代声名颇著的学者之一。”邹家自祖上起就以雕版印书为业，圣脉放弃举业后也潜心著述与校注版籍。有《寄傲山房诗文集》四册、《诗经备旨》、《书经备旨》、《易经备旨》、《书画同珍》等传世。他增补的《幼学故事琼林》在四堡印刷后，风行海内外，是一部流传最广、影响最大的幼学启蒙读物。

爱日堂跋

予寒士也，当此衰年，混处炎凉世界中，性固不趋热，而体常畏寒。顾安得燠馆春台[4]安置此身，以娱余年哉！惟爱兹丘面东南地，得暖气为多，乃依山结

---

[1]和公：汀州总兵官和明，满洲镶黄旗人，进士。

[2]赵君：赵成，天津举人，乾隆十二年任上杭县令。

[3]董华亭：即董其昌（1555—1636 年），华亭人。明万历十六年进士，官至礼部尚书。

[4]燠馆春台：形容温暖豪华的房屋。暗喻富贵荣华。

庐而居。每常冬日朝升，若于斯庐独私照临。予以龙钟老态，俯而曝之，觉兹体之适，愈于燠馆春台多矣！或有谓宜献之至尊者。噫！野人受用只此一事，差可胜人，宁肯割爱献媚乎！爰歌曰："寒日初升到草堂，老人曝背踞胡床[1]。黄棉袄子[2]温凝体，休羡轻裘有鹔鹴[3]。"

（《连城县志·艺文志》）

【解题】

爱日堂，是作者晚年在家乡建的书房。本文介绍了自己不趋炎附势的个性以及建造爱日堂的原因，抒发了贫寒自乐、不羡功名的人生态度，寄寓对世态炎凉的批判。

朱仕玠

朱仕玠(1712—1773 年)，字壁丰，号筠园，建宁客家人。乾隆十八年(1753)拔贡生，先后任德化、凤山、尤溪、台湾教谕。后被任命为河南内黄知县，未到任就去世。朱幼聪慧，壮年与弟仕琇同游京师，琇以古文扬名，玠则以诗为沈德潜、黄叔琳等所称许。黄说："吾师新城先生(新城先生，即王仕祯)殁后，不见此调久矣！"作有《筠园》《溪音》《音别》等诗集及《小琉球志》。

《濉溪四家诗钞》序

四家诗者，为同里何江村先生梅，李白云先生荣英，族父槎亭先生肇璜，世父曲庐先生霞也。集四家诗而冠以濉溪者，纪其地也。考邑志，建宁在南唐前为永安镇。后中兴三年，始改为建宁县，迁治濉溪之北。自置邑后，固代有人矣。清兴，四先生者同时崛出。其为诗祖称两宋，虽视大家，掣鲸碧海[4]，尚为有待而泳沫灵府，自出新意，固皆能不囿于风土者也。吾闽自明初林膳部鸿[5]与高棅[6]诸人倡盛唐之学，或讥其摹拟失真，目为闽派[7]。四先生异代继起而廓清之。其于诗道，宁遂为无补哉。予生四先生后，有传述之责。每读其诗，深惧其淹没而无传也，因与从兄岵菴，李君枥园，共为参订，得五七言古今体若干首，寿诸梨枣，使往来濉溪者，知荒汀孤屿之间，未始为无人也。

（《泰宁县志·附艺文选》）

---

[1]胡床：亦称"交床"、"交椅"、"绳床"，是可以折叠的轻便坐具。

[2]黄棉袄子：指温暖的太阳。

[3]轻裘有鹔鹴：本指绣有鹔鹴的裘皮大衣，文中代指富贵生活。

[4]掣鲸碧海：指笔力的雄健。典出杜甫《戏为六绝句》"或看翡翠兰苕上，未掣鲸鱼碧海中"。

[5]林膳部鸿：即林鸿，福建福清县人。明初拜礼部精膳司员外郎。善作诗，为"闽中十才子"之首。

[6]高棅：高棅（1350—1423 年），福建长乐人，闽中十才子之一，著有《唐诗品汇》等。

[7]闽派：明初以福建人林鸿、高棅为首的创作团体。主张诗学盛唐，"神秀声律，粲然在备"，"骨气"与"菁华"并足，"春华"与"秋实"相兼。他们的诗声调圆稳，格律整齐，一洗元代诗人纤弱之习。

【解题】

濉溪，流经建宁县城的大河，亦作为建宁的代称。《濉溪四家诗》的作者（何江村、李白云、朱槎亭、朱曲庐）都是清初建宁县著名诗人。这篇序指出四家诗“祖称两宋”的文学主张，肯定他们的创作“自出新意”，“皆能不囿于风土”，能廓清闽派学习盛唐而“摹拟失真”的弊端，有补于诗道。

朱仕琇

朱仕琇(1715—1780 年)，字斐瞻，号梅崖，建宁客家人，仕玠弟。乾隆九年(1744 年)乡试列为第一名举人，乾隆十三年(1748 年)中进士，选为庶吉士。历任山东夏津县知县、福宁府教授，后以病辞归，聘为福州鳌峰书院主讲。乾隆四十四年(1779 年)因病回建宁，又执教于濉川书院。其为文章，始学韩愈，后博采秦汉以来诸家之长，形成自己风格。著有《梅崖居士文集》三十卷、外集八卷。

《溪音》序

杨林溪水，出百丈岭。岭界于南丰、建宁二邑。水初出，小泉也。南迤十里合众流，溪石厄之，水始怒，轰豗日夜，或作霹雳声，人立溪上，恒惴慄。稍南益夷，临溪居人亦益众。未至杨林数里许，水遂无声，然溪道益回多曲，里人名之曰“巧洋”。建宁方言呼水曲曰洋。杨林在巧洋南三里，溪水三面，抱村如环，筠园[1]世居其地。村多杨木，故曰杨林。而溪上群山，多松、楮，杂他果卉，弥望郁然。中夜风雨四至，水潦声与群木声相乱，悲越激壮，中杂希微，如钟鼓既阕，而奏管弦丝竹之音。或时晨露淅沥，居人未起，箨陨沙颓，箫屑有无。缘溪独游，其听转静。至于春秋朝夕，虫鸟之号，平林幽涧。樵采之响，里巷讴吟和答，舂扰机杼，鸡犬之鸣吠，远近断续，随风高下，一切可喜可愕之音，咸会于溪。

筠园家溪上，授徒溪西之草堂，往来溪侧，辄闻溪音，感而写之，于是其诗愈富。筠园方壮时，以诗名天下，尝游太学，观京师之巨丽，所涉黄河长江，泼漫[2]汹涌，骇耳荡心，足以震发诗之意气，顾以不得志，困而归。年几五十，回翔溪上，其诚有所乐耶？昔之学艺者，患志不精，乃窜之无人之地，以求其所为寂寞专一者，一旦得之，遂能役物，以明其志。今溪之幽僻，而筠园乐之，意岂异此耶？

[1]筠园：朱仕玠的号。详见朱仕玠人物简介。

[2]泼漫：水流宽广浩大。泼，音tàn。

余尝序[illegible]园诗，以为得高岸深谷之理。今读所补琴操古歌，益渊邃，正变备具，至效陶诸什，则无怀、葛天之遗风，犹有存者，其更世益深，日息其志，迈迹于古，殆将往而不可知也。其涵淡萧瑟，抑亦得于溪之所助者多也。昔孔子教人学诗之旨，审于兴观群怨，而末不遗夫名物。筠园诗益富，不自名，归功于溪，集既成，以是名篇。故余得详其原委云。

（《泰宁县志·附艺文选》）

【解题】

本文是为其兄朱仕玠（号筠园）诗集《溪音》所作的序文。文中形象阐述了筠园诗歌成功得益于溪水之助，“得高岸深谷之理”，点明筠园诗歌“涵淡萧瑟”的特点。

李基益

作者简介见前诗歌注。

东华石麟二山记

山之佳大约以石。石之高者壁立，其深则窈然而洞。山不峭壁悬立，如人肤具而无骨；山不洞壑玲珑，如人果腹而心不虚也。

永定之山少石，全体皆石者东华也。初至，小径穿叶影中，溯水声而上，山门内外，石大小或散或整，若迓客者。入门旋转石中，仰见悬壁观音阁三层，附壁如挂灯。登阁俯视佛殿，脊瓴如弩牙外张，堂宇不可见，缩于石也。从阁降而左，真武阁跨土山，山前又皆石。折而下，坐佛殿前楹，远望如列屏，苍翠层起。屏外若伸掌见五指者为五子。天气晴霁，可见大埔界，则粤东诸山咫尺耳。

石麟稍平夷，山腰巨石如数间屋，无源而时滴沥，所谓乳泉也。石下穴如井，小石投之，声断忽续，时有燕子飞出入，亦闻蛙声。他石皆殊状，如旂、如灶、如枯树偃者。忽如缭垣[1]，旁可外窥，如睥睨望，或如行夹道中升复降，崇广皆不逾百尺，而仄涩险奥几于窘步。予谓观止矣，僧曰：“未也。”出山门，折而右百余步，得石门，炬以入，石多倒垂，腻而滑，照之乃见。时积雨多水，浅者涉，稍深负以渡，皆偻其首，侧扪垂乳。路穷，旋而上，如沿螺壳中。出穴，则前投石处，因悟向所蹈，皆玲珑嵌空。何以名石麟，则山势趋伏若俯其首，林树其毛鬣，石奋竖者角也。

[1]缭垣：围墙。

康熙乙亥[1]望后三日，由金丰里陟东华；越六日，探石麟，属太平里。予爱东华，以其负骨而峭立；石麟之可喜者，中虚能受，不徒妍好其外以悦人也。续闻溪南有晏天湖[2]，又欣然愿往。

（《汀州府志·艺文》）

【解题】

东华石麟，即永定东华山、石麟山。东华山位于今永定县城之东约三十公里的抚市镇东安村境内。石麟山在今永定高陂镇平在村。本文着重描绘二山的峭壁悬立、洞壑玲珑景象，表达了对傲岸不屈、虚心有容的人格精神的肯定。原文为一大段，现段落为编者拟分。

范绍质

作者简介见前诗歌注。

猺民纪略

汀东南百余里，有猺民焉。结庐山谷，诛茅为瓦，编竹为篱，伐荻为户牖。临清溪，栖茂树，阴翳蓊郁，窅然深曲。其男子不巾帽，短衫阔袖，椎髻跣足[3]，黎面青睛，长身猿臂，声哑哑如乌，乡人呼其名曰“畲客”。妇人不笄，饰结草珠，若璎珞蒙髻上，明眸皓齿，白皙经霜日不改。析薪荷畚，履层崖如平地。以盘、蓝、篓为姓，三族自相匹偶，不与乡人通。

种山为业，夫妇偕作。生子堕地，浴泉间，不避风日。所树蓺[4]曰棱禾，实大且长，味甘香；所产姜、薯、芋、豆、菰、笋，品不一；所制竹器有筐篚，所收酿有蜂蜜，所畜有鱼豕鸡鹜，皆鬻于市。粪田以火土，草木黄落，烈山泽，雨瀑灰浏，田遂肥饶；播种布谷，不耘耔而获。精射猎，以药注弩矢，着禽兽立毙。供宾客，悉山雉、野鹿、狐、兔、鼠、蚓为敬。豺、豹、虎、兕间经其境，群相喜谓野菜，操弩矢往，不逾时，手拽以归。

俗信巫事鬼，祷祠祭赛，则刑牲庀具，戴树皮冠，歌觋者言，击铙吹角，跳舞达旦。送死棺槨无度，号泣无文，三日而葬，远族皆至，导饮极欢而去。其散处也随山迁徙，去瘠就腴，无定居，故无酋长统摄。不输粮，不给官差，岁献山主租毕，即了公事，故无吏胥追呼之扰。家人嗃嗃，妇子嘻嘻，各食其力，亦无

---

[1]康熙乙亥：指康熙三十四年（1695年）。

[2]晏天湖：在永定县东上下畲山中。

[3]椎髻跣足：把头发结成椎形，光着脚。跣，音xiǎn。

[4]蓺：音yì，同“艺”。

阋墙御侮之事。其性愿悫[1]，其风朴陋，大率畏葸而多惧，望见衣冠人至其家，辄惊窜。入市贸布易丝，率俯首不敢睥睨，亦有老死不入城郭者。噫嘻，是殆所谓山野自足，与世无求，与人无争者欤？

按《桂海虞衡志》[2]：猺本盘瓠之后。范晔《后汉书》：盘瓠，帝喾之畜狗，负少女入南山，止石穴中，生六男六女，织绩木皮，染以木实，以为服饰，号曰蛮夷。兹盘、蓝、篓固其遗种也，楚、粤为盛，吾闽有之，然不甚蕃，三五七家而已。庚子[3]，陈大中丞檄县绘图以进，因纪其略。

（《汀州府志·艺文》）

【解题】

本文记载了清初汀州畲族人的生活习性、生产情况和民俗民风特点，依史志简要介绍畲族的来历，为后人留下珍贵的史料。

原文为一大段，现段落为编者拟分。

秦士望

作者简介见前诗歌注。

豸山五贤书院碑记

书院之设，与学校相表里，所以佐圣天子崇文之治。上自邦国，下自方隅，皆以此为先务也。连城虽蕞尔邑，沐浴清化。余膺命守土，见土风淳穆，士气雅驯，因思于学校之外倡建书院为激劝地。相视冠豸，得胜地数亩，山川环卫，灵气独钟。乃先之以俸，士夫耆老翕然乐从而鸠工庀材焉。

洵哉，地脉、人文征其会合也。窃思洙泗之传孟子，而后宋儒继之，如周子《太极通书》，默契孔、颜，遥接闻知之统。二程亲受其传，张子就正二程，“正蒙”“西铭”，畅发仁旨。朱子私淑程子，于四书六经之义注释无遗，百家众说之鸣，折衷归正，诸儒之大成斯集。此五贤[4]者，前圣之嫡派，后学之津梁，特祀院之中庭，以作高山之仰。院左立正谊斋，祀乡之理学寒泉童先生[5]、芝坛张先生[6]；院右栋宇崇宏，方塘一鉴，开设讲堂。楹庑四周，为斋、为阁、为楼、

[1]愿悫：朴实、诚实。悫，音què。

[2]《桂海虞衡志》：南宋诗人范成大所作，内容多记载广西风土人情。

[3]庚子：指康熙五十九年，1720年。

[4]五贤：指上文提到的周敦颐、程颐、程灏、张载、朱熹。

[5]寒泉童先生：童能灵（1683—1745年），号寒泉，连城人。

[6]芝坛张先生：即张鹏翼，连城人。清康熙年间著名理学家。著有《芝坛杂说》《芝坛文集》等。

为轩、为池亭、为山房，书室、膳厨、茶灶、囷廪咸具，延名宿以掌其教，萃誉髦以造其成。更置民田数处，以供束脩膏火之润。所愿后先多士，逊志时敏，远绍正学之传，以上希贤哲之域。夫励风爱士，人有同心。后之司土者，益知养育，宏此远谟[1]，使五贤俎豆勿替，诸生弦诵常新，将院座炉烟，不断南来统系，有厚望焉。

是举也，始于乾隆丙寅[2]之夏，竣功丁卯之冬。综宏纲，察细目，余自任之。而采运木石，课稽工匠，始终其事者，则庠士童能元也。因落成而书此，以垂诸永久云。

（《汀州府志·艺文》）

【解题】

豸山五贤书院，在连城冠豸山，由县令秦士望于乾隆十一年（1746年）夏主持兴建，历时一年半。本文记述了五贤书院的兴建经过和目的，表达远绍正学，励风爱士，希望更多学人承继先贤，弦诵常新的愿望。

原文为一大段，现段落为编者拟分。

王见川

作者简介见前诗歌注。

募修高陂深渡桥序

高陂之有桥也，由来旧矣。闻诸故老，昔年方盛时，累石为梁，翼以长栏，覆以雕甍。桥之下，松桧悠悠，或泛或泊。两岸开墟列肆，商贾辐凑，歌楼酒馆掩映于榕竹阴翳之间。于时，前后数十里附桥而居者，物阜材蓄，舆马往来，比诸隋堤[3]坝岸。盖路通岩永，取便旅行，抑诸乡众流之会，彩虹一锁，形势亦藉以增雄也。

溯厥兴废：成化十三年[4]，里民吴克恭、简维时、卢宗善，募资凿石拱砌。嘉靖三十七年[5]，水废，易以木。康熙甲辰[6]，又废，巡检郭天福仍修以石。辛

[1]远谟：深远的谋略。犹言远大理想。

[2]乾隆丙寅：乾隆十一年，1746年。原文作“乾隆丙辰”，误。此据《连城县志·书院》改。

[3]隋堤：古堤名，故址在今河南开封汴河一带，因筑于隋代，故名。隋堤上柳树成行，绵延几十里，为古代著名景观。

[4]成化十三年：指1477年。成化（1465—1487年），明宪宗朱见深的年号。

[5]嘉靖三十七年：指公元1558年。嘉靖（1522—1566年），明世宗朱厚熜的年号。

[6]康熙甲辰：指康熙三年，1664年。

巳[1]又废，石梁尽圮，仅存两址，市亦寖衰。自是，病涉者众。居民通以略彴，旋易旋朽。春夏波涛，魂销柱杖。秋冬板迹，足茧霜华。当夫残月清晓，野草夕阳，既醉无眠，欲题少柱，指顾几片余石，人人泽然于昔年驾鼋排雁之盛也。

余馆处桥侧者四年，近辑邑乘，以书局自随，编登及此，慨然生感。爰告里人，佥谋重建梁空、甐道、覆屋、重檐，修也实创，踵焉而增，计靡金钱当得二百余万，将募众而共勷之。夫川泽不梁，单子以卜人国。而火见水涸，举事必期于司里。况形胜所关，夙有明验，知输金庀材，必皆踊跃震动，万无道旁之虑。独念余跨策蹇驴，听残杜宇，徘徊此桥者数矣。兹际盛举，莫效大夫之舆，又愧学士之带，聊发一言以导之，命毫而书，自笑鹊枝之空衔云耳。

（《永定县志·文征》）

【解题】

高陂深渡桥，在今永定县高陂镇和兴村先富路旁塘下村的险石峡，是连接永定与龙岩的重要桥梁，附近亦形成渡口与墟市。由于大桥被洪水冲毁，乾隆年间，王见川等倡议募修，作此序。本文结构巧妙，前后对比鲜明，既有募修的鼓动性，又极富文学色彩。

徐尚忠

作者简介见前诗歌注。

游冠豸山记

连城居万山之中，秾青浅碧，其足烦灵运之屐齿[2]者不可胜数。有山翼然矗立于县之东者，为“东田石”。群峰耸峙，万石纷披，若菡萏然，故又曰“莲峰山”。山之南，壁立而严整若惠文冠者，则又曰“冠豸”。要之，止一山也。予戊辰来宰是邑[3]，不两月而有宁化之行。己巳秋七月始复来，乃相约为东田之游。

是日也，宿雨初收，浮云胥敛，远山献翠，幽谷含青。出寅宾门[4]，过安定桥[5]三里许，遥望石门岩[6]，两石洞开，中如奥室，欲回车访所谓宿云堂、悠然阁而未暇也。由东行，循田间小道，上陂陀逶迤而前，见群石丛簇，中开一径，仅容一人。水淙淙从石底过者，为“苍玉峡”。回环曲折踰一岭，颇岞崿，其转捩

[1]辛巳：指康熙五十年，1711 年。

[2]灵运之屐齿：借指游人观赏。南朝诗人谢灵运喜爱游赏山水，制作有特殊的登山鞋子，人称“谢公屐”。

[3]戊辰来宰是邑：徐尚忠于乾隆十三年（1748 年）任连城县令。

[4]寅宾门：县城的东城门。

[5]安定桥：在县东寅宾门外，明嘉靖（1522—1566 年）间姚龙、桑景陆等建。

[6]石门岩：在县东五里，详见李仲飑词注。

处构亭，曰“半云”。由亭而上，左瞰绝壑，深黑不见底；右则石壁峭险，石上凿磴止容足，直上数百级，行者踵顶相接，曰“丹梯”。周以栏槛，曰“云栈”。傍崖行，下视所谓半云者，已在山足矣。过此为印松麓，石色苍润，玲珑夭曲，每一罅隙皆有松为之掩映，短髯老骨，千百其状。而冠豸已卓然于飞云之表，端严庄肃，可以下南宫之拜[1]也。又前为“滴珠岩”，石上流泉垂如秋露，吾不知于滴水岩何如，而此已沁人肌骨矣。水汇为涧，流下田垅，闻昔日常有桃花片片分飞水面，是为“桃花源”，而今不可复见。其上为“三元殿”，殿即彭侯祠之旧址。当元祐时，彭孙[2]以应募折节建功，遂膺封爵，亦一时之杰也。而祠庙无存，芳荪匆荐，反不如二邱书院[3]之榱桷无恙者，武功固不可与道德并论乎！而三君子堂，亦何遽付之荒烟蔓草间也？金泉一掬，鸣玉徒悲；五老不归，崆峒已远。瞻望白云间，所为“定光道场”者，已成往劫；一线中天，谁为仰止乎？

由是北行，憩灵芝庵，啜苦茗。一二山僧如野鹿，不谙戒律，自食其力而已。庵后即灵芝山，崖上镌“壁立千仞”四字，前则天香一峰，远望文溪九曲，缭绕如练。侧有白衣庵。庵下为杨柳塘，相传，昔有欧阳仙曾学仙术于吕纯阳，卜宅于此，是为“小丰山”也。山外石笋林立，内有一石，突兀数百丈，绝无依傍，俗谓之为“照天烛”。复循故道迤西，为大观堂。先时，堂前有老松数百株，听松声谡谡，与竹声相杂若笙簧，曰“修竹径”。下多兰草，又曰“芳兰谷”，今亦付之荒榛断梗矣。前令秦栬溪[4]于六逸草庐故址构宋儒五贤书院，窈窕幽深，位置天然，又为此山开一生面，当不让武夷山沧洲精舍[5]也。昔者朱晦庵卜居紫霞洲，匾曰“溪山一览”，移赠于此，岂为过乎？

吾闻看山之法，曰奇险，曰幽秀。不奇险则品不高，不幽秀则气不韻。莲峰之奇险或逊，而幽秀则过之矣。予奉命来闽，所历之地皆与山水为缘。于光泽则有乌君、云岩，于龙溪则有狮岩、虎崆，于宁化则有翠华、灵隐，然不阅数月辄迁。惟莲峰一山日夕在望，为师为友，仰止非遥，岂非余之厚幸乎？使此山而在吴越之会[6]，则霞窝月榭，山灵将应接不暇，决不若此之荒陋。然而奇峰幽涧，

[1]南宫之拜：米芾，湖北襄阳人，人称“米南宫”，北宋著名书画家。他见奇石而拜，传为美谈。

[2]彭孙：字仲谋，连城县莲峰镇人，北宋著名武将。随李枢、狄青征战，其后累立军功，官至莱州防御使，封陇西郡开国侯，食邑一千六百户。

[3]二邱书院：宋代连城人邱麟、邱方在冠豸山下结庐读书，入仕后享誉一方。后人在其读书处建书院。

[4]秦栬溪：指前任连城县令秦士望，号栬溪。

[5]武夷山沧洲精舍：即武夷书院，或称武夷精舍，在武夷山的隐屏山下，是南宋理学家朱熹于淳熙十年（1183年）亲自擘划、营建的书院。

[6]吴越之会：吴、越的都会，泛指大都市。

为缁黄[1]所涂点者亦复何限，又不如此山之常留本色。世有高人，未有不为格外之赏鉴也。况朴诚坚固，缓急可恃，其所以衣被连城者尤不可谖乎?

嗟夫，西山[2]之奇峻，蔽亏日月；玉笥[3]之幽秀，吐纳风云。予仆仆缁尘，皆未能穷其兴致，而此山以簿书之暇，得细领其曲折，亦惟存此本色，一琴一鹤，相与于无相与焉而已矣。是为记。

（《连城县志·艺文志》）

【解题】

本文以游记的形式详细介绍了冠豸山由东行、由北行沿途所见的自然景观，突出冠豸山奇险、幽秀的特点及丰富的人文底蕴，表达对冠豸山由衷的赞赏与喜爱。该篇线索清晰，文词雅洁，善用对比，叙议结合，是一篇详细描述冠豸山自然与人文景观的名文。

原文为一大段，现段落为编者所拟分。

陈 兰

作者简介见前诗歌注。

劝学篇

行以深醇为重，文以雅正为宗。事虽两端，理原一贯。在昔以行征士，如贾、董[4]、诸葛[5]著作，自光艺林。厥后凭文选才，若韩、范、欧阳[6]，持身何惭模楷。略见数子，已见一斑。原厥功修非仅旦夕，务除温饱之志，严绝嬉戏之由。业勤则精，莫效嵇康汗漫；学谦斯益，休宗阮籍狷狂。

壁立千仞峰前，看世味真同嚼蜡；高居百尺楼上，对古人胜似饮醇。志趣既端，神慧斯出。或经或史，心眼直透重关；曰诗曰文，堂奥顿开扃钥。加以挑灯午夜，声高朗月千门。摊卷晨窗，奇获明珠百斛。六经为其注脚，五岳起于毫端。高踞题巅，呵斥半天风雨；新标文帜，辟易十部貔貅。则逸少[7]之书，何虑装无玳瑁；而徐陵[8]之笔，断知架有珊瑚。

---

[1]缁黄：指僧道。僧人缁服，道士黄冠，故称。

[2]西山：此指新建西山，位于江西省新建县西部。一名逍遥山，道教名山。

[3]玉笥：音yùsì，山名。在江西永新县，道家称为仙居之所。

[4]贾、董：指西汉贾谊、董仲舒。

[5]诸葛：指诸葛亮。著有《出师表》等。

[6]韩、范、欧阳：指唐代韩愈，宋代范仲淹、欧阳修。

[7]逸少：王羲之的字，东晋书法家，人称“王右军”。

[8]徐陵：南朝梁陈间的诗人，文学家。有《玉台新咏》十卷。

若乃雅宗旷达，窃效清谈，联袂并肩，交头接耳，讲诗书而欲卧，谈风月而忘疲，三丈日高，犹恋庄周之梦[1]，一分阴过，空销陶侃之金[2]。况有胸怀琐屑，容止飞飏，情移五都[3]，心耽六博，好自欺于暗室，行小惠于群居，凡此弊端，尤当炯戒！一入迷阵，万难解园。即或对卷高吟，莫语意中之马。遂至临文苦索，长涂笔底之鸦。人而无仪，学则不固；东隅已失，秋实难收。华发渐生，剔寒灯而自泪；云梯修迴，抱落卷以何言？

是知品正则文自佳，行乖则文亦劣。凡为学士，宜作端人。上体朝廷培养之仁，深思父母作成之意。勿步趋稍纵以贻家国羞，勿学问偶荒以负君亲望。大抵记欲其博，思欲其精，心欲其虚，志欲其广，行欲其笃，文欲其醇。载寝载兴，无旷读书之职；如临如履，庶几希圣之徒[4]。愿作针砭，休同河汉希圣之徒：仰慕圣人之人。希圣之徒：仰慕圣人之人。[5]

（《长汀县志·文苑传》）

【解题】

本文运用大量事例和比喻，正反对比论述，阐明“品正则文自佳，行乖则文亦劣”的道理，勉励年轻人珍惜光阴加强人品与文品修养，对年轻人读书成才寄予殷切期望。论文首尾呼应，点明题旨。句子以四六文为主，间以七字句、八字句和十字句，在句式整齐中又显灵活生动。原文为一大段，现段落为编者拟分。

李家蕙

李家蕙，字香谷，归化（今明溪）客家人。清嘉庆十五年（1810 年）顺天乡试举人，嘉庆十九年（1814 年）进士，授编修，任国史馆纂修兼总纂、戊寅科山东大主考、顺天乡试同考官等。《明溪县志·选举志》有传。

桂苑先生传

家蕙髫龄时，即饫闻桂苑先生名。先生尝令其孙宜福、宜耀从先大父游。越二十余年，岁己卯[6]，先生孙宜福、宜禊与蕙同居馆职[7]，谈及先生，行当有传。

---

[1]庄周之梦：典出《庄子·齐物论》：“昔者庄周梦为蝴蝶……庄周梦为蝴蝶，庄周之幸也；蝴蝶梦为庄周，蝴蝶之不幸也。”

[2]陶侃之金：陶侃，东晋著名军事家。他教导部下要惜时如金。

[3]五都：泛指繁华的都市。宋玉《登徒子好色赋》：“臣少曾远游，周览九土，足历五都。”李善注：“五都，五方之都。”

[4]希圣之徒：仰慕圣人之人。

[5]河汉：比喻浮夸而不可信的空话。

[6]己卯：指嘉庆二十四年（1819 年）。

[7]同居馆职：指同在国史馆任纂修。

宜福即举以委蕙，非以蕙能文，谓蕙故最悉也。

巫氏为宁化旧族，无他宗。巫咸、巫贤实，相殷商，此其远祖也。世远莫详，详其近者以著于传。

公讳应秋，字怀献，号桂苑，汀州永定大溪人也。汀州在晋为新罗，有古城，在今郡西。时东南地常为土寇据，不隶版图。隋唐间，巫罗俊[1]辟黄连诸峒。贞观朝，嘉其功，因授为黄连镇（即今宁化县，其祠祀、坟墓俱详志乘）将，是为公之始祖。十八传，分居永定。又十八传，至公。

公祖讳可益，值明季乡里寇乱，勇于捍患。父讳星品，勤苦起家，性宽厚则友笃庆，宗党式焉。公幼而岐嶷[2]，成童有文章，读书本乡马脐岽寺中，闭户潜心。弱冠经史毕通，补博士弟子员。旋食饩。屡遇乡荐不举。教授生徒岁数十人，视人子弟如己子弟，咸谓其教"不肃而成，不严而治"也。究性理，则择宋儒之醇；稽典籍，则该汉氏之博。倡明经学，不务呫哔，常言"文章者，本性命，通经济，非博取科名"云尔。每课日，对生徒口占十数题文，各随录之，至腕不及书，启发学者循循靡辍。所以远近郡邑，负笈云集。初，馆于本里苏氏山斋。晚，乃受连城令郑一崧聘，主讲培元书院。终岁，辄辞去曰："书院务名之习胜，虽力挽，其趋求实学者卒鲜。"旋假馆于长汀东乡。公前后设帐几五十年，不与外事。所著有《〈四书〉讲义》，其文辞多录于生徒，不自存稿。

公性至孝友，治家严肃有方。待父母疾，常日夜研求药方。久之，乃精岐黄，曰："学此殊有实济，为利溥也。杂艺不能及。"及居丧，尽礼，哀毁成骨立。以乾隆己亥[3]出岁贡。是岁，长君少白举于乡。庚子，次君维咸又举于乡；乙卯，两君同挑，发河南知县。公贻书，略曰："贫寒之士固无由毁家纾国，端正之儒尤决决不容瘠国肥家。敬事后食，人臣常轨耳。无尺寸裨于民社而琐琐自肥，子舆氏所悼为失心，可不惕哉？"又常诫家人曰："吾侪为太平之民，食粥衣布，便为大福分。汝等当勤思职业，若怠惰自甘，妄想美衣甘食，便为恶人，天地鬼神所不许。"次君绵咸、绳咸，孙宜福、宜耀，并先后为诸生，绳咸、宜福又先后举于乡，公皆及见之。巫氏科名，一时称盛，谓"天之报施公者，不诬也"。公卒年七十六。后，绳咸成进士，宜福、宜禊先后入翰林，曾孙初试，旋举于乡，方兴未艾矣。公虽仅以明经终其身，夫何憾？以子贵赠奉直大夫，孙贵赠中宪大夫。

---

[1]巫罗俊：巫罗俊（582—664 年），字定生，黄连镇（今宁化县）的开镇始祖。

[2]岐嶷：形容幼年聪慧。典出《诗·大雅·生民》："诞实匍匐，克岐克嶷。"

[3]乾隆己亥：指乾隆四十四年，1779 年。

赞曰：吾闽当南宋考亭[1]，守先待后一时，理学于斯为盛。虽当时或不究于用，而天德王道之治，必来取法，史册有称焉。至子身祀配享，荣名极矣。所以出处不侔，公效固殊。永虽僻邑，有开必先。自桂苑先生倡明正学，躬履实行，远近文士，翕然兴起。博约有成，垂裕后昆。较之昔贤，胡弗逮焉？

（《永定县志·文征》）

【解题】

桂苑先生，即巫应秋，永定客家人，乾隆四十四年（1779 年）岁贡，在永定、连城、长汀设帐授徒近五十年，造就甚众。本文阐明了永定巫姓与宁化巫姓的联系，赞扬了桂苑先生务求实学的授徒精神，对他培养子孙科名兴盛的成果及教育子孙勤谨为官的思想给予了大力赞赏。传记行文严谨，叙议结合，引用人物自己的语言来表现思想个性，是本文的显著特色，读者亦可从本传中发现许多客家精神的东西。

巫宜福

巫宜福，字鞠坡，永定县客家人。嘉庆二十四年（1819 年）进士，授翰林院编修，充国史馆纂修。道光十年（1830 年），县令方履篯聘其主纂修县志。善书法篆刻，诗文亦佳，有《木屑篇》行世。《永定县志·文苑传》载其：“文章博雅，邑中碑铭、篆刻，多出其手。书法秀劲，士林宗仰。”

赖南山先生传

南山先生，吾邑之老成[2]也，于福为大父行[3]，先生赍志，于今二十年矣。往者，福常随家君任河南。公余，每与福等道先生品行，曰：“我向受业于南山先生，如先生之和而介，谨愿而光明者，盖仅见云。夫人幼而学之，莫不欲壮而行焉。然而，先后之际，抑何名实不易副也？吾闻先生之名，噪于口耳，及见先生之实，质于身心。先生往矣，其学而行焉者，将毋在也。”是岁，太史修《闽通志》，饬各郡县采访故实，吾邑方明府[4]爰及邑乘之举，余与斯事，亟录其行以闻，因忘谫陋，而为之传。

先生讳文豹，字希房，号南山。幼而好学，尝手抄经史书至等身。试前矛，

[1]南宋考亭：指南宋理学大家朱熹，号考亭先生。

[2]老成：阅历多而练达世事之人。

[3]大父行：祖父辈。

[4]方明府：指永定县令方履篯，大兴举人，道光九年（1829 年）任。

食饩。乾隆甲午[1]，膺乡荐，屡上春官[2]不第。丁未大挑[3]二等。明年，借补邵武府学训导。历任永春、漳浦、建宁府学。嘉庆乙丑[4]，赋归田，优游林下者六载，以寿终，享年八十有三。

先生除服官日，家居皆设帐，石田笔耕，非能有余资也。至于告之急难，绝不以有无为解。生平最著者有三善：乙未会试后，同榜卢君病故于京邸，为之携柩归；丁未出都途中，同榜郑君复病故，为亲视含殓，携柩归；官邵武时，县令吴君浚[5]，廉洁有守，因累罢官，先生方应石郡守聘阅试卷，首捐修奉以助，遂得集腋成裘，多至七千金，吴君官遂复，旋调吾永，先生令子弟避不试，曰："吾非矫为是，恐吴君难区处若辈也。"三者皆为人之所难为矣。

初在凤山书院时，整理规田，刊印图版，后进资助不浅焉。出先生之门者，家君兄弟而外，掇巍科者数十人，或在本邑，或在他郡，皆一时之俊也。故家亨叔寿先生八旬联云："屈指巍科皆后辈，称觞名士尽门生。"至今传为美谈。所著有《四书总括》《五经疏》《寓连草》，传之其人，良有在矣。

赞曰：吾尝思汉翟公[6]之言，而慨然于古今交际也。死生贫富，犹寒暑之递变乎？梁刘峻著《论讥》，其何见之晚？诚激而行之矣。观先生处二同榜，与其所以处同寅吴君，于罢官之日不知其难，而转为后此吴君计处己之难者，岂惟好行其德哉？呜呼，远矣。昔康成所交，多大父行，吾能无深于康成景止之心哉？抑岂特吾哉？

（《永定县志・文征》）

【解题】

赖南山，名文豹，字希房，南山是其号，上杭客家人。乾隆三十九年（1774年）中举，任漳浦、邵武教谕。《永定县志・文苑传》载其"好学善教，厚兄弟，笃友朋，善不胜述"。著有《四书总括》《五经疏》《寓连草》等。

这篇传记在肯定赖文豹著述等身的同时，着重赞颂他品行的和介光明，名实相副。文章精选主人公生平中的三件善事，以及门生高徒的成就，从正面和侧面描写人物的品行与善教，内容充实具体，很有说服力。

---

[1]乾隆甲午：指乾隆三十九年，1774年。

[2]春官：周代六卿之一，春官宗伯，掌祭祀礼乐，称为"礼官"。明清时进士考试在礼部举行，时间是春天，故春官又代指进士考试。

[3]大挑：清乾隆以后定制，三科以上会试不中的举人，挑取其中一等的以知县用，二等的以教职用。六年举行一次，意在使举人出身的有较宽的出路。

[4]嘉庆乙丑：指清嘉庆十年，1805年。

[5]吴君浚：吴浚，泾县举人，乾隆五十九年（1794年）为永定知县。

[6]翟公：西汉时人。《史记・汲郑列传论》载：翟公为廷尉，宾客盈门。及废，门外可设雀罗。后复职，宾客欲往，翟公乃大署其门曰："一死一生，乃知交情。一贫一富，乃知交态。一贵一贱，交情乃见。"后用以为典故，形容世态炎凉。

杨 澜

作者简介见前诗歌注。

《汀南廑存集》自序

闽有诗人，自唐欧阳行周[1]始；汀有诗人，自宋郑仲贤[2]始。其胎源于水土，酿而为闽人之诗者，无唐宋之分也。乃人之称闽山者，谓朱子钟武夷，龟山钟玉华。水则以九龙剑津[3]为闽病。夫水之激诡怒号，非水之性也，石使然也。何得以此病水，潘次耕[4]序托素斋集云，水皆趋东北，汀独南流入海，南方丁位。水与地，以是得名士。有能特立独行，不为风会[5]所移，斯亦人中之汀流，则且以汀水为汀人颂矣。

但建江[6]不皆南流，闽之诗人皆自辟门径，不袭陈因。宋代杨文公、蔡忠惠、李忠定[7]之诗，天地正气也。韦斋集、屏山集[8]、林之奇[9]、陈渊[、陈淳[10]，闽中讲学之人，诗其余事，而皆足以自传外，如严沧浪[11]论诗，镜花水月之旨，诗家所宗。自为诗，亦不染宋季之习。晞发一集，则奇气傲兀，落落自将，皆不为风会移。岂非稼堂所称人中之汀流乎？建溪水性从可识矣。虞山钱氏[12]之言曰：余观闽中诗，林子羽、高廷礼以声律圆稳为宗，厥后风流沿袭，遂成闽派。然所承袭者，闽人自操其土风耳，岂风会所移哉！其称闽派也固宜。至若汀人之诗，并无所谓派。何也？汀之水力能独出其流以至海者也。水如是，诗亦如是。自郑仲贤后，汀人之诗，皆山水清音，不必有芬芳悱恻之风。怀香草美人之遗韵，莫不摆落窠臼，自抒性情。正如两溪之水[13]，清绝滔滔，功用之大，则与江之肥仁，济之通和，同以朝宗为归宿。班志[14]言：系于水土者谓之风。风固非一二人所能独

---

[1]欧阳行周：欧阳詹，字行周，泉州晋江人。唐贞元八年（792 年）进士，与韩愈同榜。官国子监四门助教。有《欧阳行周文集》。

[2]郑仲贤：即宋代宁化诗人郑文宝，详见郑文宝诗歌注。

[3]九龙剑津：九龙江，又称漳州河，发源于连城、龙岩，流经漳州、厦门，入台湾海峡。剑津，在南平。

[4]潘次耕：名耒，吴江人。详见潘耒诗歌人物简介。

[5]风会：风气、时尚。

[6]建江：福建江河的总称。

[7]杨文公、蔡忠惠、李忠定：指杨时（谥号文靖）、蔡襄（谥号忠惠）、李纲（谥号忠定）。

[8]韦斋集、屏山集：作者分别是朱松（号韦斋，婺源人，朱熹之父）、刘子翚（号屏山。崇安人）。

[9]林之奇：林之奇，福州侯官人。绍兴二十一年进士，授长汀尉，召为秘书省校书郎。

[10]陈淳：陈淳，字安卿，亦称北溪先生，漳州龙溪(今福建龙海)人，南宋理学家。

[11]严沧浪：严羽，自号沧浪逋客，南宋邵武人。著有诗集《沧浪吟卷》和诗论《沧浪诗话》。

[12]虞山钱氏：指清初著名诗人钱谦益，江苏常熟人，明万历进士，官至礼部尚书。

[13]两溪之水：指长汀县的东溪、正溪。

[14]班志：东汉班固《汉书·艺文志》的简称。

当，亦非时代所能界划。九龙山下合有此水，酿为此诗，特立独行天地间，辉焕炳灵于南纪，此汀人之诗也。

独是汀地枣梨不久即朽，前代遗文存者寡矣，网罗放失，并文集尚存者，共得诗若干，汇而梓之，冀以广其传。庶几尚有典型，而乌知前人心血散归于无何有之乡，冥冥中且莫可纪极乎？夫文人之心千汇万状，莫非地灵所焕发。其自有之无，自无之有，乃一气之聚散。代嬗于罔替，恶可以陈迹求吾，又乌知地之降神，心源相接，不皆如南流水之至海乎？此其与前人争胜一前水后水之相续流，造物者之无尽藏，固如是耳。读是篇者，无视为古人之糟粕可也。

（《长汀县志·艺文志》）

【解题】

杨澜的《汀南廑存集》（四卷）采辑五代以迄乾隆、嘉庆间汀州八县文人的诗歌作品。汀州水土有何特点，汀人的诗歌有何特色，与闽派诗歌有何区别，编书的目的是什么，这篇序清楚地回答了这些问题。

原文为一大段，现段落为编者拟分。

李 鸿

李鸿，字润斋，武平客家人，家世业儒。道光元年（1821 年）举于乡，教授生徒，平生成就人才甚众。

最乐亭记

钟君汉墀作亭黄土岭之巅，问名于余。因额之曰“最乐”，盖取东平王苍语[1]也。夫为善之乐大矣，虽然，亦非易。孔子曰：“天地之性人为贵。”[2]明于天性，知自贵于物，然后能安处、善乐、循礼。朱子取以释《论语》“富而好礼”之言，诚谓此非可于世俗中求之也。盖富而以利济为心，则仰不愧，俯不怍，其乐孰加于是？况此岭之坳，当县南孔道，山径崎岖。适有疾雷破山，狂飙震壑，炎曦灿野，淫潦灌涂，马踟蹰于谷口，人周章于峻岭。亭苟靡设，憩足无从，忽得斯亭，高广有庇，燥湿无虞，其为乐也何如！然则斯亭成，荫暍人于暑路，赠旅客以琼浆，宦辙[3]踟蹰，骚人登览，岂特创造者自乐其乐，将往来于斯者，无不共乐也。夫以乐善之诚推之人，人无往不乐，则谓之最乐也固宜。

（《武平县志·艺文志》）

---

[1]东平王苍语：典出《后汉书·东平宪王苍传》：“日者问东平王，处家何等最乐？王言为善最乐。”

[2]天地之性人为贵：出自《孝经·圣治章》。县志原文作“董子曰”，误。

[3]宦辙：借代路过的官员。

【解题】

最乐亭，在武平县南黄土岭山上，由村民钟汉墀所建。本文短小精悍，文辞优美、观点鲜明，是一篇难得的美文。作者记述了命名“最乐亭”的原因，称赞了建亭者的乐善之举，阐明了为善最乐的思想。从一个侧面反映了客家人对儒家思想的传承。

赖廷燮

赖廷燮，原名照，号逊斋，永定客家人，道光五年（1825 年）举人。道光十年（1830年），参与纂修《永定县志》。

东华山八景记

东华山，辟自前明羽流黄华音[1]。素耳其名，未探其胜。庚申仲秋[2]，欲觅习静地，登临快甚，遂绩学于此。又恐山灵笑人如东坡所云“不识庐山真面目，只缘身在此山中”，亦憾事也。是日，历景而相与周旋，灯下特为记之曰：

山高石叠，曲径通幽，苍翠诡状，层峦秀绝。询为永境之大观矣。山之寺有堂焉，为佛殿。堂之上有神阁，而阁之翼然下临，尤为美观。阁中有石鲤鱼，形致如生，跃然座下；有九蜂纷飞，时去时来，有神灵焉，号曰“九鲤仙”。人之求梦者，有祷辄应。是鲤仙也，其亦托迹于鲤鱼之石，九蜂之数，以显其灵欤？可谓奇矣。由阁中而望，左有棋盘石，右有燕子岩、一线天，上有一掌峰，下有喝虎岩，皆天作地生之景。团圞互映，以增阁中之奇观者，实不以一览而尽。若夫顶上之天池，左翼之鹞石，岸然而立，泓然而清，虽相距数十百步，而奇泉怪石，乃所以润色护拥于上，以为斯阁地也。美哉，斯阁也。而此山之美，都为斯阁之美。而斯阁尽此山之美，又为斯堂之美。而堂遂踞山腹，以效灵焉。爰综八景而记之。

（《永定县志·艺文志》）

【解题】

东华山，在今永定县抚市镇，有“永定第一名山”之誉。

本文陈说东华山八景的名称及特点，重点描写神阁的美观与求梦的灵验，令人心往神驰。

---

[1]黄华音：永定抚市镇华丰村人，主要活动于明万历、崇祯年间。曾学道于青草湖著名道士沈龙湖，为入室弟子。他开辟东华山，建观舍，备尝艰辛，因此获得邑人的敬爱。

[2]庚申仲秋：咸丰十年（1860 年）八月。

纪昀

纪昀（1724—1805年），字晓岚，直隶献县（今河北献县）人。乾隆十九年（1754年）进士，授翰林院编修官，先后担任山西、顺天乡试主考官，乾隆二十七年（1762 年）十月任福建学政。乾隆三十八年（1773年）起主纂《四库全书》，十年乃成，累迁至礼部尚书。著有文言短篇志怪小说《阅微草堂笔记》等。

神柏

福建汀州试院，堂前二古柏，唐物也，云有神。余按临日，吏白当诣树拜。余谓木魅不为害，听之可也，非祀典所有，使者不当拜。树柯叶森耸，隔屋数重可见。是夕月明，余步阶上，仰见树杪两红衣人，向余磬折拱揖。冉冉渐没。呼幕友出视，尚见之。余次日诣树各答以揖，为镌一联于祠门[1]曰：“参天黛色常如此，点首朱衣[2]或是君。”此事亦颇异。袁子才[3]尝载此事于《新齐谐》，所记稍异，盖传闻之误也。

（《阅微草堂笔记》）

【解题】

神柏，指汀州试院内的两株柏树，是唐代所植，至今已有一千余年的树龄，如今依然枝繁叶茂。汀州试院在汀州城内，是汀州八县生员应试的地方。纪昀于乾隆二十八年（1763年）十月按试汀州。本文记述了自己在汀州试院见到柏树树梢两个红衣人向自己弯腰作揖的神异之事，表达了对树神的崇敬之情。小说文字简约，笔法凝炼，语言精湛，夹叙夹议，富于感染力和表现力。

清代光绪年间汀州知府刘国光还有诗《双柏歌》记述此事：“历自河间文达公，轻轩下驾来采风。月夕摩挲偶仰视，两神隐现袍着红。”

---

[1]祠门：指双柏树东侧的树神庙门，也称双忠庙门。南明隆武帝退守长汀，城破之日，两从臣赖垓、熊纬双缢于柏树下殉节。后人在树旁建“双忠庙”，称双柏为“双忠树”。

[2]点首朱衣：典出宋代赵令畤《侯鲭录》，朱衣人是帮助欧阳修评鉴士子文章的神人，朱衣人见好文章便频频点头。

[3]袁子才：袁枚（1716—1797年），字子才，浙江钱塘（今浙江杭州）人。著有《小仓山房文集》、《随园诗话》、《新齐谐》二十四卷及《续新齐谐》十卷等。

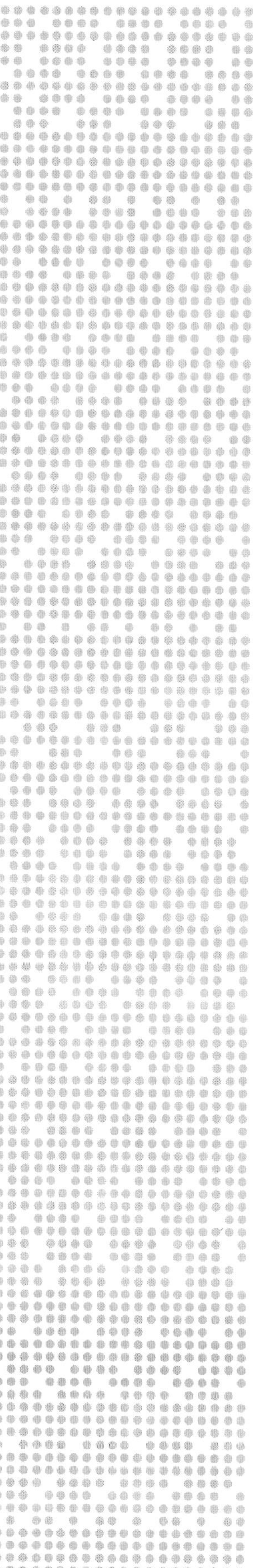

近代部分

诗歌　　369—497

散文　　398—401

王光宇

王光宇（1789—1859年），建宁县客家人。历官翰林院编修、湖广道监察御史。工诗，有《种芝诗草》六卷、《望捷诗草》三卷、《种芝古文》一卷。

过汀州

山城如画翠千重，绕郭春烟夹道松。
溪合东西流玉带，塔排左右峙文峰。

（《长汀历代诗选》）

【解题】

此诗为作者经过汀州所作。诗歌抓住山城特征描写汀州形胜：松树夹道、三水合流、两塔对峙、文峰耸立，赞誉山城如画。

【注释】

溪合东西：长汀城周围有东溪和西溪，汇合于宝珠峰下。　塔排左右：指南北两塔（万魁塔、护国塔）。　峙文峰：峙，耸峙。文峰，又称状元峰，在长汀县横岗岭，有状元阁。

张际亮

张际亮（1799—1843年），字亨甫，号松寥山人，建宁县客家人。清嘉庆、道光年间，两度肄业于福州鳌峰书院。道光四年（1824年）选为第一名拔贡，道光十五年（1835年）福州乡试中举。道光十一年（1831年），张际亮在北京西山寺读书期间，与龚自珍、魏源、汤鹏交往，相互商讨国计民生，评论当世利弊得失，时人称为“道光四子”。张际亮又与姚莹、黄爵滋、林则徐等爱国志士交往，积极参与变法禁烟活动，力主抵抗外强侵略。张际亮在南北漫游中创作了大量诗歌，主要作品有《张亨甫全集》（收录文六卷、诗两千六百多首）、《思伯子堂集》（由姚莹整理，收录诗三千多首）、《金台残泪记》三卷、《南浦秋波录》三卷。

山 居

残阳不到处，家在数峰阴。
瀑影过崖断，花香当户深。
倦随飞鸟入，行与好云吟。
闻道采芝客，春来何处寻。

（《近代诗钞》）

【解题】

这是一首歌咏家乡春天景物的诗。山峰、瀑布、悬崖、花香、飞鸟、行云……各种景物有声有色，有静有动，抒发了对家乡的深深热爱之情。

【注释】

数峰阴：（家在）几座山峰的北面。　当户深：（花）对着家门，（香气）飘进深院。

定海哀

我兵半年守舟山，帐房盖地艰休息。寇来飘忽若鬼神，五昼夜斗不得食。海涛扑人风雨急，炮火无声天日黑。呜呼，三帅自归元，残尸满地无人识。

（《近代诗钞》）

【解题】

道光二十一年(1841 年),英军先后攻陷定海各地，张际亮避兵浙西，目睹敌人的残暴，清兵的积弱以及死伤惨重。此诗是他就沿途耳闻目睹的事件写为诗歌，抒写对帝国主义入侵的愤慨及对清兵死难的悲痛。

【注释】

舟山：指浙江省舟山群岛。清康熙二十六年（1687 年）舟山设为“定海县”，道光时升为“定海直隶厅”。　帐房：清兵的营帐。　归元：归还人头。指牺牲。

传闻（闽）

江东逊抗旧知名，踵武提军起士衡。
已报郭嘉专祭酒，可能韩愈在行营。
百艘战舰蒙牛革，六郡良家戍雁城。
辛苦大农筹国计，应看横海早休兵。

裘带翩翩坐镇风，修戈敌忾意何雄。
濡须筑坞军应北，滬渎屯兵盗敢东。
难借神门皆恶水，好资战社即强弓。
关心猛虎饥蛟外，周处无家剑术中。

重山大海俯东南，霸国雄图郁瘴岚。
往日卢循劳甲士，几年孝侃聚丁男。
滩穿黯淡蚕丛险，地截安平虎视眈。
独有平生刘越石，闻鸡醉舞我何堪。

（《思伯子堂诗集》卷二十九）

【解题】

道光十八年（1838 年）十一月，林则徐受命为钦差大臣，前往广东禁烟，次年四月二十二日起在虎门海滩销烟。道光二十年（1840 年）六月，鸦片战争开始，英军攻粤闽。未逞，改攻浙江，陷定海，再北侵大沽。道光帝惊恐求和，九月林则徐被革职查问。张际亮目睹国势衰败，百姓蒙难，又传闻林则徐革职，倍感悲愤，乃著诗《传闻·闽》三首、《传闻·浙》四首、《传闻·广》八首，抒发胸中的忿懑以及爱国之情。

【注释】

逊抗：陆逊、陆抗的简称。陆逊（183—245 年），字伯言，吴郡吴县（今江苏苏州）人，三国时任吴国大都督、上大将军、丞相。陆抗（226—274 年），字幼节，三国时期吴国名将，陆逊次子，孙策外孙。　士衡：陆士衡(261—303 年)，字机，西晋吴郡(今江苏苏州)人，吴大司马陆抗之子，吴时任牙门将。　郭嘉：郭嘉（170—207 年），字奉孝，颍川阳翟（今河南禹州）人。东汉末年曹操帐下谋士，官至军师祭酒，洧阳亭侯。　韩愈（768—824 年），字退之，唐河内河阳（今河南孟县）人。元和十二年，韩愈曾参与平定淮西吴元济之役，表现出处理军国大事的才能。　大农：即大司农，专掌国家仓廪或劝课农桑的官，诗中指林则徐。　卢循：东晋末农民起义领袖。　孝侃：指东晋名将陶侃（259—334 年），曾举为孝廉。　蚕丛：本指蚕丛路（艰险的蜀道），诗中用以比喻路途难行。　安平：台湾府又称安平镇，又称红毛城（作者自注）。　刘越石：刘越石(276—318 年)，名琨，字越石，西晋中山魏昌(今河北省无极县东北)人。《晋书·祖逖传》载其与好友刘琨“闻鸡起舞”的故事。

郑蔚珍

郑蔚珍，长汀客家人。清道光间文士，善诗。生平事迹待考。

救驾坪

贝勒夜半袭行宫，仓卒将军起御戎。

一死可能谋缓敌，万弩何虑犯凶锋。

捐躯节比齐车右，救主情同晋侍中。

千古龙冈遗烈迹，专祠血食纪精忠。

（《长汀县志·古迹志》）

【解题】

救驾坪，在长汀城东门后街背、卧龙山东南麓。南明隆武二年（1646 年）八月底，隆武帝（唐王）自延平奔汀州，欲前往广东。清兵昼夜奔袭而来，突入汀州城。总兵周之藩直奔隆武行宫护驾，路遇清骑兵数十，周之藩大呼“我即大明皇帝也”，意欲骗过清兵，让唐王脱难。由于寡不敌众，周之藩被清兵乱箭射死。后人称其地为救驾坪。

这首怀古诗赞颂周之藩为国捐躯的精忠精神。在遭受帝国主义列强入侵的鸦片战争时期，呼唤爱国主义精神具有现实意义。

【注释】

贝勒：满族语，满洲贵族的称号。　将军：指周之藩，字长屏，南直隶睢宁县人，崇祯末汀州总兵。隆武二年（1646 年）八月二十八日为掩护隆武帝而战殁于汀州。　齐车右：指齐国的逄丑父。典出《左传》“齐晋鞌之战”。逄丑父和齐侯在战车上调换位置，使齐侯免于被俘，自己却差点被杀死。　晋侍中：指晋国的介子推。《左传·晋公子重耳出亡》载，介子推陪伴重耳流浪到卫国时，没有食物可吃，重耳几乎饿死，介子推为了晋国大局着想，就在自己腿上割了一块肉烤熟给重耳吃，救了重耳一命。

刘喜海

刘喜海，字燕庭，山东诸城人，清道光十三年（1833 年）以户部郎迁汀州知府。《长汀县志・循吏传》载其："清廉谨慎，政不烦扰，尤爱士好文。多置书籍于书院，以资博览。"

云骧风月

丁水南流郡置汀，倚城高阁挹浮青。
蓬莱境接仙云绕，霹雳声惊俗梦醒。
俯瞰东山先得月，近期北斗欲扪星。
振衣直上寻乌石，驻足还过舒啸亭。

（《长汀县志・古迹志》）

【解题】

云骧阁，在长汀县城乌石山东城墙上。此诗描写云骧阁高耸的地势及周围壮美的汀州名胜古迹。作者巧妙地把七处名胜（见注释）嵌入诗中而不显堆砌，足见诗人构思之精。

【注释】

丁水：指汀江水。　蓬莱：指蓬莱阁，在长汀县治内，宋时建，清乾隆间，县令徐日都重建。　霹雳：指霹雳岩，在长汀拜相山隈。　东山：在汀州城东，长汀县学之左，又名龙首山。　北斗：指卧龙山之巅的北极楼。　乌石：指乌石山。在城东横岗岭，云骧阁下。　舒啸亭：原卧龙山之东阁，明末郡守唐世涵重建，更名。

林　鳌

林鳌，字云海，上杭县客家人。道光十五年（1835 年）岁贡，"性耽吟咏兼善画"（《上杭县志・艺文志》。著《经余存草》。

游南寨

前身本是龙眼李，爱此萧疏水墨图。
径曲云迷山麝过，村深门小老藤扶。
荒祠拜佛随流俗，古塔抛砖笑故吾。
挈伴归来乃卓午，蜂衙正放碧纱厨。

（《长汀历代诗选》）

【解题】

南寨，在长汀县朝斗岩下，详见胡岩诗歌注。作者将南寨比成一幅萧疏的水墨图，描摹此地风物、民情。尾联写蜜蜂的众多，暗示了周边的鲜花繁盛，正是言尽意深之笔。

【注释】

龙眼李：李公麟（1049—1106 年），字伯时，号龙眼居士，舒城（今属安徽）人，宋代著名的画家。　蜂衙：蜜蜂成群结队。　碧纱厨：原指蚊帐，或槅扇。诗中指蜂巢。

王启图

王启图（1814—1884年），字慎斋，武平客家人。道光二十年（1840年）进士，授吏部主事文选司。次年因其兄事受株连被革职。咸丰十一年(1861年)复入都任职。晚年受聘主讲汀州龙山书院。《武平县志・人物传》载其："以行端学粹，育英绩著，深得汀人好评。"有《励心堂文集》《励心堂诗选》等传世。

岁暮感事用叶霭臣韵

田园寥落一官求，岂为浮名作远游。
极目燕云皆北向，开心汀水独南流。
八旬有母思黄发，五十为郎笑白头。
惟有洁身归去好，渔歌唱晚武陵洲。

（《武平县志・艺文》）

【解题】

此诗为诗人第二次入都任职时所作。诗中抒发了对家乡和老母的依恋，表达了自己洁身自好、希望及时归隐的情感。叶霭臣，生平事迹待考。

【注释】

思黄发：思念幼小的儿子。　五十为郎：化用韩翃（字君平，唐代南阳人，大历十才子之一）《送郑员外》诗句"风流不减杜陵时，五十为郎未是迟"。　武陵："武陵"一词，在唐以前一般指"武陵郡"(今湖南省常德市武陵县)，唐以后的诗文中，往往把"武陵"当作桃花源的代名词，"武陵洲"也成为隐士居所的代称。

咏雪

寒云破晓五更钟，遥望层崖雪几重。
白屋乍醒高士梦，青山竟改旧时容。
桥边屐齿深深印，巷口檐牙处处封。
可是诸天宫阙今，凭人折取玉芙蓉。

（《励心堂诗选》）

【解题】

诗人的视角从高到低、由远及近，描写了山乡清晨的雪景，意境清新自然，饶有画意，抒发了贫困而乐观的生活态度。

【注释】

白屋：指大雪覆盖的屋子，又指寒士之家。中唐诗人刘长卿《逢雪宿芙蓉山主人》有诗句“天寒白屋贫”。　玉芙蓉：指冰凌。

薛耕春

薛耕春，字雨田，上杭县豪康乡（今下都乡豪康村）客家人。道光十九年（1839 年）恩科举人，为将乐、漳浦教谕。著《铎余集》，有诗二百余首，“五律饶有唐风”（《上杭县志·文苑传》）。

南蛇渡歌

无端涨涌没沙洲，惊得舟人面如土。非关神龙斗重渊，岂有巨蛟蟠古渡。修鳞灿灼尾蜿蜒，巨口翕张目睁怒。青天无云浪忽翻，滩波逆上狂风助。后塑佛像镇两旁，馆启龙文作呵护。我曾肄业在此间，事经十年方一遇。因忆永安狗子滩，耳因狂吠雷击去。延津滩上有南蛇，口向过舟作吞吐。前虽有闻半信疑，征之目睹今始悟。吁嗟乎！从古山川形似物，尚觉精神时显著。况乎蛟龙乘时飞，能不兴云化霖雨！

（《上杭县志·山川志》）

【解题】

原诗序云：“吾乡水口有古渡曰南蛇渡，其下有滩曰南蛇滩，询其名之所自，或言昔年滩渡时现怪异。有孝义薛君觅善水者泅之，见滩下蟠一巨石，酷似南蛇，遂于岸上建龙文馆镇之，患始息。予初疑其诞，后随先大夫肄业其中，忽一日当夏午盛暑，天无片云，舟人咸泊沙洲避暑，陡然浪高数尺，从滩下逆涌而上。舟悉离岸，人争惊呼。予得目睹其异后，阅《孝义渡亭碑记》，其事甚详。予始知天地间凡木石形似之物，必有灵异托于其间，况神龙巨蛟之兴云降雨而其灵异又当何如哉！孝义名应吉，平土寇张恩选，建龙文馆以兴文教，又承先志置田施渡。观察赵映乘题其亭，曰孝义云。”

南蛇渡，在上杭县下都乡豪康村往西北二公里处。诗中所述河水逆流涨涌的“南蛇相会”现象，其形成故有其水文原因，将其归之于神龙巨蛟兴风作浪，则为臆测所致。从这首歌行体诗中，我们可以看到闽越族人蛇崇拜的遗留。客家人畏蛇、敬蛇，又认为佛可以镇龙蛇，这种矛盾的统一体，是很值得研究的文化现象。

【注释】

巨蛟蟠古渡：（原注）土人言，此水底常有石蛇据其处。

辟 俗（二首）

父母如有疾，尝药治宜急。胡但事祈祷，赎魂信邪术？人死升屋号，冀魂复返室。此是孝子心，不忍亲遽卒。如何病始沾，魂尚与体一。生死有定命，招之徒汲汲。膏肓并不求，鼓角彻宵日。势震屋瓦飞，奔呼遍城邑。病者须静安，惊扰反莫恤。嗟哉欲赎魂，未赎魂先失。

孔子在丧侧，食之未尝饱。末世礼教衰，恻怛仁心杳。谢吊酒筵开，苦块肴核绕。余沥沾灵旐。素冠亲献酬，衔杯意未了。居然庆所生，欢笑达庐表。不乐与不甘，此心岂独少。朝死而夕忘，啁噍不如鸟。食稻于汝安，令我忧悄悄。主客俱蹈非，弊俗枉谁矫。

（《上杭县志·文苑传》）

【解题】

薛耕春为将乐教谕期间，“于地方风俗尤极关切，将乐父母有疾多不医治，惟祈神作法事赎魂，亲死开筵谢吊”（《上杭县志·文苑传》）。组诗就是对这两种弊俗的批评，反映了清代客家地区信巫、尚鬼神的社会习俗。

【注释】

肴核：指菜肴和水果类。　　灵旐：即魂幡，出丧时为棺柩引路的旗。

咏延平佞佛恶俗

延本理学邦，佞佛俗甚恶。淫祀遍室家，梵语喧朝暮。儿病辄祷祈，亲丧但超度。布施饱缁黄，周恤绝亲故。妇女悉如痴，衣冠亦莫悟。先哲风尚存，回头即正路。

（《上杭县志·文苑传》）

【解题】

薛耕春为将乐教谕期间，“送考至郡，以将俗尚鬼神，延郡亦复如之，叹理学之邦乃至如是，复作诗”（《上杭县志·文苑传》）。此诗批评了延平郡佞佛的社会恶俗，同时也反映了佛教对民众的深刻影响。

此诗原无标题，此为编者所拟。

【注释】

延：延平郡。今南平市。　　缁黄：文中指僧侣。　　衣冠：取得功名的读书人。

温树棻

温树棻，原名淮清，字东洲，别字月楼，上杭县客家人。道光二十九年（1849年）举人（亚魁），历知长宁、饶平、澄海、广宁、始兴、开平、龙川、惠来等县，两署海阳。《上杭县志·列传》载其“所至勤于职守，廉能有声”。

试院双柏

翠柏双双不计年，扶疏黛色欲参天。

交柯并历风霜久，得地同矜骨节坚。

万古神灵常共护，三春桃李每为缘。

莫嫌梁栋遗王国，奎壁光辉五夜圆。

（《杭川新风雅集》）

【解题】

试院，指汀州府试院，在今长汀县博物馆内，面对三元阁。宋代为汀州卫址，明代始辟为试院。试院大堂下有双柏，唐代大历（766—779年）初所植，至今已有一千多年树龄，仍苍劲挺拔、枝叶繁茂。此诗赞颂试院双柏的旺盛生命力与坚贞气节，表达了对家乡学子成才的期望以及文苑光辉的祝福。

【注释】

矜：此指庄重，矜持。　三春桃李：比喻莘莘学子。　奎壁：二十八宿中奎宿与壁宿的并称。旧谓二宿主文运，常用来比喻文苑。

廖鹤书

廖鹤书，字汝皋，长汀客家人，清道光间秀才。《长汀县志·文苑传》载其："安贫乐道，胸次洒然。素沉默，与人言不及荣利。性耽吟咏。"

苍玉洞

山如屏，石如玉，门外清溪环一曲。春花各争妍，春鸟啼还浴。十里红尘飞鸟道，悬岩空篆苔痕绿。呼猿洞里鹤巢边，谁与僧人对棋局？

（《长汀县志·古迹志》）

【解题】

苍玉洞，在长汀城东三里，详见陈轩诗歌注。此诗描绘了苍玉洞清新明丽的山水景象，意境开阔，想像丰富，胸次清旷可想。

【注释】

门外清溪：汀江流经苍玉洞前，河边筑有映溪亭。　呼猿洞：在杭州灵隐寺，亦泛称洞府。诗中指苍玉洞。

霹雳岩

悬岩开霹雳，仙子旧游栖。

树密云留宿，山空鸟自啼。

钟声敲月冷，塔影落檐低。

古事询丹灶，中天犬与鸡。

（《长汀县志·古迹志》）

【解题】

霹雳岩，在长汀拜相山隈，详见马驯诗歌注。此诗视听结合，动静相衬，塑造了清幽宁静的神话境界，抒发怀古幽情。

【注释】

塔：指汀州城东边的万魁塔。　中天：空中，指仙境。传说仙境中有鸡犬之声。

游乌石山

浮生真若梦，半日许偷闲。
坐石看云起，横琴待鹤还。
楼深迟得月，路近易登山。
灯火龙潭下，扁舟系水湾。

（《长汀县志・古迹志》）

【解题】

乌石山，在州城东，汀江龙潭边，上建有云骧阁。此诗抒写人生短暂，寄情山水。

【注释】

浮生：形容短暂虚幻的人生。　鹤还：传说周灵王的太子子乔，在缑山成仙，常跨仙鹤往还。　龙潭：在长汀县城乌石山云骧阁下，今建有龙潭公园。

胡萃英

胡萃英，长汀客家人，咸丰元年（1851 年）恩贡，未出仕。生平事迹待考。

鄞江竹枝词（七首选二）

刺桐花发买行舟，欲别牵衣且少留。
三百青蚨沽斗酒，浇愁一上谢公楼。

冬年酒子结丹砂，争道红娘字妾家。
开瓮女郎看一笑，酒花酿出并头花。

（《长汀县志・礼俗志》）

【解题】

这是模仿竹枝词民歌创作的富有鄞江（汀江别名）特色的诗歌，抒写离别的饮酒浇愁、红娘出嫁的幸福喜悦，一愁一笑的强烈对比，缅怀古人，期盼美好生活。

【注释】

结丹砂：参见黎士弘《闽酒曲》注释。　字：旧时称女子许嫁。　并头花：想像之词，比喻夫妻恩爱。

戴良伟

戴良伟，号兰舫，长汀客家人。咸丰五年（1855 年）举人，曾任安徽铜陵知县。致仕后与其弟筑庐龙山南麓，诗酒自娱。《长汀县志·选举志》载其“博学工文”。

登朝斗岩

路转灵岩笑眼开，凌空结得好亭台。
偶携棣萼寻春至，亲折梅花供佛来。
钟杵声敲山月上，榜人歌带市灯回。
惠连久已推陈李，好逞登高作赋才。

（《长汀历代诗选》）

【解题】

此诗叙写携弟春游朝斗岩的欢欣快乐。诗人折梅踏月，欣赏钟声船歌，有声有色地写出了寻春的喜悦，同时赞赏了弟弟的文学才华。

【注释】

棣萼：比喻兄弟。棣，即棠梨树。萼，花萼。典出《诗经·小雅·常棣》：“常棣之华，鄂不韡韡。凡今之人，莫如兄弟。”　榜人：摇船的人。　惠连：谢惠连（407—433年），南朝宋代文学家，谢灵运族弟。惠连幼聪颖，灵运深加爱赏。后世诗文中常用为从弟或弟弟的美称。良伟弟良葵，号晴畦，同年举人，为汀州龙山书院山长，善为诗赋。　登高作赋才：王勃之才。王勃《滕王阁序》中有：“临别赠言，幸承恩于伟饯；登高作赋，是所望于群公。”

段廷燮

段廷燮，字翠山，长汀客家人。少孤，年十三应童子试，拔优等。《长汀县志·文苑》称其“文名噪一时，尤工诗赋，诗宗晚唐”。同治十二年（1873年）以府学第一人选拔。有《枫香阁稿》。《汀南廑存续集》录其诗七十首，《龙山诗存》录其诗三十二首。其诗多香奁体，自成一家。

相思曲

破眼初逢处，回头一笑时。
满田红豆子，从此种相思。

（《汀南廑存续集》）

【解题】

此诗捕捉回眸一笑瞬间产生的情愫，形象地歌咏了青年男女真挚的相思情感。诗歌短小精炼，语言质朴无华，颇有民歌风味。《长汀文史资料》第十三辑（1987年12月）载此诗，由邹子彬先生辑录。

【注释】

破眼：睁眼。

黄敦仁

黄敦仁，字澄波，上杭客家人。生卒年不详，主要活动于光绪（1875—1908）前后。工诗，著有《敦厚堂集》，存诗一百四十余首。

春日鄞江道中作

汀山青碧欲浮光，近水楼台傍绿杨。
风送一帆才子快，月留三径美人香。
丝垂翠柳情偏系，花映红云乐未央。
漫把瑶琴通尺素，七弦声里凤求凰。

（《杭川新风雅集》）

【解题】

鄞江，汀江别名。此诗歌咏春天里汀江河畔的青山绿水、翠柳红花，抒写了对家乡的赞美之情。景物清新明丽，语言凝练生动，“浮”“傍”二字，化静为动；“情偏系”、“乐未央”，拟人寄情。

【注释】

美人：指梅花。典出唐柳宗元《龙城录·赵师雄醉憩梅花下》，载隋朝赵师雄游罗浮山，在梅花树下夜梦美人之事。　　尺素：指书信。古人常用一尺见方的白绢来写书信。　　凤求凰：司马相如在卓王孙家，酒后弹琴，知卓有女，美慧知音，以“凤求凰”曲挑之，卓文君窃听，是夜奔相如，乃随驰归成都。

春　词（选二）

留春

花鲜似锦水如油，转恐东皇欲去休。
幸有白云深锁住，十分春色酒家楼。

饯春

长亭绿柳正如丝，无奈春风诉别离。
为酹一钟春酿熟，芳魂留恋海棠枝。

（《杭川新风雅集》）

【解题】

黄敦仁《春词》原有八首。所选二首描写鲜花似锦、长亭柳绿的春天美景，表达了爱春、惜春的情感，体现了诗人对青春和美好时光的热爱与珍惜之情。黄敦仁诗歌，语言华彩，情感细腻，善用拟人比喻手法，风格缠绵婉约，在近代上杭诗人中很有特色。

【注释】

东皇：神话传说中的司春之神。　　酹：音 lèi，把酒洒在地上表示祭奠。

苍玉洞

平阳十里路西东，玉洞苍茫眼界空。
细柳春蒐看试马，长林秋净送飞鸿。
偷闲却寓消闲趣，览古频曾吊谷风。
为扫绿苔流雪爪，碑头笔落气如虹。

（《杭川新风雅集》）

【解题】

苍玉洞，在长汀县东三里，详见陈轩诗歌注。黄敦仁作有《鄞江杂咏》二首，所选一首描写长汀苍玉洞周围辽阔的视野，赋诗抒怀。气象开阔，风格沉雄，体现了作者诗风的另一个侧面。

【注释】

平阳：客家方言，亦作平洋，指平旷之地。　春蒐：帝王在春季的射猎。蒐，音 sōu。谷风：指《诗经·谷风》，此代指古诗，意谓咏古诗来凭吊古迹。　流雪爪：指书写文字。

马近光

马近光，字丹生，诏安县东关人，生卒年不详，清光绪元年（1875 年）拔举孝廉。工诗，善谜语，著有《聊自拙修斋诗钞》。

春暮游二都金马台

重岗叠嶂白云低，野草青青幽鸟啼。
莫道荒山无好景，玲珑塔影傍清溪。

（《马近光诗集》重刊）

【解题】

金马台，又名河口塔，矗立于诏安县秀篆镇河美村外的秀篆溪西岸，两条支流的汇合口，是诏安客家地区的一座风水塔。明清时期，秀篆属于诏安县第二都第九图。金马台塔建于乾隆四十八年（1783 年）秋，占地面积三十六平方米，平面呈方形，塔基高四米，塔身高十二米，塔为石质五层，分别供奉南海观音、玄天上帝、土地伯公、五谷帝君、关帝和文昌帝君。因塔来龙西方，属金；坐向午马（坐南朝北），又是建在高台上，故曰金马台。由于金马台融佛道一处，聚众神于一塔，客家民间尤其崇拜观音和文昌帝君，故四方信众甚多。

刘国光

刘国光，字宾臣，湖北举人，清光绪三年（1877 年）由御史外任汀州知府。《长汀县志·循吏》载其：“政勤爱民，兴办教育，养老恤孤，诸政次第毕举，政声卓著。”

朝斗岩

名岩胜迹壮金沙，况复慈云护万家。
佛古至今饶雨露，官闲聊为访烟霞。
香风匝野村收稻，生意连山树着花。
小立试从朝斗望，三台聚处是京华。

（《长汀历代诗选》）

【解题】

此诗歌咏朝斗岩佛寺的灵验，抒发了汀州百姓丰收安宁的喜悦，表达对京城的怀念之情。

【注释】

金沙：金沙河，即长汀东溪。此指代长汀。　三台：指朝廷所设的御史台、都水台、谒者台。隋朝时设立三台，明清时改御史台为都察院，又叫宪台。

黄敬斋

黄敬斋，长汀客家人。清光绪间廪生，善诗。

雨香台

层叠因岩筑峻台，天然一幅画图开。
雨收拜相山光入，月送万魁塔影来。
仙去洞中空有石，丹成灶内冷无灰。
扫除神话予民乐，建国方知仗异才。

（《长汀历代诗选》）

【解题】

雨香台，为霹雳岩丹灶洞中二层楼台。此诗描写雨香台天然图画的景色，提倡破除迷信，呼唤建国人才，富有时代精神。

【注释】

拜相：拜相山，又名笏山，在今长汀县营背街，方方公园内。　万魁塔：在拜相山南麓山顶，建于明万历三十年（1602 年），高十三层，塔匾万魁，与西塔相对。民国二十三年（1934 年）拆除，今在原址上建有上上塔。

李英华

李英华，字枳庵，号和甫，上杭县客家人。光绪二年（1876 年）中举，光绪十二年（1886）举二甲进士，授刑部主事。南归后主讲上杭琴冈书院。光绪二十年（1894）又充会试受卷官。

擅诗文，“所为文风华典赡”（《上杭县志·文苑传》）。有《丹崖别墅诗文稿》。

夏日游清源山

昙云一片落禅床，梵磬声沉满院凉。

到此红尘应涤尽，好将清茗沁诗肠。

（《上杭县志·山川志》）

【解题】

清源山，在上杭县太拔乡。山中有庵，祀佛祖，香火颇盛。此诗描写清源寺的清静凉爽，表达了涤尽世俗名利、醉心文人生活的心愿。

琴冈

冈势平摊十里连，似琴无柱亦无弦。

凭谁传得广陵散，弹破杭川一片天。

（《上杭县志·山川志》）

【解题】

琴冈，在上杭县城南，详见丘弘诗歌注。诗人极尽想像夸张之法，把山冈形势描写得极富情趣韵致。

【注释】

广陵散：古代名曲，传说为晋代嵇康所创。

郑克明

郑克明，长汀客家人。清光绪十五年（1889年）进士，官至内阁中书。《长汀县志·选举志》载其“学问渊博，士林钦仰”。民国时任汀州中学堂监督，长汀县议事会议会长。善诗，著有《扪襟集》，有《省庵诗钞》传世。

救驾坪吊古

铁骑纵横势莫当，将军犹自认唐王。

英风不让田横岛，碧血光生古战场。

（《长汀县志·古迹志》）

【解题】

救驾坪，见郑蔚珍诗题记。这首怀古诗缅怀周之藩不畏牺牲英勇护驾的事迹，以田横及其岛上五百人不屈自杀的事迹作比，赞颂周之藩的精忠精神。

【注释】

铁骑：指清兵。　将军：指周之藩。详见郑蔚珍诗注释。　田横：秦末狄人。《史记·田横列传》载，楚汉相争时，田横自立为齐王，后为汉军所破，投归彭越。汉朝建立，率其从属五百人入海岛。刘邦恐其为乱，召之。田横被迫率二客前往洛阳。至洛阳外三十里处，因耻于事刘邦，遂自刎。二客后亦自刎。海岛中五百余人闻田横死，亦皆自杀。

康古林

康古林（1860—1902年），原名仰文，长汀客家人。爱好文章而工于诗。著有《古林诗略》，另辑有《二南嗣音》《龙山诗存》等。

题龙门峡

龙门峻绝宇遥望，锁住溪流一线长。
峡势泉声排鲤路，天梯石栈耸神堂。
峥嵘玉骨森鳞爪，屈曲云根绕肺肠。
曾是禹功疏凿处，来游胜境忆苍茫。

（《康家诗选》增订本）

【解题】

龙门峡，亦称龙门洞，在今长汀县庵杰乡涵前村，是汀江上游主要风景名胜之一。山洞为巨石盘亘，洞口如门，上方有石雕“龙门”二字，汀江穿洞而出。洞前积水成潭，碧波荡漾，深不可测。洞旁有石阶通岩上，岩顶有神堂，可供休憩与眺望。此诗便是对龙门景象的生动描述。

【注释】

鲤路：鲤鱼之路，指水路、河道。　禹功：大禹治水之功。

南庄探梅（二首）

笑索梅花当美人，清芳微芬不沾尘。
空山知己休嫌少，独占琼林一段春。

探梅好是夕阳天，新月一钩挂树巅。
三友不禁诗兴动，岁寒心早洗山泉。

（《康家诗选》增订本）

【解题】

南庄，即南寨，在长汀县朝斗岩下，多梅树，详见胡岩诗歌注。组诗赞颂梅花的清香纯洁，抒写了探梅、咏梅的兴致，赞美高洁人格。

【注释】

“笑索”句：典出唐代柳宗元《龙城录·赵师雄醉憩梅花下》，载隋朝赵师雄游罗浮山，在梅花树下夜梦美人，梦醒后方知美人是梅花。　琼林：比喻披雪的树林。　三友：指岁寒三友松梅竹。此句意谓不禁动了咏梅诗兴。 洗山泉：（心灵）像洗过山泉一般。

康 诒

康咏（1862—1916年），字步崖，号漫斋，长汀客家人。光绪十八年（1892年）进士，授内阁中书。中日甲午战争后返乡从教，为汀州龙山书院山长。光绪二十八年（1902年），东渡日本考察教育，次年回国在潮汕创办同文学校，一年后又返汀创办汀郡中学堂，选为长汀县教育会首任会长。宣统二年(1910 年)创办长汀新俊小学校，选为省咨议局议员、京师资政院议员。工诗，有《漫斋诗稿》六卷传世。

励 志

春风荡和气，不荣枯朽枝。秋风肃杀机，不害松柏姿。穷通岂移人，平生当自持。与为来者冀，何如念当时。与为逝者悲，何如惜今兹。譬彼栋梁材，斧斤当不辞。譬彼圭璋品，沙石当受治。聪明猎浮华，客慧良可嗤。

（《漫斋诗稿》卷一）

【解题】

此诗作于光绪十三年（1887年），诗人二十六岁，正当励志奋发之时。诗歌表达不为穷通所移，珍惜时光，摈弃浮华，经受艰苦磨练的考验，体现客家学子奋发进取的精神。

【注释】

圭璋品：两种贵重玉器。诗中比喻国家有用人才。 客慧：形容故作姿态，不务实。

由汀往潮舟中作

盈盈江水向南流，铁铸艄公纸作舟。

三百滩头风浪恶，鹧鸪声里到潮州。

（《漫斋诗稿》卷四）

【解题】

光绪十七年（1891年），作者应聘为广东潮阳东山书院主讲，此诗便是作者前往潮州时的舟中所作，诗歌赞扬艄公的勇敢坚定，表达险滩过后的愉快心情。

【注释】

铁铸艄公：形容艄公稳立船头，沉着操舟。 纸作舟：比喻舟行水上如一纸轻盈。旧有纸船铁艄公之谣。 三百滩头：形容沿途险滩众多。

题六君子传后

云雾连天黯，郊原喋血红。

群公纷洛蜀，万国走艋艟。

拨乱需人杰，衔冤泣鬼雄。

千秋谁定论，未免怨苍穹。

（《漫斋诗稿》卷四）

【解题】

光绪二十四年（1898 年），以康有为为首的改良主义者通过光绪皇帝进行变法维新，但遭到以慈禧太后为首的保守派的竭力阻挠。同年九月，光绪帝被慈禧幽禁，康有为、梁启超分别逃往法国、日本，谭嗣同等六人被杀害。梁启超闻讯后作《戊戌六君子传》。此诗是题写于书后之作，缅怀六君子的壮烈牺牲，抒写对统治者屠杀人杰的愤怒之情。

【注释】

喋血红：指六君子被杀害之事。　　纷洛蜀：指纷纷各奔东西（躲避追杀）。

哀平民

兵如狼，吏如虎，械系平民入官府。问此何罪囚，答云株累苦。耶稣堂毁牧师怒，富者倾家贫被掳。十金索百百索千，纵有储积皆荡然，索偿欲壑仍未填。不闻东家子，畏逼甘逃死；不见西邻妻，饮鸩已不起。呜呼！厄连值阳九，天子于今下殿走。我辈愚贱更何有，质田鬻宅空有无。偿款不足仍追呼，明朝更典妻与孥。

（《漫斋诗稿》卷四）

【解题】

光绪二十六年（1900 年）初，河北、山东等地爆发义和拳（团）运动，在“扶清灭洋”的口号下，他们焚毁基督教堂，杀害外国传教士及其信众。六月，八国联军开始入侵中国，八月占领北京。清政府又转而联合列强铲除义和团，于是许多无辜平民百姓受到损毁教堂的株累，被迫输金赔偿。此诗揭露这种黑暗现实，同情平民百姓的遭遇。这种针砭时弊，忧国忧民的诗歌，是对杜甫、白居易现实主义诗歌的新发展。

【注释】

天子于今下殿走：指八国联军攻进北京前，慈禧带着光绪皇帝和一帮大臣逃往山西。

张一琴

张一琴，原名凤辉，字逸尘，别号一琴、二老峰樵，长汀客家人。光绪间诸生，工诗、书、画。《长汀县志・文苑传》载其：“性格清高，早岁树帜词坛……又善画，兼工铁笔，故其诗往往有画意。”有《二老峰樵诗稿》。

古阁云骧

杰阁俯城头，烟光一色收。

好风生石罅，孤月浸江流。
潭静人忘夏，夜空气欲秋。
悠然心与远，安得久淹留。

（《长汀历代诗选》）

【解题】

云骧阁，在汀州府治东城墙上，详见马驯诗歌注。此诗描写云骧阁的夏夜风光，抒写了醉心自然之美的悠然之情。

【注释】

潭：指云骧阁下汀江边的龙潭。由汀江河水冲击岩石形成深潭。

揭宗京

揭宗京，归化县（今明溪）客家人。光绪年间附生，有《欲焚草诗集》。生平事迹待考。

龟山怀古

邑东离城二十里，山以龟名自何起？秀钟村落曰龙湖，大儒杨公实生此。扬公名世幸天生，凤岩读书进士成。朝廷授官不肯赴，竟往中州师二程。理一分殊妙解论，执中建极奏犹存。惜哉当朝不能用，空有大名高丽重。州县浮沉廿七春，枉教绝学抱斯人。先生迄今将千载，山属先生犹未改。登临人尽寄遐思，谏官冯澥今何在。高山苍苍不改色，大名炳炳无终极。闽南道学继何人，使我徘徊长叹息。

（《明溪县志·艺文志》）

【解题】

龟山，在归化县东二十里之龙湖。详见陈喆《归化八景诗》解题。这首怀古诗缅怀宋代大儒杨时的生平事迹，赞颂了杨时对道学的巨大贡献，感慨统治者不能重用人才，感叹自己怀才不遇。

【注释】

杨公：即杨时。　二程：宋代大儒程灏、程颐。　理一分殊：中国宋明理学讲一理与万物关系的重要命题，认为总合天地万物的理，只是一个理，分开来，每个事物各有一个理。

赖　宏

赖宏，字春航，永定客家人。光绪十五年（1889 年）进士，历任广西永淳、义宁、永福、桂平知县，西隆、新宁、横州知州，庆远府安化同知。《永定县志·列传》（民国版）载其："生平俭朴自持，任事勤敏。所著诗文，沉雄豪放，机杼自如。书法笔力雄健，人争宝之。尤喜奖掖后进。"

秋日重游东华山（三首）

托身久欲往蓬莱，十丈莲花掌上开。
蹑足不嫌云路峻，一鞭遥策蹇驴来。

此日霓裳咏众仙，恍疑行到大罗天。
曲终幸有周郎顾，为正琵琶第几弦。

登高何必在重阳，桂子天台已渐香；
马似识途先响道，鸿思作字自成行。
旗亭载酒听歌切，萧寺题诗献佛忙；
明日碧桃重问讯，可能前度认刘郎。

（《永定县志·附录》）

【解题】

东华山，在今永定县抚市镇，详见李基益散文注。组诗以散文笔法记叙了秋天游览东华山的经过与感受，表达了对东华山的赞美与恋恋不舍。

【注释】

蓬莱：本指传说中的海外仙山，此指东华山。　霓裳：即霓裳羽衣曲，传说是唐朝皇帝李隆基所作。　大罗天：道教所称三十六天中最高一重天。　周郎顾：典出《三国志·吴志·周瑜传》："瑜少精意于音乐，虽三爵之后其有阙误，瑜必知之，知之必顾，故时人谣曰：曲有误，周郎顾。"是说周瑜自小就精熟知晓音乐，即使酒过三巡，只要曲子弹错，都逃不过周瑜的耳朵，而且周瑜每次听出来都必定会回头看演奏者一眼，就有人编出歌谣"曲有误，周郎顾。"后用为精于音乐者善辨音律的典故。　鸿思作字：指大雁飞行成人字形。　旗亭：旗亭画壁的典故。《集异记》载，开元中，诗人王昌龄、高适、王之涣三人共诣旗亭，贳酒小饮，听歌以定高下。　碧桃、刘郎：化用刘晨阮肇入天台遇仙的传说。五代·王松年《仙苑珠编》卷上："刘晨阮肇，剡县人也，采药于天姥岭，迷入桃源洞，遇诸仙，经半年却归，已见七代孙子"。

丘逢甲

丘逢甲（1864—1912 年），字仙根，别号仓海君，辛亥革命后以"仓海"为名。先世由上杭县黄坑乡迁广东镇平（今广东蕉岭），再迁台湾。逢甲于光绪十四年（1888 年）举福建乡试，联捷进士，授工部主事、两广学务处议绅、惠潮嘉视学员、咨议局副议长。曾任中华民国广东省军政府教育部部长，赴南京参加筹建临时中央政府，当选为参议院议员。有诗集《柏庄诗草》《岭云海日楼诗钞》等。

忆游上杭（绝句十五首）

前年记作上杭游，路入林塘境更幽。

三宿空桑吾不厌，春灯山寺话神州。

江随山势百千盘，江上春云酿暮寒。
满径山桃红簌簌，斜阳呼渡大沽滩。

黄坑黄笋旧知名，惜我来时笋未生。
我是主人兼看竹，绿濛濛的一兜行。

寻碑亲拜左丞坟，谱牒都成史阙文。
七百年来遗老尽，更无人说旧参军。

春田漠漠草萋萋，油菜花开烟叶齐。
鬼谷祠边春市散，淡云微雨过蓝溪。

各乡各族分房祖，各有家祠额字嵌。
龙虎朱杆狮白石，门前灯写大官衔。

梅花十八洞中天，闻有桑麻未垦田。
洞口云封人不到．空中楼阁住神仙。

柿叶微丹栗叶黄，园林无限好风光。
我来刚在春风里，万树梨花玉雪香。

万峰顶上访前朝，龙碗相传出御窑。
皇觉天人遗像在，家家齐捧佛香烧。

东南山豁大河通，汀水南来更向东。
四面青山三面水，一城如画夕阳中。

斗旁拜鬼都何益，且拜吾家两直臣。
百尺楼头看天象，古来豪杰尽星辰。

萧疏树石香光画，乞付装潢橐载回。
残册流传佳话在，有人拼弃一官来。

偏传绝学到东夷，寥落中原事可知。
今日阳明祠下过，冥冥雷雨读残碑。

知是烟痕是露痕，四山一碧竹连村。
家家制纸临溪屋，水碓声中昼掩门。

三年不负题诗约，十日曾为置酒留。
如此溪山归未得，眼前沧海正横流。

（《上杭县志·流寓传》）

【解题】

光绪三十三年（1907 年）正月，丘逢甲经中都黄坑、蓝溪而至上杭城关，检查各乡学堂以及位于城中丘祠的师范传习所，遨游十日乃去。三年后写成《忆游上杭》绝句十五首，表达对祖籍地上杭风土人文的缱绻之情。《上杭县志·流寓传》载："有《忆游上杭》绝句十五首，邮筒甫到，争相传写。余诗亦多缱绻杭川焉。"

组诗反映了清末时期上杭客家地区的山川面貌（如第五、七、十）、物产（如第三、八、十四），反映广东、台湾许多丘姓族人祖籍在汀州上杭的情况（如第四、六）。

【注释】

林塘：村名（作者自注）。　空桑：此处指佛门。　左丞坟："维禄公坟曰左丞地。家谱以公孙迁粤者，官居左丞，故云。考始迁粤为公玄孙，乃宋左丞议郎，即信国参军创兆先生父也。"（作者自注）　蓝溪：上杭县蓝溪镇。　两直臣："城内祠有魁星楼，两直臣谓族祖给事弘，御史道隆也。"（作者自注）　拚弃一官来："果园以董文敏（其昌）画册赠，云广文刘某因此画为上官追索，去官。"（作者自注）　沧海正横流：比喻政治混乱，社会动荡。

寄怀晓沧上杭兼示族人（四首）

落日琴冈路，秋风练水湖。
寄书迟远道，拔剑舞中宵。
当世自饥溺，此行何寂寥。
阳明碑下过，大树影萧萧。

磊落吾宗彦，因君寄远思。
云山千里梦，花草六朝诗。
东观仍家学，南州共火维。
渡江惭旧族，一度尚经师。

何处梅花洞，寒香不计年。
人稀集灵怪，山古足云烟。
安得夸娥力，为开混沌天。
呼龙种瑶草，游戏老芝田。

漠漠江湖梦，秋心落百蛮。
藜床支北海，棋局隐东山。
沧海波无极，浮云影自闲。
汀洲有芳草，愁采白蘋还。

（《岭云海日楼诗钞》）

【解题】

晓沧，名恩翔，嘉应州人。此是怀友之诗，作于旅居上杭期间，诗中反映了许多杭川风貌与人文景观。

【注释】

琴冈路、练水湖：都是上杭县地名。上杭城南对岸为南冈，又名琴冈，冈顶有寺东向，名南塔寺。练水湖，又名练塘，在上杭县城东，是丘氏总祠所在。　　当世自饥溺：指社会的贫困、国势的衰弱。　　阳明碑：上杭县城有阳明祠，旧为阳明书院，有《时雨记》碑。梅花洞：指上杭县梅花山，有“梅花十八洞”之称。

胡晓芸

胡晓芸（1867—1925 年），人称“梦瀛先生”，永定客家人。以诗词闻名乡梓，民国年间主要从事教育和修志，是《永定县志》（民国版）的撰稿人。五十岁之前即撰诗五千余首，结集为《壶天诗选》上下册出版。其后又著有《北堂诗草》《嘤鸣求友集》等问世。

哀中原

伤心赤县与神州，王气千年已不留。
鸦背夕阳原易冷，马头覆水总难收。
藏身我未工三窟，报国谁人展一筹。
到处江山都破碎，不堪纵目是南楼。

（《壶天诗选》）

【解题】

光绪二十年（1894 年）甲午战争之后，清政府被迫与日本签订割让台湾的《马关条约》，中国进一步陷入半封建半殖民地社会。此诗深沉哀叹祖国山河破碎。

【注释】

鸦背夕阳：比喻满清政府的日薄西山之势。　　马头覆水：暗指签订的《马关条约》。

晚归有作

白云红叶两悠悠，一树蝉吟一度秋。
人影渐随残照乱，鸟声偏向晚烟稠。
途穷不觉经三折，月小初惊上一钩。
等是黄花好时节，去年今日忆同游。

（《壶天诗选》）

【解题】

此诗色彩分明，动静相衬，把秋天傍晚的景物特点写得活灵活现，寄寓对友人的思念。

家居漫兴

山环水曲自成村，世业成桑课子孙。
思晋我曾栽柳树，避秦人自唤桃源。
棠梨开后春三月，粳稻熟时酒一樽。
小犬忽疑生客至，落花声里吠黄昏。

（《壶天诗选》）

【解题】

这首田园诗描写宁静美丽的村居环境，抒写悠然自得的晚年乡居生活。

【注释】

世业成桑：指世事变化极大。　　思晋：指追随晋代田园诗人陶渊明。

包千谷

包千谷（1871—1956 年），字一琪，上杭县庐丰乡客家人。清末优廪生，《念庐诗话》载其“绩学能文，尤关心世道，为文敏捷，可比古人，下笔千言，倚马可待”。任教于丘复创办的立本学堂和明强中学，主持教务多年。民国四年（1915 年）参加南社。晚年潜心地方文献，协助丘复编纂《上杭县志》《杭川新风雅集》。著有《东溪草庐文钞》四卷、《东溪草庐诗钞》二卷。

甲寅荷公生日，书联自惕，作此赠之

中华民国初成立，河山风雨飘摇亟。繄谁爱国抱雄心，旧道德范新智识。我生落拓杞忧多，其奈无才救世何。五夜闻鸡惊起舞，匣中有剑比泉阿。先生今年四十一，屈指既逾强仕日。欲救苍生定国基，东山渴望斯人出。献身社会力维新，八岁东溪铸国民。决定中原根本计，力从教育振精神。民权日唤后生起，自立先争高地位。民德日深民智开，富强事业原容易。况兼才学识三长，议会曾闻议论张。九十六人推巨臂，年来高论幸同堂。今朝六月二十四，先生报道孤辰至。我将磨墨健挥毫，纪念荷花生日事。大书联句意何深，触我茫茫百感侵。先生岂真壮不如人者？愿益发抒福国利民之深心。

《念庐诗话》卷一

【解题】

甲寅，指民国三年（1914年）。本年的夏历六月二十四日，是作者的同乡好友丘复（荷公）四十岁生日。书联自惕，指丘复自己在生日前曾书瘿瓢山人（黄慎）“壮不如人何待老，文难媚世敢云工”之句以为楹帖。这首赠诗，肯定了丘复在家乡兴教育、在外面争民权的艰苦努力，赞颂了丘复“福国利民”的深心。

【注释】

八岁东溪铸国民：指丘复于光绪三十二年（1906年）秋在上杭蓝溪镇曹田（又称东溪）故乡“东溪别业”创办立本学堂，兼任堂长，至今八年。　纪念荷花生日事：民间以每年的夏历六月二十四日为荷花神的生日，丘复也是这天出生。友人称丘复为“荷公”，缘于此。

题荷公《莲峰游草》

琳琅难得此新诗，刚健婀娜两有之。

秀撷莲峰饶眼福，欢偕栗叟访心知。

拼将揽胜搜奇志，写出伤今吊古悲。

不负江山名士笔，味回一读一深思。

《包千谷诗文选》

【解题】

丘复有诗集《莲峰游草》，现载于《丘复诗文选》的有《舆中观莲峰》诗等多首。这首诗为丘复诗集题写，揭出《莲峰游草》中“揽胜搜奇”“伤今吊古”的内容，认为诗集的特色是“刚健婀娜两有之”，可谓丘复诗歌的知音之作。

巧卿生日歌

一阴一阳之谓道，生男何欢女何恼？我家今岁乞巧期，一女长孙呱在抱。山荆问我取何名，我云“巧卿”果然好？岂料当面出微词：早日遍种宜男草。积善人家庆有余，我未七十能说老？只盼子肖更孙贤，不争多少与迟早。留心劝汝汝留心，笑向千金勤褓褓。长成乞巧绕膝前，祖孙分尝梨栗枣！

《闽西历代诗词选》

【解题】

这是为孙女巧卿所做的生日歌，表达了生男生女都一样的思想。诗中采用夫妻对话方式，富于生活趣味。

【注释】

山荆：谦称自己的妻子。　微词：不满的话语。　宜男草：萱草的别名。古代迷信，认为孕妇佩之则生男。

丘　复

丘复（1874—1950 年），字果园，别号荷生（里人尊称丘荷公），又自号念庐居士、念庐老人，上杭县客家人。光绪二十三年（1897 年）举人，曾任两广方言学校教师、全国参议院正式议员、广东嘉应大学教授等职，参加了柳亚子等创办的“南社”。他在上杭县城创办了民立师范学校和私立明强中学。丘复著述有《念庐诗稿》十册、《念庐诗话》五卷、《念庐文存》五册等，编纂了《上杭县志》三十六卷、《长汀县志》三十五卷、《武平县志》三十一卷，还整理校勘了《杭川新风雅集》《天潮阁集》等多种。

哭宋钝初

可怜中国人心死，如此人才忍杀之。

今日哭公无限恨，令人倍忆晋鉏麑。

（《丘复诗文选》）

【解题】

宋钝初，即宋教仁（1882—1913 年），字遁初，号渔父，湖南人。中国伟大的民主革命先行者、政治家、中华民国的缔造者之一。民国二年（1913 年）三月二十日，身为国民党代理理事长的宋教仁在上海沪宁火车站遇刺身亡，举国震惊。此诗原有二首，此选其一。丘复在此诗中，痛斥了凶手的残忍，抒写了对宋教仁之死的极度悲愤之情。

【注释】

鉏麑：音 chúní，春秋时晋国有正义感的力士。《左传·宣公二年》载，鉏麑奉晋灵公之命刺杀贤臣赵盾，鉏麑不忍为之，自触槐树而死。

四十初度感怀（四选二）

一堕红尘四十年，不成豪杰不成仙。

嬉游苦忆儿时乐，混沌思逃世外天。

新国开基仍老病，故山胜笑有林泉。

忧时漫作灰心语，长愿躬耕十亩田。

识字从来忧患多，壮年曾把剑横磨。

儒冠误我思投笔，烽火撄天屡枕戈。

忽忽百年人易老，茫茫前路海犹波。
平生梦想今安在，国体共和尚未和。

（《丘复诗文选》）

【解题】

民国三年（1914 年）夏历六月二十四日，是丘复的四十岁生日，丘复时为中华民国福建省议会会员，参与民主共和政体的讨论与建设。由于民国总统袁世凯无心真正实行国体共和，所以中华民国名为共和，实际仍是延续千年的封建专制。这首感怀诗，抒写了自己人生理想难以实现的惆怅以及对新建立的中华民国弊端重重、共和政体难以实现的忧虑。

【注释】

新国：指 1911 年建立的中华民国。　老病：喻指被袁世凯窃取的民国政府仍延续千年的封建专制、弊病重重。　枕戈：期待杀敌，夜不能寐。典出《晋书•刘琨传》："吾枕戈待旦，志枭逆虏。"

送春（选二）

大事已随春送去，宁为秋杀莫春温。
人间久被和风误，眼底今无好景存。
风雨飘摇增别感，河山锦绣欲离魂。
酒杯以外皆愁物，且对残花尽一樽。

春尽中原生气索，愁心似海更添波。
郎当满地花无主，老大伤心梦有婆。
鹃血模糊亡国痛，鸠居蛮横占巢多。
邻家饯别方歌舞，我自殷忧涕泪沱。

（《丘复诗文选》）

【解题】

1914 年 8 月第一次世界大战爆发，日本宣布对德作战，出兵占领德国在中国山东的势力范围——胶州半岛。1915 年 1 月，日本向中国提出不平等的"二十一条"，随后日本又在山东修筑铁路，不断向中国东北、京津和山东增兵。中国又陷入一次屈辱外交和亡国危险之中。《送春》诗原有四首，自注"己卯旧历三月作"，即作于 1915 年（己卯年）旧历三月。所选二首，抒写了诗人在外敌入侵、国家处于风雨飘摇之中的痛心疾首和无奈心情。

【注释】

大事：指国家事务。　秋杀：指秋天萧杀景象。　春温：医学名词。温病有春温、冬温。　郎当：此处形容（落花）散乱。

兵来行（壬戌除夕前两日）

一声远远呼兵来，行人骇汗奔如雷。须臾街上人绝迹，柴门惴惴不敢开。

"呜呼！兵亦犹人耳，民胡畏兵遽如此？"

"兵来逢人便捉夫，一去无由卜生死。任重致远肩膊强，鞭棰呵叱同牛羊。甚或搜牢如搜赃，乡民畏兵如畏狼。"

狼来尚可，兵来更饿。捉人勒钱，无钱放火。枪弹在身，生杀由我。

莫怪吾民鼠胆小，皇皇久似惊弓鸟。颇闻昨日驻邻村，鸡犬不宁闾里扰。

哀哉！可怜无告民，兔爰雉罹生不辰，萁豆相煎胡太急？

呜呼！汝兵犹是人。

（《丘复诗文选》）

【解题】

这首歌行体诗反映"乡民畏兵如畏狼"的社会现实，痛斥官兵扰民、害民的罪行。诗歌叙议结合、问答呼应，对比强烈，是对唐代讽喻诗的继承和发展。

题 画

丢开世事少牢骚，终日垂竿兴自豪。

我亦山中一狂客，欲从海上钓金鳌。

（《丘复诗文选》）

【解题】

丘复的诗歌多表达高度的政治热情和对时事的关切，抒写知识分子忧国忧民的情怀。因此，其诗风多悲愤沉郁，但也有不少豪放痛快，此诗便是这种风格的生动体现。

江子铭

江子铭（1875—1959 年），名新，原名鼎豫，字子铭，永定高头乡高东村客家人。清光绪间乡荐举人。1905 年，他创办全县第一间新型小学——明德学堂（今高东小学），后担任官办城关学堂（今实验小学）首任堂长，为家乡教育事业做出巨大贡献。民国二年（1913 年）一月，当选为省议会会员。工诗文，联语亦佳。《中国汀州客家名人录》有传。

田禾塘土楼群

高岭楼群踞一方，置身疑是桃源乡。

花开春日沿溪路，更有连山竹笋香。

（《闽西历代诗词选》）

【解题】

田禾塘，在永定高头乡。这里有许多客家土楼，其中就有著名的承启楼，江子铭的故居华封楼和万安楼。此诗描写土楼群的雄伟以及周围景致的美丽，抒发置身其间的安宁与幸福之感。这是目前已知较早的闽西客家人写客家土楼的诗歌。

林逊之

林逊之（1880—1953 年），原名鸿超，永定洪坑客家人，清末廪生。参加过孙中山领导的辛亥革命，民国二年（1913 年）1 月当选为全国众议院议员。民国元年开始主持故乡振成楼的设计与兴建，获孙中山书赠“博爱”匾额、黎元洪书赠“里党观型”匾额。晚年移居香港。林逊之一生研究《易经》，以书、画、联著称，有《超庐题画诗钞》《超庐联语忆录》等传世。

题《乘风破浪图》

长江滚滚水流东，一片孤帆万里风。

豪气元龙湖海阔，披襟不让大王雄。

（《超庐题画诗钞》）

【解题】

乘风破浪，用《宋书·宋悫传》“愿乘长风破万里浪”的典故，表明具有高远的志向。这首题画诗借图言志，巧用典故，表达了作者宽广的心胸与豪迈的气概。

【注释】

豪气元龙：元龙，东汉陈登的字。《三国志·陈登传》载刘备评论陈登很有豪气。　披襟：用宋玉《风赋》楚襄王“披襟当风”的典故。

题《垂钓图》

渭水经纶说太公，英雄千古有穷通。

熊罴未入文王梦，天下谁人识钓翁。

（《超庐题画诗钞》）

【解题】

垂钓图，画的是姜太公（吕尚）渭水垂钓的故事。司马迁《史记·齐太公世家》载，文王梦熊而得姜尚。这首题画诗用逆向思维，假设文王没有熊罴之梦，结果会是怎样呢？会有人识得姜尚之才吗？通过这样大胆假设，委婉地感叹自己怀才不遇。

题《渊明归隐图》

烟树苍茫照夕晖，还林倦鸟故依依。

径荒犹幸存松菊，归去来兮觉昨非。

（《超庐题画诗钞》）

【解题】

陶渊明“不为五斗米折腰”而辞官归隐，成为后世文人向往自由，躲避世俗纷争的榜样。

这首题画诗的特色之处，就是四句诗都是从陶渊明《归去来兮辞》中化用而来，表达了自己政治失意，意图归隐的思想。

【注释】

“夕辉”、“倦鸟”：化用《归去来兮辞》中“景翳翳以将入”“鸟倦飞而知还”的诗意。陶诗《栖栖失群鸟》也有“去来何依依”之句。 “径荒”“觉昨非”句：化用《归去来兮辞》中“三径就荒，松菊犹存”“归去来兮……觉今是而昨非”的诗意。

题《息影家园图》

故园景物自清奇，丘壑平居有所思。

日涉自成陶令趣，闲来化作无声诗。

（《超庐题画诗钞》）

【解题】

息影家园，形容回到家里过安闲自在的生活，典出白居易《香炉峰下新卜山居草堂初成》诗“喜入山林初息影，厌趋朝市又劳生”。此诗表达对隐居生活的向往。

【注释】

陶令：指东晋田园诗人陶渊明。 无声诗：图画。指息影家园图

刘国光

作者简介见诗歌注。

汀州府试院双柏记

汀之试院，旧为汀州卫，后因改建，几历年所矣。中有双柏，回环互抱缭绕于东廊风檐之上，盖前乎试院而生，又不知几历年所矣。峭拔不拘以寻尺[1]，苍翠不改於岁时；风霜之所剥蚀，兵燹之所推残，而枝干崔嵬双双如故，是连理之祥耶？抑交让之德耶？

噫！异哉，其所树立居何等耶！昔纪文达公笔记[2]言按试时，每见红衣人拱揖其上，因赠联云：参天黛色常如此，点首朱衣或是君。咸丰间，徐寿蘅[3]学使按试之日，寇氛突至，亦见红衣人，蔽门疑不遽进。此其柏之神欤？抑天生神物以护持斯柏欤？未可知也。要惟生於试院历数十百年，宗工哲匠之精神，聚数百千人惨淡经营之血气，相与涵濡而煦咻之益茂，其拔地倚天之概，柏亦幸托於试院而传哉！

余久耳双柏名，来守是邦，举行试事，日摩抄[4]於大厦梁栋间，辄低徊不能置，爰为记以存之。

光绪四年[5]，岁在戊寅，嘉平月[6]，知汀州府事楚北刘国光撰并书。

（《长汀县志·古迹》）

【解题】

本文镌刻题为“清双柏记碑”，嵌在汀州试院（今长汀县博物馆陈列室）内东走廊墙上。碑长约一百厘米，宽四十六厘米，阴刻铭文为清光绪四年（1878 年）汀州知府刘国光所撰并楷书。本文记述了试院双柏悠久的历史和旺盛的生命力，在探究柏树神异原因的同时，赞颂了“宗工哲匠之精神”。本文原为一大段，现段落为编者所拟分。

胡迪光

胡迪光，武平客家人。清光绪十一年（1885 年）举人。生平事迹待考。

---

[1]寻尺：比喻微小或微细之物。

[2]纪文达公笔记；指纪昀的《阅微草堂笔记》。详见纪昀的小说《神柏》。

[3]徐寿蘅：名树铭，长沙人，道光八年（1828 年）进士，以兵部左侍郎提督福建学政。工书法、善诗。

[4]摩抄：即摩挲。有观赏流连之意。

[5]光绪四年：1878 年。

[6]嘉平月：农历十二月的别称。

吉鉴亭记

邑东吉鉴坑，崇山峻岭，修竹茂林，绵延数十里，有会稽、山阴[1]之胜。地当江广通衢[2]，杭武要道[3]，负担络绎，冠盖纵横，而村落稀疏，亭宇复缺。予负笈屡道其地，见山路修阻，行者虽老弗得休。每叹此地，若建一亭，地理所宜，人情皆便。顾数百年缺然不兴，岂天地故留此缺憾，以待好义君子补之耶？

岁辛巳[4]，世伯李乔通首建此议，念好善人有同心，不宜独专其美，会商同人。义风所扇，众志丕从[5]。乃命其四少君国亮度基址，庀材用事，十旬而毕。复于前后数里，各建一亭，为行人憩息所。宏规巨制，美矣备矣！昔叹旷世而弗兴者，今乃一朝而告成；昔苦休憩之无所者，今乃三足而鼎峙。倦则拂石可坐，渴则酌茗可饮。顺天心，得地势，恰人情，一举而三善备焉。

李蟠[6]云："人不必仕宦，方有功业；随力所至，有以及物，即功业也。"其谓此欤？予与国亮共砚久，于是亭也复目睹其成，故叙其颠末，而为之记。

（《武平县志·艺文志》）

【解题】

吉鉴亭，在武平县武东乡。本文记述吉鉴亭的兴建经过，赞扬李乔通父子的为善好义之举，反映客家地区淳朴好善的民风。

本文原为一大段，现段落为编者所拟分。

丘 复

作者简介见诗歌。

丘氏除去偏旁说

丘氏偏旁加邑，非古也。古者地名之字皆作丘。太公封于丘[7]，后人以地为氏，得氏二千五六百年而未有偏旁也。

---

[1]会稽、山阴：指浙江会稽山、山阴县（今绍兴市）。

[2]江广通衢：江西通往广东的大路。

[3]杭武要道：上杭通往武平的要道。

[4]岁辛巳：指道光元年，1821 年。

[5]丕从：很赞同。

[6]李蟠：李蟠，徐州人。康熙三十六年(1697 年)进士，授官翰林院修撰，入国史馆，纂修《大清 统志》，并为侍读，有"天朝第一人物"之称。

[7]太公封于丘：西周初年，太师吕尚因辅佐武王灭商有功，被封于齐，都营丘（今山东省淄博市东北旧临淄），号称齐太公，俗称姜太公。其子孙中后有以地为氏的，称为丘氏。

前清雍正三年[1]，始避孔圣讳，强加丘以偏旁。夫满清入主中国，内则秽乱宫廷，外则杀戮儒士，彼岂知有尊崇之实哉！因民心难服，知汉族所推崇者莫如孔子，借尊崇孔圣之名，为收拾人心之计，用心之狡无逾此者。近年革命风潮日亟，升孔圣为大祀亦犹此心耳，究何补于亡国乎？且孔子之生二千二百余年而至满清，岂前此中国帝王尊孔皆不若满清乎？尊孔莫若宋儒，而朱熹为最，固未轻议更易人姓也。夫尊孔在心，不在形。且吾国人视孔子往往推崇太过。孔子亦人耳，有为者亦若是。苟徒视为天纵之圣不可几及，愈推崇将愈退化。何以争存于世界乎？

去秋武汉倡议[2]，一月中响应遍中国。时予在粤，与仓海君[3]谈："汉族已光复，吾丘氏尤不可不光复也。"倡议去其偏旁，复我旧氏。今而后始得还我汉族之丘，而非满清之邱矣。

或曰："相沿既久，加之何伤？"不知：邱与丘不同音[4]。往者力不足抗，隐忍曲从，先人之心滋痛。今得还我自由，犹数典忘祖，是甘为亡清之谐臣媚子也，亦安用革命为哉！

（《丘复诗文选》）

【解题】

本文作于民国元年（1912 年），阐明了除去"满清之邱"，还我"汉族之丘"的姓氏观点。全文气势充沛，立论与驳论相结合，叙事与议论相映衬，凝练而精彩。

《蛟湖诗钞》序

宁化瘿瓢山人[5]，久以画名于前清雍、乾间，尺纸零缣，世争宝贵。顾[6]人罕知其能诗。余近从雷子肖籛[7]处得读其《蛟湖诗钞》。大率自抒胸臆，浑朴古茂，绝无俗韵。七绝尤得晚唐神髓。雷翠庭先生[8]《序》称："山人字与画可数百年物，诗且传之不朽。"非谀语也。

余行年忽忽四十，百无一就，最爱山人"壮不如人何待老，文难媚世敢云工"句，怵然自惭。曾书楹帖，用以自励。盖山人诗本非以诗家名，即其画亦非徒以

---

[1]雍正三年：1725 年。《中华大字典》作"清雍正四年谕丘改作邱"。

[2]去秋武汉倡议：指 1911 年孙中山领导的武昌起义（即辛亥革命）。

[3]仓海君：丘逢甲的别号。详见丘逢甲诗歌作者简介。

[4]邱与丘不同音：《中华大字典》载"丘音蚯""邱音蓝"。

[5]瘿瓢山人：即黄慎，号瘿瓢山人。详见黄慎诗歌注。

[6]顾：同"故"。

[7]雷子肖籛：雷寿彭（1886—1952 年），字肖籛，宁化县人。

[8]雷翠庭先生：即雷鋐，号翠庭，详见雷鋐诗歌人物简介。

画名。当其时，久客江南，借画养母。山人者，固孝子也。故其诗皆从真性情流出，不屑屑与诗家较短挈长。读其诗者，自能得其人矣。

予尝论吾汀人文，近三百年来，独萃于宁化。如寒支[1]之文章气节、翠庭之理学、墨卿[2]之书、山人之画而兼诗，皆可卓然传诸百世。意其山水之奇，必当有甲于他邑者。年来奔走南北，而于同郡之地，尚未一游目，心良自歉。行将一笠一屐，归探圃珑石巢[3]之胜，访诸乡先生之故居，以偿其夙愿。山水有灵，当亦许我乎?

肖篯将集资重刊山人诗，属[4]余为序。因略书所见，以质肖篯，并藉是为他日游宁约也。

民国二年七月，上杭丘复谨序于冶山东麓。

（《丘复诗文选》）

【解题】

民国二年（1913年），宁化人雷寿彭集资重刊黄慎的《蛟湖诗钞》，本文就是丘复应好友雷寿彭之托而作的诗集序。序中中肯的评价黄慎诗歌的特色、文学地位及其孝德。

[1]寒支：李世熊的号。详见李世熊诗歌注。

[2]墨卿：宁化诗人伊秉绶的号，详见伊秉绶诗歌注。

[3]圃珑石巢：在宁化泉上，是李世熊的读书处，也是风景秀丽之地。

[4]属：同“嘱”。

客家民歌

月光华华（三首）

月光华华，点火烧茶。茶一杯，酒一杯，嘀嘀嗒嗒讨新婢。扛入厅下，打鼓唱揖；扛入厢房，一包果子一包糖，大大小小拿粒尝。

月光华华，点火烧茶。茶一杯，酒一杯，嘀嘀嗒嗒讨新婢。讨的新婢矮栋栋，做的饭子香喷喷。鸡子吃哩爬砻糠，鸭嫲吃了沿圳上，老鼠吃哩会缘樑，猫公吃哩守禾仓。

月光华华，点火烧茶。茶一杯，酒一杯，嘀嘀嗒嗒讨新婢。讨的新婢矮栋栋，做的饭子香喷喷。讨的新婢高喃喃，挑担谷子好清闲。讨个新婢笑嘻嘻，三餐唔食肚唔饥。讨个新婢嘴嘟嘟，欢喜食甜也吃苦。食得苦，唔怕苦。唔怕苦，脱得苦。脱得苦，有福享。有福享，要回想。

（《中国歌谣集成·福建卷·长汀分卷》）

【解题】

《月光华华》在客家许多地区流传，虽然语句不完全一致，但内容大致都讲述花好月圆之夜娶媳妇过门，赞美新媳妇的心灵手巧及其吃苦耐劳的美德。组诗开头都是相同的两句，显然继承《诗经》重章叠句、回环往复的特点。

【注释】

嘀嘀嗒嗒：形容迎亲时吹响唢呐等乐器的欢庆之声。　新婢：新媳妇。婢，客家话读“bēi”。　唱揖：作揖。指婚礼时的拜天地、拜高堂与夫妻对拜。揖，客家话读“yā”。　矮栋栋：形容个子矮。　饭子：指做的饭菜。　沿圳上：沿着水沟一直上。沿，客方言音“zhà”。诗中的鸡子、鸭嫲、老鼠和猫公等动物都是用来形容全家男女老少吃了新媳妇做的饭菜很有干劲，各自做好自己份内的事情。　高喃喃：形容个子高。　唔食：不吃。回想：意谓在享福的时候，要回顾艰难的日子是怎样走过来的，不要铺张浪费。

大月光，细月光

大月光，细月光，两只狗子爬砻糠。爬到两块猪肉皮，食一粒，留一粒，留来天光请大姨。喊你买葱，买到鸡公；喊你买蒜，买到鸡媛；喊你请客，跌烂膝头跌烂额；喊你筛酒，屎回一扭；喊你陪客，筷子乱夹。打你两巴掌，你就喊老爷！

（《中国歌谣集成·福建卷·长汀分卷》）

【解题】

歌谣以有趣的故事起兴，采用谐音的语句，从反面故事教育孩子要认真听话、办事小心、待客礼貌。

【注释】

天光：客家话指明天。　鸡媛：客家话指未下蛋的小母鸡。媛，客家话读“luàn”。　跌烂膝头跌烂额：形容走路不小心摔伤。额，客家话读“niá”。　屎回：客家话的音读，指屁股。此处形容转过脸去，不肯做事。　　喊老爷：意谓哭天喊地。

月光光

月光光，随水上，船来等，轿来扛，扛去汀州府里做清官。清官出来接小姐，小姐出来帮清官。清官暗，跌落坑；清官清，得人心。清官好，好宝宝，宝宝长大做清官。

（《清流县志·方言·童谣》）

【解题】

此歌谣阐明了夫妻相帮做清官的道理，用对比写法教育孩子，长大做官要做清官。

【注释】

轿来扛：（下船后走旱路）用轿子来抬。　　暗：比喻贪污腐败。　　跌落坑：跌到山沟里去。

月光光，秀才郎

月光光，秀才郎。骑白马，过莲塘。莲塘背，种韭菜。韭菜黄，跳上床。床无杆，跌落坑。坑圳头，看黄牛。黄牛叫，好种猫。猫头鸡，好种鸡。鸡入埘，好唱戏。唱戏唱得好，虱嫲变跳蚤。跳蚤跳一工，虱嫲变鸡公。鸡公打目睡，天龙走得脱。天龙走忙忙，撞到海龙王。龙王做生日，猪肉豆腐大大粒。

（《中国歌谣集成·福建卷·长汀分卷》）

【解题】

《月光光》和《月光华华》一样，在长汀、上杭、武平、永定等许多客家地区流传。歌谣开头塑造了骑白马的秀才郎形象，中间采用顶针手法，分别写种韭菜、看黄牛、喂鸡及晚上看戏等一天的劳动生活，教育孩子学习劳动相结合，反映了客家人耕读传家的风习。

【注释】

跳上床：形容韭菜黄长得茂盛，布满田畦。床，田畦。　　种猫：喂猫。种，客家话读“jiòng”，意思是喂养。　　埘：客家话读“祭”，鸡窝。鸡入埘，表示傍晚。　　一工：一天。　　打目睡：打瞌睡。

月光光，岭子背

月光光，岭子背。鹅拨水，鸭洗菜，鸡公砻谷狗打碓，狐狸烧火猫炒菜。送饭送到岭子背，捡到一个花老妹，搭渠亲个嘴。

（《中国歌谣集成·福建卷·长汀分卷》）

【解题】

此歌谣描述一家人按各自分工辛勤劳动，最后是一个有趣的情爱场景：青年男子利用送饭的机会，到山岭背后与情人短暂约会。诗歌语言幽默诙谐，约会情节直白了当，令人忍俊不禁。

【注释】

鹅拨水：鹅，谐音“我”。拨水，指给菜浇水。后句“鸭”谐音“他”。　鸡公砻谷狗打碓：“鸡公”、“狗”与后句的“狐狸”、“猫”分别代指家庭各个成员，表示各有分工干活。砻谷，用磨把谷子去壳，变成米。打碓，用碓子把米捣烂。　花老妹：指热恋中的美丽姑娘。　搭渠：和她。

月光曲（二首）

月光光，读书郎，骑竹马，上学堂。

月光光，树林背，鸡公挨砻狗打碓，狐狸烧火猫炒菜。

（《南靖县志·地理·风土·歌谣》）

【解题】

南靖客家主要是元朝和明清时代从闽西迁徙过去的，因此保留了许多与闽西客家相似的儿歌。曲一寓意儿童高高兴兴上学，反映了南靖客家对儿童教育的重视。曲二寓意全家人分工合作，其乐融融。

石子毬

石子毬，李子毬，李子树头下，九支花，九个妹，九个婿郎骑白马。骑到上，骑到下，骑到娭姐楼门下。上厅扫净来食酒，下厅扫净来跑马。

（《南靖县志·地理·风土·歌谣》）

【解题】

歌谣咏唱众多女婿上门拜见岳母时的热闹场面，寓意出嫁的女儿和女婿都懂得孝敬岳父岳母。九个妹，表示姐妹多，非实数。

【注释】

娭姐：此处指岳母。以孩子的口吻称呼外婆（或奶奶）。　跑马：指办事情。“上厅”与“下厅”两句应互文解释，意思是把上下厅都扫干净来喝酒、做事。

七星姑

七星姑，七姊妹，夜夜下来偷踏碓。踏唔起，喊阿姊。阿姊打开园门摘青菜。摘一皮，探尾姨；摘一揶，探公爹；摘一箩，探舅婆。舅婆没好回，回到一只烂草鞋；草鞋不好着，回到一只脚；脚不可行，回到一只篮；篮不可张，回到一把姜；姜开目，好种竹。

（《南靖县志·地理·风土·歌谣》）

【解题】

这首歌谣以七仙女下凡喜爱人间生活起兴，咏唱阿姊带上自己的农产品探望众多亲人的有趣场面，表现了客家女子勤劳孝顺的本色。

【注释】

尾姨：即满姨。孩子称呼母亲的小妹。　回到一只脚：意谓只有一只鞋是合脚的。

张：装、盛（东西）。　　开目：指（姜）发芽了。

鸡公子，啄尾巴

鸡公子，啄尾巴，啄到婆婆树兜下。婆婆出来看鸡子，姐姐出来拗桃花。桃花开，李花开，张郎打鼓李郎吹，吹到姐姐心哩化化开。

（《中国歌谣集成·福建卷·长汀分卷》）

【解题】

这首歌谣讲述少女心事。诗歌由小公鸡啄小母鸡尾巴起兴，引出少女（姐姐）对美好婚姻的畅想。

【注释】

啄尾巴：公鸡对母鸡的求偶行为。啄，客家话读“dú”。　拗桃花：折桃花枝。　化化开：形容心花怒放。

白鸡咧

白鸡咧，啄梅花，啄去婆婆树头下。婆婆出来供鸡咧，姊姊出来拗梅花。拗了梅花拗石榴，石榴树下一瓮油，留畀姊姊好梳头。髻咧梳得微微光，十担笼咧九担箱。担去衙前过一过，老爷话倨多嫁妆。唔是爹爹介，唔是䊮䊮介，是倨自家碾蔴接济到天光。

（《清流县志·方言》）

【解题】

歌谣讲述少女从思春到出嫁的过程，称赞了女子为做嫁妆而付出的辛勤劳动。歌谣以白鸡啄梅花起兴，以石榴隐喻多子多福，以嫁妆的箱笼之多和受到老爷（县太爷）的称赞，表明女子的勤劳能干。

【注释】

供鸡咧：喂鸡。供，客家话读“jiòng”。　畀：客家话读déi，给。　话倨：说我。有夸奖之意。　唔是：不是。　䊮䊮：妈妈。　碾蔴接济到天光：意谓是自己夜以继日做针线活（做出来的）。

枸干樵子

枸干樵子枸干花，不得天光去往爹。爹爹见来心肝女，姆姆见来一枝花。哥哥见来亲姐妹，大嫂见来结冤家。

（《宁化县志·文化·民间歌谣》）

【解题】

这首歌谣细腻地描写已嫁女子要回娘家时的急切心情，爹妈哥嫂见到时的不同心态。细腻的心理描写是此诗的最大特色。

【注释】

不得天光去往爹：（夜里）巴不得天亮，好快点去看望父亲。天光，天亮。　姆姆：

客家话读“jiǎjiǎ”，与“毑毑”同义，指妈妈。

新人哩

新人哩，早爬起，早早爬起挟猪屎。挟一箩，送外婆；挟一担，畀外甥。担起猪屎壅旱禾，撑死新人哩两公婆。

（《宁化县志·文化·民间歌谣》）

【解题】

此歌谣称赞新媳妇不怕脏不怕累，敬老爱幼，以勤快劳动获得粮食的丰收。诗歌反映了客家妇女不缠足、爱劳动、睦亲族的特点。

【注释】

新人：新媳妇。 挟猪屎：拾猪粪。挟，客方言读“jié”。 壅：（给旱稻）施肥。

做人媳妇好命苦

金桔子，金盘栏，做人女，好清闲，做人媳妇好艰难。壁缝光，要爬起；乌子嗖，要浸米；大钵浸米嫌沙多，细钵浸米嫌谷多。啰啰嗦嗦，事头多。竹篙尾上摇一摇，家婆话偓偷大樵；竹篙尾上付一付，家婆话偓偷水裤。

做人媳妇好命苦！

（《宁化县志·文化》）

【解题】

歌谣以金盘盛金桔起兴，用在娘家时的娇贵清闲与在婆家的艰难对比，诉说婆婆的严厉、刁难与猜疑。

【注释】

金桔子，金盘栏：比喻女子在娘家时的娇贵。 人女：人家女，指出嫁前。 壁缝光：墙壁缝透进晨光，形容天刚亮。 乌子嗖：乌儿叫了。 付一付：往水中捣一捣。付，方言读“杵”。

你要唱歌只望来（二首）

你要唱歌只望来，拿条凳子坐倒来。
唱到鸡毛沉落海，唱到石头浮起来。

你要唱歌就来唱，唱到日头对月光，
唱到麒麟对狮子，唱到金鸡对凤凰。

（《中国歌谣集成·福建卷·长汀分卷》）

【解题】

这首民歌用直爽、朴实的客家方言，想像、夸张的语言方式，表达了歌者对山歌的无比热爱，反映了客家人爱唱山歌的民俗特点。

【注释】

只望来：只管来。望，客家话读“mèng”。　坐倒来：坐下来。　麒麟对狮子、金鸡对凤凰：意谓唱到旗鼓相当、双方尽兴的状态（境界）。

新买凉笠四块绸

新买凉笠四块绸，买得老妹抵日头。
抵得日头抵得雨，唔怕大风吹烂绸。

（《客家山歌300首》）

【解题】

这首情歌以赋的写法，直言赠送凉笠给姑娘遮阳挡尘，关爱之情真挚细腻。

【注释】

买得：买给。抵日头：遮挡太阳。　老妹：此指恋爱中的年轻姑娘。　唔怕：不怕。

大树歌

行路要行路中心，两边大树好遮阴。
千年大树唔落叶，万年老妹唔断情。

（《清流县志·方言·山歌》）

【解题】

此诗以行路起兴，借绿叶的常青比喻爱情的永久，称颂女子对爱情忠贞不渝。

【注释】

行路：走路。行，客家话读“háng”。　唔落叶：不落叶。　老妹：妹妹。诗中是女子自称。

老妹住在石壁岩

老妹住在石壁岩，天晴落雨有人行。

天晴有人分茶食，落雨有人借伞撑。

（《中国歌谣集成·福建卷·长汀分卷》）

【解题】

此诗为姑娘自述，虽然住在偏僻的地方，仍有许多人找借口与她接近，从侧面写出姑娘的善良与美丽出众。

【注释】

石壁岩：（山边）大岩石下。　有人行：有人路过。　分茶食：要茶水喝。

热头一出红彤彤

男：热头一出红彤彤，画眉出来跳芒东。

芒东样甚承得画眉起，老妹样甚敢来嫁老公？

女：热头一出红彤彤，画眉出来跳芒东。

秤砣细细压千斤，老妹样甚唔敢嫁老公？

（《中国歌谣集成·福建卷·长汀分卷》）

【解题】

这是男女对唱的情歌，表达了青年男女对爱情的试探与大胆追求。歌谣以红彤彤的朝阳为背景，以画眉在芒东上的跳跃歌唱起兴，既营造了恋爱的美好情境，又比拟恋爱双方的关系，极是恰到好处。诗中女子的爱情表白直抒胸臆，勇敢而热烈，极富民歌本色。

【注释】

热头：太阳。　芒东：多年生大草本植物。其特点是杆直、粗壮，叶片有细齿。　样甚：怎么。　唔敢：不敢。

桐子开花球打球

桐子开花球打球，介好情意难得有，

介好情意难得见，两人行到铁树开花水倒流。

（《客家山歌300首》）

【解题】

此诗以桐子开花起兴，赞扬真挚热烈的爱情，表达将爱情进行到底的决心。

【注释】

介好：那么好。

红米煮粥满锅红

红米煮粥满锅红，老妹恋郎唔怕穷。

风吹雨打唔怕苦，两人见了笑融融。

（《中国歌谣集成·福建卷·长汀分卷》）

【解题】

红米煮粥满锅红，用以起兴，象征男女爱情的成熟。女子直抒胸臆，表白情意。该诗传达追求爱情，不怕穷苦的精神。

只要亲郎情意重

日头出来红彤彤，老妹心里想老公。

百万家财妹唔要，只要亲郎情意重。

（《中国歌谣集成·福建卷·长汀分卷》）

【解题】

这首民歌与前一首是姊妹篇，反映客家女子重情重意的爱情观。

【注释】

唔要：不要。　亲郎：郎君、老公。

十八亲哥笑融融

十八亲哥笑融融，肉色笑起石榴红。

牙齿赛过高山雪，眉毛赛过两只龙。

（《中国歌谣集成·福建卷·长汀分卷》）

【解题】

这首情歌赞美小伙子相貌美，反映客家女子心目中对“帅哥”的审美标准。

高山栋头一蔸葱

高山栋头一蔸葱，大风一吹袅袅动。

亲郎去了半个月，害妹急了十五工。

（《中国歌谣集成·福建卷·长汀分卷》）

【解题】

这是一首妻子思念远行丈夫的情歌。善于比兴，巧用数字，是此诗的特点。

【注释】

袅袅动：迎风摆动的样子。比喻女子心神不定。　十五工：十五天。

树生藤死死也缠

郎是山中千年树，妹是山中百年藤。

树死藤生缠到死，树生藤死死也缠。

（《中国歌谣集成·福建卷·长汀分卷》）

【解题】

这首情歌采用比喻拟人手法，生动形象，称颂真挚永恒的爱情。从几部客家地区的县志载录来看，它在客家许多地区都有传唱或改编。

看牛歌

正月看牛雨霏霏，牛须柴哩挂蓑衣。
割得草来牛又走，牵得牛来无伴归。

二月看牛雨涟涟，牛嫲带子跌落别人田。
别人看见犹自可，东家看见要扣工钱。

三月看牛三月三，看牛俫子包割青。
割得青来牛又走，看得牛来割冇青。

四月看牛日子长，看牛俫子包割芒。
手指割烂血淋淋，又疾又饿实难当。

五月看牛五月节，爹娭喊倨转去过头节。
东家吩咐要看牛，想起屋下目汁堕堕跌。

六月看牛割早禾，割嘞一箩又一箩。
拿起饭勺张饭食，东家就喊唔敢张该多。

七月看牛七月半，看牛俫子好难当。
日哩三餐冇食饱，暗晡蚊子咬到天大光。

八月看牛八月社，看牛俫子窜灶下。
东家喊倨快出去，屋前屋后扫净来。

九月看牛过重阳，东家杀猪喜洋洋。
喊倨一人田哩做，转来只食骨头汤。

十月看牛是立冬，番薯芋子正收冬。
东家吩咐多挑点，挑得重来行唔动。
十一月看牛雪皑皑，身上冇袄脚冇鞋。
多谢隔壁三伯娓，分倨一双烂布鞋。

十二月看牛又一年，拿起算盘算工钱。

算来算去无一个，要倒找东家三吊钱。

（《长汀县志·方言·民歌》）

【解题】

诗歌采用月令的民歌样式，叙述了放牛娃一年到头的苦难生活，控诉了东家（地主）对放牛娃的虐待与压榨，是《诗经·七月》的遗风余韵。

【注释】

牛须柴哩：放牛鞭子。　牛嫲：母牛。　俫子：男孩子。　又疾又饿：又痛又饿。疾，指疼痛。　爹媄：父母亲。音 dā wēi.　想起屋下目汁堕堕跌：想起家里眼泪扑簌簌地掉。　张饭食：装饭吃。　唔敢张该多：（饭）不能装那么多。　日哩：白天。　暗晡：晚上。　八月社：客家人有过“二月社”、“八月社”的习惯，是祭祀土地神的节日。八月社，在立秋后第五个戊日。　三伯娓：三伯母。

糖郎歌

糖郎住在汀州府，十里名声九里香。初一拌糖初二卖，初三拌糖走他乡。头上戴起黄藤笠，栗木扁担五尺长。黄藤糖箩竹丝耳，肩挑糠箩走忙忙。

大喊三声做生意，细喊三声卖糖郎。大姐出来拿糖食，二姐出来拿糖尝。三姐出来微微笑，只看人意唔看糖。

“三姐要糖自家拿，只管吃来只管尝。”

“唔敢吃来唔敢尝，糖郎亏本何人当？”

“问你卖糖住哪里？”

“随路卖来随路忙。”

三姐吩咐卖糖郎，卖了拌糖早回转。东边楼下有闲屋，西边楼下有闲床。糖郎一听心欢喜，挑起拌糖走他方。

上村卖糖用大秤，下村卖糖用斗量。还有三斤未卖了，送给山中看牛郎。一担糖箩丢落海，驮根扁担走得忙。

大喊三声借屋住，细喊三声借张床。大姐出来对郎说，偃有闲屋又有床。二姐出来对郎说，偃家住女唔住男。三姐出来微微笑，喊郎坐偃莫心慌。铜盆打水郎洗脚，绣花鞋子调一双。三年鸡公宰郎食，三年老酒拿郎尝。

“唔敢食来唔敢尝，爷娘打骂何人当？”

“喊你尝来你就尝，爷娘打骂三姐当。”

双手点起松光火，两人细细来商量。郎有情来姐有意，三姐跟郎转家乡。

热头一出照高楼，唔见三姐爬起床。打开房门看一看，只见空被盖空床。爷娘跟问隔壁姐，昨晡住个卖糖郎。卖糖郎子人才好，恐怕三姐自招郎。

爷娘吩咐大哥赶，一赶赶到大河畔。借问河中钓鱼叔：

“可见娇姐带娇郎？”

“今晡钓鱼来得迟，不见娇姐带娇郎。”

二阵赶来三阵忙，一赶赶到大山场。借问山中看牛叔：

“可见娇姐带娇郎？”

“今晡看牛来得迟，不见娇姐带娇郎。”

三阵赶来四阵忙，一赶赶到大街坊。大街坊上都借问，口干舌燥想茶汤。进得店来见三姐，三姐身旁坐糖郎。手拿黄藤打三姐，再拿铁尺打糖郎。三姐喊哥唔要打，打出人命何人当？

三只乌鸦头上叫，知府老爷过街坊。糖郎三姐当街跪，大喊老爷来相帮。知府问明情和由，当场断佢配成双。三姐糖郎来拜谢，金童玉女转家乡。

（《中国歌谣集成·福建卷·长汀分卷》）

【解题】

这首民歌讲述了一个生动感人的爱情故事，三姐与卖糖郎从初次相识，到相携出走，再到棒打鸳鸯，最后有情人终成眷属，反映了客家女子对自由爱情与婚姻的追求和勇敢斗争。这首客家长篇叙事诗，人物形象鲜明，语言本色自然，客家色彩浓厚，当与《看牛歌》同为客家民歌的“双璧”。

原文为一大段，现段落层次为编者拟分。

【注释】

黄藤糖箩竹丝耳：用黄腾编织卖糖的箩筐、用竹丝编成箩筐的耳朵。说明卖糖郎心灵手巧。　松光火：用松枝做成的火把。　昨晡：昨天。晡，音bū。　今晡：今天。

十二月古人

正月里来是新年，抱石投江钱玉莲。

脱下花鞋为古记，连喊三声王状元。

二月里来龙抬头，小姐南楼丢绣球。

绣球单打吕蒙正，蒙正台上正风流。

三月里来三月三，昭君娘娘去和番。
回头看见毛延寿，手拿琵琶马上弹。

四月里来日又长，镇守三关杨六郎。
冲锋陷阵是焦赞，使用计谋是孟良。

五月里来莲花红，三国出了赵子龙。
百万军中抢阿斗，万人头上称英雄。

六月里来热难当，汉朝出有楚霸王。
霸王自杀乌江死，韩信功劳在何方。

七月里来秋风起，孟姜女子送寒衣。
寒衣送到京城外，哭倒长城八百里。

八月里来桂花香，房中推磨李三娘。
李氏夫人来替死，判官小鬼奏君王。

九月里来是重阳，单刀赴会关云长。
过了五关斩六将，擂鼓三通斩蔡阳。

十月里来是立冬，孟宗哭竹在山中。
孟宗哭竹冬生笋，郭巨埋儿天赐金。

十一月里北风狂，甘罗十二为丞相。
甘罗十二年纪小，姜公八十遇文王。

十二月里来又一年，韩公走雪真可怜。
回头看见韩湘子，雪拥蓝关马不前。

（《中国歌谣集成·福建卷·长汀分卷》）

【解题】

以“十二月古人”为题的民歌在客家地区有许多版本，采用月令形式，歌咏古代忠孝贤能的传奇人物，体现了民众的思想与爱憎，让听众了解丰富的历史人物知识。

【注释】

钱玉莲：元代南戏《荆钗记》中的女主角。　吕蒙正：元代王实甫所作杂剧《吕蒙正风雪破窑记》的男主角。　昭君娘娘：元代有马致远的杂剧《汉宫秋》，写汉代王昭君出塞和番的故事。　杨六郎：出自杨家将故事。焦赞、孟良是杨六郎的爱将、左右臂膀。　赵子龙：罗贯中小说《三国演义》中刘备的大将。小说第四十一回有“刘玄德携民渡江，赵子龙单骑救主”的故事。　楚霸王：指项羽。秦末时参加推翻秦朝的战争，英勇善战，秦亡后自封“西楚霸王”。后在楚汉战争中被刘邦的大将韩信败于垓下，随后在乌江（今安徽和县）自刎而死。　孟姜女：中国民间故事中有孟姜女送寒衣、哭长城的传说。　李三娘：五代时后汉高祖刘知远的皇后。元代“四大南戏”有《刘知远白兔记》，敷演刘知远去并州投军后，李三娘在家中受到哥嫂虐待的故事。　关云长：即关羽，三国时期蜀汉的大将。《三国演义》第六十六回有“关云长单刀赴会”的故事，第二十七回有“汉寿侯五关斩六将”、第二十八回有“斩蔡阳兄弟释疑”的故事。　孟宗、郭巨：古代《二十四孝》中的两个故事人物。故事中敷演三国时湖州孝丰（今浙江安吉县孝丰镇）人孟宗在严冬扶竹而哭，挖冬笋为母亲治病；晋代湖北孝感人郭巨为奉养母亲，在埋葬儿子时挖到黄金的故事。　甘罗：传说甘罗十二岁就担任了秦国的丞相。　姜公：即姜尚、姜子牙，世称“姜太公”。年近八十终遇周文王。并辅佐周武王伐纣，建立了周朝。　韩公：即韩愈（768—824 年），世称韩昌黎。元和十四年（819 年）正月，因上表谏迎佛骨而触怒宪宗，由刑部侍郎贬为潮州（在今广东）刺史。所作《左迁至蓝关示侄孙湘》有“云横秦岭家何在？雪拥蓝关马不前”的诗句。韩湘子，韩愈的侄孙韩湘。

猜 歌

什么生来四脚唔会行？什么冇手冇脚会漂番？
什么有嘴有鼻唔会哇？什么冇嘴冇鼻能出几十几种声？

櫈子生来四脚唔会行。船子冇手冇脚会漂番。
菩萨有嘴有鼻唔会哇。二胡冇嘴冇鼻能出几十几种声。

什么生来青萋萋？什么生来疤了皮？
什么生来冇手冇脚会搽粉？什么生来吐红须？

茄子生来青萋萋。苦瓜生来疤了皮。
冬瓜冇手冇脚会搽粉。包粟生来吐红须。

什么生来丛打丛？什么生来独头虫？
什么生来成双对？什么生来叶了尖尖皮下红？

韭菜生来丛打丛。藜瓜生来独头虫。

豆角生来成双对。血竭叶子尖尖皮下红。

什么细细天上飞？什么做贼冇人知？
什么做贼狗会吠？什么老了冇蓄须？

燕子细细天上飞。鱼婆做贼冇人知。
狐狸做贼狗会吠。布娘老了冇蓄须。

什么生来细细水上漂？什么生来上树唔怕高？
什么生来空中打倒斗？什么生来会造八仙桥？

鸭子细细水上漂。蚁公上树唔怕高。
王蜂空中打倒斗。蜘蛛会造八仙桥。

什么生来冲上天？什么生来排两边？
什么生来丝线样？什么生来粒粒圆？

松树生来冲上天。松枝生来排两边。
松毛生来丝线样。松卵生来粒粒圆。

（《中国歌谣集成·福建卷·长汀分卷》）

【解题】

这是一首猜谜的民歌。在生动有趣的玩耍中既可提高想像力、判断力，又可增长知识，可谓男女同乐，老少咸宜。

【注释】

漂番：漂洋过海到南洋。　唔会哇：不会说话。　包粟：玉米。

鲤鱼歌

唱歌要唱鲤鱼歌，鲤鱼歌子好话多；
老人听叻添福寿，后生听哩供子讨老婆。

唱歌要唱鲤鱼嘴，大嫂砻谷四嫂碓；
碓得白来做冇饭，碓得糙来过人嘴。

唱歌要唱鲤鱼头，公婆斗舌无怨仇；

上时吵来下时好，过哩步栅就点头。

唱歌要唱鲤鱼皮，耕田作地发狠点；
番薯芋子当得饭，有油有盐过得日。

唱歌要唱鲤鱼血，嫖赌二样要戒撇；
家中纵有百万财，用船撑来败得撇。

唱歌要唱鲤鱼泡，后生做事唔敢介拗暴；
孝顺大人是本份，忤逆大人雷打火会烧。

唱歌要唱鲤鱼肠，新婢唔敢恼家娘；
老人讲事较懂烘，大声话来细商量。

唱歌要唱鲤鱼胆，家中有米要省俭；
天晴落雨也要做，大富容易穷较难。

唱歌要唱鲤鱼弯，大人做事心要平；
手心手背都是肉，大大细细一般般。

唱歌要唱鲤鱼鳞，有钱要帮冇钱人；
施舍穷人一斗米，日后当得一斗金。

唱歌要唱鲤鱼尾叉叉，后生布娘唔敢上家玩下家；
上屋有个懒尸嫂，下屋有个药食嫲，玩野心思害自家。

鲤鱼歌子唱完哩，带子带女早的睡；
细男细女要早睡，天光爬起唔敢忘记哩。

（《中国歌谣集成·福建卷·长汀分卷》）

【解题】

这是一首劝导家人怎样和谐相处的民歌，具有很强的道德伦理教育作用，从中也可看到客家人的传统道德规范。

【注释】

供子：生孩子。　过人嘴：被人说闲话。一说形容糙米饭在嘴里难下咽，亦通。　斗舌：吵口。　步栅：门槛。　介拗暴：那么横暴。　家娘：婆婆。　懂烘：思维不清楚。懒尸：懒惰。　药食：嘴馋。

樵山情歌

男：日头出来一团红，阿哥砍樵上山峰。
　　有个老妹做个阵，有头大树砍唔动。

女：有斧唔愁树不动，妹子割烧上山峰。
　　白鸽带铃云下飞，飞东飞西去寻双。

男：砍柴砍到日当空，肚饥冇力斧头重。
　　样得有个心肝妹，吊壶茶水把饭送。

女：割烧割到日当中，脚踏人影肚里空。
　　阿哥冇妹爱想开，有了鸡子总有笼。

男：大树一人砍唔动，锯树冇双唔断筒。
　　阿哥冇妹唔成对，两手有力也是空。

女：天上落雨先调云，唔曾连哥先听清。
　　莫学米筛千只眼，爱学蜡烛一条心。

男：朝晨砍树到至今，口唱山歌当点心。
　　老妹有心和哥唱，胜过雪里送炭情。

女：新打茶壶“锡”在心，哥的山歌是本情。
　　妹子有才也想唱，又怕同口唔同心。

男：砍柴容易劈柴难，一树劈别汗几担。
阿哥扛得岭岗起，唔知恋妹样咁难。

女：爱食桃子把树栽，山歌好唱爱口才。
哥爱恋妹话一句，船到滩头水路开。

男：九月九日是重阳，阿哥砍树在岭岗。
满山回声听得见，声声“光棍”又“光郎”。

女：九九重阳好时光，高山流水响叮珰。
哥在岭岗砍树子，满山回声妹心装。

男：砍树莫到大路边，路过几多嫩娇莲。
目送娇莲阵阵过，害偓砍树砍不断。

女：行路莫行大路边，路边花草惹人恋。
细心挑选摘一朵，归家当做老妹魂。

男：大树生在半山腰，唔好企脚树难倒。
样得老妹肩垫脚，叠个罗汉摘仙桃。

女：看哥倒树唔好倒，妹子心里也急焦。
愿给阿哥肩垫脚，好比一双鸳鸯鸟。

男：高山顶山一蔸松，唔怕雨来唔怕风。
今朝砍哩扛归去，送给妹子暖寒冬。

女：松树咁大叶咁青，松树底下好遮阴。
哥妹扛树唔须力，恰似流星风送云。

男：锯树锯到月上岭，哥妹双双汗水淋。
四目双双对对转，嫦娥看见起妒心。

女：锯树锯到月上岭，拉来搡去心对心。
阿哥流汗妹会擦，神仙哪有倕感情。

男：新做担竿五尺长，担柴下山转回庄。
老妹放心慢慢走，千斤担子郎担当。

女：风吹竹叶皮皮青，露打野花唔着惊。
总爱两侪感情好，各人五百平对平。

（《民间文学集成》）

【解题】

这是一首用男女对歌形式讲述一天砍柴劳动的故事，诗中综合运用赋比兴的表现手法，表达了男子对爱情的向往，也体现了女子平等独立的精神。

【注释】

做个阵：意谓“做个伴”。　有头：有棵。　割烧：割芦箕当柴火。　样得：怎得。　爱想开：要想得开。　皮皮：片片。　两侪：两人。

相思苦

女：日里想郎各一天，夜里梦郎在身边。
醒来不见亲郎面，心肝脱得几多层。

亲哥走后守空房，哭了一场又一场。
叔婆伯娓来相劝，伤心愁苦泪两行。

妹到堂前慰爷娘，明日去到观音堂。
神前赐愿来保佑，保佑倕郎早回乡。

男：人在番片心在家，少年妻子一枝花。

家中父母年纪老，手中冇钱难回家。

郎在番邦妹在乡，郎就等雪妹等霜。
郎今好比油灯盏，冇妹添油火冇光。

阿哥出门去外洋，郎就孤单妹凄凉。
赤水黄沙庭门远，望妹不到痛心肠。

（《客家山歌诗选》）

【解题】

清初至清中叶，由于客家地区人多田少，许多客家人前往东南亚谋生。这首山歌用男女对唱的形式，表现妻子送别丈夫“过番”之后双方的相思之苦。

十字歌

一字排来一条龙，单枪匹马赵子龙。
百万军中救阿斗，万人头上逞英雄。

二字排来隔条河，杨家出了杨令婆。
令婆忠心贯日月，百岁挂帅战功多。

三字排来分短长，三国出有刘关张。
桃园结义三兄弟，同生共死美名扬。

四字排来四四方，私下三关杨六郎。
扫荡狼烟保江山，杨家世代忠良将。

五字排来龙髻盘，五子登科窦燕山。
燕山治家有义方，教成五子俱名扬。

六字排来桥上人，六国封相是苏秦。
能言善辩服诸侯，合并六国抗强秦。

七字排来钩右伸，七姑仙女下凡尘。
槐荫树下结姻缘，仙女也爱行孝人。

八字排来眉两边，太公垂钓渭水边。
愿者上钩成典故，文王天下八百年。

九字排来钩向右，张公九世不分户。
代代和睦子孙贤，世世相传《百忍图》。

十字排来四角街，十大功劳薛仁贵。
仁贵当年住寒窑，立下战功衣锦归。

（《闽西山歌·歌谣选》）

【解题】

这首山歌巧用数字的自然形象和顺序，把内容复杂的历史材料连缀成篇，“融百草于一丸”，显得条理分明，层次清楚，也有易记易唱的特点。有的客家地区《十字歌》也作为小调，配以简单乐器，自拉自唱、自娱自乐。

孟姜女念夫

正月里来是新年，家家户户挂红灯。
别人夫妻想团聚，孟姜女丈夫筑长城。

二月里来暖洋洋，对对燕子飞南方。
燕子都晓夫妻意，孟姜女家不成双。

三月里来是清明，桃红柳绿正当春。
家家坟上飘白纸，孟姜女坟上冷清清。

四月里来养蚕忙，姑嫂两人去采桑。
桑叶挂在桑枝上，目汁流下我目眶。

五月里来是端阳，端阳酒子喷喷香。
端阳香酒偃不食，冇夫饮酒缺鸳鸯。

六月里来热难当，蚊子叮人煞煞痒。
宁愿叮偃千口血，莫叮偃夫万喜良。

七月里来秋风凉，大户人家做衣裳。
红蓝绿紫都做遍，孟姜女房中系空箱。

八月里来雁门开，孤雁足上带信来。
只见孤雁传书到，不见丈夫把家回。

九月里来是重阳，重阳酒子菊花香。
孟姜女不食菊花酒，单念偃夫万喜良。

十月里来十月雨，孟姜女出门送寒衣。
走一路来苦一路，哭倒长城八百里。

十一月里来雪飞扬，孟姜女心头好凄凉。
但愿冻死天下恶，莫冻偃夫万喜良。

十二月里来过年忙，家家户户喜洋洋。
蒸糕杀猪春联贴，孟姜女念夫哭断肠。

（《闽西山歌·歌谣选》）

【解题】

《孟姜女》故事与《牛郎织女》《白蛇传》《梁山伯与祝英台》同为我国四大民间故事。用月令式的山歌或小调方式演唱《孟姜女》故事，适合表达感情细腻、婉曲真挚的内心活动。

阿哥出门去南洋

阿哥出门往南洋，漂洋过海出外乡。
哥哥身体爱保重，保重身体得安康。
人争口气佛挣香。

阿哥出门往南洋，一路行程去远方。
亲哥到达南洋后，书信赶快寄回乡。
免得老妹挂心肠。

阿哥出门往南洋，两人情分要久长。
堂上双亲我孝顺，家庭内外妹担当。
亲哥在外莫思量。

阿哥出门往南洋，妹有言语嘱亲郎。
亲哥挣钱爱寄转，家中还有老爷娘。
离乡背井望春光。

阿哥出门往南洋，妹有言语问亲郎。
亲郎何时动身转，妹在码头等亲郎。
合家团圆喜洋洋。

（《客家山歌诗选》）

【解题】

这是一首妻子送别丈夫前往南洋的竹板歌。妻子叮嘱丈夫一要保重，二要争气，三要寄信回家，四要寄钱养家，五要回家团聚。层次清晰，情感明朗。

孝敬爷娭理应当

竹板打来叮当响，有福人家歌声扬。
百般歌子𠊎不唱，单唱孝顺敬爷娘。
敬请大家听端详。

爷娘生子恩情长，高天厚土无法量。
十月怀胎娘辛苦，红皮白肉都转黄。
好比黄瓜遭落霜。

母亲生子痛断肠，坐卧不安冇落床。
婴儿落地升筒大，头尾不过一尺长。
哭哑声音泪湿裳。

嫩苗嫩叶怕风凉，伤风感冒最经常。
若是半夜发高烧，吓得爷娘心发慌。
赶紧寻医开药方。

一匙羹糊一匙汤，一口乳汁一口糖。
怕冷怕热怕烫手，日夜三餐费思量。
心肝肺腑连心房。

一心为把子女养，千般辛苦爷娘尝。
儿要月光上天摘，儿要鱼虾就落塘。
不顾饥饱饿肚肠。

怀抱娃娃笑口张，七坐八爬认爷娘。
拉屎拉尿不停歇，得常拉得一张床。
洗裙换布忙又忙。

积谷原为度饥荒，养儿为了把老防。
生儿若是不孝顺，生得再多冇安康。
虐待爷娘罪昭彰。

妻贤夫贵少遭殃，勤劳节俭有春光。
世上也有不孝子，兄弟难处闹分房。

老婆一讨忘爷娘。

老婆一讨忘爷娘，爷娘难免少口粮。
有疾有病冇人问，三日两头卧病床。
万般无奈伤心肠。

养儿育女话儿长，三言两语难周详。
檐前滴水点点落，转眼自己成爷娘。
摸平心肝多回想。

世间情深似海洋，无须儿女立牌坊。
但看乌鸦反哺义，羔羊跪乳报母娘。
爷娘恩德记心房。

甜酒酸酒看酒酿，有钱冇钱看心肠。
有钱不能当孝顺，冇钱口语也甜香。
好言抚慰暖胸膛。

大树根深后人凉，饮水思源不敢忘。
孝敬爷娘是本分，传统美德要发扬。
胜过庵庙拜佛堂。

（《闽西山歌·歌谣选》）

【解题】

这是劝谕子女要孝顺爷娘的竹板歌，体现客家人注重“孝”的伦理观念。诗歌通过细节描写，表达爷娘对子女的养育之恩。

【注释】

高天厚土：比喻父母养育之恩比天高比地厚。　羹糊：米糊一类的婴儿食品。　落塘：下塘（抓鱼）。　摸平心肝：扪心自问。

赵玉麟与梁四珍

广西梧州梁百万，妻子姓金贤惠人。
金氏夫人冇生子，只生四个女千金。

大女安名梁添凤，两女安名梁凤英。
三女安名梁三桂，满女安名梁四金。

大女匹配林公子，两女匹配李家人。
三女匹配王少爷，满女嫁给赵玉麟。

唔唱梁家千金事，转唱秀才赵玉麟。
当初玉林家豪富，百万家财赛一村。

遇到高山龙过劫，龙运过劫命亏人。
家中良田水打尽，一堂房屋火烧焚。

眼看赵家啼啼哭，烧死老少好多人。
金变铜来银变铁，金银财物化灰尘。

玉麟一家十几口，大火烧死楼中心。
好在神明来保佑，玉麟夫妻出外村。

玉麟脱难冇主意，又冇房屋来安身。
越思越想整天哭，哭得天昏地唔明。

两眼哭流泪淋淋，左邻右舍冇依靠。
玉麟夫妻十分苦，冇个亲房并六亲。

夫妻两人尽啼哭，边啼边哭入山林。

去到山上搭茅屋，搭起茅屋来安身。

青茅割来当瓦盖，树皮剥来当大门。
三个石头砌个灶，竹筒拿来当饭盆。

菜刀拿来当锅铲，钵头拿来当锅头。
天晴看去一座屋，落雨看去一口塘。

早晨有个喂鸡米，暗哺有个老鼠粮。
玉麟苦情说不尽，夫妻砍柴度光阴。

玉麟唔怕千般苦，日哩砍柴夜读书。
只望云开日头出，只望科考有前途。

之乎者也读到尽，三年科举又来临。
闻知京城开科考，上京盘缠样般寻。

玉麟心中有主意，左思右想愁死人。
四珍妻子来跟问，跟问丈夫为何因。

听讲上京冇盘缠，四珍喊佢放宽心：
“当初为妻出嫁日，一支金簪带随身。

贵重金簪拿去当，当得银两去上京。”
玉麟听了心欢喜：“偓贤德真多情。

偓去京城得高中，贤妻也做大夫人。”
四珍金簪拿在手，双手交畀赵玉麟。

玉麟接到心欢喜，拿去街上当金银。

当店先生拿来看："你的金钗唔系金。

黄铜拿来当金子，当铺岂唔系白目人。
最多当钱三百六，你爱多钱当别人。"

玉麟听了心意乱，目汁双双像雨淋。
今日冇运金变铜，先日行运铜变金。

金钗换钱三百六，叫侄如何上得京?
东街行到西街转，南街走到北街心。

四门街坊都走遍，满肚心事乱纷纷。
忽见街头卖三弦，三弦拨动玉麟心。

走乡串村来卖唱，一把三弦能上京。
买到三弦心欢喜，弹起三弦好声音。

左边一弹金鸡叫，右边一弹凤凰鸣。
弹起三弦回家转，叮叮当当转家门。

四珍听得丈夫讲，一对目珠望夫君:
"丈夫苦楚讲唔尽，游乡走唱求功名。

今望祖宗有灵应，保佑赵家独留根。
保佑赵家风水转，子孙得中耀门庭。

屋前旗杆高九丈，堂上粉壁画麒麟。"
拜过祖宗来打叠，打叠丈夫去上京。

四珍小姐来相送，临行吩咐两三声:

“日落西山早入店，冷水莫食肚莫饥。

夜哺睡哩被爱盖，知寒知热顾身体。”
两人话语讲唔尽，夫妻分别真苦情。

一村过了又一村，山遥路远去上京。
各省举子纷纷到，曼人唔想跳龙门。

路上三弦弹得好，弹起三弦唱道情。
样知走村游乡汉，也系秀才举子身。

唔唱玉麟去赶考，且唱广西省内情。
茅屋凄苦难避雨，锅头冇米问何人。

千辛万苦贤淑女，苦食苦做梁四珍。
今望玉麟能高中，受尽苦楚也甘心。

转眼春去秋又到，寒冬腊月雪纷纷。
唔讲四珍千般苦，再讲三位女千金。

三位小姐常相聚，绫罗绸缎冇离身。
丈夫都是大家子，有钱有势上流人。

一日讲起爷生日，商商量量庆寿辰。
每人备足银三百，重重贺礼报爷恩。

三人同去邀四妹，同邀四妹出贺金。
一程来到赵家门，四珍小姐开言问：

“从来冇到偓寒舍，今日阿姐恁有心。”

三位阿姐连声应，“邀妹同贺爷寿辰。

每人备足银三百，亲身送到爷家门。
礼品还曼商量好，问妹礼物可办成？”

四珍小姐连声应：“三位阿姐听妹禀。
阿姐家中都富贵，唔比老妹系穷人。

亲爷生日理当贺，可惜老妹家境贫。
若是俚夫能高中，定做寿烛一千斤。

今日俚夫曼回转，多拜两拜贺爷身。”
三位大姐心中恼，同骂老妹梁四珍：

“你夫游乡走唱仔，哪有状元落佢身。
流民走唱能高中，天下冇有白身人。”

四珍小姐连声应：“三位阿姐唔分明。
几多高官败了职，几多富贵变穷人。

几多俾婆做奶奶，几多贱民转高升。
老妹今日先说定，状元定系赵玉麟。”

三位阿姐心中怒，大骂四妹梁四珍：
“你夫若系有高中，马能生角虎生鳞。

冬瓜结在大梁上，乌鸦落地学鸡鸣。
木马跳过九重溪，竹棍落地会生笋。

烂泥糊得上墙壁，烂铁炼了变成金。

好比乌鸦落深井，几时毛爽上青云。

好比楼中天井水，何能通到大海心？”
四珍小姐连声应：“三位大姐糊涂人。

偓的丈夫会高中，唔怕乌鸦落井深。
保佑天开太阳出，那时毛爽上青云。

保佑冬天落大雨，井水漫出大海心。”
三位阿姊听得恼，再骂老妹梁四珍：

“你夫唔系状元样，上身重来下身轻。
生得身长肚又吊，食饭食得一大盆。

骨头冇得四两重，可比画眉一般轻。
你的丈夫有高中，姐夫来做扛轿人。

大姐同你做饭吃，二姐同你洗菜蔬。
三姐同你洗衫裤，三人同你做婢奴。”

四珍小姐连声应：“阿姊言语听真。
日后丈夫高中转，今晡的话爱记心。

多少奴婢偓唔爱，奴婢就爱阿姊当。
多少轿夫偓唔爱，大轿就爱姐夫扛。”

三姐听得心中怒，同时开口骂四珍：
“你今穷寒穷到底，坟中冇鬼家冇神。

朝晨冇个供鸡米，暗晡冇个老鼠粮。

饭甑肚里灰尘满，黄杂草鸡饿断肠。

穷人三餐冇烧火，来看阿姊富贵人。
朝晨烧火烧到暗，夜间烧火到天明。”

四珍小姐将言答：“三位阿姊头脑昏。
夜间烧火到天光，唔系死人就送丧。

朝晨烧火烧到暗，唔系埋人就做忏。”
三位阿姊心中怒，指着鼻公骂四珍：

“有钱食酒杯杯满，冇钱食酒吞口涎。
俚家坐个金交椅，你家坐个木头墩。”

四珍小姐连声应：“三位小姐唔系人。
有钱坐个金交椅，只怕日后变穷人。

冇钱坐个木头墩，自有云开日头晴。
丫头食酒杯杯满，斯文食酒慢慢斟。”

三位阿姐气冲冲，咒骂四珍显威风。
你今穷来穷到底，要想翻身在梦中。”

三人走到梁家府，梁爷迎接女千金。
接入厅堂安排坐，梁爷欢喜笑盈盈：

“阿爷明日做生日，三位乖女有孝心。”
金氏夫人厅堂看，看见三位女千金。

四珍满女唔曾到，金氏夫人挂在心。

吩咐丫头春兰妹："快快去请梁四珍。"

春兰领差不迟延，出门就去赵家门。
一程来到赵家府，春兰即对四珍言：

"你爷生日日期到，姑娘快去拜父亲。
三位大姑梁府等，样甚满娘唔起身？"

四珍听罢答话言："春兰你系不知情。
昨晡阿姊到茅舍，恶言恶语羞辱人。

佢有三百银上寿，绫罗绸缎贺爷身。
倨今家中黄连苦，哪来礼物贺寿辰？"

春兰听得连声应，将言劝解姑娘心：
"姊妹四人骨肉亲，哪会羞辱同胞人。

老爷更是知书理，唔系嫌穷爱富人。
姑娘快快打叠去，莫让阿爷来挂心。"

四珍听得心欢喜，连夸春兰好聪明。
粗布净衫换一件，跟随春兰就起程。

一程走到梁府第，夫人迎接女千金。
看到女儿衫裤旧，手粗脸黑恁苦情：

"丫头婢婆强过你，只怕老爷贱你身。
莫到厅堂去拜寿，莫惹你爷怒气生。"

四珍满女回言答："唔需亲娘来挂心。

姊妹同是父骨肉，哪会见贱倨穷人。”

转眼梁爷生日到，堂上拜寿人纷纷。
四门六亲都来到，喜气洋洋满门庭。

三位阿姊上堂拜，四礼八拜贺爷身。
一拜亲爷大寿喜，福禄寿全喜盈门。

二拜亲爷添爵禄，朝廷官职更高升。
三拜亲爷笑微微，拜得亲爷好欢欣。

献上白银九百两，寿饼寿面大大盆。
三女拜了四女拜，二十四拜贺爷身。

一拜亲爷添福寿，朝廷加冠又高升。
二拜亲爷添福寿，脚踏金阶伴帝君。

三拜亲爷添福寿，福如东海寿长春。
四拜亲爷添福寿，寿比南山万年青。

五拜亲爷添福寿，南极星辉最光明。
六拜亲爷添福寿，明镜高悬管万民。

七拜亲爷添福寿，五代同堂老封君。
八拜亲爷添福寿，寿同彭祖八百春。

一拜梁爷翻铁面，二拜亲爷唔大声。
三拜亲爷心烦恼，四拜亲爷怒气生。

五拜亲爷拍桌子，六拜梁爷火烧心。

七拜梁爷连声骂，八拜梁爷骂四珍：

“穷鬼拜寿跌偃苦，冲偃喜气败偃兴。”
梁爷嫌贫连连骂，当场赏她烂衫巾。

三位阿姊嘻嘻笑，当堂羞辱梁四珍：
“偃侪三人来拜寿，老爷赏银又赏金。

你这丫头来拜寿，老爷赏你烂衫巾。”
四珍听了连声应：“三位阿姊莫笑人。

日后偃夫高中转，绫罗绸缎着唔清。
甘愿天寒冻到死，样般爱那烂衫巾。”

春兰看见唔过意，当时盘驳老爷身：
“手前手背都系肉，样般做出两样心？

三位姑娘来拜寿，老爷赏银又赏金。
四珍小姐来拜寿，祝寿言语值千金。

都系老爷亲生女，如何赏佢烂衫巾？
锦上添花冇欢喜，雪中送炭人人钦。

冇钱姑娘低一等，可见老爷心不平。”
老爷听到心中恨，大骂丫头下贱人：

“丫头敢来管爷事，敢来盘驳老爷身？”
吓得春兰心惊怕，连忙移步出厅门。

两脚走入内堂去，低声禀上老夫人。

说得夫人心中怒，将身移步出门庭。

随即走到厅堂上，说声老爷唔系人：
“四珍也是亲生女，如何敢起两样心。”

“日后女婿得高中，天下冇有白身人。”
吩咐家人快摆酒，六亲百客席位分。

中间厅堂尊贵客，左右上下坐贵宾。
三位千金楼上坐，姊妹欢喜笑盈盈。

四珍小姐流目汁，目汁两行出楼门。
一路走到花园里，越思越想越伤心。

别人羞辱还过得，父亲羞辱心难平。
姊妹父亲同欺侮，唔想阳间再做人。

投河自杀三尺水，悬梁高挂去阴间。
四珍正想来自杀，娘亲劝解入园林：

“今日你也冇道理，羞辱倨女唔应当。
你莫急来你莫愁，日后自然有春光。

日后你夫高中转，即时富贵耀门庭。
先贫后富名声好，先富后贫苦难当。”

四珍听劝心宽慰，难为娘亲知倨心。
保佑王麟高中转，唔敢忘却老娘亲。

唔唱娘亲来劝解，转唱上京赶考人。

三场考试场场好，新科状元赵玉麟。

状元打马游街过，惊动京城万户人。
钦准三月还乡假，衣锦荣归接夫人。

满朝文武来相送，前呼后拥好精神。
坐船来到梧州府，梧州府外扎船停。

状元换上旧时衣，再做游乡走唱人。
三弦弹起当当响，上岸来到梁府门。

玉麟来到大门口，梁爷请酒人纷纷。
状元看到心欢喜，拿起三弦唱开音。

即时人到厅堂上，爱拜岳丈梁大人。
梁爷走出厅堂看，流民女婿赵玉麟。

千日万日都唔转，单单今日到门庭。
千个流民都会死，为何唔死赵玉麟。

吩咐家丁快快来，皮鞭打出走唱人。
玉麟听得心中恼，恼恨岳丈太冇情。

贫贱也是亲女婿，竟然唔认走唱亲。
玉麟就对家丁讲：“偓系皇帝封赐人。

封偓全国十三省，各省走唱任留停。
若敢皮鞭打一下，欺君之罪谁担承？”

梁爷听得心中怒：“花言巧语糊弄人。

圣上只有封官职，哪有皇帝封流民？”

梁爷走到厨房下，就喊师傅听分明：
“冷笋豆腐打一碗，打发门口贱流民。

一碗猪肉拌猪肠，一碗牛肉多放汤。
再打一碗酸酒底，一碗鸡蛋冇蛋黄。

再打一碗碎米子，快快打发到他乡。”
家丁开口将言叫，就叫流民走唱人：

“快快食饱快快走，莫来吵闹官家人。”
玉麟一看心中恼，坐在石头依楼门。

一碗牛肉都系汤，多蒙师傅好大方。
一碗猪肉拌肚肠，可恨师傅心唔良。

一碗鸡蛋冇蛋黄，状元看罢怒心肠。
唔怕梁爷官势大，偏爱同你闹一场。

手拿三弦唱开场，来探三位大姨丈。
一直走到厅堂内，姨夫面前唱道情。

三位姨丈同饮酒，同声嘲笑赵玉麟：
“出个世来恁冇用，甘愿投河见阎王！”

有个陈生唔过意，上前相认赵玉麟：
“先日读书共学馆，文章人品受人钦。

英雄落魄自古有，唔单书友一个人。

快快请坐来食酒，同坐食酒叙离情。”

三位姨丈看见了，就骂陈生敬流民：
“流民走唱你也敬，莫非同他一路人？”

陈生当时开口说：“三位秀才听分明。
玉麟无奈家贫苦，也是一位秀才身。

一朝题名登金榜，难量海水难量人。”
玉麟听得心欢喜，桌上坐落谢陈生。

状元装出饿鬼相，左拿右扒拼命吞。
食肉一块又一块，姨丈嘲笑诈唔听。

边食边朝楼厅看，唔见夫人梁四珍。
嘴角一擦朝内走，内堂深处把妻寻。

迎头碰见春兰妹，恭喜姑爷转回程：
“恭贺姑爷上京转，定然高中耀门庭。

今日老爷冇道理，十分羞辱姑娘身。
大姑楼上尽醉酒，花园悲苦梁四珍。

带你花园去相见，夫妻也好叙离情。”
玉麟听得心欢喜，忙随春兰见四珍。

夫妻相见悲又喜，四珍抬头望夫君：
“先日衣衫冇恁烂，今日衣衫烂惊人。

若系今科冇高中，真畀别人打落身。

佢在家中受人欺，借钱粜米来充饥。

全望夫君能高中，夫荣妻贵有面皮。”
玉麟听得连声应：“贤德妻子莫悲戚。

若嫌丈夫恁冇用，写封休书嫁别人。
好合好散侄甘愿，唔敢连累贤惠人。”

四珍听得哀哀哭：“丈夫说话割人心。
夫妻恩爱百年好，哪有爱富又嫌贫。

生在赵家做媳妇，死在赵家做鬼神。
若要妻子再去嫁，宁愿投河唔做人。”

玉麟听得真心话，就把真言说分明：
“贤德妻子你莫愁，双手来摸佢腰身。”

一手摸得尚方剑，一手摸得黄金印。
四珍摸得心欢喜，晓得丈夫已高升。

天地神明有灵应，皇天冇负有心人。
夫妻双双回身转，走转官船叙离情。

锦袍玉带状元服，凤冠霞帔穿上身。
吩咐官差来起岸，江边起岸闹盈盈。

旗牌执事来开路，前呼后拥一行人。
铜锣花炮连天响，人马威武好惊人。

一程行到梁府上，惊倒梁家满屋人。

一家大小拼命走，三个姐姐躲不赢。

三个姨丈冇路走，楼上楼下乱扑腾。
梁爷心慌冇处躲，急急走入灶下间。

双脚跳入水缸内，葫勺盖到目珠边。
四珍远远来看见，水缸内头有个人。

打开葫勺就看到，梁爷两脚像弹琴。
四珍开口将言说："亲爷样般恁开心？

又冇老虎有冇鬼，如何跳入水缸心？"
梁爷冇面来答应，就叫满女莫笑人：

"恭喜满女有福气，大福大量做夫人。
𠊎女贤惠天下少，过去事情莫认真。"

四珍当时回言答："亲爷说话唔分明。
丈夫流民走唱子，哪有状元落他身？

你说流民能高中，天下冇有白身人。"
梁爷听了冇话讲，半句言语唔敢声。

三位姨丈冇处躲，缩头缩颈来求情：
"若系状元肯恕罪，千两贺银送到门。

状元大福又大量，切莫责怪小连襟。"
玉麟听得连声笑，笑骂三个势利人：

"姨夫讲过愿扛轿，就请扛轿游四门。"

三人无奈来扛轿，扛佢千金状元身。

东街扛到西街转，南街扛到北街心。
四大城门走到高，肩头扛到血淋淋。

早知今日扛轿苦，当初唔该耍笑人。
唔讲姐夫扛轿事，再讲三位女千金。

三人同到厅堂下：“恭贺妹妹做夫人。”
四珍听得微微笑：“难为姐夫受苦情。

三位都是富家子，今晡扛轿过街心。
别人扛轿命注定，姐夫扛轿自招寻。”

三位大姐开言答：“四珍胞妹莫认真。
贤妹福大量又大，放你姐夫轿回程。”

四珍听到连声应：“当初讲话要记心。
莫讲姐夫应扛轿，姊做奴婢也应当。

大姐先将厅堂扫，二姐煮饭入厨房。
梅香留畀三姐做，床头打扇到天光。

若有一个唔听话，三十皮鞭尝一尝！”
三个姐姐心惊怕，个个情愿做梅香。

低头劳作侍奉妹，忍气吞声做厨娘。
抹桌扫地唔敢歇，烧火煮饭日夜忙。

端茶倒水团团转，自作自受理应当。

唯有同窗陈秀才，状元府里座上宾。

还有丫环春兰妹，夫人认作姐妹亲。
奉劝各位莫势利，人事难估水难量。

龙游浅水虾公戏，虎落平阳狗欺凌。
莫做虾公莫做狗，爱做公平正直人。

（《客家山歌诗选》）

【解题】

原题《赵玉林》，部分方言字词笔者稍有改动，突出客家特征；有些遗漏句子，笔者参考武平版也补充完整。歌谣主人公“赵玉林”与众多故事版本中的“赵玉麟”为同一人，客家话中两个人名读音也相近。为统一叙事人物，笔者将人名与题目改为“赵玉麟与梁四珍”。这则长达171节的长篇叙事竹板歌，讲述广西梧州书生赵玉麟与梁四珍夫妻在一次火灾之后，双亲身亡，房屋财产全部烧尽，只得上山搭建窝棚栖身。在艰难困苦之中，赵玉麟白天砍柴，晚上读书；科举将临，四珍变卖金簪助夫上京应考。在生父的寿诞中，贫穷的梁四珍受尽三个姐姐与父亲的羞辱。高中状元的赵玉麟乔妆流民，在岳父寿宴上弹唱三弦试探众亲，也遭到岳父、姨丈的嘲笑。赵玉麟亮明状元身份，惩罚了欺贫爱富的势利小人。歌谣虽然不是讲客家人、客家事，但全文用客家方言讲唱，反映了客家人逆境中拼搏奋起的精神个性，以及肯定坚贞不渝爱情，谴责欺贫爱富思想的是非观，因此深受百姓喜爱。

此歌谣亦见于《中国歌谣集成》（福建卷），但用语较为普通话。

【注释】

唔：客家方言，不。　　冇：没，没有。　　日哩：客家方言，白日里。与“暗晡”（夜里）相对。　　佢：他。　　白目人：指瞎子。　　曼：客家方言，没。　　婢婆：指年老的丫环。　　系：客家方言，是。今晡：客家方言，今天。　　黄杂：客家方言，指蟑螂。昨晡：昨天。　　畀：给。　　样般：怎么。恁：那么。

参考文献

1.（宋）胡太初修，赵与沐纂，临汀志[M]，福建省地方志编纂委员会主编，福建人民出版社 1990 年版。
2.（宋）李昉等编，江绍盈校注，太平广记[M]，中华书局 1961 年版。
3.（宋）杨时著，林海权点校，杨时集[M]，福建人民出版社 2008 年版。
4.（宋）李纲著，李纲全集[M]，岳麓出版社 2004 年版。
5.（明）黄仲昭修纂，八闽通志[M]，福建人民出版社 1989 版。
6.（明）苏民望修，永安县志[M]，方志出版社 2004 年版。
7.（明）叶联芳等纂，嘉靖重修沙县志[M]，福建人民出版社 2009 年版。
8.（明）解缙等编，永乐大典卷 7895 [M]，中华书局 1960 年影印本。
9.（清）曾日瑛修，李绂纂，汀州府志[M]，北京方志社 2004 年版。
10.（清）李世熊修纂，宁化县志[M]，福建人民出版社 1989 版。
11.（清）刘坊著，天潮阁集[M]，上杭县文史资料编辑室整理，1988 年印刷。
12.（清）杨澜编，汀南廑存集[M]，同治癸酉刻本。
13.（清）杨澜，临汀会考[M]，光绪四年刊本。
14.（清）华岩著，离垢集[M]，上杭县地方志编纂委员会 2005 年重印。
15.（清）永瑢等撰，四库全书总目[M]，中华书局 1965 年版。
16.（清）吴之振等，宋诗钞[M]，中华书局 1984 年版。
17.（清）郑方坤，全闽诗话[M]，福建人民出版社 2006 年版。
18.（清）林枫等辑撰，榕城考古略、竹间十日话、竹间续话[M],海风出版社 2001 年版。
19.（清）黄慎著，丘佑宣校注，蛟湖诗钞[M]，海峡文艺出版社 1989 年版。
20.（清）李世熊，寒支初集十卷[M]，道光壬午西河卜荣恩刻本。
21.（清）朱彝尊、汪森，词综[M]，上海古籍出版社 2005 年版。
22.（民国）王维梁、刘孜治修纂，明溪县志[M]，厦门大学出版社 2008 版。
23. 丘复总纂，上杭县志[M]，上杭县地方志编纂委员会 2004 年重印。
24. 念庐（丘复）著，杭川新风雅集(八册)[M]，中华民国二十五年仲秋。
25. 黄恺元等修，邓光瀛、丘复纂，长汀县志[M]，1983 年长汀县博物馆印刷。
26. 连城县地方志编纂委员会编，连城县志（康熙版点校本）[M]，北京方志社 1997 年版。
27. 宛方舟、黄清淮修，丘复等纂，武平县志（民国版）[M]，武平县地方志编纂委员会 1965 年整理。
28. 徐元龙修，张超南、林上楠纂，永定县志（民国版）[M]，永定县地方志编纂委员会校点。
29. 长汀县地方志编纂委员会编，长汀县志[M]，北京三联书店 1993 版。
30. 宁化县地方志编纂委员会编，宁化县志[M]，福建人民出版社 1992 版。
31. 上杭县地方志编纂委员会编，上杭县志[M]，福建人民出版社 1993 年版。
32. 武平县地方志编纂委员会编，武平县志[M]、中国大百科全书出版社 1993 年版。
33. 永定县地方志编纂委员会编，永定县志[M]，中国科技出版社 1994 年版。
34. 清流县地方志编纂委员会，清流县志[M]，中华书局 1994 年版。
35. 郑丰稔总编纂，南靖县志（民国稿本）[M]，南靖县地方志编纂委员会 1994 年印行。
36. 三明市地方志编委会主编，三明市志[M]，北京方志出版社 2002 年版。

37. 泰宁县地方志编纂委员会编，泰宁县志[M]，群众出版社出版 1993 年版。
38. 建宁县地方志编纂委员会编，建宁县志[M]，新华出版社 1995 年版。
39. 平和县地方志编纂委员会编，平和县志[M]，群众出版社 1994 年版。
40. 诏安县地方志编纂委员会编，诏安县志[M]，方志出版社 1999 年版。
41. 漳州市地方志编纂委员会编. 漳州市志[M]，中国社会科学出版社 1999 年版。
42. 长汀县民间文学集成编委会，中国歌谣集成·福建卷·长汀县分卷[M]，长汀县民间文学集成编委会 1991 年印行。
43. 李升宝、黄兆森、刘瑞生编著，清流历代诗歌选注[M]，清流县志办整理 1985 年印行。
44. 陈庆元，福建文学发展史[M]，福建教育出版社 1996 年版。
45. 李文生、张鸿祥主编，邹子彬选注，长汀历代诗选[M]，言实出版社 2000 年版。
46. 李文生、张鸿祥主编，客家山歌 300 首[M]，言实出版社 2000 年版。
47. 邹子彬著，汀州风物志（今古钩沉）[M]，香港天马出版有限公司 2001 年版。
48. 丘琼华、丘其宪编，丘复诗文选[M]，香港天马出版有限公司 2005 年版。
49. 康群等著,康家诗选[M]，远方出版社 2005 年版。
50. 邹子彬主编，历代名人题咏汀州集[M]，2007 年印刷。
51. 郭启熹著，闽西族群发展史[M]，福建教育出版社 2008 年版。
52. 郭义山、王永昌选编，闽西历代诗词选[M]，龙岩市文学艺术界联合会 2009 年印行。
53. 唐圭璋等编，全宋词[M]，中华书局 1999 年版。
54. 傅璇宗等编，全宋诗[M]，北京大学出版社 1991 年版。
55. 王兆鹏，两宋词人丛考·邓肃年谱[M]，凤凰出版社 2007 年版。
56. 李永华、李天生编，客家山歌诗选[M]，永定县文化体育局2013年印行。
57. 饶宗颐初纂，张璋总纂，全明词[M]，中华书局 2004 年版。
58. 叶恭绰编，全清词钞[M]，中华书局 1982 年版。
59. 钱仲联，近代诗钞[M]，江苏古籍出版社 1993 年版。
60. 陈尚君辑校，全唐诗补编[M]，中华书局 1992 年版。
61. 陈田辑撰，明诗纪事[M]，上海古籍出版社 1993 年版。
62. 张盛钏，沙县风景名胜诗词选注[M]，作家出版社 2005 年版。
63. 方健，开庆临汀志研究[J]，论文天下论文网。
64. 何志溪编，闽西山歌·歌谣选[M]，鹭江出版社2011年版。
65. 武平县文化馆、武平县非遗保护中心编印，《民间文学集成》[M]，2018年版。

后 记

福建客家古代文学作品的搜集整理，需要解决许多问题。

一是指导思想上，要明确客家文学的内涵和外延，才能为客家文学的整理工作指明方向。这点，笔者在前言中已有全面的阐述，此不赘述。

二是作家的客籍身份问题。历史上的汀州八县是纯客家县，作家的客籍身份比较明确，但非纯客家县的作者身份就难以确定。于是我们亲自到三明市客联会、南平市客联会、南靖县客联会、平和县客联会、诏安县客联会调查研究，从他们那里了解取证当地历史上的客家人物及其事迹。因此，没有他们的热情支持和通力协作，就没有本书的全面性和准确性。

三是作品来源问题。《临汀志》《八闽通志》《汀州府志》是最基本的资源，各客家县的县志也是必备的材料。90年代各县编的县志收集历代文学作品不多，清代版和民国版的各县县志艺文志则很详细，保存的诗文和文苑人物传记比较丰富，是我们搜集的主要对象。最难搜集到的是民间流传的个人诗文集，所幸的是，几经周折，我们在上杭县图书馆严雅英馆长的帮助下，查阅到丘复编纂的《杭川新风雅集》、华喦的《离垢集》、刘坊的《天潮阁集》；在厦大图书馆的帮助下，我们查到杨澜的《汀南廑存集》；北京国家图书馆的孙绾老师又帮助我们找到李世熊的《寒支初集》（十卷）和《寒支二集》（四卷）。尤其要提到的是诏安县统战部副部长沈鸿达同志和原文化局退休老局长李应梭同志，为了协助查找林迈佳等人的文学资料，挤出休息时间和我们一起到客家乡镇进行辛苦的田野调查。这样的事情很多，在过去的三年多时间里，我们每次到客家地区查找资料，都能感受到各级领导的热情帮助，感受到他们的求实精神。

许多资料是边搜集边整理的。在作品的整理和注释工作中，我们着重进行了下列工作。

一是判断作品的人民性。封建时代的作家对农民起义大都抱着敌视态度，称之为“贼”“寇”，宣扬封建迷信或过度溢美个人的诗文也有存在，这类作品就应在剔除之列。

二是纠正讹误。各县自编的诗文小册子，作者简介、作品题目、文字上有许多不尽如人意之处，因此我们花费大量时间将搜集到的作品同正规出版的《全宋诗》《全宋词》《全明诗》以及史志典籍一一进行比对，力求准确、可信、可读。

三是作品解题、注释的准确、适度。本书的作者简介及作品中出现的地名、人物、时间、事件的注释都依据县志、府志及有关资料，作品优秀却名不见经传的，则比较简略，注明其生平事迹待考。每个作品的注释控制在10个以内，有的散文注释则依情况而定，无太大疑难的则不加注释。重要的客籍作家，如郑文宝、邓肃、邹应龙、郝凤升、李世熊、黎士弘、刘坊、张际亮、丘复等，所选作品的数量也相应多一些。

四是标明作品的出处。力求所有作品都能从史志典籍中查有实据，至少也是正规出版的书籍。作品后面标明出处，可免读者茫然查考之累，也是为广大客家文学爱好者和研究者进一步探索穿针引线。

以唐代开元二十四年（736年）设置汀州为标志，福建客家已有1200多年历史，客家人不但创造了独特而灿烂的客家文化，也创造了丰富多彩的客家文学。从搜集到的史志典籍看，客家文学的作家作品灿若星河，诗歌就有几万首之多。笔者视野有限，作家作品未能搜集全备，本书所辑犹如海边拾贝，挂一漏万，在所难免。由于作家作品众多，篇幅有限，本书只选辑了福建客籍作者221人，客寓作者89人，每位作家只能挑选几首代表性的作品，使得本书具有作品选的性质，难以满足广大客家文学爱好者的需求，敬请读者根据作品后面标明的出处，按图索骥，扩大阅读。编者水平有限，书中的错误之处在所难免，敬请读者批评帮助。

本书的编辑得到教育部社会科学司的大力支持，“福建客家文学研究”课题获得2011年度教育部人文社会科学研究一般项目立项(批准号11YJA751030)，于是本书作为该课题中期研究成果进行出版。本书的整个编辑过程中，龙岩学院客家学中心张佑周教授、福建师大文学院博士生导师郭丹教授、武汉大学文学院博士生导师尚永亮教授一直关心指导这项工作的开展，长汀县方志办的曾宪江主任、龙岩市方志办的游友荣科长、长汀县退休教师邹子彬老先生、长汀县教师进修学校廖森老师、沙县一中的张盛钊老师及上文提到的各县市客联会的领导同志都曾给以热情的帮助，郭丹教授和省客联会的刘有长副会长还为此书作了序言，在此一并表示衷心的感谢和敬意。

受教邮箱：schlly2007@163.com。

兰寿春

2011年秋于龙岩学院奇迈山麓